TU ES PIERRE

DU MÊME AUTEUR

Les Catholiques et la gauche, Maspero, 1958.
De Defferre à Mitterrand, Seuil, 1965.
De Gaulle, Éditions Union, 1969.
Quatorze points pour faire l'Europe, en collaboration avec C. Layton, Denoël, 1969.
Les Intellectuels en chaise longue, Plon, 1974.
Le Cadavre de Dieu bouge encore, Grasset, 1975.
La Peste blanche, en collaboration avec Pierre Chaunu, Gallimard, 1976.
Lettre ouverte aux gens de vingt ans à qui l'on ment, Albin Michel, 1978.
La Fête au Togo et autres histoires, Grasset, 1978.
Quand l'Occident se réveillera, Grasset, 1980.
Un royaume pour une tombe, Grasset, 1982.
Châteaux ressuscités, Saint-Fargeau, Ancy-le-Franc, Arthaud, 1983.
Les Nouveaux Cow-boys, Orban, 1984.
Le Tocsin, Grasset, 1984.
La Lorraine au quotidien, en collaboration avec M. Puhl-Demange, Centurion, 1986.
Mémoires d'un ours, Éditions de Fallois, 1995.
En cheminant avec Jésus, Ramsay, 1997.

GEORGES SUFFERT

TU ES PIERRE

L'histoire des vingt premiers siècles
de l'Église fondée par Jésus-Christ

Éditions de Fallois

PARIS

22, rue La Boétie, 75008 Paris

ISBN 2-87706-375-5

Tu es Pierre, et sur cette pierre je bâtirai mon Église,
Et les portes de l'Enfer ne prévaudront pas contre elle.

MATTHIEU 16

INTRODUCTION

Beaucoup d'hommes connaissent la Bible ; au moins autant ont lu, relu, écouté les textes des Évangiles. Mais qui – mis à part les spécialistes – s'intéresse à l'histoire de l'Église ? Elle vient de franchir le cap des deux millénaires. Ce n'est pas si mal pour une institution : c'est sans doute la seule à avoir réussi cette performance. On ne sait trop comment elle s'y est prise. Peut-être en dérivant (ou en « surfant », dirait-on aujourd'hui) sur la vaste houle de l'histoire universelle. À ceci près que ce terme magique – histoire universelle – nous glisse entre les doigts. On connaît, bien ou mal, *des* histoires : celle de la Mésopotamie, celle de l'Égypte ; celle de la Grèce. Celle, monumentale, de Rome (royauté, République et Empire) ; celle de la France, de l'Espagne, de la Grande-Bretagne, etc. Et après ? Il n'y a guère de cohésion dans ces récits de sociétés en apparence immobiles, et les éternelles violences qui les traversent comme des éclairs. Bien sûr, on fera remarquer que la Chine survit depuis trois à quatre mille ans ; avec ses frontières mouvantes, sa langue et sa civilisation. C'est exact. Mais la Chine est une espèce de nation ; l'Église est d'abord une idée, une foi. Comment et pourquoi a-t-elle résisté au temps ?

A-t-elle des chances de poursuivre son aventure ? De beaux esprits estiment et disent que le rôle de l'Église est en gros achevé. Dans un ou deux siècles, Rome ne sera plus qu'un haut lieu du tourisme mondial. Des ruines sur des ruines. Comme disait le colonel américain, cité par Malaparte, observant le Colisée le jour de la libération de la Ville éternelle : « Nos artilleurs ont bien travaillé. » Le christianisme aura achevé son cheminement. Requiem pour une religion défunte.

Ce non-avenir hypothétique ne sera pas envisagé dans l'ouvrage qu'on va lire. On se bornera ici à chevaucher les deux derniers millénaires. Ce ne sera pas tout à fait une histoire achevée de l'Église. L'auteur, bien sûr, suivra autant que possible la formidable aventure de siècle en siècle ; on découvrira avec lui d'étranges personnages, des bandits, des aventuriers et des saints ; des milliers d'architectes sans nom ; des théologiens, des philosophes et des savants travaillant trente ou quarante ans dans le silence d'un couvent ; des foules, surtout, se réunissant pour prier et méditer. « L'opium du peuple », décrétaient les esprits avancés du XIXe. En vérité, cette longue procession, cette prière unique qui se poursuit à travers le temps et l'espace, n'a qu'une raison compréhensible : il s'agit de la lutte des vivants en face de la mort. Jésus a livré aux hommes le mystère de la Résurrection : la sienne, la leur. Ces masses de pèlerins qui s'en vont à Compostelle, à Lourdes, à Czestochowa ; ces Indiens qui s'agenouillent devant la Vierge de Guadalupe ; ces pèlerins qui montent vers les Lieux saints de Jérusalem, tous ces hommes et ces femmes sont la partie visible de l'iceberg dissimulé : celui de la communion des saints : cinquante à soixante-dix milliards d'hommes auraient vécu sur cette planète bleue, affirment les démographes, depuis que Sapiens est Sapiens. On ne discutera pas leur affirmation incertaine. En tout cas, ce sont les vivants et les morts qui forment cette Église invisible.

Qu'est-ce qui a permis à l'Église de durer ? Y a-t-il en réalité un mystère, voire un miracle, qui explique cette survie ? Pour s'en convaincre, il suffit de jeter un coup d'œil sur cette cavalcade. D'abord le surgissement, entre 30 et 70. Il est hautement improbable : l'histoire est pleine de sectes qui ont disparu en quelques années. Ensuite, l'affrontement avec l'Empire romain. C'est David contre Goliath. D'autant que le premier ne souhaite pas se battre. Enfin, la dislocation et l'agonie de Rome. Voilà les évêques contraints de prendre tant bien que mal le relais des autorités civiles, comme on dit aujourd'hui. Puis c'est la rupture entre Byzance et Rome ; si l'on préfère, c'est la rupture entre la zone du christianisme primitif – l'Orient – et celle du christianisme déjà installé –

l'Occident. D'un côté le basileus qui règne en majesté, de l'autre, un pauvre pape dans une cité qui décline. Quelques années encore, et le chef de l'Église devra abandonner les ruines de l'ex-capitale de l'Empire aux chiens et aux rats. Ce sera l'une des fins de l'Église. Il y en aura vingt autres. Aucune institution ne pouvait survivre à de tels chocs.

Or c'est exactement là que le mystère commence à se dissiper. Indépendamment des vicissitudes de Rome, des conflits religieux et des schismes, apparaissent les saints. Ce sont toujours des disciples de Jésus, et le plus souvent, des fils du désert. Ils ne se ressemblent pas. Parmi eux, il y a des paysans et des lettrés ; ils ne savent pas – bien entendu – qu'ils avancent sur le chemin de la sainteté. Ils font ce qu'ils pensent, et au-delà ; très vite, d'autres hommes les rejoignent. À travers eux, on a l'impression qu'une nouvelle sève s'introduit dans le corps visible de l'Église. Le plus surprenant, c'est peut-être l'anarchie des saints. Ils surgissent là où personne ne les attend ; ils disent des choses souvent scandaleuses. Ils vivent très vite. Puis ils meurent. C'est comme si une petite lumière s'était allumée quelque part sur ce monde noir. Voilà pour les saints reconnus par les institutions ecclésiales. À côté d'eux, il y a la multitude des saints inconnus. Eux aussi jouent un rôle dans cette économie du salut.

Dernière remarque. La plus importante, peut-être. Elle fournit l'Église en bibliothécaires, en savants, en saints et parfois même en papes. Au fil des pages, nous découvrirons ces enfants du désert dont quelques-uns ont imaginé, puis fondé, les couvents. La vie monastique est l'une des clés de l'histoire de l'Église. Le moine est le croyant qui tente de redécouvrir l'unité intérieure de l'être. Les couvents, ces bâtiments souvent admirables, ne furent pas édifiés pour fuir le monde. Bien au contraire. Pour la plupart de ceux qui choisirent d'être moines et acceptèrent la discipline de la règle, il ne s'agissait pas de fuir l'univers extérieur. Entre la communauté monastique et le monde, il existait un lien incompréhensible pour la plupart des autres hommes. La prière presque ininterrompue des moines introduisait une espérance de paix, une promesse de rémission pour l'ensemble des vivants. Derrière ces murs vivait l'ultime réserve, en femmes et en hommes, de l'Église. Donc, plusieurs piliers. Ils ne se sont jamais affaissés en même temps. Si les XIe, XIIe siècles furent ceux de la chrétienté triomphale, les XIVe, XVe et XVIe annoncèrent la fin de la période glorieuse. Il y eut la chute de Constantinople, la Peste noire, l'humiliation permanente de la papauté, la corruption généralisée dans l'Église. Mais en même temps, sortis de l'ombre, quelques personnages exceptionnels. Nous découvrirons les noms des principaux d'entre eux.

On affirme qu'à notre époque les hommes cherchent désespérément leurs racines. Ils fabriquent à tâtons leurs arbres généalogiques. Malheureusement, ils ne réussissent pas vraiment à remonter le temps. D'autres se passionnent pour les terroirs dont ils proviennent. Là encore, ils sortent déçus de cette drôle de quête. Ils découvrent souvent les noms des lieux-dits ; les maisons ont disparu, l'herbe, les arbres, parfois les ronces ont effacé ces traces des temps jadis. Peu de gens se souviennent que leurs croyances, leur mentalité, ont été marquées profondément par ce long cheminement du christianisme. Beaucoup ne sont plus très sûrs de leur foi. Mais elle n'est pas tout à fait éteinte en eux.

L'histoire de l'Église a marqué leur mentalité et ils l'ignorent. Elle n'est d'ailleurs au programme d'aucune école. C'est un trésor qui reste à découvrir.

Une précision nécessaire à l'usage du lecteur. L'auteur de ce livre n'est pas vraiment neutre, par rapport à l'histoire qu'il rapporte. Précisons donc qu'il est catholique ; du coup, il aura tendance à faire des positions prises par Rome l'axe central de son récit. Mais il va de soi qu'orthodoxes, protestants, anglicans – pour ne citer que les plus connus – sont tous des disciples de Jésus. Les désaccords théologiques (et parfois même politiques) qui ont provoqué les divisions de l'Église du Christ constituent des faits historiques. L'auteur se gardera de prendre parti.

D'autant que cet éclatement progressif de l'Église n'a pas reçu la promesse d'éternité. Déjà les esprits se rapprochent, les termes qui avaient créé des frontières religieuses, parfois même provoqué des guerres, perdent au fil des ans de leur dureté et de leur éclat. Il faudra sans doute encore des décennies pour que les divisions s'effacent. Mais le mouvement est amorcé.

PROLOGUE

JÉSUS OU CELUI QUI A PRÉCÉDÉ L'ÉGLISE

Au commencement, il y eut un homme : Jésus. Toute l'histoire de l'Église repose sur lui. Or, si les évangélistes nous rapportent quelques-uns des événements de sa vie publique (ce sont des récits rédigés après la mort du Christ), les contemporains se sont gardés de fournir aux historiens le moindre événement de cette extraordinaire existence.

Il y a un siècle, on s'interrogeait encore sur la réalité (ou sur la non-réalité) de Jésus. Pour certains esprits, l'homme du Sermon sur la montagne était une légende ; il n'avait jamais existé. Aujourd'hui ce curieux débat est clos : Jésus a bel et bien vécu en Palestine, il y a deux mille ans. Son action, sa popularité éphémère, sa mort sur la croix, tous ces faits sont authentifiés par quelques lignes d'un auteur juif latin : Flavius Josèphe. Il écrit en 77-78 de notre ère. Le sujet de son livre, La Guerre juive, *c'est l'histoire du peuple juif. La mention concernant Jésus de Nazareth précède l'analyse de la révolte contre Rome. Pour l'auteur, Jésus n'a pas grande importance ; cependant son procès, sa mise en croix, témoignent de la vigueur des divergences existant entre juifs, de l'intransigeance des autorités romaines.*

Voilà l'indication, dont il faut bien nous contenter. Jésus fut sans doute considéré comme un personnage sans importance. On ne fait pas de commentaires sur la prédication et la mort d'un inconnu. L'histoire impériale a d'autres préoccupations. Il n'est donc pas vraiment étonnant que Jésus n'ait pas laissé de traces.

On peut remarquer que ses disciples parlent, racontent et très vite prêchent. Exact. Mais dans les premiers temps il s'agit d'une transmission orale. Il faudra qu'apparaissent les évangélistes (ou les pré-évangélistes, c'est-à-dire les auteurs des premières versions aujourd'hui perdues) pour que les textes de ces prédications-récits commencent à devenir des documents. On en vient aux Évangiles, et un peu plus tard aux Actes des Apôtres.

Donc Jésus est historiquement presque une ombre, une silhouette. Mais c'est à partir d'elle, grâce à elle, que le christianisme va commencer à sortir de terre. Lentement, très lentement. Deux mille ans après cet événement en apparence minuscule, nous n'avons encore pas fini de préciser les répercussions de ce message qui ne ressemble à aucun autre.

CHAPITRE 1

LES COMMENCEMENTS

Il y eut sans doute quelques jours angoissants. Les disciples avaient le sentiment d'être abandonnés à leur tour. Certes, ils avaient vu le Christ ressuscité. Mais le nombre des apparitions diminuait progressivement. Tout se passait comme si Jésus leur avait tenu la main durant un moment ; puis Il avait choisi de les laisser agir seuls. Et cette solitude les terrorisait.

Que faire ? Que dire ? À qui parler ? Les disciples n'en savaient rien. Bien sûr, ils pouvaient raconter la vie publique du prophète crucifié, rappeler ses miracles, tenter de reconstituer ses propos, annoncer surtout sa Résurrection. Qui ajouterait foi à cette histoire incroyable ? Qui prendrait au sérieux les paroles d'un vaincu ?

De ces jours d'irrésolution, nous ne savons pas grand-chose. Ce sont les « Actes des Apôtres » qui nous servent de guide. On fera remarquer qu'historiquement ce document assez étonnant ne suffit pas. On souhaiterait quelques renseignements complémentaires ; on désirerait surtout des preuves, à la rigueur des indices corroborant ce récit. Ce serait évidemment préférable. Mais si nous ne possédions pas ce texte rédigé par Luc, nous ne disposerions de rien. Donc il faut nous en contenter, quitte à recouper certains détails à partir d'autres sources.

Or les Actes racontent avec précision les premiers jours de ce qui n'est pas encore l'Église. Ce matin-là, les apôtres – c'est-à-dire ceux qui ont vu le Christ ressuscité – sont réunis dans une maison à Jérusalem. C'est le dernier jour de la Fête des Semaines, en l'an 30. La « Fête des Semaines » se situe, dans le calendrier juif, cinquante jours après la Pâque. Pour les chrétiens, cinquante jours après la Résurrection – d'où le mot de Pentecôte, *Penta* voulant dire cinquante. Pourquoi cette réunion ? Les Actes ne fournissent aucune raison. Peut-être parce que, pour Luc, il n'y avait pas grand mystère. Les douze disciples dispersés avaient peut-être l'habitude de monter à Jérusalem au moment de la Pâque juive. Or tous sont fidèles au Dieu de leur peuple. Retenons ce fait : il nous donne une indication précieuse. Jésus disparu, les disciples fréquentent le Temple, participent aux prières. Ils ne cherchent pas à se singulariser. Ils ne désirent pas qu'on les montre du doigt. Bien au contraire, ils sont de zélés serviteurs de la loi.

Soudain le ciel – ou à peu près – leur tombe sur la tête. On laissera de côté les langues de feu ; il n'était pas commode pour Luc de décrire, ou simplement de montrer, cette secousse électrique qui passe dans le corps de ces hommes ordinaires ; les langues étaient sans doute un procédé. En réalité, c'est l'Esprit qui les envahit en une seconde. Les voilà débarrassés de la peur ; ils ne se posent plus de questions sur ce qu'ils doivent faire. La mission dont on les a chargés leur paraît claire. Ils vont prêcher le Christ Jésus, l'homme-Dieu ressuscité. Ce qui leur semblait impossible devient lumineux.

Qu'il y ait eu un phénomène étrange, c'est l'évidence. Le miracle des langues n'en est pas tout à fait un pour les juifs. L'événement appartient à la tradition rabbinique au lendemain de la révélation du Sinaï (les dix commandements donnés par Dieu à Moïse). Luc semble davantage gêné par le détail des langues de feu ; c'est lui, sans doute pour faire passer le côté extravagant de cette histoire, qui introduit la notion du plurilinguisme. Après tout, la glossolalie, c'est-à-dire le don des langues, le pouvoir de s'exprimer dans une langue que l'on ignorait auparavant, appartient à l'Ancien Testament. Soudain, l'un ou l'autre peut s'exprimer dans une langue hier encore inconnue.

Ce n'est pas le plus important. Ce qui est essentiel, ce sont les effets du passage de l'Esprit. Comme si tout s'éclairait. C'est Pierre qui va témoigner le premier. Rien ne laisse pressentir au long des Évangiles que le pêcheur du lac soit un orateur. Si les mots décrivent imparfaitement des silhouettes, celle de Pierre semble carrée, un peu lourde. Il sait lancer les lignes, remonter les filets : mais il s'exprime peu. Lorsqu'il parle, il dit en quelques mots ce qui lui semble important. Qu'il s'agisse de reconnaître en Jésus le Fils de Dieu ou de jurer qu'il n'a jamais connu cet homme. Il n'est pas à l'aise dans les nuances. Paul, pour sa part, ressemblera à un cep de vigne ; Jacques aura la silhouette d'un vieux rabbin racorni. Pierre est une statue de marbre posée devant le porche d'une Église qui n'existe pas encore.

Or ce discours fondateur, cette première homélie (prédication), est banal. L'apôtre dit l'essentiel. Mais les images qu'il utilise nous déroutent. Il relie la Révélation du Cénacle à celle du Sinaï ; même rapprochement à propos des vents violents. Pour les auditeurs, les formules utilisées par Pierre rappellent paragraphe par paragraphe ce qu'ils ont mille fois entendu lorsqu'il s'est agi de la rencontre entre Moïse et le Seigneur.

C'est la deuxième indication précise que nous fournit la relation de Luc. Elle confirme la première. La prédication de Pierre s'adresse aux juifs, pas vraiment à nous. À qui faut-il révéler d'abord la bonne nouvelle ? se demandaient les apôtres. Cette fois, on leur donne une réponse : ils appartiennent au peuple d'Israël ; c'est lui qui le premier doit découvrir les paroles du Salut.

Bien sûr, ce discours fondateur de Pierre a une seconde signification : Pierre parle le premier parce que Jésus lui a confié la charge officielle de l'Église à venir. Les apôtres en sont à ce point convaincus qu'ils ne disent rien. Ils constatent simplement que Pierre se sert des pouvoirs que Jésus lui a livrés. Faut-il rappeler que, durant les jours qui suivent immédiatement cette venue de l'Esprit, Pierre parlera encore deux fois : dans le Temple d'abord, ensuite devant l'assemblée des chefs du peuple (qui détient une autorité politique).

Cette fois, il n'est pas question de douter. L'aventure commence par un débat serré à l'intérieur de la communauté juive.

La stratégie initiale des apôtres

Difficile de saisir la stratégie des apôtres – le terme n'a rien de choquant – si on ne fait pas l'inventaire du monde juif d'alors.

D'abord ceux qui vont tout de suite engager le combat contre les disciples de Jésus (ils n'ont pas encore de nom). Ils sont peu nombreux, mais ils sont puissants. Ce sont les grands prêtres et les Sadducéens. Les premiers forment un groupe politique depuis l'an 6 après J.-C. Les seconds sont simplement des religieux conservateurs : plus précisément, un groupe aristocratique, politico-religieux, collaborant avec l'occupant romain, afin de garder le contrôle du sacerdoce attaché au service du temple de Jérusalem. Les uns et les autres ont joué un rôle important dans la condamnation de Jésus. Ils vont poursuivre la lutte : en vérité, ils pressentent que ce groupe étrange risque de bouleverser le paysage intellectuel et religieux de la communauté juive. À court terme, ils se trompent : ce sont les Zélotes qui vont préparer et déclencher la guerre.

Les Actes mentionnent trois manifestations hostiles contre les chrétiens (le terme n'existe pas encore). Pour commencer, Pierre et Jean sont arrêtés par le commandant du Temple, parce qu'ils prêchent en ce lieu. On les conduit devant le Sanhédrin (l'autorité suprême du peuple juif, composée de soixante et onze membres, dont le grand prêtre) qui décide de les relâcher. Encore une information à peine formulée : puisque la plus haute autorité juive libère les prédicateurs, c'est qu'elle les juge innocents. Donc grands prêtres et Sadducéens ne sont pas les maîtres de cette haute autorité.

Ce qui est confirmé par la deuxième poussée de fièvre : l'arrestation de tous les apôtres. On les emprisonne ensemble, on les juge, enfin on les relâche. D'ailleurs Luc rapporte le discours de Gamaliel, un homme important. Nul ne sait s'il a réellement prononcé les propos que l'évangéliste met dans sa bouche. Mais Gamaliel a bel et bien existé. Il deviendra, affirme-t-on, l'un des maîtres spirituels du monde juif. Saul aurait été un de ses élèves. Il aurait tenté de lui apprendre la modération ; sans y parvenir vraiment.

En tout cas, Luc se sert de Gamaliel pour résumer la position des Pharisiens. Ils ne peuvent s'opposer aux apôtres parce que, comme eux, ils croient à la venue du Messie. Gamaliel ne manque pas d'habileté : « Ceux qui se sont dressés en face de vous durant les dernières années ont échoué et leurs disciples se sont évanouis. Donc, si ce Jésus est un fantôme, une illusion ou un envoyé du Diable, cette secte disparaîtra comme celles qui l'ont précédée. Mais si ses apôtres prêchent la volonté de Dieu, alors ils l'emporteront. Ne lancez pas notre peuple dans une bataille contre le Tout-Puissant. »

La troisième crise – la plus violente – sera la mort d'Étienne. Il sera lapidé, sans doute en 36. C'est Anne et son clan qui en prendront la responsabilité. Et Paul, présent, l'approuvera. Étienne sera sans doute la première victime après Jésus.

Donc, selon Luc, trois attaques successives. En réalité, elles renforcent l'autorité des apôtres. Un certain nombre de juifs se convertissent. Les discours chrétiens s'articulent autour de quelques idées simples. D'abord le témoignage des apôtres eux-mêmes : ils ont vu le Christ ressuscité, Il leur a parlé. Les apparitions du Christ après sa mort prennent alors tout leur sens : Il devait cimenter la foi des disciples. Ceux qui L'ont vu et touché constituent le collège des apôtres. Et c'est parce que Paul, lui aussi, affirmera avoir vu le Christ vivant qu'il deviendra, à son tour, l'un des membres du collège.

Ensuite, les « miracles » que ces hommes vont accomplir. Luc raconte la guérison du paralytique qui mendiait à la porte du Temple. Le moment venu, il viendra devant le Sanhédrin témoigner en faveur de ceux qui l'ont guéri. Les apôtres se récrient : ils ne sont pour rien dans ce miracle. C'est Jésus qui, à travers leurs prières, a guéri le paralytique. Pour les juifs, c'est une indication : les apôtres détiennent une part de la puissance du Christ ressuscité.

Enfin, le thème principal de cette première prédication : Jésus est le Messie. Or c'est la pierre angulaire du christianisme naissant. Pour les juifs, c'est une affirmation incroyable. Le reste ne les étonne pas : ils croient à Dieu et à la Loi ; ils sont habitués à l'existence des prophètes. Mais l'identification de Jésus comme Messie est une tout autre histoire. Tout l'effort des apôtres porte sur ce point. C'est sur lui que se joue la conversion des juifs. C'est à partir de là que les communautés chrétiennes naissantes vont scandaliser une partie du peuple juif. La rupture va essentiellement s'opérer là.

En tout cas, il est impossible d'en douter aujourd'hui : c'est aux communautés juives que les apôtres vont s'adresser. À Jérusalem, pour commencer ; et bientôt en Galilée. Plus tard, ce sera Antioche qui deviendra la ville carrefour. D'ailleurs, c'est de là que, plus tard, Barnabé et Paul partiront à la conquête de la Méditerranée. Mais à cette date les premières communautés chrétiennes commencent à basculer en dehors du monde juif.

L'Église de Jérusalem : montée et déclin

Est-ce déjà une Église ? Oui, sans nul doute. À ceci près que le mot n'existe pas encore tout à fait. L'Église, « ecclesia » (en grec : *ekklesia*), veut dire « assemblée ». Le sens actuel ne va pas tarder à apparaître : on l'utilisera pour désigner chacune des communautés chrétiennes. Il y aura les Églises de Jérusalem, de Galilée, d'Antioche, etc. Mais tous les chrétiens auront, dès les premières années, le sentiment d'appartenir à une seule Église. Pas de meilleure preuve que les épîtres de Paul : elles s'adressent à telle ou telle communauté ; elles tiennent compte des problèmes que celles-ci affrontent. Mais elles sont valables pour tous les chrétiens.

L'Église de Jérusalem sera, d'une certaine manière, la matrice de ce qui va devenir l'Église. Sans doute est-elle essentiellement composée, aux alentours des années 35-37, de juifs convertis. D'abord parce que ce sont eux qui entendent la prédication des premiers apôtres. Ensuite parce que Jacques est le chef de cette communauté. Celui-ci ne buvait pas d'alcool, refusait de se raser. Il mangeait d'ailleurs très peu et ne quittait guère le Temple. C'est là qu'il recevait les chrétiens, et aussi les juifs. Les uns et les autres, aussi étonnant que cela puisse paraître, le respectaient. Tout permet de penser qu'il y eut, durant les premières années, une pré-Église judéo-chrétienne dont Jacques fut le chef.

Cela ne dure pas longtemps. Essentiellement parce que les liens à l'intérieur du groupe se distendent. D'un côté les juifs – des Pharisiens pour la plupart – qui n'entendent pas remettre en question leurs pratiques religieuses. De l'autre, les convertis au christianisme naissant. Ils veulent demeurer juifs. Ils sont fidèles aux règles apprises depuis leur enfance ; ils tentent de concilier l'ancienne foi et la nouvelle. Cet effort n'a pas la moindre chance d'aboutir : si Jésus est le Fils de Dieu, s'Il est le Messie, s'Il est ressuscité, la fracture avec le judaïsme est inéluctable. Enfin, il y a les hellénistes : ce sont des juifs de la diaspora, qui parlent grec ou évoluent déjà dans la culture gréco-latine païenne. C'est la première fois que nous les rencontrons. Ils vont jouer un rôle décisif, mais ils n'en sont pas conscients.

Qui sont les hellénistes ? Des femmes et des hommes qui parlent grec. Certains connaissent l'araméen, mais ordinairement ils ne s'expriment pas dans la langue qui fut celle de Jésus. Il y a parmi eux des juifs et des non-juifs. Ces derniers sont les premiers non-juifs à avoir rallié ce qui va devenir le christianisme. Ils ne sont pas très à l'aise dans la communauté de Jérusalem. Ils le disent et les Actes y font allusion. Ils ne vont pas tarder à quitter Jérusalem. Ont-ils été chassés, ont-ils choisi une espèce d'exil proche ? On ne le saura jamais. On les retrouvera en tout cas à Antioche pour la plupart, Antioche qui va être le premier *melting-pot* du christianisme des origines.

Sans doute d'autres hommes participent-ils à cette communauté de Jérusalem. Des Esséniens probablement. Ils demeurent pour nous une énigme. Les Esséniens sont une communauté juive ascétique, ayant rompu avec le parti sadducéen, jugé corrompu par les mœurs du siècle, et l'occupant romain. Ils se sont réfugiés dans le désert de Judée, près de la mer Morte. La communauté disparut au moment de la guerre contre Rome, en 70 après J.-C. Avec les chrétiens, ils ont vécu côte à côte au même moment ; or il semble qu'ils se soient ignorés. Ils ne sont jamais cités, ni dans les Évangiles ni dans les Actes. On avait espéré que les fameux rouleaux de la mer Morte allaient éclairer ce mystère. Or ils l'obscurcissent. Bien sûr, Jésus et ses disciples formulent souvent des idées ou des jugements qui rejoignent les inspirations esséniennes. Il y eut sans nul doute des contacts. Jean-Baptiste, entre autres, connaissait l'existence des Esséniens. Il prêchait et baptisait à quelques kilomètre du lieu où vivaient ces derniers : Qumran. Mais jusqu'ici nous n'en savons pas davantage.

Reste que les hellénistes, qui ont abandonné Jérusalem, ont laissé des traces un peu partout. Certains ont dû rejoindre la communauté galiléenne ; mais celle-ci disparaîtra au moment de la guerre. D'autres s'installent à Damas où existent depuis 37 quelques chrétiens qui les accueillent. Ils auront assez vite une certaine importance. C'est à Damas que Saul, en 38, vient persécuter les chrétiens. C'est la même année qu'il se convertit. Enfin, c'est à la synagogue de Damas que Paul prêche pour la première fois.

D'autres encore tentent de s'implanter dans les villes de la côte : Césarée, Jaffa, Gaza sont mentionnées dans les Actes. Ceux-là s'éloignent de la zone araméenne – l'araméen est une langue populaire, dérivée de l'ancien hébreu, qui devient progressivement une langue religieuse. Ils prêchent en grec dans des villes où l'on parle cette langue. À propos de la conversion de Corneille, centurion romain, Pierre intervient : « On ne peut refuser le baptême à un homme qui se convertit sincèrement à la foi de Jésus. » Voilà déjà posé en deux lignes le problème qui va diviser la petite Église des origines.

Antioche enfin. Elle va devenir le centre du christianisme grec. C'est une ville importante où se mêlent juifs, Grecs, Cypriotes, Romains. Sur le port, on échange les marchandises, les idées et les dieux. La communauté chrétienne est suffisamment importante pour que les apôtres expédient Barnabé afin de prendre contact avec ce groupe lointain et un peu exotique au départ. C'est au même moment que Pierre accomplit un voyage analogue en Samarie.

Donc, dès cette époque, les principaux apôtres voyagent. Nous sommes en 42. Il va se passer deux événements cette année-là. Le premier : le terme de chrétien apparaît. Il désigne les partisans de Christos. Pour les autorités romaines, il s'agit d'une qualification politique. *Christos* désigne pour eux les membres d'un groupe messianique, peut-être distinct des juifs, et qui prennent une certaine importance dans la région. Or nous sommes sous le règne de Claude [41-54], successeur de Caligula.

Le second événement est l'alliance entre Barnabé et Paul. Barnabé est dans l'Église un personnage considérable. Paul est simplement un juif de naissance jouissant de la citoyenneté romaine. Il a passé trois ans, sur lesquels on ne sait pas grand-chose, dans un village proche de Damas. Il est probable qu'il a entendu, pendant cette période, une prédication d'origine essénienne. On en trouvera des traces dans ses épîtres. En 41, il est monté à Jérusalem, il a vu Pierre et l'autre Jacques. On ne l'écoute guère. On se méfie de lui. Paul n'insiste pas et s'en va à Tarse, sa ville natale.

Le coup de génie de Barnabé est d'aller le chercher. Il le connaît un peu ; sans doute a-t-il pressenti son intelligence. Il a entendu bien des choses sur ce singulier juif romain qui a retourné sa cape. C'était d'ailleurs Barnabé qui l'avait présenté aux autres apôtres. Leur amitié sera profonde ; mais elle s'interrompra un beau jour. Nous verrons pourquoi.

Ce qu'ils se sont dit, nous ne le saurons jamais. En tout cas, Paul accepte de suivre Barnabé. Ils vont vivre un an ensemble à Antioche. Cette ville devient, dès ce moment-là, le vrai centre du christianisme. En 44, les deux hommes retournent à Jérusalem. C'est sans doute à cette date qu'ils obtiennent de Pierre l'autorisation d'aller vers l'Asie Mineure, puis d'embarquer pour Chypre, le premier relais vers le monde de l'Ouest. Jean-Marc les accompagnera. Il est proche de Pierre : c'est une indication. On se méfie un peu de ce Paul qui prétend avoir, lui aussi, vu le Christ. Est-ce pour avoir le droit de participer au collège des apôtres ? Barnabé accepte-t-il cette affirmation ? Oui : la meilleure preuve, c'est qu'il va accompagner Paul durant des années ; non, puisqu'un beau jour il quittera son ami. Paul était quelque peu encombrant. Mais c'est bien lui qui va accélérer le mouvement.

L'irruption de Paul

Est-il possible de récapituler ces premiers pas de ce qui va devenir l'Église ? Ces petits événements que nous venons de rapporter s'étendent entre les années 30 et le carrefour 45-50. Les résultats de cette première prédication sont infimes. On a un peu progressé vers la Galilée, Damas, Gaza, Antioche. Quelques centaines de kilomètres tout au plus.

Pourtant, cette avancée maladroite est pleine d'enseignements. La transmission du message s'effectue d'abord dans les communautés juives. Ce sont des juifs qui parlent à des juifs. Les païens sont à peine concernés. Tout se passe comme si les juifs chrétiens voulaient se faire reconnaître et admettre par les juifs orthodoxes. Lorsque ces chrétiens des origines prêchent, c'est la plupart du temps dans les synagogues.

Ensuite, l'axe de la prédication se modifie. Ou bien les chrétiens doivent adapter leur discours à un public qu'ils n'attendaient pas : des païens, des inconnus, en tout cas des hommes et des femmes qui s'expriment en grec. Ou bien certains apôtres privilégiaient ces inconnus. C'est le deuxième pas que va franchir l'Église. Consciemment ou pas, elle passe de l'araméen au grec, des juifs aux non-juifs ; de Jérusalem à Antioche, du centre initial à la périphérie. C'est une évolution qui était prévisible ; l'annonce de la Résurrection de Jésus suit la ligne de pente naturelle. Puisque les communautés juives sont implantées dans des villes grecques, on passe des premières aux secondes. La conséquence sera logique : ou bien les convertis doivent accepter les rites rabbiniques, ou bien ils peuvent sauter cette étape. Après s'être appuyés sur les synagogues, certains des apôtres cherchent à prendre leurs distances vis-à-vis d'elles. Ce qui provoque un rude débat à l'intérieur de l'Église et marque profondément les mentalités des chrétiens des premiers siècles. On va, en partie, gommer la racine commune ou insister sur l'irréductible nouveauté de l'Incarnation. Il faudra du temps à l'Église pour franchir cet obstacle décisif. Les juifs ne sont pas tout à fait innocents de cette rupture : à la veille de l'insurrection générale contre Rome, certains juifs tenteront, à travers la fidélité aux rites, de convaincre les chrétiens de se rallier à la révolte.

C'est à ce moment de l'histoire que le rôle de Paul devient considérable. Contrairement aux affirmations des faux savants, ce n'est pas lui qui a « fait » le christianisme. Paul n'existe pas sans Jésus, la mise à mort et la Résurrection. Le premier n'a de sens qu'à partir du second. Mais c'est le premier qui a fait basculer la petite Église presque inconnue vers l'immense Empire romain. Ce n'est pas un hasard si Pierre et Paul sont allés mourir à Rome. La flèche partie du Golgotha ira se planter au cœur de la capitale de l'Empire. Rome va devenir progressivement la Ville éternelle.

Sur Paul, ce personnage exceptionnel, nous savons beaucoup de choses. Grâce aux lettres qu'il adressait aux diverses communautés et qui sont parvenues jusqu'à nous. Mais, sur l'homme lui-même, nous sommes moins bien informés.

Il serait né, on l'a vu, à Tarse, capitale de la Cilicie, vers 10 ou 12. C'est sans doute à Jischala (en Galicie) qu'auraient vécu ses grands-parents. Pourquoi Paul était-il romain ? Peut-être parce que son grand-père avait acheté ce titre – ou l'avait gagné – en se battant dans ou à côté de l'armée romaine. Peut-être lorsque Pompée conquiert et occupe la région avant d'aller mourir à Alexandrie. C'était en 63 avant Jésus-Christ.

En tout cas, le nouveau-né reçoit l'enseignement traditionnel des Pharisiens. Ce ne sera donc pas un modéré. La formation qu'il reçoit conforte son caractère. On en retrouvera des traces dans le ton et le texte des épîtres. Il a vingt ans. Son père souhaitait qu'il devînt rabbin. Paul n'a sans doute répondu ni oui ni non. En attendant, il apprend le métier de tapissier et l'exercera quand il en aura le temps. Tout au long de sa vie. A-t-il fait des études, suivi des cours ? Ce n'est pas sûr. Pourtant, Tarse était à l'époque un centre intellectuel important. Peut-être le plus renommé du Moyen-Orient. On pouvait y apprendre la rhétorique, fréquenter des instituts scientifiques. Les spécialistes estiment que Tarse était alors une ville plus savante qu'Athènes ou Alexandrie.

Donc il est probable que Paul n'a pas fait d'études. Il a pêché quelques rudiments épars ; il va en faire les bases de sa culture. Le procédé aurait pu être désastreux ; il se révéla étonnamment efficace. Paul parlait grec, bien sûr. Mais c'était une langue curieuse, truffée de latin, d'hébreu et d'araméen. Un grec populaire et local que comprenaient fort bien la plupart des juifs, des marchands et du petit peuple. C'est dans cette langue qu'il écrivait ; ou, plus exactement, qu'il dictait. Pas ou peu de citations classiques grecques dans ses épîtres. Mais un style, un ton, un frémissement, un équilibre des phrases, un mélange de violence et de tendresse qui n'appartiennent qu'à lui. Si les Évangiles transmettent l'essentiel du message chrétien, Paul réussit l'étonnant mariage entre une réflexion religieuse et une langue qui domine la Méditerranée orientale depuis plus de six siècles. Rappelons-nous quelques-uns de ses textes (I, Co, 13, 1-7) :

« Quand je parlerais les langues des hommes et des anges, si je n'ai pas la charité, je ne suis plus qu'airain qui sonne ou cymbale qui retentit. Quand j'aurais le don de prophétie et que je connaîtrais tous les mystères et toute la science ; quand j'aurais la plénitude de la foi, une foi à transporter les montagnes, si je n'ai pas la charité, je ne suis rien. Quand je distribuerais tous mes biens en aumônes, quand je livrerais mon corps aux flammes, si je n'ai pas la charité, cela ne me sert de rien.

« La charité est longanime ; la charité est serviable ; elle n'est pas envieuse ; la charité ne fanfaronne pas, ne se rengorge pas, elle ne fait rien d'inconvenant, ne cherche pas son intérêt, ne s'irrite pas, ne tient pas compte du mal ; elle ne se réjouit pas de l'injustice, mais elle met sa joie dans la vérité. Elle excuse tout, croit tout, espère tout, supporte tout. »

La question centrale est peut-être la suivante : à quel moment Paul comprend-il que les non-juifs sont en passe de devenir les interlocuteurs privilégiés des apôtres ? Sans doute à Iconium et à Lystres. Dans ces deux villes, les juifs avaient tenté de dresser la population contre Paul et Barnabé. Pourtant, les deux hommes avaient réussi à se faire écouter. Ils assistent à la naissance de petites communautés chrétiennes n'ayant aucun point commun avec la synagogue. C'est sans doute, pour les deux apôtres, une surprise, presque une gêne. Ils n'ont pas cherché à provoquer cette mutation de leur auditoire. Mais elle surgit sous leurs yeux. Il va donc falloir gérer cette situation nouvelle et imprévue. Ce sera presque une règle dans l'Église : on gère, tant bien que mal, les événements qui vous tombent sur la tête.

Le premier concile de l'histoire

C'est sans doute à partir de 49 que la crise est repérée par l'ensemble des apôtres. Paul et Barnabé sont de retour à Antioche lorsqu'un premier incident éclate. Il est admis, dans les faits, que les non-juifs convertis ne sont pas contraints aux observances religieuses juives. Souvenons-nous de la déclaration de Pierre au moment du baptême du centurion Corneille. C'est le cas de Tite qui accompagne les deux apôtres depuis l'une des nouvelles communautés d'Asie. On s'apprête à le baptiser. Or, quelques juifs venus de Judée exigent au contraire que Tite et les autres non-juifs convertis soient circoncis. Pourquoi cette rupture soudaine de la règle acceptée ? Ici, il faut tenir compte des dates : la tension politique entre les juifs et les Romains est désormais palpable. Les hommes qui préparent la révolte ne souhaitent pas que les chrétiens – considérés par eux comme une secte juive – s'éloignent du champ de bataille. Or, pour Paul, « apôtre des Gentils », et Barnabé, pas question de solidariser l'Église avec le destin politique d'Israël. Le débat a sans nul doute été brutal, puisqu'il a divisé les deux communautés d'Antioche, aussi bien celle des judéo-chrétiens que celle des hellénistes. On décide que Paul, Barnabé et Tite se rendront à Jérusalem. On veut savoir à Antioche si la communauté de Jérusalem, c'est-à-dire la communauté mère, soutient la démarche des juifs inconnus.

Le premier concile de l'histoire de l'Église (*concilium* : « réunion, « convention » d'évêques ou de fidèles) va donc s'ouvrir, et aucun des participants n'en est conscient. Se retrouvent à Jérusalem les apôtres et les anciens. On sait que certains chrétiens d'origine pharisienne défendent la thèse de la circoncision nécessaire. Mais ils ne constituent qu'une minorité. Pierre, au nom des apôtres, donne raison à Paul et à Barnabé. Jacques, qui aurait pu devenir le leader de la minorité conservatrice, se borne à surveiller la rédaction des conclusions. Le texte est apparemment prudent ; il rappelle que les chrétiens de toutes origines sont tenus de respecter les principes de l'ancienne loi de Moïse : on ne mange pas de viandes qui ont été immolées pour les idoles ; on ne consomme pas de bêtes qui ont été étouffées ; la fornication demeure condamnée. Mais le silence sur le problème des rites judaïques est la preuve que l'Église vient de faire un choix.

Pourquoi cette rencontre – connue sous le nom de concile de Jérusalem – est-elle importante ? Pour plusieurs raisons. D'abord parce que c'est le premier. Il prouve que lorsqu'un débat religieux divise les chrétiens, le concile peut être un moyen approprié pour trancher les difficultés.

Ensuite – comme on l'a vu –, il permet le détachement entre la communauté juive et la communauté chrétienne. Historiquement, les juifs restent les premiers ; mais les seconds annoncent les temps nouveaux.

Enfin, par sa composition, le concile permet aux païens (qui sont comme des oliviers sauvages) de comprendre les débuts d'organisation hiérarchique de l'Église. Ils pourront se greffer sur ce tronc tout neuf. Pierre et Jean représentent les Douze, c'est-à-dire le noyau originel. Jacques et les anciens parlent au nom de la communauté de Jérusalem. Paul, Barnabé et Tite sont qualifiés du terme de missionnaires ; or les deux premiers sont des apôtres ; le troisième est un simple converti. Mais il est clair que ceux qui annoncent le Christ à des peuples inconnus ou mal connus ont le droit d'être écoutés dans les cas graves.

On peut simplifier. Au centre, les apôtres dont Pierre est le chef et le représentant. On verra qu'il va falloir bon nombre de siècles pour que la situation et les pouvoirs du pape commencent à être compris. Autour de cette Église des premiers jours, deux hiérarchies parallèles : celle des anciens d'abord, celle des missionnaires ensuite.

La rupture entre chrétiens et juifs

Il ne faut pas sous-estimer l'importance historique de la rupture entre les groupes de la diaspora juive et les communautés chrétiennes. Le désaccord sur les pratiques judaïques n'est pas la seule raison de cette décision qui va éloigner pour des siècles deux religions qui ont la même racine et une semblable espérance eschatologique.

L'événement qui précipite cette demi-rupture est l'émergence d'un nationalisme juif radical. C'est un mouvement surprenant. Le nationalisme, pour les hommes d'aujourd'hui, est une réalité assez ordinaire. Il n'en va pas de même au moment où l'Empire romain se constitue sur les décombres de la République. Bien sûr, les peuples des territoires conquis par Rome résistent parfois. Ce sera le cas de la Gaule. Mais c'est une révolte fugitive. Les nations n'existent pas. D'ailleurs, Rome n'est pas une nation, au sens moderne du mot. C'est un Empire qui établit ses lois sur l'ensemble du monde connu. Y a-t-il meilleure preuve que l'Égypte ? C'est un pays, une tradition culturelle, une religion, un système économique. Rome a besoin de ses ports, de son blé, peut-être même de sa science. L'Égypte aurait pu marquer sa mauvaise humeur ; or elle se fond dans l'Empire romain sans résistance apparente, comme si ce ralliement était naturel. Bien sûr, Alexandre est passé par là. Il a imposé une dynastie, mais il était lui-même un conquérant, c'est-à-dire une espèce d'empereur. Il ne souhaite pas porter dans ses bagages la nation grecque. Il a d'ailleurs adopté les dieux et les coutumes de l'Asie. Donc, il y a deux mille ans, le nationalisme est un anachronisme.

Or la nation juive se révolte. Au nom de son prestigieux passé. Prestigieux pour son peuple ; les Romains ne considèrent les juifs que comme des gens insupportables et querelleurs.

La bataille s'engage vers 66-67. Elle durera près de quatre ans. Les juifs n'avaient pas la moindre chance de l'emporter. Ils meurent par milliers. Jérusalem et les principales villes de Galilée sont anéanties. À Masada, le dernier bastion de la résistance juive, animé par les Zélotes, tombe en 73 après J.-C. Pour le peuple juif, c'est une catastrophe. Désormais, il est réduit à la diaspora ; celle-ci, avec un courage obstiné, va commencer à répéter : « L'an prochain à Jérusalem » (*La Shana Aba ba Iroushalaïm*).

Les chrétiens ont vu venir le drame. Tout permet de penser qu'ils se sont séparés. Jacques, évêque de Jérusalem, avait été lapidé en 62. Si l'on en croit le récit de témoins (douteux), ce seraient les Pharisiens qui avaient imposé la mise à mort. Pour quelle raison ? Les rapports entre les deux groupes n'étaient généralement pas mauvais. Eusèbe de Césarée, écrivant aux environs de 325, considère que les Pharisiens craignaient l'influence de Jacques sur le peuple de Jérusalem. Or l'évêque s'opposait à la montée du nationalisme zélote ; comme la plupart des chrétiens, il considérait cette révolte dont tout le monde parlait comme une impasse. Le Royaume de Jésus n'était pas au bout des épées. La mort de Jacques serait donc l'un des signes avant-coureurs de la bataille qui va commencer.

66 : la communauté chrétienne de Jérusalem se retire à Pella, en Transjordanie. C'est un choix délibéré.

Elle ne veut pas se laisser entraîner dans cette guerre ; elle souhaite survivre. C'est Siméon, cousin de Jésus et successeur de Jacques, qui conduit cet exode limité. Mais pour les juifs comme pour les chrétiens, les jeux sont faits : les deux groupes savent qu'ils ne suivent plus le même chemin.

Pourtant, il est probable que tous les chrétiens ne se sont pas retrouvés à Pella. On estime aujourd'hui que de nombreux membres des communautés chrétiennes proches de l'épicentre de la secousse ont été emportés par le séisme. Par exemple, la communauté de Galilée qui n'a laissé aucune trace. Active, nombreuse avant 66, elle disparaît après 70. Or ce n'est pas un cas unique. Souvenons-nous que les juifs, accrochés au petit territoire de la Palestine, ne sont pas très nombreux. Ils constituent des clans qui sont souvent alliés entre eux. Le problème de la participation ou de la non-participation à la guerre divise très probablement la plupart des familles. En tout cas, le traumatisme pour le peuple juif sera formidable. En 70, Titus s'empare de Jérusalem et rase le Temple ; le nombre de victimes juives n'est pas connu. Mais les Romains ne font pas de quartier. Pour eux, les juifs ne sont qu'une petite tache sur l'immense carte de l'Empire en formation.

Pour les chrétiens, la rupture de fait avec la communauté juive est accomplie. Du coup, l'Église n'a plus de centre. Certes Antioche joue un rôle non négligeable. Mais ce ne sera jamais une capitale. À partir de cet instant, Rome s'impose pour plusieurs raisons.

D'abord parce que Rome est la capitale de l'Empire et que le christianisme va s'enraciner dans les cités dominantes du monde connu. Ensuite parce que c'est là que Pierre et Paul sont morts. Pierre, très probablement, fut assassiné en 64 par Néron, après l'incendie de Rome. Il est possible que les Romains n'aient réussi à trouver l'apôtre que grâce à une dénonciation anonyme, comme il se doit. On voit que le procédé remonte loin dans le temps. Il va de soi que cette dénonciation provenait sans doute des milieux judéo-chrétiens. La bataille pour ou contre le nationalisme juif aurait eu des prolongements jusqu'à Rome. Paul mourra dans des conditions comparables en 67. En tout cas, les deux hommes avaient quitté ce monde lorsque la révolte éclate.

Pour les chrétiens, cependant, la mort à Rome des deux piliers de l'Église est un signe. Il se passera encore quelques siècles avant que l'évêque de Rome devienne effectivement le chef de l'Église. Mais, dès ces années 65-70, les jeux sont faits : le centre de l'Église est à Rome. Simplement parce que l'évêque de Rome est le successeur de Pierre, et que celui-ci – dit-on – est enterré dans cette ville.

Les premiers chrétiens attendent le retour de Jésus et la fin des temps

Nous avons du mal à imaginer les apôtres et ceux qui commencent à se grouper autour d'eux, vers les années 50-60. Pour beaucoup de ces femmes et de ces hommes, Jésus est bien sûr le Messie, le Fils de Dieu. C'est la foi qui va leur permettre de plonger vers un univers inconnu. Pourtant, ils n'ont pas connu Jésus. Ils imaginent Sa silhouette, cent fois décrite ; c'est tout. Déjà, le promeneur de Tibériade s'enfonce dans les brumes du temps. Certes ils écoutent la prédication des disciples et participent aux réunions de prière. Ce qu'ils désirent obscurément, c'est se rapprocher de leur modèle. Ce qu'ils espèrent, c'est Son retour. Car Il l'a promis ; Il reviendra. À cet instant, l'ancienne terre aura vécu, une autre surgira du néant. Le monde sera devenu enfin ce jardin plein de lait et de miel décrit dans la Bible. La fin des temps, c'est-à-dire l'avènement du royaume des pauvres, sera aussi le Royaume de Dieu. Cela aussi, Jésus l'a annoncé.

Cette incroyable révélation, il faut au plus vite la transmettre aux autres hommes, dans le monde entier. Combien sont-ils ? Où sont-ils ? Mystère. Pour ces chrétiens des origines, leur univers familier va du carrefour Nazareth-Capharnaüm à celui de Jérusalem-Hébron. C'est le très ancien pays qui fut promis à Moïse. D'ailleurs, toute l'évangélisation amorcée se déroule dans ce pays grand comme un mouchoir de poche. Pourtant, les apôtres savent qu'il va leur falloir s'éloigner de cette population juive qui les écoute avec des sentiments mitigés. L'au-delà du pays des origines les attend.

C'est à ce point que notre imagination dérape. Qu'est-ce que l'Empire romain pour ces juifs qui, souvent, n'ont jamais vu la mer, même s'ils la situent parfaitement ? Ces juifs pour qui des villes comme Antioche ou Gaza sont lointaines et un peu fabuleuses.

Bien sûr, il y a la diaspora juive. Des communautés plus ou moins importantes sont implantées depuis près de deux siècles à Rome, Éphèse et Alexandrie. Leur population va augmenter massivement au lendemain de la guerre. Mais dès les années 50-60 elles peuvent servir de gîtes d'étape, si l'on peut dire. En leur sein, on retrouve au moins la manière de vivre, de manger, de prier. Avec les juifs de la diaspora, on pourra s'exprimer dans la langue commune : l'araméen, parfois l'hébreu. En réalité, ceux qui auront l'audace de quitter le nid originel bénéficieront, pour le meilleur ou pour le pire, de l'existence de ces groupes éloignés. Les disputes se poursuivront, comme sur le parvis du Temple de Jérusalem.

C'est vrai, et pourtant c'est une ultime illusion. Un moment viendra – très vite – où il faudra vraiment quitter le monde juif. Au-delà, c'est l'Empire, une puissance universelle que la plupart des juifs détestent, mais dont l'immensité a quelque chose de terrifiant. Rome tient les peuples, les ports, les routes ; son armée est omniprésente. Plus grave : elle a ses dieux, ses rites, sa langue. À quel Romain s'adresser pour tenter de lui enseigner la révélation chrétienne ?

D'autant qu'une évidence taraude l'esprit de la toute petite Église des origines : la Grèce. Elle est relativement proche. Elle a tout inventé, affirme-t-on ; en tout cas, la philosophie, au moins. Non seulement les Grecs disposent d'une langue universelle – ce qui n'intimide guère les juifs –, mais ils savent penser. Bien sûr, on peut feindre de les ignorer, mais en réalité c'est impossible. Il va donc falloir franchir ce fleuve immense.

Apôtres et disciples ont-ils conscience de ces obstacles ? Pas explicitement. Il n'empêche que chacun des Évangiles va s'adresser – sans le dire – à une population déterminée. Il est clair que Paul s'adresse le plus souvent à des communautés hellénisées. Luc écrira pour elles aussi ; ce qui ne suffit pas. Encore une fois, le grec n'est pas seulement une langue – que la plupart des juifs instruits comprennent –, c'est aussi une manière d'être au monde. Si les chrétiens veulent transmettre la révélation à leurs voisins du Nord et du Sud, s'ils veulent être entendus aussi bien à Athènes qu'à Alexandrie, il faut que le passage sur cette terre de Jésus-Christ entre dans les catégories intellectuelles grecques ; c'est le prix à payer pour que le monde devienne chrétien.

Ces premiers chrétiens furent-ils conscients de l'extravagance du défi qu'ils lançaient à la plus haute culture de l'Antiquité ? Sans doute pas, mais qu'importe. Ils ont la foi. Ceux qui les écoutent ne croient plus en rien. Les chrétiens sont donc partis à la conquête de la culture grecque.

CHAPITRE 2

LE DÉBUT DE L'EXPANSION

Qui succède à Pierre ? Les documents, on s'en doute, sont extrêmement rares. Tout juste deux noms qu'Irénée (IIe siècle) aimablement nous fournit sans commentaire : Lin [67-79 (?)] et Clet [79-90 (?)]. Ce seraient eux qui auraient dirigé la communauté de Rome à cette période. Soit plus de vingt ans. Il faut attendre les alentours de 100 pour voir surgir un personnage – le pape Clément – qui semble bien avoir eu la carrure d'un responsable. Ce Clément-là est connu par l'épître qu'il adresse aux Corinthiens. Dans cette lettre, il décrit avec précision la communauté de Rome. Elle comprend des épiscopes et des diacres (les premiers deviendront évêques, les seconds « surveillants » et « intendants »). Lui, Clément, est le chef des deux hiérarchies parallèles. Il mentionne les martyres de Pierre et de Paul. Il semble les avoir connus au tout début de sa conversion. Il se garde de fournir quelque recommandation que ce soit. Il fait simplement part de son expérience. C'est manifestement un pape précis et modeste.

Il faut donc s'entendre sur la signification du terme de pape en ce début du IIe siècle.

Qu'est-ce qu'une communauté chrétienne en 100 après J.-C. ? C'est, bien entendu, un groupe de femmes et d'hommes dispersés au sein d'une ville. Nulle part l'évangélisation n'a commencé par les campagnes. Parmi les chrétiens, il y a des artisans, des commerçants, des pêcheurs, auxquels il faut ajouter des fonctionnaires, parfois des officiers, et souvent ce que nous appellerions des notables.

Dans la plupart des cas, l'assemblée se réunit au moins une

fois par semaine. Souvent durant la nuit du samedi au dimanche. L'évêque préside la cérémonie religieuse. Il s'agit de prier ensemble et de partager le pain et le vin. C'est évidemment la messe qui commence à se dessiner sous nos yeux. Mais il s'écoulera beaucoup de temps avant qu'elle ne trouve sa forme actuelle. On a souvent écrit fois que ces rassemblements, à Rome, se tenaient dans les catacombes (*ad catacumbas*. Littéralement : « près de la combe ou du ravin »). En fait, il s'agissait de cimetières souterrains utilisés comme lieux de culte, mais dont l'existence n'avait rien de secret. La police connaissait les lieux, et y faisait des descentes fréquentes. Ces réunions dans les catacombes furent assez rares. En temps normal, la cérémonie avait lieu dans la salle commune d'une maison appartenant à l'un des chrétiens. C'est ce qui tient alors lieu d'église. Il faudra encore des années avant qu'elles ne commencent à dessiner le territoire de ce que sera la chrétienté.

Nous ne connaissons pas tous les détails de la cérémonie. Un texte de Justin – c'est un philosophe païen qui s'est converti ; il mourut martyr, décapité vers 165 – nous fournit quelques indications. Justin rédige ses *Apologies* (justifications) aux alentours de 150. Mais ce qu'il décrit remonte assez loin dans le temps. Première certitude, on lit les mémoires des apôtres. Or ceux-ci ne constituent pas encore un ensemble fixe. Il semble bien que nous assistions à la naissance de la forme publique des Évangiles. Ces lectures sont un moment privilégié puisqu'elles rapportent à l'assemblée les récits des sermons concernant les actes de Jésus.

Deuxième certitude. On récite les « écrits des prophètes ». Justin ne dit pas de quels textes il s'agit. Mais ce sont très probablement les épîtres de Paul et de Pierre qui sont livrées aux participants. Il faut sans doute ajouter un certain nombre de textes choisis dans l'Ancien Testament. Nous ne sommes pas très loin de la répartition actuelle des lectures. Les fidèles écouteront ensuite l'homélie. Puis ils prieront tous ensemble pour telle ou telle intention dite à haute voix. Ils se donneront le baiser de paix ; enfin, recevront le pain et le vin consacrés.

L'invention de ce qui va devenir la messe est donc ancienne. À noter aujourd'hui la disparition d'une pratique dont il ne reste rien et qui se plaçait avant le début de la cérémonie proprement dite : c'était la confession collective. Elle était sans doute un héritage juif. Elle a mis longtemps à disparaître. Il a fallu auparavant inventer le sacrement de pénitence et, précisément, la confession individuelle. On attendra plusieurs siècles.

Que faire de l'Empire ?

Quelle est la situation de l'Église dans cette époque indécise qui suit la mort de Pierre et de Paul, et surtout la défaite juive ? Elle doit faire face à trois problèmes distincts.

D'abord préciser sa pensée, mettre au point sa prédication. Or celle-ci va se heurter très vite à la première semi-hérésie, fille conjointe du judaïsme et du christianisme : ce sera la « gnose ». Elle aura la vie dure parce que, sous d'autres formes, le gnosticisme existe aujourd'hui encore.

Ensuite, l'Église devra assimiler les influences intellectuelles multiples qui vont peser sur elle. Tout d'abord, le christianisme, né araméen-hébreu, va devenir grec. Sans cette métamorphose, il n'est pas sûr que le discours chrétien ait pu pénétrer le monde « civilisé » d'alors. Et puis l'Église va devoir écouter les discours d'autres traditions religieuses. La Perse, entre autres, diffusera sa religion. Les communautés juives et chrétiennes des origines en tiendront compte sans même être conscientes du poids de la religion de Zarathoustra. Les Esséniens, pour leur part, ont connu cette dernière. Même l'évangile de Jean est, ici et là, marqué par l'opposition radicale entre la lumière et les ténèbres.

Enfin, elle devra inventer des comportements vis-à-vis de l'Empire ; elle ne peut ni le refuser, ni l'accepter tel quel. Certes, la préoccupation des chrétiens n'est pas d'affronter l'empereur. Mais, au fur et à mesure que l'importance des communautés chrétiennes augmente, les autorités romaines commencent à tenir à l'œil cette secte juive d'un type nouveau. Rome essaiera successivement plusieurs politiques ; l'une après l'autre, elles échoueront. Le noyau chrétien échappe d'ailleurs aux classifications de la police : il n'appartient ni à l'univers politique ni à celui des religions classiques.

À cette date, on ne le confond plus vraiment avec celui des juifs. Bref, les autorités romaines hésitent entre la répression et la tolérance. Les persécutions – qui furent moins nombreuses que ne l'affirme l'histoire légendaire – n'auront pas grand effet sur la progression rapide du christianisme. Si elles furent relativement peu nombreuses, elles furent violentes et le plus souvent cruelles.

Voilà quelques-unes des questions que se posent les évêques de l'époque. Or ils sont géographiquement éloignés les uns des autres. Ils ne communiquent que par lettres, parfois par messagers. C'est lent. D'autant que chaque communauté tente de surmonter les obstacles particuliers qu'elle rencontre. C'est pourquoi on peut dire qu'il y a trois zones d'influence chrétienne distinctes : l'Église de Rome, celle d'Asie, enfin celle d'Afrique. Le nouveau centre qui se constitue lentement à Rome va devoir rassembler ce puzzle dispersé. Ce qui demandera du temps.

Au fond, les hérésies – elles foisonnent tout au long des IIe et IIIe siècles – sont à la fois la conséquence de cette dispersion et celle de la fragilité théologique de ce premier christianisme. Il faudra attendre les vraies rencontres entre la Révélation d'un côté et la pensée grecque de l'autre, pour que l'ensemble prenne forme.

Le cas des sectes gnostiques est exemplaire. La gnose est au départ un moyen pour réconcilier, après l'échec de l'insurrection, les thèmes chrétiens, la tradition judaïque et la raison grecque. C'est l'apparition du syncrétisme, qui souhaite marier les thèmes judéo-chrétiens et les thèmes des écoles philosophiques de l'époque.

La gnose naît sur les marges du judaïsme orthodoxe ; ce qui compte pour ces juifs-là, c'est l'imminence de la fin des temps. Pour eux, le monde a assez vécu et l'apocalypse est dissimulée au coin du calendrier. Cette hantise-là traverse l'époque ; les chrétiens y sont aussi sensibles que les autres. Ceux-là attendent pour demain le retour du Messie et le basculement de l'histoire.

Ce sont quelques judéo-chrétiens qui vont durcir cette angoisse. Pour eux, tout est joué. D'ailleurs, « Jésus est bien Christ – c'est-à-dire une personne qui a été dirigée et bénie par Dieu –, mais c'est surtout un homme comme les autres ».

C'est un thème que l'on va retrouver jusqu'au carrefour des ve-vi[e] siècles. Si l'on préfère, Jésus est le prophète annoncé par Moïse, il a été choisi par Dieu, mais n'est pas son fils. Pour autant que l'on puisse localiser et dater la naissance de ce qui n'est même pas une hérésie – les gnostiques n'appartiennent pas vraiment à la souche chrétienne –, c'est à Pella que tout aurait commencé ; ce sont des chrétiens, peut-être des Esséniens, qui sont venus là avec la communauté de Jérusalem pour échapper au piège de la guerre. Ceux-là professent qu'il existe deux principes qui animent l'univers : le bien et le mal. Mais ils estiment que le mal est partie prenante à la création de l'univers.

Les gnostiques : le bien et le mal

En réalité, ce discours gnostique exprime une révolte contre le Dieu qui les a abandonnés. Il n'est pas venu, alors que tous L'attendaient. Il a laissé aux hommes un univers terrifiant et inachevé. Ce courant de pensée ne se perdra pas dans les sables. Il s'offrira diverses panoplies (les sept anges, les sphères extérieures et, bien sûr, *Sophia*, c'est-à-dire la sagesse). C'est à Alexandrie – berceau de la gnose judéo-chrétienne – que les diverses sectes gnostiques découvriront leur puissance et se heurteront à un discours chrétien cette fois charpenté.

Que peuvent faire les évêques en face de cette dérive inquiétante ? Pas grand-chose. Ils prêchent, et surtout ils rectifient les déviations évidentes. Justin (mort en 165), Irénée (mort en 200), consacrent des ouvrages entiers à dénoncer cette première maladie du christianisme. Mais l'un et l'autre sont, à leur manière, déjà des historiens. Sur le moment, c'est aux évêques d'intervenir. Et, surtout, au premier d'entre eux, l'évêque de Rome. Il le fait à sa manière : prudente. Clément, entre autres, s'accroche aux habitudes du judéo-christianisme, à la fausse science qui nourrit les illusions et les peurs. Mais il le fait avec mesure. Clément est bel et bien un pape. Mais le pape, alors, n'est qu'un évêque. À peine si la position de successeur de Pierre lui donne un prestige dont il ne se servira que bien plus tard.

Durant les premiers siècles de l'Église, le terme de pape a

d'ailleurs été utilisé pour désigner tous les évêques. Ce sera très progressivement qu'il finira par désigner la fonction et les titres de celui de Rome. La lettre de Clément aux Corinthiens – l'un des rares documents que nous possédions sur cette époque – est un bon exemple de ce qu'est alors l'évêque de la capitale de l'Empire.

L'Église en tout cas va riposter et juguler cette révolte étrange. Mais elle pourra d'autant mieux y parvenir que son hellénisation sera achevée.

Mani veut concilier Bouddha, Zarathoustra et Jésus

Mani fut-il un gnostique ? Pas tout à fait. Mais ce personnage singulier, qui va offrir au monde un mot et un adjectif (un discours manichéen, dit-on encore), s'installe au carrefour du christianisme, de la gnose et du mazdéisme. On le connaît mieux par la réfutation de ses adversaires que par ses propres ouvrages : la plupart ont disparu. Pourtant Mani écrivit beaucoup. C'est sans doute le seul fondateur d'une religion qui tenta de rédiger lui-même le contenu de sa prédication et de sa foi. Le manichéisme n'est pas une hérésie chrétienne. C'est une religion à part. Elle durera peu de temps ; mais son influence directe, et surtout indirecte, n'est pas négligeable.

Mani est né en avril 216, à Babylone. Il est de bonne famille ; on affirme même qu'il était apparenté aux Arsacides [250 avant J.-C. - 220 après J.-C.]. Il fait des études, absorbe successivement le christianisme, le zoroastrisme, mais aussi le bouddhisme. Il prétend avoir reçu des messages venus du ciel. Son rôle : achever les trois révolutions engagées par ses prédécesseurs, Bouddha, Zarathoustra et Jésus.

Au départ, il est soutenu par le roi de Perse, Shapur Ier – il appartient à la dynastie sassanide –, mais les Mazdéens, attachés à l'ancienne religion de Zarathoustra, attendent leur heure pour se débarrasser de ce personnage qui bouscule leur religion traditionnelle. À la mort du roi, Mani est arrêté, jugé, condamné et meurt enchaîné au fond de sa prison. Il avait soixante ans.

Sa doctrine – qui pénétrera jusqu'en Chine – est une gnose élaborée. C'est la connaissance et la raison qui permettent à l'homme de se sauver. En effet, les vivants sont des animaux perdus : « La situation dans laquelle est jeté l'homme est éprouvée par lui comme étrange, insupportable, radicalement mauvaise. » Que vient faire l'homme dans ce monde d'épouvante ? Sauver une petite partie de la lumière qui l'habite ; cette lumière, c'est le don que fait Dieu à chacun d'entre nous. Un Dieu engagé, par ailleurs, dans une lutte sans fin avec le mal. Au terme de cette bataille monstrueuse, les justes retrouveront le royaume d'avant la chute, les autres seront rejetés dans les ténèbres. Ce sera un trou et on posera une pierre pour l'obstruer.

Comment vivre au milieu de ce champ de bataille ? Mani propose deux réponses. L'une pour les auditeurs : ils peuvent vivre comme les autres hommes, gagner de l'argent et pratiquer la sexualité (à condition d'éviter, dans toute la mesure du possible, de faire des enfants). L'autre pour les élus : ceux-là doivent se détourner de la sexualité, grignoter simplement quelques légumes et consacrer tout leur temps à la méditation. Donc une opposition radicale entre un hédonisme débridé et un ascétisme rigoureux. Cette religion étrange suscitera des communautés en Orient, à Alexandrie, en Afrique (souvenons-nous qu'Augustin, avant sa conversion au christianisme, fut pendant près de huit ans manichéen), et à Rome. L'empereur de Chine, en 694, accordera aux manichéens la liberté de culte. Plus tard, on retrouvera les lignes de force des manichéens chez les cathares, au XIIe et au XIIIe siècle. Ceux-ci se considèrent comme des « purs », des « élus ». Jusqu'à la chute de Montaigu, en 1244, assiégé par saint Louis. Eux aussi croient au dualisme entre le Bien et le Mal, la Lumière et les Ténèbres. Le corps est pour eux comme la prison de l'âme. Ils représentent la forme la plus élaborée du gnosticisme. Cette religion, tout au long de son histoire, fut persécutée aussi bien en Occident qu'en Orient.

Là encore, ce sera la montée en puissance – philosophique, théologique et structurelle – du christianisme qui va réduire cette religion noire et aristocratique à n'être, en définitive, qu'une pensée marginale. Il faut donc suivre les étapes de l'hellénisation du christianisme. Toute la suite va dépendre de ce moment.

Alexandrie et l'hellénisation du christianisme : Philon et Clément

C'est à Alexandrie que va s'opérer la métamorphose. Sans doute parce que la ville, fondée en 332 avant J.-C., était rapidement devenue le plus grand port de la Méditerranée. Elle comptait, d'après Diodore de Sicile, environ trois cent mille habitants (près d'un million avec les esclaves). Le cosmopolitisme de sa population en faisait la cité la plus vivante et la plus cultivée de l'univers. Athènes ne comptait plus guère. Paradoxalement, la capitale culturelle de l'hellénisme s'était transportée en Égypte, entre les marais et la mer.

Or, à partir du IIIe siècle avant J.-C., les juifs deviennent nombreux dans cette ville prestigieuse. C'est l'une des communautés les plus importantes de la diaspora. Les juifs découvrent avec étonnement la multiplicité et la diversité de la culture grecque. C'est à partir du IIe siècle qu'apparaît à Alexandrie une forme nouvelle de penser et de s'exprimer : vient de naître une littérature judéo-grecque. Philon d'Alexandrie (mort vers 40 après J.-C.) avait jeté les fondements d'une synthèse entre pensée juive et pensée hellénique. Philon était un intellectuel juif, dont l'œuvre fut sauvée par les chrétiens. La décision de traduire la Bible en grec est un acte qui aujourd'hui encore prouve que les savants juifs d'Alexandrie maîtrisaient, dès cette époque, la langue grecque. Le moment est surprenant : nous savons maintenant que le texte originel de la Bible vient tout juste d'être achevé.

La tradition affirme que c'est l'apôtre saint Marc qui aurait introduit le christianisme dans la communauté juive d'Alexandrie. Ce qui est certain, c'est qu'au tout début du IIe siècle, les chrétiens sont nombreux dans la ville. Clément et son successeur Origène vont poursuivre l'œuvre de Philon. Une synthèse élaborée entre les catégories de la philosophie grecque et les points essentiels de la Révélation chrétienne commence à apparaître. Cette fois, les chrétiens ne sont plus démunis. Le mariage de la raison hellénique et de la foi permet la naissance d'un discours chrétien adapté à la culture grecque. La gnose d'une part et le discours chrétien de l'autre se nourriront de ces thèmes et de ce langage. Pour utiliser une terminologie moderne, Clément et surtout Origène vont souffler la palme de la modernité aux multiples gnostiques qui s'affrontent du nord au sud de la Méditerranée orientale.

Quelles furent les étapes de cette conquête ? Au départ, il y a la découverte par les Grecs du symbolisme contenu dans les actions des héros. À travers Homère, on décrit les forces de la nature, les maladies de l'âme et les problèmes métaphysiques. Philon va utiliser une méthode comparable pour déchiffrer le « Pentateuque » (les cinq premiers livres de la Bible : Genèse, Exode, Lévitique, Nombres, Deutéronome). Son objectif est limité. Il souhaite réduire l'histoire naïve à ses éléments essentiels ; il désire faire apparaître les caractères archaïques de certaines règles juridiques. La symbolique lui permet de dépoussiérer, sans le dire, une partie du Livre sacré.

Clément utilisera le même procédé. Il s'empare d'une histoire de l'Ancien Testament, et rappelle l'interprétation qu'en a donnée Philon. Puis il présente sa propre lecture. Elle est marquée, évidemment, par le discours évangélique. Nous sommes passés sans heurt des propos des géants de l'*Iliade* à ceux, bien plus déroutants, du Christ et de ses apôtres. Cette technique de l'allégorie sera poussée à ses limites par Origène.

Clément, d'une manière explicite, cherche à aller plus loin. Comme Philon, il affirme que la connaissance et la compréhension des Écritures (Ancien et Nouveau Testaments) supposent la connaissance de la culture profane ; il invente « une propédeutique de la Foi ». Certes, un homme quelconque peut être touché par la foi ; il peut accepter ou refuser cette offre de Dieu. Mais s'il veut ensuite saisir le contenu des Évangiles, il lui faut disposer d'une certaine culture. Clément, après Philon, énumère : la grammaire, la science de l'étymologie, la rhétorique, puis la dialectique et, pour faire bon poids, l'arithmétique, la musique, la physique et l'astronomie. Mais c'est, bien entendu, la philosophie grecque qui fascine Clément. D'après lui, elle va permettre de passer de la connaissance naïve à la compréhension rationnelle. Grâce à la seconde, ce qui n'était que probable va devenir certain. C'est la promesse d'une gnose chrétienne qui va bousculer toutes celles qui prolifèrent en Asie. Clément tente d'annexer la raison. Sans le savoir, il est en train d'inventer ce qui deviendra la théologie.

Il y a des dangers dans cette entreprise. Bientôt, Clément cherchera le nom des sages qui ont annoncé et préparé le christianisme. Les philosophes persans, bien sûr ; mais avant eux les sages inconnus de Chaldée, d'Égypte, de Gaule (voilà les druides enrôlés), les mages d'Arabie et les mystiques hindous. Il imagine une véritable naissance de la connaissance. Il chante la sagesse des origines. C'est elle que le Christ vient de revivifier, de compléter par sa prédication et surtout son sacrifice.

En tout cas, Clément, l'un des pères du christianisme grec, introduit dans la culture chrétienne la totalité de l'héritage biblique. Il n'aime pas l'exaltation, la folie du peuple d'Israël. Il a découvert la raison et elle ne lui semble pas en contradiction avec la foi. Ce qui le fascine dans la pensée grecque, c'est la philosophie et d'abord la sagesse. S'il n'était pas devenu chrétien, il aurait sans doute basculé dans le stoïcisme. D'ailleurs il imagine et dessine la silhouette d'un homme chrétien qui ne ressemble guère à ceux qui ont quitté Jérusalem quelques décennies auparavant. Grâce à lui et aux philosophes qu'il va former, une philosophie chrétienne apparaît. Elle débarrassera les chrétiens de leurs complexes. Ils vont en avoir besoin durant les siècles qui vont suivre.

Il faut insister sur ce passage d'une culture à une autre. Si ce saut intellectuel n'avait pas été réalisé, le petit christianisme pouvait disparaître. Rejeté par la communauté juive, soupçonné par l'État romain, il était pris entre deux feux. Pour résister, il avait besoin d'inventer la théologie. C'est ce que les chrétiens d'Alexandrie ont fabriqué à tâtons. C'est presque une règle : dans l'Église, les actes fondamentaux sont accomplis par des hommes qui ne réalisent pas clairement la portée de leurs actes. En tout cas, un christianisme revisité par la culture grecque est en train de naître. Aujourd'hui encore, nous en sommes les héritiers.

Origène (185-254) : le premier aventurier de l'intelligence

Un homme exceptionnel. De nos jours, on continue à disputer sur la signification de son œuvre. À certains moments, il a été considéré par l'Église comme sentant le soufre ; à d'autres, au contraire, on revient sur ses œuvres qui jouent, de toute manière, un rôle fondateur. Il est une espèce de phare ; comme Irénée pour l'Occident. L'un et l'autre vont permettre à l'Église d'accomplir des pas de géants. Pourtant, les réflexions des deux hommes sont profondément différentes et ils vivent aux deux extrémités du monde romain : l'un à Lyon, l'autre à Alexandrie. Ils appartiennent, l'un et l'autre, au monde culturel qui englobe l'ensemble du bassin méditerranéen. La Méditerranée unit bien davantage qu'elle ne sépare. Irénée est né à Smyrne, en Asie Mineure, dans la partie orientale et hellénophone de l'Empire. C'est un Grec, tout comme Origène.

D'où sort-il, ce professeur, ce prédicateur, ce théologien un peu inquiétant ? La date de sa naissance est approximative. Sa famille est égyptienne. Son père, Léonide, a veillé à son éducation. Il est chrétien de naissance, et mourra martyr sous Septime Sévère. Enfant, il a dû courir sur les quais d'Alexandrie, observer les bateaux dans le port, rêver de découvrir le monde. Mais il ne ressent ni l'appel de la mer ni la hantise du voyage. C'est la connaissance qui le fascine. Très tôt, il connaît fort bien la Bible et les Évangiles. Souvent, sa famille s'inquiète de cette manie enfantine ; tout se passe comme s'il voulait bousculer les étapes. À Rome, c'est Septime Sévère qui gouverne [193-211]. Il fait arrêter un peu partout des chrétiens. Voilà Léonide emprisonné. Son fils, dit-on, voudrait le rejoindre dans sa prison. On l'en empêche. C'est la tragédie ordinaire : Léonide est décapité, ses biens confisqués. Origène a dix-sept ans. Il va vivre tant bien que mal avec sa mère et ses six petits frères. Il trouve un poste de professeur de lettres. De plus, il entreprend de reconstituer l'école catéchétique, c'est-à-dire l'enseignement proprement religieux, qui avait été démolie au moment de la persécution. Il y parvient ; l'évêque d'Alexandrie, Démétrius, l'encourage. Origène, de fait, remplace Clément. Il a dix-huit ans et l'édit de Sévère – pris en 202 – continue à être appliqué avec une certaine rudesse. Le jeune homme est conscient qu'il risque sa vie.

Origène et son école commencent à être connus. Il publie le *Traité des principes*. Objet de cette première étude : le problème du mal. D'où vient-il ? Les gnostiques avaient proposé une solution dualiste : le combat de deux principes. Toujours l'influence de Zarathoustra. Origène comprend qu'il s'agit d'un piège intellectuel. Il n'y a pas, face à face, un Dieu bon et un Dieu mauvais. Pour lui, les âmes déchirées peuvent retrouver leur pureté originelle. Alors, l'histoire du monde sera réellement achevée. C'était sous-entendre que le diable lui-même pourrait être sauvé à la fin des temps. On en fera le reproche à Origène ; il s'en défend. Mais il admet du bout des lèvres qu'il existe peut-être une hiérarchie à l'intérieur de la Trinité. Sur ce point, il s'éloigne de l'affirmation fondamentale de l'Église (fondée sur la parole de Jésus-Christ « Baptisez les nations au nom du Père, du Fils et de l'Esprit ») : l'unité absolue des Trois Personnes. Mais il est l'un des premiers à se pencher sur le mystère trinitaire.

Il est invité à Antioche par l'impératrice, mère de l'empereur Sévère Alexandre [222-235]. Il s'y rend, prêche et répond à de multiples questions. Puis il passe en Grèce, revient à Césarée où les évêques l'ordonnent, c'est-à-dire qu'il est accepté par les autres évêques et le peuple. Les rites utilisés à l'époque ne sont pas vraiment connus. Il y a sans doute imposition des mains.

Première querelle : l'évêque d'Alexandrie, Démétrius, n'accepte pas cette ordination hors de l'Église dont dépend Origène. Celui-ci, sentant venir l'orage, se réfugie en Palestine. Il était temps. Démétrius convoque un synode. On appelait ainsi à l'époque une réunion de chrétiens chargée de délibérer sur un ou plusieurs points de doctrine. Le synode interdit à Origène de revenir à Alexandrie. Personne ne mesure l'importance de cette bataille de juridictions. Mais les grandes lignes du conflit entre l'Orient et l'Occident sont en train d'apparaître ; ce qui sera bientôt l'arianisme – pour l'arianisme, le Fils est inférieur au Père – commence à émerger. Tout cela est flou. En réalité, beaucoup se croient théologiens, qui ne le sont pas.

Pour sa part, Origène l'est. Il continue à écrire. Son influence ne cesse de grandir en Méditerranée orientale. Mais pas en Occident : « Origène, dira-t-on, a vécu en chrétien mais il a pensé en Hellène. » C'est Porphyre (234-305), philosophe néoplatonicien d'origine syrienne, qui énoncera cette critique laconique.

En 250, commence la persécution de Dèce. L'une des plus importantes. Origène est arrêté, emprisonné et torturé. Il survit quelques mois, puis meurt des séquelles de sa captivité. Il a plus de soixante ans et laisse derrière lui une œuvre gigantesque qui va résister au temps. C'est au fond lui qui a donné sa dimension à ce qu'on peut appeler l'hellénisme chrétien.

CHAPITRE 3

LES PERSÉCUTIONS ET LES CONVERSIONS

Philon, Clément, Origène n'eurent pas le sentiment de déclencher une véritable révolution culturelle dans l'Église. Ils font simplement ce qui leur semble nécessaire : l'araméen est une langue importante mais localisée. Le grec est une langue universelle, même si la puissance d'Athènes n'existe plus. Le christianisme, grâce à nos traducteurs-philosophes, échappe en partie à l'archaïsme des origines : le problème n'est pas seulement linguistique ; les chrétiens doivent s'insérer dans une culture qui n'est pas la leur.

Obscurité parallèle en ce qui concerne l'évolution des communautés chrétiennes de Rome. Le point de départ est clair : c'est la présence de Pierre et de Paul dans la capitale de l'Empire, quelque trente ans après la mort du Christ. Plus précisément, c'est leur double martyre qui fait de cette ville le centre mystique de ce qui va être l'Église. Reste à déterminer à quel moment Rome devient réellement la ville prééminente.

Deux indications. La première est éclatante : à partir de 235, les évêques de Rome sont enterrés dans la catacombe de Calixte. Les noms et les dates des évêques de la ville sont gravés sur la pierre. Il est clair qu'à cette époque, le rôle de l'évêque de Rome (comme premier des évêques) est universellement admis. Reste à définir et à délimiter la nature de ses pouvoirs.

La seconde contient plus d'informations. Il s'agit d'une lettre du pape Corneille dont le texte nous fut transmis par Eusèbe. Corneille inaugure son pontificat en 251. Les noms de ses prédécesseurs sont connus : Calixte [217-222], Urbain

[222-230], Pontien [230-235], Anteros [235-236], Fabien [236-250]. Enfin, Corneille [251-253]. On notera que la durée de ces pontificats est réduite : cinq ans constituent une performance.

Que dit Corneille dans sa lettre ? En fait, il se borne à décrire la communauté chrétienne de Rome. Il précise qu'il dispose de quarante-six prêtres, de sept diacres, de sept sous-diacres et d'une centaine d'assistants divers, allant des exorcistes aux portiers. La plupart d'entre ces derniers étaient sans doute des adolescents qui se destinaient à la prêtrise.

Ce document révèle l'importance de l'Église de Rome à cette date. Certes, elle est moins nombreuse que celle d'Antioche ou celle d'Alexandrie ; mais la structure des trois Églises est assez semblable. Ce qui montre que les communications entre les centres fonctionnent bien, et que les évêques réussissent à établir des hiérarchies comparables. Nous sommes en face d'une Église déjà organisée.

C'est donc entre 60 et 200 que Rome commence à s'imposer. Sans difficultés apparentes. Tout permet de penser qu'on s'accordait sur sa prééminence. Encore fallait-il que les événements viennent ratifier ce choix.

Pourquoi Néron déclenche-t-il la persécution ?

C'est la persécution de Néron, en 64, qui va précipiter la montée en puissance de Rome. De cette persécution fameuse, Tacite nous a livré un récit relativement précis. Elle fut violente : un siècle plus tard, certaines autorités romaines, en Italie et en Asie, se référeront parfois à la jurisprudence néronienne.

« Pour faire taire les rumeurs relatives à l'incendie de Rome, Néron désigna comme accusés des individus détestés pour leurs abominations, que le vulgaire désigne du nom de chrétiens. Ce nom leur venait de Christos qui, sous Tibère, avait été livré au supplice par le procurateur Ponce Pilate. Réprimée un instant, cette exécrable superstition débordait à nouveau, non seulement en Judée, berceau du fléau, mais à Rome. On arrêta d'abord ceux qui confessaient leur foi, puis, sur leurs indications, une multitude d'autres, accusés non tant d'avoir mis le feu à la ville que de haine contre le genre humain. »

Ces quelques lignes sont intéressantes. Elles prouvent d'abord que les origines du christianisme sont désormais reconnues et admises. C'est Ponce Pilate qui a supplicié celui qui fut désigné du terme de Christ ; tout cela sous le règne de Tibère. Elles permettent de mesurer l'ambiguïté de l'accusation. Les chrétiens sont arrêtés et mis à mort moins pour l'incendie de Rome – personne n'y a vraiment cru – que parce qu'ils détestaient le genre humain et que leurs actes étaient abominables. Lesquels ? Tacite ne le dit pas, mais d'autres écrivains énuméreront les horreurs qu'on retrouvera de temps à autre au fil des siècles. Les chrétiens « adorent une tête d'âne » ; ils pratiquent des « meurtres rituels » ; ils autorisent l'inceste, etc. Ce sont donc les mœurs des chrétiens que les autorités romaines condamnent.

Cette campagne de dénigrement ira s'affaiblissant au long des décennies. Mais il faudra un bon siècle pour que ce discours s'efface. Encore reprend-il parfois, pendant quelques années, par exemple entre 250 et 260, sous Dèce, puis sous Valérien.

Or, il semble bien que la communauté chrétienne de Rome se soit peu manifestée après la persécution de Néron. On sait que les croyants écoutent des prédications, se réunissent, forment des catéchumènes, distribuent les premiers sacrements. Ils poursuivent manifestement trois objectifs. D'abord ne pas se faire prendre ; ensuite, évangéliser, créer de nouvelles communautés ; enfin, se séparer sans trop de heurts des communautés juives. Et cette lutte sourde alimente des inimitiés durables. Sur un point, le texte de Tacite est révélateur ; d'après lui, ce sont certains accusés qui livreront les noms des autres membres de la communauté. Bien sûr, il faut lire le texte avec d'infinies précautions. Mais il contient sans doute une part de vérité : la lutte d'influence entre judéo-chrétiens et chrétiens explique peut-être ces phénomènes de délation encouragés par la police romaine.

En tout cas, jusqu'à la persécution de Néron, les chrétiens ont simplement augmenté la taille de leur communauté, étendu leur zone d'influence, jeté les bases de ce qui deviendra, un siècle plus tard, une organisation constituée. Rome ne les intéresse pas directement. Qu'on se souvienne des épîtres de Paul : il insiste dix fois sur le respect de la loi romaine, la nécessité d'observer les usages convenables de la société qui entoure les communautés chrétiennes.

Or, avec la persécution de Néron, tout change. Les chrétiens sont condamnés à se dissimuler, à expliquer ce qu'ils sont. Rome, pour eux, devient une ville maudite. Pour les communautés asiatiques, c'est une nouvelle Babylone, une cité du mal qui gouverne l'Empire. C'est elle qu'on va retrouver dans les apocalypses. Rome est donc en passe de devenir l'ennemie.

L'événement est d'autant plus surprenant que les rapports entre les autorités impériales et les chrétiens avaient jusqu'à cette date semblé convenables. C'étaient sans doute les autorités romaines qui avaient à leur manière baptisé ces juifs marginaux : le terme de « chrétien » avait été employé à Antioche en 42 (comme nous l'avons signalé). « C'est à Antioche que, pour la première fois, les disciples reçurent le nom de chrétiens » (Ac. XI, 26). Jusqu'en 59 environ, les contacts, sans être fréquents, sont réguliers. Paul, par exemple, rencontrera plusieurs fois des procurateurs. Aucune hostilité déclarée. Comment peut-on expliquer la décision de Néron ? Contrairement à une légende tenace, ce personnage n'était pas fou ; tout au moins dans la première partie de son règne. Lorsqu'il accuse les chrétiens, l'incendie de Rome est déjà éloigné dans le temps. Il s'agit donc d'un prétexte. Mais pourquoi ?

On ne connaîtra jamais la réponse. Ce n'est pas pour des raisons morales que Néron ordonne cet assassinat collectif : la débauche n'avait pas de quoi le scandaliser ; en ce domaine, il était orfèvre. Pas davantage pour des raisons politiques : il ne craint rien des chrétiens ; il craint tout de ses proches. On ne peut suggérer qu'une explication incertaine : Néron a peut-être pressenti que cette secte ou cette religion inconnue serait un danger dans les siècles à venir pour la stabilité de l'Empire. Il en a fait le bouc émissaire dont il avait besoin bien après l'incendie de Rome. Il a tenté de liquider ces groupes incompréhensibles. Non seulement il a échoué, mais il a fait connaître leur nom et il a permis à ces chrétiens de démontrer la force de leur foi. Il est infiniment probable que Pierre est mort à ce moment-là.

Plus de persécutions jusqu'en 81 ; nous sommes sous le règne de Domitien [81-96]. À cette date, il y aurait eu des arrestations et des exécutions en Palestine. Mais ce n'étaient peut-être pas les chrétiens eux-mêmes qui étaient visés. En tout cas, les persécutions reprennent progressivement, à Rome et surtout en Asie Mineure. Cette fois, l'attitude des chrétiens se modifie. Peut-être la condamnation de Flavius Clemens, cousin de l'empereur, et de sa femme, Flavia Domitilla, sonne-t-elle la fin des illusions chrétiennes. Clemens sera exécuté dans le Colisée, Domitilla exilée. La lettre du pape Clément y fait allusion. L'Apocalypse devient, à cette date (88-97), un texte révélateur. La lutte immonde est commencée ; la Bête, c'est la personne de l'empereur. D'ailleurs, Néron va réapparaître. Après sa mort, de nombreux Romains – pas seulement les chrétiens – imaginent et craignent son retour. La rumeur va traverser les siècles et faire de Néron un criminel hors normes ; or, c'est durant ces années-là qu'elle prend naissance.

Pendant le règne des Antonins, le calme semble revenu. Un texte de Pline le Jeune adressé à l'empereur Trajan éclaire singulièrement le climat de la période. Nous sommes aux environs de 112. Pline est alors gouverneur de Bithynie, en Asie Mineure, c'est-à-dire la Turquie actuelle. Pline note qu'il est à peu près impossible de faire abjurer les chrétiens. Il précise qu'ils sont nombreux – une remarque qui prouve que les communautés chrétiennes se sont multipliées malgré les persécutions. Que faire ? La réponse de Trajan est ambiguë. Nous en avons le texte : « S'ils refusent d'abjurer, il faut les condamner. Mais il importe de ne pas tenir compte des dénonciations anonymes. Ce sont des méthodes qui ne doivent plus avoir cours. » Les gouverneurs locaux interprètent à leur guise ces règles vagues.

Donc une position modérée. On ne reproche plus aux chrétiens leurs actes, simplement d'être chrétiens. Plus question, semble-t-il, de les exécuter. On doit simplement les contraindre à accomplir un acte symbolique contraire à leur foi. Dans les faits, certains abjurèrent, d'autres trouvèrent des échappatoires. D'autres enfin s'obstinèrent : ceux-là risquaient la mort. Même position ambiguë sous Hadrien : les chrétiens demeurent suspects, ils vivent sous une menace permanente, mais en réalité ils sont désormais tolérés. Encore faut-il ajouter que l'Empire est immense et que nous n'avons pas les moyens de savoir ce qui se passe en Asie, en Afrique ou en Espagne.

Celse : « Les chrétiens sont des niais »

Il faut attendre Celse – nous sommes sous Marc-Aurèle – pour rencontrer le premier texte réellement antichrétien, *Le Discours vrai* (178). Son attaque demeure relativement modérée. On ira bien plus loin aux alentours du IIIe siècle. Les chrétiens ne sont plus des fanatiques, des êtres dont les pratiques sont ignobles ; plutôt des niais qui se prennent pour des géants. Ils croient à des histoires sans consistance qu'ils ont pêchées dans toutes les sagesses traditionnelles. Ils constituent néanmoins des hommes dangereux pour l'Empire.

Ce « discours vrai » de Celse fournit deux indications. D'une part, Rome a une idée plus exacte de ce que sont les chrétiens. Ainsi ils n'appartiennent plus à une secte juive ; ils sont fidèles à des croyances et ils ne manquent pas de courage. Cependant leur culture est dérisoire et ils ne méritent pas l'attention que leur porte une partie de l'intelligentsia romaine : « C'est, écrit-il, une religion d'enfants et de savetiers. » « Ils ne peuvent convaincre, ajoute-t-il, que les gens niais, esclaves, femmes, enfants. »

D'autre part, il ne faut plus les sous-estimer. Ils disposent désormais d'une véritable influence. Sans doute vont-ils s'en servir. Surgissent alors des ouvrages qui tentent d'expliquer ce que sont réellement les chrétiens. Cette série de répliques à Celse sera qualifiée du terme d'« apologies » (*apologie* veut dire « défense »). La première date du règne d'Hadrien. Nous n'en connaissons pas le texte. Puis Aristide d'Athènes tente à son tour de démontrer que les chrétiens sont innocents des crimes dont on les accuse. Ce document sera traduit en syriaque sous les Antonins. Mais c'est le texte de Justin, antérieur à celui d'Aristide, qui éclaire le débat. Cette fois, nous connaissons l'auteur ; ce n'est pas un homme négligeable. Il est né en Samarie ; sa famille est grecque et ne croit en rien. Il commence par décrire son itinéraire spirituel. Sa jeunesse, il l'a passée à Athènes ; c'est là qu'il a rencontré les meilleurs esprits de son époque. Là aussi qu'il s'est converti ; puis il a fondé une école qui acquit très vite une certaine renommée. Sa production est considérable (*Discours aux Grecs*, *Sur l'âme*, etc.). Finalement il est arrêté et exécuté vers 165. Son œuvre demeure. C'est celle d'un penseur grec qui entreprend d'exposer ce qu'est le christianisme ; il a l'avantage d'affirmer que pour lui le christianisme est l'aboutissement logique de la pensée grecque. Christ vient après Socrate et Platon. Christ est l'incarnation de Dieu et le Logos universel. Son texte est brillant mais souvent un peu rapide. C'est plus un conteur qu'un théologien. Après lui, il y eut Tatien (l'un de ses disciples). Celui-là fera un pas de plus. Pour lui, c'est la logique historique qui relie l'hellénisme au christianisme ; le Fils de Dieu a révélé aux hommes la nature vraie du Logos que la pensée grecque avait simplement pressentie et nommée.

Voilà en somme que vient d'apparaître un personnage nouveau : l'intellectuel grec chrétien. Il sera philosophe et progressivement deviendra théologien. Ce sont les juifs chrétiens d'Alexandrie qui ont donc permis à la théologie de naître et d'être exprimée dans une langue universelle.

Avec Irénée Rome sort de l'ombre

Donc, à Athènes, en Asie comme à Alexandrie, le basculement du christianisme vers la pensée grecque est général. Reste à connaître la situation à Rome.

Sur ce point, nous manquons d'informations. À partir de la persécution de Néron, Rome se tait. Ou, plus vraisemblablement, ses messages ne nous sont pas parvenus. Nous sommes donc contraints de nous appuyer sur les textes d'Irénée. On peut lui faire confiance : Irénée est aussi un journaliste exceptionnel.

À sa manière, ce personnage est une espèce de géant. Après Paul, et à peu près à la même époque qu'Origène, c'est l'un des hommes qui vont faire du christianisme l'une des pierres de la pensée occidentale. Augustin viendra bien après lui. Il faut donc rappeler ce qu'il était et ce qu'il fit. Puis nous reviendrons sur ce qu'il dit de Rome.

Qui est-il, cet Irénée perdu dans les tout débuts du christianisme ? Un homme né probablement à Smyrne. C'est là qu'il a suivi l'enseignement d'un vieil homme : Polycarpe. Il le raconte dans une lettre adressée en 190 à un ami :

« Je t'ai vu, alors que j'étais encore enfant, auprès de Polycarpe. Tu brillais à la cour impériale et tu cherchais à te faire bien voir de lui [...] Je me souviens mieux de ce temps-là que des événements récents. Car ce que j'ai appris en bas âge a grandi avec mon âme et ne fait qu'un avec elle [...] Je puis donc dire en quel endroit le bienheureux Polycarpe s'asseyait pour parler [...] Je peux décrire les entretiens qu'il avait avec le peuple, comment il racontait ses rencontres avec Jean et les autres disciples qui avaient vu le Seigneur, comment il rappelait leurs paroles et les choses qu'il leur avait entendu rapporter [...] Tout cela, je l'ai conservé dans mon cœur. »

Polycarpe meurt martyr en 155 ou 156. Or Irénée est né aux alentours de 140. On ignore pour quelle raison il se rend à Lyon. En tout cas, il est présent dans cette ville en 177, lors de la première persécution en Gaule. Pothin, premier évêque de Lyon, y trouve la mort. Irénée lui succède ; il a environ trente-sept ans. Il va à Rome – c'est un grand voyage – pour rencontrer le pape Éleuthère [174-189]. Il y reviendra pour plaider devant le pape Victor [189-198] à propos de la fixation des dates de Pâques. Personne ne peut préciser le moment de sa mort. A-t-il été martyrisé ? On ne sait. C'est une tradition remontant sans doute au début du VIe siècle qui affirme son martyre. Mais il n'existe pas de preuves.

Si nous ignorons l'essentiel de sa vie, nous connaissons convenablement son œuvre. Il écrit en grec. Certains de ses ouvrages nous sont parvenus dans des traductions araméennes, mais lui a toujours tenu à s'exprimer en grec. Son ouvrage principal s'intitule : *Contre les hérésies*. Il comprend plusieurs livres qui traitent soit des Évangiles, soit de la gnose.

En vérité, toute son œuvre se dresse contre les hérésies. Il veut préciser ce qu'est le christianisme pour empêcher celui-ci de dériver. Tout commence pour lui avec l'histoire d'Israël ; il considère que c'est une histoire sainte, tout simplement parce qu'elle constitue une prophétie exceptionnelle. Elle annonce déjà la venue du Christ et ne prend sa signification qu'avec le sacrifice du Fils de Dieu. On a pu dire qu'Irénée était l'un des inventeurs de ce que l'on désignera bien plus tard du terme de « théologie de l'histoire ».

Quel est, du coup, le rôle de l'Église ? Elle transmet la vérité de la tradition. Elle ne peut donc exister qu'autour de l'évêque. C'est lui, en effet, qui garantit le discours apostolique de l'Église parce qu'il fait partie de la succession des apôtres des premiers jours. Ceux qui n'acceptent pas cette continuité se placent d'eux-mêmes hors de l'Église. C'est en ceci qu'ils sont des hérétiques.

Quel est le dessein de Dieu ? Il demeurera toujours entouré de mystère. Mais il est marqué par une évidence : Dieu veut faire accéder l'homme à la connaissance totale ; la fonction de l'homme, c'est de rencontrer son Créateur. Irénée désigne cette logique sous le terme d'« économie du Salut ». L'expression subsistera jusqu'à nos jours.

Il y a donc deux étapes dans cette économie du Salut. La première part du commencement du monde et prépare l'avènement du Fils de Dieu. La seconde commence avec la Résurrection de Jésus et conduit l'humanité jusqu'à la fin des temps. Durant cette phase ultime de l'histoire de l'homme, c'est l'Esprit qui transmet l'intuition de Dieu. C'est la Troisième Personne de la Trinité qui permet aux hommes de percevoir la signification globale de l'histoire dans laquelle ils sont immergés.

Irénée découvre la philosophie de l'histoire

Est-il besoin de souligner l'extrême modernité d'Irénée ? Les Grecs avaient fort bien compris l'importance de la durée. Hérodote et surtout Thucydide avaient inventé l'histoire. Thucydide, on s'en souvient, raconte la guerre du Péloponnèse, vers la fin du Ve siècle avant J.-C. Mais aucun d'entre eux n'avait imaginé ce qu'on désignera un jour du terme de « philosophie de l'histoire ». Certes, Irénée n'a pas été conscient d'avoir ouvert une avenue à la réflexion philosophique. Il cherche modestement à situer les étapes de la Révélation, à fonder théologiquement la nature de l'Église. Impossible s'il feint d'ignorer l'Ancien Testament ; impossible s'il ne réussit pas à relier des thèmes qui à son époque semblent contradictoires. Tout se passe comme s'il dessinait une gigantesque tapisserie qui servira de fond de décor à l'histoire des hommes. C'est un véritable exploit intellectuel :

Irénée progresse sur un terrain vierge. Ses réflexions, en effet, ne recoupent aucune mode : il vit à l'époque du néoplatonisme qui va d'ailleurs marquer les chrétiens d'Alexandrie un demi-siècle plus tard. Rien n'est plus éloigné de notre Lyonnais. Il ne s'intéresse guère aux idées ou à leurs ombres. Ce qui le fascine, ce sont les cheminements de Dieu et de Ses créatures, la convergence de l'Un par rapport aux autres. En un mot, c'est la signification globale de l'aventure humaine.

Or cet évêque théologien dont l'Église va faire un saint quelques siècles plus tard est à la fois un penseur d'avant-garde et un traditionaliste. Il est d'ailleurs convaincu que les deux attitudes sont liées. Ce sont ceux qui restent fidèles aux traditions qui peuvent déblayer les voies de l'avenir. Or la tradition est transmise par les apôtres. Une chaîne les relie à travers le temps, de la mort du Christ aux temps présents. L'Église de Rome en est un bon exemple. C'est par ce biais que l'évêque de Lyon nous fournit quelques éléments sur le christianisme dans la capitale impériale.

D'abord, nous l'avons vu, il transcrit la liste des évêques de Rome depuis la mort de Pierre. Il y eut Lin, Clet et Clément. Suivis d'Évariste, Alexandre, Sixte (il est évêque de Rome aux alentours de l'an 100), Télesphore [125-136], qui fut martyr, Hygin [136-140], Pie Ier [140-155], Anicet [155-166], Sôter [166-175]. Pour finir Éleuthère [174-189] et Victor Ier [189-198].

Ensuite il compare les communautés anciennes – celles d'Asie – et celles établies chez les barbares. Il admire l'intelligence et la foi des secondes : « Ils n'ont ni papier, ni encre, mais le salut est écrit dans leur cœur par l'Esprit et ils gardent fidèlement la vieille tradition. »

« En face de ces preuves si manifestes, il n'est pas besoin de chercher la vérité chez les autres. Il est facile de la recevoir dans l'Église [...] Et si quelque petite question provoque une discussion, ne faut-il pas recourir aux Églises les plus anciennes, celles où les apôtres ont vécu, et sur la question débattue recevoir d'elles un enseignement certain et évident ? Si les apôtres ne nous avaient pas laissé les Écritures, n'aurait-il pas fallu suivre l'ordre de la tradition qu'ils ont confiée à ceux à qui ils remettaient l'Église ? »

Lignes révélatrices. L'inventeur de la théologie de l'histoire et de l'économie du Salut s'appuie fondamentalement sur le message des apôtres. Pour lui, la plus prestigieuse des Églises est évidemment celle de Rome. Lui qui est né à Smyrne et qui gouverne l'Église de Lyon, c'est à Rome qu'il se rend lorsqu'il veut être éclairé sur un point.

Pour lui, trois choses sont évidentes : l'unité doctrinale de l'Église ; l'importance de l'Église romaine, gardienne de la tradition apostolique ; sa prééminence sur toutes les autres Églises parce qu'elle est reliée directement à l'apôtre qui a reçu de Jésus les clés de l'Église.

Grâce à Irénée, nous pressentons ce qu'est, entre 100 et 200, la place de Rome dans l'Église. La communauté chrétienne de cette ville n'est pas la plus importante de ce christianisme des premiers siècles. Mais Rome dispose d'une « aura » indiscutable. Seule obscurité : son autorité est mal définie. Ce n'est d'ailleurs pas entre ses murs que se déroulent les premiers grands affrontements théologiques : c'est dans le triangle Athènes, Antioche, Alexandrie. D'une certaine manière, Rome est décentrée par rapport aux communautés les plus importantes en nombre et en influence de l'Église. Pourtant, les fils de la toile qui se tisse le long des rivages de la Méditerranée aboutissent déjà dans la capitale de l'Empire.

Il faudra plusieurs siècles avant que ce que l'on peut désigner du terme de géographie de l'Église soit achevé.

À Carthage Cyprien tient tête à Rome

Il existe une indication qui permet de prendre la mesure des pouvoirs respectifs du pape et des évêques. C'est même la première fois qu'un débat à fleurets mouchetés s'ouvre sur l'organisation hiérarchique de l'Église. Le problème peut se ramener à une question simple : le pouvoir ultime, dans l'Église, appartient-il au pape, évêque de Rome, ou aux évêques eux-mêmes ?

Pour comprendre ce petit affrontement, il faut mesurer l'importance que l'Église a prise aux alentours de 250. Elle est devenue une espèce de puissance. L'Italie péninsulaire possède déjà entre soixante et cent évêchés. Rome est désormais considérée comme un patriarcat. Situation comparable à Antioche et à Alexandrie. Les conciles deviennent fréquents. Il y en aura plusieurs sortes : les régionaux (fréquents), les généraux (convoqués par le pape), enfin les conciles œcuméniques (qui ont une importance particulière dans la définition de la Foi et de la doctrine de l'Église, mais ils peuvent délibérer sur d'autres sujets). Les conclusions de leurs débats sont expédiées aux autres Églises. Tout le monde admet que le synode romain détient une autorité spéciale. C'est en tout cas ce que reconnaît Cyprien qui va pourtant s'engager avec Rome dans une contestation importante pour l'avenir.

Qui est Cyprien ? L'évêque de Carthage. C'est-à-dire qu'il jouit, lui aussi, d'une autorité quasi patriarcale. L'Église d'Afrique est en effet influente : soixante-dix évêques réunis en 220 par Agrippinus, alors évêque de Carthage. En 256, ils sont quatre-vingt-dix. Cette fois, c'est Cyprien qui anime l'assemblée.

Qu'il ait existé une vague hostilité entre ces Églises et celle de Rome, c'est probable. Autour de Cyprien, l'Église est plus groupée en Afrique qu'en Italie. Tertullien (150-222 environ), qui fut un grand écrivain chrétien de langue latine, même s'il adhéra au Montanisme à la fin de sa vie, provient de cette région du monde. Bon nombre de spécialistes s'accordent aujourd'hui sur l'existence d'une opposition feutrée contre l'autorité impériale.

Cyprien est un personnage considérable. Né à Carthage en 200, décapité en 258, il fut à la fois prédicateur et théologien. C'est en 248 qu'il est élu évêque de Carthage, donc métropolite d'Afrique ; c'est-à-dire, à ses yeux, de l'ensemble de l'Occident latin. Il dut fuir Carthage lors de la persécution de Dèce. Arrêté en 258, il fut exécuté le 14 septembre.

Si l'on veut schématiser les tendances de cette dernière époque du christianisme préconstantinien, on peut dire que les Églises d'Orient sont fascinées par le désert et l'ascèse : l'érémétisme date en effet de cette période. L'Église d'Alexandrie se passionne pour une théologie marquée par l'influence grecque. L'Église d'Occident se consacre plutôt à l'organisation de l'Église.

Or Cyprien, au début de son épiscopat, soutient en général les positions romaines. Les difficultés apparaissent lors de la persécution de Dèce (janvier 250). L'empereur (200-251) exigeait de tous les citoyens la participation aux cérémonies en l'honneur des dieux immortels. Ce qui constituait pour l'ensemble des chrétiens un véritable défi : il leur fallait brûler quelques grains d'encens aux pieds des idoles, moyennant quoi ils recevaient une espèce de certificat de romanité (Libellus). De nombreux prêtres suggéraient de s'accommoder de cette gesticulation. Soit en achetant le certificat, soit en l'obtenant des fonctionnaires romains sans même payer. Il serait toujours temps, l'orage passé, de juger des convictions des *lapsi* (littéralement « chrétiens qui ont renié leur foi »). Beaucoup de confesseurs conseillent de pardonner « à ceux qui sont tombés », « qui ont failli », et donc renié leur foi. Ils suggèrent d'autoriser la réintégration dans l'Église. Cyprien s'y oppose, demande que l'on distingue entre ceux qui cédèrent après avoir été torturés et ceux qui ont accepté sans combattre. Il demande que tous fassent pénitence avant de retrouver l'Église. Mais en même temps il s'oppose avec force aux intransigeants qui estiment que l'Église ne doit pas pardonner l'apostasie.

Donc une position qui nous semble sage et prudente. Il n'en sera pas tout à fait de même concernant l'autorité du siège romain. Cyprien se garde de contester sa prééminence ; mais il considère en même temps que l'évêque exerce un magistère apostolique dans la région dont il est le pasteur. Du coup, il s'oppose à la position défendue par le pape Étienne [254-257]. Celui-ci, s'appuyant sur la tradition, considère qu'un homme ayant reçu le baptême peut rejoindre l'Église. Même s'il l'a reçu des mains d'un évêque « hérétique », c'est-à-dire qui se sépare du dogme, ou « schismatique », c'est-à-dire qui conteste simplement l'autorité de la hiérarchie. Cyprien n'accepte pas cette position du pape Étienne. Il faudra attendre Augustin pour que l'Église d'Afrique s'aligne sur la position romaine.

Nous avons là un exemple de la tension qui pouvait naître entre les évêques et l'évêque de Rome. Plus tard, bien plus tard, le problème prendra toute sa dimension : qui dispose du pouvoir ultime ? Le pape ou le concile ?

CHAPITRE 4

LE SIÈCLE QUI A VU L'ÉGLISE BASCULER

Tout se déroule en quelques années. En 303, commence la plus grande persécution que l'Église ait jamais subie depuis sa naissance. Puis, en 312, Constantin bat son rival Maxence au Pont Milvius, au nord de Rome. Devenu empereur, il établit très vite son pouvoir sur l'ensemble des terres romanisées et amorce un mouvement qui, en quelques années, va faire du christianisme la religion de Rome. En réalité, l'évolution est plus complexe. Ici et là elle est rejetée, puisque le christianisme ne sera déclaré religion officielle qu'en 392 seulement (édit de Théodose, *Contre les hérétiques et les païens*).

Pourquoi cette évolution rapide ? Peut-être simplement l'importance qu'a prise alors l'Église. Il faut soit la faire disparaître par n'importe quel moyen, soit en faire une alliée de l'Empire. Il est probable que les principaux acteurs de ce drame en deux actes ne sont pas conscients des conséquences de leurs décisions. Chacun se débat comme il peut avec les obstacles immédiats qui se dressent devant lui. Mis à part le cas de Constantin : celui-là, au moins, semble avoir pressenti la transformation qu'il allait imposer à l'Empire. Mais avait-il les moyens d'éviter ce ralliement ?

La grande persécution : Dioclétien invente l'État totalitaire

Le mot « Empire » prête à de multiples confusions. Rome n'est pas le centre d'une histoire linéaire inaugurée par César sur les ruines de la République, et imposée à l'ensemble des territoires conquis par la toute-puissance d'Auguste.

Jusqu'à cette fin du IIIe siècle, on peut reconstituer les grandes lignes de l'histoire de l'Église sans trop se préoccuper de l'aventure romaine. Bien sûr, Rome est là, majestueuse, puissante, conduite soit par des hommes de valeur, soit par des médiocres, parfois même par des malades. Mais la petite Église chrétienne se développe dans les interstices de l'Empire. L'État romain ne se préoccupe guère des chrétiens ; ceux-ci ne représentent en réalité ni une menace ni un enjeu. Certes, il y eut Néron et ses successeurs. Ce fut important et meurtrier pour les chrétiens ; ce ne fut qu'un incident dans l'histoire de l'Empire.

Impossible désormais d'en rester là. L'Empire est malade et lutte pour sa survie. Certains historiens affirment qu'au cours du IIIe siècle, il faillit disparaître. D'une tout autre manière, les chrétiens, eux aussi, tentent de survivre dans un environnement hostile. Mais ils sont confiants : d'année en année, ils savent qu'ils deviennent plus nombreux, plus organisés. Il est devenu inévitable que l'Empire et l'Église se mesurent. Les deux chocs successifs vont l'un et l'autre traduire la préoccupation des autorités : que faire des chrétiens ?

Le problème est d'autant plus aigu que l'Empire sort épuisé de ce sombre IIIe siècle. Ses légions avaient dû se mesurer avec la Perse, autre puissance majeure qui contrôlait déjà la plus grande partie du commerce entre l'Occident et la Chine. En 227, une nouvelle dynastie – les Sassanides – s'était établie dans cette immense région. Au sommet de leur puissance, les Sassanides imposeront une autorité religieuse et presque totalitaire : le mazdéisme, qui s'étendra de l'Europe à l'Indus. Dans cet affrontement, Rome n'est pas certaine de l'emporter.

Même tension sur le Danube. C'est pour longtemps le point névralgique de l'Empire. Simplement parce que c'est là que se rassemblent régulièrement les peuples venus du Nord. Il faut les contenir par la puissance des armes ou par la corruption. C'est une tâche qui n'en finit jamais. Durant tout le IIIe siècle, Rome doit faire face à cette poussée qui n'en est qu'à ses débuts : c'est le premier signe des grandes invasions du Ve siècle.

La situation est-elle meilleure à l'intérieur de l'Empire ? Nullement. Des séries de guerres civiles démontrent l'extrême fragilité du pouvoir. Les historiens baptiseront cette époque du terme de « Bas-Empire » ; H.I. Marou préfère le terme d'« Antiquité tardive ». Pour résister à ces diverses tempêtes, Rome a dû inventer et imposer un État fort.

Quelques historiens affirment que ce qui apparaît entre Dioclétien et Constantin, c'est un des premiers États modernes et totalitaires de l'histoire. Jugement un peu excessif : mais il est exact que la centralisation ne cesse de s'accroître, que la police devient omniprésente et qu'une vague religiosité nimbe ce nouvel Empire. Ce n'est pas tout à fait une nouveauté ; depuis Auguste, les empereurs ont insisté sur le caractère divin de leur personne et de leur rôle. Mais cette fois la situation est différente : après l'athéisme élégant de la période grecque, les Romains redécouvrent un certain sens de la piété. On ne peut vivre sans espérance. Les multiples dieux de l'ancien panthéon romain ne sont plus que des objets précieux ou vils. Le scepticisme grec a débarrassé l'Empire de ses idoles, accumulées au fil des conquêtes. Reste à vivre, à retrouver une signification à cette aventure individuelle et collective qui emporte les hommes dans son torrent.

Tel est le climat lorsqu'en 285 Dioclétien accède au pouvoir. Il dispose, à ses débuts, d'une autorité incertaine qu'il partage, ou feint de partager, avec un deuxième empereur – collègue adjoint et subalterne –, Maximien (Marcus Aurelius Valerius, qui se choisit ensuite le surnom d'Hercule) ; sans compter les deux Césars, auréolés du titre de César adjoint, et possédant des espérances successorales. Il est évident que cette tétrarchie est fragile. Dioclétien commence par établir une collégialité subtile. Pour sa part il a fait de Nicomédie le siège de l'Empire. Le co-empereur réside à Milan. Les deux Césars sont, l'un à Sirmium, l'autre à Trèves. En fait Dioclétien s'attribue tous les pouvoirs importants. Il va gouverner longtemps [285-305]. C'est lui qui va réformer d'une main de fer le vieil Empire. Constantin, le moment venu, bénéficiera de cette reconstitution tardive.

Durant ce long règne, la persécution antichrétienne interviendra tard. Au début, l'empereur a reconstitué le tissu administratif de ce territoire trop grand. Puis il a tenté de redonner force et vie aux anciens dieux. Non pour des raisons religieuses, mais parce qu'il estime avoir besoin de cet ensemble de croyances vagues pour asseoir, sur des convictions anciennes, l'unité de l'Empire. Pendant près de vingt ans, il ne se passe à peu près rien entre l'administration impériale et les communautés chrétiennes. Peut-être quelques chrétiens qui n'acceptent pas la conscription obligatoire furent-ils emprisonnés ? D'après Eusèbe de Césarée (265-340), ces pré-persécutions se seraient déroulées au carrefour des années 300-302. C'est sans doute exact. Cela n'annonce pas la succession des édits de 303-304.

Le sang coule à Antioche

La crise s'ouvre à Antioche, en 302. La cause première est occasionnelle, voire quelque peu ridicule. Dioclétien offre un sacrifice, c'est une cérémonie ordinaire. On consulte, comme il est d'usage, les entrailles des victimes. Or celles-ci sont – dit-on – muettes ; ce qui déplaît aux yeux de l'empereur. En réalité celui-ci poursuit, sans l'avouer, des objectifs fiscaux. En tout cas, le maître des cérémonies, qui se serait appelé Tagis, accuse les chrétiens d'être responsables de cet échec. Ils auraient fait le signe de croix pour troubler la cérémonie. Mécontentement de l'empereur qui ordonne à tous les serviteurs du palais de sacrifier sous peine de flagellation. Premier lot de chrétiens qui se retrouvent sous les coups de fouet. Ils ne se révoltent pas, ne disent rien. Voilà Dioclétien en colère. Cette fois, il veut imposer sa loi. Il expédie au chef de corps des troupes d'Asie, qui dépendent directement de lui, un ordre strict : officiers et soldats doivent accomplir les sacrifices ou être renvoyés de l'armée. La persécution commence donc dans l'armée. Elle fut réelle et meurtrière en Orient. L'influence de Galère commence à se faire sentir ; celui-ci était le fils d'une prêtresse païenne ; il fut un farouche antichrétien, et poussa Dioclétien à la persécution. C'est du moins l'opinion de Lactance (260-325).

Le deuxième édit – qui se réfère d'ailleurs au premier – interdit le culte. Les livres et les vases sacrés doivent être saisis, les églises détruites. Dioclétien, affirment les historiens, souhaitait éviter les exécutions capitales. Il n'y parviendra pas. L'église de Nicomédie, qui jouxte le palais impérial où l'empereur a rédigé la proclamation, est saccagée, incendiée, enfin démolie. Les flammes de cette destruction constituent un signal universel. D'autant qu'un chrétien de Nicomédie a l'audace de déchirer le lendemain le texte affiché de l'édit de Dioclétien. Il fut bien entendu mis à mort séance tenante. Mais son geste est une réponse à l'ouverture des hostilités. D'ailleurs, quelques jours plus tard, un début d'incendie menace le palais impérial. Lactance (il fut le précepteur du fils de Constantin), qui plus tard rapporte ces événements, affirme que c'est Galère qui a mis le feu à l'édifice. Tout de suite, on accuse les chrétiens. Cette fois, la bataille devient impitoyable. D'abord, Prisca et Valéria, femme et fille de l'empereur, sont accusées ; elles sont chrétiennes. Elles se rétractent et sauvent leur vie. Mais dans l'entourage de l'empereur, dans la ville, les arrestations, les tortures et les mises à mort se succèdent. Partout, on incendie : les bibliothèques de l'Église et les archives disparaissent en fumée. D'ailleurs le siège de Rome, libéré par le décès naturel du pape Marcellin, ne sera pas occupé pendant quatre ans. Plus de pape durant cette période. En Italie, en Afrique, en Orient, on assiste à des opérations étrangement modernes : défilés de foules hurlantes, arrestation des coupables ou des suspects, tortures, mises à mort ou condamnations à aller travailler dans des mines qui n'ont pas grand-chose à envier à nos camps de concentration.

Combien de victimes durant ces quelques années qui séparent la fin du règne de Dioclétien de la nomination de son successeur, Galère ? Quand Dioclétien abdique en 305, Galère poursuit la même politique. La persécution dure quatre ans. Il n'existe aucune donnée chiffrée ; il serait absurde d'établir des comparaisons avec les crimes massifs de notre XXe siècle. Les historiens, en tout cas, s'accordent sur un point : ce fut la plus féroce répression collective que connut l'Empire romain. On brûle et on tue aussi bien en Espagne qu'en Syrie et à Rome. Les noms de milliers de morts appartenant à toutes les classes sociales sont parvenus jusqu'à nous. Ce qui frappe, dans cette énumération, ce sont les noms des villes : Rome, Augsbourg, Sétif, Saragosse, Barcelone, Cordoue, Syracuse, etc. Inutile de s'étendre sur les tueries qui touchent la Syrie et la Palestine. Des groupes de chrétiens vont se réfugier dans les montagnes proches ; d'autres franchissent les frontières et demandent ce qu'on appelle aujourd'hui l'asile politique aux Arméniens et aux Perses. Presque partout, ils furent bien accueillis ; certains s'installèrent et ne revinrent jamais. Des communautés chrétiennes naquirent de cet exode. La conversion officielle du royaume d'Arménie intervint, sous le roi Tiridate II ou III, en 280 ; Tiridate II ou III, le roi de ce pays, avait commencé par persécuter les chrétiens, mais fut converti par Grégoire. Il imposa alors le christianisme comme religion nationale.

Les réactions des chrétiens furent, comme toujours, diverses. Il y eut des femmes et des hommes qui acceptèrent d'adorer l'empereur, de remettre les Livres sacrés ; d'autres tentèrent de se faire oublier : ils furent relativement rares, la police de l'Empire à cette époque était efficace : elle retrouvait les fuyards loin de chez eux. Enfin, il y eut tous ceux qui moururent sans comprendre ; car ce massacre n'avait pas grand sens. Les communautés chrétiennes vivaient en paix avec Rome depuis des décennies. Pourquoi cette violence soudaine ? Mystère. Aujourd'hui encore, les historiens hésitent : ce serait Galère qui aurait convaincu Dioclétien de la nécessité d'agir. C'est probable. Mais pourquoi Galère a-t-il basculé dans cet extrémisme ? Par conviction personnelle.

Le 30 avril 311, Galère signe un édit de tolérance. En fait, il reconnaît le semi-échec de la persécution. Il faut attendre un an avant le retour de la paix religieuse. Mais l'empereur qui a succédé à Galère, Maximin Daïa, avait d'autres préoccupations : il y avait, cette année-là, environ sept empereurs en compétition. Les guerres de faction s'entrecroisaient, et le pauvre Daïa tentait de sauver son petit morceau de trône.

Tout change, une fois de plus. Le seul pays qui ait évité la persécution, c'est la Gaule. Constance Chlore, César local, avait sans doute rangé les divers édits de Dioclétien dans la pile des documents sans importance. En tout cas, Lyon, Narbonne, Arles ne figurent pas dans la liste des villes livrées à la persécution.

C'est à cette crise majeure que nous devons, semble-t-il, la disparition des premières archives romaines. Les incendies absurdes ont transformé en cendres lettres et documents des premiers temps de l'Église. Nous en saurions sans doute bien davantage si Dioclétien, à Antioche, ne s'était pas mis en colère.

L'arrivée au pouvoir de Constantin est classique. Ce personnage, qui va jouer un rôle considérable, est le fils de Constance Chlore – l'homme qui a protégé la Gaule – et d'Hélène. Celle-ci est, semble-t-il, chrétienne lorsque Constantin s'empare progressivement du pouvoir. Lui-même ne se fera baptiser que sur son lit de mort. Au cours d'une bataille relativement banale, il écrase l'armée de Maxence (fils de Maximien), son rival. L'histoire affirme qu'un symbole chrétien – *In hoc signo vinces* – avait été peint sur le bouclier des troupes de Constantin.

Ce que l'on veut affirmer, c'est que le nouvel empereur n'est pas hostile aux chrétiens, au moment où il commence à conquérir l'Empire. Pour les chrétiens, en tout cas, il ne se passe rien jusqu'en 313. Constantin, comme Clovis longtemps après, évolue très lentement. La liberté de culte accordée aux chrétiens et la restitution des biens confisqués, seront décidées aux alentours de 313.

Ce n'est qu'un premier pas. Très vite, Constantin s'engage dans une politique d'aide publique en faveur des chrétiens. Le clergé bénéficie d'aides financières et d'exemptions fiscales. En 315, les symboles chrétiens apparaissent sur les monnaies alors que les images païennes disparaissent progressivement.

À partir de 323, l'Église catholique obtient un statut juridique officiel, au même titre que les collèges sacerdotaux païens : les décisions des tribunaux religieux sont reconnues comme valables par l'État.

Il devient clair pour tout le monde que l'Empire reconnaît le christianisme comme religion prioritaire, mais pas officielle. Constantin meurt en 337. Cette révolution ne sera interrompue que durant le règne, relativement bref, de Julien l'Apostat [360-363]. Mais la tendance de fond est irréversible. En 391, sous Théodose, les hérétiques tombent sous le coup des lois et les cultes païens sont officiellement interdits.

L'Église s'est finalement imposée à l'Empire.

Le passage d'un monde à l'autre

Il est presque impossible pour nous d'imaginer la stupéfaction des contemporains. Voilà par exemple un jeune homme qui eut vingt ans en 300. Il est chrétien, comme ses parents.

Le début de sa vie s'est déroulé dans cette Asie proche de l'Europe. Soudain, il assiste, horrifié, au début de la grande persécution. Des prêtres qu'il connaissait sont arrêtés, exécutés ; la nuit, il contemple les flammes qui s'élèvent au-dessus des églises incendiées. Lui et ses proches s'enfuient, vont se réfugier chez des parents qui habitent dans les collines. Ce n'est pas une protection très sûre. Que fera-t-il si, à son tour, il est arrêté ? Aura-t-il le courage de devenir, lui aussi, un martyr ?

Difficile de ne pas s'interroger et trembler face à la mort. Après tout, ce jeune homme est romain. Il est fier de l'incroyable histoire de cet Empire auquel il appartient. Que peut-il attendre du Christ ? La promesse transmise par les apôtres et les évêques, leurs successeurs, d'un proche retour du Christ, Fils de Dieu, ne s'est pas réalisée. D'ailleurs cet événement semble s'éloigner dans le temps : deux siècles et demi déjà, et personne n'a surgi. L'idée de la fin des temps n'est plus aussi présente qu'elle le fut au lendemain de la persécution de Néron. Donc la tentation du reniement ne l'épargne pas.

Puis la tempête s'apaise. Dioclétien abdique, Galère, qui, dit-on, a imposé cette politique, lui succède. Ce qui annonce de nouveaux malheurs. Pourtant, très vite, le nouvel empereur hésite, comme s'il avait d'autres préoccupations. La répression diminue, même si les édits restent officiellement en vigueur.

Éternelles crises dynastiques : elles se succèdent à toutes les extrémités de l'Empire. Les communautés chrétiennes se reconstituent comme elles le peuvent ; elles ont l'habitude de la semi-clandestinité. De nouveaux évêques, pour la plupart désignés par les prêtres, recommencent à administrer les sacrements. Ce n'est plus le temps des catacombes, simplement celui des précautions quotidiennes : c'est la situation de l'Église depuis sa naissance.

Et voilà Constantin, fils de Constance Chlore et d'Hélène, qui accède à son tour au trône impérial. Combien de temps demeurera-t-il, celui-là ? Personne ne fait la moindre prévision. Ce qui inquiète la génération nouvelle, c'est la conscription. Les légions ont besoin d'hommes. L'interminable guerre du Danube dévore les armées. Il faut sans cesse reconstituer de nouvelles unités. Or les chrétiens n'acceptent pas d'aller faire la guerre de gaieté de cœur. Certes, l'Église ne s'oppose plus à ce que les fidèles deviennent soldats ; mais c'est du bout des lèvres. Soudain, le paysage politico-religieux se modifie d'une manière prodigieuse. Voilà que les persécutés d'hier deviennent des hommes respectables. Mieux encore : l'État participe à la reconstruction des églises. C'est sans doute à cette époque que leur architecture devient ce qu'elle est encore aujourd'hui : une longue nef coupée, non loin du maître-autel, par deux chapelles annexes formant une croix.

Est-ce la fin de la longue nuit du christianisme ? L'Église va-t-elle connaître un âge d'or ? Tout permet de l'espérer. Notre jeune homme – il a maintenant une trentaine d'années – constate que les conversions se multiplient tout autour de la Méditerranée. Il se méfie de ces chrétiens de la vingt-cinquième heure. Ne sont-ils pas de simples ralliés ? Ont-ils la foi ? Lorsque cette mutation est presque achevée, notre jeune homme est devenu un homme. Il a connu une Église persécutée et une Église triomphante. Il s'interroge : assiste-t-il à un miracle ? Est-ce le commencement d'une paix éternelle ? Beaucoup le croient.

Ils ont oublié que personne ne leur a jamais prédit la paix. D'autant qu'un problème majeur se pose aux chrétiens : une connaissance plus précise de leur foi. Cette relecture des Évangiles, ce dévoilement progressif du contenu philosophique et théologique du message qu'ils ont reçu, va prendre des années. Et les chrétiens vont découvrir les charmes des luttes internes.

Constantin, il faut le préciser, ne tombe pas tout à fait du ciel. Grâce à son habileté et à sa force, il va reconstituer un Empire à bout de souffle. Le IIIe siècle fut en effet, pour la puissance romaine, celui de tous les dangers.

Les barbares commencent à enfoncer le limes

Récapitulons les deux dangers qui viennent de menacer l'Empire. L'un provenait de l'extérieur ; l'autre de l'intérieur. Le premier peut se résumer en une formule : la rupture des digues. Soudain, elles craquent presque partout. De l'Angleterre au Danube, le *limes* est enfoncé. Ce qui n'a rien de surprenant. Tout au long de cette frontière gigantesque, Rome n'avait maintenu qu'un mince rideau de troupes : cent cinquante mille hommes pour quinze mille kilomètres de frontières. Ce qui faisait un nombre de légions déjà impressionnant. Lorsque les barbares attaquaient sur un point, les légions voisines venaient à marche forcée colmater la brèche. Tout rentrait dans l'ordre. Malheureusement, dès le début du IIIe siècle, les barbares ont attaqué presque partout simultanément. Le cordon sanitaire ne pouvait pas résister à un assaut général.

Citons la date principale. En 250, les Goths – plusieurs fois repoussés auparavant – font craquer le front danubien. En même temps – on l'oublie souvent –, ils attaquent par mer. Voilà le Bosphore menacé.

Même problème en ce qui concerne la Gaule et l'Espagne. Francs et Alamans, parmi d'autres, pénètrent progressivement dans les deux pays.

Plus grave encore : la Perse, rétablie dans son unité et sa puissance grâce à un prince brillant, Shapur Ier [241-272], deuxième souverain de la dynastie sassanide, intervient en Arabie, en Syrie et en Palestine. Grand adversaire des Romains, Shapur bat successivement plusieurs empereurs, dont Valérien qui est fait prisonnier. Il est le protecteur du prophète Mani. Il intervient en Arabie, en Syrie et en Palestine. Entre les Goths et les Perses, il y a même parfois des alliances en bonne et due forme. Antioche tombe en 253. Les troupes romaines réussissent à stopper l'envahisseur devant Édesse. Vers 270, l'Empire n'a plus le choix : il rétrécit ses lignes de défense. Depuis plus d'un demi-siècle, il accumule les défaites. Les conséquences économiques sont immédiates. Il y a, dans de nombreux secteurs, rupture des approvisionnements, les prix montent, la monnaie est dévaluée. Ce qui pose de redoutables problèmes aux empereurs : ils n'ont souvent plus d'argent pour payer les légions.

Ce fut le début de l'une des périodes que les historiens baptisent joliment du terme d'« anarchie militaire ». Les légions, pour être rassurées sur leur solde, désignent comme empereur leur propre général. Il y en eut parfois une bonne dizaine simultanément. La compétition entre eux se règle par les armes. D'où une série de guerres civiles permanentes. C'est Dioclétien [285-305] qui réussit à stopper, pour un temps, le démembrement de l'Empire. C'est aussi lui qui modifie la situation intérieure de ces gigantesques territoires exténués. Il lui faut des hommes pour reconstituer les légions. Il n'accepte pas les désertions. Une police d'un type nouveau fait son apparition. L'Empire devient autoritaire. En tout cas, l'Empire puissant et relativement libéral d'Auguste disparaît.

C'est dans ce climat difficile que Constantin est apparu. Les historiens chrétiens d'autrefois situent son accession au pouvoir et sa conversion en 312. Le système dit de la tétrarchie – imaginé par Dioclétien – ne fonctionne plus. C'est pourquoi la lutte finale met en présence Maxence et Constantin. Ce dernier est, en réalité, l'empereur d'Occident. Il est né à Trèves. Bien sûr, il souhaite s'emparer de Rome. Il lui faut donc abattre Maxence, qui est impopulaire mais dispose pourtant d'une armée puissante : quelque cent mille hommes concentrés au nord de Rome. Maxence a le sentiment d'avoir fermé le passage.

Constantin s'en moque. Il joue les Césars. Avec quarante mille hommes, il franchit le col du mont Genèvre ; il prend Turin, puis Vérone. Il écrase l'armée de Maxence et poursuit son chef. Maxence est noyé dans le Tibre en 312. Voilà ce que fut, pour l'essentiel, la bataille du Pont Milvius.

Est-ce tout ? Nullement. Constantin, pour gagner, s'est allié avec Licinius. En 324, les deux hommes s'opposent. L'attitude vis-à-vis des chrétiens constitue l'un des motifs de l'affrontement. En tout cas, Licinius et ses légions se retranchent à Byzance. Constantin l'oblige à battre en retraite. Licinius sera écrasé à Chryosopolis le 18 septembre 324. Constantin fait exécuter son rival, qui était aussi son beau-frère, car Licinius avait épousé sa sœur. Il reste seul maître de l'Empire.

Mais le temps des grandes hérésies commence.

CHAPITRE 5

LES GRANDES HÉRÉSIES FABRIQUENT LA FOI

La crise arienne

Pourquoi l'apparition d'un empereur chrétien, loin d'apaiser les passions, va-t-elle les multiplier ? Pour une raison simple : les débats philosophiques qui se poursuivaient entre les évêques et les théologiens vont soudain déboucher sur la place publique. Avec une virulence et une passion que nous avons quelque difficulté à comprendre aujourd'hui. Pourtant la crise qui s'ouvre dès l'avènement de l'empereur va durer tout le IVe siècle. Elle ébranlera l'Afrique, l'Asie, l'ensemble de l'Orient ; obscurément, elle préparera la division entre l'Orient et l'Occident. Ses conséquences historiques se prolongeront en Europe occidentale tout au long des IVe et Ve siècles.

Deux observations permettent de bien situer le climat politique, intellectuel et religieux de l'époque. Un conflit d'une telle ampleur ne pouvait pas déchirer l'Église avant la période constantinienne et deviendrait improbable au temps du pape Grégoire le Grand [590-604].

Première remarque. L'empereur intervient sans cesse dans les oppositions entre évêques et théologiens. Il ne le fait pas pour imposer une politique ; nous n'en sommes pas encore au temps du césaro-papisme. Bien sûr, Constantin est souvent excédé. Il jette son épée dans la balance, dépose les évêques qu'il juge hérétiques, parfois même les contraint à l'exil. Mais pour l'empereur et ceux de ses successeurs qui seront chrétiens, les débats théologiques sont passionnants. Ils ont le sentiment que cette religion à laquelle ils se sont convertis a besoin de l'exceptionnelle autorité qu'ils détiennent. Le halo de religiosité qui, depuis Auguste, entoure la personne de l'empereur ne disparaît pas du jour au lendemain. Au contraire : l'empereur se considère comme « l'évêque de l'extérieur » ; il est en charge de ce qui va devenir, quelques siècles plus tard, la chrétienté. Les papes n'ont pas l'autorité dont ils disposeront bien plus tard. Au concile de Nicée, l'évêque de Rome ne sera représenté que par deux légats. Du coup, une tradition sera créée qui durera plusieurs décennies.

Ajoutons que la notion de séparation entre l'Église et l'État, telle que nous la connaissons aujourd'hui, n'a pas la moindre signification à l'époque de Constantin. Elle est proprement inconcevable, tout autant que la distinction entre temporel et spirituel. Ce sont des idées qui ne sont pas nées. L'Église progresse à petits pas.

Deuxième observation. Nous sommes incapables d'imaginer la passion religieuse qui traverse le IIIe siècle. Grégoire de Nysse (335-395), qui jouera un rôle important dans l'achèvement de la crise, décrira avec un bel humour ce climat étonnant : « Demandez à un changeur le cours d'une monnaie ; il répondra par une dissertation sur l'engendré et l'inengendré. Entrez chez un boulanger : le Père, vous dira-t-il, est plus grand que le Fils. Enfin, si vous vous rendez aux thermes et demandez si le bain est prêt, on vous allègue d'abord que le Fils est issu du Néant. »

L'arianisme n'est pas la première secousse publique qu'ait affrontée l'Église. Auparavant, il y eut le conflit du donatisme qui a essentiellement touché l'Afrique. En 311, l'évêque Donat de Numidie s'oppose à l'élection du nouvel évêque de Carthage, accusé d'être un *lapsus* (traître) ayant flanché sous la persécution de Dioclétien. Donat considérait que la réintégration dans l'Église était presque impossible pour les *lapsi*. Au contraire, les évêques et le pape jugeaient ce retour possible et même souhaitable (nous avons vu la position de Cyprien, évêque de Carthage, sur ce sujet). Les communautés chrétiennes d'Afrique se divisèrent avec acharnement sur ce problème. Il y eut de vraies batailles dans les deux camps, avec mort d'homme. Il n'est pas invraisemblable que cet affrontement ait révélé l'hostilité cachée qui opposait les deux pôles de l'Église, Rome et l'Italie du Sud d'un côté, Carthage et l'Afrique de l'autre. L'arianisme va avoir une tout autre dimension, puisqu'il touche à la signification de la Trinité, c'est-à-dire au cœur d'un des grands mystères chrétiens.

Qui est Arius ? Un prêtre d'Alexandrie. Il s'est opposé à son évêque, Alexandre, qui était un homme autoritaire. D'autant que les évêques d'Alexandrie, de Carthage et d'Antioche sont des personnages importants. Qu'un simple prêtre s'oppose à lui sur un point central, c'est pour Alexandre scandaleux. Arius a le sentiment que les chrétiens ont tendance à négliger la nature du Père. Peut-être sur ce point a-t-il alors raison. On parle davantage de Jésus que de Dieu. Mais il insiste et tente de préciser son point de vue : pour lui, le Père est le seul Être Inengendré ; Il n'a jamais commencé et ne finira pas davantage. D'ailleurs puisqu'Il Est, Il ne devient pas. Tous les autres êtres procèdent de Lui, y compris le Christ, le Verbe, le Logos. C'est le Père qui Lui a confié la vie et l'être. Arius écrira : « Il n'était pas avant d'être engendré. » « Il fut un temps où il n'était pas », insiste-t-il. Ce qu'il veut affirmer, c'est la supériorité ontologique du Père. Mais du coup voilà le Verbe relégué au deuxième rang. Arius aura beau tenter d'adoucir sa conviction première, préciser que le Verbe a été créé « avant tous les temps, avant tous les siècles », il ne réussira pas à convaincre l'Église de sa bonne foi : c'est la Trinité qui s'effrite aux yeux de tous.

Alexandre réagit très vite. Il réunit un synode local auquel participent une centaine d'évêques venus d'Égypte et de Libye. Les thèses d'Arius sont discutées et rejetées. Arius lui-même est excommunié, ainsi que ses disciples. Il faut noter cependant que deux évêques l'appuient : Secundus et Théonos, tous deux Égyptiens. Ils sont immédiatement déposés.

Bien sûr, Arius s'est évanoui. Il suit à peu de chose près la route d'Origène ; on le retrouve en Asie Mineure. Il expédie des messages un peu partout. On l'écoute : deux synodes provinciaux (en Bithynie et en Palestine) s'opposent à la décision du concile d'Alexandrie. Cette fois, le débat s'étend géographiquement. De nombreux évêques d'Orient prennent position contre Arius. Alexandre, d'ailleurs, a pris la précaution d'informer en détail le pape Sylvestre [314-335]. Le patriarche d'Alexandrie mesure assez bien l'importance du conflit qui commence.

Pour Constantin, ce désordre est inacceptable. L'Église, pour lui, devait faciliter la réunification de l'Empire. Or elle est en train de le diviser. L'empereur décide donc de trancher le problème. Il convoque un concile qui va se réunir à Nicée (325). Ce sera le premier concile œcuménique de l'histoire.

L'invention du Credo *à Nicée*

Nicée. Un nom que tous les chrétiens connaissent mais il n'est pas certain qu'ils sauraient désigner sur une carte l'emplacement de cette ville. Pourtant, la localisation est précise : la plupart des événements qui agitent le IIIe siècle prennent leur source dans ce petit morceau de terre à cheval sur l'Europe et l'Asie. Nicée est une ville située à l'est du Bosphore. Constantin va choisir d'établir sa capitale exactement au carrefour des deux continents et au passage entre la Méditerranée et la mer Noire. Ce sera Constantinople. Lorsque s'ouvre le concile de Nicée, la création de ce qui deviendra Byzance est encore un simple rêve de l'empereur.

C'est en 325 que Constantin prend sa décision. Tous les évêques de l'Empire sont convoqués. L'empereur a expédié des lettres personnelles tout autour de la Méditerranée. Les évêques bénéficieront des moyens de transport réservés à la poste impériale. Nicée est à cinquante kilomètres de Nicomédie, ville où réside l'empereur. D'ailleurs, la demeure impériale permettra de loger de nombreux participants.

C'est le 20 mai de la même année que se déroule la première session. Constantin lui-même préside l'assemblée, assis sur un trône d'or. Il refusera de s'asseoir avant les évêques – parce qu'il n'est pas encore baptisé. Pour les participants, dont certains ont vécu l'enfer de la grande persécution, le spectacle est à peine croyable : voilà l'empereur de Rome au centre de l'Église réunie. Le pape n'est pas là ; il est représenté par ses deux légats.

Quelles sont les tendances qui vont s'affronter ? Il y a le petit groupe des évêques ariens. D'ailleurs Arius lui-même est là. À côté d'eux, un bon paquet d'indécis. C'est Eusèbe de Césarée qui sera leur porte-parole. Ils voudraient bien réconcilier tout le monde. Quant aux anti-ariens, ils se divisent en deux groupes : un premier bloc composé d'évêques anti-ariens, dirigés d'une main ferme par Alexandre et son diacre, Ossius de Cordoue. L'un et l'autre ont fait le voyage. Deuxième groupe : les anti-ariens farouches, dont le chef est alors Marcel d'Ancyre. Ce dernier s'accroche au principe d'une « monarchie divine ». Son erreur est exactement symétrique de celle d'Arius.

Soit environ trois cents évêques présents. Ce qui ne fait pas le compte. L'Occident n'est représenté que par quatre évêques. Sans doute beaucoup avaient hésité devant la longueur du voyage. De Trèves à Nicée, la distance paraissait, à l'époque, impressionnante.

Tout de suite une large majorité s'oppose à Arius et à ses amis. Arius tente de se défendre et n'y parvient pas. Il est excommunié et les évêques qui le suivent quittent l'assemblée. Le texte d'un symbole de foi est voté. Il contient le mot « consubstantiel » (en grec, *homoousios*). Constantin, dit-on, insiste pour que le terme figure dans cette première version de ce qui va devenir le *Credo*, « un résumé de la Foi ». Et c'est ce mot qui va provoquer une véritable division de l'Église d'Orient. D'abord parce que le terme n'est pas tiré des Écritures. Il est né dans les débats théologiques qui ont précédé le concile. Or, jusqu'à cette date, personne n'avait osé inventer de nouveaux termes. Ensuite, parce que le sens d'*homoousios* n'est pas très clair pour la plupart des pères conciliaires. En tout cas, le concile s'achève avant le 25 juillet : Constantin veut fêter, ce jour-là, le vingtième anniversaire de son arrivée au pouvoir.

Ce texte du *Credo* de Nicée (qu'on appelle souvent le symbole de Nicée) sera légèrement complété et précisé au concile de Constantinople (381). Acclamé à Éphèse (431) et à Chalcédoine (451), il ne devait plus guère bouger. C'est celui que les chrétiens récitent aujourd'hui à la messe.

Pourtant, de 350 à 430, le conflit entre nicéens et ariens se prolonge avec une extrême vigueur. D'autant qu'évêques et théologiens ont pris la détestable habitude de se réfugier sous les « parapluies » des empereurs successifs. Or le but de ceux-ci est d'abord la reconstitution de l'unité de l'Empire. Au fil des décennies, la querelle théologique les passionne ou les agace. Constantin lui-même, quelques années seulement après le concile de Nicée, n'a-t-il pas changé d'avis, tenté de se rapprocher des partisans d'Arius et surtout pardonné à ces derniers ? Avec ses successeurs, la barque tangue chaque jour davantage. Il y a, d'un côté, l'Église d'Occident. Bon nombre d'évêques de Gaule et d'Espagne parlent latin mais ignorent les subtilités du grec, ce qui ne facilite pas la compréhension des textes. Dans leur écrasante majorité, ils soutiennent le symbole de Nicée. Il y a, de l'autre, les Églises d'Orient profondément divisées. Le siège d'Alexandrie, qui devient progressivement le second dans l'ordre d'une hiérarchie encore non écrite, soutient les Occidentaux. Mais Athanase, son chef prestigieux (295-373), sera exilé cinq fois. Il se réfugia d'abord à Trèves ; puis à Rome ; enfin, trois fois, dans le désert égyptien.

Autre difficulté : la montée sur le trône impérial de Julien [360-363]. Celui-là n'est pas chrétien. L'histoire lui collera sur les épaules l'étiquette d'« apostat ». Dès son arrivée au pouvoir, il annonce une période d'apparente neutralité religieuse : plus question de tenir en suspicion les adeptes des anciens dieux, ce qui signifie une série de lois limitant les droits des chrétiens. Du coup, plus de participation de l'empereur dans les affrontements qui secouent l'Église. Il prononce une amnistie générale. Ce qui provoque une reprise immédiate des conflits. Peut-être était-ce son objectif non formulé. En tout cas, les deux partis se reconstituent, pendant que Julien adore la « Grande Mère », ou le soleil. D'ailleurs, il ignore totalement Rome, où il semble bien ne s'être jamais rendu.

En 362, il abandonne sa politique de tolérance, s'en prend directement aux chrétiens, tente de reconstituer un clergé païen. À Antioche, il provoque les évêques. Manifestations dans la ville. Le temple d'Apollon est incendié on ne sait par qui. L'empereur met le forfait sur le dos des chrétiens. Pour les punir, il ferme l'église construite quelques années plus tôt par l'empereur Constance. On pille les trésors et on disperse les reliques. On affirme que l'empereur est décidé à décimer la secte des « Galiléens ».

La défaite de Julien : « Tu as vaincu, Galiléen ! »

Il n'en aura ni les moyens ni le temps. Son armée est vaincue par les Perses. Il est blessé et s'écrie : « Hélios (le soleil), tu m'as perdu ! », « Tu as vaincu, Galiléen ! ». C'est l'aveu de son échec. Il meurt l'année suivante. Son successeur, Jovien, reprend la politique constantinienne.

En réalité, la dispute sur la Trinité s'achève. Bien sûr, demeurent des zones de christianisme arien (nous les retrouverons plus tard en Occident, portées par les envahisseurs convertis par les disciples d'Arius). Mais le dogme trinitaire s'impose. On sent bien qu'il est impossible de tricher avec le mystère du Père, du Fils et de l'Esprit. Ils ne font qu'Un.

C'est le pape Damase qui précipite la fin de la crise. Il réunit un concile à Rome en 382. L'Orient et l'Occident sont, cette fois, tous deux représentés. On s'accorde sur les textes approuvés depuis Nicée. On rappelle l'autorité première de Rome : le texte de Matthieu *« Tu es Petrus »* est souligné. Damase insiste : le double martyre de Pierre et de Paul illustre le rôle de la ville très ancienne, dans la hiérarchie de l'Église. Cette fois, on précise : après Rome, vient Alexandrie « évangélisée par Marc ». Jérusalem et Constantinople ne sont même pas désignées. Pour la première fois, la géographie de l'Église n'est plus celle de l'Empire. Et ces précisions sont approuvées par le nouvel empereur : Théodose. C'est lui qui va liquider les dernières résistances ariennes : en Orient et à Milan.

Cet apaisement était manifestement soutenu par le peuple des villes devenu chrétien. Il peut paraître surprenant que ce soit un empereur venu d'Espagne qui mette un point final à cette bataille qui a duré quelque soixante-dix ans. Mais justement : il fallait peut-être un homme né dans l'extrême Occident pour balayer ces conflits où la recherche théologique risquait de perdre l'Église.

Pourtant, cette crise n'avait pas été inutile. Le peuple chrétien avait pris conscience de sa force et de sa faiblesse. Il avait compris que la religion du Christ n'était pas philosophiquement et théologiquement simpliste. Qu'elle prenait sa place dans l'évolution spirituelle et intellectuelle de la tradition judaïque et de la culture grecque.

Surtout, c'est grâce à la crise arienne que l'Église a fixé le contenu précis de la foi. Désormais, le temps des confusions s'achève. Il y a quelque chose de fascinant à relire ou à réciter ce symbole des apôtres devenu pour tous les peuples chrétiens le *Credo* : il vient des profondeurs de notre histoire ; en dix-sept siècles, il est demeuré intact, et c'est autour de ce texte que l'Église, comme société et comme mystère, s'est construite.

Après Nicée et ses prolongements, un autre concile fixa la doctrine de l'Église en ce qui concerne la personne de Jésus. Ce fut la réunion qui se tint à Chalcédoine, en face de Constantinople, en 451 ; plus de cinq cents évêques y participèrent. Il s'agissait de mettre un point final au débat concernant la nature du Fils. Face à face, les partisans des thèses nestoriennes (il y aurait eu deux personnes distinctes en Christ : l'une divine, l'autre humaine), et ceux qui, derrière Eutychès, patriarche de Constantinople, jugeaient que Jésus était une seule personne, et une seule nature divine. À Éphèse, en 431, l'empereur Théodose II avait tenté de faire pencher la balance du côté des antinestoriens. Un acte d'union avait été accepté par les deux camps. Mais les disputes avaient repris au lendemain de cette réunion. Une deuxième rencontre, de nouveau à Éphèse en 449, n'avait pas permis de progresser. Elle est connue par les historiens sous le nom de « Brigandage d'Éphèse ». Manière de dire qu'il s'agissait d'un concile fantoche décidé à imposer le monophysisme. C'est à ce moment que Théodose décida de réunir à Chalcédoine, en 451, un concile qui devrait être décisif. Dans l'ensemble, il le sera.

C'est le pape Léon le Grand – l'homme qui sauva Rome au moment de l'invasion d'Attila – qui définit à l'avance les lignes de ce qui va être la solution. Le monophysisme est condamné. Dans un ouvrage connu sous le nom de *Tome à Flavien*, il renvoie dos à dos néo-nestoriens et partisans d'Eutychès, l'inspirateur du compromis bancal d'Éphèse.

Pour Léon, les propriétés de la nature humaine de Jésus et celles de sa nature divine doivent être sauvegardées. Mais il n'y a pas séparation entre les deux personnes. Chacune accomplit sa tâche en communion avec l'autre. Cette unité des personnes, qui constitue le vrai mystère christologique, permet d'affirmer que le Fils de Dieu a été crucifié.

C'est sur cette base que Chalcédoine se réunit après la mort de Théodose. C'est Marcien, le nouvel empereur, qui préside les débats. Mais c'est la pensée de Léon qui domine la réunion. On peut dire que Chalcédoine mit un point final aux débats sur la nature du Christ.

Priscillien ou la passion mortelle

Ce qui nous surprend, ce que nous éprouvons quelque difficulté à comprendre, c'est la passion religieuse qui ébranle les comportements des uns et des autres au cours des IVe et Ve siècles. Cette civilisation, pour qui les dieux traditionnels n'étaient guère que des points de repère et des mythes régulateurs, découvre une véritable foi religieuse. La prédication des apôtres et de leurs successeurs bouscule les esprits, modifie les comportements. On veut appréhender le contenu de cette foi qui prêche l'amour de l'autre et la victoire sur la mort. Si l'on observe l'histoire des hérésies, on constate que la plupart d'entre elles visent, au départ, un approfondissement de l'intelligence religieuse ou une tentative de purification de la vie quotidienne. Le donatisme voulait définir les conditions du pardon pour l'homme qui a renié l'Église ; l'arianisme constitue un effort théologique désordonné pour comprendre le mystère de la Trinité. On pourrait multiplier les exemples. On trouverait presque toujours, à l'origine de l'hérésie, une intuition fondée qui, progressivement, devient folle.

Pas de meilleur exemple que l'affaire Priscillien.

Il n'a pas laissé un souvenir décisif dans l'histoire de l'Église. Mais le récit de cette étrange aventure permet de mieux comprendre l'atmosphère de cette époque lointaine. D'autant que Priscillien n'appartient pas à l'Église d'Orient ou à celle d'Afrique. C'est un Occidental ; c'est même, très précisément pour nous, un homme né dans la Péninsule ibérique. On va voir que son aventure se développe dans ce qui deviendra, bien plus tard, le nord de l'Espagne et le sud-ouest de la France. Nous ne sommes pas très loin d'une zone qui va faire parler d'elle au moment de l'hérésie cathare.

Priscillien, au départ, est un laïc cultivé qui se consacre à l'étude de la Bible. Sa famille est riche. Comme beaucoup de chrétiens, il s'inquiète de voir apparaître le flot des nouveaux convertis. Il doute que ces derniers aient vraiment la foi, il soupçonne que ces nouveaux venus suivent simplement la mode et tentent de rallier la nouvelle religion impériale par opportunisme. Il souhaite que les « vrais chrétiens », sans se séparer des autres, pratiquent une religion plus stricte. Dans les *Canons des Épîtres de saint Paul*, l'une de ses œuvres principales, il émet des propositions tirées, affirme-t-il, de la doctrine de Paul.

Celles-ci privilégient le célibat (sans condamner pour autant le mariage), recommandent la pauvreté volontaire, l'aumône, l'abolition de l'esclavage. Rien de nouveau dans cette énumération. Mais Priscillien n'en reste pas là. Pour lui, ceux qui se soumettront à ces préceptes seront des « élus ». Ils auront donc une place à part dans l'Église. Ils bénéficieront de charisme prophétique. Priscillien lui-même bénéficie de ces illuminations. D'ailleurs, il faut s'éloigner du monde : la fin des temps est proche. Abstinence, jeûnes (le mercredi, le vendredi et le dimanche) rythment la vie de ces chrétiens particuliers. Ce sera leur tâche de réformer une Église qui se banalise de mois en mois.

Les élus attendent la fin des temps

Telle quelle, cette doctrine ne contient aucun élément hérétique. Elle fait des adeptes. On trouve très vite des communautés priscilliennes en Galice et au nord de l'Espagne, en Aquitaine et plus à l'est des Pyrénées encore. Les priscilliens étaient faciles à identifier. Ils marchaient pieds nus (comme les moines égyptiens) et ils se regroupaient dans des lieux écartés. Manquant de prêtres, ils désignaient l'un des membres du groupe pour les diriger. Souvent des femmes participaient à leurs réunions. Il n'en fallait pas davantage pour que l'épiscopat réagisse : une secte à l'intérieur de l'Église, c'était pour les évêques une absurdité, peut-être même un scandale pour les autres chrétiens.

C'est en 380 que quelques évêques réunis à Saragosse décident d'intervenir. D'après le récit que fait Sulpice Sévère, le priscillianisme est un mal qui remonte loin dans le temps.

Sans doute quelques gnostiques venus d'Égypte sont-ils à la racine de la secte. En ce cas, Priscillien ne serait qu'un héritier. Le mini-concile de Saragosse se montre d'ailleurs raisonnable : il ne relève rien contre la foi dans les doctrines soutenues par Priscillien ; il s'en prend simplement au comportement de ces chrétiens marginaux : trop de jeûne, trop d'usage eucharistique sans prêtre ordonné, trop de présence féminine dans certaines réunions. En somme, le mini-concile souhaite simplement contrôler les divagations autonomes.

Priscillien ne se tient pas pour battu. Il fait remarquer – ce qui est exact – qu'il n'assistait pas au mini-concile. Il s'élève contre la condamnation-suspension qui avait sans doute été décidée. Il fait appel à l'autorité du pape contre celle des évêques.

C'est un détail qui n'est pas sans intérêt pour nous. Il prouve une nouvelle fois que l'évêque de Rome constitue bel et bien une procédure d'appel dans les cas litigieux. Le pape Damase fait une réponse laconique : il n'approuve ni ne désapprouve. Il recommande aux évêques de respecter les règles de procédure traditionnelle ; c'est une toute petite victoire pour Priscillien.

En 381, l'évêque d'Avila meurt. Priscillien réussit à se faire désigner comme successeur. Une nomination contestable : il était en effet d'usage, depuis Nicée – mais ce n'était pas tout à fait une obligation –, d'être prêtre avant de devenir évêque. D'autant que ce nouvel évêque demeurait sous le coup d'une condamnation suspensive.

L'exil de Priscillien

C'est Hydace, évêque de Lérida, qui organise la riposte. Il n'a pas le choix : les partisans de Priscillien manifestent dans sa ville. Ils accusent leur évêque d'avoir des mœurs corrompues. C'est presque une règle : lorsqu'on veut déconsidérer un adversaire, on affirme qu'il fréquente des femmes (ou des hommes). Dans le cas de Hydace, le procès paraît bien avoir été sans fondement. Après moult manifestations de rues et débats publics, Hydace en appelle cette fois au pouvoir civil. Il n'est pas sans appui : Ambroise, évêque de Milan, le soutient publiquement. En tout cas, l'affaire remonte jusqu'à l'empereur Gratien. Preuve, s'il en était besoin, que l'empereur peut intervenir dans une controverse strictement religieuse, au nom du maintien de la paix civile. Gratien ordonne l'expulsion d'Espagne des évêques « manichéens ». C'est une nouvelle accusation. Il n'y a plus, depuis longtemps, de manichéens en Occident. Il s'agit d'une formule pour désigner les marginaux.

Voilà Priscillien et ses disciples lancés sur les routes de l'exil. Ils veulent gagner l'Italie, mais commencent par se regrouper à Bordeaux. L'évêque du lieu les reçoit et sans doute les écoute. Lorsque Priscillien et ses amis arrivent à Rome, ils se sont fait précéder par un texte rédigé dans une langue obscure. Il y est question de la fidélité de l'auteur à l'Église et à ses dogmes. Mais tout cela à travers un discours ampoulé et prétentieux. Damase ne reçoit même pas la cohorte, épuisée. D'une certaine manière, c'est cette fois une véritable condamnation. Pour le pape, cet évêque intransigeant, fanatique et désigné dans des conditions douteuses, prêchait une religion dans la religion. C'était difficilement acceptable. En fait, Damase s'en remet au droit, c'est-à-dire à la procédure civile ordinaire.

L'histoire ne s'arrête pas là. Priscillien revient en Espagne et recommence à prêcher. Son épopée lui donnait une auréole. De nombreux évêques consentaient à le recevoir, à l'écouter. Il regagne du terrain. Malheureusement pour lui, un coup d'État militaire, comme il s'en produit tous les deux ans, vient stopper ce mouvement. Un général qui se nomme Maxime a battu les troupes de Gratien et fait exécuter cet empereur fugitif. Maxime a besoin de l'appui de Théodose, empereur d'Orient. Il veut prouver à ce dernier qu'il est un nicéen convaincu.

Réunion d'un concile à Bordeaux. La rumeur veut que saint Martin de Tours (316-397) ait assisté à cette assemblée extraordinaire. On n'en sera jamais sûr. En tout cas, évêques espagnols et gaulois déposent un évêque qui a le tort d'être un ami de Priscillien. Pendant ce temps, la foule envahit les rues de la ville ; on dénonce les mœurs obscènes de la secte. Une Gauloise, Urbica, femme riche et respectée, est désignée par la foule, « elle appartient à la secte », crie-t-on. Sans le moindre procès, elle est lapidée en pleine rue.

Nouvelle fuite de Priscillien. Il espère obtenir justice à Trèves. C'est une nouvelle illusion. Là-bas, il est aussitôt arrêté et très probablement torturé. Puis il est condamné et exécuté.

Cet assassinat – en réalité, Priscillien n'était coupable de rien – provoqua une véritable émotion, aussi bien en Gaule qu'en Espagne. La condamnation avait été juridiquement irrégulière. En Galice, Priscillien est considéré comme un martyr à partir de cette date. Il faudra des années avant que le temps fasse son œuvre. Aujourd'hui, nous ne saurions sans doute rien de cette étrange histoire si Sulpice Sévère n'avait pas raconté, avec une certaine grandiloquence, cette épopée pathétique d'un non-orthodoxe. Priscillien ne fut ni un martyr ni un hérétique. Simplement un homme orgueilleux qui voulait créer une secte des « parfaits » à l'intérieur de l'Église elle-même ; et surtout un prédicateur qui troublait les institutions établies. Mais la passion religieuse pouvait alors conduire à la mort. L'Église existait ; mais elle était très loin d'être composée de saints. Pourtant, il n'y a guère qu'un demi-siècle que Constantin s'est converti.

Saint Jean Chrysostome ou la haine de la sainteté

À l'autre extrémité de l'Empire, l'histoire de Jean est exemplaire de la violence religieuse de ce siècle. Dans la nouvelle Rome, c'est l'empereur – on l'a vu – qui détient le pouvoir ultime même en matière religieuse. Le pape est loin ; bien sûr, il possède une autorité théorique. On peut faire appel à lui ; on peut même se réfugier à Trèves ou à Rome. Mais l'essentiel se joue à Constantinople, dans cette ville neuve où la cour du Prince est toute-puissante et éternellement divisée.

Jean est un habitant d'Antioche ; né vers 350, pour autant que l'on sache, il appartient à une famille aisée. Son père est un fonctionnaire local qui meurt tôt. Grâce à sa mère et à sa famille, il fait de bonnes études. Il devient chrétien très jeune et se garde de se mêler aux disputes théologico-politiques qui divisent la cité. Ses proches souhaitent qu'il devienne prêtre. Il estime que le moment n'est pas venu pour lui ; il se retire dans la solitude et vit quatre ans avec un vieux prêtre, puis deux ans seul dans une grotte. Soit six ans de « désert ». Il s'agit en fait de la campagne syrienne, terre semi-aride. Études et ascèse. Il sait le Nouveau Testament par cœur. Mais il constate que la solitude absolue ne résout pas tout. La quête individuelle du salut est peut-être une illusion. Le christianisme suppose la participation de chacun à la communauté des chrétiens. Il revient à Antioche.

En 381, il accède au diaconat. En 386, il est ordonné prêtre. On découvre alors ses dons d'orateur. Il n'hésite pas à fustiger les ariens et les autres sectes qui pullulent dans la ville. Il prêche la fidélité à l'Évangile, recommande la lecture quotidienne des deux Testaments. Enfin, il prend souvent parti pour les plus faibles contre les riches qui dominent la ville. Il lui arrive de contester, avec modération, les décisions de l'empereur. Il se garde, certes, de s'en prendre à son rôle, mais il considère que celui-ci a des limites : par exemple, le domaine spirituel qui ne peut dépendre de la majesté impériale. Sa réputation dépasse Antioche. Son nom atteint Constantinople. Certains le louent, d'autres se méfient de ce personnage véhément. Les conseillers de l'empereur choisissent au nom de ce dernier : ils font enlever Jean qui est conduit à Constantinople. Sans doute rencontre-t-il les autorités civiles et religieuses. Mais on ne sait rien de ces entretiens. Début 398, il est consacré évêque de la nouvelle Rome. Personne ne lui a demandé s'il approuvait cette décision.

On s'attendait à ce qu'il hésite, qu'il patauge. Or c'est le contraire qui se produit. Il prend les choses en main. Par exemple, il supprime le luxe qui entourait ses prédécesseurs ; il vend une partie des biens somptuaires qui appartenaient à l'Église. En même temps, il prêche la modestie, l'ascèse et la rigueur morale. Il organise la distribution de ses récupérations financières aux pauvres et aux malades. Beaucoup de notables le soutiennent et lui donnent de l'argent. Plus l'Église de Constantinople se débarrasse de son luxe, plus elle s'enrichit. Elle dispose, par dons ou legs, de propriétés dans toute la région. Son pouvoir économique devient important. Pourtant Jean multiplie les aumônes publiques : repas gratuits, toit pour les nuits d'hiver. Voilà l'évêque devenu populaire auprès du petit peuple de la ville. Mais les puissants et les clercs commencent à conspirer contre ce personnage hors norme. On l'appelle « Jean des Aumônes ». Plus tard, il deviendra Jean Chrysostome (« Bouche d'Or »).

Le premier « antiraciste »

Plus surprenant encore, il s'oppose au réflexe xénophobe – nous dirions aujourd'hui « raciste » – qui parcourt la capitale. Sans se préoccuper du scandale qu'il provoque, il prend sous sa protection les Goths, entassés dans la périphérie de la ville. Il désigne des clercs qui auront pour mission de préparer les Goths à la conversion. En même temps, il constitue un séminaire pour les Goths ; c'est grâce à lui que, quelques années plus tard, il y aura des prêtres d'origine barbare dans toute l'Église d'Orient.

Soudain, le pouvoir impérial passe dans les mains d'Eudoxie [400-404], une princesse antigoth, femme d'Arcadius, empereur d'Orient (fils de Théodose le Grand mort en 395, dernier empereur unique du monde romain). Jean ne fait pas très attention à ce changement. À la requête d'évêques locaux, il se rend à Éphèse, réunit un synode, désigne de nouveaux évêques. Légalement, c'est une espèce d'abus de pouvoir : Jean n'a pas l'autorité pour intervenir dans un territoire qui ne dépend pas du siège apostolique de Constantinople. Sur le moment, tout le monde s'incline. Jean, par ce geste imprévisible, vient de faire de l'évêque de Constantinople le patriarche de la Thrace, de l'Asie et du Pont.

Ensuite, tout se défait. Les ennemis de Jean l'accusent d'avoir utilisé un pouvoir politique dans une affaire intérieure à l'Église. C'est au cours d'un « conciliabule » dit du Chêne (qui va faire couler beaucoup d'encre) qu'un certain nombre d'évêques – Théophile, évêque d'Alexandrie en tête – prononcent sa déposition au prétexte, notamment, que Jean a refusé de comparaître devant eux. Jean ne se défend pas mais demande, comme c'est son droit, qu'un concile plus important que celui du Chêne juge en appel.

Le peuple de Constantinople n'apprécie guère la destitution de son évêque et s'agite. Envoyé en semi-exil sur la côte de Bithynie par le pouvoir impérial, Jean est bientôt rappelé à

Constantinople par l'impératrice. C'est sans doute là qu'il commet une faute politique redoutable : il a le sentiment de perdre du temps, il rentre donc à Constantinople, sans maintenir son exigence première d'être rétabli dans ses fonctions épiscopales par un concile supérieur à celui du Chêne qui l'a déposé.

Cette fois, la bataille fait rage. C'est Théophile d'Alexandrie qui se fait procureur. Il a d'ailleurs déjà écrit au pape Innocent. Jean expédie à son tour une lettre et trois porte-parole. Le pape prend sa défense. Mais il n'a pas assez d'autorité pour pouvoir s'opposer aux humeurs de l'impératrice d'Orient, furieuse d'avoir été comparée, dans une homélie de Jean, à Hérodiade, épouse illégitime d'Hérode, qui essuie les foudres de saint Jean-Baptiste. Au terme de nombreuses querelles, Jean est exilé, en 404, à Cucuse, en Arménie Mineure. Il supporte les injures et les bassesses de ses ennemis. Il continue d'écrire à ses amis. Jamais le moindre mot de révolte. La résistance silencieuse de ce personnage exceptionnel exaspère le pouvoir impérial qui décide d'exiler Jean plus loin encore, à Pityonte, au bord de la mer Noire et à la frontière du Caucase. Il part à pied, sous escorte militaire. Il n'atteindra pas Pityonte. Après trois mois de marche, épuisé, à bout de forces, Jean meurt près de Comane, dans le Pont. Nous sommes le 14 septembre 407. Il avait environ soixante ans.

Cette fois, la cour impériale et une partie des clercs de l'Église ont délibérément conduit un saint aux portes de l'enfer. Saint Jean Bouche d'Or est donc un martyr très spécial qui apparaît au panthéon de l'Église. Ce sera Alexandre d'Antioche qui, en 417, réhabilitera la mémoire de l'évêque de Constantinople. Le pape Innocent n'avait pas cessé de le défendre. Mais un pape ne peut pas tout.

La vie d'Augustin

La fin du IVe siècle et le début du Ve vont être dominés par la figure unique d'Augustin. Les multiples silhouettes que nous avons croisées depuis les années 50 n'ont été très souvent que des noms. Le temps les a, dans la plupart des cas, à demi gommées. Ne demeurent que quelques traces de leur vie, souvent difficile et obscure. La création de l'institution ecclésiale et la définition du contenu de la foi étaient deux aventures immenses qui dépassaient leur propre personne.

Soudain un homme sort du demi-anonymat. C'est Augustin, évêque d'Hippone. Sa pensée, son œuvre vont susciter une admiration quasi universelle. Le XVIIe siècle sera marqué par des conflits incessants à propos de son œuvre. Aujourd'hui encore, de nombreux philosophes qui ne croient ni à Dieu ni à diable se tournent vers ses écrits. Et cette valse autour des livres qu'il a rédigés, il y a mille six cents ans, est loin d'être achevée. Augustin est à la fois un modèle de réflexion rationnelle et une énigme intellectuelle.

Son histoire personnelle est bien connue. Il est né à Thagaste (aujourd'hui Souk-Ahras, en Algérie) le 13 novembre 354. Ses parents ne sont ni riches ni pauvres. Il commence ses études à Thagaste, puis les poursuit à Madaure, et enfin il les achève à Carthage grâce à l'aide de Romanianus, un ami de son père. C'est un jeune homme brillant qui s'exprime admirablement. Il est apprécié par la bonne société locale. C'est là qu'il s'éprend d'une jeune femme, belle et pauvre. Il ne l'épouse pas mais vit avec elle. Elle lui donnera un enfant, Adéodat.

C'est en 372 qu'il découvre l'*Hortensius* d'un certain Cicéron. Pour lui, c'est un éblouissement. Peut-être faut-il préciser qu'il ne parlera jamais le grec ; il le lira, difficilement. D'une certaine manière, cette ignorance va le servir : il ne risquera pas de se perdre dans les subtilités des théologies orientales. C'est en tout cas la découverte de Cicéron qui le conduit à la philosophie ; il cherche la sagesse. C'est sans doute à cette époque de sa vie qu'il lit la Bible.

Les manichéens aident Augustin

Il avouera, dans ses *Confessions*, qu'il se heurtera à quelques difficultés pour bien comprendre l'Ancien Testament. Peu de temps après, il adhère au manichéisme. Ce qui le séduit dans cette religion élitiste, c'est son relatif simplisme. Or ce ralliement est révélateur : Augustin croit en la raison raisonnante. Il espère faire partie des élus, ceux à qui la secte livre les clés de l'intelligence du monde. Toute l'ambition d'Augustin est là : ce n'est pas le pouvoir qui l'intéresse, c'est le savoir.

Bien entendu, il est déçu. Il n'a pas fait le bon choix. Augustin ne le sait pas encore, mais il s'est engagé sur le long chemin qui le conduira au christianisme. En 384, il est nommé rhéteur à Milan. C'est une promotion inouïe ; il n'obtient ce poste que grâce à l'aide fournie par des hommes influents : le païen Symmaque et quelques manichéens. Mauvais calcul de leur part. C'est à Milan qu'Augustin rencontre pour la première fois Ambroise. C'est un évêque singulier ; son autorité intellectuelle dépasse de loin l'Italie du Nord. Augustin, lorsqu'il le rencontre, sait fort bien qu'avant d'être évêque, Ambroise fut gouverneur de la province. Augustin est ébloui : Ambroise connaît le grec sur le bout des doigts ; c'est lui qui va initier Augustin aux débats théologiques qui ont agité le siècle qui s'achève. Notre Africain commence à basculer. Pourtant il hésite encore devant le baptême. Puis le temps passe. On ne saura jamais avec précision ce qui détermine son engagement. On a dit : « L'influence de sa mère, sainte Monique. » C'est certain. Peut-être tout simplement la découverte des ermites de Trèves. Enfin, mentionnons l'intuition qui l'assaille dans un jardin, à Milan, comme il le raconte dans ses *Confessions*. Cette fois, sa décision est prise.

Ambroise et la conversion de Milan

La nuit de Pâques 387, il est baptisé par Ambroise. Son fils, Adéodat, reçoit lui aussi la bénédiction de l'évêque. Les deux hommes s'éloignent de Milan pour prier avec quelques amis. C'est à ce moment que sa mère, Monique, meurt. Augustin décide de retourner en Afrique. Il crée une petite communauté en pleine campagne, et tente de se tenir en dehors des conflits qui secouent les chrétiens de Carthage. Il souhaite rester moine et demeurer anonyme. C'est un rêve, une illusion. Son fils meurt. Augustin, désormais solitaire, entreprend un voyage à Hippone, peut-être pour revoir des lieux qu'il a bien connus. Mais il n'est plus un inconnu ; on l'attend. La foule s'empare de lui et l'oblige à devenir prêtre. Le vieil évêque Valère, qui connaît mal le latin, a besoin d'un traducteur-conseiller. On lui a parlé d'Augustin. Il le convoque, lui propose de se mettre à son service. Augustin résiste. Il souhaite retourner dans sa petite communauté perdue. Pourtant, en 391, il est ordonné. Valère fait un marché avec lui : si Augustin reste, on l'aidera à installer une vraie communauté monastique à Hippone, deuxième ville d'Afrique, après Carthage. Accord conclu. Et la collaboration des deux hommes s'opère fort bien. En 395, Augustin est désigné comme évêque coadjuteur d'Hippone, afin qu'il puisse rester dans cette Église. En 395-396, à la mort de Valère, il devient évêque titulaire.

C'est d'abord un prédicateur exceptionnel ; en même temps un philosophe théologien comme il y en eut peu dans l'histoire de l'Église. On le connaît aujourd'hui grâce aux *Confessions* ; d'autres l'abordent par *La Cité de Dieu*, ouvrage qu'il rédigera durant la dernière partie de sa vie. De toute manière, il écrira jusqu'à son dernier jour : près de cinq cents sermons, deux cent dix-huit lettres, et de nombreux livres ont paru tout au long de sa vie. Parmi toutes ces études, citons l'une des plus étranges : elle a pour titre *Retractationes*. Augustin se borne à rectifier et à compléter ses anciennes œuvres, comme s'il avait le souci de demeurer précis et, lorsqu'il le fallait, de modifier ses pensées d'autrefois.

L'Église préfigure la Cité de Dieu

Lorsqu'il meurt, les Vandales encerclent Hippone. Depuis la prise de Rome par Alaric, en 410, il sait que le monde qu'il a connu va disparaître. Et il doute qu'un autre univers puisse succéder à celui-là.

L'œuvre gigantesque d'Augustin aura des influences successives et diverses durant toute l'histoire de l'Église. Il y eut une première période qui suivit directement sa mort. On recopie ses sermons et on les diffuse dans l'ensemble des évêchés d'Occident. On ne le discute guère ; au fond, il a mis un point final à la succession interrompue des querelles théologiques qui se sont déroulées avant et pendant son époque.

C'est aux environs du IXe siècle que les lecteurs d'Augustin commencent à se diviser sur la signification de son œuvre. Pour les uns, il fut l'homme de la prédestination. Son insistance à rappeler que Dieu connaît et prépare les actes des hommes (y compris leur conversion et leur foi) déroute. En réalité, la prédestination augustinienne – le terme en soi est inexact – est d'abord un refus abrupt des thèses de Pélage (360-422). Celui-ci avait mis l'accent sur la liberté absolue de l'homme, son rôle créateur, la possibilité qui lui est offerte de découvrir le visage de Dieu. Cette tendance, Augustin la réfute. Avec une telle véhémence qu'on lui reprochera parfois le caractère excessif de ses affirmations. Déjà, les moines de Provence s'étaient permis de faire observer à Augustin qu'il allait peut-être un peu loin. À l'époque, Augustin était encore vivant. Mais, en vérité, la plupart de ces religieux considéraient que la prédestination augustinienne était inacceptable. La tradition de l'Église se dresse contre ce qu'ils ne sont pas loin de considérer comme une hérésie. Quelques conciles – celui d'Orange, par exemple, en 529 – s'emparent du problème. Les pères conciliaires trouvent une solution élégante. Ils inventent ce qu'on appellera un augustinisme modéré.

Autre crise, directement liée à l'œuvre d'Augustin : celle du jansénisme. Il y eut pour Jansenius le salut et la grâce. Il s'agissait de réagir contre les thèses soutenues par les jésuites, qui souhaitaient que les chrétiens agissent dans le monde. Les jansénistes, au contraire, souhaitaient s'éloigner de celui-ci, s'immerger dans une méditation infinie. Ils se précipitaient d'eux-mêmes dans le conflit qui allait aboutir à leur disparition.

L'œuvre d'Augustin était un prétexte. On sait aujourd'hui qu'on peut extraire de nombreuses thèses de l'ensemble de ses écrits. Il y a une théorie de la connaissance augustinienne, des règles politiques, et surtout une vision extraordinairement moderne de l'Église. Pour lui, c'est effectivement la communauté des vivants et des morts, préfiguration de la Cité de Dieu. Le baptême fonde et permet la naissance de communautés qui, assemblées, constituent la face visible de l'Église.

Au fond, Augustin, durant toute sa vie, a réagi contre ce qu'il considérait comme des confusions philosophiques et théologiques. Au départ, il se bat contre lui-même : il se défie de son passage dans les rangs des manichéens. Plus tard, il s'oppose aux derniers donatistes. Plus tard encore – cette fois, ce sera une vraie bataille –, il engage la lutte contre Pélage.

Pélage était un Breton entêté

Qui était Pélage ? Un Breton, c'est-à-dire un homme né en Angleterre vers 360. Il mourra en 422. On ne sait pas grand-chose de ses origines, mais son parcours intellectuel est relativement clair. Comme Priscillien, il s'étonne du nombre immense des conversions. Ces nouveaux chrétiens réalisent-ils la signification de la foi en Jésus-Christ ? Imaginent-ils les exigences qui en découlent ? Il est sceptique. Il ne peut ni repousser ces nouveaux convertis, portés par la vague du temps, ni se satisfaire de ce christianisme rudimentaire.

C'est à Rome que l'on commence à entendre parler de lui. Il est baptisé vers 380. Il vit pauvrement ; il pratique une ascèse rigoureuse. Son existence discrète, les propos qu'on lui prête, attirent l'attention de quelques cercles aristocratiques de la ville. On lui demande de venir s'exprimer dans ces petits groupes fermés. Il accepte, répond aux questions, parle de ce qu'il connaît le mieux : la Bible, le Nouveau Testament, les Épîtres de Paul. On l'approuve. C'est à cette époque qu'il découvre l'autorité dont il dispose. Cet homme – dont ses premiers adversaires diront qu'il est sans vraie culture – prend le risque d'écrire. D'abord un ouvrage sur la Trinité (nous sommes à la fin de la crise arienne) dont nous n'avons que des morceaux ; puis un *Commentaire sur les Épîtres de saint Paul.*

Tout de suite, il ébauche les lignes de force de ce qui deviendra sa philosophie. Au départ, une certitude : la créature humaine, formée « à l'image et à la ressemblance de Dieu », est bonne. Elle n'est pas marquée par la faute d'Adam puisqu'elle ne l'a pas commise. L'idée de transmission héréditaire de la faute est contraire à la justice de Dieu. Pourtant le péché d'Adam joue un rôle important : il constitue l'exemple à ne pas suivre. Conclusion logique : les péchés ne peuvent être transmis, ils peuvent simplement être imités, reproduits. D'où la suggestion – qui n'est sans doute pas de Pélage lui-même, mais d'un philosophe d'Orient, Théodore de Mopsueste (350-428) – que les enfants naissent immaculés.

Ces prémices débouchent sur un constat : l'homme peut facilement obéir aux commandements de Dieu. Quelque chose en lui le pousse vers le bien. Il y a déjà une parcelle de Rousseau dans ce qui va devenir le pélagianisme. Car, du coup, l'homme est libre : celui-ci l'a su de toute éternité. L'auteur insiste sur les « justes » qui ont précédé le Christ : les juifs qui observaient fidèlement la loi de Moïse, les philosophes païens qui inventaient et pratiquaient la vertu. Le baptême de Jésus-Christ abolit chez celui qui le reçoit les fautes qu'il a lui-même commises (Pélage ne considère, en effet, que le baptême des adultes). Car quelle est la signification de la venue en ce monde, de la mort et de la résurrection du Christ ? L'abolition de la faute, la restauration par la grâce de l'Esprit d'un total libre arbitre de l'homme. Augustin fera justement remarquer que, pour Pélage, ce libre arbitre absolu est la grâce elle-même. Tout juste si Pélage reconnaît parfois que Dieu peut aider les hommes à surmonter les épreuves et les tentations qu'ils rencontrent tout au long de leur existence. À condition de ne pas demander le secours de la Divinité – ce serait une espèce de lâcheté –, pour l'absolution d'une faute. Tout homme est et demeure responsable de ses actes.

Pélage chante la liberté

Nous voilà au cœur du pélagianisme. Cet éloge de la responsabilité ne peut se satisfaire d'un christianisme médiocre, tissé à partir de quelques moments vertueux et de fautes fréquentes. Aucune confession – n'oublions pas qu'à l'époque, elle demeure une pratique collective – ne peut abolir ce qui a été fait. Le passé est le passé. Le chrétien doit donc se maintenir au sommet de sa foi. L'ascétisme permet d'approcher cet idéal. La richesse est inacceptable. Quelques-uns des disciples de Pélage affirmeront qu'aucun riche n'entrera jamais dans le Royaume de Dieu. D'où la méfiance de notre moraliste vis-à-vis de la société romaine qui l'entoure. Elle est inégalitaire, donc mauvaise. Pourtant Pélage se garde de critiquer l'ordre social de son époque. C'est par la liberté et l'exercice de la vertu individuelle que le monde peut être changé.

Conséquence : ce christianisme ne pourra être que celui d'une petite élite. Les autres se retrouveront, après leur mort, dans le feu éternel. L'étonnant aboutissement de cette philosophie, qui paraît d'abord optimiste et confiante, est la description d'un enfer généralisé auquel n'échapperont que quelques élus.

Mystère de Pélage. Malgré sa fuite de Rome – nous sommes en 410 et Alaric investit la ville –, malgré son exil à Carthage puis en Palestine, sa doctrine ne cesse de se répandre. Elle représente un effort, une réaction intransigeante contre ce que nous pouvons appeler la christianisation de masse. Elle suggère la constitution – comme dans le cas de Priscillien – d'une Église des saints, séparée de l'Église tout court. Cette tentation idéologique, qui trouve de vagues racines chez Origène, sous-tend la plupart des hérésies perfectionnistes d'Orient et d'Occident ; elle laissera des traces dans l'histoire de la pensée.

Voilà Pélage et ses disciples en Palestine. Le patriarche de Jérusalem, qui s'appelle Jean, soutient Pélage. Les Orientaux découvrent, grâce à lui, les problèmes du libre arbitre et de la grâce. Ils ont tout étudié, sauf cela. Augustin intervient. Il demande la réunion d'un concile de quatorze évêques à Diospolis devant lequel Pélage devra se présenter. Ce dernier accepte et réussit à convaincre ses interlocuteurs. Augustin, qui se tient informé des actes de la réunion, est loin d'être rassuré. Il décide de faire appel à Rome. Il s'appuie sur les conclusions de deux conciles qu'il a lui-même réunis en Afrique. Innocent, après étude du dossier, « lance l'anathème » contre Pélage et ses disciples. L'homme, précise le pape, ne peut se passer de Dieu. Le 12 mars 417, Innocent meurt. Son successeur Zosime réunit à son tour une assemblée d'évêques (418). La condamnation des disciples est confirmée, celle de Pélage levée. Mais cette clémence ne dure pas. Zosime revient très vite sur sa décision. D'autant que l'empereur d'Occident, Honorius (frère de l'Arcadius de Jean Chrysostome), intervient à son tour contre Pélage dont les idées progressent de la Grande-Bretagne à l'Égypte. En 418, Pélage doit quitter Jérusalem. On ne sait rien de sa mort ; sans doute s'est-il réfugié dans un monastère égyptien. En tout cas, le pélagianisme va durer ; pourtant, en 430, il n'est plus qu'une survivance.

Mais ce débat, d'un bout à l'autre de ce qui constitue en fait la chrétienté, a frappé les esprits. Si Augustin n'avait pas bataillé ferme – au risque parfois d'aller lui-même trop loin –, le christianisme pouvait devenir un simple humanisme, proche de l'ancienne morale stoïcienne. Le rôle de Pélage est d'avoir contraint Augustin à aller jusqu'au bout de sa réflexion. En réalité, c'est l'évêque d'Hippone qui a planté la grâce au cœur de la théologie chrétienne.

Nestorius refuse Marie, Mère de Dieu

Dans ce foisonnement d'idées qui poussent comme des herbes sauvages durant les IVe et Ve siècles, dans cette tentative de compréhension et de définition de ce qu'est la foi, surgissent de temps à autre des fleurs noires : les hérésies. Elles ne sont pas le moins du monde insignifiantes. Bien au contraire, elles jouent un rôle dans la tâtonnante recherche du contenu de la Révélation. La plupart expriment en général une simple dérive intellectuelle. À partir de prémices souvent exactes, chacune pousse à la limite sa propre intuition pour convaincre l'autre, ou prouver qu'il a tort. On systématise ce qui, en général, n'est qu'une ébauche. Très vite apparaissent alors des théologiens spécialisés dans la quête et la dénonciation des erreurs. C'est une espèce de jeu intellectuel qui, parfois, débouche sur des tragédies : on dépose évêques, et même patriarches. On obtient une sentence d'exil décidée par l'empereur. Le conflit, dans la plupart des cas, se prolonge, au-delà de la mort de celui qui a déclenché l'orage.

Il y eut, bien sûr, de multiples hérésies. Certaines redoutables, d'autres mineures. On peut, dans cet étrange bouquet d'idées, faire un tri et ne garder ici que les conflits qui portèrent sur des points essentiels et entraînèrent des conséquences théologiques et historiques durables. Nous en avons résumé déjà quelques-unes, en suivant l'ordre chronologique : le donatisme, qui est un schisme, l'arianisme et le pélagianisme, qui sont des hérésies. Voici la quatrième : le nestorianisme.

Chacun de ces schismes et hérésies a soulevé une question jugée centrale par son auteur. Donat et ses disciples posaient des conditions strictes aux chrétiens qui avaient abjuré pour sauver leur vie. Ils admettaient à l'extrême rigueur que l'Église pardonne. Mais les règles qu'ils voulaient imposer étaient inacceptables. Ce fut le premier grand débat concernant la pénitence et le pardon.

Arius et ses partisans abordèrent avec véhémence le mystère trinitaire. Un seul Dieu en Trois Personnes, soit. Mais encore fallait-il, à leurs yeux, définir les rapports entre le Père et le Fils. Le Premier précédait le Second. Cette antériorité débouchait sur des rôles distincts. Pour respecter l'absolue prééminence du Père, le Fils était subtilement ramené à sa fonction d'homme destiné à accomplir le sacrifice du salut. Sans en être conscient, l'arianisme introduisait une faille dans le mystère trinitaire. C'était contraire à la tradition de l'Église ; cela risquait de donner naissance à un christianisme vague dont la dimension mystérieuse et transcendante serait progressivement évacuée. Mais l'arianisme eut une vertu : il contraignit les théologiens, et toute l'Église, à s'interroger sur le mystère trinitaire.

Quant au pélagianisme – la première hérésie occidentale –, il souleva des problèmes radicalement différents. Au départ, Pélage se passionne pour la loi. C'est un moraliste. Et comme tel, il s'insurge contre les nouveaux convertis, ceux qui se rallient à l'Église parce que c'est la mode. Ne peut être sauvé que celui qui va au bout de sa foi ; Pélage recommande la pauvreté et l'ascétisme. Sur ces points, il n'est ni le premier ni le dernier. Mais il va plus loin : Dieu a fait l'homme libre, c'est donc à Sa créature d'accomplir les actes qui assureront son salut. Pélage prêche pour un humanisme orgueilleux et solitaire. Cette liberté absolue aboutissait à minimiser, voire à oublier, la notion de péché originel. Le mal existait bel et bien, mais c'était à chaque chrétien de le vaincre. À l'extrême limite, Pélage acceptait quelques interventions de Dieu pour aider Sa créature. C'était une concession, rien de plus. Du coup, il annonçait la naissance d'une Église dans l'Église, d'une secte des élus qui se distingueraient progressivement de la masse des chrétiens ordinaires.

Là encore, l'Église ne pouvait que dire non. Mais c'est grâce au pélagianisme qu'Augustin a dû se pencher toute sa vie sur les problèmes des rapports entre la grâce et le libre arbitre.

L'arianisme et le nestorianisme prolongeront très longtemps leur influence.

L'arianisme s'étendra au nord de ce qui est en train de

devenir l'Europe post-impériale, et reviendra vers la Gaule, l'Italie du Nord et l'Espagne, porté par le flot des barbares convertis par les disciples d'Arius.

Quant au nestorianisme, s'il ne dura qu'un siècle en Orient, il s'étendra loin vers l'est du monde, et résistera longtemps. Il y aura des nestoriens en Mongolie, plus loin de ce qui est aujourd'hui le Pakistan ou l'Inde. Des disciples de Nestorius entoureront le Khan. C'est l'hérésie nestorienne qui introduira un christianisme bâtard dans ces régions lointaines. On ne peut que regretter que l'Église des IVe et Ve siècles n'ait pas réussi à définir un compromis acceptable avec les nestoriens.

Voyons le personnage de Nestorius. Au départ, c'est un moine, né en Syrie durant le dernier quart du IVe siècle. Très vite, il quitte les bords de l'Euphrate et s'installe à Antioche. La bouillonnante cité, qui fut le plus souvent le chaudron des hérésies, l'accueille. Il prêche et on l'écoute. Sa réputation dépasse bientôt les limites de la ville. Le début de son itinéraire ressemble assez à celui de Jean Chrysostome. L'empereur Théodose II l'appelle à Constantinople et le nomme patriarche, parce qu'il vient de loin et ignore les querelles de la ville impériale. Nous sommes en 428. Nestorius se fait tout de suite remarquer par son intransigeance vis-à-vis des disciples d'Arius et d'Apollinaire. Ce dernier estimait que le Christ, Fils de Dieu, avait échappé à la condition humaine ordinaire. Ce fut Grégoire de Nazianze qui avait le mieux réfuté l'apollinarisme en une formule : « Ce qui n'a pas été assumé n'a pas été guéri. » Ce qui rappelait que Jésus avait été totalement un homme.

Puis les difficultés commencent. Nestorius se voulait d'abord théologien. Mais il n'accepte pas que Marie ait été la mère de Dieu. Mère du Christ, soit. Mère de Dieu, non. En réalité, il suggère qu'entre Jésus et le Verbe, il existe une distinction ; il propose l'idée d'une « conjonction » entre ces deux aspects du Christ.

Il est condamné à Éphèse (431), puis exilé en Arabie, en Libye, enfin en Égypte. Il se défend, multiplie les écrits. On découvrira, en 1895, un ouvrage intitulé *Le Livre d'Héraclide de Damas*. C'est l'une de ses œuvres. On considère aujourd'hui que Nestorius était plus maladroit qu'hérétique. Il mourut en 451. Quelques Églises transmettent son enseignement. C'est ce dernier qui, progressivement, s'implante dans l'Extrême-Orient, jusqu'alors inaccessible. Notons qu'en 1994 une déclaration christologique mit fin au problème soulevé par l'Église nestorienne. Le nestorianisme est sans doute l'une des seules hérésies qui, avec quinze cents ans de retard, s'est achevée par une réconciliation.

Les Pères de l'Église apparaissent

Entre 350 et 450, les deux Empires entrent dans une période confuse. Pour les contemporains, rien n'est joué. Très peu d'entre eux entrevoient l'avenir : l'affaissement de la romanité leur semble impensable. Ils s'en tiennent donc à des approximations : Rome et Constantinople font face à de nombreux ennemis. Mais c'est le lot ordinaire de l'Empire. Pour les citoyens romains, le présent paraît éternel. Il n'y aura guère qu'Augustin pour imaginer l'effondrement.

C'est durant ces quelque cent ans que sont apparus ceux qu'on a qualifiés du terme de « Pères de l'Église ». Ils sont une quinzaine, tout au plus. D'une certaine manière, ils se ressemblent, même si la plupart d'entre eux ne se sont pas rencontrés. Ce qui est sûr, c'est qu'ils se sont lus. Comme s'ils avaient tenté en même temps de faire progresser la foi et de mieux comprendre l'Église. On dirait d'eux, aujourd'hui, qu'ils furent au plus haut degré des intellectuels. À la fois engagés dans les querelles de la cité – théologiques et politiques – et pourtant soucieux, avant tout, de la nature et de l'avenir de la foi.

Leurs noms sont à peu près oubliés par le grand public et par de nombreux chrétiens. Il faut pourtant les énumérer. Pendant ce qui fut, pour les uns, une période de paix relative, pour d'autres un combat incessant, ils ont consolidé les bases théologiques de l'Église.

Le premier fut *saint Athanase*. Il est né en 295, d'une famille grecque d'Alexandrie. Secrétaire de l'évêque – il n'a pas trente ans –, il accompagne le patriarche Alexandre, évêque de la ville, à Nicée. En 328, il succède à celui-ci. Athanase est un prédicateur. Il défend le *Credo* établi à Nicée avec entêtement. Il doit se justifier aux yeux de Constantin qui, nous l'avons vu plus tôt, a changé d'opinion. Il fut exilé cinq fois durant son existence. Jusqu'à ses derniers jours, il prêcha dans les communautés chrétiennes du désert, tout en faisant construire de nouvelles églises. Il est mort dans ce qui lui tenait lieu de lit, vers 373.

Saint Basile de Césarée, maintenant. C'est le fils aîné d'une famille nombreuse de Cappadoce. Il naît en 329. Ses parents sont chrétiens. Deux de ses frères furent évêques (saint Grégoire de Nysse et saint Pierre de Sébaste). Il est d'abord rhéteur, puis se fait baptiser et choisit la vie monastique. Ordonné prêtre aux environs de 362, il est élu, huit ans plus tard, patriarche de Constantinople. Son œuvre de théologien est dominée par une volonté têtue de réconciliation entre les écoles théologiques. Bien entendu, il ne peut y parvenir. Il est plus heureux dans la deuxième tâche qu'il s'assigne : il imagine des règles pour les communautés monastiques qui se créent un peu partout. Ses ouvrages, *Règles morales*, puis *Traité du Saint Esprit*, seront lus en Orient puis en Occident par des générations de moines. Il meurt en 372. Il n'a que cinquante ans.

Grégoire de Nazianze. C'est un fils d'évêque. Né vers 330, dans une petite ville de Cappadoce, il étudie à Alexandrie, puis à Athènes. Il est ordonné prêtre en 362. Mais cela ne fait pas son affaire : il veut devenir moine. On ne le lui permet pas : il est élu évêque contre sa volonté expresse. Il succède à Mélèce, au siège de Constantinople. En 381, il préside même le concile qui se tient dans cette ville. Puis il démissionne – ce qui est extrêmement rare – et choisit d'écrire. Il meurt en 390. Il laisse derrière lui des études, en particulier sur Origène, qui sont parvenues jusqu'à nous. Quelques textes d'Origène, comme *Le Philocalée d'Or*, ne sont d'ailleurs connus aujourd'hui que grâce à Grégoire de Nazianze.

Évagre le Pontique. Il naît aux alentours de 345. Il fut un théoricien de l'ascèse. Disciple d'Origène, il fut plusieurs fois dénoncé et sommé de s'expliquer. Il le fit brillamment. Il fut l'un des créateurs du néo-platonisme. En même temps, un remarquable psychologue. Ses analyses de l'âme sont modernes : pour lui, la partie désirante de l'âme détourne l'esprit de la prière. Cette part, livrée au désir, provoque une « distraction » redoutable, puisqu'elle arrache l'âme à la contemplation. Suit une longue analyse des passions : la manière dont elles surgissent à travers le fil flou de la pensée. Cette œuvre, assez marginale, laissera Augustin de glace : Évagre ne s'intéresse pas à la tension entre la grâce et le libre arbitre. En fait, il en était à deux doigts.

Saint Jean Chrysostome. Nous ne reviendrons pas sur lui. Les étonnantes péripéties de sa vie sont, aujourd'hui encore, très respectées dans les Églises d'Orient. Ce fut bel et bien l'un des Pères de l'Église.

Théodore de Mopsueste. Né en 350 ; évêque en 392. C'est l'un des membres de ce qui fut désigné sous le nom d'« École d'Antioche ». Avec Diodore, il fut l'un des premiers représentants de la tendance anti-origénienne. Son souci principal : affirmer la divinité du « Verbe » contre ce qui sera le nestorianisme. Pour eux, la seconde personne de la Trinité *est* Dieu, alors que pour le nestorianisme seule la première personne *est* Dieu ; la seconde en procède, mais n'est pas Dieu de toute éternité. Théodore insiste, le premier, sur l'âme humaine du Christ ; Celui-ci, personne divine, douée par Dieu d'« immutabilité », a un pouvoir de décision et d'action. Donc Théodore affirme l'unité du Christ, même s'il rencontre quelques difficultés à réussir le mariage du corps et de l'âme.

Jean Cassien. Il a dû naître en 365. C'est un disciple d'Évagre. C'est le premier théoricien de la vie monastique au désert. Cassien insiste sur la fonction de la prière. Pour lui, elle constitue un « état plus haut ». C'est grâce à la prière que le moine a une chance d'accéder à « la contemplation de Dieu ». Cette rencontre ne doit pas être une fin en soi. Elle apparaît simplement au moment où celui qui prie est enfin prêt. Ce moment est donc une grâce. Grégoire le Grand, et plus tard Benoît, retrouveront ces réflexions de Cassien. Il meurt en 435.

Saint Augustin d'Hippone fait, lui aussi, partie des Pères de l'Église. On a vu que, pour lui, le sujet central reste celui des rapports de la grâce et de la liberté.

Saint Jérôme. Il naît en 347 et consacre sa vie à la naissance de la Vulgate, édition en langue commune des Septante. En fait la « langue commune » était le latin, par opposition au grec et à l'hébreu. Il s'en tient volontairement aux textes hébreux.

Pour y parvenir, il devient un véritable enquêteur. Il voyage, obtient de travailler sur les rouleaux originaux. Ce n'est pas tout : il s'intéresse à leur histoire, il tient compte de la géographie et des événements extérieurs qui peuvent conduire à des inexactitudes de datation et d'origine. C'est un écrivain très vivant. Il subit l'influence d'Origène et ne s'en défend pas. Son rôle sera important, mais peut-être était-il en avance sur son temps par ses soucis historiques et géographiques. Il meurt en 420.

Saint Ambroise de Milan. C'est un personnage considérable. Né en 337 dans une famille riche, il meurt en 397. Il devient, en 370, gouverneur de sa province. En 374, les chrétiens de Milan se divisent sur un problème qu'Ambroise juge secondaire. Il rétablit l'ordre avec habileté et fermeté. Du coup, la foule enthousiaste le désigne comme évêque. Malheureusement, il n'est pas baptisé. On précipite la cérémonie. Son rôle sera double : d'une part, il s'opposera à l'arianisme qui pénètre en Occident ; d'autre part, il permet la conversion d'Augustin. Il connaissait parfaitement le latin – ce qui était normal –, mais aussi le grec – ce qui était moins courant. On lui doit de nombreux textes sur des sujets divers. En particulier, sur la pénitence. Il ose écrire : « [...] Même Judas aurait pu ne pas être exclu du pardon s'il avait fait pénitence. » Une attention analogue à propos de la virginité et du veuvage. L'une et l'autre constituent un dépassement de la nature. Il respecte le mariage et accepte le remariage, en cas de décès de l'un des conjoints. Mais il condamne les mariages multiples. Il meurt en 397.

Saint Martin de Tours. Il ne ressemble pas tout à fait aux autres Pères de l'Église. Il naît en 316, dans une famille militaire païenne. Son père est officier. Il commence par servir dans l'armée parce qu'il y est contraint par la loi. C'est en garnison à Amiens que, rencontrant un pauvre, il lui donne la moitié de son manteau. Par ce geste, il entre dans l'imagerie populaire. Il se fait baptiser. Quelques années plus tard, il quitte l'armée et rejoint, près de Poitiers, le grand évêque Hilaire ; leur travail en commun sera bref. Poursuivi par les ariens, Hilaire doit s'enfuir en Orient. Martin retourne en Pannonie (actuelle Hongrie), le pays où il est né. Il revoit sa mère et l'aide à se convertir. Puis, pendant quelques années, il vit seul. En 360, Hilaire peut revenir, et son disciple le rejoint. C'est le début de son action. Saint Martin fonde, à Ligugé, le premier monastère créé en Gaule. En 372, il est élu évêque de Tours. Il fonde un second lieu de prière à Marmoutier. Il vit pauvre, et souvent sans toit. Il se déplace à pied et prêche un peu partout. C'est Sulpice Sévère qui écrira sa vie. Il mélangera vérité et légende. Il n'empêche que l'existence de Martin aura une influence décisive sur la conversion progressive de ce qui va être la France. Il meurt en 397.

On pourrait ajouter à cette liste le pape *Damase* (305-384) et *Hilaire de Poitiers* (315-367). Mais nous les avons déjà croisés, l'un et l'autre, dans ce récit de la première époque de l'Église.

On ne peut dire qu'une chose : ces jeunes gens, brillants et courageux, qui presque tous devinrent évêques, réussirent une espèce de tour de force. Seul, saint Jérôme demeurera simple prêtre. Éloignés physiquement les uns des autres, contraints à faire face à des situations différentes et souvent dangereuses, ils parvinrent à faire progresser la théologie et la christianisation. Chacune de leur vie fut une aventure. Nous restons saisis devant ces personnages d'autrefois qui ressemblaient à des géants.

CHAPITRE 6

LES BARBARES MARCHENT SUR ROME

Que le déferlement progressif des barbares ait bousculé l'Église est une évidence. Les débats théologiques, dont nous venons de décrire les principaux, se déroulent sur un fond d'invasions successives, de batailles souvent atroces – sans compter les luttes intestines –, qui auraient pu emporter l'Église. Pour donner une idée de la violence des combats, il suffit de rappeler que Trèves sera prise et reprise quatre fois entre 405 et 440. Elle tombera finalement au pouvoir des Francs entre 460 et 470. Sirmium, pour sa part, changera sept fois de main. Elle sera en fin de compte détruite de fond en comble par les Avars, en 382. L'Occident avait abandonné cette ville jugée lointaine ; et l'Empire d'Orient n'était pas davantage en état d'assurer alors sa protection. Or Sirmium, sur la Save, non loin du Danube, à 100 km au nord-ouest de Belgrade, fut une ville importante : Marc-Aurèle y mourut, Aurélien, Gratien et Protus y naquirent. En 351, 357 et 358, l'empereur Constance y réunit trois conciles orientaux qui promulguèrent des textes marqués par l'arianisme. Rien n'a subsisté de cette cité plantée aux frontières de l'Empire romain.

Est-il possible de récapituler cette succession de guerres qui allait aboutir à la fin de l'Empire d'Occident tel qu'on l'avait connu jusqu'en 476 ? À cette date, Odoacre occupe Rome, dépose le dernier empereur, le petit Romulus Augustulus, et expédie les insignes impériaux à l'empereur d'Orient, Zénon, pour solde de tout compte.

Cette poussée germanique commence en réalité très tôt. Au

départ, les Germains sont des paysans qui espèrent simplement trouver des terres au sud du *limes*. Beaucoup y parviennent. Ce fut l'époque des raids anarchiques. Le *limes* était souvent mal défendu ; on réussissait à le franchir sans trop de difficultés. Au IIIe siècle, une de ces cohortes parvint même à atteindre Bordeaux.

Dans la plupart des cas, les autorités impériales transigeaient avec les représentants de ces envahisseurs sans prétentions politiques. Certains recevaient les terres qu'ils avaient souhaitées ; d'autres acceptaient de s'enrôler dans l'armée romaine en passant un contrat (*foedus*), d'où leur nom de « foedovi ».

Pourquoi ces migrations permanentes ? Probablement parce qu'au fond de l'Asie, les conquêtes chinoises des Han repoussaient vers l'ouest Slaves et Germains.

Dès l'époque de Marc-Aurèle [161-180], la pression germanique devient permanente sur le Danube et sur le Rhin. Le *limes*, à cette date, tient encore. Les Germains qui ont réussi à franchir les frontières constituent le gros de l'armée romaine. Certains accèdent à des postes importants : c'est, par exemple, Stilicon, un Germain, qui tenta de s'opposer à l'armée d'Alaric, décidé à prendre Rome (410). Des barbares résistaient aux barbares.

Avant cela, les Francs s'installent sur le Rhin inférieur, les Alamans occupent la zone séparant le Rhin du Danube. Sous Aurélien [v. 270-275], les Goths s'établissent en Dacie. Durant le IVe siècle, les efforts de Dioclétien – entre 280 et 305 –, puis de Constantin, stoppent la progression des envahisseurs. Ce n'est pourtant qu'une rémission. Vers 375, les Huns apparaissent ; les Wisigoths, pour survivre, pénètrent en masse à l'intérieur de l'Empire ; on en trouve en Grèce et dans les Balkans. En 406, les Alains, les Vandales et les Suèves franchissent le Rhin, traversent la Gaule, entrent en Espagne. Les Vandales ne s'arrêtent pas là : ils débarquent en Afrique et font le siège d'Hippone (431) lorsque Augustin meurt. Ils fondent un royaume indépendant. C'est peut-être la première rupture de souveraineté dans le territoire impérial.

Alaric fut un modéré

Rome, d'ailleurs, était à bout de souffle. L'occupation de la ville, considérée comme imprenable, marque, en 410, un moment symbolique dans cet affaissement de l'Empire. Non pas que les troupes d'Alaric se soient montrées particulièrement agressives : Rome est mise à sac, mais elle n'est pas détruite. Cependant, la chute de la capitale résonne d'un bout à l'autre du monde méditerranéen. Honorius ne perd pas de temps. Il prend langue avec Alaric et lui conseille d'expédier une partie de son armée vers l'Espagne. Ce qu'il fit. Et Toulouse devint la capitale provisoire d'un royaume éphémère.

Faut-il préciser que la Bretagne – c'est-à-dire essentiellement l'Angleterre et le pays de Galles actuels – avait été purement et simplement évacuée par les légions ? Des exodes vers les côtes françaises se succèdent. Vers 430, les Francs font mouvement, ils occupent le nord-ouest de la Gaule. La Somme devient la nouvelle frontière. À peu de choses près, c'est le territoire dont Clovis héritera le moment venu.

Attila recule devant le pape Léon

Mais les plus grands chocs sont à venir. Voilà Attila, avec ses Huns. Nous sommes aux alentours de 450. Ils avancent lentement, avec leur multitude de chariots, de chevaux, d'équipements divers. Combien sont-ils ? Les historiens n'en savent rien. Entre deux cent et quatre cent mille. En tout cas, cette marée terrifie les habitants de la Gaule. Wisigoths, Burgondes et Francs s'allient contre le péril commun. En 451, les légions romaines, composées, là encore, en majorité de barbares et conduites par Aetius, stoppent Attila aux champs catalauniques – vingt kilomètres à l'ouest de Troyes. Trois jours de bataille acharnée. L'histoire affirme qu'Aetius l'emporte. En vérité, le matin du quatrième jour, personne ne sait vraiment qui a gagné.

Attila, pour des raisons inconnues, décide de se retirer. Il revient en Italie du Nord l'année suivante. Cette fois, il semble décidé à aller jusqu'à Rome. Or, là encore, il abandonne sa victoire, sans combattre. C'est l'épisode fameux ; le pape saint Léon le Grand [440-461] s'en vient seul jusqu'au camp d'Attila. Ce dernier le reçoit courtoisement (Attila avait passé quelques années à la cour de l'empereur, il parlait fort bien le latin). Les deux hommes soupent ensemble et passent une partie de la nuit à parler. Le lendemain, Attila décroche, ramène ses troupes, ses femmes et ses chariots sur le Danube. C'est là qu'il va se marier et mourir mystérieusement la nuit de ses noces.

Le recul d'Attila n'a pas convaincu ses alliés vandales. Partis de leur royaume d'Afrique du Nord, ils débarquent au sud de l'Italie. Leur roi, Genséric, marche sur Rome. Le pape Léon, une seconde fois, tente de l'arrêter. Mais il échoue. En 455, Rome est occupée et pillée. Il ne reste plus à Odoacre, général romain révolté, et sans doute ambitieux, qu'à déposer l'empereur Romulus Augustulus [474-476] et à notifier la fin de l'Empire romain d'Occident.

Pourtant, ce n'était qu'une demi-vérité. Les uns après les autres, les princes barbares sont fascinés par Rome. En tout cas, Odoacre garde le Sénat et la pratique du consulat. Théodoric, roi des Ostrogoths, qui prend le pouvoir à Rome en 493, rétablit des relations courtoises avec Byzance. Cette dernière le reconnaît comme représentant légitime de l'empereur. Ce Théodoric, qui a laissé dans la mémoire collective une image de pacificateur, réussit à faire coexister Latins et Goths. Il fut néanmoins responsable de la mort du pape Jean Ier. Petit à petit, les rapports entre les deux capitales deviennent convenables. Ce fut l'époque de Boèce et de Cassiodore, deux intellectuels à qui les rois barbares confièrent des charges importantes. Le second retiré en Sicile, convaincu de la fin de la civilisation romaine, eut la remarquable idée de rassembler nombre de manuscrits. C'est grâce à lui que plusieurs sont parvenus jusqu'à nous. Jusqu'au surgissement de l'islam, un équilibre précaire fut maintenu.

Néanmoins, sur la périphérie de ce qui avait été l'Empire, une nouvelle géopolitique se dessine. En lieu et place de la structure romaine unitaire, émergent de nouveaux royaumes indépendants. Certes, on continue à parler latin ; certes, les us et coutumes romains sont progressivement récupérés par les vainqueurs. Mais jusqu'à la reconquête partielle de Justinien [527-565] – l'Italie, l'Afrique du Nord et une partie de l'Espagne –, l'ancien système fonctionne toujours. Paradoxalement, ce sont probablement les victoires de Justinien, et surtout d'Héraclius, qui vont permettre à l'islam de rencontrer si peu de résistance : les royaumes barbares avaient perdu leur puissance, et Byzance n'avait pas les moyens de sa politique.

Voilà le cadre général. Qu'on compare les dates : c'est exactement durant ce basculement sans précédent que se poursuivent les longs affrontements théologiques. Comme si l'Église flottait au-dessus de la tempête.

En réalité, il n'en était rien. Impossible, par exemple, de comprendre Augustin sans tenir compte de la première occupation de Rome. Si son grand livre *La Cité de Dieu* met l'accent sur les deux cités, c'est en partie parce qu'il assiste à l'effondrement de celle des hommes. Il a vécu à Milan et à Rome ; il connaît les paysages admirables de cette Italie du Nord, livrée aux envahisseurs. Parfois, il s'interroge : n'est-ce point la fin des temps ? Comme tous les chrétiens, il connaît par cœur le texte de l'Apocalypse de Jean. Il n'est pas très sûr de la durée des civilisations humaines. Il a en partie raison puisqu'il assiste bel et bien à la fin progressive de l'Empire. Ce qu'il ne peut imaginer, c'est qu'une autre découpe politique du monde va progressivement se mettre en place.

CHAPITRE 7

ORIENT-OCCIDENT : LES PREMIÈRES FAILLES

Deux événements, à la fois historiques et symboliques, illustrent l'érosion progressive des rapports entre les deux extrémités de l'Empire. La prise de Rome par Alaric en 410, d'une part ; la résistance acharnée (à Andrinople en 378, l'empereur Valens est tué durant la bataille), puis les succès de l'Empire d'Orient sur les Perses et les Avars, d'autre part.

Donc, durant le Ve siècle, l'Empire d'Occident s'écroule, l'Empire d'Orient résiste. Au début du VIe siècle, avec Justinien, Constantinople réussira même à reconquérir le nord de l'Afrique, la Corse, la Sardaigne et les Baléares. Puis, de 535 à 555, Justinien reconquiert la plus grande partie de l'Italie. Enfin, l'Empire d'Orient reprend pied en Espagne, et obtient des Wisigoths la rétrocession de l'Andalousie. Vers 560, il rassemble sous son autorité la plupart des pays méditerranéens, hormis la Gaule. Il se maintient donc pendant mille ans, avec des hauts et des bas. C'est la prise de Byzance par l'islam qui marque la fin de cette civilisation chrétienne, plus grecque que romaine.

Deux situations, on le voit, radicalement différentes. À l'ouest, l'ancien Empire n'existe plus ; l'effacement de Rome justifie, *a posteriori*, la décision de Constantin d'abandonner Rome pour Constantinople (« seconde Rome »). À l'est, justement, l'Empire d'Orient va garder son prestige durant près de huit siècles.

Il serait inexact d'expliquer la rupture qui va couper l'Église en deux par la situation géopolitique de ce qui fut l'Empire au Ve siècle. Si l'on veut comprendre la nature du schisme, il faut remonter plus loin dans le temps.

Première observation : le christianisme est une religion qui vient d'Orient. La plupart des conciles se sont tenus dans cette partie du monde. Lorsque Constantinople obtient d'être placée au second rang des sièges épiscopaux, c'est sans doute une menace voilée vis-à-vis de Rome. Bien sûr, la prééminence de cette dernière n'est pas officiellement proclamée. Mais il est évident, pour les habitants de Constantinople, que leur ville est en fait la première, puisqu'elle est la plus importante du nouvel Empire. Autre confirmation : les hérésies les plus révélatrices sont nées à Alexandrie, Antioche ou Éphèse. Les recherches, puis les définitions successives du mystère trinitaire sont orientales. La seule hérésie née en Occident, c'est le pélagianisme. Or, cette dispute concernant le libre arbitre et la grâce n'a guère intéressé les Orientaux. Pour une raison simple : les pays d'Orient considèrent que l'Occident est à moitié barbare. Et cela, bien avant les invasions.

Deuxième remarque : les Églises d'Orient vivent à l'ombre de l'empereur. Celui-ci désigne les patriarches, intervient dans les conflits religieux, finance les constructions d'églises et de basiliques. Il y a une splendeur de l'Orient qui laisse loin derrière elle la relative pauvreté de l'Église d'Occident. Mais cette domination ne s'est pas faite en un jour. Pendant que l'Occident s'affaisse puis se modifie de fond en comble, l'Orient engage une partie décisive qui va lui donner quelques siècles d'apaisement.

Héraclius. La première chute, puis le rétablissement, de l'Empire d'Orient

Dans les tout débuts du VIIe siècle, la situation en Orient est désastreuse. L'empereur Maurice (539-602) est renversé par une révolte militaire de son armée danubienne. Son successeur, Phocas, désigné par les soldats, marche sur Constantinople et prend la ville livrée à des émeutes permanentes. Les papes qui succèdent à Grégoire reconnaissent l'autorité de Phocas. Pourtant, c'est un tyran. S'ouvre, en tout cas, une période relativement neutre entre les deux capitales.

Mais c'est à Constantinople que la révolte se développe. Phocas tente d'établir, par la force, son autorité dans l'ensemble de la province d'Orient. Il n'y parvient pas. De plus, il doit imposer sa volonté à une aristocratie byzantine qui le considère comme un demi-barbare. Enfin, l'armée continue à s'agiter, parce qu'elle n'est pas payée. Pour l'Empire perse, le moment semble propice pour en finir avec son voisin chrétien dont il n'a jamais accepté l'existence. Le premier choc se passe en Syrie : Antioche tombe à ce moment-là.

Cette fois, le complot contre Phocas prend une tout autre importance. À la tête de l'insurrection, Héraclius, « exarque de Carthage ». C'est l'empereur Maurice qui lui avait décerné ce titre parce qu'il s'était bien battu dans la guerre contre la Perse en 598. Entre 600 et 610, l'Égypte bascule contre Phocas ; les livraisons de blé sont suspendues. À Constantinople, c'est l'anarchie. Héraclius considère que le moment d'agir en force est venu. Il confie la flotte qu'il a rassemblée à son fils, Héraclius le Jeune [610-641]. L'armada gréco-égyptienne, partie d'Alexandrie, traverse la Méditerranée. Elle s'arrête dans plusieurs îles ; partout, le nouvel Héraclius est acclamé. Il arrive devant la capitale début octobre 610. Le 5 du même mois, Phocas et sa famille sont arrêtés et massacrés. Héraclius le Jeune entre dans la ville et est proclamé basileus et couronné par le patriarche Sergius, le jour même. Il a trente-cinq ans.

Pourquoi s'arrêter sur le destin d'Héraclius ? D'abord parce qu'il est considéré comme le véritable fondateur de l'Empire byzantin, Empire grec. Certes, avant lui, il y eut d'autres empereurs importants. Le rétablissement de l'Empire par Justinien, son œuvre législative, tout cela n'est pas négligeable. Secondé par Bélisaire, général légendaire – on le disait invincible –, il gagne de multiples batailles ; entre 525 et 555, il devient maître de l'Italie. C'est Justinien qui signe avec le roi wisigoth, Athanagilde, la rétrocession de l'Andalousie et de Carthagène. La Gaule mise à part, il a, en apparence, reconstitué l'ancien Empire. Cette partie de sa tâche est achevée en 560. Pendant tout ce temps, il a rassemblé les lois multiples en usage dans les diverses régions de l'Empire, et promulgué, en 529, un code qui portera son nom et aura une influence importante en Occident à partir du XIe siècle.

Mais cette reconquête est fragile. L'Orient lui échappe en partie. Malgré deux guerres contre les Perses, il ne réussit pas à réduire leur puissance. Son neveu Justin [565-578], qui règne peu de temps, fut incapable de maintenir ce système brinquebalant. L'Occident, de nouveau, échappe à Constantinople. Il faut attendre la prise de pouvoir par Héraclius pour qu'une vraie politique se dessine. Elle sera spectaculaire et victorieuse. Mais, par une de ces fameuses ruses de l'histoire, elle va faciliter le surgissement de l'islam. C'est pour cette raison qu'Héraclius est si important.

Le nouvel empereur commence par rétablir la paix à Constantinople. Il est d'ailleurs décidé à trouver un compromis dans la querelle du monophysisme (selon les monophysites, il n'y avait qu'une seule nature dans le Christ ; les Coptes en Égypte, les Jacobites en Syrie, sont monophysites) ; d'un côté, ceux qui continuent à affirmer que la nature divine du Christ l'emporte sur Sa nature humaine ; de l'autre, ceux qui veulent rester fidèles aux décisions du concile de Chalcédoine. Il n'y parviendra pas et la division durera jusqu'à nos jours.

Héraclius se bat sur deux fronts

Militairement, il lui faut repousser les menaces qui pèsent sur Constantinople. Il doit faire face simultanément à la pression des Avars, au nord, et aux troupes perses, à l'est. Antioche, nous l'avons vu, était tombée en 611 ; la Syrie, bien sûr, avait suivi. Avec les forces qu'il parvient à rassembler, Héraclius tente de battre une armée perse à Césarée, en Cappadoce. Il échoue, doit battre en retraite. Pendant ce temps, les Perses, qui disposent de deux autres armées, envahissent l'Arménie au nord, et occupent Damas au sud. Quelques mois plus tard, Jérusalem tombe entre leurs mains. Nous sommes le 5 mai 614. Héraclius n'a pas encore remporté une seule victoire.

La prise de Jérusalem est, comme souvent, tragique. Le général perse Schahrbaraz ne souhaitait sans doute pas saccager la ville ; d'ailleurs, le patriarche Zacharie accepte de négocier. Il en est empêché par la population de la Ville sainte. On veut se battre. Des renforts, dit-on, vont venir de Jéricho. Ils n'arrivent pas, les troupes perses les ayant dispersés. Le 15 avril, la ville est assiégée. Vingt jours plus tard, les Perses entrent dans Jérusalem. C'est un carnage. La plupart des habitants qui n'ont pu fuir sont massacrés. On détruit les maisons et on incendie un certain nombre d'églises. En particulier, celle de la Résurrection, qui avait été édifiée par Hélène, mère de Constantin. Trente-cinq mille prisonniers sont vendus comme esclaves. Les artisans sont déportés en Perse. La Croix du Christ est expédiée au roi des Perses, Chosroès.

La nouvelle de la prise de Jérusalem et du rapt de la Sainte Croix provoque une véritable stupeur à Constantinople. D'autant qu'en 617, l'Égypte tombe à son tour. L'Empire d'Orient n'est plus qu'une fiction. Demeure Constantinople, pourtant menacée de toutes parts. L'Espagne byzantine retombe sous la domination des Wisigoths. Les Lombards menacent Ravenne, tête de pont prestigieuse de l'Empire d'Orient en Italie. Les Avars, renforcés par les Slaves du Nord, envahissent la Macédoine pendant que les Slaves s'installent en Dalmatie. C'est la première fois qu'Empire d'Occident – ou ce qui en reste – et Empire d'Orient sont géographiquement coupés par une armée hostile et des populations nouvelles.

Héraclius veut d'abord trouver un compromis avec les Avars. En 617, une ambassade byzantine est reçue par le khan des Avars. On débat des clauses d'un traité. La discussion s'éternise. Pendant ce temps, les troupes du khan progressent vers Constantinople. Héraclius échappe de justesse à un piège : on lui avait fixé un rendez-vous non loin de la capitale pour qu'il signe lui-même le traité de paix. Protégé par ses gardes, il s'échappe et revient dans sa cité. Quelques jours plus tard, les légions des Avars surgissent de partout aux portes de la ville. Les troupes d'Héraclius résistent avec acharnement. Soudain, les Avars rebroussent chemin ; ils n'ont réussi qu'à piller les banlieues de la capitale. Et ils ont essuyé de lourdes pertes. C'est la première victoire militaire – sur terre – d'Héraclius. La population considère cette bataille comme miraculeuse : le patriarche n'avait-il pas exposé l'icône de la Vierge sur les remparts ? Nous sommes déjà dans l'esprit qui sera celui des croisades. Cette fois, Héraclius devient, pour les habitants de la ville, une espèce de héros.

Mais il lui faut reconstituer une véritable armée. Or il n'a plus d'argent, et l'Égypte ne peut plus lui en fournir. C'est le patriarche Sergius qui va l'aider. Celui-ci a compris que le sort de la capitale et de l'Empire est en balance. Sans hésiter, il récupère dans les multiples églises les trésors accumulés par la piété populaire. On convertit l'or, les pierres précieuses, les objets du culte en espèces sonnantes et trébuchantes. En quelques années, Héraclius se dote d'une armée nouvelle. Cette fois, il va pouvoir engager l'épreuve de force avec la Perse.

La puissance de la Perse

Ici, il faut s'arrêter un instant. En ce début du VIIe siècle, il existe non pas deux Empires en Europe, mais trois. L'Empire d'Occident, qui devient une légende ; l'Empire d'Orient, morcelé et menacé ; et surtout l'Empire perse. Il est ancien, riche, puissant. À sa tête, Chosroès II, qui semble avoir été un homme ambitieux et subtil. Pour conquérir la Syrie et la Palestine, il a commencé par s'appuyer sur les juifs. Il les remercie en les faisant expulser de Jérusalem. Il tente de se rallier les chrétiens, dont il connaît fort bien les divisions. Il finance la reconstruction de certaines églises. D'ailleurs, il y a des nestoriens à sa cour. Ses deux femmes préférées sont chrétiennes. Au fond, lui aussi souhaite l'unité religieuse de cette grande Perse dont il mesure l'étendue. Il va jusqu'à réunir, peu après la prise de Jérusalem, un concile des évêques d'Orient : on ne sait pas grand-chose de cette étrange réunion. Mais les populations chrétiennes de Syrie, de Palestine et d'Égypte s'habituent à vivre sous l'autorité d'un prince qui n'est pas le moins du monde chrétien. Ce qui posera des problèmes à Héraclius après la reconquête.

Elle commence en 622. Héraclius, contre l'avis de la plupart de ses conseillers, prend lui-même le commandement de l'armée. Chosroès, informé de ces préparatifs, expédie une lettre insultante à Héraclius – un ultimatum plutôt ridicule. Héraclius la fait lire dans toutes les églises de la capitale. Cette fois, la guerre qui s'ouvre ressemble déjà à une croisade : on va délivrer Jérusalem et retrouver la Vraie Croix.

Les Perses attendaient l'armée d'Héraclius en Syrie. C'était une naïveté. L'empereur byzantin décide de frapper ses ennemis au cœur de leur puissance. Son adversaire, surpris, manque d'être fait prisonnier à Gandzak, et rapatrie, aussi vite qu'il le peut, ses armées dispersées en Syrie et en Égypte. En 624, elles réussissent à stopper l'avance d'Héraclius. Pour peu de temps : l'empereur réussit à diviser ses adversaires et bat successivement trois armées perses. C'était beaucoup. Après cette série d'exploits, Héraclius se retire prudemment le long de l'Euphrate pour reconstituer ses forces.

Fin 625, Héraclius apprend que Chosroès a reformé deux armées. La première doit foncer sur Constantinople, l'autre détruire l'armée byzantine, cantonnée entre la Cappadoce et le Pont.

Cette double attaque eut bien lieu. C'est le siège de Constantinople, qui frappe les contemporains. Plus encore que la chute de Jérusalem. Ainsi, la capitale de l'Empire, la ville sacrée et prestigieuse, pouvait être menacée. Le siège par les Avars n'avait été qu'un gros incident ; l'attaque perse est un vrai péril. Le 29 juin 626, les Avars réapparaissent au nord de la ville, pendant que les Perses campent sur la rive asiatique. Les deux ennemis se sont donc alliés. Durant tout le mois de juillet, l'encerclement se poursuit. La ville a peur : d'autant qu'Héraclius n'est pas là. Les assiégés contemplent avec terreur les énormes machines de guerre que les généraux perses installent sous les murs. Le 30 juillet, l'assaut commence. Entre le 4 et le 6 août, la bataille est sanglante et indécise. Le 7, un débarquement organisé par la flotte slave est un échec. Les Avars et les Perses abandonnent leurs positions. Les quelques légions d'Héraclius, enfermées dans la ville depuis des semaines, se précipitent sur les troupes qui battent en retraite. C'est un désastre pour les assaillants. Les Avars disparaissent pour longtemps. Les Perses tentent de négocier. En tout cas, le 8 août devient une fête nationale. Le patriarche Sergius devient le maître de la ville (son fils Constantin étant encore mineur, Héraclius, avant son départ à la guerre, avait nommé Sergius corégent de l'Empire).

Héraclius n'est pas revenu parce qu'il a parié sur la résistance de Constantinople et qu'il estimait avoir mieux à faire. Il progresse en Perse. Il bat l'armée de Chosroès. Héraclius va camper dans la banlieue de Ctésiphon, capitale de l'Empire perse. Il n'ose pas attaquer la ville, et file vers le sud. En février 628, Chosroès est assassiné, sans doute par les amis de son fils, Kawadh. Le 3 avril, Héraclius reçoit à Gandzak un plénipotentiaire perse. La paix est finalement signée. L'Empire perse n'existe plus vraiment. Sept ans après avoir quitté Constantinople, Héraclius y revient en vainqueur. Il défile dans les rues de la ville. La Vraie Croix est restituée par les Perses, et Héraclius lui-même, en 630, la rapporte à Jérusalem. L'Empire d'Orient n'avait plus rien à craindre. C'est du moins ce que tout le monde pensait. La vraie menace n'allait pas tarder à apparaître.

Nous sommes, en effet, en 632. Mahomet, qui est un inconnu, meurt à La Mecque le 8 juin. Si l'on veut résumer la situation géopolitique, elle devient relativement simple. La puissance militaire perse, qui assurait la stabilité en Égypte, en Palestine et en Syrie, a disparu. Héraclius a vaincu, mais il est à bout de souffle. D'ailleurs, pourquoi installerait-il des forces militaires tout au long des rivages méditerranéens ? C'est du côté du Danube, une fois de plus, qu'il concentre ses forces.

En réalité, les deux Empires antagonistes assuraient la stabilité de la région. Personne ne songeait à se révolter sérieusement face à ces puissances idéologiques et militaires. La disparition de l'Empire perse déséquilibre tout le système. Les invasions arabes ne vont rencontrer que des résistances sporadiques. Les victoires d'Héraclius ont déblayé leur route.

CHAPITRE 8

DE CLOVIS À GRÉGOIRE LE GRAND

Arrêtons un instant ici ce récit chronologique. Il y a, dans la succession ininterrompue des événements, le surgissement puis la disparition des hommes, une telle cadence que l'observateur éprouve quelques difficultés à garder une vue d'ensemble de la période. Or nous approchons de moments décisifs pour le christianisme, et en même temps pour l'Europe.

Où en est-il, ce christianisme encore relativement récent ?

Du IIe au VIe siècle, l'évangélisation s'est poursuivie à peu près sans interruption. Certes, il y eut des périodes et des zones de stagnation. Parfois même, des effondrements apparents. Mais la plupart de ceux-ci sont liés aux invasions. Encore faut-il, même dans ces cas, faire quelques distinctions.

Comment s'opère, dans l'ensemble, l'expansion du christianisme ? Simplement à partir de la naissance de communautés chrétiennes à l'intérieur des villes. Nous l'avons vu plus tôt : quelques croyants se réunissent pour prier ensemble ; très vite, ils ressentent la nécessité de se doter d'un début d'organisation. En général, ils ont des contacts réguliers avec d'autres groupes géographiquement proches. Si ceux-ci ont un évêque, c'est lui qui autorise la nouvelle communauté à choisir parmi ses membres un autre évêque. Dans la plupart des cas, il est élu par les notables de la communauté ; parfois, lorsque les communautés deviennent plus importantes, il est choisi par ses pairs. Ce sera très vite le cas à Rome. Peu importe, au départ, qu'il soit ou ne soit pas marié ; cependant, une fois ordonné, il doit vivre avec sa femme « comme avec une sœur ».

Au IIe siècle, on lui demande simplement de présider l'assemblée, de baptiser les catéchumènes au cours de la nuit pascale, de distribuer la communion, de désigner, si besoin est, quelques clercs ; surtout de savoir prêcher. Ces communautés chrétiennes embryonnaires souhaitent écouter en commun les textes sacrés (Évangiles et Épîtres, passages choisis de l'Ancien Testament et des Actes), et entendre les homélies de celui qui est le plus apte à rapporter et à commenter les paroles du Christ.

Ce mode de transmission ne souffre guère d'exception dans la première période. Mais, à partir du IIIe siècle et de ses bouleversements constants, il devient plus difficile de trouver des évêques. Souvent, celui souhaité par les fidèles refuse cet honneur et cette charge. Il arrive qu'on ne lui demande pas son avis. Augustin lui-même devra accepter de devenir évêque d'Hippone, malgré lui. Au fond, on ne demande au nouvel évêque que d'avoir été baptisé, de croire en Jésus-Christ et en Ses apôtres, de demeurer en contact permanent avec les autres sièges épiscopaux, auxquels il adresse une profession de foi pour prouver son orthodoxie.

Ce mode d'évangélisation change avec l'extension du christianisme. Une répartition approximative des communautés prend le pas sur l'anarchie des premiers temps. L'évêque groupe alors autour de lui, non plus une seule communauté, mais plusieurs. Dans les grandes villes, où il devient difficile de desservir toutes les communautés, l'évêque désigne un prêtre qui est chargé de conduire et d'administrer les groupes de chrétiens éloignés.

Lorsque l'évangélisation des campagnes commence – au milieu du IIIe siècle environ –, on tâtonne un moment. En Afrique, on multiplie les petits évêchés ; en Asie Mineure, on invente le chorévêque, chargé d'un village – c'est, en fait, un évêque de second rang, bras droit de l'évêque ; les chorévêques disparaîtront vers la fin du IVe siècle. Enfin, en Occident, on invente la « paroisse » ; un prêtre se charge d'elle et réside au milieu des fidèles. Les paroisses dépendent de l'évêque le plus proche. Ce qui se met en place d'une manière pragmatique, c'est le système qui va durer jusqu'à cette fin du XXe siècle. Le prêtre chargé d'une paroisse baptise, marie, dit la messe et accompagne les mourants.

Autre modification lente : une hiérarchie discrète apparaît au sein du corps épiscopal. L'évêque de la ville la plus importante dispose d'une prééminence sur ses collègues. C'est chez lui que se réunissent les synodes locaux. Ce sont les Égyptiens qui inventent une autre notion : celle de diocèse (du grec *dioikêsis* : administration). On dira, par exemple, que l'évêque d'Alexandrie est le patriarche du diocèse d'Égypte. Ce qui veut dire que tous les évêques égyptiens dépendent de lui. Antioche et Carthage adopteront des systèmes analogues.

La carte du christianisme

Peut-on dessiner une carte approximative de la christianisation à la fin du IIIe siècle et au début du IVe ? Tout est parti, nous le savons, de Palestine. C'est-à-dire d'une région assez secondaire, située à la frontière orientale de l'Empire. Très vite, le petit royaume d'Édesse devient chrétien grâce à la conversion de son roi, Abgar VIII [179-214]. Après lui, il y aura bien d'autres conversions collectives par décision des rois.

Au début du IIIe siècle, l'évangélisation se heurte à l'Empire perse. Ne réussit à pénétrer que le nestorianisme. Au contraire, la prédication se répand très vite tout au long de la Méditerranée. Nous disposons de quelques chiffres repères : au concile d'Arles, en 314, une quinzaine d'évêques, dont trois de Grande-Bretagne (Londonium et Eboracum), participent à la réunion. Au concile d'Elvire (Grenade), aux alentours de l'an 300, assistent dix-neuf évêques et quatorze prêtres. En fait, c'est l'Andalousie qui est devenue chrétienne.

Si l'on tente d'établir un bilan, on constate que l'Occident, l'Andalousie, la Provence et la vallée du Rhône constituent les centres de l'influence chrétienne. Quelques régions d'Angleterre et le nord de l'Italie sont évangélisées. C'est dire que la christianisation reste à faire. Au contraire, en Asie, en Égypte et en Afrique, le christianisme est devenu la religion dominante.

Les populations converties sont-elles sociologiquement homogènes ? Nullement. Les membres des communautés chrétiennes proviennent de toutes les classes de la société romaine. Il y a des artisans, des marchands et des fonctionnaires ; souvent des soldats et des officiers. Notons le rôle prééminent des femmes. Dès ses origines, l'Église s'est préoccupée de ce qu'on appellerait aujourd'hui la condition féminine. On peut dire que la première organisation chrétienne laïque a été celle des veuves (elles étaient nombreuses). L'Église leur a donné une espèce de statut social. Parallèlement, il y aura des organisations pour les vierges. À l'autre extrémité de l'échelle sociale, on trouvera – en Orient, tout particulièrement – des femmes appartenant à la cour impériale et intervenant dans les débats politico-théologiques. On peut même dire qu'il y aura presque toujours des femmes de milieu aisé au sein des communautés chrétiennes. La mère de Constantin, sainte Hélène, était chrétienne ; celle d'Augustin, sainte Monique, également. L'une et l'autre ont fait partie de l'Église bien avant leur fils.

Tout se passe en fait comme si la christianisation progressive était d'abord locale : c'est autour d'une communauté, située dans une ville ou dans un gros bourg, que les conversions se multiplient. Les églises deviennent très vite des cercles privilégiés. Encore faut-il distinguer, bien sûr, la situation avant et après Constantin. Avant l'apparition d'un Empire chrétien, il s'agit bel et bien de conversions. Après, le phénomène change de nature ; beaucoup deviennent chrétiens parce que c'est dans l'air du temps.

Par quels gestes se manifeste l'appartenance à l'Église ? Le point de départ est le baptême. Il ne s'agit pas, alors, d'une formalité. D'abord parce que les baptisés sont généralement des adultes. Le problème du baptême des enfants fera l'objet de discussions infinies et ne se réglera que bien plus tard. D'autant que la cérémonie est précédée d'une longue période de préparation. Les futurs baptisés reçoivent un enseignement approfondi. C'est souvent l'évêque lui-même qui s'en charge. Lorsqu'il n'en aura plus le temps, ce seront les clercs, assistés de croyants membres de la communauté, qui se chargeront de cette préparation. Elle est décisive parce qu'elle constitue un choix sans retour. Le baptême fait de celui qui le reçoit un membre à part entière de l'Église, cette longue tradition qui remonte jusqu'à la naissance du collège des Apôtres.

Nous avons précisé que la notion de sacrement n'existe pas encore. Elle ne deviendra claire qu'aux environs du XIe siècle.

Pourtant, il existe des actes qui annoncent déjà les sacrements, tels que nous les connaissons. La communion, bien sûr, puisqu'elle est liée à la messe ; la question des modes de communion (une espèce ou les deux) se posera plus tard, au moment de la rupture entre l'Église d'Occident et l'Église d'Orient. Pas de débat, non plus, sur ce qu'on appellera, après le Xe siècle, le problème de la Présence Réelle. Il est surprenant que la question n'ait pas été posée avant quelques siècles. D'autant que la communion constitue le moment le plus important de la prière communautaire.

Rien de commun pour la pénitence. L'Église a le pouvoir, que lui a confié Jésus-Christ, de lier et de délier. Donc elle peut pardonner au nom du Seigneur. Encore faut-il que le pécheur avoue sa faute. Nous avons vu que les donatistes acceptaient difficilement le pardon. Mais les papes leur avaient donné tort. La pénitence est donc publique, jusqu'au Ve siècle. Le repentir a lieu au cours d'une cérémonie distincte et collective. Les pénitences sont souvent longues et rudes. L'idée de confession individuelle n'existe pas. Ce sont les moines irlandais qui vont imaginer cette forme de repentance. Ce ne sera pas avant les VIe ou VIIe siècles. N'oublions pas, enfin, que le pardon, qui accompagne la pénitence, ne peut être donné qu'une seule fois dans une vie. Ensuite, le pécheur est à jamais prisonnier de sa faute. Une pratique qui paraît, aujourd'hui, surprenante. Mais, si l'on veut comprendre, il suffit de traduire : le chrétien, c'est-à-dire la femme ou l'homme qui a reçu le baptême, n'a qu'une vocation claire : la sainteté. On ne conçoit pas les demi-mesures. C'est la conception de l'Église.

L'affaire Clovis

Voilà pour l'Église d'Occident, dont Trèves et Augsbourg sont les extrémités septentrionales. Notons que la plupart des barbares qui pénètrent en Occident au cours des IVe et Ve siècles sont chrétiens. Les Goths, en particulier, ont été convertis à l'arianisme vers 350 par l'évêque Ulfila. Il imagina un alphabet permettant de transcrire les caractères de la langue locale. Il traduisit le Écritures. Mais, fidèle de l'empereur Constance, il transmit l'arianisme. Il mourut en 383. Son enseignement lui survécut en Occident, et revint en Germanie, en Gaule, en Espagne, grâce aux envahisseurs.

Il faut ici dire quelques mots de ce qu'on peut désigner du terme de christianisation par l'État. Le cas de Clovis (466-511) est, à ce titre, exemplaire : d'abord parce qu'il s'agit bel et bien d'une conversion décidée au sommet de son petit royaume ; tout juste quelques tribus dominées par les Francs sur un minuscule territoire. Ensuite, parce que le baptême de Clovis – qui était d'une famille païenne – déclenche une série d'événements importants : la Gaule, à l'époque, était aux huit dixièmes arienne. Les Wisigoths étaient ariens, les Burgondes tout autant, les Ostrogoths de Théodoric, devenu roi d'Italie, l'étaient également. Presque toutes les tribus installées sur le territoire de la Gaule étaient de confession arienne. Enfin, et c'est la troisième singularité de Clovis, le basculement géo-religieux qu'il va réaliser provoque, deux siècles plus tard, une accélération de la fracture entre l'Empire d'Orient et celui d'Occident. C'est parce que la Francie était une nation en voie d'unification qu'elle était catholique, qu'elle disposait d'un début d'administration, que Rome, menacée par les Lombards d'un côté, les Byzantins de l'autre, va se tourner successivement vers Charles Martel, puis vers son fils Pépin, lui-même grand-père de Charlemagne.

L'itinéraire de Clovis est surprenant. Fils de Childéric et de Basine qui a abandonné pour les cheveux blonds du chef franc son royaume de Thuringe, il voit le jour à Tournai en 466. Il hérite de ce morceau de royaume à la mort de son père. C'est en gros le territoire de l'actuelle Belgique. À coups d'épée, il unifie ce petit royaume et la Gaule du Nord jusqu'à la Loire. C'est en 496 que les événements se précipitent. Rémi, évêque de Reims, adresse à Clovis une lettre lucide et prophétique. Il lui dit en substance : si tu demeures fidèle à ton rôle, si tu te fais catholique, ta destinée sera glorieuse ; et nous, évêques gaulois, qui avons résisté aux barbares, serons à tes côtés. Bien entendu, la proposition d'alliance n'est pas exprimée avec cette brutalité. Mais c'est la signification du message et Clovis comprend fort bien. En tout cas, en 486, Clovis bat Syagrius, dernier général de l'ancien Empire romain. L'effet produit en Gaule est saisissant : jusqu'où ira ce prince du Nord-Ouest ?

En 496, les Francs repoussent les Alamans à Tolbiac (qui se

situe près de Cologne). Durant la bataille, le roi des Francs aurait invoqué le Dieu de Clotilde, sa femme : la conversion des Francs contre la victoire. Là encore, la légende réduit tout. En réalité, Clovis, grâce à Rémi et à Clotilde, avait compris que le pouvoir appartiendrait à celui qui refoulerait l'hérésie arienne. Bénéficiant de l'aide des évêques et des fidèles, il peut progresser vers le sud sans trop d'obstacles. C'est exactement ce qu'il fait. Après s'être fait baptiser avec ses guerriers à Reims – voilà cette ville qui entre d'un coup dans l'histoire de la monarchie française –, il descend vers un Midi qu'il ne connaît pas. Déjà, il est le roi légitime des Francs. Il commence par imposer un tribut aux Burgondes ; puis, il écrase Alaric II à Vouillé, en 507.

La conquête est pratiquement achevée. On sait que, malgré sa conversion, Clovis gouverne l'épée à la main et qu'il fait rouler bon nombre de têtes. C'était l'usage. Soit. Mais la religion de ces guerriers farouches devait être relativement simple. Les Francs, dit-on, croyaient en Dieu et à Jésus-Christ ; ils craignaient le péché à cause de l'enfer. C'était un commencement. D'autant que l'épiscopat gaulois était, à l'époque, de qualité. C'étaient justement ces hommes qui avaient tenu tête aux barbares : Nicaise, évêque de Reims, qui refusa d'obéir aux Vandales, fut massacré avec sa sœur sur le seuil de son église en 407 ; Exupère, évêque de Toulouse, qui demeura dans sa ville avec la population, sans se préoccuper du siège. Lorsque les combats commencèrent aux portes de la ville, il donna le signal de l'exode et marcha en tête du cortège. Ces deux évêques furent canonisés. Ce sont les héritiers de ces hommes qui accompagnent la montée en puissance de Clovis. Ils accélèrent la conversion de son peuple. Moyennant quoi, Charles Martel disposera d'une armée pour stopper les Sarrasins, et les papes pourront s'appuyer sur ce pays tout neuf. C'est Clovis qui a ouvert la route.

Les divisions en Orient

La situation est assez différente en Orient, à Alexandrie et à Carthage. Dans ces trois régions, la christianisation est pratiquement achevée. On se divise simplement suivant la ligne de pente des hérésies. Il y a quelques différences dans l'ordonnancement des cérémonies. En tout cas, multiplicité des prières, splendeur des ornements et des chants (la musique sacrée est née dans cette région du monde), tout cela devait marquer les Églises d'Orient. La religion orthodoxe, aujourd'hui, maintient la plupart de ces traditions.

C'est aussi dans ces zones que le monachisme prend naissance et s'étend. Les moines s'installent dans de multiples déserts. De nombreux croyants s'embarquent à leur suite, dans des voyages incertains, pour vivre aux côtés de ces ascètes. Plus important encore, la multiplication des moines provoque la création des couvents. Ceux-ci vont jouer un rôle décisif dans les structures de l'Église. Le monachisme remonte loin. C'est à l'époque de Jérôme (347-420) qu'apparaît le désir de vivre et de prier dans une solitude physique. Ce sont les écrits du pseudo-Denys qui fondent le monachisme sur la recherche de l'unification intérieure. Son œuvre essentielle : le *Corpus*. C'est dans les monastères que les communautés chrétiennes ou les autorités ecclésiales vont aller chercher les nouveaux évêques dont les croyants ont besoin. Il y aura, durant les Ve et VIe siècles, un tissu commun entre l'univers monastique et la hiérarchie de l'Église : les évêques d'Orient sont systématiquement choisis parmi les moines.

L'apparition des règles monastiques date de cette période. En Occident, le mouvement monastique prend son élan à partir de Lérins vers 400. Des couvents apparaissent dans les régions de Vienne, de Lyon et du Jura. En Espagne, à Arat en Aragon, et Dunio Braga en Galice (ce dernier est l'œuvre de saint Martin de Braga, en 550). Nécessairement, les règles sont imaginées par et pour chaque communauté. La tradition augustinienne est sans doute à la racine de ces créations multiples. La plus importante de ces règles est celle de saint Benoît de Nursie, moine à Subiaco, puis au mont Cassin dont il fonde le monastère. La rédaction daterait de 540. Cette première règle bénédictine n'entrera en vigueur qu'un siècle plus tard. Entre-temps, le mont Cassin aura été pris, repris et en partie détruit. C'est, comme on le voit, une tradition très ancienne.

La première christianisation s'achève avec le début des invasions. En quelques années, des zones entières de la romanité vont être balayées par la vague, et le christianisme romain sera, en partie, emporté. Ce sera le cas pour la Grande-Bretagne, le sud de la Germanie, l'Italie septentrionale, la plus grande partie de l'Espagne et de l'Afrique du Nord. Avars, Wisigoths et Vandales, bien qu'ariens pour quelques-uns, détruisent souvent les églises, les basiliques, les couvents. Même catastrophe au nord et à l'ouest de Constantinople. Le Rhin, le Danube, la côte adriatique deviennent les axes de la conquête. Et les communautés chrétiennes sont impuissantes, dans la plupart des cas, face à ce déferlement de guerriers.

Quelle fut l'attitude des évêques durant ces raz de marée ? Difficile de répondre avec précision. Certains évêques (une petite minorité) prirent la tête de la résistance ; ils reçurent le titre de « défenseurs de la cité » (*defensor civitatis*) ; quelques-uns devinrent même généraux et gagnèrent d'importantes batailles (ce fut le cas en Grande-Bretagne).

Beaucoup d'autres s'enfuirent avec leurs ouailles. Ils allèrent chercher dans une ville rapprochée une sécurité qu'ils avaient perdue. Ce fut une fuite sans grand espoir.

Mais le plus grand nombre prend le risque de négocier avec les vainqueurs. L'Église, en réalité, poursuit, là comme ailleurs, son intérêt propre. Elle ne doit plus rien à Rome, pas davantage aux États barbares. Elle organise avec prudence la résistance à l'impôt. Malheureusement, de nombreux évêques, après avoir accepté un compromis avec les nouveaux maîtres, commencent à s'enrichir. De grands domaines cléricaux sortent de terre, sans doute pour la première fois en Occident. Il faudra, en Gaule, attendre Charles Martel pour voir l'État ponctionner une part des richesses de l'Église. Ce que l'on va désigner du terme de « renaissance carolingienne » prend sa source dans ces décisions successives.

Telle quelle, l'Église a réussi à survivre. Intellectuellement, elle est désormais appauvrie – le mot est faible. Mais elle a les moyens d'attendre une autre époque. L'Église est en train de découvrir qu'elle a le temps.

L'un des phénomènes impressionnants de cette période, c'est justement la seconde christianisation. Elle va se dérouler progressivement. D'abord, parce que dans beaucoup de pays les évêques ont assumé, tant bien que mal, la poursuite d'une autorité locale minimum. Les chefs barbares ont laissé faire. Ils désiraient davantage conquérir de nouveaux territoires qu'administrer les pays conquis ; ils souhaitaient surtout se mouler, jour après jour, dans les anciennes structures de l'Empire.

Rien n'entame l'autorité de Rome

Ensuite, parce que le siège de Rome garde son autorité. Elle n'est évidemment pas comparable à celle que nous connaissons aujourd'hui. Mais une succession de papes, efficaces et courageux, va permettre de garder en état la toile administrative et religieuse constituée auparavant. Ce sont, entre autres, Innocent Ier [401-417], saint Léon [440-461], Gélase [492-496], et surtout saint Grégoire le Grand [590-604]. Certes, ils doivent faire face à d'innombrables obstacles : par exemple, l'extrême difficulté des communications. Il n'y a plus guère moyen d'expédier des courriers rapides. Il faut avoir recours à l'envoi de légats ; système long et incertain.

Arrêtons-nous un instant sur la personnalité et l'action de saint Grégoire le Grand. Car il est exemplaire de cette deuxième période de la christianisation.

Il naît à Rome aux alentours de 540, dans une famille patricienne. Il y avait déjà eu un pape dans sa famille : son arrière-grand-père, Félix III [483-492]. Grégoire reçoit une éducation achevée. Son homonyme, Grégoire de Tours, note avec admiration que cet homme parlait parfaitement plusieurs langues (le latin, bien sûr, mais aussi le grec, l'hébreu, etc.). Le futur évêque songe, dans sa jeunesse, à devenir fonctionnaire ; il devient d'ailleurs adjoint du préfet de Rome. Mais il s'ennuie. Il souhaite s'isoler et prier. Il vend ses biens « pour les pauvres » et se fait moine dans la maison de son père. Il crée d'autres monastères dans le sud de l'Italie et en Sicile. Très vite, il est contraint d'abandonner sa retraite. En 579, le pape Pélage II l'expédie à Constantinople. Il y reste quelques années ; puis revient à Rome.

La peste contraint Grégoire à devenir pape

589 est une mauvaise année pour la ville. Le Tibre déborde et il n'y a plus grand-chose à manger. Enfin, on signale un début de peste qui emporte Pélage II. Il y aura, au bout de la crise, des milliers de morts. Le peuple veut nommer Grégoire. Celui-ci tente de fuir, écrit à l'empereur pour l'informer de ses réserves. Rien n'y fait. Le 3 septembre 590, il est consacré.

Son action s'exercera dans trois domaines distincts.

D'abord l'administration de Rome elle-même. Grégoire organise les prières collectives. En même temps, il expédie des suppliques aux fonctionnaires et aux évêques lointains qui disposent peut-être de pain ou de farine. Il commence très vite à recevoir des dons, notamment en provenance de Sicile. C'est lui-même qui organise la distribution des vivres. Grégoire est l'un des inventeurs de l'aide humanitaire, mais comprend tout de suite qu'il faut se défier des accapareurs.

Deuxième rôle : il tente de remettre sur pied l'Église. Comme c'était l'usage, il rédige une lettre théologique et morale annonçant les tâches qu'il s'assigne comme nouveau pape. Expédié en Asie et en Grande-Bretagne, son manifeste (synodique) a un grand retentissement. Toute sa vie durant, Grégoire poursuit son effort théologique ; il publie son commentaire du « Livre de Job », les *Moralia in Job*. Puis, les *Dialogues* entre l'un de ses diacres et lui-même. Il écrit matin et soir, lorsqu'il ne préside pas des réunions.

Enfin, il faut noter son rôle politique. Les Lombards campent toujours aux portes de Rome. Grégoire demeure ferme : on n'entre pas. Mais il n'a pas d'armée. Donc il négocie avec Théodelinde, reine des Lombards. Elle est chrétienne, mais ne manque pas de caractère. Le pape évite de heurter ses convictions. Pourtant, en 592, Agilulphe, époux de Théodelinde, décide de marcher sur Rome. Les appels de Grégoire aux représentants de l'empereur à Ravenne demeurent sans réponse. Grégoire se décide à rencontrer le roi lombard. On a raconté cette conférence au sommet comme s'il s'agissait d'une répétition de la rencontre entre Attila et le pape Léon. En vérité, les conditions de la négociation ne seront pas connues. En tout cas, Grégoire réussit à convaincre Agilulphe de ne pas faire entrer ses troupes dans la ville. En échange, il paiera chaque année cinq cents livres. C'est un tribut.

Voilà pour les tâches principales de Grégoire. Mais, parallèlement, il en mène encore une autre. C'est lui qui donne le signal de la deuxième évangélisation dans un certain nombre de pays. Il ne sait pas qu'en Irlande les chrétiens ont subsisté ; que saint Colomban et d'autres moines ont maintenu couvents, prédications et offices. Grégoire sait seulement qu'évêques, prêtres et fidèles sont, pour la plupart, allés se réfugier dans les régions celtes (Irlande, pays de Galles, Bretagne).

Il envoie donc une mission exceptionnelle. Elle comprend le prieur du monastère de Saint-André, Augustin ; un prêtre du couvent, et un moine appelé Jean Diacre. À Pâques 597, les trois missionnaires débarquent à l'embouchure de la Tamise. Puis Augustin fait parvenir à Ethelbart, roi du Kent, un message l'informant qu'il apporte de bonnes nouvelles. C'est un coup de poker qui réussit. La rencontre entre Ethelbart, sa cour et ses hommes en armes d'un côté, le petit groupe des missionnaires de l'autre, se déroule en plein air. Chacun chante les hymnes qui lui sont propres. Le 1er juin 597, le roi reçoit le baptême à Durovernum (qui deviendra plus tard Canterbury). La Grande-Bretagne redevient chrétienne.

Voilà en quoi le rôle de Grégoire fut important. Il administre là où il n'y a plus de pouvoir civil ; il prêche là où il n'y a plus beaucoup de prêtres ; il écrit là où les textes sont devenus rares ; enfin, il maintient dans une large mesure son autorité. Il transige avec les barbares ; et il expédie des missions pour reprendre l'évangélisation arrêtée un ou deux siècles auparavant.

Tant bien que mal, l'Église a survécu au déferlement des barbares. Grâce à Rome. Et malgré elle.

CHAPITRE 9

LA CONQUÊTE ARABE ET LA NAISSANCE DE LA TROISIÈME RELIGION DU LIVRE

Tout commence en 622, avec l'Hégire. C'est l'émigration des premiers musulmans de La Mecque à Médine. Mahomet est chassé de La Mecque parce que ses prédications déplaisent. De Médine, il reviendra prendre La Mecque. C'est à ce moment-là que cette poignée de convertis se lance à la conquête du monde.

Rappelons les dates essentielles de cette aventure unique dans l'histoire. Pendant la vie de Mahomet, on relève quelques raids sans suite sur le territoire byzantin (Dhat Al Atlah en juillet 628 ; Tabouk en octobre 630). Le Prophète meurt, les musulmans s'organisent.

En 634, Khalid Ibn Al Walid – général arabe qui va se convertir à l'islam, avant de mourir en 642 – traverse le désert séparant l'Arabie de la Syrie ; il s'empare de Bostra, bat quelques troupes byzantines à quelques kilomètres seulement de Jérusalem, remonte enfin sur Damas et Éphèse qui sont occupées pour la première fois par les Arabes. Les combats se succèdent très vite ; les villes sont perdues et reprises. Entre 636 et 637, Antioche tombe à son tour. Jérusalem, à bout de souffle, ouvre ses portes en 638. C'est Omar lui-même, second calife des musulmans, chef prestigieux, qui pénètre dans la Ville sainte. Son premier geste : faire construire le « dôme du rocher » sur l'esplanade du temple.

En tout cas, Héraclius a abandonné toute la côte. Il est reparti à Constantinople avec la Vraie Croix. C'est déjà un homme désespéré.

Depuis des siècles, les historiens tentent de comprendre les raisons de cette défaite éclair. Il est inexact d'affirmer que Byzance était épuisée : elle va résister victorieusement et subsister encore sept siècles. Y eut-il inégalité des forces militaires en présence ? Sans doute. Mais pas dans le sens qu'on imagine. Les troupes byzantines étaient cinq fois plus nombreuses que celles d'Omar. Or, elles furent régulièrement vaincues.

Les généraux chrétiens étaient-ils moins avisés que ceux de leurs adversaires ? Réponse difficile. Les responsables militaires byzantins commirent, sans nul doute, des erreurs. Mais qui n'en commet pas ? Ce n'est pas l'essentiel. Ce qui est frappant, c'est la supériorité, pendant quelque vingt ans, des forces musulmanes sur les armées chrétiennes. Faut-il, du coup, accepter la thèse ordinaire : l'islam, neuf et conquérant, ne pouvait que chasser un christianisme que six siècles avaient déjà ridé ?

Il y a peut-être une part de vérité dans cette remarque quelque peu ressassée. On ferait bien de tenir compte, plutôt, d'éléments que les historiens ont mis en lumière récemment. D'abord, la Péninsule arabique avait découvert son importance économique. Les caravaniers et leurs marchandises sont sur tous les marchés opulents. Ils connaissent les routes, la durée des étapes, les ressources locales. Ils annoncent – sans le savoir – l'arrivée des conquérants. Ensuite, nombre d'évêques, et souvent la population des villes, ont ouvert leurs portes sans réaliser la nature de cette invasion-là. On attend des gouverneurs nouveaux, des administrateurs inconnus, à la rigueur une armée. Pas une foi et une manière de vivre. Cette relative courtoisie à l'endroit des envahisseurs est souvent révélatrice. Pour toutes sortes de raisons (historiques, théologiques), Byzance n'était pas aimée. On ne trahit pas, mais on ouvre la porte à des guerriers inconnus qui ne feront que passer. La prise de conscience sera progressive : un demi-siècle se passera avant que les évêques ou leurs successeurs réalisent qu'ils sont isolés. Encore quelques-uns réussiront-ils à subsister. Pourtant l'islam, puissance assimilatrice, avait entrepris d'absorber la civilisation qui l'avait précédé ; il faisait mine de respecter les religions qu'il rencontrait ; mais assez vite il les faisait disparaître de la carte. Ce qu'il faut bien appeler la naïveté historique des chrétiens d'Orient s'explique en partie par les régions dans lesquelles ils vivaient. Ils étaient habitués à une coexistence ordinaire : Arabes, Coptes, Syriens, Arméniens, Araméens et Perses vivaient côte à côte. Entre le judaïsme et le christianisme, nous l'avons vu, il existait une faille religieuse que les musulmans s'apprêtaient à combler. Mahomet est donc apparu au moment opportun. Sa prédication va mélanger, sans trop se soucier de logique, morceaux de judaïsme et tranches diverses de légendes et d'hérésies chrétiennes. Telle quelle, cette religion relativement simpliste s'imposa avec une rapidité foudroyante : un siècle seulement sépare la mort du Prophète (632) et la bataille de Poitiers (732). Durant ce laps de temps, les Arabes auront conquis la Syrie, la Palestine, l'Égypte, l'Afrique du Nord et l'Espagne. Quant à la Perse, elle perdit bataille sur bataille. Vers 650, les armées musulmanes investirent Ctésiphon, capitale de l'Empire perse. Elles réussirent à atteindre l'Oxus, dix-neuf ans seulement après la mort de Mahomet. Héraclius avait vaincu la Perse, les musulmans l'ont achevée pour longtemps.

L'Égypte tombe comme un fruit mûr

Pour Constantinople, la perte de l'Égypte était un événement redoutable. Depuis César (Ier siècle avant J.-C.), ce pays était lié à l'Empire romain. Avec la Sicile et l'Afrique du Nord, il fournissait en blé l'Italie et, au-delà, l'Europe. Comment un pays aussi riche a-t-il pu tomber en moins de trois ans ?

Première évidence : l'Égypte était malade. Son administration était déplorable et corrompue. Ce pactole de l'Empire était grignoté par de grands propriétaires fonciers qui tenaient le pays sous leur domination. L'État se gardait de leur imposer sa loi. Tout le monde laissait faire. Les puissants y trouvaient leur avantage, et les pauvres ne disaient rien.

Deuxième remarque : l'Égypte n'avait plus réellement d'armée. Simplement une force de police, importante en nombre, mais mal formée. On ne faisait pas la guerre. D'ailleurs, l'idée d'un commandement unique n'existait pas : cinq « ducs » (chefs de guerre) se partageaient les armées. Il existait bien des forteresses en bon état ; mais leurs défenseurs ne se connaissant pas d'ennemis, n'étaient pas très vigilants.

Troisième faiblesse : les divisions religieuses qui agitaient le pays depuis deux siècles avaient laissé des traces profondes. On a dit que certains Égyptiens ont accueilli les musulmans à bras ouverts. C'est inexact. Au moment de l'offensive d'Amrou, on commençait à savoir que les musulmans n'étaient pas tendres. Certes, il leur arrivait de respecter leurs conquêtes ; en apparence. Mais souvent ils massacraient tout le monde, y compris les femmes, les vieillards et les enfants. Il y eut cependant des trahisons, et des hommes qui changèrent de camp. Une bonne partie des « coptes » bascula du côté musulman et massacra de nombreux soldats de l'Empire. Originellement les coptes désignaient les Égyptiens de souche ; le terme servit à nommer les chrétiens monophysites d'Égypte.

Le plus surprenant est sans doute que la conquête de l'Égypte ne faisait pas partie du plan arabe. Omar était fasciné par Constantinople. Il avait simplement accepté que l'un de ses généraux, Amrou, aille avec quatre mille hommes faire une démonstration de force à la frontière égyptienne.

Or, Amrou emporte, presque sans combat, une première forteresse : El Arisch, en décembre 639. Amrou expose la situation à Omar : pour lui, l'Égypte est à prendre. Mais il lui faut quelques renforts. Le calife lui expédie douze mille hommes. Avec sa petite armée, Amrou, sans doute guidé par des Égyptiens, prend Péluse après deux mois de siège. Puis, habilement, il évite le delta et fonce à travers le désert. Il réapparaît soudain devant Héliopolis. Il bat les troupes impériales et encercle Alexandrie. Le siège dure longtemps. Mais, en 641, la forteresse capitule.

L'Égypte n'a plus vraiment le choix. Le patriarche Cyrus, agissant comme gouverneur du pays, cherche à obtenir un armistice contre le paiement d'un tribut. C'était se faire quelques illusions sur les objectifs des musulmans. Il y eut sans doute un accord, mais Cyrus ne le signa pas. Rappelé à Constantinople, il fut traîné aux pieds d'Héraclius, condamné comme traître et païen.

En Égypte, les conquérants abandonnent très vite la recherche de conversions massives. Il est probable que le nombre des chrétiens prêts à apostasier était élevé. Mais les musulmans avaient compris que mieux valait récupérer des impôts spéciaux, que de voir d'anciens chrétiens dire la prière côte à côte avec les soldats vainqueurs. Même politique à l'endroit de l'administration ; les musulmans étaient bien en peine, à l'époque, de gérer un pays socialement et économiquement compliqué. On demande donc aux fonctionnaires chrétiens de poursuivre leur tâche. Simplement, on les surveille de près et on prélève des taxes supplémentaires. Cette politique très cohérente va aboutir à un résultat spectaculaire : les armées musulmanes s'enrichissent, Omar et ses successeurs deviennent des princes opulents et puissants.

Seule décision révélatrice : si Amrou laisse les chrétiens en paix, il se débarrasse de tous les évêques fidèles à l'empereur. En lieu et place, il désigne de nouveaux évêques monophysites qui ne reconnaissent pas l'autorité du siège de Byzance. Il est intéressant de noter que cette politique, visant à dresser un clergé aux ordres du nouveau pouvoir, sera reprise par la Révolution française, la Révolution bolchevique, enfin le communisme chinois. Le procédé n'a jamais vraiment réussi ; sauf en Égypte et en Afrique du Nord.

L'adieu à Alexandrie

Pourtant la conquête de l'Égypte n'est pas tout à fait achevée. En septembre 641, Cyrus revient à Alexandrie ; la ville résiste encore ; elle dispose d'une flotte en bon état.

En réalité, l'abandon d'Alexandrie est décidé. Cyrus rencontre Amrou et signe enfin l'armistice : plus de combats, et l'administration impériale abandonne Alexandrie. En échange, elle peut emporter ses trésors. Ce traité ne fut pas vraiment respecté. Cyrus mourut de maladie l'année suivante. L'évacuation d'Alexandrie s'opérait petit à petit. Il fallait faire vite, car Amrou, contrairement à ses engagements, fonçait vers l'ouest et s'emparait de Tripoli. Omar pouvait mourir ; il avait conquis un Empire qui allait de l'Arménie à la Libye. Le reste de l'Afrique du Nord n'allait pas tarder à tomber.

Voilà la deuxième vague de la conquête arabe achevée. L'Empire d'Orient survit, mais il a perdu les trois quarts des pays qu'il contrôlait. Il est presque aussi fragile que celui d'Occident. La chrétienté, du même coup, est réduite dans les mêmes proportions. Des communautés chrétiennes relativement importantes subsisteront, dans ce qui est pour nous le Moyen-Orient, jusqu'à l'époque des croisades.

Ce que ni Rome ni Constantinople ne mesurent exactement, c'est que les liens entre les deux morceaux de l'Empire sont en train de se défaire.

Il y aura une troisième vague : elle portera les disciples de Mahomet sous les murs de Vienne et au-delà des Pyrénées.

CHAPITRE 10

GRÉGOIRE III FAIT APPEL À CHARLES MARTEL

Cette foudroyante conquête musulmane s'arrêtera brusquement du côté de Vienne et de Poitiers. C'est cette dernière bataille qui va nous intéresser ici. Bien sûr, Charles Martel, maire du palais, stoppe les cavaliers musulmans, contraint les envahisseurs – qu'on nomme les Infidèles – à battre en retraite, court décimer le reste de leurs armées dans la vallée du Rhône et en Provence ; en somme, il reconquiert le territoire de l'Europe du Sud-Ouest. Une seule ville échappa à cette reconquête rapide : Narbonne. Il est donc vrai que cette bataille constitue un tournant important dans l'histoire du christianisme.

Mais son importance ne se limite pas à cette conséquence politico-religieuse. Une étoile commence à apparaître au-dessus de l'Europe : la monarchie française. Elle est encore fragile. Elle est à moitié germaine, à moitié franque. Mais elle existe. Il y eut autrefois l'épopée de Clovis ; c'est lui qui avait réalisé, l'épée à la main, le passage d'un arianisme diffus au catholicisme de Clotilde et de Rémi. Mais cette conversion massive, ce début d'unification du territoire, avaient été emportés par la sauvage médiocrité de la dynastie mérovingienne. Il faut attendre l'accession au pouvoir des maires du palais pour que l'importance démographique, économique et militaire de la Francie soit perçue par ses voisins. L'écho de Poitiers est entendu à Rome.

Étrange situation que celle de la Ville sainte aux alentours de 720. La papauté, ne nous y trompons pas, demeure riche. Elle dispose de revenus impressionnants, provenant de ses domaines en Sicile et dans le sud de l'Italie : conquêtes, héritages et trocs, au long des siècles précédents. Mais, en même temps, elle n'a pas d'armée. Elle se débat entre les Byzantins et les Lombards. En 728, et sans doute pour la première fois, l'exarque de Ravenne (l'exarque est le titre du gouverneur-ambassadeur de Byzance, qui siège dans cette ville) se rapproche politiquement des Lombards. Rome peut tout craindre, si cette alliance se réalise. Grégoire III [731-741], pour tenter de calmer les esprits, convoque un concile italien à Saint-Pierre ; quatre-vingt-treize évêques, dont celui de Ravenne, y participent. Pour Rome, c'est une manifestation d'existence et surtout un répit. Le climat avec Constantinople reste détestable. Le pape Grégoire II [715-731], prédécesseur de Grégoire III, n'avait-il pas adressé à l'empereur une missive étonnante : « Cela nous attriste de voir que si les peuples sauvages et barbares ont accédé à la civilisation, toi, le civilisé, tu retournes à la sauvagerie et à la violence. Tout l'Occident apporte au saint chef des Apôtres les fruits de sa foi, et tu envoies tes hommes briser l'image de Pierre. »

Cette lettre constitue le premier signe du basculement qui va s'opérer en quelques décennies. Le deuxième date de 734 : le roi lombard, Liutprand, occupe Ravenne, puis installe ses troupes aux environs de Rome. Le pape n'attend plus rien de l'empereur byzantin. Il s'adresse alors à Charles Martel, c'est-à-dire au plus puissant des princes considérés comme barbares. Trois lettres successives, qui ont été retrouvées, en témoignent. Grégoire supplie Charles Martel de sauver Rome ; il lui adresse de riches présents. En outre, les clés et les chaînes de saint Pierre, c'est-à-dire les portes du ciel, lui sont promises s'il intervient.

Le roi est sourd de cette oreille-là

Charles ne bouge pas. À l'époque, il entretient des relations convenables avec les Lombards et ne souhaite pas bousculer la situation en Italie. Lorsqu'il meurt, son fils, Pépin le Bref, amorce une réforme profonde de l'Église franque. Sur ce point encore, il est bien le successeur de Charles Martel. Les deux hommes ne sont pas le moins du monde des barbares. Ils parlent fort bien latin. Leur famille est remplie de saints (Arnould, Gertrude). De plus, Pépin est un homme pieux. Mais pas un dévot frileux. Simplement un monarque qui fait plier ses adversaires. À l'intérieur de son royaume, il se débarrasse avec fermeté des grands seigneurs de la France du Sud et des princes-évêques qui confondent leur bourse et celle de l'Église. Lorsque les intérêts politiques de la monarchie sont en jeu, il oublie ses sentiments. C'est exactement pour cette raison qu'il reste sourd aux appels de Grégoire II.

Mais, en 741, la situation et les hommes changent. L'empereur d'Orient, Léon III « l'Isaurien » [717-741], meurt. Charles Martel et Grégoire III disparaissent à leur tour. Voilà le nouveau pape, Zacharie [741-752], d'origine grecque. Il commence par tenter d'établir un compromis avec le roi lombard, Ratchis. Dans un premier temps, il croit y parvenir. Il rétablit des rapports convenables avec les Lombards, comme avec Constantinople. D'ailleurs, Ratchis, étrange monarque, décide de se faire moine au mont Cassin. Son successeur, Aistolf, n'est pas exactement un pacifiste : il réoccupe Ravenne, et cette fois pour de bon. Zacharie n'accepte pas ce coup de force. Rome n'a pas réussi à se débarrasser de la tutelle byzantine pour se retrouver entre les mains des Lombards. Le pape doit trouver au plus vite une solution.

C'est exactement à ce moment que deux ambassadeurs demandent à être reçus par lui. Il s'agit de Furald de Saint-Denis et de Burchard de Wurtzbourg. Ils viennent au nom de Pépin le Bref. Celui-ci est fatigué du titre de « maire du palais » ; il songe à devenir roi. Pour lui, la dynastie mérovingienne a fait son temps. Il demande au pape son avis. Habilement, le pape répond en s'appuyant sur saint Augustin : « Mieux vaut appeler roi celui qui détient la puissance que celui qui dispose du titre, mais pas du pouvoir. » Et sans doute Zacharie confie-t-il aux envoyés de Pépin une lettre plus explicite encore.

Cette fois, le futur roi n'a plus d'obstacles devant lui. En novembre 751, il se fait élire roi des Francs à Soissons, par les grands du royaume. Puis, il va plus loin : il se fait sacrer par les évêques. Soudain il se rapproche des rois-prêtres de l'Ancien Testament : ceux-ci lui servent de modèle.

Le pape débarque à Saint-Denis ; cette fois le roi écoute

Tout est prêt pour le coup de théâtre. Zacharie meurt. Étienne II [752-757] lui succède. Le nouveau pape n'hésite pas. Il estime que la survie de Rome exige un coup d'éclat. Il prend la route de la France. C'est un acte sans précédent. Son importance dans l'histoire du christianisme en Occident sera considérable. Jamais un pape, de sa propre volonté, n'avait entrepris un tel voyage. Étienne estimait qu'il n'avait pas le choix. Ou bien la monarchie franque acceptait de lui venir militairement en aide, ou bien Rome passait, pour des siècles peut-être, sous la domination lombarde.

En réalité, le voyage avait été organisé par deux collaborateurs d'Étienne : Chrodegang de Metz et le duc Audgar. Le 6 janvier 754, Étienne arrive à Ponthion où Pépin l'attend. Le roi s'engage à sauver la « république romaine ». Le pape passe l'hiver à Saint-Denis. Cette fois, il sacre le roi et lui donne le titre de « patrice des Romains ». C'était un honneur qui n'avait jamais été accordé que par l'empereur d'Orient. Rome, cette fois, fait jeu égal.

Lorsque Étienne II meurt (26 avril 757), la souveraineté temporelle de Rome s'exerce sur un État morcelé. Au nord-est, autour de l'ancien exarchat de Ravenne, une masse étirée le long de l'Adriatique ; au sud-ouest, c'est-à-dire autour de Rome, un territoire allongé qui borde la mer. Entre les deux, une bande étroite qui correspondait à l'ancienne route lombarde. Grâce à cette dernière, les deux parties de l'État pouvaient, la plupart du temps, communiquer.

Paul Ier [757-767], successeur d'Étienne, était en réalité son frère. Sa désignation au trône pontifical n'avait pas été facile. Pour éviter qu'on lui souffle la place, Paul n'avait pas quitté le Latran durant l'agonie de son frère. Puis, il s'était fait acclamer par ses partisans réunis. Tout de suite, il avait expédié à Pépin une lettre annonçant conjointement le décès de son frère et sa propre élection « par le peuple ». Il se garde de demander au roi la permission d'être consacré ; il ne veut pas créer de précédent aussi dangereux. Le 29 mai 757, il est officiellement désigné. Pourtant, il semble bien qu'un envoyé du roi des Francs ait assisté à tous ces événements. Pépin entend être tenu au courant.

Les lettres successives que Paul lui envoie sont intéressantes. Le pape s'adresse au « roi des Francs et patrice des Romains » au nom du « Sénat et du peuple romain ». À travers le mode de désignation du pape – l'élection par le peuple –, et le rappel de la formule « le Sénat et le peuple romain », on constate que les usages et les formules de l'Empire existent encore ; que la papauté, d'une certaine manière, a récupéré des bribes de l'*Imperium* romain.

Durant les premières années, Paul demande de nouveau l'aide de Pépin. Il signale qu'une grande flotte byzantine fait route vers l'Italie ; il craint une alliance des Lombards et de Constantinople. Pépin, fort bien renseigné, se garde de déplacer un seul soldat. Il sait que Byzance a d'autres chats à fouetter. Il demande simplement à Didier, roi des Lombards, d'évacuer quelques villes et de les restituer au pape.

Pépin, d'ailleurs, précipite la réforme religieuse dans son royaume. Il veut supprimer la « simonie ». On appelait ainsi le commerce des sacrements et des charges ecclésiastiques, en souvenir de Simon le Magicien qui, dit-on, avait proposé aux apôtres de leur acheter leur secret pour pouvoir faire des miracles. La lutte contre la simonie va durer plusieurs siècles. En 755, presque tous les évêques de Gaule sont réunis à Ver, en Picardie. Il y aura quatre réunions semblables entre 755 et 757. Cette fois, le mode de désignation des évêques – c'est le roi qui, en définitive, accepte ou refuse les choix présentés – échappe aux marchands. D'ailleurs, les évêques résidentiels auront seuls le pouvoir d'ordonner les clercs. Deux synodes se réuniront chaque année, sur convocation du roi. Les principes de cette réforme sont anciens ; c'est Boniface (672-754) qui les a élaborés bien avant sa mort. En même temps, les règles du mariage sont précisées : publicité nécessaire, peine grave pour les unions incestueuses, enfin le mariage avec un prêtre est assimilé à un inceste. Voilà la pratique du célibat ecclésiastique, née tout au début de l'Église, qui avait progressivement disparu, remise en vigueur. Mais les conditions mises à la dissolution du mariage sont élargies.

Le 22 juin 767, Paul Ier meurt après une brève maladie. Sa

succession va poser de redoutables problèmes. Depuis Pierre, les papes ont tous été des clercs choisis pour être à la fois évêque de Rome et chef de l'Église. Cette fois, le nouveau pape va hériter d'un royaume au centre de l'Italie, ce qui modifie profondément sa position.

« Toto » n'a pas de parole

Voilà la première conspiration connue pour la désignation d'un pape. Il y en aura bien d'autres. Celle-là est dirigée par deux laïcs ; le plus important, nommé Théodose, est connu sous le surnom de « Toto ». On lui fait promettre de ne pas introduire de bandes armées dans la Ville sainte durant l'élection du pape. Il accepte – et se parjure. Au moment où Paul meurt, les mercenaires de Toto entrent dans la cité, imposent le choix de son frère Constantin. Il réussit, et Constantin fait mine d'être le nouveau pape. Il expédie, comme ses prédécesseurs, une lettre au roi des Francs, rédige un manifeste religieux, s'engage à poursuivre la politique de Paul. Mais son adversaire, Christophle, qui représente l'administration romaine, ne cède rien. Il court chez les Lombards – qui ne sont pas loin –, demande leur aide. S'il parvient à renverser l'imposteur, un accord deviendra possible entre le nouveau pape et le roi Didier. Le samedi 30 juillet, un combat féroce se déroule dans la nuit. Toto est tué ; Constantin s'enfuit. Et les Lombards, manipulés par Christophle, mettent en avant le nom d'un prêtre dénommé Philippe. La foule, immédiatement, le désigne pour successeur du faux pape. Mais il est trop tard pour conclure l'opération durant la nuit. Le lendemain, Christophle, qui ne voulait pas s'être battu au profit des Lombards, rentre dans la ville et chasse Philippe. Cette fois, la désignation devient à peu près convenable dans ses formes : c'est Étienne III qui est choisi par la foule massée devant le Latran. Quelques jours plus tard, Constantin est assassiné par une bande agissant, semble-t-il, pour elle-même. Étienne est ordonné le 7 août. Le peuple de Rome, tout entier, demande pardon de la folie qui a saisi la ville pendant plusieurs mois.

L'Église connaîtra d'autres événements aussi dramatiques.

Mais celui-là illustre les conséquences de l'affaissement de la religiosité des Romains et de la naissance des États pontificaux. Il va falloir ramener la paix dans la ville. Le pape Étienne III va y parvenir. Manifestement aidé par les Francs. En septembre 768, Pépin meurt. C'est l'apparition de Charlemagne, « Charles le Grand », « Carolus magnus » (742-814).

Charles entre à Rome en pèlerin

Il y a quelque chose de surprenant dans les événements qui vont se dérouler aux alentours de 771-772. Le 4 décembre 771, Carloman, roi des Francs, meurt. Il est le fils cadet de Pépin le Bref et, depuis la mort de celui-ci, règne conjointement sur le royaume franc avec son frère aîné, Charles. Lequel recueille tout l'héritage de son frère. Cette fois, pas de tentative de répartition des territoires entre les divers héritiers du roi défunt. Or, Carloman laisse deux enfants derrière lui. Ils n'ont droit à rien.

Le 24 janvier 772, soit un mois plus tard, le pape Étienne III s'éteint. Là encore, les choses, pour une fois, vont vite. Adrien Ier accède au trône pontifical. À l'époque, les modes de désignation sont incertains : les évêques, qui peuvent être consultés, suggèrent des noms ; la population de Rome tente d'imposer celui qu'elle préfère ; enfin les rois et les princes poussent tel ou tel. Désigné le 1er février, Adrien commence par faire ouvrir les prisons. Il veut rétablir au plus tôt la paix à l'intérieur d'une Église que les éternelles divisions épuisent.

Mais, tout de suite, il doit résister à une nouvelle offensive des Lombards. Le roi Didier, encore une fois, encercle Ravenne et marche sur Rome. Il n'est pas seul : dans ses bagages, il traîne Gerberge, la veuve de Carloman, et les deux enfants que l'élection de Charles a évincés. Gerberge s'était en effet réfugiée auprès du roi lombard, qui se trouvait aussi être son père. L'objectif de Didier : brouiller le pape et le nouveau roi des Francs. En 773, Adrien expédie une légation à la cour de Charles. Celui-ci, reprenant les usages de son père Pépin le Bref, expédie des messagers chez Didier qui hésite devant Viterbe.

Les Lombards perdent du temps. Ils savent que Charles se débat au nord de son royaume avec les Saxons ; que ceux-ci gagnent une série de victoires. N'empêche : Charles décide de passer les Alpes avec une armée ; les Saxons attendront. L'intervention des Francs oblige Didier à concentrer ses troupes dans Pavie d'un côté, dans Vérone de l'autre. Inquiètes, quelques principautés lombardes changent de camp et font demander à Adrien s'il est prêt à les protéger. L'État pontifical vient de s'agrandir, et Charles n'a pratiquement rien fait.

Le voilà pourtant qui apparaît. Il place quelques troupes autour de Pavie et de Vérone. Est-ce un siège ou une parodie ? Le roi n'a qu'une idée : il veut aller à Rome, fêter la Pâque dans cette ville qu'il ne connaît pas. Adrien est surpris lorsqu'il apprend que le roi est à quelques lieues de la ville. Aussitôt, il envoie évêques, moines et enfants des écoles, équipés de bannières, pour recevoir ce prince inconnu mais puissant. En voyant les croix, Charles descend de cheval et marche vers Rome à pied : il veut n'être qu'un pèlerin. Ses officiers l'imitent pendant que la haie d'honneur les acclame.

Que la légende, portée par le temps, ait magnifié cette histoire, c'est probable. Un fait semble pourtant acquis : Charles entre dans Rome entouré d'une poignée de soldats. C'est le contraire d'un conquérant ; ce n'est pas un libérateur. Simplement un ami très proche. Le seul, en réalité, dont dispose Adrien.

Ce qui se déroule entre le pape et le roi au lendemain de Pâques n'est pas évident. On parle politique, bien sûr. Adrien demande une fois de plus au roi de soutenir le petit État pontifical. Charles promet. Mais quoi ? Les biographes d'Adrien ne mentionnent même pas l'existence d'un accord ou même d'un engagement. Ce sont les archives de Charles qui précisent le contenu du traité : le roi s'engage à aider le pape à rassembler autour de son autorité la plus grande partie de l'Italie. Ce projet, daté de 774, ne verra jamais le jour. Au nord, l'État pontifical devait aller au-delà de l'Adige ; au sud, Byzance ne conservait que la Sicile et l'extrémité ultime de la botte. La Corse elle-même tombait dans la poche d'Adrien.

L'objectif n'était pas indiqué explicitement, mais il crève les yeux : Charles et Adrien étaient tombés d'accord pour unifier l'Italie et en faire le royaume du pape. Les signataires confondaient un peu tout : comment le pape pouvait-il être à la fois un souverain temporel comme les autres et le chef d'une Église universelle, malheureusement divisée ? Personne ne semble s'être posé la question. On cherche simplement à interdire l'accès de Rome à ceux qui rêvent de la conquérir.

Charles, à sa manière, règle donc le problème immédiat. Pour asseoir sa victoire, il retourne à Pavie, attise les combats et reçoit la capitulation de Didier, en juin. La femme et les fils de Carloman quittent Vérone qui s'apprête, elle aussi, à capituler, et partent vers Constantinople. La monarchie lombarde n'existe plus. Le 5 juin 774, Charles ajoute à son titre de « roi des Francs » celui de « roi des Lombards ». Et il retourne en Germanie où les Saxons ne désarment pas. C'est au tour d'Adrien d'attendre.

En 776, Charles obtient la première reddition des Saxons (il y en aura d'autres). C'est une victoire. Charles pense qu'il a les mains libres. Il se laisse entraîner dans une expédition en Espagne. À Saragosse, son armée est contrainte de battre en retraite. Voilà l'épisode de Roncevaux (778) qui n'a pas fini de faire rêver les chroniqueurs et les poètes. En fait il s'agit de l'attaque de l'arrière-garde franque par des montagnards basques ; ils visaient en réalité le prince chrétien de Pampelune. D'autant qu'à l'autre bout du royaume, les Saxons reprennent les armes. Et Adrien, toujours impatient, multiplie les appels au secours. Il ressort de ses archives la fameuse « donation de Constantin ». C'est un faux, fabriqué quelques siècles auparavant. Il affirme que Constantin avait donné l'Occident chrétien au pape. Charles n'est pas vraiment dupe de cette manœuvre, bien que, comme tout le monde à l'époque, il croie à l'authenticité du document. Mais les demandes d'Adrien sont irréalisables. L'idée d'unifier l'Italie est loufoque ; en tout cas, prématurée.

Entre l'Orient et l'Occident, tout va-t-il finir par un non ?

N'empêche : pour la deuxième fois, en 780-781, Charles retourne en Italie. C'est à Rome qu'il reçoit les envoyés d'Irène, femme de l'empereur Léon IV, mort en 780. Irène est en fait impératrice d'Orient [780-802]. Ce qu'elle propose à Charles, c'est le mariage de Constantin VI, son fils (il a moins de dix ans), avec la fille de Charles, Rotrude. On conclut les fiançailles. Ce qui se dessine alors – et qui n'aboutira pas –, c'est une réconciliation des deux morceaux de l'Empire. Irène admet, dès cette époque, que Charlemagne perce sous Charles. Durant ces conciliabules, tout le monde oublie Adrien, qui semble se faire une raison. Après tout, il préfère voir ces grandes négociations se dérouler à Rome, c'est-à-dire sous son nez. Puis on en reste là. Charles repart dans son pays car les Saxons reprennent la révolte. Cette fois, le roi décide d'en finir. Il organise et contrôle une répression massive ; ses troupes tuent, brûlent sauvagement les villes et les villages. Charles ne cache pas sa volonté : il veut la paix au nord, c'est-à-dire jusqu'à l'Elbe.

Durant tout ce temps, les rapports avec Irène demeurent réguliers. L'impératrice veut terminer la bataille des images, ce qui rassure à la fois Adrien et Charles. Mais les événements se chargent de bousculer ce moment de répit. Les iconoclastes sont des chrétiens byzantins qui, entre le VIIIe et le IXe siècle, se sont opposés à toute représentation figurée du Christ, de la Vierge et des saints. Il y eut deux phases. En 726, Léon III l'Isaurien donne raison aux iconoclastes. C'est l'impératrice Irène et le concile de Nicée (787) qui déclarèrent au contraire les iconoclastes hérétiques. Il y eut une troisième phase, plus tardive, qui se termina à Constantinople en 843.

Le pape Adrien Ier meurt le jour de Noël 795. Lorsqu'il apprend la nouvelle, Charlemagne est bouleversé. Il perd un allié, et de plus un ami. Léon III [795-816] est élu le jour de la Saint-Jean, c'est-à-dire le 27 décembre. Charles est averti, par des rumeurs ou par des envoyés clandestins, que le nouveau pape n'est pas vraiment un saint ; qu'il a eu des comportements douteux dans sa jeunesse. Ce qui ne justifie pas la secousse d'avril 799. Ce jour-là, Léon III est enlevé en pleine procession. On le jette au bas de son cheval, on le roue de coups, on tente de lui crever les yeux et de lui couper la langue. On l'emmène dans un château voisin. Grâce à une poignée de partisans, il réussit à s'enfuir la nuit suivante. Mais pendant ce temps-là, à Rome, l'émeute se déchaîne. On veut pendre ce drôle de pape. Il court vers la Gaule. Il arrive devant Charles ; les deux hommes parlent. Charles tente de se faire une opinion sur ce drôle de personnage. En tout cas, à l'automne 799, Léon repart pour l'Italie, protégé par quelques officiers francs. En somme, Charles vient de bénir le pape. Du coup, le retour est triomphal. On décide de ne pas condamner les auteurs de l'attentat. Ce sont manifestement les ordres de Charlemagne. Alcuin (735-804), le remarquable conseiller de Charles, prépare en silence le voyage du souverain. Léon III, en tout cas, feint de passer l'éponge sur l'attentat. Il est probable que, là encore, c'est Alcuin qui lui a soufflé les propos qu'il tient. On n'attend plus que Charlemagne.

Le couronnement de Charles

C'est le jour de Noël 800 que va se dérouler l'étonnante scène du couronnement. Les faits, pour une fois, sont connus. Léon III, réhabilité, reçoit les visiteurs dans la basilique Saint-Pierre. Il s'apprête à dire la messe. Prosterné durant le *Credo*, le roi paraît immobile. Soudain, le pape s'approche de lui et dépose sur sa tête une couronne. Les participants reprennent ensemble les mots que Léon III vient de prononcer : « À Charles, très pieux Auguste, couronné par Dieu, grand et pacifique empereur des Romains, vie et victoire. » Puis le pape s'incline devant le nouvel empereur.

Ce cérémonial est emprunté à celui utilisé à Constantinople depuis 457. C'est dire le symbole : désormais l'Occident s'aligne sur l'Orient. La fiction de l'Empire unitaire a volé en éclats. Il y a deux Empires.

Personne n'est surpris par cet événement, contrairement à ce que diront les chroniqueurs. On a organisé avec soin cette cérémonie destinée à établir l'Empire d'Occident. Est-ce Charles qui a suggéré ce bouleversement des habitudes ? Est-ce le pape Léon III ? Nous ne le saurons sans doute jamais. En tout cas, l'établissement de rapports exceptionnels entre Rome et la Francie est désormais conclu pour longtemps. Rome ne dépend plus de Constantinople. Elle est liée et protégée par l'Empire. L'empereur dépend du pape comme chef spirituel ; le pape dépend de l'empereur, maître du pouvoir temporel.

En Orient, la confusion reprend : en 802, Irène est déposée

par le peuple de la ville en colère (elle meurt en exil un an plus tard). Nicéphore Ier lui succède. Il sera tué dans une bataille contre les Bulgares en 811.

La stabilité en Orient reste à rétablir. Mais quelle est la superficie et la nature réelle de ce qu'il va bien falloir désigner du terme de régions christianisées ?

CHAPITRE 11

PAR MORCEAUX, L'EUROPE SE CONVERTIT

Il faut, à ce carrefour des VIIIe et IXe siècles, tenter de prendre la mesure des progrès de l'évangélisation, par pays ou par région. Le mouvement n'est pas très coordonné. Les avancées sont irrégulières ; elles dépendent souvent de la qualité des hommes qui en prennent la responsabilité et progressent, cité après cité, peuple après peuple, à l'intérieur de l'immense monde païen.

La Grande-Bretagne

Lorsque l'archevêque de Canterbury est envoyé à Rome pour y être sacré, il existe déjà une Église anglo-saxonne. Elle dispose d'évêques et de moines. Quelques années auparavant, en 663, un synode qui s'est déroulé à Whitby a marié, sans trop d'obstacles, les pratiques liturgiques celtes et romaines. Les premières avaient pour elles l'ancienneté (elles avaient échappé à la marée des barbares) ; les secondes étaient l'œuvre directe de Rome.

C'est Rome, de la même manière, qui après la mort de l'archevêque expédie en Grande-Bretagne deux hommes de premier plan : Théodose, qui est un savant et, religieusement, un simple moine de Cilicie ; Adrien, qui va l'accompagner, est né en Afrique et dirige un monastère dans la région de Naples. Ni l'un ni l'autre ne sont jeunes ; mais ce binôme fut d'une efficacité impressionnante. Ce sont eux qui vont donner sa stature à l'Église d'Angleterre.

Que trouvent-ils dans cette île lointaine ? Bien sûr, quelques évêques et quelques couvents. C'est-à-dire un certain nombre de communautés chrétiennes déjà implantées. Mais surtout ils sont frappés par le nombre de régions à peine touchées par l'évangélisation. Dans la plus grande partie de la Grande-Bretagne, on adore encore les pierres, les clairières et les astres.

Théodose – qui ne parle pas la langue régionale – est aidé par Benoît Biscop. C'est un Northumbrien ; il a fondé et dirigé un monastère dans le comté de Durban. Installé à Canterbury, l'archevêque commence par organiser ce qui existe. Il délimite les diocèses, désigne de nouveaux évêques là où il n'y en a plus, réunit quelques synodes successifs. On détermine en commun la doctrine et la discipline. L'une des chances de Théodose, c'est de découvrir dans cette Église renaissante quelques saints. Cuthbert, qui est un prédicateur et un ascète, Wilfrid de Ripon, évêque d'York ; Ceada, évêque celte ; Er Conwald, que Théodose désigne pour Londres. Ce sont des sièges épiscopaux qui n'ont plus été occupés depuis près d'un siècle.

C'est Théodose, assisté d'Adrien et de Biscop, qui fonde, à l'abbaye de Saint-Augustin (à Canterbury), une espèce d'université. On y enseignera non seulement la théologie, mais le latin et le grec ; on recommence, dans ces murs, à lire les écrivains classiques des deux cultures. On y accueille, par-dessus le marché, des maçons, des charpentiers, des vitriers, venus du continent et qui vont enseigner leurs techniques à des centaines d'étudiants. C'est grâce à cette pépinière que l'on pourra reconstruire (ou construire) les églises. Le chant romain réapparaît. C'est là qu'entre en scène Bède le Vénérable (673-735) – au surnom dû à sa culture encyclopédique : latin, grec, hébreu –, père de la première littérature anglo-saxonne. Ce fut un homme étrange ; il ne quittera jamais son monastère. Il lisait et il écrivait. Il devint très vite l'homme le plus cultivé et le plus célèbre d'Europe. Il entreprit même, et acheva, une « histoire ecclésiastique » d'Angleterre. Lorsqu'il disparut, il laissait derrière lui une poignée de disciples qui allaient répandre son enseignement religieux et sa culture d'un bout à l'autre de ces îles paysannes et superstitieuses.

Ce fut l'âge d'or de cette Église, pourtant toute jeune. L'un des successeurs de Bède fut Alcuin. Nous avons vu le rôle qu'il joua auprès de Charlemagne. Alcuin, tout au long de sa vie, fut un homme exceptionnel. Il avait tout lu et il écrivait en plusieurs langues. Ce fut un prédicateur, un professeur et un diplomate exceptionnel. Par ce détour, l'influence du christianisme anglais marquait la culture de la Francie qui sortait à peine de l'âge barbare. C'est en Grande-Bretagne que furent créés les couvents doubles : très près l'un de l'autre, une résidence de moniales et un monastère d'hommes. C'était l'abbesse qui dirigeait les deux institutions.

L'arrivée des Vikings mit un terme à ce développement. En 793, ils apparaissent pour la première fois sur les côtes du Northumberland. Les invasions de Vikings réduisirent l'Église à ses éléments primordiaux : une paroisse, un prêtre et parfois un évêque lointain. La vie monastique disparut dans tout le nord du pays. Le sud lui-même fut secoué. C'est le roi Alfred le Grand qui réussit à stabiliser la situation. Lui, son fils et son petit-fils stoppèrent les envahisseurs et établirent un partage territorial : les Danois gardaient le Danelow (à l'est), les Angles (ou Anglo-Saxons, ou Saxons) se maintenaient dans le Wessex et la Murcie.

Quelques années plus tard, le Danelow se convertit. Son roi, Guthrum, devint chrétien. L'Église reprit sa marche en avant ; une fois de plus, on reconstruisit des églises, et de nouveaux couvents sortirent de terre.

Pourtant la situation demeurait fragile : la plupart des clercs étaient mariés. Les moines devenaient rares ; les liens avec Rome étaient presque inexistants. On a dit que cette Église nationale pouvait être comparée, d'une certaine manière, à l'Église élisabéthaine, dans les débuts de l'anglicanisme. Il faudra attendre 940 pour que les liens avec Rome redeviennent réguliers. Les Vikings, en somme, avaient contraint les chrétiens anglais à réaliser une troisième christianisation.

L'Église de Germanie

L'homme clé de cette autre aventure spirituelle est saint Boniface, qui reçut la consécration épiscopale du pape à Rome, en 722.

Son idée fixe : l'évangélisation des Germains. Son rôle est

aussi impressionnant que ceux de Cyrille et Méthode à l'autre extrémité de l'Europe, un siècle plus tard. Le futur Boniface est né dans le Devon ; il a vécu longtemps dans les monastères du Wessex. Puis il décide d'aller porter sa foi sur le continent. En 716, il tente de convertir les habitants de la Frise. Il échoue, part à Rome pour recevoir de Grégoire II l'ordre de retourner là-bas. Accompagné d'un autre moine, Willibrod, il réussit à s'implanter et à créer plusieurs communautés. Nouveau voyage à Rome où, cette fois, il est nommé évêque. Il étend sa prédication, pénètre en Thuringe et en Hesse. Enfin, il se rend en Bavière. Partout, il organise l'Église, désigne des évêques, crée des communautés désormais nombreuses. Avec l'âge, sa vue baisse ; il demande à des abbesses anglaises de lui composer des livres en gros caractères pour qu'il puisse les lire à l'office. On a conservé une bonne partie de sa correspondance ; il y décrit avec minutie les pays qu'il rencontre, les attitudes et les mœurs des païens avec qui il dialogue jour et nuit. Il ignore les Francs, qu'il considère comme « mondains et guerriers ».

En 732, il est nommé archevêque de Mayence. C'est la vraie naissance de l'Église germanique. Boniface – c'est son nom épiscopal –, hélas, est massacré en 754. Mais le développement continuera. Boniface avait partout insisté sur la primauté du siège romain ; c'est sans doute grâce à lui que les nouvelles communautés demeurèrent fidèles à Rome.

En tout cas, l'Église germanique a des caractères propres. Elle n'est pas liée (géographiquement et politiquement) aux seigneurs locaux. Elle dispose, sous la conduite d'évêques élus par le peuple, de paroisses et de couvents. Elle est relativement décentralisée. À part Mayence, qui devient progressivement le centre, chaque diocèse possède une certaine autonomie. Surtout, la chrétienté germanique ne descend pas d'une chrétienté romaine. Avec la Thuringe, la Hesse et la Bavière, ce sont des zones païennes qui basculent du côté de l'Église de Rome. Il en restera une certaine autonomie, une certaine originalité, aussi bien théologique qu'administrative, que l'on retrouvera durant toute l'histoire de ce qui deviendra plus tard, bien plus tard, l'Allemagne.

Notons enfin la richesse des évêchés de Cologne, Mayence, Salzbourg, Magdebourg ; il faut attendre les années 911-918, c'est-à-dire l'arrivée sur le trône de Conrad Ier, pour qu'un début fragile d'unité commence à se dessiner. C'est à cette époque que la Lotharingie est rattachée à la Germanie. Henri Ier, père de ce qui va devenir l'Empire, va poursuivre une série de guerres tout au long des diverses frontières. Si le peuple vaincu veut entrer dans le cercle germanique, il doit se convertir. Souvent il le fait. Et la christianisation atteint les limites de la Pologne. Après Henri, c'est son fils, Othon le Grand, qui domine l'Empire et impose l'alliance avec l'Église. C'est une construction bancale. Durant la deuxième partie de sa vie, Othon chercha à faire entrer la papauté dans sa zone d'influence. Il entreprit la conquête de l'Italie du Nord. Il y parvient et tente de se faire nommer par le pape empereur d'Occident. Rome accepte. En 962, Othon est sacré empereur par Jean XII. L'Église avait conquis le peuple allemand, mais l'alliance privilégiée avec la France avait disparu. L'une des conséquences du traité de Verdun (843 ; il partage l'Empire de Charlemagne en trois royaumes donnés aux trois petits-fils de l'empereur) avait été ce déplacement de l'autorité vers la Germanie. Désormais, Rome et les empereurs germains vont connaître de fortes tensions. Ce qui avait commencé comme une évangélisation audacieuse se transformait en un rapport de force purement politique.

L'Espagne

Pour achever le panorama de ces chrétientés occidentales, il faut se pencher sur l'Espagne. Les problèmes qu'elle va connaître sont autrement difficiles que ceux de la Bretagne ou de la Germanie.

L'invasion musulmane de 711-713 balaie toute la péninsule. Il y a des villes détruites, des populations anéanties, d'autres converties. Une partie de ces dernières feignit de s'accommoder de Mahomet et demeura secrètement fidèle à la religion du Christ. Ce furent les Mozarabes. Dans les Asturies et en Galice, il y eut des foyers de résistance dont les armées musulmanes ne réussirent pas à réduire l'influence. Au sud de l'Espagne, le califat de Cordoue, créé par des généraux musulmans résolus à se séparer de l'Orient, commença à administrer l'Espagne entière. Ce qui se révéla difficile. Au nord, le petit royaume des Asturies, fondé par Alphonse Ier le Catholique [739-757], jetait les fondements lointains de ce qui deviendra quelques siècles plus tard la *Reconquista* (Reconquête). Les invasions de Charlemagne permirent d'étendre quelque peu ce petit royaume. Urgel devint une ville politiquement et religieusement importante (c'est de cette époque que date la cosouveraineté Urgel-France sur les vallées d'Andorre). Dans cette Espagne réduite à n'être plus qu'un souvenir, évêques et théologiens réussirent à déclencher une querelle théologique avec Rome, et surtout avec Alcuin. Certains théologiens espagnols cherchaient à imposer l'idée que Jésus avait été adopté par le Fils de Dieu (« adoptionnisme »). Jésus devenait du coup le fils adoptif du Père. Nous étions repartis dans les confusions orientales, pourtant achevées à cette époque.

Ni Rome ni Alcuin n'acceptèrent cette mini-hérésie. C'est ce dernier qui, à plusieurs reprises, rectifia les erreurs espagnoles. Les textes d'Alcuin prouvent que celui-ci n'était pas seulement un politique et un administrateur mais tout autant un grand théologien. C'est une autre facette de ce personnage impressionnant que nous découvrons ainsi. Après cette joute ultime, l'Espagne plonge dans le silence. Mais on sait à Rome qu'une Église souterraine subsiste, sous l'écorce d'une civilisation musulmane qui va devenir prestigieuse dans le Sud.

Voilà l'état de l'Église d'Occident lorsque Rome prend ses distances avec Constantinople.

La Moravie, la Pannonie et la naissance du christianisme slave

À côté de ces avancées irrégulières de l'Église en Occident, il faut se pencher sur l'étonnante aventure des deux frères Cyrille et Méthode. Ces deux hommes vont, avec intuition, habileté et courage, ouvrir les portes de la christianisation à l'ensemble du monde slave, c'est-à-dire essentiellement les Serbes, puis, au-delà, les Russes. Sans Cyrille et Méthode, jamais Moscou n'aurait osé se décerner le titre de Troisième Rome. Or, tout commence par la volonté de deux personnages sans importance.

Ils sont pourtant de bonne famille. Leur père était un fonctionnaire byzantin. Méthode – l'aîné – s'engage dans une carrière administrative. Il doit être doué puisqu'on le retrouve gouverneur d'une province slave qui correspond à peu près à la Macédoine. Quelques années plus tard, il quitte sa fonction et se fait moine au mont Olympe. C'est un monastère et une espèce d'université ; l'une des plus prestigieuses de Bithynie.

Cyrille, pour sa part, est davantage un intellectuel. À Constantinople, où il a poursuivi ses études, il fut très vite reconnu. Ordonné prêtre, il succéda à Photius – nous reviendrons sur ce personnage qui annonce la rupture entre les deux Églises. Cyrille voyage. On l'expédie à la cour du califat (en 851) comme représentant de l'empereur. En 860, même mission, mais chez les Khazars (entre la mer Noire et la Caspienne).

Tout aurait pu s'achever là : Méthode dans son couvent, Cyrille dans la haute administration byzantine. Soudain, c'est la petite occasion dont toute la suite va dépendre. En 862, un envoyé de Ratislav, prince de Moravie, arrive à Constantinople. Au nom de son maître, il propose à Michel III, empereur d'Orient [842-867], une alliance diplomatique, politique et peut-être même religieuse.

Constantinople, à cette époque, a retrouvé une relative quiétude. La défaite des iconoclastes (843), la renaissance d'une politique étrangère audacieuse, permettent à cette capitale qui avait failli être occupée par les Avars, les Perses et enfin les Arabes de retrouver son prestige.

Or le prince de Moravie demande simplement que l'empereur envoie dans son pays un missionnaire chrétien connaissant parfaitement le dialecte slave. Ratislav avait ses raisons : son autorité allait de la Moravie à la Slovaquie. Il craignait que Louis le Germanique cherche à imposer sa loi à son petit pays. Louis, roi de Bavière, espérait bien agrandir son territoire.

Pour Michel III, la proposition de Ratislav était donc une aubaine. Il souhaitait stopper l'avance progressive des Occidentaux. Or la Moravie et la Slovaquie pouvaient constituer des butoirs précieux.

Cyrille et Méthode, élevés en Macédoine, parlent le slave. Ils sont donc désignés pour cette mission. Mais avec intelligence, Cyrille, avant de quitter Constantinople, imagine un alphabet que pourront utiliser ses futurs fidèles. Cet alphabet aura un nom : le glagolitique. C'est à partir de lui que surgira petit à petit l'écriture dite cyrillique ; c'est elle qui va conquérir l'est de l'Europe. En tout cas, lorsqu'ils arrivent en Moravie – printemps 863 –, les deux ambassadeurs missionnaires vont utiliser le slavon, langue commune, ancienne, parlée par les Serbes, les Bulgares et les Russes – et une écriture – le cyrillique. Le slavon allait progresser rapidement en Bulgarie, en Serbie et dans la Russie du Sud. Quatre siècles plus tard, cette langue à moitié fabriquée à partir d'un dialecte sera la troisième en importance en Europe.

Cyrille et Méthode se heurtent aux missionnaires francs

Pourtant, Cyrille et Méthode rencontrent tout de suite une difficulté. La Moravie avait déjà été christianisée, au moins un siècle plus tôt, mais par des missionnaires francs, venus de Salzbourg ; il y eut peut-être quelques moines anglais dans cette première mission, aux alentours du VIIIe siècle. Les deux missionnaires byzantins doivent empêcher un conflit entre les deux groupes ; ils comprennent d'entrée de jeu qu'ils sont exactement situés entre deux civilisations, deux langues, peut-être même deux Églises.

Les deux hommes l'emportent très vite. Ils répandent le texte des Évangiles, quelques passages de la Bible et l'ensemble des prières liturgiques, tout cela en slavon. Les fidèles, pour la première fois, comprenaient d'emblée la signification des offices.

Les moines francs – ceux qui subsistaient encore – protestèrent. Ils considéraient que trois langues seulement étaient autorisées pour le culte : le latin, le grec et l'hébreu. Le slavon n'avait pas sa place dans les églises. Cyrille et Méthode tiennent bon. Ils font remarquer que la pratique des langues vernaculaires durant les offices était courante en Orient ; il existait des offices en arménien, en géorgien et en copte (langue utilisée par les chrétiens égyptiens). Pourquoi pas en slavon ?

La tension entre évêques francs et missionnaires byzantins devient préoccupante. Pourtant Cyrille et Méthode continuent à progresser ; en descendant vers le sud, ils font la rencontre de Kocel, prince slave qui règne sur la Pannonie. Il les soutient publiquement, leur confie cinquante clercs débutants, à qui il faut au plus tôt enseigner le slavon et l'écriture cyrillique.

La controverse entre les deux thèses – langues anciennes traditionnelles ou langues vernaculaires – s'ouvre à Venise. Cyrille réussit à ébranler la conviction des Latins. En tout cas, c'est dans cette ville que les deux hommes reçoivent une invitation du pape Nicolas Ier. Malheureusement, ce dernier meurt, et c'est Adrien II qui les reçoit en 867-868.

Très vite, le nouveau pape approuve les positions des deux hommes. Leurs disciples seront ordonnés au plus tôt. Plusieurs églises romaines utilisent pour la première fois le slavon. C'est une victoire à peu près totale pour Cyrille. Il n'eut guère le temps de s'en réjouir. Il tombe gravement malade à Rome ; il y meurt en 869. Il avait tout juste quarante-deux ans. On l'enterre à la basilique Saint-Clément, saint dont il avait, dit-on, rapporté quelques reliques dans la capitale de l'Église. Méthode, le survivant, est nommé évêque de Pannonie (ce qui recouvre le territoire de l'ancienne Yougoslavie). Il n'en a pas fini avec les difficultés. Louis de Bavière, qui considère que Rome et les deux missionnaires ont gêné délibérément sa progression dans cette partie de l'Empire, fait emprisonner Méthode dans un monastère bavarois. Il y restera deux ans et demi avant que le pape n'obtienne sa libération. Méthode poursuivra son effort, multipliera les traductions des textes des Apôtres et de la Bible. En 882, Méthode retourne à Constantinople, est reçu amicalement par l'empereur et par le patriarche Photius. C'est l'un des mystères de cette vie : alors que les rapports entre Rome et Constantinople passaient par des hauts et des bas, Cyrille et Méthode réussirent à garder des liens étroits avec les deux capitales. Méthode mourut en 885. Tout de suite, le nouveau pape, Étienne V, sous la pression des évêques bavarois, interdit l'usage liturgique du slavon. Mais il était trop tard. Le slavon, rejeté par l'Église franque, continua son chemin vers l'est. Les disciples de Méthode, réfugiés en Bulgarie, poursuivirent son effort. C'est à partir de ce pays que l'Église slave s'étendit, siècle après siècle. C'est à partir d'elle que les Serbes, puis les Russes, devinrent chrétiens.

Les deux hommes avaient réussi une percée presque inimaginable, et cela en quelques dizaines d'années.

Cette progression du christianisme en Gaule, dans les îles britanniques, en Germanie, dans la Péninsule ibérique malgré la conquête arabe, cette avancée régulière vers l'Europe de l'Est, tout cela délimite en partie la christianisation du Vieux Continent.

Ces succès décisifs ne contrebalancent pas la perte de la Syrie, de l'Égypte et de l'Afrique du Nord et se déroulent pendant que le centre de l'Église, c'est-à-dire Rome, plonge dans une période obscure. L'aristocratie romaine fait main basse sur la papauté et cette anarchie va durer plus d'un siècle.

CHAPITRE 12

LES SCANDALES DE ROME

Entre 880 et 950, Rome est livrée à une succession de désordres, de violences, de complots et de scandales. Cet affaissement d'une institution qui, jusqu'alors, a convenablement résisté aux siècles et aux crises est à première vue obscur. Pour tenter de comprendre ces temps inimaginables, il faut tenir compte de quelques données relativement simples.

D'abord, Rome n'a plus de protecteur. Constantinople est loin et ignore bien souvent les mésaventures du siège de Pierre. L'époque de la protection franque est achevée : l'Empire de Charlemagne n'a pas survécu à la mort de son créateur. Au contraire, le traité de Verdun entérine une nouvelle division de l'Europe. De la même manière, l'Empire germanique, qui durant une première période, a joué un rôle comparable vis-à-vis de l'Italie, est lui aussi en morceaux. Son autorité réelle sur la péninsule ne renaîtra qu'avec l'arrivée au pouvoir d'Othon Ier [962-973].

En réalité, tout le monde s'accroche à l'idée d'Empire parce que le mythe de Rome subsiste dans les têtes. Mais le temps de l'Empire romain est révolu depuis longtemps. Rome et la papauté sont, l'une et l'autre, sans protection. Or les papes ont un petit État mais n'ont pas vraiment d'armée. Parfois, ils en constituent une pour quelques mois. À partir de mercenaires allemands, suisses, voire normands.

Ensuite, de nouveaux envahisseurs surgissent de partout. Les Sarrasins – on les oublie – ont débarqué en Sicile et en Italie. Ils disposent d'une forteresse, le Garigliano, qui va leur servir de base d'opérations jusqu'en 916, date de sa chute.

Ajoutons les Francs d'Italie du Nord, qui ne sont pas des alliés. Ils sont connus sous le nom de Spolétains – du nom du duc Guy de Spolète que le pape Étienne V [885-891] avait accepté, la mort dans l'âme, de sacrer empereur en 891. En réalité, les Spolétains, qualifiés à l'époque de « mauvais chrétiens », se battaient pour eux-mêmes. Nous sommes entrés dans la période des luttes pour le pouvoir et la richesse.

Dernière raison. Les papes sont prisonniers de leur environnement. En Italie comme ailleurs, il y a des barons, des chevaux, des armures et des épées. À l'intérieur de Rome, il existe un certain nombre de châteaux imprenables. Les familles installées dans ceux-ci pouvaient tenir un siècle. Les papes sont entraînés par le courant ; quelques-uns d'entre eux ressemblent désormais à des hommes de guerre bénéficiant de titres (comme les nobles de l'époque).

Quelles sont les données de la situation sociale à Rome même ? On peut proposer un résumé approximatif. D'une part, il subsiste une administration pontificale. Elle fonctionne tant bien que mal et plutôt bien que mal. Elle permet aux Églises éloignées d'ignorer dans une large mesure les convulsions de la capitale de l'Église. D'autre part, une aristocratie composée de familles puissantes et riches qui tentent d'installer leurs amis sur le trône de Pierre. L'histoire retient deux noms : Théophylacte et Tusculum. Il s'agit d'abord de deux hommes, puis de deux familles qui, l'une après l'autre, imposent souvent leur volonté aux papes éphémères qui duraient souvent à peine quelques mois.

Le couple ambitieux : Théophylacte et Théodora font la loi à Rome

Théophylacte et son épouse Théodora vont jouer un rôle important dans la situation de la papauté. L'histoire du couple et de ses enfants est révélatrice de l'époque. Le mari est sénateur et haut fonctionnaire du Latran. Le Latran était alors la résidence des papes. C'était le nom d'un palais romain, jadis confisqué par Néron, puis donné à l'Église par Constantin. L'administration de l'Église sera transférée du Latran au Vatican par Nicolas V au XVe siècle.

Théophylacte était, en fait, le chef de l'aristocratie locale. Il mit son poids dans la balance pour faire désigner Serge III [904-911] comme pape. Le couple avait deux filles : Théodora et Marozie. L'une et l'autre vont faire parler d'elles. Marozie avait à peine vingt ans lorsqu'elle devint la maîtresse de Serge III qui n'était pourtant plus un jeune homme. De ce couple étrange naquit un fils que nous retrouverons un peu plus tard.

À la mort de Serge III (14 avril 911), les louanges pleuvent sur son cercueil. Après tout, sous son pontificat de sept ans – c'était une performance –, la basilique avait été restaurée. Deux papes éphémères se succèdent ensuite : Anastase et Landon. Puis, Théodora l'Ancienne, qui commence à prendre la direction des opérations, fait élire au siège pontifical Jean X. Il aurait été, d'après Liutprand de Crémone, un chroniqueur de l'époque, son amant. En tout cas, il tente de remettre un peu d'ordre dans la ville et tire un trait sur les problèmes laissés par le pape Formose [891-896].

Le concile cadavérique

Les décisions prises par ce dernier avaient été abolies par un concile extraordinaire dont l'histoire a retenu le nom : le « concile cadavérique » (897), simplement parce que les accusateurs de Formose, afin de le juger, l'avaient extrait de sa tombe et avaient installé le cadavre au milieu de l'assemblée. C'est l'un des épisodes les plus horribles de l'histoire de l'Église d'Occident. Jean X réussit, en regroupant les grandes familles de Rome, à constituer une petite armée et à chasser les Sarrasins de Garigliano. C'était trop, pour Marozie. Elle était à l'époque mariée avec Albéric, marquis de Spolète. Il a la bonne idée de mourir. Marozie, cette fois, joue son propre jeu. Elle commence par se remarier avec Guy, marquis de Toscane. Pendant deux ans, le couple et le pape se mesurent. Puis Marozie réussit à faire pénétrer une troupe armée dans le Latran. Pierre, le frère du pape Jean X, qui cherchait à défendre celui-ci, fut assassiné sur-le-champ. Quant à Jean X, il fut jeté dans une cellule du château Saint-Ange. On découvrit quelques jours plus tard son cadavre : il avait été étouffé avec un oreiller.

Marozie, cette fois, est maîtresse de Rome. Deux papes se succèdent rapidement et meurent. En 931, Jean XI accède au trône de Pierre. C'est le propre fils de Marozie et du pape Serge III. Il était, pour sa mère, un jouet. Il ne fit qu'une chose importante durant son pontificat : il nomma Odon abbé de Cluny ; ce fut l'un des hommes qui entamèrent la réforme monastique, la première grande réforme de l'Église, c'est-à-dire l'établissement d'un minimum de règles à l'intérieur des couvents. Décidément, Dieu utilise les saints et les autres.

Guy de Toscane meurt. On meurt beaucoup dans le lit de cette femme surprenante et pleine de vitalité. Elle décide de convoler une fois de plus ; mais elle choisit son beau-frère, Hugues, parce qu'il a le titre de roi d'Italie. C'est une alliance rigoureusement interdite par l'Église. Elle s'en moque : l'Église, à Rome, c'est son fils. La cérémonie nuptiale se déroule au château Saint-Ange qui, comme on le voit, sert à tout. Mais Albéric (fils issu du mariage de Marozie et d'Albéric de Spolète) se met à protester. Il a seize, dix-sept ans. Il est en colère ; il dénonce les turpitudes de sa mère, invective son nouveau beau-père. Le banquet s'achève dans les cris et les coups ; l'émeute s'étend dans toute la ville. Hugues parvient à s'enfuir de la ville. Marozie et Jean XI sont entre les mains d'Albéric. Il fait jeter sa mère et le pape, son demi-frère, en prison. Ce dernier survivra. Quant à Marozie, elle disparaît de la scène.

C'est Albéric qui fait nommer pape Léon VII [936-939]. Renversement surprenant. Cet inconnu s'occupe de l'Église et accélère la réforme monastique partie de Cluny. D'ailleurs, Odon, convoqué à Rome, est chargé de remettre de l'ordre dans les couvents qui entourent la ville. Le palais d'Albéric devient, lui aussi, un couvent. Dieu passe le bout de son nez. Lorsque Léon VII meurt, il est remplacé par Étienne VIII. Les deux hommes furent papes pendant trois ans chacun. Rien à dire à propos d'Étienne, sinon qu'il réussit à imposer sa modération autour de lui. Rome demeure le centre indiscuté de l'Église ; du côté de Reims, on ignore encore ce qui s'y passe depuis un demi-siècle.

Le pape va au bal et accélère la réforme monastique

À noter encore la papauté de Jean XII [954-965]. Il n'a pas vingt ans lorsqu'il est désigné, théoriquement par les évêques, les clercs et le peuple de Rome. Cette procédure – qui n'a pas grande signification – va, bien sûr, disparaître un peu plus tard. On va se décider à établir quelques règles, mais il faudra encore longtemps avant que l'on imagine les formes strictes utilisées au XXe siècle.

En tout cas, Jean XII va davantage à la chasse et au bal qu'à la messe. On danse dans les appartements pontificaux. La rumeur court la ville et même les évêchés proches. Cette fois, le scandale s'étend. Pourtant, cet étrange pape accélère la réforme monastique. À tout hasard, il demande aux moines de dire des *Kyrie* (*Kyrie eleison* : « Seigneur, prends pitié », prière de repentance) pour le pardon de ses péchés. En 962, Othon Ier, empereur germanique, arrive à Rome, règle une série de problèmes et fait signer au pape un acte qui eût pu être redoutable : le *Privilegium Ottonis*, qui existe encore dans les archives du Vatican. L'empereur s'engage à restituer au pape la plus grande partie de l'Italie (nous sommes toujours dans la fameuse donation de Constantin, qui, rappelons-le, est un faux). Bien entendu, c'est une promesse qu'il ne cherchera même pas à tenir. Mais, en échange, aucun pape ne pourra plus être nommé sans l'accord de l'empereur ou de ses représentants : l'indépendance théorique de la papauté avait vécu. C'est lors de son couronnement à Rome par le pape Jean XII que prit naissance la notion de Saint Empire pour désigner l'Empire germanique.

Heureusement, la seconde promesse ne valut pas davantage que la première. Pour qu'elle eût un sens, il aurait été nécessaire qu'il y eût toujours un empereur d'Allemagne ; or ce ne fut pas très longtemps le cas. D'ailleurs, la situation à Rome n'évolue guère, les papes se succèdent, les révoltes aussi. Les scandales s'arrêtent un moment puis reprennent. On peut se demander ce qui reste de proprement religieux dans la ville de Pierre, où il n'y a plus que des palais, des fêtes et des chevaux.

Notons cependant, de 999 à 1003, le passage sur le trône de

Pierre de Gerbert (Sylvestre II). C'est un Français, ce qui est une première. Par-dessus le marché, c'est un Auvergnat. Il va être le « père spirituel » d'Othon III [996-1002]. Durant trois années, ils sont l'un à la tête de l'Empire, l'autre à la tête de l'Église. Sans le dire explicitement, ils tentent de ressusciter l'Empire carolingien, en le faisant coïncider avec les limites de la chrétienté occidentale. Cette idée d'universalisme chrétien, héritée de Rome, va hanter l'histoire de Byzance, qui essaiera de la reprendre à son compte.

Gerbert : un Auvergnat mathématicien devient pape

L'histoire personnelle de Gerbert ne manque pas de piquant. C'est au couvent de Saint-Géraud d'Aurillac qu'il fait ses études. On le retrouve un peu plus tard à Vich, en Catalogne. C'est l'évêque de cette ville, Hatton, qui le remarque pour ses facultés mathématiques. Il le conduit à Rome, le présente au pape Jean XIII [965-972]. Il y demeure un moment, puis part à Reims perfectionner sa connaissance de la dialectique. Durant toutes ces années, il poursuit ses propres travaux sur l'astronomie et les mathématiques. Il est sans doute le premier homme d'Occident à avoir repris la tradition de recherche des Grecs. On sait qu'il construisit une maquette pour faire *voir* le mouvement des planètes autour du soleil. Il avait compris que la Terre tournait autour de celui-ci. Il inventa un appareil permettant de calculer les heures durant la nuit, grâce à l'observation des astres. Il fut en avance sur son temps. Peut-être a-t-il précédé Galilée. Mais personne ne peut l'affirmer : beaucoup de ses textes ont été perdus ou nous sont parvenus inachevés.

C'est en Italie qu'il rencontra Othon II. Pour mesurer sa qualité philosophique, l'empereur le mit en face d'un savant de Magdebourg, considéré comme l'un des meilleurs esprits de l'époque. Otton assista lui-même à la controverse qui dura des heures. Ni vainqueur, ni vaincu ; les deux hommes s'apprécièrent. Gerbert obtint en récompense l'abbaye de Bobbio, qui possédait une bibliothèque exceptionnelle. Il y résida quelques années, puis repartit pour Reims, le climat politique de l'Italie ne le rassurant qu'à moitié. Il appuya les efforts d'Aldébaron, archevêque de Reims, qui voulait redonner son unité politique à la France. Ce furent Aldébaron et Gerbert qui permirent et précipitèrent le couronnement d'Hugues Capet [987-996]. Après la mort d'Aldébaron et après des débats houleux, il fut désigné comme archevêque de Reims. Il s'opposa à Rome qui contestait – en partie à juste titre – la manière dont les choses se réglaient de ce côté des Alpes. Jean XV tenta même de le destituer. Gerbert dut se défendre devant un concile à Mouzon, sur la Meuse. On l'écouta. L'excommunication dont il était menacé fut suspendue. Par précaution, il partit à Ravenne (enclave byzantine sur le territoire d'Italie). Grégoire succéda sur le trône pontifical à Jean XV. Lorsqu'il mourut à son tour, et sous la pression de l'empereur, Gerbert devint le premier pape français sous le nom de Sylvestre II.

Il demeura pape quatre ans [999-1003]. Son pontificat fut marqué par le renforcement du siège apostolique. Il s'attaqua vigoureusement à la simonie (trafic de sacrements et de charges ecclésiastiques). Pendant ce temps, le christianisme se développait en Scandinavie et chez les Hongrois. Othon III, empereur rêveur et quelque peu mystique, espérait devenir un nouveau Charlemagne. C'était un songe, bien sûr. Mais cet empereur fut un ami sincère pour le pape. Les deux hommes moururent à une année près, l'empereur en 1002, Gerbert en 1003.

L'époque des papes désignés par les empereurs germaniques s'achève. C'est sans doute la rupture progressive entre Rome et Constantinople qui va désormais marquer durement l'histoire de l'Église.

CHAPITRE 13

LA RUPTURE ENTRE ROME ET CONSTANTINOPLE

Les spécialistes considèrent que c'est en 1054 que s'est produite la rupture. Ils estiment que cette date est aussi décisive dans l'histoire de l'Église que celle de 1517. Dans les deux cas, le tissu de l'institution ecclésiale se déchire du haut en bas. L'événement, en apparence, est brutal, comme si les personnages – Humbert et Cérulaire, en 1054, Luther en 1517 – avaient souhaité cette division de l'Église. Mais les hommes ont gardé en mémoire le début de la Réforme, ils ont à peu près complètement oublié l'incident qui a concrétisé la rupture entre les deux morceaux de l'Église.

La scène se déroule à Constantinople. Michel Cérulaire, patriarche de Constantinople [1043-1058], est un prélat intelligent et autoritaire. Il est convaincu que les Latins sont inférieurs aux Grecs. Le rituel de l'Église romaine est, pour lui, inconciliable avec celui de l'Église grecque. Il l'a proclamé haut et fort dans un manifeste. Le pape Léon IX souhaite un rapprochement avec Constantinople ; parce qu'il souhaite préserver l'unité de l'Église ; parce qu'une nouvelle invasion déferle sur l'Europe. Cette fois, ce sont les Normands qui envahissent le nord de la France, puis l'Angleterre, plus tard la Sicile et le sud de l'Italie. Qui peut prévoir que d'ici quelques années c'est un Normand, Frédéric de Hohenstaufen (1194-1250, empereur en 1212), qui va devenir empereur germanique, d'Italie et de Sicile ?

Pour tenter de régler le contentieux entre les deux villes, Léon IX envoie à Constantinople des légats chargés de concilier les points de vue des uns et des autres. Or, le pape fait un choix exécrable : Humbert de Moyenmoutier, qui dirige la délégation romaine, est aussi raide et cassant que Michel Cérulaire. Les deux hommes sont d'entrée de jeu d'accord sur l'essentiel : ni l'un ni l'autre ne souhaite la moindre réconciliation.

Dès l'arrivée d'Humbert dans la capitale, les deux hommes se rencontrent. Très vite, ils en viennent à s'injurier publiquement. Un rapprochement est-il encore possible ? Ce n'est pas tout à fait inimaginable. On a vu tant de querelles entre les deux parties du monde chrétien…

Mais, quelques jours plus tard, Léon IX meurt. Humbert n'a juridiquement plus de pouvoirs ; mais il n'est pas informé de la mort de Léon IX. Le 16 juillet, il prononce l'anathème et dépose la bulle d'excommunication à l'intérieur même de Sainte-Sophie. Puis Humbert et les autres légats prennent la fuite. S'ils étaient restés à Constantinople, ils risquaient la mort.

Michel Cérulaire riposte aussitôt. Le synode permanent de l'Église d'Orient condamne les agissements des légats, « *ces hommes d'Occident venus de la région des Ténèbres* ». La rupture entre les deux mondes semble cette fois consommée.

Pendant longtemps, les historiens ont estimé qu'à cette date, les contacts étaient devenus impossibles. Or, c'est inexact. D'abord, l'événement ne s'explique que par tous ceux qui l'ont précédé depuis près de trois siècles. Ensuite, force est de reconnaître que tous les ponts ne furent pas coupés. Il y eut des périodes de réconciliation, fugitives il est vrai. Enfin, beaucoup d'évêques, en Occident comme en Orient, ne furent pas informés de la crise. Ils continuèrent à prêcher, et à ordonner des clercs, sans trop se préoccuper de la déchirure qui séparait désormais les deux capitales. En réalité, les deux morceaux de l'Église sont bel et bien séparés, mais la rupture ne sera effective pour la masse des fidèles qu'au moment de la IVe croisade (1204 : prise de Constantinople par les croisés).

Les raisons de la rupture

Quelles furent les causes historiques du déchirement ? Elles sont nombreuses. Aucune pourtant ne justifiait la crise de 1054. Mais, ajoutées les unes aux autres, elles établissaient, décennie après décennie, deux comportements distincts dans l'Église. Voici en tout cas les principales.

1. Première donnée, purement géographique celle-ci. Lorsque Constantin décide de déplacer la capitale de l'Empire de Rome à Byzance, il pose l'une des données fixes de ce qui va éloigner progressivement les deux capitales. Constantin n'en fut sans doute pas conscient. Durant tout son règne, il ne cessa d'embellir Rome – qui, à l'époque, en avait bien besoin. Sur les raisons qui expliquent cette décision étonnante, tout a été écrit. Ne retenons que l'une d'entre elles. Constantin savait que les menaces qui pesaient sur l'Empire venaient essentiellement de l'est. Depuis le IIe siècle, les légions avaient dû combattre sans répit sur le Danube. C'était là que se regroupaient les envahisseurs barbares venus des plaines et des montagnes du Nord-Est. Rome était très éloignée du théâtre des opérations. Après tout, Marc-Aurèle avait passé une bonne partie de sa vie sur le Danube et y était mort épuisé, à Sirmium en 180.

Ajoutons à ce combat interminable la menace perse. Nous l'avons dit : c'était le seul Empire puissant qui échappait à la domination de Rome. Constantin jugeait que le centre de commandement de l'Empire devait se rapprocher de ces deux zones menaçantes. D'une certaine manière, il eut raison. Constantinople allait, en effet, résister mille ans.

Mais, du coup, le centre de gravité de l'Empire s'éloignait de Rome. L'empereur était sur les détroits, le pape dans une ville prestigieuse mais, politiquement et économiquement, secondaire. Si, un jour, Rome, et autour d'elle l'Occident, se réorganisaient, l'Empire risquait de se dédoubler. Et l'Église n'échapperait pas aux conséquences de cet éloignement géopolitique. D'autant qu'on ne parlait pas tout à fait la même langue en Occident qu'en l'Orient. L'Occident utilisait surtout le latin, l'Orient s'exprimait en grec. Et si les autorités politiques et ecclésiastiques parlaient et comprenaient les deux langues, il n'en était pas de même des évêques, des clercs, et surtout des fidèles. Ce qui n'allait pas faciliter les échanges.

2. Deuxième événement, proprement religieux, qui va dresser l'un contre l'autre les deux morceaux de l'Église : la querelle des images, ou l'iconoclasme. Elle est sans doute aussi vieille que l'Église. La tradition juive condamne les représentations du Seigneur. Pour Moïse, les images sont des idoles. Mais, pendant plusieurs siècles, tout le monde, à l'est comme à l'ouest, a toléré les images.

C'est l'empereur Léon III l'Isaurien qui met le feu aux poudres. L'homme est populaire ; il a réussi à vaincre les musulmans et à les repousser loin de la capitale qu'ils ne cessaient de menacer. Quelques années après cette victoire, Léon III décide d'en finir avec le culte des images. Il commence par contraindre le patriarche de Constantinople à démissionner, puis il impose sa volonté au pape Grégoire II. Le culte des images est interdit dans tout l'Empire ; celles-ci doivent être retirées des églises et détruites. Dieu merci, les fidèles n'obéissent pas : ils dissimulent discrètement leurs images : le Christ, la Vierge, les Apôtres, les saints, grands et petits, survivent, surtout en Occident.

Grégoire II étant mort, son successeur Grégoire III [731-741] décide de s'opposer aux ordres de l'empereur. Léon III riposte en confisquant les domaines pontificaux, puis en occupant militairement la Calabre, la Sicile, la Grèce, la Péninsule balkanique. Rome laisse passer l'orage : le pape n'a pas les moyens de résister.

Après la mort de Léon l'Isaurien, son fils et successeur, Constantin V [741-775], choisit de calmer le jeu. Il rétablit des relations convenables avec Rome. Malgré tout, le concile, qu'il réunit, continue à condamner la fabrication, la possession et la vénération spirituelle des images. Lorsque Constantin à son tour disparaît en 775, c'est son fils, Léon IV [775-780], et surtout Irène [780-802], veuve de Léon en 780, qui prennent le relais. Les discussions avec Rome recommencent. Le pape Adrien Ier accepte qu'un concile œcuménique soit convoqué. Ce sera le septième, et il se réunit à Nicée en 787. Cette fois, l'orthodoxie des images est confirmée. C'est la position traditionnelle de Rome qui l'emporte.

Une fois de plus, les relations entre les deux villes ont été mises à mal. Trois empereurs successifs se sont opposés aux papes dans un domaine spécifiquement religieux. C'est dire l'indifférence – si ce n'est le mépris – ressenti par les Orientaux vis-à-vis des Occidentaux. En réalité, les communications entre les deux villes fonctionnaient mal. En veut-on une preuve ? Les décisions de Nicée furent expédiées à Aix-la-Chapelle, mais dans une traduction bâclée, à moitié compréhensible. Charlemagne et ses conseillers estimèrent que le concile s'était fourvoyé. Alcuin et Théodulf rédigèrent un ouvrage concernant les images, destiné à corriger les erreurs de Nicée. En fait, Alcuin et les évêques conciliaires disaient la même chose. Les traducteurs ignoraient soit le grec, soit le latin ; soit les deux. En tout cas, le document rédigé à Aix-la-Chapelle est venu jusqu'à nous sous le titre de *Livres carolins.*

La fabuleuse histoire d'un mot : le filioque

3. La troisième tension fut provoquée par la querelle du *filioque.* Une tempête qui va durer près d'un demi-siècle, pour un mot. Il apparaît, semble-t-il, au VIe siècle, en Espagne. On veut marquer avec force que l'Esprit ne procède pas seulement du Père, mais du Père *et* du Fils. Le texte est *« Credo in Spiritum Sanctum qui ex Patre {filioque} procedit ».* Il s'agit simplement de prouver l'hostilité des évêques espagnols à l'arianisme, pourtant sur le déclin.

Le *filioque* passe assez rapidement en France, puis en Allemagne. Charlemage commet la maladresse de le brandir pour prouver aux Grecs qu'ils sont quelque peu hérétiques. Les papes boudent (et cette fois, ils n'ont peut-être pas tort) : à quoi bon modifier le texte du *Credo* pour y ajouter un mot qui ne change pas le moins du monde la signification globale ? Les querelles concernant la Trinité ne sont-elles pas achevées ?

Pourtant, les missionnaires romains en Bulgarie utilisent le terme controversé. Il n'en fallait pas davantage pour que Constantinople change de ton : la Bulgarie faisait partie des territoires qu'elle voulait contrôler. L'usage du *filioque* semblait une oriflamme romaine plantée dans une terre revendiquée par Byzance. La querelle théologique allait, en partie, dissimuler un affrontement géopolitique.

Les Byzantins affirment avec force leur conviction. Ils font remarquer que le *Credo* a été rédigé et promulgué par un concile œcuménique (les orthodoxes d'aujourd'hui ne reconnaissent d'ailleurs que les sept premiers conciles). Seule une réunion de même nature peut donc décider l'ajout ou le retrait d'un mot ; d'autant que le *filioque* n'appartient pas à la tradition.

Photius (820-895) précise que cet ajout est théologiquement erroné. Dans l'ouvrage qu'il publie, *Mystologie du Saint-*

Esprit, il affirme que le *filioque* modifie l'équilibre entre unité et diversité, qui constitue le mystère même de la Trinité. En vérité, Latins et Grecs étaient bien moins opposés qu'ils ne l'affirmaient. Les premiers insistaient sur l'essence, la substance, principe unique de la Trinité ; les seconds partaient de la distinction entre les trois Personnes (hypostases), fondement premier de l'unité trinitaire. Les uns cherchaient à se démarquer de toute résurgence de l'arianisme, les autres estimaient que le *filioque* menaçait l'équilibre intellectuel du dogme trinitaire, en insistant sur une philosophie de l'essence qui brouillait la cohérence dogmatique.

Ce désaccord va progressivement s'ancrer dans les mentalités. Aujourd'hui encore, les querelles du *filioque* partagent catholicisme et orthodoxie, à ceci près que la levée, par Paul VI et Athénagoras, des excommunications respectives diminue la vigueur de la querelle.

Le personnage de Photius va jouer un rôle décisif dans cette longue bataille. Il naît à Constantinople au début du IXe siècle. On sait qu'il fut un étudiant exceptionnel. Il devint très vite enseignant et écrivain. Il abordait tous les sujets : grammaire, logique, dialectique, métaphysique, exégèse, théologie. Une grande partie de son œuvre a disparu, mais il nous en est parvenu assez pour que nous ayons une claire conscience de son esprit : il était brillant, touche-à-tout et habile. Remarqué par la cour, il devient l'un des hauts fonctionnaires de l'administration byzantine. On sait qu'il fut envoyé comme ambassadeur chez les Arabes, sans doute auprès du calife de Bagdad (sans que l'on puisse en être certain). En tout cas, à cette époque, il est l'un des hommes forts et respectés de Constantinople. Il n'a, semble-t-il, joué aucun rôle dans les multiples scandales qui précèdent l'arrivée au pouvoir de Michel III. De nombreux Occidentaux ont affirmé qu'il avait conspiré contre le patriarche Ignace, son prédécesseur. Comme Photius va devenir la bête noire de Rome – alors que les Byzantins le considèrent aujourd'hui encore comme un saint –, il ne faut pas attacher trop d'importance à cette rumeur.

En tout cas, lorsque Ignace démissionne, poussé par le basileus, on songe à faire de Photius le patriarche de Constantinople. Mais Photius n'est pas prêtre : qu'à cela ne tienne, il existe des précédents, surtout en Orient. Photius commence par repousser ce siège, sous prétexte que « cela va bouleverser sa vie ». Puis il accepte. Il est ordonné et nommé patriarche de la ville à Noël 858. Ce qui provoque grognements et mauvaise humeur dans la plupart des monastères : on eût préféré un clerc plutôt qu'un laïc. Photius tente de calmer ses opposants ; il n'y parvient pas.

Du coup, pour asseoir son autorité, il s'adresse au pape. Le procédé n'est pas nouveau : chaque patriarche nouvellement nommé adresse traditionnellement une lettre (dite synodique) aux quatre autres patriarches. Les réponses reçues prouvent traditionnellement que l'unité de l'Église demeure entière. Pourtant, cette fois, Photius s'adresse d'abord au pape. Rappelons la liste traditionnelle : Rome, Constantinople, Alexandrie, Antioche et Jérusalem. Or, Alexandrie, Jérusalem et Antioche n'existent plus guère. Donc, Photius s'adresse essentiellement au pape. Cette lettre synodique de Photius a été conservée. Elle ne contient rien de bien original. L'auteur affirme sa foi, sa fidélité aux décisions prises par les sept conciles œcuméniques, son souci de l'unité de l'Église.

Le pape Nicolas Ier [858-867] ne répond pas tout de suite. Les conditions dans lesquelles s'est produit le départ d'Ignace lui paraissent obscures. Deux légats, chargés d'enquêter sur cette démission, sont expédiés à Constantinople. Ils apportent à Photius une lettre, très brève. Le pape regrette de ne pouvoir le reconnaître immédiatement ; il s'étonne de la rapidité de son ordination et de sa désignation comme patriarche. On verra après le retour des légats.

Autre lettre transmise par ceux-ci. Cette deuxième missive s'adresse au basileus. Elle ne mâche pas ses mots. Rome rappelle l'autorité ultime du siège de Pierre, et s'étonne de n'avoir pas été informée. Enfin, et c'est tout aussi important, Nicolas rappelle les préjudices causés par les décrets de Léon l'Isaurien confisquant les patrimoines romains de Calabre, de Sicile et de Grèce. On suggère une restitution immédiate de ces territoires appartenant de droit au siège apostolique.

Photius a la sagesse d'attendre quelques mois. D'autant que les légats acceptent de siéger à un synode exceptionnel chargé de faire la lumière sur la démission d'Ignace. Synode convoqué à Constantinople. Les débats furent confus. On découvrit qu'Ignace lui-même avait été désigné d'une manière douteuse.

Celui-ci, d'ailleurs, se défendait mal. Il contestait simplement le pouvoir judiciaire des légats ; mais en même temps il admettait que sa démission avait été régulière. En fin de compte, Photius sortit vainqueur de cette joute.

La tragi-comédie n'est pas achevée pour autant. Revenus à Rome, les légats ont la désagréable surprise d'être désavoués. Nicolas expédie deux nouvelles lettres à Constantinople.

Pas question pour le pape d'accepter cette étrange démission d'Ignace. D'ailleurs Nicolas rappelle que, comme successeur de Pierre, il dispose d'un pouvoir incontestable en matière disciplinaire. Or, les conditions du départ d'Ignace sont douteuses, la désignation de Photius, simple laïc, au patriarcat de Constantinople sans que Rome ait été consultée, n'est pas valable.

Résumons les épisodes de cette bataille.

– Un premier synode réuni par l'empereur d'Orient en présence des deux légats romains confirme la démission d'Ignace et la nomination de Photius.

– En 863, au Latran, un synode convoqué par le pape Nicolas Ier rappelle la primauté du siège de Pierre sur les autres patriarcats. Les conclusions du synode d'Orient sont réfutées, Photius déposé.

– Riposte en 867. Photius réunit cette fois un concile (dit concile photien), qui anathématise le pape Nicolas Ier ; en même temps, il condamne le *filioque*. Il affirme que le rang des évêques dans l'Église dépend de l'importance de la ville dont ils sont les pasteurs.

– Enfin, en octobre 869, le pape et l'empereur d'Orient ouvrent le quatrième concile de Constantinople. Il sera reconnu comme œcuménique par les Latins. En 886, Photius finira par être arrêté, jugé puis exilé dans un monastère lointain. Il continuera à écrire, il se réconciliera avec Ignace, toujours vivant.

Le rôle des deux hommes n'est pas achevé. Leurs noms deviennent des emblèmes, ils sont acclamés par les Byzantins comme saints, comme adversaires de Rome, et fondateurs d'une Église d'Orient autonome. Au fond, Photius ne souhaitait sans doute pas la rupture. Mais les chrétiens d'Orient se sont engouffrés dans la faille qu'il avait ouverte. Et la rupture de 1054 ne fera qu'entériner la fin de la première Église œcuménique. Désormais, il en existera deux.

CHAPITRE 14

LA RÉFORME GRÉGORIENNE ET LA QUERELLE DES INVESTITURES

Comment se présente la chrétienté occidentale aux environs de l'an 1000 ? Contrairement à la légende – établie sans doute quatre cents ans plus tard –, le basculement du premier millénaire ne suscitera ni angoisses, ni manifestations, pas même des prières collectives. Il n'est même pas certain que les paysans qui constituaient l'essentiel de la population de l'Europe aient su avec précision en quelle année ils vivaient. Après Noël, ils savaient simplement que l'hiver laissait place à la Nouvelle Année.

Pourtant, il s'agit bien d'une chrétienté. Les habitants de l'Europe (pour utiliser ce terme imprécis) croient au Christ, connaissent en gros sa vie, sa mort et sa résurrection, puis en la Sainte Vierge, et souvent dans leurs saints locaux ; ils redoutent l'Enfer. Les églises sont nombreuses et, partout, des clercs y prêchent chaque dimanche. À noter que bon nombre des curés de paroisse sont mariés. Il y eut bien une réaction royale contre cette pratique, en France tout au moins, sous Pépin le Bref. Mais c'était il y a déjà longtemps.

Nous sommes bien incapables de savoir avec précision quelles étaient la nature et la force de cette foi populaire. Il n'existe pas de textes, pas de mémoires, permettant de situer une appréciation convenable. Pourtant le comportement de nombreux chrétiens, au moment de l'appel à la première croisade, montre que la Foi était bien réelle.

Le système politique, au contraire, nous est connu. C'est le seigneur féodal qui administre la région dont il est, en fait, propriétaire. Souvent, les églises lui appartiennent et il en tire des bénéfices, comme de ses autres biens. Il est riche ou pauvre, selon la taille de son domaine, le nombre des paysans qui lui paient des impôts, le rendement des terres qui lui appartiennent. Le commerce des églises est à peu près généralisé ; elles sont achetées et vendues d'après l'estimation de leurs revenus probables. Le prêtre qui dit la messe et distribue les sacrements – ceux-ci ne sont pas encore définis avec précision – est désigné par l'évêque et le seigneur. Parfois, les deux hommes n'en font qu'un.

Car, au-dessus de cette immense paysannerie, il existe une petite classe relativement opulente. D'abord les évêques, qui règnent sur de vastes territoires. Ils ont parfois hérité de leur charge, ou bien ils s'en sont portés acquéreurs, ou bien le roi leur a offert leur évêché. Rome va engager contre cette pratique – la simonie – une lutte longue et difficile. Car ce type d'évêque néglige souvent son rôle. Il est un noble parmi d'autres. Certains d'entre eux jouent, certes, un rôle réel dans l'Église. Mais d'autres participent surtout aux conflits multiples qui opposent les princes pour un étang, une forêt, un héritage ou un parti politique. Plus tard, une simonie atténuée fera son apparition. L'évêque payait un droit d'« assistance » pour entrer en possession de sa charge ; le curé s'engageait à verser un « droit d'entrée » dans son église. C'était, si l'on veut, un pot-de-vin pour une cloche.

Rome a mis des années avant de réagir contre ces pratiques qui réduisaient les charges spirituelles à de simples biens négociables. Pour quelle raison ? Celle-ci : le pape, après la fin de la période carolingienne, n'est qu'un seigneur comme un autre. Il règne comme il peut sur le petit État qui entoure Rome ; il dépend de l'empereur germanique qui le choisit selon ses intérêts. Rome n'est, politiquement, qu'une petite région dépendant de l'Empire. La papauté conserve une autorité spirituelle à laquelle elle ne renoncera jamais. Mais celle-ci est davantage reconnue par les évêques lointains que par ceux qui vivent dans la périphérie de la capitale.

À côté de la simonie, un deuxième mal ronge le corps de l'Église. Il fut désigné du terme de nicolaïsme (concubinage des prêtres). La tradition de l'Église avait fait du célibat et de la chasteté deux disciplines canoniques pour l'ensemble des clercs. Mais cette règle était, elle aussi, tombée en désuétude.

Le résultat était préoccupant : le prêtre marié avait des enfants, c'est-à-dire des héritiers ; il devenait presque impossible de nommer de nouveaux curés. Les seigneurs locaux s'opposaient en général à cette dérive : une partie de leurs biens leur échappait parce que transmise par héritage du curé à ses enfants. C'est à peu près au moment de l'arrivée au trône de Pierre de Léon IX (1049) que le parti réformateur réussit, avec l'aide d'Henri III (1017-1056), empereur pieux, à occuper les postes principaux de l'administration romaine. Léon IX [1049-1054] fut un pape dérangeant, c'était un capitaine et un voyageur. Il commença par se rendre à Cologne, à Aix-la-Chapelle, à Trèves et à Toul. Partout, il dénonçait la simonie et tentait de rétablir un ordre minimum. On l'écoutait. En 1053, à la tête d'une armée non négligeable, il redescend en Italie du Sud pour tenter de chasser les envahisseurs normands. Vaincu, il est fait prisonnier et agonise. Mais avant de disparaître il réussit à conclure avec ses vainqueurs un accord qui va avoir une conséquence importante : les Normands vont devenir les alliés du Saint-Siège et son protecteur.

Naissance du parti réformateur

Qu'a-t-on désigné du terme de parti réformateur ? Pour une fois, il ne s'agit pas de partisans de telle ou telle nouveauté théologique ou interprétation des Livres sacrés ; mais simplement d'évêques et de clercs qui veulent ramener l'Église à sa pureté originelle. Bien sûr, il s'agit d'un songe, personne n'a le pouvoir de revenir en arrière. D'autant que leur connaissance du christianisme des origines est floue, vague. Mais cette imprécision n'a guère d'importance. Deux idées centrales vont animer ces évêques et ces clercs. D'abord, il est devenu nécessaire d'arracher la désignation des évêques aux princes ou aux rois qui se sont attribué, par coutume ou violence, cette faculté exorbitante. Les évêques doivent être proposés par les clercs et désignés par le pape. Toutes choses égales, d'ailleurs, la nomination des clercs responsables des paroisses ne doit dépendre que des évêques. En somme, la simonie doit être éradiquée sans pitié.

Ensuite – et c'est la deuxième conviction qui va animer le parti réformateur –, la réforme doit être globale. C'est toute l'Église d'Occident qui doit progressivement se plier à cette mutation radicale. Toute tentative fragmentaire serait nécessairement vouée à l'échec. Le risque était évident : les réformateurs souhaitaient – sans le dire explicitement – monarchiser l'Église. Ils allaient d'ailleurs plus loin : leur ambition secrète était d'arracher le clergé séculier à la société laïque qui le transformait en un ensemble de fonctionnaires médiocres. On rêvait d'imposer aux clercs ordinaires des règles de vie inspirées par la vie monastique. C'était, évidemment, irréalisable.

Deux hommes, deux évêques, furent les inspirateurs de cette tentative réformatrice. L'un se nommait Pierre Damien, l'autre Hugues Candide. Les deux hommes se succédèrent à la tête de l'évêché d'Ostie. L'un et l'autre parcoururent l'Europe à la demande des deux papes qui vont se succéder : Nicolas II, qui meurt en 1061, et Alexandre II qui disparaît en 1073. Sans l'action de ces quelques hommes, le pontificat de Grégoire VII n'aurait pas eu l'ampleur et le retentissement qu'on lui connaît. En vérité, ce que l'on a désigné du terme de réforme grégorienne se déroule sous trois pontificats successifs.

Grégoire vaincu meurt en exil ; pourtant, il a vaincu sans le savoir

Tout commence avec le coup de force de Nicolas II, en 1061, et s'achève avec la déposition de Grégoire VII en 1080. À ce moment, s'amorce une crise d'une ampleur et d'une nature sans précédent. Papes et empereurs s'opposent avec une extraordinaire violence. C'est le statut et l'autonomie de la papauté qui sont, cette fois, en question. On est parti d'une volonté réformatrice religieuse et on débouche sur un conflit de compétence qui, à la fin, va tourner à l'avantage du Saint-Siège. Lorsque Grégoire VII meurt en 1086, en exil, c'est un homme épuisé. Il a survécu, loin de Rome, pendant quelques années. On lui prête un mot fameux, prononcé sur son lit de mort : « J'ai constamment haï l'iniquité et aimé la justice. » Mais, comme la plupart des formules historiques, elle n'a sans doute jamais été prononcée par celui à qui on l'attribue. C'est, plus vraisemblablement, l'appréciation portée sur Grégoire par ses contemporains qui est résumée dans cette formule.

Le coup de force de Nicolas II s'inscrit dans la logique de ses prédécesseurs : le pape ne veut plus dépendre des empereurs germaniques. Au départ, c'est la noblesse de Rome, les Tusculum, qui tente de reprendre le pouvoir dans la capitale. Les troupes des Tusculum occupent la ville, hissent, sur le trône de Pierre, Jean Mincius, évêque de Velletri. Les conditions de sa désignation sont canoniquement irrégulières. Pierre Damien refuse de participer à cette comédie. Il attend, comme le pape défunt l'avait recommandé, le retour d'Hildebrand, son conseiller alors en mission en Allemagne. Lorsque celui-ci revient à Rome, les choses ne traînent pas. L'antipape Mincius, qui a pris le nom de Benoît X, est renvoyé dans ses foyers, et Gérard de Bourgogne, évêque de Florence, est désigné à sa place sous le nom de Nicolas II.

Tout de suite, il réunit au Latran un concile exceptionnel : cent treize évêques y assistent. Ils promulguent un décret qui va établir les règles de succession de la papauté et provoquer, à long terme, la rupture avec l'Empire. Citons le paragraphe essentiel : « Nous décrétons et décidons qu'à la mort du pontife de cette Église romaine universelle, les cardinaux-évêques [l'utilisation du terme de " cardinal ", pour désigner des personnalités dans l'Église, remonte à l'époque de Grégoire Ier. C'était un " titre " donné aux prêtres des Églises les plus anciennes], réglant d'abord toutes choses avec le plus grand soin, s'adjoindront ensuite les cardinaux-clercs, et que le reste du clergé et du peuple donnera son assentiment à la nouvelle élection, en sorte que, de crainte que le poison de la vénalité ne se glisse sous un prétexte ou sous un autre, les hommes religieux soient les premiers à promouvoir l'élection du pontife et que les autres suivent... Qu'ils tirent l'élu du sein de l'Église romaine elle-même, s'il s'y trouve une personne capable ; sinon, qu'ils aillent le chercher dans une autre. Étant saufs l'honneur et la révérence dus à notre cher fils Henri, actuellement roi, bientôt, nous l'espérons, empereur avec la permission de Dieu, et de ses successeurs qui auront personnellement obtenu ce pouvoir du siège apostolique. » Ce qui saute aux yeux, aujourd'hui encore, c'est que l'élection du pape ne dépend plus d'aucune autorité laïque. L'empereur est salué, sans plus. Bien entendu, la cour d'Allemagne et l'aristocratie romaine protestèrent. Les évêques allemands n'hésitèrent pas à condamner le pape. Nicolas II demeura de marbre. Il réunit, en avril 1060, un second concile au Latran qui, cette fois, déposa l'antipape Benoît X et renouvela le texte de 1059. En réalité, le pape sait convenablement ce qu'il fait. Quelques mois auparavant, il a rencontré, sans doute au mont Cassin, Robert Guiscard, prince des Normands du Sud, et Richard de Capoue. Guiscard s'engage à soutenir l'Église. Le pape fait de ce prince normand un duc de Calabre et de la Pouille. Par ailleurs, Nicolas II conforte cette alliance, à l'époque surprenante, en expédiant deux légats en France assister (en mai 1059) au sacre de Philippe Ier – qui aura, par la suite, bien des ennuis avec la papauté pour cause de mariages trop fréquents.

Voilà, en tout cas, Rome appuyée au sud par les Normands, à l'ouest par les Français. Les Allemands, du coup, ne bougent pas. Malheureusement, Nicolas II meurt en 1061.

Très vite, l'abbé du mont Cassin prend de nouveau les choses en main. Sous la protection des troupes normandes, les cardinaux se réunissent et désignent l'évêque de Lucques, Anselme. Il prend le nom d'Alexandre II [1061-1073]. Nous sommes en octobre 1061. Les Allemands ripostent en nommant Cadalus, évêque de Parme. Il devient l'antipape Honorius II [1061-1072]. Ce n'est pas Alexandre II qui irrite la cour germanique : c'est son mode de désignation. Si cette procédure, qui renoue avec l'ancienne tradition, s'établit, c'en est fait de l'influence des princes allemands sur Rome. À la tête d'une armée, Cadalus marche vers la capitale. Alexandre II accepte un compromis redoutable. Il s'en retourne à Lucques, comme Cadalus à Parme ; l'un et l'autre attendent les décisions d'une assemblée convoquée à Augsbourg. C'est Pierre Damien qui présente la défense d'Alexandre. Il s'y prend mal, mais au bout du compte le pape est reconnu par les Allemands. Alexandre II revient à Rome. Cadalus tente une deuxième fois de s'emparer de la ville, mais il est vaincu. Un concile réuni à Mantoue prononce l'anathème contre lui. C'est, pour le pape, une victoire incertaine. Il va cependant en faire le meilleur usage. Des légats partent en France, en Grande-Bretagne, en Espagne. Partout, ils combattent la simonie et n'hésitent pas à déposer les prélats qui ont acheté leur charge d'une manière ou d'une autre. Les Normands aident loyalement le nouveau pape. D'ailleurs, des évêques normands, désignés légalement, apparaissent un peu partout, et surtout en Normandie.

En même temps, Rome entreprend, avec prudence, de soutenir ce qui va devenir la *Reconquista* : longue série de guerres destinées à chasser les musulmans de la Péninsule ibérique. Robert Guiscard passe le détroit de Messine et menace la Sicile. Espagnols et Français repoussent les musulmans jusqu'à l'Èbre. C'est un début fragile. Lorsque Alexandre II meurt le 21 avril 1073, la situation de la papauté d'une part, celle de la chrétienté occidentale de l'autre, ont changé. Tout est prêt pour Grégoire VII [1073-1085].

Hildebrand devient Grégoire VII

Ce n'est pas un inconnu. Hildebrand a été successivement le principal conseiller des deux papes précédents. Son élection est immédiate et à peu près régulière. Il est désigné, d'abord, par le peuple romain, puis par les cardinaux. C'est une entorse. Mais personne ne dit rien. D'ailleurs, un représentant de l'empereur Henri IV assiste aux événements.

Hildebrand est né à Soano, en Toscane, entre 1015 et 1020, dans une famille modeste. Il est élevé à Rome, dans un monastère. Grégoire VI en fait l'un de ses conseillers. Il accompagne ce pape en Allemagne ; puis Léon IX l'expédie comme légat en Allemagne. C'est un moine, relativement peu connu. Étienne IX lui donne une autorité réelle. Il l'envoie en Allemagne, simplement pour informer Agnès – qui assure la régence – de sa nomination. Hildebrand réussit son ambassade. Mais, lorsqu'il revient à Rome, Étienne est mort. C'est lui alors qui impose la désignation de Nicolas II. Celui-ci le nomme archidiacre de l'Église romaine. Hildebrand devient, en fait, premier ministre. Lorsqu'il succède à Alexandre II, il a douze ans devant lui. Durant ces douze années, il va réussir le redressement de l'Église amorcé par ses prédécesseurs.

Ce n'est pas un mystique, mais c'est un homme habité par la foi. L'Église en fera un saint. Après les papes mondains, son arrivée sur le trône de Pierre constitue, à elle seule, une chance exceptionnelle pour l'Église. Ce qu'il veut, en priorité, c'est la réforme. Il n'accepte plus d'évêques corrompus, de prêtres mariés, de chrétiens abandonnés sans véritable appui du clergé. Il se bat pour la foi, la charité et l'unité de l'Église.

Au début de son pontificat, il adresse des lettres personnelles aux multiples rois et princes de la chrétienté. Il les exhorte à bien gouverner, à maintenir la paix dans toute la mesure du possible. Philippe Ier, le Français, et Henri IV, l'empereur d'Allemagne, lui font part de leur soumission. Avec Guillaume le Conquérant – devenu roi d'Angleterre (1066) –, les rapports sont presque amicaux.

Au concile romain de mars 1074, Grégoire renouvelle les condamnations de la simonie et du nicolaïsme. Mais il va plus loin que ses prédécesseurs : les clercs convaincus de l'une de ces fautes ne pourront plus distribuer les sacrements, et les fidèles ne pourront plus assister aux messes dites par ces schismatiques. Le pape publie, en 1080, les *Dictatus papae*. Ce sont vingt-sept règles strictes qui déterminent le rôle de l'Église, le pouvoir des papes, celui des évêques (et, bien entendu, leur mode de nomination) ; il est précisé que le pape peut déposer les empereurs, délier les sujets du serment de fidélité prononcé devant les hommes injustes, etc.

C'est lui qui va instaurer les « primats ». Ce sont des évêques disposant d'un rôle particulier dans une Église déterminée. En France, c'est l'archevêque de Lyon, Gebuin, qui reçoit le titre de primat des Gaules.

Cette montée en puissance de l'autorité pontificale ne pouvait être acceptée de tous. Grégoire va être contraint de résister à ses nombreux adversaires ; comme toujours, ce seront la cour de l'empereur germanique et l'aristocratie romaine.

L'empereur ordonne à Grégoire de quitter Rome ; celui-ci n'obéit pas

La crise avec l'Allemagne s'ouvre après le sac et l'incendie de la cathédrale de Milan. Dans cette ville toujours bouillonnante, deux partis s'opposaient : les Guelfes et les Gibelins. D'un côté, celui du Saint-Siège, avec l'archevêque en titre,

Atton, ratifié par le concile romain en 1074 ; et de l'autre, celui de Tebaldo que l'empereur Henri IV avait désigné après le sac de la ville. Par une lettre sans équivoque, Grégoire refuse cette nomination sans raison. C'est pour lui la primauté de Rome qui est directement en question. Henri IV riposte en convoquant l'assemblée de Worms, en janvier 1076. Les évêques allemands sont présents ; ils refusent la ligne réformatrice de Grégoire. Sans hésiter, l'assemblée décide sa déposition, sous prétexte qu'il est un « faux moine » et qu'il va détruire la « paix de l'Église ». Henri IV prévient Grégoire qu'il doit quitter Rome.

Grégoire garde son calme. Il convoque aussitôt le concile romain. Le pape réaffirme qu'il dispose du pouvoir de « lier et de délier » ; c'est le legs de Pierre. Moyennant quoi, le concile dépose l'empereur de Germanie et l'excommunie. L'acte est sans précédent. Il s'inscrit dans la logique des *Dictatus papae*. Ce qui commence, en réalité, c'est la lutte entre la papauté et l'Empire (« querelle des Investitures »). En tout cas, bon nombre de princes allemands – qui refusent l'autoritarisme d'Henri – se gardent de voler au secours de leur empereur. Henri hésite à désigner un autre pape. Il attend. Les intermédiaires suggèrent une rencontre entre les deux hommes. Grégoire accepte. Il part vers l'Allemagne, mais apprend en route que l'empereur est déjà à Turin. Par prudence, le pape s'enferme dans le château de Canossa, au sud-est de Reggio d'Emilia. La forteresse appartient à la comtesse Mathilde, qui soutient Grégoire.

Canossa : un empereur, un pape et une princesse

Le 25 janvier 1077, Henri arrive devant Canossa avec une petite escorte – pour ne pas effrayer le pape. Les portes ne s'ouvrent pas. L'empereur attend trois jours au pied du château. Puis il se revêt d'un habit de pénitent et demande la miséricorde apostolique. Grégoire accepte de recevoir cet empereur humilié. Il exige que ce dernier lui prête serment devant une demi-douzaine d'évêques. L'empereur accepte, mais le texte de son serment demeure vague. Henri reconnaît l'autorité du « seigneur pape », l'autorise à venir en Allemagne, garantit, en ce cas, sa sécurité. Mais rien de plus. Grégoire pardonne ; les princes allemands lui en voudront de cette clémence. Le pape a-t-il gagné, a-t-il perdu ? Les historiens en débattent encore. Disons que l'empereur dut accepter publiquement la suprématie du pape. Mais il ne prit aucun engagement pour l'avenir.

La situation, d'ailleurs, va devenir confuse. Pendant le voyage d'Henri à Canossa, les princes allemands l'ont déposé et ont désigné comme empereur Rodolphe de Souabe. Grégoire hésite pendant trois ans. Henri, en Allemagne, gagne quelques batailles, mais il ne réunit pas l'assemblée des évêques qu'il s'était engagé à convoquer. Il expédie à Rome comme ambassadeur Liémar, archevêque de Brême, l'un des hommes qui avaient poussé le clergé allemand contre Grégoire. Aussitôt, ce dernier tranche : il dépose pour la seconde fois Henri IV et reconnaît comme empereur Rodolphe de Souabe.

Cette fois, Henri IV n'attend plus. La condamnation prononcée par Grégoire VII a quelque chose de définitif. Il doit réagir. Au printemps 1080, les évêques allemands se réunissent à Bamberg, puis à Mayence, proposent de déposer Grégoire. Ce qu'ils finissent par faire, lors de l'assemblée de Brixen, en juin 1080. Et non seulement ils déposent Grégoire mais désignent Guibert, évêque de Ravenne, en lieu et place de ce dernier, sous le nom de Clément III.

Encore fallait-il le faire entrer à Rome. De nombreux évêques allemands jugent sage de demeurer neutres, d'autant que Rodolphe de Souabe meurt. Est-ce un signe du ciel ? se demandent bon nombre d'Allemands.

Grégoire seul dans le château Saint-Ange

En tout cas, pour Henri IV, c'est une occasion. Avec son armée, il balaie l'Italie et arrive à Rome le 21 mai 1081. Il l'encercle, et compte sur la famine pour l'emporter. Sa tentative échoue. En juin 1083, Henri décide d'attaquer la ville et en occupe la majeure partie. Enfermé dans le château Saint-Ange, Grégoire résiste. Mais il paraît isolé ; un synode, convoqué par Henri à Saint-Pierre, confirme la déposition de

Grégoire et ratifie Clément III. Celui-ci, en échange, place la couronne impériale sur la tête de son bienfaiteur (31 mars 1084). Henri IV croit avoir gagné. C'est à ce moment-là qu'il apprend que Guiscard et l'armée normande montent vers la ville. Le 21 mai, l'empereur s'enfuit, et la bataille commence, sans lui, dans la ville. Elle est sanglante et acharnée. Les Normands délivrent Grégoire mais pillent Rome. L'effet est déplorable. Grégoire ne veut pas récupérer son trône à ce prix. Il quitte la ville dévastée et prend le chemin de l'exil. Il mourra à Salerne, le 25 mai 1085, convaincu qu'il a échoué.

Or, il n'en est rien. La bataille du « sacerdoce et de l'Empire », qui va traverser une bonne partie du Moyen Âge, est commencée. La réforme religieuse, qui a réussi en Espagne, en Grande-Bretagne, en Scandinavie, a provoqué en Allemagne une révolte politique qui va se poursuivre durant des années.

CHAPITRE 15

URBAIN II ET LA PREMIÈRE CROISADE

Grégoire VII, lorsqu'il s'éteint en exil, paraît le grand vaincu de la bataille entre les réformateurs et l'empereur germanique. Pourtant, la suite des événements va montrer que l'Église est en train de lui donner raison : la foi, la piété sont tout aussi contagieuses que le mal. Ce sont la vertu et la rigueur intellectuelle de Grégoire VII qui vont finalement l'emporter.

En fait, la situation est détestable. Rome est aux mains des troupes de l'empereur et de l'antipape, Clément III [1080-1100]. Pendant près d'un an, rien ne bouge. Puis les cardinaux grégoriens (ils résistent à l'empereur) désignent Didier, abbé du mont Cassin, pour la charge suprême. Il ne souhaite pas accéder à cette fonction. Mais, en définitive, il accepte ; malheureusement, il meurt six mois plus tard. Tout est à recommencer. On désigne Eudes de Lagery, évêque d'Ostie (Grégoire, avant de s'éteindre, avait soufflé son nom avec celui de deux autres évêques). Avec ce nouveau pape, qui prend le nom d'Urbain II, la politique des réformateurs va progressivement s'imposer partout.

Qui est-il, cet homme élu le 12 mars 1088 ? Un Français, né à Châtillon-sur-Marne. Sa famille appartient à la petite noblesse. Il a sans doute été baptisé à Reims. En tout cas, c'est là qu'il grandit et poursuit ses études. Il eut pour maître Bruno (1032-1101), fondateur de l'ordre des Chartreux, qui fut canonisé plus tard. Puis il choisit de se retirer dans les montagnes du Dauphiné où il fonda une chartreuse. On vint l'y chercher pour le nommer chancelier du chapitre rémois.

Il reçoit les ordres et, en 1064, il devient archidiacre, puis chanoine (les chanoines sont les prêtres des paroisses qui entourent le curé). On sait qu'il fit un voyage en Italie, qu'il s'arrêta à Rome. Puis il part s'enfermer à Cluny. Il considère que c'est, en ce qui le concerne, un choix sans retour. Las ! il n'est pas seul au monde : c'est Grégoire VII lui-même qui lui ordonne de venir à Rome.

En vérité, il est et restera toute sa vie un bénédictin. C'est un homme humble, qui n'hésite pas à reconnaître ses erreurs ; sans honte, il demande qu'on les lui pardonne. Il prie longuement chaque jour. Lorsque l'intérêt de l'Église est en jeu, il devient un homme différent : il est à la fois obstiné et habile. On lui a parfois reproché son intransigeance, parfois son opportunisme. Il était sans doute les deux : suivant les problèmes à résoudre et les rapports de force du moment, il était parfois l'un, parfois l'autre. En tout cas, il fut le successeur incontestable de Grégoire VII puisqu'il poursuivit le même objectif.

Or, la situation politique aux alentours de 1088 est mauvaise pour la papauté. Henri IV, l'empereur excommunié, ne cesse de rallier autour de lui de nouveaux évêques allemands. En 1089, ne demeurent fidèles à la communion catholique que cinq évêques de l'Empire : ceux de Wurtzbourg, de Passau, de Worms, de Constance et de Metz. En Italie, au contraire, la plupart des évêques se regroupent derrière Urbain II. Pourtant, la campagne romaine et l'aristocratie de la ville demeurent en faveur de l'antipape. Clément III n'hésite pas à réunir un concile schismatique qui condamne Urbain « jadis appelé Eudes, évêque d'Ostie », abolit toutes les décisions réformatrices. Les évêques et les clercs convaincus de simonie retrouvent fonctions et places. Urbain II semble alors un pape en sursis. Il ne peut compter ni sur l'appui des Français – Philippe Ier s'empêtre dans des histoires de mariages à répétition qui lui valent une excommunication –, ni sur les Normands qui se querellent à propos de la succession de Guiscard.

Les fils de prêtres n'ont plus le droit d'hériter d'une église

Néanmoins, Urbain II parvient à réunir un concile à Melfi – Rome lui échappe alors ; soixante-dix évêques y participent. On vote de nouveau pour les réformes de Grégoire et on ajoute quelques conditions supplémentaires : limite d'âge minimum pour devenir diacre, interdiction aux fils de prêtres d'hériter d'une église, rejet des vêtements luxueux pour les clercs et les évêques, etc. Simultanément, le pape s'engage à consulter régulièrement les cardinaux ; les voilà associés à l'administration pontificale. Quant aux légats, leur toute-puissance est désormais limitée au temps nécessaire à leur mission.

Pourtant, Urbain II se garde, en pratique, d'être aussi rigoureux que dans les textes votés par ce concile. Son objectif premier est d'en finir avec la révolte allemande. Petit à petit, il obtient le ralliement de la plupart des évêques français, anglais et espagnols ; en même temps, il resserre les liens entre les monastères et Rome. Du coup, il les détache des autorités temporelles dont ils dépendaient jusque-là.

Cet effort régulier et prudent coïncide avec la reprise de Rome. C'est le 28 juin 1089 qu'avec une minuscule armée, il se lance à l'assaut de la Ville éternelle. Elle tombe le 30 juin. Urbain II venait d'ailleurs de désigner Jebhard de Constance comme légat en Allemagne. Puis il célèbre le mariage de la comtesse Mathilde, qui a quarante-trois ans et est veuve depuis 1076, avec le duc de Bavière, Welf IV, qui n'a que dix-sept ans.

Pour Henri IV, c'est un vrai défi. Le pape est en train de lui souffler l'Italie du Nord et le sud de l'Allemagne. En 1090, les troupes impériales investissent Vérone. L'antipape Clément III annonce qu'il va bientôt retrouver son autorité. Urbain II quitte de nouveau Rome pour se rapprocher de l'Italie du Sud et des Normands. Pendant ce temps, la comtesse Mathilde résiste dans son château de Canossa, encerclé. Henri IV, au bout de quelques mois, s'ennuie et cède. Il abandonne tous les châteaux qu'il a conquis et rentre en Allemagne. Il est pressé : son fils, Conrad, vient de se faire couronner roi d'Italie à Milan. C'est l'annonce d'une fronde contre son père.

Urbain II revient à petits pas vers Rome, y pénètre, se garde d'attaquer le bastion où l'antipape affirme vouloir résister. Puis, grâce à une trahison, il entre dans le palais. Clément III disparaît de la scène. Urbain II a gagné contre l'empereur allemand.

La Reconquista *progresse*

Durant les mêmes années, la *Reconquista* a pris de l'ampleur en Espagne. Tolède avait été reconquise par Alphonse VI le 6 mai 1085. Ce fut une victoire éphémère. Les rois maures de Séville et de Badajoz appellent Youssouf, chef militaire musulman, cantonné ordinairement au Maroc, au secours. Celui-ci se lance presque aussitôt à l'assaut du continent. En juin 1086, il débarque à Algésiras et bat les troupes du roi de Castille. Celles-ci abandonnent l'essentiel de la Péninsule et s'en vont attendre des jours meilleurs à l'ombre des Pyrénées. Youssouf néglige sa propre victoire et repart au Maroc. Du coup, le duc de Bourgogne, Eudes Ier, entre en Espagne avec une armée composite : elle est formée de Provençaux, d'Aquitains et de soldats récupérés un peu partout. Mais c'est une troupe résolue. Youssouf tente de revenir, mais c'est un peu tard : c'est là qu'il doit affronter, autour de Valence, les troupes du Cid Campeador. Un royaume chrétien surgit le long de la Méditerranée. Youssouf – c'est-à-dire les Almoravides, souverains berbères qui régnèrent sur l'ouest de l'Afrique du Nord et l'Espagne musulmane, à la fin du XIe et au début du XIIe siècle – est contraint de se réfugier dans le sud de la Péninsule ; ils vont tenir longtemps.

Alphonse VI, cette fois, a besoin d'aide matérielle et morale. Urbain II va lui apporter les deux. Il reconnaît l'archevêque de Tolède, pourtant désigné dans des conditions contestables, et en fait le primat d'Espagne. Voilà qui rapproche le roi de Castille et Urbain II. Ce dernier, pour rassurer l'Aragon et la Castille, envoie des lettres aux deux rois et annonce que le Saint-Siège va participer à la reconstruction de Tarragone.

Le fait est important : cette fois, Urbain II apparaît comme un homme prestigieux qui impose la plupart du temps ses volontés. C'est un pape et un seigneur. D'où l'importance de la démarche faite par Alexis Ier Comnène [1081-1118], empereur d'Orient, auprès du pape. Il s'agit bel et bien d'une ambassade. L'empereur « sollicite instamment du pape et de tous les fidèles du Christ un secours pour la défense de la Sainte Église ». Urbain II écoute les récits des ambassadeurs d'Alexis. Il découvre la situation des pays occupés par les « Infidèles ». Il constate que les pèlerins qui vont à Jérusalem ne racontent pas tout ou ignorent la situation réelle des chrétiens vivant encore dans les villes du Moyen-Orient. C'est la première fois qu'un basileus demande l'appui – financier et militaire – de Rome. C'est aussi la première fois qu'Urbain s'interroge : est-il possible d'intervenir ? Comment ? Est-il possible de constituer une armée ? Pendant des mois, ces questions taraudent l'esprit de ce pape méticuleux.

Il se garde d'en parler. Pourtant, lors de la réunion de Plaisance, il révèle à quelques conseillers qu'il envisage une action. Le concile de Plaisance est important. Quatre mille clercs pendant les sessions. Les textes qu'Urbain fait voter sont relativement rigoureux. Dans l'ensemble, Urbain durcit les réformes grégoriennes. En tout cas, on ignore quelle réponse lui font les évêques consultés : comment aider les Byzantins ? Personne n'en sait rien.

Le pape n'oublie pas la démarche du basileus. L'islam, qu'il considérait alors avec une pointe de naïveté comme une unité idéologique et politique, reculait certes en Espagne mais menaçait Byzance. Fallait-il aller au secours de cette seconde capitale du monde chrétien ? N'était-ce pas l'occasion de gommer une fois pour toutes la rupture de 1054 ? Toutes ces idées, Urbain II les garde pour lui jusqu'au moment où il se décide à faire un voyage dans son pays d'origine. Le concile de Plaisance est achevé. Le 10 août 1095, Urbain part pour Valence. C'est le début de l'aventure qui va déclencher l'étonnant mouvement des croisades.

Urbain II part pour la France

Les croisades appartiennent-elles à l'histoire de l'Église ou à l'histoire politique de l'Occident ? Question à laquelle il est difficile de répondre. Disons que les deux premières expéditions relèvent clairement de l'histoire de l'Église ; et acceptons le fait que l'étonnant mouvement religieux des débuts s'estompe au fil des années, que la politique prend progressivement la place de la foi. Mais quelle politique ?

Il faut tenir compte de plusieurs éléments. Au XIe siècle, il est encore impossible de distinguer l'ordre spirituel de l'ordre temporel. Les vivants sont immergés dans un océan unique qui mêle les deux éléments. Ce sont des chevaliers chrétiens et des paroissiens sans nom qui vont abandonner leur épouse, leurs enfants, leurs châteaux et leurs échoppes, pour partir à la conquête d'un pays lointain dont ils ignorent tout.

Deuxième remarque. Urbain II n'a sans doute jamais imaginé qu'il allait arracher à leur vie quotidienne autant de chrétiens. Il ne faut pas oublier que Grégoire VII, dix ans auparavant, est mort en exil, que le pouvoir de Rome est loin d'être assuré, qu'Urbain II ne sait pas vraiment de quelle autorité il dispose.

Troisième observation. Nombre d'historiens du XIXe et du XXe siècle ont voulu prouver que les croisades répondaient à des besoins économiques précis, que la remontée démographique de l'Europe exigeait une aventure lointaine de ce type. Or il est clair que cette construction intellectuelle ne tient guère ; les croisades vont avoir des conséquences politiques et économiques importantes. Mais personne ne les avait imaginées auparavant. Urbain II n'a pas envisagé que les croisades allaient développer les richesses de Gênes, puis surtout celles de Venise. S'il avait prévu qu'au lieu de rapprocher Rome et Constantinople, une expédition aboutirait au sac de Byzance par les croisés (1204), c'est-à-dire la confirmation définitive de la rupture entre les deux morceaux de la chrétienté, peut-être n'aurait-il pas prononcé son discours de Clermont. Le fait est que les croisades ont eu lieu et que c'est le pape Urbain II qui en fut l'inventeur. Pour le meilleur et pour le pire.

Lorsqu'en juillet Urbain II passe les Alpes, il poursuit des buts limités. D'abord réussir à réformer l'Église de France. Il sait qu'il ne peut, au départ, compter sur Philippe. Mais il doit faire connaître les décisions réformatrices prises à Plaisance ; régler les affaires ecclésiastiques qui traînaient depuis des années ; redonner à Cluny son autorité traditionnelle sur les multiples monastères. L'abbaye avait été fondée en 910 par le duc Guillaume d'Aquitaine. Elle suivait la règle de saint Benoît et ne dépendait ni des seigneurs, ni des évêques, qui l'entouraient. Au sommet de son prestige, Cluny aura environ mille deux cents maisons dépendantes. Deuxième objectif : tenter de trouver une solution au problème du remariage de Philippe Ier, roi de France [1060-1108]. Son conflit avec Rome est la conséquence de la répudiation de sa femme Berthe de Hollande, au profit de Bertrade de Montfort.

Reste qu'Urbain II envisage – sans trop en parler – de transformer l'idée d'un simple appui à Constantinople en une expédition en bonne et due forme, pour libérer Antioche et Jérusalem. Il est probable qu'à Valence, il consulte à ce propos l'évêque Goutard. C'est peut-être lui qui conseille au pape d'aller à Clermont ; l'évêque du lieu, en effet, Adhémar de Monteil, s'est rendu à Jérusalem en 1087, dit-on. Peut-être peut-il éclairer le pape sur la situation réelle là-bas. C'est au concile de Clermont qu'Urbain II lance l'idée de la croisade. La rumeur veut que ses propos aient soulevé l'enthousiasme immédiat de la foule. Or c'est inexact, parce qu'il n'y avait pas de foule. Tout juste les pères conciliaires et sans doute un certain nombre de chevaliers.

Urbain II prend le commandement de la croisade

Il est pourtant vrai que l'annonce de l'expédition, le fait que ce soit le pape lui-même qui en ait pris l'initiative, tout cela parcourt la chrétienté comme une traînée de poudre. Urbain avait prévu une armée dont Adhémar de Monteil aurait le commandement suprême pendant que Raymond IV, comte de Toulouse, assurerait la direction militaire.

Pourquoi Urbain prend-il le commandement de la croisade ? Il n'y a pas de précédent, mises à part les courtes interventions de ses prédécesseurs en Espagne. On a dit qu'aucun roi ne pouvait ou ne souhaitait prendre la tête de l'expédition : Philippe de France est excommunié ; Henri l'est tout autant. Le roi Guillaume le Roux de Grande-Bretagne a d'autres préoccupations. D'abord il ne reconnaît pas les législations grégoriennes. Donc Urbain n'a pas le choix : un légat le représentera, mais pour les croisés, c'est bien lui le chef de l'aventure.

Ce qui pose problème : pour la première fois, la papauté prend la responsabilité de jeter la chrétienté dans une guerre. Sans demander l'avis des princes temporels. On ne peut ignorer qu'Urbain II envisageait sans trop de gêne l'idée de conserver les conquêtes territoriales probables. Urbain II vient de donner à la papauté une autorité qui n'était pas la sienne. Ce qui sera regrettable : nous touchons là, une fois de plus, aux conséquences du mélange entre le pouvoir spirituel et le pouvoir temporel ; la papauté n'avait pas de raison de s'agrandir territorialement.

L'armée des chevaliers devait se réunir au Puy le 15 août 1096. Or, à cette date, quatre armées sont constituées. Celle des chevaliers français, commandée par le frère du roi, Hugues de Vermandois ; celle des Français du Nord, des Lorrains et des Allemands, dont le chef est Godefroi de Bouillon (partisan de Henri IV) ; celle des Normands de l'Italie du Sud, avec Bohémond de Tarente et son neveu Tancrède.

Ces trois armées sont précédées d'une quatrième cohorte qui est rien moins qu'une armée : c'est la croisade populaire animée par Pierre l'Ermite. Ce fut bel et bien une foule qui se précipita derrière ce moine prédicateur. Il y eut des villages totalement abandonnés par leurs occupants. Tous les habitants s'entassaient dans des chariots et partaient vers l'est. Jérusalem, porte du ciel, les attendait au bout du voyage. Ils espéraient distinguer sur chaque colline la silhouette de la Ville sainte. Ce fut un extraordinaire moment de piété populaire. En même temps, un désastre : les chrétiens, déchaînés, massacrèrent les juifs qu'ils rencontraient (et souvent leurs voisins). Bien entendu, pour venger le Christ. Et dans certains cas, trouver à manger, en les rançonnant. À Mayence, l'évêque Rothard tente de calmer leur colère. Il veut protéger les juifs. Sans succès : les pillards envahissent son palais et massacrent ses protégés. Inutile de préciser que cette expédition-là échoua lamentablement.

Rien de commun avec les véritables armées. Elles progressent méthodiquement. Personne ne tente de leur résister. Godefroi de Bouillon traverse la Hongrie. Hugues, comte de Vermandois, forme le centre du dispositif. Raymond de

Saint-Gilles, comte de Toulouse, assisté du légat pontifical, longe la mer. Enfin, Bohémond de Tarente et Tancrède, à la tête des Normands, rejoignent Constantinople par la mer.

Quel est l'état d'esprit des habitants de la capitale ? Depuis des décennies, ils vivent dans la crainte : les armées musulmanes campent aux portes de la ville. Elles ne manquent ni de ravitaillement, ni d'armes, ni de renforts. On a l'impression que le monde musulman est inépuisable. Il fait jaillir de nouvelles armées comme s'il lui suffisait de les puiser dans la mer. Donc, les habitants de Constantinople ont peur. Les renforts qui viennent de l'Ouest leur paraissent, à certains moments, une bénédiction, un présent du Seigneur. C'est une vision enfantine. Alexis et sa cour sont habités par une crainte vague. D'abord, parce que, pour eux, les hommes de l'Ouest sont des barbares ; ils ont absorbé les invasions comme une éponge l'eau de pluie. Laisser entrer les soudards dans la ville de beauté, c'est risquer le pire. Alexis sait, d'instinct, que les libérateurs deviennent souvent des occupants.

À tout hasard, il multiplie les précautions. Les trente mille croisés (chiffre approximatif) sont cantonnés à l'extérieur de la ville. Seuls les responsables sont accueillis dans les palais. Les seigneurs descendus de Rome, de Trèves et de Milan n'ont jamais vu ces merveilles.

Alexis hâte d'ailleurs le mouvement. Il plaide pour une poursuite de l'invasion. En mai-juin 1097, l'armée entre en Asie, s'empare de Nicée, avance vers l'est. Baudoin rafle Édesse en Cilicie. Les croisés encerclent Jérusalem. Le 15 juin 1099, les défenses craquent. Les croisés – à l'époque Jérusalem est une ville majoritairement chrétienne – massacrent sans pitié la population musulmane. Ils se gardent de confier leur victoire aux Byzantins. Cette fois, tout le monde comprend que les conquérants agissent à leur profit : un royaume latin de Jérusalem est créé et Godefroi de Bouillon – qui, par modestie ou par sagesse, refuse le titre de roi – en devient le chef et se fait appeler « l'avoué du Saint-Sépulcre ». Lorsqu'il meurt, un an plus tard, Baudoin, son frère, comte d'Édesse, pose sur sa tête la couronne. Cette fois, un royaume est sorti de terre. En apparence, les croisés ont réussi leur formidable raid.

CHAPITRE 16

LA FOLLE AVENTURE DES CROISADES

Elle va s'étendre de 1096 à 1291. Soit près de deux siècles. Il est d'usage de comptabiliser huit expéditions distinctes. Elles sont, en effet, très différentes les unes des autres. Mais elles sont liées par un point commun : l'objectif officiellement poursuivi. D'Urbain II à saint Louis – de 1096 à 1270 –, il s'agit de délivrer le tombeau du Christ et de faire de Jérusalem une ville chrétienne.

Combien d'hommes participèrent à ces équipées fabuleuses ? Réponse impossible. Lors de la première croisade, la cohorte qui suivit Pierre l'Ermite réunissait sans doute entre quatre-vingt à cent mille participants. Il n'en subsistait qu'environ douze mille en Asie Mineure. Les autres étaient morts tout au long de cette route qui n'en finissait pas. Le dernier carré fut liquidé par les Turcs en 1096.

On peut estimer que cette marche mystique, qui était à la fois un pèlerinage au bout du monde et une migration comme l'Europe n'en avait jamais connu dans ce sens-là (d'ouest en est), n'a servi à rien. Des villages vidés de leurs habitants, des juifs assassinés, des groupes de paysans stupéfiés puis angoissés par cette horde qui chantait, quelle signification pouvait avoir ce gigantesque remue-ménage ? Les croisés étaient pauvres, ils devaient quêter leur nourriture, supplier qu'on les laisse dormir dans des granges, à côté des bêtes. Donc, aucun apport économique pour personne.

Pourtant, il faut tenir compte d'un élément important. Les pèlerins de la première croisade n'ont pas la moindre idée de ce qu'est Jérusalem ; ils seraient bien en peine de la situer sur une carte. D'ailleurs, ils n'en ont jamais vu. Ils vont donc découvrir progressivement l'immensité de l'Europe et son extraordinaire diversité ; aussi la multitude des langues. Avant la croisade, l'Europe chrétienne est, pour le plus grand nombre, une extension de leurs vallées, de leurs villages, plus Rome et le pape. À travers leur marche épuisante, ils prennent la mesure du monde connu ; ils savent désormais que Jérusalem est à l'autre extrémité de la Méditerranée ; qu'elle appartient, en fait, à ces hommes que les rois d'Espagne sont en train de chasser de leur pays.

En somme, les croisades creusent un peu plus le fossé qui sépare les hommes des deux religions. On dira que cette cassure existe depuis longtemps. Après tout, ce sont les armées de l'islam qui ont conquis l'Orient, l'Égypte, le Maghreb et l'Espagne. On sait qu'elles campent aux portes de Constantinople.

N'empêche qu'au fil du temps, des rapports convenables s'étaient établis entre les deux confessions au Moyen-Orient. Depuis 636, date de la prise de Jérusalem, la pratique des pèlerinages chrétiens était entrée dans les mœurs. On a dit que c'était l'interruption de cette pratique qui avait, en partie, provoqué la première croisade. On oublie que c'est la bataille entre les Turcs seldjoukides et Byzance qui avait abouti à ce qu'on peut appeler la fermeture de la frontière. Cette fin des pèlerinages se situe aux alentours de l'an 1000. En 1009, le sultan Al Hakim « le Fou » ferme Jérusalem à tous les pèlerins chrétiens et rase l'église du Saint-Sépulcre. Enfin il impose des signes vestimentaires discriminatoires à ses sujets chrétiens. C'est-à-dire peu de temps avant l'appel d'Urbain II.

Pourtant, le nombre des croisés fut plus réduit qu'on ne le croit. Dans l'ensemble, ce furent des armées constituées qui partirent vers l'Orient. Leurs chefs-princes-évêques connaissaient convenablement la géographie. Ils savaient que le nombre de routes était limité. Soit celle du nord (Allemagne, Hongrie, etc.) ; soit celle du sud (par la mer : de Brindisi à Constantinople). Ensuite, il faut entrer en terre musulmane et ne pas trop s'éloigner de la mer. Or, chaque croisade mobilisa quelque trente mille hommes. Ce sont donc, approximativement, trois à cinq cent mille hommes qui furent expédiés en deux siècles vers Jérusalem. Ce n'était pas un chiffre déraisonnable ; il prouvait que l'Europe avait reconquis sa puissance, qu'elle estimait avoir les moyens de vaincre réellement les armées de l'islam.

C'était une erreur. Pour vaincre réellement les armées musulmanes, il eût fallu au moins une alliance étroite entre Rome et Constantinople. En même temps, rien n'eût été possible sans l'aide désintéressée de Venise. Conditions qui ne furent pas réunies.

Reste que l'autre croisade, celle des chevaliers, commandée par Godefroi de Bouillon, fut un succès. En mai 1097, trente mille croisés entrent en Asie, écrasent une armée musulmane à Dorylée (1er juillet 1097), s'emparent, après un long siège, d'Antioche (Antakya). Baudoin conquiert Édesse, trouve la Sainte Lance – c'est elle qui avait percé le flanc du Christ en croix – et, après un mois de siège, entre à Jérusalem. C'est un massacre et un sac systématique (les musulmans, en 636, s'étaient comportés tout autrement). À la mort de Godefroi de Bouillon, premier prince de Jérusalem, son frère Baudoin lui succède. Il développe le royaume, agrandit les ports. Ceux-ci deviennent des plates-formes actives. On vend et on achète avec Gênes, Pise, plus tard Venise. On se préoccupe davantage de gagner de l'argent que de reconstituer la terre du Christ. Pendant ce temps, Mossoul réalise l'unité de la Syrie musulmane.

Saint Bernard à Vézelay

Deuxième croisade, prêchée à partir de 1106 par saint Bernard de Clairvaux. C'est la prise d'Édesse par Zenghi, ataberg (lieutenant) de Mossoul, qui contraint le pape Eugène III [1145-1153] à organiser la deuxième expédition. Saint Bernard de Clairvaux est chargé de prêcher la croisade. C'est à Vézelay qu'il lance son appel à Pâques 1146. Ce discours de Vézelay, dont personne ne connaît le contenu, fascina Malraux : comment un homme seul, parlant sur le flanc ou au sommet d'une colline, a-t-il réussi à être entendu par cinquante à soixante-dix mille auditeurs ? Personne ne le saura jamais. Il est probable que des « crieurs », répartis au milieu de la foule, clamaient ce qui avait été dit. C'est une hypothèse.

Les deux responsables militaires sont l'empereur Conrad III [1138-1152] et le roi de France, Louis VII [1137-1180]. Bien entendu, les deux hommes ne s'aiment pas. Conrad revient en Allemagne en 1148 : c'est presque un abandon. Louis VII, isolé, décide à son tour de revenir en France. On est en 1149. Le roi est plus intéressé par la guerre contre les Plantagenêts, qui occupent un tiers de la France, que par Jérusalem qui, après tout, se défend convenablement. C'est l'une des croisades que l'on connaît le mieux grâce au récit qu'en a fait saint Bernard dans son ouvrage, *Livre des miracles*.

Troisième croisade lancée par le nouveau pape Grégoire VIII en 1187. Pendant quarante ans, un calme précaire baigne ce royaume du bout du monde. Jusqu'à l'apparition de Saladin. Dès le départ, il est un chef légendaire. C'est en même temps un remarquable politique et un grand général. Il entreprend la reconquête, entre à Jérusalem le 2 octobre 1187. Il ordonne à ses troupes de ne rien brûler, de ne pas piller et de respecter les personnes. Il aurait été obéi.

En Europe, avec quelque retard, la riposte s'organise. C'est Frédéric Barberousse [1152-1190] qui s'engage le premier. Il est alors le seul à répondre à l'appel du pape. Il commence par repousser avec succès les troupes de Saladin en Asie Mineure. Malheureusement, la maladie décime les rangs de son armée. Lui-même, en 1190, se noie dans un fleuve de la Turquie actuelle (peut-être le Tarsus Cayi).

Philippe Auguste [1180-1223] et Richard Cœur de Lion [1189-1199] se chargent de la croisade malgré leurs querelles personnelles. Ils prennent Saint-Jean d'Acre. Philippe Auguste revient très vite en France : lui aussi veut faire reculer les Plantagenêts. Richard, seul en Orient, accomplit des exploits surprenants. Mais il comprend très vite qu'il n'a pas les moyens de reprendre Jérusalem. Alors, il négocie une trêve avec Saladin. Le seul gain, pour les chrétiens, était la promesse de pouvoir se rendre en pèlerinage à Jérusalem.

Le sac de Constantinople

Quatrième croisade. Elle ne ressemble guère aux précédentes. C'est Innocent III, pape énergique, qui l'impose. Plus de simples croisés : uniquement des chevaliers. C'est donc une expédition militaire qui se prépare. Objectif : l'Égypte, centre vital du monde musulman. Nous sommes en 1202. Donc il faut traverser la Méditerranée. Longue et ignoble discussion avec les Vénitiens. Ils acceptent de fournir les bateaux contre quatre-vingt-cinq mille marcs d'or et la remise de la moitié du butin. C'est une somme gigantesque. Les croisés se montrent incapables de réunir l'argent nécessaire. Qu'à cela ne tienne : on se paiera sur la bête, c'est-à-dire Constantinople. Le pape Innocent III a beau excommunier les chrétiens qui se livrent à ce marchandage déshonorant, il faut se plier aux conditions imposées par Venisse.

Cette expédition ne rencontre pas un seul musulman. Elle ne tue que des chrétiens. Elle s'empare deux fois de suite de Constantinople (le 17 juillet 1203, puis le 12 avril 1204). Entre-temps, on a négocié entre les croisés et Byzance. En avril, les négociations échouent et les croisés dévastent la ville. Ce sera l'un des plus affreux pillages de cette époque qui s'y connaissait en horreur. On proclame, à tout hasard, la création d'un Empire latin d'Orient destiné à se substituer à Byzance. Du coup l'Empire byzantin n'aura plus qu'un seul objectif : consacrer toutes ses forces à reprendre Constantinople, à partir de Nicée devenue capitale provisoire (au lieu de lutter contre les Turcs en Anatolie).

Cinquième croisade (1219). En vérité, l'esprit de la croisade est à peu près mort. L'Europe s'arrange sans Jérusalem. C'est une résignation que le Saint-Siège ne partage pas. Mais Rome n'a plus l'autorité nécessaire pour imposer des expéditions coûteuses en hommes et en argent. Ce sont peut-être les enfants qui demeurent les héritiers des premiers croisés. Quelques années auparavant, en 1212, des milliers d'enfants, essentiellement venus d'Allemagne et de France, se précipitent vers Jérusalem. Une partie d'entre eux réussit à s'embarquer. La plupart disparurent noyés ou vendus comme esclaves en Égypte.

En 1215, au quatrième concile du Latran, Innocent III annonce pourtant la croisade. Puis il meurt. Son successeur, Honorius III relance le projet. Dirigée par Jean de Brienne et Léopold VI, duc d'Autriche, elle parvient en Égypte et prend Damiette. La guerre cesse.

Faut-il considérer l'étonnante aventure de Frédéric II de

Hohenstaufen comme une croisade ? Cet étrange empereur, roi de Sicile, s'était entouré d'une garde exceptionnelle : elle n'était composée que de musulmans. Ceux-ci ne devaient donc rien à la chrétienté et au pape. De plus, Frédéric est excommunié. Ce qui ne l'arrête pas. D'ailleurs, le pape le poussait à prendre l'initiative (en partie, pour l'expédier hors de l'Italie). Or, Frédéric connaît très bien l'islam ; il parle arabe ; depuis des années, il entretient une correspondance suivie avec Malik el-Kamil, neveu de Saladin. Celui-ci obtient des Turcs la restitution de Bethléem, Nazareth, Sidon et enfin Jérusalem. Frédéric entre dans la ville sans combat, en 1229. Il se fait couronner roi. C'est un tour de force diplomatique. Mais Frédéric ne peut demeurer là-bas. Il revient en Europe et meurt. En 1244, la Ville sainte retombe définitivement dans les mains des musulmans.

Les septième et huitième croisades furent l'œuvre de saint Louis. Celui-ci réussit à débarquer en Égypte. La bataille de Mansourah (1250) est incertaine. Robert d'Artois y est tué. La victoire n'est toutefois pas impossible. Malheureusement, la peste s'en mêle et l'armée est décimée. Fait prisonnier, Louis échange Damiette contre la liberté. Pourtant, il demeure plusieurs années en Palestine pour fortifier les dernières villes franques.

En 1270, saint Louis débarque, cette fois à Tunis. Il espère obtenir l'appui du sultan de cette ville contre l'Égypte. De nouveau, la maladie. Il meurt quelques semaines plus tard.

C'est la fin des croisades. Les derniers établissements latins en Palestine tombent les uns après les autres. En 1291, la chute de Saint-Jean d'Acre marque la fin de cette incroyable aventure. En apparence, il ne demeure pas grand-chose de cet effort impressionnant. Simplement des communautés chrétiennes : au Liban, en Palestine et en Égypte. Ceci, pourtant : des hommes comme Urbain II et Innocent III, des saints comme Bernard et Louis, roi de France, ont donné leur vie pour cette quête presque désespérée. Ceux-là voulaient retrouver le tombeau du Christ. Malgré tout ce qu'on a pu dire, l'histoire a retenu cette folie mystique. Il y a quelque chose de saisissant dans cette volonté acharnée mise au service d'une fidélité religieuse et historique.

CHAPITRE 17

THOMAS BECKET OU LA CRISE ANGLAISE

Entre la papauté et les Églises nationales les relations commencent à se tendre. Pas d'exemple plus révélateur que celui qui va secouer l'Église d'Angleterre.

La bataille va se dérouler entre, d'un côté, Henri II [1154-1185], un roi brillant mais essentiellement soucieux de son autorité. Il veut bien admettre l'existence du pape ; il n'entend pas que celui-ci se mêle de ses affaires. De l'autre, Thomas Becket (1117-1170), l'un de ses meilleurs amis. Les deux hommes chassent ensemble et participent aux mêmes fêtes. Il est même probable que Thomas, qui a quinze ans de plus qu'Henri, a aidé le jeune roi à gouverner au début de son règne. C'est sans doute cette confiance réciproque qui va provoquer la crise.

Le pape s'enfuit de Rome

Quelle est la situation au moment où les événements s'accélèrent en Grande-Bretagne ? À Rome, le pape Alexandre III [1159-1181] résiste, comme il peut, à une révolte schismatique poussée par l'empereur. Par prudence, il prend la fuite. Le 25 mars 1162, une petite flotte, composée de trois galères et de deux voiliers, quitte la côte italienne. Il lui faudra trois semaines pour arriver en France. L'antipape se nomme Victor IV ; c'est un homme lige de l'empereur Frédéric Barberousse. La force est donc de son côté.

Alexandre débarque à Maguelonne, puis se rend à Montpellier qui, à cette date, dépend du Saint-Siège. Les partisans de l'empereur – alors au faîte de sa gloire – ricanent devant ce chef de l'Église qui a eu la lâcheté d'abandonner Rome. Ils ont bien tort : Alexandre III, avec obstination et méthode, entreprend de renouer les fils de l'Église. Progressivement, il y parvient. Pourtant, pendant les premiers mois, le roi de France, Louis VII, ne l'aide guère. Il ne souhaite pas provoquer la colère de l'empereur. Les jours passent. Louis découvre l'intelligence et la sagesse de ce pape exilé. Les deux hommes se rencontrent. L'antipape, Victor IV, règne alors sur Rome et fait tout pour empêcher ce rendez-vous, sans y parvenir. C'est à Souvigny, près de Moulins, que le pape et le roi se parlent pour la première fois. Désormais, le petit schisme (en fait, une des nombreuses tentatives de l'empereur pour imposer un pape qui lui soit soumis) entre dans une phase finale. Frédéric le sent et hésite à s'engager de nouveau. Lorsque Victor IV meurt, l'empereur envisage une réconciliation. Il n'a pas le temps de l'entreprendre : les schismatiques, qui n'entendent pas perdre leurs privilèges, désignent un second antipape. Il choisit le nom de Pascal III, mais ne réussira jamais à conquérir ne fût-ce qu'un début d'autorité.

Henri II est devenu roi d'Angleterre en 1154. Il a vingt et un ans. Durant les années qui précèdent son couronnement, il a étendu, sans trop de vergogne, son domaine. Déjà duc de Normandie et comte d'Anjou, il récupère l'Aquitaine grâce à son mariage avec Aliénor. Il règne désormais sur la moitié ouest de la France. Son épouse lui donne plusieurs fils. Puis les rapports entre le mari et la femme s'aigrissent. Henri garde Aliénor comme épouse mais lui impose une résidence en Angleterre. Celle-ci se vengera en poussant ses fils à la révolte contre leur père. Mais c'est une tout autre histoire.

En 1160, Henri II est habité par une idée fixe : il lui faut maîtriser la permanente révolte des seigneurs anglais. Il estime avoir besoin d'une autorité absolue sur les hommes qui l'entourent. Or, le siège de Canterbury, cœur de l'Église anglaise, vient de devenir vacant. Henri souhaite faire désigner à ce poste un homme qui lui obéira fidèlement. Thomas Becket, son ami, est chancelier d'Angleterre. Henri, qui est alors en France, expédie à Canterbury quelques dignitaires de sa cour avec mission de convaincre les électeurs de choisir

Thomas. Voilà notre chancelier désigné dans la chapelle royale de Westminster. Une seule note discordante : celle de Gilbert Foliot, évêque de Hereford, qui considère que le poste lui revient. Il fait remarquer que Thomas n'avait encore reçu que le diaconat ; il n'était donc ni prêtre ni évêque.

Pour le roi, ce n'est pas une vraie difficulté : le 2 juin 1162, Thomas est ordonné prêtre. Le 3, il devient archevêque de Canterbury. Il a quarante-quatre ans. Henri peut être satisfait : grâce à son ami, il dispose d'une autorité absolue sur l'Église d'Angleterre.

Thomas abandonne les chiens et les faucons

Le roi ne va pas tarder à découvrir son erreur. S'il avait mieux observé Thomas, il se serait méfié. Le nouveau prélat vient de changer de vie ; plus de chasse, plus de fêtes. Du jour au lendemain, ses passions pour les chiens et les faucons disparaissent. Il étudie et il prie. Comme s'il voulait, en quelques mois, quelques années, rattraper le temps perdu. Il va très vite devenir un authentique évêque et un bon théologien. Ce qui ne l'empêche pas de conserver un train de vie correspondant à ses habitudes et à son rang : après tout, le siège qu'il occupe avait été celui d'Augustin de Canterbury (envoyé par le pape Grégoire le Grand au VIe siècle), d'Anselme, de Théobald. Thomas ne voulait pas démériter.

D'ailleurs, il tient aux attributs de sa charge. Il fait demander au pape Alexandre III (qui vient tout juste de débarquer en France) de lui faire remettre le *palium* – titre honorifique réservé aux évêques les plus importants. Historiquement le *palium*, bande de laine blanche ornée de croix noires, était une marque d'honneur et de puissance. Les papes le portaient et l'offraient aux évêques qu'ils voulaient distinguer. À partir du VIe siècle, il devint pour les archevêques un signe de leur pouvoir juridictionnel. Le 10 août, Thomas reçoit cet insigne sacré. Ce jour-là, il se tient dans sa cathédrale, pieds nus, mais revêtu des ornements pontificaux, pour rendre hommage à ce pape en fuite. C'est déjà un choix.

Thomas se rend à Tours pour participer au concile convoqué par Alexandre III. En arrivant dans la ville, Thomas est acclamé par la foule. Il est déjà un homme célèbre. Chacun se souvient qu'il était, hier encore, le chancelier d'Henri II. Or, à Tours, nous sommes dans le domaine des Plantagenêts. En tout cas, c'est durant ce colloque que des liens étroits se nouent entre le pape et le chef de l'Église d'Angleterre. Ce dernier profite de cette rencontre pour devenir l'ami de l'évêque de Mayence, Conrad, que l'empereur Frédéric a chassé de sa ville ; et du cardinal Humbald d'Ostie, qui fut un conseiller écouté du pape précédent. Les deux hommes ont l'un et l'autre choisi de soutenir Alexandre. Voilà Thomas solidement appuyé dans toute l'Europe, sauf l'Allemagne.

La rupture entre le roi et le prélat s'amorce par de multiples petits signes. Celui-ci, entre autres : Thomas, archevêque de Canterbury, estime ne plus pouvoir garder les insignes de la chancellerie. Il fait donc remettre au roi les sceaux. Une décision qui met Henri en colère : s'il avait fait nommer Thomas archevêque, c'était pour réunir entre ses mains puissance temporelle et puissance spirituelle. Or, Thomas refuse, d'entrée de jeu, la théorie des « deux glaives » réunis (c'est-à-dire la réunion dans une même main des pouvoirs spirituel et temporel. C'est pourtant ce à quoi aboutira l'anglicanisme d'Henri VIII, au XVIe siècle).

Dans un même mouvement et pour rétablir Canterbury dans sa puissance passée, il demande au roi la restitution du château de Rochester, les tours de Saltwood et celles de Hyde, etc. Henri ne répond rien. Il a d'autres soucis, aussi bien en France qu'en Grande-Bretagne. Mais il suit avec intérêt la dispute qui s'ouvre entre l'archevêque d'York et celui de Canterbury. Le premier, parce qu'il avait été nommé avant l'autre, considérait qu'il avait la prééminence sur Canterbury. Sur ce point, il avait adressé une requête au pape lui-même. En vérité, la question était simple : à qui appartenait l'autorité ultime sur l'Église d'Angleterre ? À York, ou à Canterbury ? En réalité, le débat n'aurait pas dû avoir lieu. Mais, sans le dire, le roi soutenait la révolte des autres évêques contre l'homme qui avait été son ami. Ce dernier, pourtant, n'avait qu'un but : maintenir la dignité de sa charge et, au-delà, le lien de l'Église d'Angleterre et de la papauté.

Henri attaque l'archevêque

À partir de 1162-1163, Henri passe à l'attaque. Dans un premier temps, il encourage les révoltés. Ainsi Roger, comte de Clare, refuse de rendre son hommage à Thomas et prétend ne dépendre que du roi. Lorsqu'en riposte l'archevêque de Canterbury excommunie l'ensemble des dissidents, le groupe fait appel à Henri II. Le 1er octobre 1163, le roi réunit à Westminster, comme il en a le droit, l'assemblée du royaume. Les comtes et les barons lui accordent le droit de juger en appel les clercs condamnés par une simple cour ecclésiastique. C'est toute la tradition judiciaire qui s'effondre. Thomas, appuyé cette fois par tout l'épiscopat, s'y oppose. Mais les évêques français dépendant d'Henri II se soumettent.

En janvier 1164, la véritable crise éclate. Henri, devant sa cour à Clarendon, invite les évêques à se soumettre aux anciennes coutumes du royaume. Les évêques voudraient savoir de quelles coutumes il s'agit ; ils demandent à en entendre le texte. Le roi gagne du temps, multiplie les précautions. Mais la réunion ne peut pas durer toujours. Un matin, Henri abat son jeu : il fait remettre à chacun des membres de l'assemblée un document comprenant seize articles manifestement rédigés depuis longtemps. Les évêques sont priés de signer sans débat : après tout, leur fait-on remarquer, la plupart de ces règles étaient en usage autrefois. Les évêques, qui sont sans doute bien incapables de savoir comment les choses se passaient il y a plusieurs siècles, acceptent de signer.

Sauf Thomas. Il avait accepté le principe de quelques compromis oraux ; mais il ne voulait pas engager l'Église par un document écrit qui, en fait, supprimait son indépendance vis-à-vis de la couronne. Nous sommes au fond du problème. Le débat ne sera pas très différent entre Frédéric Barberousse et Alexandre III.

Le texte de Clarendon prévoit en effet que les fiefs ecclésiastiques reviennent au roi lorsque l'évêque du lieu meurt. Ce qui équivaut à faire rentrer en moins d'un quart de siècle la totalité du domaine ecclésiastique entre les mains du roi. Dans les périodes intermédiaires, c'est le Trésor qui perçoit les revenus. D'ailleurs, les évêques sont désormais soumis aux redevances fiscales ordinaires. On feint d'oublier l'ensemble des services que l'Église assurait (santé, hôpitaux, éducation, etc.).

Autre nouveauté difficilement acceptable pour l'archevêque de Canterbury. Les tribunaux royaux prennent désormais le pas sur la justice ecclésiastique. Les hommes du roi ont en effet le droit de se soustraire, lorsqu'ils le souhaitent, aux tribunaux de l'Église.

Enfin, les articles de Clarendon cherchent à diminuer le rôle des papes vis-à-vis de l'Église d'Angleterre. Désormais, ce sera le roi qui sera, sans le dire, une espèce de pape en son royaume. Cette dérive annonce la rupture entre Londres et Rome durant la Réforme ; l'insularité joue sans doute un rôle dans cette tendance durable de la monarchie britannique. À noter cependant que le gallicanisme poussera la France dans une voie un peu comparable.

Becket refuse de signer le texte de Clarendon

Cette fois, Becket n'hésite plus. Il refuse de signer. Le roi a le sentiment d'avoir échoué. À partir de cette date, il voue une véritable haine à l'archevêque. Il le fait citer devant l'assemblée anglaise à Northampton en octobre 1164. Thomas ne se présente pas. Henri le fait condamner par défaut : pour félonie et, par-dessus le marché, pour avoir géré d'une manière indélicate les fonds publics lorsqu'il était chancelier.

Au moment où l'assemblée du royaume s'apprête à prononcer sa condamnation, Becket se présente devant son roi et ses juges, revêtu des ornements pontificaux et la croix archiépiscopale sur la poitrine. Ce qui revient à dire qu'il entendra le jugement mais le tiendra pour nul et non avenu ; dans ces domaines, il dépend du pape et non du roi.

Dans l'assemblée, c'est le désordre. On s'attend à l'arrestation de l'archevêque. Henri hésite quelques heures. Peut-être est-il effrayé par ce qu'il va décider. En tout cas, publiquement, Thomas fait appel au pape. Puis il sort sous les regards stupéfaits de la foule sans que personne songe à l'arrêter. Hors les murs, des milliers d'Anglais l'acclament.

La nuit même, l'archevêque est informé qu'Henri veut, cette fois, le faire arrêter et emprisonner. Thomas Becket s'enfuit du couvent dans lequel il dormait. Le 2 novembre, il débarque à Gravelines ; il demeurera six ans en France.

D'ailleurs, même en France, il doit fuir. Il ne peut rester sur les terres des Plantagenêts. À tout moment, on peut l'appréhender. Très vite, pourtant, il apprend que le pape et le roi de France Louis VII prennent sa défense. Le second l'accueille sur une route et lui propose de demeurer à Soissons. Mais Thomas veut rencontrer Alexandre III. Il obtient une entrevue.

Autour du pape, les cardinaux sont présents. Thomas de Canterbury expose la situation d'ensemble. Lit la charte de Clarendon et précise les raisons de sa fuite. Alexandre III, pape en exil, condamne les deux tiers du texte de Clarendon ; il refuse que l'archevêque lui remette sa charge pastorale. Il fait accompagner Thomas à l'abbaye cistercienne de Pontigny, entre Sens et Auxerre (les Cisterciens sont un ordre qui applique d'une manière rigoureuse la règle de saint Bernard). Toutes ces rencontres ont eu lieu autour de Soissons où le pape réside la plupart du temps, sous la protection du roi de France.

Thomas va résider deux ans à Pontigny. C'est durant cette période qu'il revêt l'habit de cistercien. Tout se passe comme si l'exil, la persécution, la crainte du lendemain, le poussaient chaque jour davantage vers la prière et l'étude.

Pourtant, les choses bougent. Louis VII et Alexandre III essaient d'intervenir. Ils sont aidés par Mathilde, impératrice d'Allemagne qui est la propre mère d'Henri II d'Angleterre. Tous les trois poursuivent leurs efforts pour calmer le jeu. Il faut se souvenir qu'Henri II, maître de l'Angleterre et de la moitié de la France, a le sentiment d'être le premier prince d'Europe. Le sort de Becket l'intéresse moins que celui de la crise schismatique. C'est grâce à cette dernière qu'il espérait pouvoir peser sur Alexandre III qui rentre à Rome. Nous sommes en 1166. Le pape fait quelques concessions au Plantagenêt, mais il maintient la primauté de l'Église de Canterbury. Pour bien prouver sa détermination, il désigne Thomas comme son propre légat en Angleterre. Cette fois, le primat de Canterbury doit songer à rentrer dans l'île. Toutefois, avant de reprendre la route, Becket se rend à Vézelay – qui n'est pas très loin de son abbaye – et y proclame solennellement la condamnation du texte de Clarendon ; pour ce faire, il a la bénédiction du pape. Les choses sont donc claires : Becket va peut-être revenir. Mais il n'apporte pas la paix, plutôt la guerre. Ou bien le roi se soumet à la volonté d'Alexandre III, ou bien la crise dépasse la personne de Becket et débouche sur la papauté.

Henri II, conscient du risque, fait appel en cour de Rome (comme il en a la possibilité juridique). En même temps, il ordonne aux moines de Cîteaux de ne plus donner asile à Becket à Pontigny. Sinon, il expulsera d'Angleterre tous les moines de l'ordre. Thomas accepte et se réfugie dans la cellule d'une abbaye bénédictine. Il va y demeurer quatre ans avant d'entreprendre son ultime voyage comme légat.

En 1168, les tentatives de réconciliation vont bon train. Sans succès : l'archevêque demande toujours la restitution des biens appartenant à son abbaye. Diplomate, Alexandre III obtient qu'il y ait une rencontre entre le roi et le prélat. Elle se déroule le 18 novembre 1169, à Montmartre. Le roi de France Louis VII préside ces drôles de retrouvailles. Dans un climat glacial, on s'entend sur quelques points secondaires : le roi restituera une partie des terres qu'il a saisies. Mais il refuse de donner à l'archevêque le baiser de paix. Or, à l'époque, sans ce geste, l'accord est sans valeur.

Deuxième entrevue : à Freteval, dans le centre de la France, en juillet 1170. Cette fois, Guillaume de Sens, protecteur de Becket, se porte garant de l'honnêteté d'Henri II. Thomas consent à oublier le rite du baiser de paix. Du coup, la réconciliation est publique. Les deux princes chevauchent côte à côte sous les acclamations de la foule. Thomas, à la demande du roi, lui accorde sa bénédiction. Le pape semble satisfait. Mais Henri dissimule en réalité ses intentions. L'archevêque, qui se méfie, demande au pape des pouvoirs supplémentaires ; il les reçoit. Alexandre, sans rien dire, considère qu'Henri peut fort bien manquer à sa parole.

Meurtre dans la cathédrale

Le retour de Thomas Becket en Angleterre est triomphal. Tout le long de la route qu'il parcourt, il est acclamé par la foule. Pourtant, les troupes royales le serrent de près. Est-il libre ou prisonnier ? Il feint de ne pas s'intéresser au problème. D'ailleurs Henri n'est pas là : il est retourné en Normandie. C'est là qu'il aurait prononcé la phrase redoutable : « N'y aura-t-il personne pour me débarrasser de ce clerc outrecuidant ? »

En histoire, les assassins ne manquent jamais. Le 29 décembre 1170, une troupe en armes pénètre dans l'abbaye qui n'est jamais fermée. Les soldats courent jusqu'au palais de l'archevêque. Celui-ci est en train de parler à d'autres clercs ; tous s'apprêtent à chanter les vêpres. Ils se rendent dans la cathédrale. Les moines, inquiets, veulent barricader la porte du temple. L'archevêque s'y oppose. Déjà, les agresseurs sont en face de lui. Ils tentent de le pousser vers la sortie, comme s'ils avaient quelque scrupule à l'assassiner à la face de Dieu. Becket résiste. Alors les tueurs se décident et l'achèvent à coups de glaives et de dagues.

Ce meurtre ébranle l'Europe. Thomas est le premier évêque qui meurt au nom de la fidélité d'une Église nationale au siège de Rome. Est-ce un signe ? Henri, en tout cas, court faire la guerre en Irlande pour avoir une victoire à apporter à Alexandre III. En même temps, il recule le moment de l'explication. Il a raison. En politique, la patience vient à bout de presque tout. En mai 1172, Henri fait sa soumission au pape en séance publique. Thomas Becket reçoit le qualificatif de martyr.

Si un véritable concordat – qui ne dit pas son nom – est conclu entre Henri et Alexandre en 1173, la plaie est loin d'être cicatrisée. Rome, jusqu'à cette date, avait toujours considéré l'Église d'Angleterre comme une des plus fidèles. Cette bienveillance s'estompe progressivement ; la papauté se méfie, sans l'avouer, de cette Église qui, comme l'île, ne cesse de rêver à son indépendance. L'événement se produira ; mais bien plus tard.

CHAPITRE 18

LA VICTOIRE DU PAPE ALEXANDRE III SUR FRÉDÉRIC, EMPEREUR D'ALLEMAGNE

La véritable épopée qui va marquer le pontificat d'Alexandre III ne s'achève pas avec l'assassinat de Thomas Becket. Après la dernière révolte de l'Église anglaise, le pape doit affronter l'Empire. C'est un très gros morceau.

Le rapport de forces saute aux yeux. D'un côté, Frédéric Barberousse qui règne sur la plus grande partie de l'Europe. Il possède des armées, ne manque ni d'argent ni de places fortes. Les Français ne l'inquiètent guère : Louis VII ne manque ni de jugement ni de résolution. Mais il ne souhaite pas affronter son immense voisin. Henri – après la tension avec la papauté – est devenu pour l'empereur un allié potentiel. Toutes les cartes sont entre les mains de Frédéric. En face de lui, un pape, un pauvre pape sans logis. Il a passé son exil en France, et gouverne l'Église à partir de Sens. En novembre 1165, il revient à Rome, une ville divisée depuis plusieurs siècles par d'innombrables factions. Pourra-t-il réorganiser réellement le cœur de l'Église ? Rien n'est moins sûr. Or, cet Alexandre III n'obéit pas aux volontés de l'empereur. C'est insupportable pour Barberousse.

Dans la lutte qui s'engage, celui-ci dispose donc de toutes les cartes. Or il va perdre. Si l'on devait choisir entre les multiples épisodes qui démontrent la montée en puissance d'une papauté apparemment épuisée, c'est sans doute l'histoire de Frédéric et d'Alexandre qu'il faudrait décrire. Parce qu'elle est incroyable.

Revenons en 1166. Frédéric Barberousse est irrité par les tentatives de rapprochement entre Byzance et Rome. Il souhaite en finir, c'est-à-dire prendre Rome, obtenir l'abdication d'Alexandre et hisser sur le trône de Pierre son antipape, Pascal III. L'occasion est favorable : Guillaume Ier, prince de Normandie, allié de la papauté, vient de mourir à Palerme.

Frédéric et ses armées, une fois de plus, dégringolent sur l'Italie. Pascal, à Viterbe, attend qu'on lui dépose un trône sous le nez. À Rome, princes, cardinaux et habitants préconisent, une fois de plus, la fuite. Entêté, Alexandre ne veut pas en entendre parler. Il achète (avec de l'argent essentiellement français) quelques-uns de ses ennemis. À l'époque, les Romains résistent mal à la musique des écus. Pour s'occuper, les habitants de la ville se massacrent sans façon ; confrontés aux troupes impériales le 29 mai 1167 à Monteporzio, ils se font hacher menu.

Le pape Alexandre se bat dans le Colisée

Impassible pourtant, Alexandre harangue les ouvriers et les bourgeois, fait reconstruire les murailles qui protègent la ville, accumule des armes. Le 24 juillet, les troupes de Frédéric donnent l'assaut. Elles conquièrent avec difficulté quelques quartiers de la ville. Alexandre, acculé, se réfugie dans le Colisée transformé en forteresse. On se bat sur les gradins.

Rien n'est encore perdu. On apprend que deux galères siciliennes, bourrées d'armes et d'argent, remontent le Tibre. Elles apportent soixante mille florins, pour organiser la fuite du pape. Une fois de plus, il refuse, se sert de l'argent pour fortifier les murs et acheter les adversaires.

Frédéric, excédé (et impressionné), propose un compromis : l'abdication parallèle d'Alexandre et de Pascal, la réunion d'un nouveau concile qui désignerait le nouveau pape. Par-dessus le marché, les prisonniers entre les mains de l'empereur seraient restitués. Du coup, les Romains poussent le pape à accepter.

Il ne dit rien mais s'enfuit, déguisé en pèlerin. À Bénévent, il est rejoint par la curie que son courage fascine. Pendant ce temps, Barberousse occupe Rome, se fait acclamer par le Sénat. Il croit avoir gagné ; il connaît mal les Romains. Ce n'est pas l'intronisation de Pascal qui résout quoi que ce soit. Pour les Romains, et la plupart des évêques européens, c'est Alexandre le pape, où qu'il soit.

Dieu s'en mêle. C'est rare, mais ça arrive. La peste tombe sur l'armée de Frédéric. Les survivants prennent la fuite, l'empereur comme les autres. Voilà le maître enfermé dans Pavie. Il n'en faut pas davantage pour que les Lombards, qui attendent cette occasion, se décident à organiser la résistance. Ils constituent une ligue, qui va désormais jouer un rôle décisif. Mantoue, Crémone et enfin Venise se rallient. On établit un gouvernement fédéral. Alexandre bénit la ligue qui le lui rend bien. Voilà l'empereur à moitié cerné, avec son armée en miettes. Il fuit par la Bourgogne – qui le reçoit mal – et se retrouve en Allemagne où il va pouvoir refaire ses forces.

Avec une désinvolture toute milanaise, l'Italie du Nord décide de fonder une ville : ce sera Alexandrie, au confluent du Tanaro et de la Bermida. Quinze mille habitants en un an. Et des soldats entraînés.

À Rome, la confusion continue, et Alexandre se garde d'y retourner. Il erre avec la curie d'une ville à l'autre. Mais il ne cesse de gouverner ; le centre de l'Église est là où il réside.

Pascal III meurt. Frédéric fait élire un nouvel antipape : Calixte III [1168-1178]. Sans effet. Les ralliements sont peu nombreux.

L'empereur veut la paix

Mais Frédéric a le sentiment qu'il ne gagnera pas. Il a en face de lui un entêté, qui dispose de relais dans toute l'Europe, qui ne cesse de recevoir de l'argent, qui fait naître à côté de lui autant d'alliés qu'il le souhaite. Bien sûr, cette vision est exagérée ; mais le grand empereur a peur, il est dérouté par ce vieil homme insaisissable. En 1169, les cisterciens tentent de rapprocher les deux camps. Avec prudence. Au début, c'est un échec. Frédéric en profite pour rentrer de nouveau en Italie, mettre le siège devant Alexandrie dont il considère la création comme un défi personnel. Or, il échoue devant cette ville toute neuve dont les murailles dérisoires sont trop blanches, trop propres. Quelques mois plus tard, l'armée de Frédéric subit une importante défaite à Legnano (23 mai 1176). Du coup, le combat change d'âme. C'est le pape, la Ligue lombarde, les soldats normands qui prennent le pas sur le corps expéditionnaire impérial. Cette fois, les jeux sont faits. Frédéric veut la paix. Mais à moindre prix.

Les premiers pourparlers s'ouvrent à Anagni. Alexandre fait savoir qu'il s'exprime au nom de ses alliés ; pas question de permettre à Frédéric de découper la petite coalition qui lui tient tête. Reste à déterminer le lieu de la rencontre. On choisit Bologne. Mais Alexandre, qui connaît la géographie de l'Italie du Nord, débarque à Venise où il est acclamé. Suit un véritable ballet diplomatique. Frédéric multiplie les courbettes mais tente d'imposer sa volonté, de négocier directement et secrètement avec ses adversaires. Il échoue : Alexandre, convenablement informé, ne cède rien. Puis, comme il faut tout de même faire preuve de bonne volonté, le pape permet à l'empereur de résider à Chioggia, à quelques lieues de Venise. Mais il ne doit pas pénétrer dans la Sérénissime. Excédé, l'empereur prépare une invasion de la ville. La nouvelle se répand ; on réveille en pleine nuit légats et cardinaux. La plupart courent vers les bateaux. Alexandre ne bronche pas. Interloqués, les fuyards reviennent et présentent leurs excuses au pape.

Cette fois, Frédéric jette le gant ; il cède sur tous les points litigieux (surtout sur la gestion de l'héritage de la comtesse Mathilde). On l'autorise à entrer à Venise. Fin juillet 1177, l'empereur entre dans la ville pleine à ras bord et décorée comme un reposoir de la Fête-Dieu. C'est le doge qui vient l'accueillir après qu'il eut accepté de dénoncer les divers antipapes. On le conduit vers le porche de Saint-Marc. Alexandre attend sur une estrade. Frédéric comprend qu'il doit s'agenouiller. Il s'exécute, sans doute la mort dans l'âme. Et c'est le pape qui le relève, lui prend la main, le bénit et le conduit dans la basilique.

L'empereur prestigieux s'est incliné devant ce pape errant. Et cela, en public, sur l'une des plus belles places du monde. C'est un signe.

CHAPITRE 19

SOUDAIN, LA CHRÉTIENTÉ APPARAÎT

Les croisades n'ont pas cessé de faire rêver les historiens. Tout se ramène d'ailleurs à une question simple : pourquoi des centaines de milliers d'hommes et de femmes se sont-ils lancés dans ces aventures répétées et meurtrières ? La volonté de délivrer Jérusalem, l'enrichissement des trois puissances de l'Ouest – la France, l'Empire et l'Italie –, l'expansion démographique qui bouleverse le continent, les ambitions de la papauté, le jeu subtil des rapports entre Rome et Byzance, tout a joué.

Peut-être faut-il s'interroger plus avant. Que se passe-t-il dans l'ouest de l'Europe entre le Xe et le XIIe siècle ? L'apparition de la chrétienté, affirme-t-on. Sans nul doute. Mais qu'est-ce que la chrétienté ? Quels sont les éléments qui accélèrent son expansion ? Peut-on démêler le réseau des causalités multiples qui expliquent ce phénomène sans précédent ? Car c'est bien de cela qu'il s'agit : l'essor de la chrétienté fut peut-être le moment le plus important de la première histoire européenne ; ce fut déjà une renaissance et en même temps la mise en place d'une esquisse de la Cité de Dieu.

Pour les historiens peu intéressés par les changements de mentalité et les comportements religieux, c'est sans doute la libération de l'argent qui va rendre possible tout le reste. L'Occident, dans sa masse, sort difficilement d'une économie bâtarde : sur les marchés, on pratique essentiellement le troc. Les huit dixièmes de la vie quotidienne – la nourriture, les vêtements, les pierres, le bois, les petits outillages – sont la plupart du temps échangés. Bien entendu, les pièces de monnaie existent : mais elles sont multiples, leur valeur d'échange incertaine. Le paysan ne garde chez lui, dans son cellier, que les quelques économies qu'il a réussi à mettre de côté pour les mauvais jours ; c'est-à-dire le passage des armées ou des brigands, les incendies, les maladies, etc.

Pourtant la situation évolue durant ces deux siècles. La main-d'œuvre devient importante. Partout, on reconstitue les vieux chemins à moitié abandonnés depuis l'époque carolingienne. On crée des villages qui auront une double fonction : être des lieux d'accueil et permettre le déboisement. En effet, depuis près de deux siècles, les arbres ont reconquis les campagnes. Or, un village, c'est d'abord une église : lieu de prière, maison commune, centre de communication à partir des cloches. C'est lui qui transmet les informations d'une communauté humaine à une autre. Et le mouvement se développe, de la Méditerranée à l'Europe du Nord.

Impossible de mener à bien ce programme ambitieux de grands travaux sans l'existence de monnaies stables. C'est fait vers la fin du Xe siècle. Dans les maisons bourgeoises, le coffre remplace le cellier ; des maisons de prêts (qui ne sont pas encore des banques) s'installent, définissent la parité des monnaies, se chargent des transactions. Cette mutation commence dans l'Italie du Nord, puis monte vers la Suisse et l'Allemagne ; enfin, à travers le sud de la France, elle atteint l'Espagne, au sud, et la Normandie au nord. N'oublions pas que les frontières sont, à l'époque, des lignes très approximatives. Ce modèle de nouveau village s'étend, en un siècle, du sud de l'Espagne à la Scandinavie. Quelque cent mille clochers se dressent vers le ciel. Ils sont le témoignage de ce qu'il faut bien désigner du terme d'unité de civilisation ; malgré la diversité des langues, les petites guerres entre princes et surtout entre seigneurs. Il y a une manière d'être au monde qui s'unifie.

Ajoutons que sur ce fond de tableau explose le mouvement monastique. Sans son existence, il est probable que cette première renaissance se serait assez vite essoufflée. Mais la multiplication des couvents et leur signification religieuse vont cimenter cette naissance de l'Europe. Pour s'en convaincre, il suffit de réaliser qu'en deux siècles l'ouest du continent se couvre de plus de deux mille couvents ; beaucoup d'entre eux vont jouer un rôle dans le développement des pays qui les entourent.

Naissance de l'Europe. Le mot n'est pas trop fort. Bien sûr, il y eut une esquisse d'Europe gallo-romaine. Mais c'était Rome, capitale du monde chrétien, qui menait le jeu, détruisait ou créait des villes. Rome, d'une certaine manière, était la poursuite et l'extension de l'Empire. Certes, un Empire à bout de souffle mais qui n'a pas vraiment conscience de son déclin.

Autre moment fort : le redressement carolingien. Il est équivoque. Le conquérant, surgi des campagnes abandonnées et des villes qui avaient perdu les deux tiers de leur superficie, n'exprime pas une volonté populaire. Il court simplement derrière son ombre. C'est l'Empire qu'il rêve de ressusciter. Tout ce qu'il sait, tout ce qu'il a vu, ce sont les ruines prestigieuses de cette civilisation agonisante. Le christianisme, pour lui, fait partie de ce monde mi-réel, mi-imaginaire. Aucun moyen de séparer les deux faces d'une unique statue.

La première renaissance

Rien de commun entre le Xe et le XIIe siècle. Cette fois, l'univers qui apparaît, cette première Pâque du continent, ne doit rien à personne. Les rois se succèdent trop vite, ils ne dominent que des nations éphémères. D'ailleurs, il n'y a guère que trois souverainetés à cette époque : celle de l'Empire allemand, celle de la monarchie française, enfin celle que les papes ont bricolée autour de la ville prestigieuse. Ce n'est pas cette trilogie qui peut expliquer ce printemps imprévu. Bien davantage, l'apparition d'une richesse fragile mais conquérante. Soudain, un élan, une confiance dans l'avenir, naît, qu'aujourd'hui encore nous comprenons mal. Ajoutons la poussée lente et méthodique de l'Église.

Comme toujours, le christianisme subit un double mouvement. Au sommet de la hiérarchie, un mélange de conservatisme et d'audace ; souvent un recul de la foi parmi certaines des autorités de l'Église. À la base, au contraire, on assiste simultanément à un déclin des mœurs et des traditions, et à une volonté résolue de réformer les institutions.

C'est là qu'intervient le mouvement monastique. Il ne date pas d'hier. L'érémitisme, qui fut le premier signe de cette poussée, date des années qui suivirent immédiatement la mort du Christ. Encore existait-il déjà dans la Bible. Mais on va passer progressivement des solitaires aux groupes de chanoines réguliers, puis de la création de monastères à l'élaboration des règles. Durant les Xe, XIe et XIIe siècles, c'est la réinterprétation de la règle bénédictine, l'influence qu'elle va prendre non seulement sur les clercs mais aussi sur les laïcs, qui va marquer l'époque.

Les couvents et les abbayes couvrent le continent

Au commencement, il y eut sans doute la prise de conscience d'un scandale. D'un côté, les Évangiles, les paroles du Christ, l'annonce de la nouvelle Alliance ; de l'autre, les comportements de beaucoup de chrétiens, ceux de certains évêques, l'osmose entre le système féodal et l'organisation de l'Église, etc. Cette faille à l'intérieur du monde chrétien ne datait pas d'hier : dans les capitales du christianisme naissant – Rome, Alexandrie, Constantinople, Antioche –, il existait déjà deux sensibilités, deux comportements. Disons que l'opposition entre les chrétiens et les autres permettait souvent de se dissimuler les divergences entre les premiers. Mais, après l'épisode carolingien, bien des choses changent. D'abord les chrétiens ne sont plus persécutés. L'Église est devenue la puissance dominante. Elle conserve le savoir, elle transmet un enseignement minimum, elle dispose de pouvoirs politiques, elle pèse sur l'évolution des lois et des coutumes. Surtout, les curés baptisent les vivants et accompagnent les familles jusqu'à la mort de tel ou tel. On ne conçoit plus l'existence sans la présence de l'Église.

Or, justement, dans ces premiers siècles du second millénaire, l'Europe, nous l'avons vu, s'enrichit. On reconstruit les villes abandonnées ; les marchands vendent et achètent, les artisans fournissent objets, vêtements, meubles et outils. Du coup, les deux versants du monde chrétien apparaissent en pleine lumière : pour des milliers de chrétiens, il paraît impossible de faire son salut en continuant à vivre dans le luxe et l'égoïsme. Quelques-uns cherchent une autre voie, une manière d'être qui provoquerait un réveil de la foi.

Cette autre voie, ils l'ont trouvée. Au départ, ce fut la voie étroite de l'érémitisme ; l'Église d'Orient imagine et réalise les pratiques de la solitude et du désert. De grands théologiens s'exilaient dans les endroits perdus de Syrie ou d'Égypte. C'était un moment de leur vie. Mais de simples moines – parfois même des laïcs – choisissaient de s'éloigner à jamais. Ces solitaires furent rejoints par quelques disciples. Puis cette manière de conserver la foi des origines atteignit l'Occident. Les premiers couvents apparurent ; très vite des règles furent imaginées. Pendant plusieurs siècles, les principes austères – d'Augustin d'une part, de Benoît de l'autre – permirent le développement du courant monastique. Benoît (480-547) fut réellement le père des moines d'Occident ; c'est lui qui donna une forme aux règles utilisées dans les différents couvents, et qui, à partir de là, créa la « règle » bénédictine. De nouveau, il y eut une lutte sourde entre les couvents qui prenaient leur place dans le système féodal (il y eut des monastères riches), et certains autres qui choisirent la pauvreté. Ce nouvel élan en faveur de la pauvreté et de la discipline fit son apparition un peu partout. D'ailleurs, entre le Xe et le XIIe siècle, la création de nouveaux monastères, la naissance d'ordres plus rigoureux, ne cessèrent pas.

Il est presque impossible de décrire cette fourmilière religieuse. Entre la naissance de monastères comme Fontevraud (avec d'un côté les femmes, de l'autre les hommes) et l'arbre gigantesque enraciné à Cluny, ce sont deux mondes profondément différents qu'il faudrait peindre. Bornons-nous à rappeler qu'au XIe siècle, Cluny n'est pas seulement une très vaste abbaye, mais surtout le centre d'un réseau de monastères implantés à partir de la Bourgogne et s'étendant en France, en Grande-Bretagne, en Allemagne, en Italie, en Espagne. Vers 1100, il existait plus de mille maisons distinctes, les unes très importantes, les autres petites, discrètes, plantées un peu partout au fin fond des campagnes.

Durant cette période de deux à trois siècles, une double irrigation chrétienne alimente donc l'Europe naissante. Ce mouvement profond n'est pas imposé par Rome, ni même par les évêques. C'est réellement un moment exceptionnel dans ce qu'on peut appeler l'histoire de la foi. On ne dispose d'aucune statistique permettant de savoir si le banditisme – cette maladie du Moyen Âge – est en régression. En vérité, il est probable que l'enrichissement, la poussée démographique, les multiples travaux collectifs ont, au contraire, encouragé le développement de multiples délinquances. Souvenons-nous qu'il n'y a guère de police. Ce sont les municipalités qui assurent le respect des personnes et la protection des biens. L'autodéfense existe. Mais sans doute faut-il aller plus loin : les rumeurs ne signalent guère d'attaques ou d'incendies de couvents. Tout se passe comme s'il avait existé des règles non écrites protégeant les communautés religieuses (sauf au moment des guerres). C'est encore un des éléments qui confirment l'importance de la foi durant ces années politiquement confuses.

En fait, les croisades sont inexplicables en dehors de cette généralisation de la foi, une confiance dans la résurrection, une véritable espérance du Salut. Les dizaines de milliers de croisés, qui se sont jetés sur la route de Jérusalem après l'appel de Clermont, n'étaient pas des naïfs comme on l'a trop vite dit. Les historiens rationalistes, à la mode du XIXe siècle, peuvent difficilement accepter la réalité d'un héroïsme spirituel collectif. Lorsque des hommes acceptent de mourir pour des causes incertaines, ce sont, pense-t-on, des niais, des débiles ou des individus habités par une forme de déraison.

Or ce jugement est sans fondement. Il y eut des violences, des saccages, durant les croisades. Personne ne songe à le nier. Après tout, il s'agissait d'une guerre. Les juifs assassinés dans le sud de l'Allemagne au début de la première croisade ; le sac atroce de Jérusalem le 15 juillet 1099 ; l'occupation violente de Constantinople en avril 1204 (durant la quatrième croisade) ; tout cela jette des lueurs sanglantes sur ces courses mystiques et meurtrières. N'empêche qu'aujourd'hui encore, les visiteurs de Vézelay tentent de comprendre comment Bernard (du sommet ou sur le flanc de cette admirable colline) a réussi à donner le signal de la seconde expédition. Qu'a-t-il dit ? Comment peut-on accepter de tout quitter et de mourir après avoir simplement écouté un appel ? Pour répondre, il faudrait savoir quelle fut la nature de cette ferveur, de cette passion collective qui déboucha souvent sur l'héroïsme et la fureur. Or, nous ne connaissons plus guère aujourd'hui que l'adhésion individuelle à un parti, à une philosophie, aussi fugitive que le nom de ceux qui dirigent, pendant quelques années, les démocraties.

Les croisades n'expriment que l'un des sommets visibles de la chrétienté. Mais elles sont incompréhensibles en dehors de l'élan collectif qui, à partir du IXe siècle, commence à s'inscrire sur les portails des cathédrales.

CHAPITRE 20

LES PRÉMICES LOINTAINES DU GRAND SCHISME

Les époques flamboyantes sont toujours dangereuses : des failles, de nature diverse, font leur apparition. Les contemporains n'attachent guère d'importance à ces mini-séismes. Il ne s'agit, pour la plupart d'entre eux, que de l'écume des jours. Dans une Europe cette fois réellement christianisée, pourquoi s'inquiéter des révoltes locales qui secouent telle ou telle population ? Quant au prestige croissant de la papauté, il n'étonne plus grand monde : la supplique de Clermont constitue, faut-il le rappeler, le premier exemple d'un appel direct du pape à la masse des chrétiens, sans tenir compte des multiples pouvoirs intermédiaires. Or des centaines de milliers d'hommes ont entendu ce discours prêché dans les montagnes d'Auvergne. Une preuve, parmi d'autres, de l'extraordinaire puissance concentrée à Rome, malgré les crises et les scandales qui se sont succédé dans la Ville éternelle.

Enfin, l'émergence d'une recherche intellectuelle, comme l'Occident n'en a plus connu depuis les IVe, Ve et VIe siècles, marque la période. Double mouvement, en réalité : d'une part, la conquête d'une autorité indépendante de Rome par les universités (essentiellement celles de Paris et d'Oxford) ; de l'autre, les traductions successives des ouvrages d'Aristote qui contraignent les professeurs à adapter leur enseignement. En quelques dizaines d'années, on découvre l'immensité de l'œuvre de ce personnage perdu au loin dans le temps. Ressortent des greniers de la pensée les débats sur le platonisme et le néo-platonisme. Peut-on marier l'héritage gréco-chrétien et la pensée aristotélicienne ? Le long débat entre saint Thomas d'Aquin (1225-1274) et saint Bonaventure (1221-1274), la victoire du premier sur le second, vont modifier les structures intellectuelles du monde chrétien : un rationalisme chrétien s'impose après saint Thomas.

Voilà d'abord l'Église confrontée à d'étranges mouvements, réformateurs dans un premier temps, hérétiques dans un second. Exemple : le cas des cathares, qui tinrent concile en 1167, en Languedoc. Voilà l'autorité de Rome contrainte de tenir compte d'un monde en plein renouvellement. Voilà l'apparition d'une libre recherche autour d'universités qui ne veulent dépendre ni des pouvoirs civils, ni des théologiens installés (mais qui rencontreront souvent la méfiance de la papauté).

En somme, tous les éléments d'une crise larvée se mettent en place. Remarquons que cette tension s'étale sur un siècle et demi. La vague hérétique date de la période 1130-1180 ; elle touche d'abord l'Italie du Nord, puis le Languedoc, la vallée du Rhône, etc. La mutation de la papauté devient manifeste entre 1180 et 1250. La période qui va d'Innocent III [1198-1216] à Grégoire IX [1227-1241]. Donc, à peu près durant le même moment historique que les hérésies. On peut faire observer que c'est environ à cette date que Rome se dote d'un système fiscal autonome (impôts sur les revenus des terres et domaines des royaumes pontificaux, ainsi que des versements consentis par les principaux diocèses). Ce qui n'a rien d'étonnant, compte tenu de la multiplication des tâches assurées par l'administration papale. Le mystère, au contraire, c'est que Rome ait réussi à exister jusqu'à la fin du XIIe siècle en puisant essentiellement dans ses ressources propres.

Quant à la mutation intellectuelle, elle est progressive. Elle commence durant le XIe siècle et poursuit sa course jusqu'au milieu du XIIIe. Si l'on veut donner deux dates, on peut dire que tout est en place lorsque Abélard (1079-1142), à la demande des étudiants de Paris, rédige et publie l'*Introduction à la théologie*. Disons, pour simplifier, qu'il s'agit de faciliter la lecture des œuvres de Pierre Lombard (1110-1166), *Somme des sentences*, qui vont constituer la référence obligatoire pour tous les étudiants pendant plusieurs siècles. Autre formulation : Abélard cherche à introduire l'usage de la dialectique, telle qu'elle est définie par Aristote, dans la réflexion théologique.

Deuxième moment clé : il se situe exactement en 1274. Thomas d'Aquin meurt en se rendant à la dernière session du concile de Lyon. Bonaventure ne va pas tarder à le suivre, puisque le deuxième grand penseur de l'époque meurt dans la même ville durant la nuit du 14 au 15 juillet de la même année.

C'est l'émergence d'une certaine modernité intellectuelle, avec Abélard. Son prestige à l'époque est impressionnant. Chacun sait qu'il fut le professeur d'Héloïse, puis son époux secret. Ce fut un scandale. Émasculé, il finit ses jours à l'abbaye de Saint-Denis, tandis qu'Héloïse prenait le voile à Argenteuil.

La disparition de saint Thomas et de saint Bonaventure, à l'époque du concile de Lyon, correspond à la fin de cette première grande mutation théologique. Celle-ci croise les autres éléments de la crise qui court du XIe au XIIIe siècle.

Le retour des hérésies

Il faut commencer par décrire la petite flambée des nouvelles hérésies, parce qu'elle est révélatrice à la fois de l'importance de la christianisation et du mécontentement provoqué par cette puissance. Entre le Ve et le XIe siècle, le temps des hérésies semble révolu. Durant la première époque de l'Église, il a permis aux chrétiens de découvrir une petite partie du contenu de la Révélation. L'intelligence du christianisme (la Trinité, la nature de l'institution ecclésiale, le mystère du libre arbitre et de la grâce, entre autres) et la naissance de la théologie (le mariage des traditions judaïques et de la philosophie grecque), tous ces débats ont dominé cette longue période. Mais, à partir des Ve et VIe siècles, l'Église assure tant bien que mal les progrès de la christianisation et la stabilité approximative de la société civile. On administre au mieux ; la réflexion demeure cantonnée dans les couvents. Même un débat aussi central que celui de l'Eucharistie, soulevé entre autres par Paschase Radbert, abbé de Corbie, et le moine augustinien Ratramne dès le IXe siècle, demeure jusqu'au XIIe une question de spécialistes ; la situation ne change qu'au concile du Latran IV (1215).

Donc les hérésies ne sont plus à la mode. Pourtant elles réapparaissent au début du XIe siècle, en France (Champagne, Orléanais et Aquitaine) et en Italie du Nord. Trois sources probables à l'origine de ces mouvements incertains : d'abord un sentiment d'injustice face à la richesse d'une partie de l'Église ; ensuite, une extension de la révolte : on commence par rejeter l'Incarnation, l'Eucharistie. Puis on se débarrasse du baptême et de l'ordination. Enfin, on élabore une pensée simpliste : il y a, face à face, le bien et le mal. Rien de plus. C'est le retour à une forme de manichéisme résiduel après six siècles d'interruption (ce qui prouve peut-être que, sous diverses formes, la diffusion de cette pensée préchrétienne n'a jamais tout à fait cessé). C'est au Languedoc que le mouvement est le plus durable, puisqu'il va s'étendre sur deux siècles.

La deuxième vague prend son élan au XIIe siècle. Cette fois, elle part de l'Italie et du sud de la France. Au départ, elle n'est pas vraiment hérétique. Elle plaide pour une réforme, et surtout pour un retour à la pauvreté évangélique. Mais très vite plusieurs prédicateurs exigent davantage. Par exemple, Pierre de Bruys. Pour lui, la pauvreté n'est qu'un premier pas. Au-delà, se dessine une religion puritaine, délivrée de sacrements et de clercs. On l'écoute. Il faudra l'intervention écrite et orale de saint Bernard pour que l'influence de Pierre de Bruys diminue. Il semble bien qu'il ait été arrêté, puis brûlé sans procès par une foule qui le haïssait.

Il y eut sans doute une troisième vague. Elle semble avoir été plus durable que les précédentes. Pourtant, elle leur ressemblait. De nouveau, on prêche un dualisme venu de Bulgarie (les « Bogomile », les « amis de Dieu »). Ces prédicateurs revendiquent publiquement les héritages intellectuels des gnostiques et des manichéens. Le cheminement de cette hérésie est plus singulier. Apparemment née en Bulgarie et en Bosnie, elle atteint, par les marchands, les commerçants et les voyageurs, l'Europe orientale. Puis elle se répand en Rhénanie et descend jusqu'au Périgord où elle s'installe dans le triangle Albi-Toulouse-Carcassonne, d'où l'appellation d'« Albigeois ». Très organisée pendant les premières années du XIIe siècle, elle devient petit à petit clandestine. L'un de ses chefs, Pierre de Lombardie, réunit autour de lui des foules nombreuses. Très vite, le mouvement hérite d'un nom : ses adeptes sont baptisés les « Cathares » (les « Purs »). En réalité, ce terme ne désignait qu'un petit groupe concentré dans le Languedoc et qui avait une religion plus construite.

En effet, la nouveauté du catharisme, c'est qu'il recrute des fidèles non seulement parmi les marchands et les artisans, mais aussi parmi les nobles. Il y eut beaucoup de convertis dans les grandes familles féodales du Sud. Raymond, sixième comte de Toulouse, soutint le mouvement.

C'était une foi étrange. D'un côté, la communauté des Parfaits qui vivait dans l'isolement et la pauvreté. De l'autre, des nobles, parfois même des évêques, qui se réunissaient pour prier, mais aussi pour danser, écouter de la musique. On prêchait une vie austère et une morale stricte. Ce qui était souvent vrai pour les Parfaits et ceux qui les entouraient. Ce qui n'avait pas grand sens pour les adhérents lointains. Si les vrais croyants pratiquaient la pauvreté et la chasteté, s'ils s'engageaient à ne pas manger de viande, à ne pas faire la guerre, à ne jamais prêter serment, le plus grand nombre des convertis vivaient comme la plupart des chrétiens ; le mariage, par exemple, avait été accepté.

Mentionnons enfin, pour boucler ce tour d'horizon, les vaudois. Ils se multiplièrent dans le Dauphiné et le Piémont. Leur créateur s'appelait Pierre Valdes (1140-1206) ; c'était un marchand lyonnais qui avait créé une secte : « Les pauvres de Lyon ». Ce seront plus tard : « les vaudois ». Certains restèrent catholiques ; d'autres refusèrent l'Eucharistie et, plus tard, les sacrements. D'une certaine manière, le culte de la pauvreté des vaudois aura une influence sur les ordres « mendiants ».

L'invention de l'inquisition

L'Église fut surprise par ces mouvements successifs. Au début, quelques prédicateurs se chargèrent d'endiguer la vague : saint Bernard, abbé de Clairvaux (1091-1153), Pierre le Vénérable, abbé de Cluny (1092-1156), Adam de l'Île, parmi les plus connus. Mais progressivement on accepta d'infliger des pénitences. Byzance, rappelait-on, condamnait à mort les manichéens. Au fil des années, il y eut une tentation d'utiliser la force. Les évêques s'y opposèrent énergiquement jusqu'en 1163. À cette date, le concile de Tours précisa les règles des procédures d'enquêtes ecclésiastiques. On décida que les Albigeois, convaincus d'hérésie, seraient livrés aux autorités civiles chargées de juger et d'appliquer la sentence. Cette mesure fut mal acceptée. Du coup, Rome franchit une étape. C'est le pape Lucius III [1181-1185] qui, à partir du concile du Latran, promulgua que les évêques avaient un devoir d'« inquisition ». Il s'agissait initialement d'enquêter sur « les perversions graves ».

Le mot est lancé. Innocent III appuie ce qui devient une répression. Le 21 juillet 1209, d'étranges croisés, conduits par Simon de Montfort, massacrent la population de Béziers (c'est avant l'assaut de cette ville que Simon de Montfort aurait prononcé la phrase célèbre : « Tuez-les tous. Dieu reconnaîtra les siens »). Cette fois, l'Église avait choisi et béni la répression violente. Voilà l'inquisition bel et bien acceptée. La procédure imaginée nous semble aujourd'hui totalement illogique. Ce sont les évêques, ou en lieu et place les inquisiteurs, qui enquêtent sur le suspect. Est suspect celui qui est dénoncé. Puis, lorsque ce dernier est considéré comme hérétique, ce sont les juges séculiers qui doivent rendre un verdict et faire appliquer les sanctions. Vers la fin de la vie de Grégoire IX, les tribunaux d'inquisition fonctionnent à plein. En Espagne, d'abord, mais aussi en France, en Italie, en Allemagne et aux Pays-Bas. Systématiquement, ce sont les dominicains qui conduisent la lutte contre l'hérésie (les dominicains sont un ordre de frères prêcheurs créé spécifiquement par saint Dominique pour lutter contre les hérésies).

Au départ, on utilise une procédure judiciaire normale. Mais très vite les règles permettant au suspect de présenter sa défense sont souvent abandonnées. Les accusateurs demeurent anonymes ; on règle ses comptes avec ses ennemis par l'intermédiaire de l'Inquisition. C'était facile : dans de nombreux cas, le prévenu devait démontrer lui-même son innocence. On le soumettait à des interrogatoires qui, souvent, furent d'une étonnante modernité : tous les moyens étaient bons pour obtenir l'aveu. Aussi paradoxal que cela paraisse, l'Inquisition constitua un petit progrès en matière judiciaire ; elle renouait en effet avec le droit romain antique (en lieu et place du *Wergeld* germanique). Pour la première fois depuis Rome, l'accusé bénéficiait, en théorie, d'un avocat, et la preuve était nécessaire avant la sentence.

Ces règles ne tinrent pas très longtemps. Juridiquement, la condamnation pour hérésie entraînait l'emprisonnement à vie, pas la mort. Pourtant, dans de nombreux cas, on utilisait l'épreuve du feu pour faire céder l'hérétique qui ne voulait pas avouer sa faute. La plupart du temps, il en mourait.

La machine implacable

Quelques papes – par exemple, Clément V [1305-1314] – tentèrent d'arrêter cette dérive dramatique. On ne voulut pas les entendre. La machine implacable de la répression idéologique était emballée. Il faudra des années pour que l'Église réussisse à se délivrer de ce cancer.

Comment peut-on expliquer cette maladie terrifiante qui ravagea une partie de l'Église entre le XIIe et le XIVe siècle ? Il ne s'agit pas d'excuser mais de comprendre : l'Église existe depuis mille ans et jamais n'a dérapé de cette manière. Pourquoi cet accident qui a marqué d'une tache indélébile l'histoire de l'Église ?

Il faut tenter d'imaginer le climat intellectuel de l'époque. Point de départ : l'existence acceptée d'une société chrétienne. Aussi bien dans ses institutions politiques que dans ses règles juridiques, l'univers était naturellement chrétien. Quiconque s'éloignait de la norme paraissait un déviant, un provocateur, peut-être même un fou. L'idée qu'il puisse, dans une certaine mesure, avoir raison ne venait à personne ; l'idée qu'il soit dans son droit en refusant les normes de l'époque était impensable. On soupçonnait l'intervention du diable.

Or, dans ce carrefour des XIe-XIIIe siècles, un certain nombre de ces déviants s'organise. Ils forment des sectes, des contre-Églises. Certains inventent des pratiques liturgiques en partie copiées sur celles de l'Église. Ajoutons que les hérétiques faisaient peur ; on craignait qu'ils ne contaminent les chrétiens. Un mélange de superstition et de peur de l'inconnu poussait les gens des villes et des campagnes à approuver l'action des évêques et des inquisiteurs. Les pouvoirs civils – rois et empereurs – conduisirent eux-mêmes les poursuites contre les hérétiques. Et cela dans des zones où l'Inquisition n'existait même pas.

Faut-il aller plus loin ? L'humanisme qui caractérise, d'une certaine manière, le climat des siècles précédents n'est-il pas en train de s'affaiblir ? Non pas que les mœurs des IXe et Xe siècles aient été douces et généreuses. Mais la cruauté légale n'existait pas encore. Au XIIIe siècle, elle est bel et bien entrée dans la pratique de la vie quotidienne. Inutile de chercher à minimiser le phénomène : pour la première fois dans l'Europe chrétienne, des pratiques annonçant les guerres idéologiques des temps modernes viennent d'apparaître.

Les papes retrouvent leur ancienne puissance

La deuxième mutation de l'Église est la montée en puissance de la papauté.

On dira qu'il ne s'agit pas vraiment d'une nouveauté ; que les papes ont toujours été là et que leurs décisions ont marqué la trame de l'histoire ecclésiale. C'est vrai. Mais cette vision rend très mal compte du changement que quelques papes vont conduire entre 1150 et 1300. Certes, ils durent faire face à une situation exceptionnelle. En 1198, le pape Célestin III meurt. Son passage à Rome n'a pas marqué d'une empreinte décisive l'histoire de ce siècle prestigieux. Les cardinaux doivent au plus tôt désigner son successeur. Pour une fois, ils peuvent délibérer sans avoir à subir les pressions de l'empereur et du roi de France. Ces deux puissances n'interviennent pas. Pourtant, les cardinaux agissent, semble-t-il, en hâte. Peut-être craignent-ils une nouvelle période confuse. Après tout, les désordres qui ont secoué la papauté ne sont pas si éloignés : l'Église sort d'un petit schisme qui a duré dix-huit ans (septembre 1159 - septembre 1177).

Ils élisent, à l'unanimité (ce n'était pas fréquent), un homme de trente-sept ans, Lotario de Segni, le plus jeune membre du collège cardinalice. Il choisit le nom d'Innocent III [1198-1216]. Ce n'est pas tout à fait un inconnu. Son oncle,

Lucius III [1181-1185], était justement l'homme qui avait redressé l'administration à partir de 1181 ; lui aussi, qui avait nommé cardinal Lotario, simple étudiant en théologie à Paris, puis étudiant en droit à Bologne. C'était pourtant un homme jeune.

Pourquoi les autres évêques l'ont-ils désigné ? Sans doute parce qu'ils étaient fatigués d'avoir un pape très âgé (Célestin III avait quatre-vingt-dix ans au moment de sa mort) ; surtout parce que la personnalité de Lotario les impressionnait : il semblait savoir beaucoup de choses et poursuivre des objectifs clairs. Il parlait de relancer une croisade, il souhaitait contrôler davantage l'ensemble des institutions ecclésiales ; enfin, il voulait engager une réforme globale de cette immensité qu'on désignait du terme de chrétienté.

Le mystère d'Innocent III est l'ampleur des tâches qu'il réussit à accomplir durant les dix-huit ans de son pontificat. Dans ce laps de temps relativement court, il intervint avec autorité dans plusieurs domaines. Avant lui, la papauté est une institution prestigieuse mais continuellement menacée ; après lui, c'est une puissance que personne ne semble pouvoir entamer. Toute l'ambiguïté de son œuvre tient en une constatation : il a tenté, et en partie réussi, à faire de Rome la clé de voûte de l'organisation sociale et politique de l'Europe. Les rois durent l'écouter. Peut-être eut-il trop de pouvoir. L'avenir allait se charger de rectifier le rêve de ce pontife prestigieux.

Pourtant, Innocent III ne fut pas le moins du monde infaillible. Il commit quelques erreurs de taille. Par exemple, il ne comprit pas que Venise allait se servir de la quatrième croisade pour déstabiliser Constantinople ; certes, il n'avait pas imaginé le sac de la ville. Il en fut pourtant en partie responsable. À partir de cette date, Venise devient l'une des puissances dominantes de la Méditerranée. Et elle récupère une bonne partie des trésors de l'ancienne Byzance. Ce fut un rapt.

Autre décision contestable. C'est lui qui, au concile de Latran IV, montre du doigt les vaudois, les cathares et les juifs, puis les désigne aux autorités séculières.

Enfin, Innocent III ne comprend pas les intentions réelles de Simon de Montfort. Il le soutient envers et contre tous ; moyennant quoi, il passa l'incendie de Béziers par profits et pertes. Ce qui était une erreur magistrale.

Quelles sont les orientations voulues par Innocent III qui marquèrent son passage ? Pourquoi certains historiens affirment-ils qu'il fut le plus grand des papes – ce qui n'a évidemment pas grand sens ? Il faut se pencher un instant sur son action. En tout cas, donner quelques exemples des décisions qu'il imagina et sut imposer.

En voici une. C'est lui qui met au point les règles de l'élection du pape, déjà définies au concile de Latran III (1179). Ce sont les cardinaux qui doivent le désigner. Pour cela, ils se réunissent en conclave. Celui-ci doit être strictement isolé : un collège électoral ne doit subir aucune pression. C'est lui encore qui impose la règle d'une majorité des deux tiers. À partir de cette date, il devient théoriquement impossible de manipuler les cardinaux. On verra, au moment du Grand Schisme, comment ce principe fut de nombreuses fois tourné. N'empêche : sur longue distance (sept siècles), ces règles de désignation vont prouver leur solidité. On a dit longtemps qu'elles facilitaient la nomination de papes italiens. Or, il suffit de jeter un coup d'œil sur la longue liste des papes pour comprendre que cette affirmation doit être nuancée. Depuis la naissance de l'Église, il y eut des papes de plusieurs nationalités.

Dominique et François

Deuxième exemple. C'est lui qui, malgré les dénonciations et les rumeurs, soutient sans défaillir saint Dominique (1170-1221) et surtout saint François d'Assise (1182-1226). Le second fut, on le sait, en butte à tous les esprits timorés, et Dieu sait s'il y en avait. Innocent III n'écouta personne. Il avait parfaitement compris que François introduisait dans la pratique du christianisme monastique un changement important. Non pas seulement l'apologie de la pauvreté : il ne fut pas le seul, et ce n'est pas sur ce point qu'il ouvrit une voie nouvelle. Disons qu'il avait une compréhension presque instinctive de l'Évangile, de son mystère et de l'angoisse contenue dans ces lignes. En même temps, il fut l'homme qui secoua l'apparente tristesse de la foi ; avec lui, surgit une nouvelle aube pour les frères qui rejoignirent son ordre. Et même pour les laïcs auxquels il révéla la clarté du Christ et la beauté du monde.

François était considéré comme un mauvais esprit. Innocent III le défendit sans tenir compte des accusations qu'on répandait sur lui. En ce sens, ce pape, juriste et intransigeant, fut à sa manière un novateur.

Autre changement imaginé par Innocent. C'est lui qui crée le concept de *plenitudo potestatis*. Selon Innocent III, le pape, successeur de Pierre, est seul dépositaire des pouvoirs exceptionnels que le Christ a donnés au chef de l'Église. Il n'y a donc qu'une tête commune pour tous ; elle a pour fonction principale de maintenir l'unité des croyants. Le pape est le premier parmi tous les autres. Dès cette époque, quelques théologiens estiment qu'il est infaillible dans les domaines touchant directement la foi ; c'est le tout début du débat sur l'infaillibilité. Mais à l'époque il demeure marginal. En tout cas, Innocent III ne s'aventure pas jusque-là.

Dans le domaine de la vie ordinaire des chrétiens, Innocent III fait du concile de Latran IV l'un des plus importants de cette période : près de cinq cents participants, d'après certaines sources, et une œuvre législative considérable. Elle achève l'ensemble des travaux entrepris par Grégoire VII à la fin du XIe siècle, et qu'Innocent III poursuit jusqu'au début du XIIIe siècle. Le concile mène à leur terme les nécessaires précisions concernant les sacrements. D'abord la pénitence. Latran III (1179) avait défini le principe essentiel ; mais c'est Latran IV (1215) qui entre dans le détail : les chrétiens devront se confesser au moins une fois l'an. Il serait préférable qu'ils reçoivent le sacrement de pénitence avant Noël, avant Pâques, avant la Pentecôte. Ce fut un changement important. La confession demandait un effort exceptionnel pour de nombreux chrétiens (énumérer devant un autre homme les fautes qu'on a commises n'allait pas de soi) ; elle était aussi un acte de libération intérieure. On a reproché à cette pratique du sacrement de pénitence de pousser les croyants à se mettre tout simplement en conformité avec les règles de l'Église plutôt qu'avec Dieu et leur conscience. Il est difficile de répondre. En tout cas, la confession va constituer une pratique sacramentelle fondamentale. Ces règles furent précisées à cette date ; en particulier, l'interdiction absolue pour les confesseurs de rapporter à qui que ce soit ce qui leur avait été confié.

Dernière remarque. Innocent III et Latran IV précisent la nature de l'Eucharistie. Le corps et le sang du Christ sont contenus sous les espèces du pain et du vin. C'est une réfutation à ce que disent les cathares. Mais c'est aussi un appel aux fidèles pour qu'ils communient. Curieusement, cette recommandation ne fut pas immédiatement suivie d'effet. Beaucoup de chrétiens redoutaient de commettre un sacrilège. On ne s'approchait de la communion qu'avec crainte et tremblement : la rencontre entre le croyant et Jésus-Christ semblait un moment inouï. Il faudra des siècles pour que la communion fréquente devienne une des pratiques ordinaires des chrétiens.

Voilà quelques-unes des modifications ou des précisions qu'Innocent III contribua à établir dans l'Église. Ce ne sont là que certains de ses efforts. Les historiens de l'Église confient que, s'il avait été un saint, il aurait occupé une place importante parmi les plus grands papes. Mais il n'était pas un saint.

D'autant qu'il faut tenir compte du rôle politique qu'il joua. Il opposa sa suzeraineté à la reine Constance, femme de l'empereur Henri VI, décédé en 1197 ; puis il demeura le tuteur de son fils Frédéric et élimina les influences allemandes en Italie. Pour défendre l'héritage italien de la comtesse Mathilde, Innocent III n'hésita pas à excommunier l'empereur Othon de Brunswick qu'il avait couronné lui-même en 1209. Logiquement, il appuya Philippe Auguste qui battit Othon à Bouvines en 1214. Même autorité impitoyable vis-à-vis de l'Angleterre : Jean sans Terre fut excommunié, puis fit sa soumission et ne fut plus qu'un vassal du Saint-Siège. Lorsque Innocent mourut (1216), il avait la conviction d'avoir fait de la papauté une autorité supérieure à celle des rois de l'époque. Bien entendu, ce fut une illusion.

Les universités découvrent la liberté de penser

Peut-on résumer l'étonnante explosion intellectuelle qui secoue la chrétienté occidentale ? Difficilement. Il est simplement possible de résumer les étapes de cette mutation qui va s'accomplir en un peu plus de deux siècles. Disons qu'Abélard frappait les trois coups et que la transformation est dans l'ensemble achevée lorsque Thomas et Bonaventure meurent durant les dernières semaines du concile de Lyon convoqué par Grégoire X en 1274.

Une remarque préliminaire : tout se tient durant ces quelques siècles prestigieux. C'est parce que la chrétienté a atteint son âge d'or, parce que l'on naît chrétien d'un bout à l'autre de l'Europe, que dans les couvents les moines ont conservé et médité les Pères de l'Église, transmis d'une génération à l'autre les richesses de la tradition chrétienne ; c'est parce que la culture n'est plus réservée aux clercs, mais qu'à travers les universités, elle atteint pour la première fois, depuis la Grèce, un public relativement large ; c'est pour toutes ces raisons que surgissent soudain ceux qu'il faut bien désigner du terme d'intellectuels chrétiens.

C'est la découverte du « vrai Aristote » qui va provoquer stupeur, admiration, confusion et, enfin, entraîner une recherche sur l'ensemble du corpus chrétien global. Dans les universités de Paris, puis de Bologne et d'Oxford, on cherche à comprendre la signification de l'œuvre de ce génie mal connu. L'objectif, progressivement formulé, est d'introduire les catégories aristotéliciennes dans ce qui va devenir la théologie. Or le paradoxe, c'est que les traductions d'Aristote n'arrivent qu'au compte-gouttes. Lorsqu'il écrit au XIe siècle, Abélard n'en connaît qu'une partie ; lorsqu'il rédige – sous la pression de ses étudiants qui veulent participer au changement amorcé – son *Introduction à la théologie*, l'essentiel de son effort consiste à intégrer la dialectique au sein de la réflexion théologique. On constatera, bien plus tard, au moment de la Réforme, que c'est cette dialectique elle-même qui scandalisera Luther.

Aristote ou le retour d'un fantôme

Abélard va réussir. Ce fut pour lui une victoire éclatante qui mettait – il le croyait tout au moins – un point final à l'influence tatillonne et conservatrice des maîtres d'alors. Or, encore une fois, Abélard n'avait lu qu'une toute petite partie d'Aristote.

Pourtant, ces « maîtres d'autrefois » ne demeuraient pas immobiles. À partir de 1100, on voit paraître les *Sentences*. Ce sont des recueils où sont regroupés textes bibliques, réflexions de tel ou tel Père de l'Église et autres documents incontestés. Grâce à Pierre Lombard, les *Sentences* permirent une classification des extraits cités ; progressivement, opinions et jugements commencent à émailler les *Sentences*. Nous sommes en face d'une première tentative pour regrouper et faire connaître l'essentiel du corpus chrétien.

Bien entendu, les étudiants qui entouraient Abélard ne voulaient pas en rester là. Il fallait que le maître relise les *Sentences* et leur donne une touche de modernité. Du coup, une discipline nouvelle sort de terre : c'est la théologie, devenue quelques années plus tard, grâce à Thomas, *une science supérieure*, déclare ce dernier, *à toutes les autres* : la philosophie n'est plus que « la servante de la théologie », estime-t-on.

Abélard n'est pas seul. Ce début d'ébullition intellectuelle va toucher d'autres auteurs. Un moine de Paris, Hugues de Saint-Victor, mort en 1141, écrit à la manière d'Augustin un traité où il récapitule l'économie de la création, de la rédemption, de la sanctification. C'est un autre essai de synthèse philosophique du christianisme.

On trouverait bien d'autres philosophes qui cherchent, plus ou moins adroitement, à traduire le discours chrétien dans la langue de l'époque. Tout le monde, faut-il le préciser, n'est pas d'accord. Saint Bernard rompt quelques lances avec Gilbert de la Porrée (dialecticien et néo-platonicien). Ce n'est pas grave. L'Église laisse faire. Après tout, ces recherches intéressent bon nombre d'évêques et d'abbés.

Lorsque Pierre Lombard publie les *Sentences*, son œuvre couvre l'ensemble de la pensée et de la révélation chrétiennes. L'ouvrage sera la référence obligée de tous les théologiens qui vont apparaître dans les siècles qui vont suivre.

Impossible de résumer en quelques pages cette explosion intellectuelle. On a dit et répété qu'avec la cathédrale gothique, c'était l'expression majestueuse d'une première renaissance. Comme toute image, celle-ci n'est qu'approximative. Mais l'œuvre de Thomas va réellement achever cette construction théologique. Comme Augustin a marqué le christianisme des premiers siècles, Thomas va faire du mariage de la foi et de la raison l'un des piliers non seulement de la théologie, mais aussi de la civilisation tout court. Nous passons progressivement de la vision abrupte de l'évêque d'Hippone à la vision rationnelle de Thomas. Nous entrons dans un univers qui annonce déjà Descartes.

Il faut se pencher sur la vie et sur l'œuvre de cet homme, de ce saint dont chacun connaît le nom mais que peu de gens ont lu.

Saint Thomas d'Aquin impose la raison

Rien ne prédispose ce fils d'un petit noble italien à devenir l'un des maîtres intellectuels de la foi. Aquino est une toute petite ville située entre Rome et Naples. Roccasecca, le lieu-dit où il voit le jour en 1224 ou 1225, est situé sur la frontière délimitant les terres d'Empire et les possessions du pape. C'est au monastère du mont Cassin – qui est assez près de chez ses parents – que Thomas apprend à lire, écrire ; c'est là qu'il découvre la Bible et les Pères de l'Église. Plus âgé, il part à Naples où l'on vient de créer une université. C'est sans doute là qu'il découvre la science arabe et le rationalisme grec. À dix-neuf ans, il entre dans un ordre religieux tout neuf : les frères prêcheurs, dont le fondateur était l'Espagnol Domingo de Guzman : ils s'appelleront bientôt les dominicains. Domingo de Guzman était un chanoine d'Osma. Il voyagea au Danemark, puis à Rome. Il était austère et pauvre. C'est Foulques de Toulouse qui le conduisit à Rome, et insista auprès d'Innocent III – réticent – pour que celui-ci accepte la création d'un ordre nouveau : l'ordre des Prêcheurs.

Rien à dire en ce début de la vie de saint Thomas. Un seul détail : ses parents désapprouvent ses intentions ; avec détermination, puisqu'ils le font enlever sur la route de Paris. Le fils voulait se rendre là-bas. N'oublions pas que Paris est le centre du bouillonnement intellectuel européen. Dans cette université prestigieuse, on peut presque tout dire : l'usage des controverses permet d'aborder quelques thèmes un peu trop aventureux ; par exemple, c'est là qu'on parle sans trop de gêne de l'œuvre de Siger de Brabant. Siger (1235-1281) était un philosophe et un professeur à l'université de Paris. Lecteur d'Averroès, il croyait à l'éternité du monde et à l'unité de « l'âme intellectuelle ».

Il faut bien se rendre compte du climat de ce moment. Les deux hommes forts sont, en Allemagne Frédéric II de Hohenstaufen [1212-1250], en France saint Louis [1226-1270]. Les ordres nouveaux qui modifient la sensibilité chrétienne sont d'abord les Franciscains (créés par François d'Assise), les Clarisses (créées par Claire) et les Dominicains (fondés par Dominique). Partout, la raison s'installe en force ; mais, en même temps, la pauvreté et la foi renouvellent l'éternel appel à la sainteté. Durant ce XIIIe siècle, il y a convergence entre l'intelligence et la foi.

L'œuvre de Thomas est impressionnante. Élève d'Albert le Grand (1193-1280), il suit son maître à Cologne ; exactement au moment où l'université sort de terre. Puis il revient à Paris, enseigne et reçoit la maîtrise en 1256. Il a trente et un ou trente-deux ans. Il vient donc de réussir une première performance : obtenir un tel grade si jeune (il faut quinze ans d'études pour obtenir la maîtrise de philosophie). Il est nommé directeur de l'une des écoles dominicaines de Paris, sise rue Saint-Jacques. Puis il part pour l'Italie et enseigne un peu partout. Retour à Paris en 1268. Durant toutes les années qui suivent, il prêche et il écrit sans cesse. Il meurt en 1274, en allant de Naples à Lyon ; il n'avait pas tout à fait cinquante ans.

La confiance dans l'homme

Impossible de résumer l'œuvre de Thomas. Disons simplement que sa pensée s'articule autour de deux axes. D'abord, une confiance délibérée dans la raison humaine. Ensuite la certitude que la foi englobe la raison.

L'influence de la pensée grecque marque notre jeune théologien. Il veut arracher la théologie à l'influence d'Augustin. L'homme n'est pas condamné à la détresse ; sa raison n'est pas fragile. Il faut avant tout réhabiliter l'intelligence.

À vrai dire, les Pères de l'Église et les docteurs chrétiens avaient fait l'éloge de l'intelligence humaine bien avant

Thomas. Mais cette participation de l'homme à la lumière de Dieu était, en général, tenue en suspicion : « l'orgueil de l'esprit » constituait une menace qui pesait sur la plupart des chercheurs.

En réalité, Thomas trouve le terrain en partie déblayé. La traduction d'Aristote a déjà modifié la sensibilité intellectuelle. Abélard a tenté de lire les textes bibliques à la lumière de la dialectique. Thomas n'entend pas en rester là : ne rien faire, ne rien écrire, c'est laisser l'apologie grecque de la raison prouver que la foi est un non-sens. Ou, si l'on préfère, une « certitude qui ne repose sur rien ». Du coup, il ne s'agirait plus exactement de la foi, mais d'une opinion, rien de plus.

C'était la position d'Averroès (1126-1198), sans doute le premier rationaliste dans le sens moderne du mot. Il vit soit à Cordoue, soit au Maroc, où il mourra. Sa culture est exceptionnelle. Mais surtout c'est en partie à travers lui que l'œuvre d'Aristote atteint les premières universités du monde chrétien. Averroès est un croyant ; il n'existe aucune raison de suspecter sa foi. Mais il tient à la raison. Pour lui, la foi et la raison fondent deux vérités inconciliables. L'autonomie de la seconde ignore superbement Foi, Espérance et Charité. Pour lui, il n'existe aucun moyen de rapprocher ces deux univers de l'esprit. Pour les chrétiens, l'âme est immortelle ; pour les autres, elle disparaît avec le corps auquel elle était unie.

Voilà l'un des points que Thomas conteste. Du coup, il va réussir à placer les deux énigmes opposées dans des plans distincts. Il y a, sans nul doute, une autonomie de la raison. Mais elle s'exprime à l'intérieur de la foi. Or celle-ci ne se développe que grâce à la théologie ; c'est-à-dire à l'intelligence de la foi. Naîtra de cet effort de réflexion une véritable « science » autonome, dans le sens ancien du terme.

Ce point de départ scandalise quelque peu. Saint Bonaventure, qui appartient à la tradition augustinienne, rétorque à saint Thomas qu'il tente de « mettre l'eau de la raison dans le vin pur de la sagesse divine ». À quoi saint Thomas répond avec humour : « Déjà à Cana, l'eau fut changée en vin. » Au fil des années, cet esprit singulier va construire une forme de pensée qui permettra la coexistence de la raison et de la foi. On a pu dire que c'est bien lui qui, sans le vouloir, a ouvert la voie à ce qu'il faut bien appeler les temps modernes. Désormais la raison humaine est investie d'une puissance nouvelle : c'est elle qui permet de comprendre la nature et de bâtir la dimension intellectuelle de la foi. La raison joue dans les deux directions, comme l'art sur le portail des cathédrales gothiques.

Cette théologie nouvelle sera dite « scolastique » parce qu'elle est d'abord destinée aux écoles ; mais aussi parce que son mode de développement est rigoureux. La lecture édifiante de saint Thomas est difficile aujourd'hui. Mais le rythme, la construction de sa pensée ont parfaitement tenu la distance : avec Thomas, le principe une fois posé débouche, par une série d'étapes claires, sur une conclusion logique.

Telle quelle, son œuvre va marquer toute la pensée de l'époque. Peut-être faut-il rappeler que bon nombre de ses propositions furent solennellement réfutées après sa mort. Pourtant, dès 1323, Thomas est canonisé ; c'est-à-dire un demi-siècle à peine après sa mort, grâce au soutien qu'il reçoit de son ordre. Ce qui met un point final à la controverse le concernant. N'empêche : son image, durant quelques siècles, sera un peu ternie par cette histoire de « réfutation », quelque peu ridicule.

Voilà les éléments, ou les signes, qui prouvent à quel point cette époque fut décisive pour l'avenir de l'Église. Les premières tempêtes ne vont pas tarder. Sans doute est-ce l'extrême centralisation de la papauté qui va précipiter ce que l'on désignera du terme de Grand Schisme (1378-1417).

CHAPITRE 21

LA CAPTIVITÉ D'AVIGNON

L'apparition d'Avignon dans l'histoire de l'Église est surprenante. Pourquoi abandonner Rome ? Pourquoi choisir cette ville située entre la France et l'Italie ? Pourquoi la papauté va-t-elle rester soixante-dix ans enfermée dans cette forteresse au soleil ? Est-ce qu'Avignon ouvre l'époque du Grand Schisme ?

L'abandon de Rome n'avait rien d'étonnant. Comme souvent, l'Italie était en ébullition. À Rome, les émeutes contre le pape devenaient ordinaires. On dira que cette situation n'était pas tout à fait une première. Les cavalcades dans les rues de la Ville éternelle, la fuite du pape et son remplacement par d'éphémères antipapes, tout cela était bien connu.

Pourtant, en cette fin du XIIIe siècle, quelques éléments nouveaux viennent compliquer l'équation. Celui-ci, tout d'abord : il existe désormais une véritable administration romaine. Ce qu'on désigne du terme de curie (du latin *cura* : institution qui prend soin, et s'occupe de gérer et d'administrer ; le mot de « curé » vient de là) n'est plus un élément secondaire. La curie, en particulier, est devenue un système complexe, un peu lourd, mais rodé et efficace. Difficile de poursuivre les tâches administratives et politiques qu'impose l'immensité de l'Église au milieu d'un vacarme de combats et de révoltes. La papauté souhaite bénéficier d'un lieu à peu près protégé.

D'autant que le pape n'a pas vraiment le choix. Il a besoin d'un protecteur puissant. La France de Philippe le Bel devrait pouvoir jouer ce rôle. Le roi de France, d'ailleurs, souhaite garder la papauté sous son obédience. Or, l'occasion inattendue se présente : le nouveau pape est français.

À ces deux raisons vient s'ajouter un zeste de hasard. Un conclave réuni à Péronne désigne pour succéder à Benoît XI (mort le 7 juillet 1304) l'évêque de Bordeaux. Voilà notre Français. Il choisit le nom de Clément V [1305-1314] et s'achemine vers l'Italie à petits pas. Il souhaite faire étape à Avignon ; mais quelques semaines seulement, le temps de régler quelques problèmes avec le roi de France. Ces choses-là, hélas, sont plus longues qu'on ne le croit. Pendant que le roi et le nouveau pape confèrent par ambassadeurs officiels ou officieux, la curie s'installe. Administrateurs et collaborateurs du pape découvrent avec ravissement les avantages d'Avignon. D'abord, c'est une ville fortifiée : finis les révoltes du peuple romain, les affrontements des grandes familles, la présence permanente des représentants de l'empereur. Grâce aux remparts de la ville et à la protection de la France, la papauté va connaître, pense-t-on, une période tranquille. Ce n'est qu'à demi exact.

La captivité de Babylone

Ensuite, la papauté va pouvoir rétablir ses finances. Ce qui est vrai, mais va susciter bien des grondements. Les contemporains et quelques historiens firent à cet épisode avignonnesque une mauvaise réputation. L'imaginaire voit le pape allongé sur des divans profonds, entouré de princes et de responsables de la curie, dégustant des gibiers rares. Les historiens disent, eux aussi, des bêtises. Pourtant, l'opulence relative d'Avignon était bien réelle : Catherine de Sienne, docteur de l'Église (1347-1380), dénonce à l'époque ce qu'elle désigne du terme de scandale d'Avignon, d'où l'expression « la captivité de Babylone ».

Il est vrai que cette papauté éloignée de Rome, soumise au contrôle discret du roi le plus autoritaire de l'époque, ne constitue pas un cas de figure modèle. Chacun sent qu'entre le pape et la Ville éternelle existent des liens mystérieux. Rome, qui avait reçu le corps de Pierre et celui de Paul, la cité qui avait, en mille ans, tissé l'immense toile de la chrétienté, devait redevenir le centre vivant de l'Église. Avignon ne pouvait durer. Ou bien c'est le corps ecclésial, dans son ensemble, qui allait progressivement ressentir les effets de cette papauté plus seigneuriale que spirituelle.

Pourtant, durant cette longue période, l'administration de la papauté prend une forme moderne. C'est Jean XXII [1316-1334] qui organise et étend les contacts réguliers entre la curie et les multiples églises dispersées dans le monde d'alors. La volumineuse correspondance – qui existe toujours – témoigne de cette activité. Même dynamisme dans la mise au point de la réforme judiciaire. C'est Clément V [1305-1314] qui établit les règles des tribunaux réguliers. Exemple : le consistoire, c'est-à-dire le pape et les cardinaux, devient la véritable cour d'appel de l'Église. Les sentences rendues localement par les juges délégués peuvent venir en Avignon. Autre création : le tribunal de la Rote. À partir de sa naissance, en 1331, elle contrôle les finances de l'Église et tout particulièrement les bénéfices. Puis elle devient une cour suprême en ce qui concerne les multiples affaires matrimoniales.

Cette bureaucratie naissante coûte cher. Or les papes ne disposent plus des traditionnels revenus italiens. Il faut donc recourir à l'impôt. Oh, un impôt bien modeste. En réalité, ce sont les banquiers italiens qui se chargent d'avancer l'argent et de récupérer les recettes fiscales auprès des évêques. Apparaissent en tout cas les percepteurs pontificaux ; comme on s'en doute, ils furent cordialement détestés. La mauvaise humeur contre eux, contre l'Inquisition, contre la rapacité des créatures de la papauté, tout cela facilitera le développement d'un climat de rancune et de colère qui allait jouer un rôle important après le retour en Italie.

Le scandaleux procès des Templiers

Ajoutons que Clément V fut de plus en plus considéré comme une créature de Philippe le Bel. Il annula, entre autres, les mesures prises contre le roi par Boniface VIII [1294-1303] ; il accepta la suppression de l'ordre des Templiers (1312). L'histoire est connue, mais elle demeure scandaleuse.

On sait ce que furent les Templiers. Durant l'époque du royaume chrétien de Jérusalem (1099-1291), deux ordres religieux furent créés : les Hospitaliers (1113) et les Templiers

(1119). L'un et l'autre furent des ordres militaires. Mais la fonction du premier était la protection, le logement et l'accompagnement des pèlerins ; puis, au fil des années, les Hospitaliers (ordre de l'Hôpital Saint-Jean) prirent en charge non seulement les voyageurs, mais aussi et surtout les malades perdus sur le chemin de l'Orient.

Les seconds devinrent très vite une véritable armée. Retranchés dans des forteresses (le krak des chevaliers en Syrie est l'une des plus célèbres), ils étaient de véritables moines à l'intérieur de leur maison, et de vrais guerriers lorsqu'ils en sortaient. Leur double vocation monastique et militaire était rigoureuse. Ils furent les meilleurs défenseurs du royaume chrétien. En Europe, ils établirent des commanderies, centres de recrutement et de formation pour les futurs membres de l'ordre ; ils fondèrent aussi des hôpitaux fort bien tenus. Les Templiers étaient riches ; après la disparition du royaume chrétien, ils se concentrèrent en Europe. L'ordre s'enrichit encore, grâce à des activités bancaires et financières, officiellement réprouvées mais que les États utilisaient sans vergogne.

Or, Philippe le Bel avait besoin d'argent. Il commence par s'emparer des biens des juifs et des marchands italiens (Lombards). Puis en 1307, le roi décide de s'emparer de la richesse du Temple. Il ordonne à Nogaret, son principal ministre, d'arrêter tous les membres de l'ordre. À cette date, le pape n'a même pas été consulté.

Presque tous les moines sont jetés en prison, interrogés et torturés. On veut leur faire avouer leur incroyance, leurs hérésies et surtout leurs mœurs. À bout de force, beaucoup avouent tout ce que la justice du roi veut entendre.

Inquiet, le pape décide d'intervenir. À son tour, il exige l'arrestation des Templiers et demande donc au roi de lui restituer les membres de l'ordre déjà incarcérés. Méfiant, Philippe accepte. Cette fois, le procès reprend, mais devant des juges religieux. Plus de tortures. Bien entendu, la plupart des condamnés reviennent sur leurs aveux. Ils sont des relaps, donc passibles du bûcher. Commence dès lors une épreuve de force diplomatique entre le pape et le roi. Ce dernier ne veut pas accepter que l'on revienne sur les condamnations de ses tribunaux. Il met tout son poids dans la balance. Et le pape a trop besoin du roi pour résister longtemps. On conclut un compromis : il y aura un troisième procès, conduit à la fois par les juges du pape et les juges du roi. En 1312, le pape cède devant Philippe le Bel. Il ne s'oppose plus aux condamnations à mort pour cause d'hérésie ; pourtant, au concile de Vienne (1311-1312) qui se tient à peu près à cette date, évêques et pères conciliaires s'opposent à cette décision. D'après eux, les Templiers ont le droit de subsister, et l'État doit leur restituer leurs biens.

Il était, bien sûr, trop tard. D'ailleurs, c'est à ce moment que Clément V mourut. Et il fallut deux ans pour que son successeur soit désigné. À cette date, presque tous les Templiers étaient morts.

Dans l'esprit de Philippe le Bel et des cardinaux, le nouveau pape ne devait pas durer longtemps. Il avait en effet soixante-douze ans, et prit le nom de Jean XXII [1316-1334]. Malheureusement, pour les malins, il vécut jusqu'à quatre-vingt-dix ans, acheva de mettre au point les mécanismes financiers de la papauté. Il restait de l'argent dans les caisses lors de sa mort : un cas de figure extrêmement rare. Durant son long pontificat, et sans se préoccuper des mauvais esprits, il canonisa Thomas d'Aquin (1323) et se brouilla avec l'empereur d'Allemagne, Louis de Bavière. Pour pimenter cet étrange règne, il fut la cible de deux polémistes de talent : Marsile de Padoue et Guillaume d'Occam. L'un et l'autre tentèrent de démontrer que l'autorité du pape était simplement humaine. C'étaient les pouvoirs et les ruses qui avaient permis à la papauté de s'octroyer une telle puissance. Pour eux, l'Église n'était qu'un organisme dépendant des États. Marsile, poussant plus loin sa réflexion, affirmait que la religion était une défroque d'autrefois. Tout juste s'il acceptait que le Christ ait créé les prêtres. Point final de sa théologie.

Ces réflexions n'auraient pas mérité d'être mentionnées aujourd'hui. Il y a eu bien d'autres sottises écrites et proclamées tout au long de l'histoire ecclésiale. Mais les thèses de Marsile et d'Occam allaient jouer un rôle important au moment du Grand Schisme. Or, nous nous en rapprochons très vite. Les cinq papes qui succédèrent à Jean XXII n'eurent qu'une influence secondaire. C'est Grégoire XI qui reprend le chemin de Rome. La parenthèse d'Avignon est pratiquement achevée. Mais le rôle de cette ville, dans les désordres de la papauté qui commencent, est loin d'être terminé.

CHAPITRE 22

LE GRAND SCHISME
ROME N'EST PLUS DANS ROME

À quarante-sept ans, Grégoire XI [1370-1378] est un pontife inquiet. Il a eu l'audace de revenir à Rome. Il lui a fallu faire transporter une partie des documents de la curie sur des charrettes ; même voyage pour les données politiques et religieuses en instance. Tout cela a demandé des efforts et du temps. Or la santé du pape est médiocre. D'autant qu'il ne supporte ni le climat de la ville, ni surtout les émeutes qui se succèdent jour après jour sous ses fenêtres. Malgré sainte Catherine de Sienne, docteur de l'Église, qui l'a poussé à ce voyage épuisant, il songe à retourner à Avignon. Il a besoin d'une atmosphère apaisée pour gouverner l'Église. Enfin, il souhaite pouvoir retourner à son jardin secret : les sciences.

Malheureusement, son plan vole en éclats. Quatorze mois après son arrivée à Rome, il meurt. La désignation de son successeur marque le début d'une crise qui va durer près de quarante ans. L'histoire enregistre cette invraisemblable succession d'événements sous l'appellation de Grand Schisme. Cette crise, d'ailleurs, se déroule durant une période tragique, marquée par la peste, la guerre de Cent Ans, les cavalcades sinistres des mercenaires dans une Allemagne divisée, c'est-à-dire le premier déclin spectaculaire d'une Europe pré-moderne.

Pourtant, il ne s'agit pas du premier schisme. Il y en eut beaucoup d'autres (par exemple, celui qui s'est déroulé sous Alexandre III et que nous avons raconté plus haut). En somme, les antipapes ont traversé la scène romaine, encadrés de troupes armées et de nobles ambitieux.

Mais, dans la plupart des cas, c'étaient de petites crises qui n'eurent pas de conséquences durables sur l'Église. Rien de commun avec le Grand Schisme : commencé par une sottise – presque incompréhensible –, il va se développer et s'étendre d'un bout à l'autre de l'Europe. Il va contraindre évêques, princes et universitaires à imaginer une théorie nouvelle qui tient en une formule : le pouvoir ultime dans l'Église – lorsque le pape est empêché ou gravement contesté –, c'est le concile. C'est bel et bien une révolution. Elle échouera par impuissance. Mais les conséquences du Grand Schisme seront durables.

Le détonateur, d'abord. À la mort de Grégoire XI (1378), il y a seize cardinaux à Rome. C'est la conséquence de la politique des papes d'Avignon : ne renouveler que très progressivement le collège. Presque tous sont des hommes issus de milieux aisés. Ils sont cultivés et aristocrates. Ils s'intéressent davantage à la politique qu'à l'avenir du peuple chrétien. Parmi eux, il y a quatre Italiens, un Espagnol et onze Français. Mais ces derniers sont divisés en deux camps qui semblent irréconciliables : d'un côté, les « Limousins » qui ont soutenu les papes d'Avignon, de l'autre ceux qui souhaitent un changement général. Le peuple de Rome, les représentants des grandes familles, exigent en tout cas un pape romain, à la rigueur italien. L'époque des papes français est, pour eux, révolue.

Les cardinaux s'entendent avant la réunion du conclave. Ce sera Bartolomeo Brigano. C'est un dignitaire de la curie qui a longtemps résidé à Avignon. Chacun s'accorde sur son sérieux ; on estime qu'il permettra le rétablissement progressif de la papauté à Rome. Il est élu très vite ; dans la rue, la foule continue à gronder.

Brigano, archevêque de Bari, choisit le nom d'Urbain VI [1378-1389]. Et tout de suite, il révèle sa vraie nature : c'est un homme profondément religieux, très austère, qui par despotisme jette en prison ceux qui lui résistent. Il introduit la torture à Rome. Chacun tombe de haut. Comment cet homme a-t-il pu dissimuler pendant tant d'années ses pulsions tyranniques ?

Apparition d'un deuxième pape

Les cardinaux français choisissent de disparaître. Très vite, ils sont rejoints par les Italiens. Une fois de plus, sainte Catherine de Sienne tente de rapprocher les deux groupes. Mais il est trop tard : le camp des cardinaux qui ont choisi de s'éloigner désigne à l'unanimité le cardinal Robert de Genève. C'est un homme jeune, compétent, quelque peu arrogant (il est cousin du roi de France). Il prend le nom de Clément VII. La chrétienté a désormais deux papes.

On dispute, on expédie des missi dominici à la cour des rois et auprès des évêques influents. Deux camps se dessinent assez vite. D'un côté l'Empire, c'est-à-dire la Hongrie, la Bohême, les Flandres, les Pays-Bas et, en prime, la Castille et certaines régions d'Italie. De l'autre, la France, l'Écosse, la Savoie, l'Autriche et bientôt l'Aragon et la Navarre. Au bout de quelques années, il devient évident que la réconciliation est impossible. D'autant que chaque pape développe sa propre administration et nomme de nouveaux cardinaux. Ce sont deux pouvoirs, l'un et l'autre canoniques, qui s'opposent.

Bien sûr, chaque camp affirme que l'autre est illégitime. Urbain VI argue de son antériorité : il vient, dit-il, d'être élu dans des conditions irréfutables. Ce n'étaient pas les criailleries de la population romaine qui avaient contraint les cardinaux à le désigner.

Clément VII, installé à Avignon, faisait remarquer qu'il avait bénéficié d'un nombre élevé de voix : ce qui était exact, à ceci près que de nombreux cardinaux avaient voté *successivement* pour Urbain VI, puis pour Clément VII. Comment sortir de cette impasse ? Chacun expédie des « déclarations » pour prouver sa bonne foi. Mais d'autres documents démontrent le contraire. Difficile de trancher.

Il semble bien que la position d'Urbain VI ait été un peu plus solide que celle de Clément ; de nombreux documents plaident en sa faveur. En particulier, les dépositions de Catherine de Suède et de Catherine de Sienne devant une commission constituée en 1379.

Ce n'est pas l'essentiel pour les évêques, les théologiens et les universitaires. Ils posent une question globale : qui doit diriger l'Église ? Il va de soi que c'est, en temps ordinaire, le pape, élu dans des conditions canoniques par le collège des cardinaux. Mais le souverain pontife peut être empêché ; on parle, à cette époque, d'une théorie monarchique de l'Église. Au sommet, il y a le pape ; tout près de lui, le collège des cardinaux. Ensemble, ils forment un premier cercle. Les évêques constituent le second. Enfin, en cas de carence du pape et des cardinaux, l'autorité passe entre les mains du concile. Très vite, quelques théologiens (Marsile et Occam, entre autres, comme on l'a vu plus haut) poussent la logique au-delà : puisque le concile constitue le pouvoir d'appel, c'est qu'en vérité il possède l'autorité ultime. C'est donc le concile, et lui seul, qui dit le droit dans l'Église.

Et si le concile tranchait entre les deux papes ?

À l'époque, la suggestion de recourir à un concile général, pour sortir de l'impasse ridicule des deux papes, était assez naturelle. On fit remarquer que seul le pape disposait de l'autorité nécessaire pour convoquer un concile. Riposte immédiate des partisans du concile général : il y a quelque chose qui est au-dessus des lois. C'est la nécessité.

Le débat public est ouvert. Il va se prolonger durant des années. Urbain VI – le pape romain – meurt en 1389 ; le collège des cardinaux, qu'il a, pour la plupart, désignés lui-même, élit un successeur : Boniface IX. Cinq ans plus tard, Clément VII s'éteint à Avignon. Le roi de France ne souhaite pas qu'on lui donne un successeur ; sans trop le dire, il rêve à une réconciliation. Il échoue parce qu'il est désormais en face de deux systèmes qui ont leur logique propre. Un Espagnol est désigné et prend le nom de Benoît XIII [1394-1423].

Cette fois, les évêques français grognent ; ils estiment que la papauté a d'ailleurs usurpé, au fil des siècles, des pouvoirs qui ne lui appartenaient pas. Ils déclarent donc qu'ils respectent l'autorité spirituelle du pape, mais lui refusent tout pouvoir en matière de désignation des hommes, ou de fiscalité. C'est le roi et le collège des évêques français qui doivent se charger de ces rôles : le gallicanisme vient de naître.

Mais cette crise (dans la crise) ne dure pas. En 1404, les évêques français reviennent du côté du pape. L'idée centrale, en ce début du nouveau siècle, est d'obtenir la démission simultanée des deux prélats antagonistes. En 1408, les cardinaux des deux camps demandent, ensemble, la convocation d'un concile général qui aurait à choisir entre les deux papes. Réponse des deux adversaires : il n'en est pas question. Du coup, chacun réunit son propre concile. En réalité, seul celui de Pise se réunit. Il déposa les deux papes et élit un franciscain, Alexandre V [1409-1410]. Celui-ci meurt un an plus tard. C'est un curieux aventurier qui le remplace sous le nom de Jean XXIII [1410-1415].

Un roi impose le concile

L'impasse demeure totale. Trois papes, c'était deux de trop. Le corps de l'Église – pourtant lourd et résistant – commence à se craqueler. Chaque évêque choisit son camp, en général pour des motifs contestables : par exemple, son intérêt personnel. Décidément, les hommes d'Église paraissent incapables de surmonter cette interminable querelle. Il faut qu'un roi s'en mêle. Il se nomme Sigismond de Luxembourg. Pratiquement, il est empereur ; en fait, lorsqu'il intervient, il n'est encore que roi de Bohême et roi de Hongrie. Il contraint Jean XXIII – sous peine de mesures militaires – à convoquer un vrai concile à Constance. Tout le monde devra s'y retrouver. En novembre 1414, la réunion s'ouvre sur les bords du lac. On a choisi Constance parce que c'est une ville frontière entre l'Allemagne et la Suisse, parce qu'elle n'est pas très éloignée de la France.

Il faut se souvenir que la guerre fait rage entre l'Angleterre et la France depuis des années. En tout cas, dès le début de la réunion, on admet que les votes seront nationaux : c'est une première dans l'histoire de l'Église, c'est aussi le signe de l'apparition du nationalisme. Théologiens et universitaires participent aux sessions. En fait, il n'y a que deux camps : les partisans de la toute-puissance du concile et les fidèles de l'autorité romaine.

Ce fut l'une des réunions les plus importantes de cette fin du Moyen Âge. Plus de trois mille évêques, clercs et princes y participèrent. En tout cas, les rois, pour la plupart, étaient là. Pendant trois ans, l'Église et par-dessus le marché l'Europe furent gouvernées et administrées à partir de Constance.

La pression sur les papes fut considérable. Jean XXIII, l'épée dans les reins, accepte de démissionner si les deux autres en font autant. Mais il n'attend pas, parce qu'il craint réellement le glaive : il s'enfuit. Du coup, le concile le dépose, pour toutes sortes de bonnes raisons (il était un peu bandit). Le 6 avril, le concile, par le décret « Sacrosento », affirme qu'il détient son autorité du Christ. Le débat semble tranché : c'est le concile qui impose sa loi au pape. Une décision spectaculaire, mais parfaitement irréaliste.

Cette déclaration, en effet, aurait pu être dramatique pour l'avenir de l'Église ; paradoxalement, elle fut pour elle une chance. En effet, un jour ou l'autre, quelqu'un aurait tenté de dresser le concile face à la papauté. Impossible d'imaginer les suites d'une telle décision : gouverner collectivement une organisation mondiale, c'était un peu prématuré au XVe siècle. Mais, grâce aux désordres qui accompagnent la fin du concile de Constance, princes, évêques et universitaires découvrent qu'une assemblée aussi gigantesque est incapable de prendre quelque décision que ce soit.

Le concile de Constance découvre qu'il est difficile de gouverner le monde

Sigismond, discrètement, déplaçait ses marionnettes. Jean XXIII disparu, Grégoire XII (il avait succédé à Boniface IX en 1406 après un bref pontificat d'Innocent VII de 1404 à 1406) accepte de remettre sa démission. Ne résistait que Benoît XIII. Il fallait en finir : il fut déposé en 1417. Théoriquement, la voie était ouverte devant les cardinaux : ils pouvaient enfin désigner un nouveau pape. C'eût été trop simple. Le concile prit à la hâte une série de décisions : par exemple, que le pape devait réunir un concile tous les sept ou dix ans. Bien entendu, ce système fut abandonné. Finalement, dans la même année 1417, un Romain fut élu : Odon Colonna. Il prit le nom de Martin V [1417-1431].

Ce schisme, qui avait duré trente-neuf ans, prenait donc fin. Le concile de Constance avait accumulé des règles qui ne furent guère appliquées. Curieusement, d'autres subsistèrent. Par-dessus le marché, c'est cette réunion qui condamna Jean Hus. Jean Hus était un réformateur religieux tchèque. Il se rendit librement au concile de Constance, où il avait été cité. Sa condamnation et sa mort furent des actes scandaleux. Jean Hus mourut sur le bûcher en 1415.

La tempête n'était pas vraiment achevée. Martin V tenta de réunir un nouveau concile, d'abord à Pavie, puis à Sienne. Sans succès. Finalement, il convoqua solennellement un concile à Bâle. Nous sommes en 1431. La réunion – avec des pauses – va durer dix-huit ans. C'est ce concile qui va abolir les bénéfices et les honoraires dont s'était emparée la curie. N'empêche : entre les membres de l'assemblée et Eugène IV [1431-1447] (nouveau pape élu après la mort de Martin V), les disputes reprirent. Le pape mit dix ans à en venir à bout. En 1449, le Grand Schisme était réellement achevé : la papauté avait retrouvé sa puissance. Mais aux yeux des fidèles son image était ternie.

Les Églises nationales cherchent, à partir de cette date, à imposer leurs exigences. Les rois et les princes pèsent plus que jamais sur la désignation des évêques. Les papes successifs sont embourbés dans les querelles politiques de l'Italie centrale. Sans compter les périodes scandaleuses de certains pontificats. Il suffit de rappeler l'époque des Borgia.

L'épisode des Borgia

Ils ont fait couler beaucoup d'encre et font désormais partie intégrante de la fausse culture historique. Victor Hugo a daigné ajouter un coup de pinceau rouge et noir à ce surprenant tableau.

Qui étaient les Borgia ? Une famille romaine, d'origine espagnole. Plus précisément, le clan Borgia apparaît dans la bonne ville de Valence au début du XVIe siècle. La puissance de l'Espagne, l'ambition, la foi (pourquoi pas ?) les conduisent à Rome, la ville où se prennent les décisions. Toute la famille est emportée par le faste et les splendeurs de la Renaissance italienne : l'amour de la beauté, du luxe, de la puissance et des fêtes, constitue l'essentiel du bagage familial.

Les Borgia vont fournir à l'Église deux papes – Alfonso puis Roderigo. Le premier choisira le nom de Calixte III, le second celui d'Alexandre VI. Enfin, la tribu livrera, en prime, un saint (que tout le monde oublie) : saint François Borgia ; un général conquérant (César) et sa sœur (Lucrèce) qui partage, avec Cléopâtre, l'une des réputations les plus sulfureuses de l'histoire. Or, dans cette succession de légendes, il y a quelques vérités, et beaucoup de mensonges.

Deux éléments qu'il faut garder à l'esprit lorsqu'on se penche sur ces extraordinaires personnages. Nous sommes en pleine Renaissance italienne. L'air du temps ne conteste guère la foi : le monde est chrétien. Tous les bons esprits ont lu Dante. L'Italie découvre simplement la splendeur du monde, la majesté des arts, la puissance de l'argent qui fait surgir des palais, des villes et des fêtes. Les Borgia navigueront sur cette vague.

Second rappel. Le Saint-Siège est relativement appauvri. L'époque durant laquelle les percepteurs du pape récupéraient des impôts dans l'ensemble de la chrétienté est achevée. L'État pontifical doit se contenter de ses propres revenus ; on les croit faibles. Ils ne le sont pas autant qu'on veut bien le dire : le Saint-Siège veut garder son train de vie traditionnel. Il va y parvenir. Les papes seront des seigneurs qui font payer leurs administrés.

Ce double impératif va pousser les Borgia à négliger quelque peu leurs fonctions propres. Alexandre VI, dont le règne fut long [1492-1503], gouverna l'Église avec autorité. Son oncle, et père adoptif, Calixte III, en avait fait un cardinal lorsqu'il venait tout juste d'avoir vingt-quatre ans. Avant d'être pape, il est un administrateur remarquable. Il est, dit-on, séduisant, intelligent et prudent. L'objectif principal de sa politique est d'empêcher le roi de France, Charles VIII, de contrôler l'Italie. Grâce aux Espagnols, aux Vénitiens et aux Milanais, il battit les troupes françaises à Fornoue (juillet 1495). C'est lui, enfin, qui prend la décision de séparer les zones d'influence de l'Espagne et du Portugal. Ce qui n'était pas une décision secondaire.

Bien entendu, ce personnage politique vit comme un prince de son époque. Il donne des fêtes splendides ; sa maîtresse (en titre) se nomme Vanozza de Cataneis. Le couple eut quatre enfants : César, Jean, Lucrèce et Joffré. Il est élu pape, sans doute en achetant quelques cardinaux. Alexandre eut alors une seconde maîtresse, Giulia Farnese, dont il aura deux autres enfants. Donc quatre avant d'être pape, et deux durant son pontificat.

Très vite, il distribue des postes à ses enfants. César – le plus doué – est nommé évêque de Valence à dix-sept ans, puis cardinal à dix-huit. Jean, duc de Gandia, devient aussi duc de Bénévent. Lucrèce est successivement mariée à Giovanni Sforza, puis à Alphonse d'Aragon, et enfin à Alphonse d'Este. L'histoire de l'inceste d'Alexandre avec sa fille est une légende ; tant pis pour les auteurs de romans pimentés. En revanche, il est exact qu'il y eut des orgies au Vatican. César et sa sœur en organisent une la veille de la Toussaint 1501. La fête commence par une pièce de théâtre, puis se poursuit comme on peut l'imaginer. Il est probable qu'Alexandre VI quitte la salle avant la fin de cette débauche collective.

Qu'en est-il des autres étoiles de la famille ? D'abord, César. Il préférait la guerre aux cérémonies religieuses. On le soupçonne d'avoir prêté la main à l'assassinat de son frère, Jean, duc de Gandia. Puis il passe les Alpes et fait alliance avec Louis XII. Il remporte quelques victoires, il réussit même à se débarrasser de ses ennemis : après les avoir invités au château de Senigallia, il les fait exécuter (31 décembre 1502). Il est finalement tué en 1507, assez médiocrement, dans une expédition menée avec le roi de Navarre contre les Espagnols. Il n'a que trente et un ans. Tout le monde sait que sa vie et ses méthodes servirent de modèle à Machiavel, lorsqu'il écrivit *Le Prince*.

Ensuite, Lucrèce : la plus décriée. En fait, Alexandre se servit d'elle pour sa politique. Comme on l'a dit, elle fut mariée trois fois : d'abord à Giovanni Sforza ; mais le pape fait annuler ces noces qui ne lui convenaient pas. Puis, il la pousse devant l'autel avec Alphonse d'Aragon. À ce moment-là, le nouveau marié était bien considéré par la famille. Hélas, César change d'opinion. Aragon l'agace, ou bien il en est jaloux. Il le fait assassiner quelques années plus tard. C'est en 1501 que Lucrèce devient l'épouse d'Alphonse d'Este. Avait-elle une liaison incestueuse avec son frère ? C'est probable, mais personne ne peut l'affirmer.

Étrangement, la fin de sa vie fut calme. Très cultivée, elle devint l'une des protectrices des artistes de son époque. Elle mourut à trente-neuf ans, estimée de ses contemporains. Le temps avait gommé les scandales du passé.

Voilà ce que fut parfois la papauté avant le siècle de la Réforme.

L'incroyable épisode des Borgia n'a pas de rapport direct avec le début de la Réforme. Mais il montre à quel point l'image de l'Église est dévalorisée en Europe.

CHAPITRE 23

BILAN DE LA CHRISTIANISATION DURANT LE SIÈCLE QUI PRÉCÈDE LA RÉFORME

Les Églises latines

Est-il possible de dresser un tableau relativement exact de la situation de l'Église entre 1400 et 1500 ? Peut-on jeter un regard d'ensemble sur cette institution à la fois figée et mobile, victorieuse et malade ?

Avant d'aborder cette description, il faut se remémorer la situation de l'époque. Elle est, comme toujours, confuse : quelque chose cherche à émerger à travers la succession des guerres et des malheurs de ce siècle noir. On baptisera ce phénomène du terme de « Renaissance ». Mais chacun sait qu'il recouvre des réalités et des dates très différentes d'un pays à l'autre. Disons que la Renaissance est le nom par lequel on désigne une série de mouvements artistiques, politiques, économiques qui sont liés les uns aux autres, mais dont les origines sont en général distinctes. Toutes, cependant, sont marquées par l'humanisme, qui n'est ni tout à fait une philosophie, ni tout à fait une religion de remplacement. Simplement une espérance vague, marquée par les cultes de l'intelligence et de la beauté.

Le cas de la France est révélateur. C'est, depuis plusieurs siècles, le pays le plus peuplé d'Occident. Or cette situation démographique va être profondément bouleversée par deux événements. D'abord, la guerre dite de Cent Ans. Elle commence aux alentours de 1337 pour une querelle de succession entre le roi de France et le roi d'Angleterre. Elle s'achève en 1453. Rappelons que Jeanne d'Arc est brûlée en

1431. Exactement au moment où s'ouvre le concile de Bâle (dix-septième concile œcuménique). Durant cette période, la monarchie française subit quelques défaites majeures. Par exemple, Crécy (1346), Poitiers (1356), Azincourt (1415) ; la noblesse française est décimée. En vérité, les troupes anglaises sont devenues les meilleures d'Europe.

Cette guerre interminable laboure, saison après saison, un pays à demi ruiné : les pays au nord de la Loire sont saccagés. Durant toute cette période, il y eut des zones qui connurent la faim.

Voilà la première raison de l'affaiblissement français. La seconde est autrement redoutable ; c'est en 1348, c'est-à-dire dix ans après le début du conflit franco-anglais, que la première vague de peste se répand en France, puis en Europe. De 1348 à 1353, la Peste noire fait environ cinquante millions de morts. En France, on estime que dans certaines régions (la moitié sud du pays, tout particulièrement) un habitant sur trois fut emporté en quelques jours. Impossible de chercher à séparer les événements religieux de ces bouleversements humains. Les pères siégeant au concile de Constance craignaient une nouvelle offensive de l'épidémie. Pourtant, la vague principale avait cessé en 1353 ; et la réunion de Constance s'était ouverte en 1414. C'est dire si la crainte de la peste imprégnait encore les esprits, près d'un demi-siècle après la première catastrophe.

Il faut enfin signaler, dans cette France épuisée, un événement dont les conséquences furent multiples. Nous sommes en 1438. La guerre de Cent Ans s'achève. Charles VII [1422-1461], roi rusé et obstiné, considère que la situation de la papauté lui offre une chance d'arracher en partie les évêques français à la toute-puissance romaine. Le pontificat de Martin V avait permis l'établissement d'un pseudo-concordat entre les représentants français au concile de Bâle et le pape. Mais cet accord était bâtard ; il existait des règles établies pour la France, d'autres pour la Bourgogne, État quasi indépendant du royaume de France. On était simplement sur la voie d'un règlement entre une papauté qui cherchait à rétablir son autorité et une monarchie française qui souhaitait, au contraire, renforcer la sienne.

La mort de Martin V (1431), les premières décisions – un

peu incohérentes – du concile de Bâle, conduisent Charles VII à s'adresser aux évêques français. Il veut que l'on fasse le tri entre les nouvelles règles votées à Bâle, les traditions romaines et les impératifs de la monarchie française. Ce qu'on va désigner du terme de *Pragmatique Sanction de Bourges* est relativement simple : roi et évêques français reconnaissent l'autorité suprême du concile sur le pape ; la *Pragmatique Sanction* fixe le montant des redevances que chaque évêque doit à Rome ; on accepte que les nouveaux évêques soient pratiquement désignés – *in fine* – par le roi. C'est juridiquement le premier texte qui fonde le gallicanisme. Rome ne l'approuvera jamais ; pas davantage la Bourgogne et les autres pays limitrophes. Pourtant, la *Pragmatique Sanction* restera en vigueur jusqu'aux environs de 1520. À cette date, un véritable règlement définira les rapports entre Rome et l'Église française. Une chose, néanmoins, à retenir : le développement d'une volonté d'indépendance vis-à-vis de Rome. L'Angleterre d'Henri II avait cherché à ouvrir la voie ; après le Grand Schisme, c'est la France qui s'engage sur un chemin comparable. Elle va très vite – mais sans grand succès – être imitée par l'Allemagne.

Le déclin de l'Empire

Il faut en effet jeter un regard sur l'Empire, c'est-à-dire essentiellement la zone germanophone. En apparence, l'Empire semble la vraie puissance dominante de l'époque. Il est exact que la double cavalcade de Frédéric Barberousse [1152-1190] d'abord, puis de son petit-fils, Frédéric II de Hohenstaufen [1212-1250], a de quoi frapper les esprits. Certes, le premier, après un interminable conflit avec la papauté, avait dû rendre les armes à Venise. Certes, le second, entouré de ses cavaliers maures, allait imposer sa loi, de la Sicile aux principautés allemandes, de l'Italie au Moyen-Orient. Ce fut le seul chrétien qui réussit à s'emparer de Jérusalem sans combat. Pour peu de temps, il est vrai. Mais l'exploit avait de quoi impressionner les Européens. Donc l'Empire cherchait à imposer sa loi au continent.

Or la puissance de cet Empire déclina très vite. Après la mort de Sigismond (en 1437), il ne reste pas grand-chose du

Saint Empire. D'autant que les Électeurs cherchent d'abord à définir l'autorité de l'Église allemande ; dans toute l'Europe, on tente de copier la *Pragmatique Sanction* française. Sans y parvenir vraiment. À Mayence, les princes réunis « acceptaient les décisions du concile ». Mais, autant la *Pragmatique Sanction* avait inquiété la curie, autant « l'acceptation » des évêques allemands laissa Rome de glace. On savait là-bas que l'Allemagne n'était pas un bloc mais une poussière de principautés, qu'elle était incapable d'imposer les décisions qu'elle proclamait. On s'en tira, en fin de compte, par un concordat qui fut signé à Vienne. Mais les Allemands demeurèrent amers : pour la première fois, ils découvrent ce que l'Empire avait masqué. Ils n'ont pas de vraie autonomie ; ils sont divisés ; on joue avec eux au fil des décennies. Or, ils n'aiment pas cela.

Qu'en est-il de l'Espagne ? Elle demeure encore en marge de l'évolution générale. Cette situation ne va pas durer. Dans un peu plus d'un siècle, c'est elle qui va dominer l'Europe. L'Empire, ce sera elle.

Nous n'en sommes pas là. Entre 1300 et 1500, l'Espagne se définit par rapport à l'islam. La *Reconquista* (Reconquête) fonde l'idée centrale de l'ensemble des chrétiens de la Péninsule. À partir de 1200, se sont constitués les ordres militaires : Calatrava, Santiago, Alcantara. Puis, d'autres ordres spécialisés dans le rachat des prisonniers, les négociations avec les royaumes maures. En tout cas, rois et évêques prélèvent les contributions financières destinées à la poursuite de la guerre. Rome ne touche rien sur ce trésor ; mais accepte cette exception.

Dans la seconde moitié du XIIIe siècle, la *Reconquista* marque le pas. Les zones reconquises ont besoin d'être organisées. Des colons descendent du Nord. Puis c'est l'effort ultime. Au lendemain du mariage d'Isabelle et de Ferdinand, toute l'Europe sent bien qu'un nouvel âge s'ouvre au-delà des Pyrénées. En 1492, c'est la double surprise. D'une part, la prise de Grenade, c'est-à-dire la chute du dernier royaume d'islam de la Péninsule ; de l'autre, la découverte par Colomb du Nouveau Monde. Souvenons-nous que ce coup de tonnerre a été précédé, sans bruit, par la progression méthodique de l'Espagne et du Portugal dans l'Atlantique. Le Portugal cède les Canaries à la Castille en 1436, puis il accepte Madère et les Açores (1420 et 1427). Durant la période du Grand Schisme, l'Espagne, avec prudence, se garde de s'engager. Tel ou tel royaume appuie parfois tel ou tel pape ; mais ces velléités ne durent guère. En tout cas, les rapports de l'Espagne et de Rome, soudés par la *Reconquista*, sont excellents. Constance et Bâle n'influent pas sur les attitudes des prélats d'outre-Pyrénées. Dans l'Europe des années qui suivent le Grand Schisme, l'Espagne constitue une exception : elle demeure fidèle à Rome, elle défend l'intégrité de la foi par tous les moyens. L'objectif du souverain et de l'Église d'Espagne est de reconstituer une nation catholique exemplaire. En ce sens, l'Espagne est à contre-courant du reste de la chrétienté.

La fin du modèle anglais

C'est tout le contraire en Angleterre. D'abord une évidence assez surprenante : pendant des siècles, l'Église anglaise fut une espèce de modèle. Durant les XIIe et XIIIe siècles, York et Canterbury, appuyés par la monarchie, préparent l'unification des trois royaumes ; en mettant de côté l'Irlande, considérée comme irréductible. Il y avait, à l'époque, autour de Dublin environ trente-deux diocèses. Ils relevaient davantage du pape que de l'archevêque d'York. Situation comparable en Écosse. Sur les douze évêques écossais, dix ne connaissaient que Rome. Et les protestations de l'archevêque d'York demeuraient impuissantes face à ce comportement : les Écossais préféraient négocier avec le pape plutôt qu'avec l'archevêque.

Ce dynamisme de l'Église anglaise diminue brusquement après 1300. Le nombre des prêtres n'augmente plus. Même chose pour les couvents. Il en existait un bon millier en 1200 ; un peu moins en 1300. Puis c'est l'effritement. Bien entendu, le déclin démographique explique en partie cette dérive. Il faut se souvenir que l'Angleterre est, à l'époque, un pays sous-peuplé (environ deux à trois millions d'habitants).

Mais il y eut d'autres causes. Exemple : John Wyclif (1320-1384). Philosophe et théologien, ce personnage assez prestigieux refuse le conformisme de l'Église anglaise. Très vite, il s'en prend à la papauté. Il fait la louange des princes (on retrouvera cette évolution chez Luther). Vers 1350, il va bien plus loin : il conteste l'Eucharistie. Pour lui, la transsubstantiation n'a pas de sens. On l'écoute. Il a des ennemis : on tente de lui faire porter une partie de la responsabilité de la révolte des paysans anglais en 1381.

En tout cas, l'Église d'Angleterre n'est plus ce fameux modèle souvent mis en avant par les papes. Elle est à son tour divisée.

Voilà, en gros, la situation des Églises nationales chrétiennes à la veille de la Réforme. Les divers schismes, les conciles, n'ont pas bouleversé le chrétien moyen. Il a la foi, fait baptiser ses enfants, récite le *Credo* et demeure fidèle aux sacrements. On pourrait croire que l'institution ecclésiale a fort bien résisté aux crises qu'elle vient de subir. Or, ce n'est qu'à moitié vrai. On ne tardera pas à s'en rendre compte.

L'orthodoxie ou les Églises chrétiennes à l'est de l'Europe

Pour compléter ce rapide tableau de la christianisation, il faut jeter un coup d'œil sur l'univers orthodoxe. Entre la rupture avec Rome, en 1054, et la chute de Constantinople en 1453, l'Église orthodoxe (on devrait dire *les* Églises orthodoxes, mais nous nous en tiendrons ici à la principale) n'a pas cessé d'étendre son influence. C'est parce qu'elle existe que l'Europe de l'Ouest, du Nord, du Centre et celle de l'Est (Bulgarie, Serbie, Roumanie, enfin Russie) sont chrétiennes. Mais, pour comprendre la situation au début du XVe siècle, il faut remonter un peu en arrière.

On se souvient des circonstances de la rupture. On a montré plus haut à quel point elles furent lointaines, profondes ; et à quel point, épisodiques, soudaines. Deux mondes différents se font face. L'Orient, d'abord, qui fut le berceau du christianisme, qui parle grec, qui aime les subtilités intellectuelles et les ruptures fracassantes ; l'Occident, ensuite, héritier géographique de l'Empire romain des origines, de culture latine, groupé autour de Rome, siège de la papauté. L'Orient, qui a le goût de la philosophie et des mots ; l'Occident, qui aime les constructions juridiques et la progression régulière. L'Orient, qui eut la passion de la splendeur ; l'Occident, celle des édifices majestueux. Au carrefour du XIIe siècle, il faut se rendre à l'évidence. Sans être coupées, les relations entre les deux mondes sont devenues rares. On ne parle plus grec dans l'Europe occidentale ; et la plupart des évêques d'Orient ignorent le latin. Si l'on ajoute à ces données peu contestables l'impact des guerres qui séparent les deux mondes, on a une vue schématique des univers en présence.

Quant à la rupture, elle tourne autour de deux dates : 1054, qui voit l'affrontement violent et un peu fou des deux capitales. Et, surtout, 1204 : cette année-là, la quatrième croisade – secrètement poussée par les Vénitiens – se trompe d'objectif, prend Constantinople en lieu et place de Jérusalem. Le sac de la capitale de l'Orient ne sera jamais oublié. Les tentatives de rapprochement – il y en eut beaucoup – échouent toutes. Les autorités y furent souvent favorables, les peuples d'Orient toujours hostiles.

Faut-il rappeler les désaccords doctrinaux ? Le plus connu, on l'a dit, est le *filioque* que certains Occidentaux avaient ajouté au *Credo* pour le rendre plus clair. Les Orientaux ne voulurent jamais en entendre parler. Pas davantage que Rome ne pouvait accepter le césaro-papisme de Constantinople : l'empereur, là-bas, était l'élu de Dieu et le patriarche n'était que son second. Le premier concentrait entre ses mains autorités spirituelle et temporelle. Pourtant, en Orient, la rigueur de la vie monastique, le goût de l'ascèse, allaient orienter l'ensemble des attitudes religieuses vers le mysticisme, les liturgies savantes, la recherche d'une forme de transfiguration du monde (par exemple, l'œuvre de Siméon, théologien à cheval sur les Xe et XIe siècles).

C'est cette Église qui accomplit une œuvre missionnaire exceptionnelle. Il suffit d'énumérer la progression de l'orthodoxie pour mesurer son dynamisme. Elle prend son élan au sud : Caucase d'un côté, Géorgie de l'autre. Saint Cyrille et saint Méthode, rappelons-le, ont traduit les Livres sacrés en slavon, qui va demeurer longtemps la langue liturgique.

Byzance fascine Kiev

Au IXe siècle, les Bulgares sont baptisés. Du IXe au Xe, les Serbes, les Roumains et les Russes de la principauté de Kiev se rallient à la religion de Byzance.

Kiev est fascinée par Byzance. Elle veut la copier et, en même temps, elle déteste cette cité orgueilleuse. La chute de Constantinople accélère la progression vers le nord. C'est en 1589 que Moscou obtient son autonomie ecclésiastique. Le mythe de la Troisième Rome prend naissance ; il s'inscrira dans l'architecture de la place Rouge et des couvents proches de Moscou ; il sera l'une des composantes essentielles du nationalisme russe.

La plupart de ces Églises furent indépendantes. Par exemple, l'Église de Serbie, ou patriarcat serbe, date du IXe siècle. Constantinople lui accorde l'autonomie en 1346. Et il faudra attendre 1950 pour que l'Église de Macédoine obtienne du patriarcat serbe son indépendance.

L'Église de Roumanie – en nombre, la deuxième Église orthodoxe après celle de la Russie – prend son élan entre les IXe et Xe siècles. Le primat de Bucarest prendra, en 1925, le titre de patriarche. L'Église roumaine groupe près de sept millions de fidèles.

Même évolution pour l'Église bulgare. Là encore, c'est aux IXe et Xe siècles que tout se décide. Mais, cette fois, la Bulgarie hésita entre Byzance et Rome. En 1204, le pape Innocent III envoya un légat pour couronner roi le prince Kalojan (et non empereur, comme celui-ci l'aurait voulu). Bien plus tard, les Turcs autorisèrent la création d'un exarchat bulgare, qui finit par être reconnu en 1945.

Naissance de l'Église russe

C'est évidemment l'aventure russe qui est la plus impressionnante. Tout commence vraiment avec le baptême de Vladimir, grand prince de Kiev. Nous sommes aux environs de 990. En 1054, cette petite Église rejoint Constantinople. Des clercs bulgares – qui détestent Byzance – participent à l'évangélisation de l'Ukraine. En même temps, les moines du mont Athos fondent une mystique cénobitique. Le moine Antonin est à l'origine du monastère de Kievo-Petcherskaïa Lavra, « la Laure de Petchersk » à Kiev, qui va devenir le centre de la vie religieuse russe. Au XIVe siècle, c'est Serge de Radonèje qui crée le monastère de la Trinité, aux portes de Moscou. Kiev avait quelque dix-sept monastères au XIIe siècle. Elle en aura plus de quarante un siècle plus tard. Sans compter le monastère de l'île Solovietsky (l'actuelle Arkhangelsk), au bord de la mer Blanche (1429).

En tout cas, c'est en 1328 que le siège du métropolite est transféré à Moscou. Il faudra attendre le XVIe siècle pour que les théologiens russes cherchent à mettre en place l'idée d'un tsar divin, héritier direct du basileus. Désormais, la Russie est la protectrice de tous les Slaves orthodoxes.

En 1914, l'Église orthodoxe russe, avec ses prolongements en Sibérie, en Asie centrale, au Japon, regroupait quelque cent millions de croyants. C'était la plus grande percée chrétienne de l'histoire ; côte à côte avec celle des Espagnols et des Portugais en Amérique du Sud.

CHAPITRE 24

LA RÉFORME

Dans l'imaginaire historique, la Réforme éclate comme un coup de tonnerre dans une Europe à demi apaisée. Or, il n'en est rien : la décision d'un prêtre allemand d'afficher une série de propositions sur la porte de l'église du château de Wittenberg n'a pas bouleversé les opinions publiques. Il est probable que la plupart des chrétiens n'en entendirent même pas parler. Rome, elle-même, mit quelque temps avant de prendre au sérieux la prédication de ce Martin Luther qui, à la Toussaint de 1517, avait affiché ses quatre-vingt-quinze thèses sur la porte de l'église du château de Wittenberg ; thèses rédigées en latin, ce qui prouve qu'elles étaient destinées aux étudiants et aux clercs et pas encore aux simples croyants.

Pourquoi la Réforme occupe-t-elle une telle place dans l'histoire de l'Église (et celle de l'Europe) ? Pour de multiples raisons. Bornons-nous ici à énoncer les principales. D'abord, pour l'Église. Depuis 1054-1204, le christianisme est approximativement coupé en deux : Église romaine et Église d'Orient ; la latinité et l'orthodoxie. Or, à partir du milieu du XVIe siècle, l'Église de Rome va de nouveau se couper en deux : catholicisme d'un côté, protestantismes de l'autre. Cette rupture va avoir des conséquences religieuses et politiques importantes. Bon nombre d'historiens prétendront que deux manières de penser vont couper en deux le Vieux Continent. Aujourd'hui, la tension s'est atténuée. Catholiques et protestants prient ensemble et, sur bien des points, ont des analyses convergentes. Mais, en 1517, personne n'en est là. Bien au contraire : le fanatisme religieux – qui n'avait été connu qu'à travers l'Inquisition, c'est-à-dire une organisation et quelques milliers d'hommes – va déferler d'un bout à l'autre de l'Occident. On va tuer en masse pour l'idée que l'on se fait de Dieu.

Ensuite, cette cassure va bouleverser la géographie de l'Europe. Les nations sont en train, un peu partout, d'émerger : c'est vrai pour la France, la Grande-Bretagne et l'Espagne. Mais Luther, par la traduction de la Bible en allemand, va jeter les bases de ce qui deviendra avec Bismarck l'État le plus vaste et le plus conquérant de l'Occident. Au-delà des phénomènes nationaux, des pays entiers vont basculer : d'abord la Grande-Bretagne, même si la Réforme, là-bas, ne ressemble guère à celle d'Allemagne ou des pays du Nord. N'empêche que l'une des nations puissantes de l'Europe choisit de rompre avec Rome. Si l'Espagne et l'Italie passent à côté de la série de guerres civiles qui commence, la France va en être l'épicentre : huit guerres successives vont, une fois de plus, faucher une partie des cadres intellectuels de ce pays.

La Réforme n'a-t-elle eu que des conséquences négatives ? Nullement. On peut même affirmer qu'elle a partout réveillé et aiguisé la foi. Les protestants ont redonné aux uns et aux autres le goût de la prière ; les catholiques se sont décidés à réformer l'Église. Le concile de Trente va définir les règles sur lesquelles le catholicisme va s'appuyer jusqu'à l'époque moderne.

Voilà les explications les plus rationnelles de ce qui fut désigné du terme de « Réforme ». Gardons-nous de négliger le principal : pourquoi un moine ignoré d'Allemagne a-t-il pu ébranler la majestueuse construction de l'Église institutionnelle ? Tout simplement parce que la foi brûlante, fiévreuse – on pourrait dire paulinienne, durant les premières années de sa révolte – est de son côté. À Wittenberg, ce croyant dévoré par une angoisse existentielle, cet homme qui, à travers la prière et la méditation, a été foudroyé par la vision de la grandeur de Dieu, ce chrétien qui cherche la voie du salut hors des compromissions, des bassesses, des fausses majestés romaines, domine son époque. Pour surnager dans cette tempête qu'il pressent et qu'il déchaîne, il ne dispose que d'un frêle radeau : les Livres sacrés, les Écritures, les histoires, dialogues et textes énigmatiques contenus dans les deux Testaments, les Épîtres et quelques textes des Pères de l'Église. Bien sûr, du point de vue catholique, il commet une erreur et, d'une certaine manière, il en prendra conscience lui-même : l'histoire de l'Église complète, explique, en partie, la révélation chrétienne. Parce qu'il existe un peuple chrétien et qu'il a la charge de marcher à tâtons vers la fin des temps.

N'empêche. La foi, au départ, est du côté de Luther ; l'Église, contre lui, brandira au début le droit, puis les armes. Il lui faudra des années pour comprendre que l'affrontement se déroule à un tout autre niveau : qu'il va falloir que l'Église, elle aussi, invente et impose sa réforme ; que Luther a ouvert avec des mots une route inconnue ; qu'il a donc sa place – et quelle place ! – dans la longue histoire de l'Église.

Luther et ses premières crises mystiques

On connaît désormais convenablement la vie de Luther. Il naît en 1483, à Eisleben, petite ville minière. Dans son milieu, dans sa famille, personne n'est riche. Tout le monde croit en Dieu. Le jeune Luther fait ses premières études à Mansfeld, puis à Magdebourg ; en 1501, il entre à l'université d'Erfurt. Inscrit à la faculté des Arts, il lit Aristote, découvre la logique. En 1505, il devient maîtres ès arts. Avec l'accord de son père, Martin décide d'apprendre maintenant le droit.

Il se passe alors l'une de ces scènes dramatiques qui émaillent sa vie. Sur un coup de tête, il vient de quitter l'université et marche vers Erfurt. Un orage éclate, la foudre tombe à côté de lui. L'étudiant a peur, il s'écrie : « Au secours, chère sainte Anne, je veux devenir moine. » Deux semaines plus tard, il entre au couvent des augustins, toujours à Erfurt. En 1507, il est ordonné prêtre. Il a beaucoup lu la théologie d'Occam (Occam fut un théologien anglais, essentiellement connu par ses pamphlets politiques contre la papauté). Il a lu et relu la Bible. Surtout, il sait par cœur l'épître aux Romains et l'épître aux Galates. En réalité, ce premier moment mystique dans la vie du moine allemand est l'un des signes du bouillonnement intellectuel qui, dès cette époque, l'agite.

Lorsqu'il dit sa première messe, il connaît une deuxième crise. On parlera du *tremendum*, c'est-à-dire de l'effroi que ressent la minuscule créature humaine devant l'immensité de

Dieu. Pour la première fois peut-être, Luther ressent ce qu'il rationalisera plus tard : il n'y a que Dieu. La personne humaine n'est rien. Nous n'avons, pour avancer vers le Tout-Puissant, que les Écritures et l'expérience personnelle. Comment l'Église peut-elle dire et proclamer des vérités supposées qui ne sont pas contenues dans les Écritures ? Voilà l'un des thèmes de la rupture entre Luther et Rome qui s'esquisse chez le nouveau prêtre.

Sans conséquence sur la vie de Luther. D'autant que ces événements sont ignorés. C'est bien plus tard que le moine révolté les racontera lui-même. Il faut, bien sûr, prendre ce récit avec précaution : le Luther qui écrit n'est pas celui qui commence sa prédication à Erfurt.

En tout cas, sa « carrière » se poursuit. Après avoir été nommé lecteur à Erfurt, il est envoyé par Staupitz – vicaire de son ordre – à Wittenberg ; il est professeur de philosophie morale et de théologie. À sa manière, et à travers Occam, il n'est pas éloigné de la pensée augustinienne ; pour lui, la raison est impuissante devant la grandeur et le mystère de Dieu.

Vers 1510, son ordre l'expédie à Rome pour des rencontres concernant l'organisation elle-même. Il semble être demeuré imperméable – ou, au moins, indifférent – au scandale de la Rome de la Renaissance. C'est après son retour en Allemagne qu'il va franchir une étape décisive. On pense qu'il a été sujet, alors, à des crises de pessimisme, puis à des moments d'exaltation mystique. Luther, pense-t-on, souffrit de troubles psychiques. C'est un exalté, qui a des visions.

Il ignore délibérément le courant intellectualiste et thomiste qui domine l'esprit de son époque. Ce n'est pas l'effort, ce ne sont pas les œuvres, qui pour lui ouvrent les portes du salut. C'est la foi, et elle seule. Le péché ne peut être pardonné que si la foi « couvre le pécheur comme d'un manteau », tissé par les mérites et les sacrifices du Christ.

C'est durant cette période d'angoisses – que rien ne vient guérir, voire simplement atténuer, même les conseils de son maître Staupitz – qu'il connaît une nouvelle illumination ou une nouvelle crise. Il en a fait le récit bien plus tard, en 1545. « Je sentais que malgré une vie de moine irréprochable j'étais devant Dieu un pécheur dont la conscience était des plus tourmentées, et que je ne pouvais m'appuyer sur mes actes de réparation pour L'apaiser. C'est pourquoi je n'aimais pas ce Dieu juste qui punissait le péché, je Le haïssais. Je me révoltais, je murmurais intérieurement, mais violemment contre ce Dieu : n'était-il pas suffisant que les pauvres pécheurs, ceux qui, par le péché originel, sont condamnés éternellement, soient oppressés par la loi des Dix Commandements et les maux de toutes sortes qu'elle entraîne ? [...] Dans ma détresse, je continuai à tambouriner sur ce texte de Paul, avec le désir avide de savoir ce que saint Paul voulait dire [...] Jusqu'au moment où, Dieu m'ayant pris en pitié, je prêtai attention au contexte de ce passage : *"La justice de Dieu est dévoilée en Lui, comme il est écrit :* Le juste vit de la foi." [...] Alors je me sentis comme nouvellement né et comme si j'étais entré par des portes ouvertes au plus haut du ciel ; le visage de toute l'Écriture me parut neuf. »

En réalité, la découverte de Luther est surprenante. Au mot près, beaucoup des théologiens du Moyen Âge étaient parvenus à une conclusion analogue. Elle ne va devenir une idée réformée, puis hérétique, qu'à cause du contexte dans lequel Luther va la développer. La Foi, porte du salut, c'est déjà dans saint Augustin.

De 1515 à 1518, l'enseignement de Luther demeure, en gros, classique. C'est en 1518 que Luther va plus loin. Les quatre-vingt-quinze thèses qu'il a rédigées et affichées l'année précédente sont plus contestables par leur laconisme que par leur contenu. Mais, déjà, le combat commence : lors d'un débat théologique, il soutient l'idée qu'on ne peut devenir théologien qu'en renonçant à Aristote. Il n'est pas le premier à défendre ce point de vue, ce n'est d'ailleurs pas ces réflexions de Luther qui vont provoquer la rupture.

Il faut une vraie querelle pour que Rome ouvre un œil étonné. Ce sera le fameux débat sur les indulgences.

Les indulgences furent une occasion

On a écrit que l'affaire des indulgences avait servi volontairement à Luther de détonateur. Or, rien n'est moins sûr. L'évolution religieuse et théologique de Luther était commencée bien avant. En 1517, Luther ne sait pas grand-chose de ce débat et ne s'y intéresse que médiocrement. Il faudra qu'on lui rapporte les tractations entre l'évêque de Mayence, l'empereur Maximilien et enfin Rome, relatives à la répartition des revenus de ce qui ressemble fort à une espèce d'assurance sur le salut.

Il faut cependant ne pas commettre d'erreur historique. Au départ – les origines de la pratique remontent au Moyen Âge –, il s'agit de s'adresser aux fidèles pour que, tout en priant, ils mettent la main à la bourse. Objectif : construire, le plus souvent achever les églises et cathédrales qui sortent de terre partout dans l'immense chrétienté. Les chrétiens souvent n'aiment pas dilapider leur pécule. Pour les inciter à devenir plus généreux, l'Église annonce que les donateurs bénéficieront – dans des limites raisonnables – de la mansuétude de Dieu au jour du Jugement. On vient d'inventer les indulgences.

Cette promesse, qui durant les premiers temps se veut réellement spirituelle, a un tel succès qu'elle tourne très vite au procédé. Ici ou là, on prend l'habitude de quantifier les indulgences. Ce qui revient à fixer un tarif pour être lavé des conséquences du péché. C'est évidemment insoutenable. On va plus loin. À partir du XVe siècle, on admet que les indulgences peuvent bénéficier aux âmes du Purgatoire. Ce qui est assez stupéfiant : ce lieu indistinct qui, comme Le Goff l'a bien montré, a pour fonction première d'arracher le jugement final à la règle terrible du tout ou rien – c'est-à-dire la damnation éternelle –, le Purgatoire, est une invention relativement récente. Si le terme d'invention paraît choquant, il suffit de le remplacer par celui de « prise de conscience ». L'Église, en somme, estime que par la médiation du Christ le pardon est possible ; comme Dieu le veut, et quand Il le veut. Le Purgatoire traduit, en une formule, cette espérance.

Les indulgences ou le carnet de chèques de la grâce

En tout cas, les indulgences, « carnet de chèques de la grâce » au bénéfice des morts, portent le système à son point limite. Luther aura raison de faire remarquer que le pouvoir de l'Église s'arrête aux portes de la mort.

L'événement qui va pousser Luther à tonner contre les indulgences est relativement simple. Jules II [1503-1513], en 1505, a confié à l'architecte Bramante le soin de construire ce qui va devenir l'actuel Saint-Pierre de Rome. Le monument coûte cher. Jules II et son successeur, Léon X (1514), accordent une indulgence plénière à tous les chrétiens qui verseront pour Saint-Pierre de Rome. Bien sûr, il faut commencer par se repentir de ses fautes, se confesser et communier ; mais, par-dessus le marché, il faut faire une offrande pour la construction de la basilique en l'honneur de saint Pierre et de saint Paul.

Tout se noue autour de Mayence

Quelques évêques et de nombreux prêtres s'opposent – sans le crier sur les toits – à cette curieuse pratique. Mais Luther va donner une autre dimension à sa colère. Il faut dire que la situation en Allemagne est devenue franchement absurde. Tout se noue autour du siège épiscopal de Mayence, en 1517. Mayence est le premier évêché historique d'Allemagne ; la ville a un poids politique et religieux important. Or le prince Albert de Brandebourg, qui a une trentaine d'années, est déjà archevêque de Magdebourg et administrateur d'Halbastadt. Ce qui lui fournit des revenus convenables. Soudain, le chapitre de Mayence le choisit comme archevêque ; en échange, il doit payer à Rome, sur son propre trésor, quatorze mille ducats. Le prince s'y engage. Mais le droit canon interdit formellement de disposer, pour une seule personne, de plusieurs évêchés. Le prince veut garder les trois fonctions. Il engage des négociations avec Rome et obtient de Léon X une dispense ; mais il doit verser à la papauté dix mille autres ducats. Cela s'appelle acheter une charge ; ce qui est rigoureusement interdit : nous revoilà devant la simonie.

Que faire ? D'autant que le prince n'a pas cette somme. C'est un banquier allemand, Jacob Fugger, qui, à Rome, explique aux amis du prince la marche à suivre. Le prince sera commissaire aux indulgences pour les trois fonctions et le pays de Brandebourg. Il se chargera donc de la collecte. Le produit sera réparti entre Rome, Fugger et lui-même. Plusieurs charges épiscopales sont achetées et, qui plus est, l'argent est fourni par une banque d'affaires qui prend son bénéfice sur les sommes avancées au prince-archevêque. C'est un dominicain, Johannes Tetzel (1465-1519), qui commence à prêcher pour la basilique de Rome, l'empereur Maximilien et l'archevêque. La quête s'amorce à Eisleben et Leipzig. Il semble bien que, contrairement aux affirmations de l'entourage de Luther, le dominicain n'ait pas accumulé les sottises. Il parlait davantage de repentir et de prières que d'argent. Mais, déjà, la vérité compte moins que la polémique. Les luthériens affirmeront plus tard que Tetzel aurait proclamé : « Lorsque l'argent résonne dans la cassette, l'âme s'envole au ciel. » Bien entendu, la formule aurait été utilisée à propos des défunts qui ne pouvaient plus se repentir ou recevoir de sacrements. Mais peu importe, la formule fait le tour de cette Allemagne frémissante. Cette fois, la querelle des indulgences est publiquement ouverte.

Ce sont les princes saxons de Saxe et de Wittenberg qui interdisent à Tetzel de prêcher chez eux. L'un et l'autre considèrent depuis longtemps que les indulgences sont une opération financière, rien de plus. Luther entend parler de cette étrange prédication par quelques-uns de ses étudiants qui ont entendu ce discours extravagant. Il est stupéfait. Pour lui, le mystérieux rapport entre le péché et la rédemption par le Christ passe par l'angoisse, la prière, la volonté de trouver auprès de Crucifié un refuge.

Aussitôt, Luther dénonce les indulgences. Il s'informe sur la pratique, sur son ancienneté, sur la justification théologique que les papes ont avancée. Puis, il rédige un court traité qu'il adresse à l'archevêque et au prince-électeur de Mayence, puis à l'évêque de Brandebourg. Personne ne prend la peine de lui répondre ou de le convoquer. Il décide donc d'aller plus loin : voilà les quatre-vingt-quinze thèses affichées à l'église de Wittenberg. Il invite les théologiens à une « dispute académique » sur les propositions qu'il vient de rédiger. Tout cela étant écrit en latin, il se passe quelques semaines avant les premières réactions.

Que contiennent ces fameuses propositions qui vont ébranler l'Église et l'Europe ? Des idées qui, pour la plupart, ne sont pas scandaleuses. Par exemple, Luther suggère au pape, « qui est plus riche que Crésus », de financer sur ses fonds propres l'édification de Saint-Pierre de Rome. Il affirme que les indulgences ne servent à rien dans la recherche du salut : c'est la contrition parfaite qui libère du péché et de la faute. Il précise qu'« aucun acte épiscopal ne peut donner à l'homme la garantie du salut [...] Celui-ci ne peut être obtenu qu'à travers la crainte et le tremblement ».

En réalité, les thèses ouvrent un débat théologique. Théoriquement, les choses pourraient en rester là. Mais, tout de suite, elles sont traduites par des étudiants, des clercs. Elles circulent partout. On les trouve en 1518 à Bâle, à Leipzig, à Nuremberg. Dürer les reçoit, il adhère à la Réforme ; Érasme en expédie une copie à Thomas More. L'un et l'autre restèrent fidèles à la Foi catholique, tout en admirant Luther, d'où la haine de celui-ci à leur égard. Sans le vouloir, Luther devient le porte-parole du mécontentement allemand et religieux contre les princes et contre Rome. Plus profondément, il y a, dès le départ, dans sa manière d'écrire et de s'exprimer, un frémissement, une véhémence, une inquiétude, qui correspondent à la sensibilité allemande de l'époque. On peut dire que la nostalgie germanique préromantique prend sa forme initiale chez Luther. Il n'en demandait pas tant.

Luther laisse la révolte incendier l'Allemagne

Pourtant Luther ne fait rien pour éteindre l'incendie qui court d'une ville à l'autre grâce aux relais fournis par les universités et de nombreux clercs. Lorsque Tetzel et ses amis (tout particulièrement le recteur de l'université de Brandebourg) publient des « contre-thèses » destinées à clouer le bec de Luther, ils se trompent du tout au tout. Bien sûr, Tetzel met tout de suite le doigt sur le problème central que soulève – sans l'exprimer encore – Luther : que restera-t-il de l'autorité de l'Église, qu'en est-il de l'infaillibilité du pape en matière de foi, si Luther a raison contre Rome ? Ce problème-là va précipiter l'évolution du moine de Wittenberg.

En 1518, Luther demeure prudent. Il est convoqué à Rome et sommé de s'expliquer sur ses thèses. Cette fois, l'auteur des quatre-vingt-quinze propositions ne peut affirmer qu'on ne le prend pas au sérieux. En fait, il semble bien que ce soit l'archevêque de Mayence qui ait écrit à Rome : les indulgences, contre lesquelles Luther s'était élevé avec véhémence, rapportaient de moins en moins d'argent, de quoi inquiéter les services financiers de la curie. La première idée de convoquer Luther à Rome cède devant la politique : le pape souhaite ménager les princes-électeurs allemands qui s'opposent à la désignation de Charles Ier d'Espagne, le futur Charles Quint, à la tête de l'Empire. Rome ne désire pas se retrouver encerclée. Or, Frédéric le Sage, prince-électeur de Saxe, et protecteur de Luther, est résolument contre la candidature du jeune roi d'Espagne – ce qui n'empêchera pas Charles Ier de devenir Charles Quint.

C'est sans doute à ce souci politique qui n'eut pas de conséquences que Luther doit finalement de pouvoir s'expliquer en Allemagne et non à Rome. Contre l'avis de ses amis et disciples, Luther accepte de rencontrer à Augsbourg le cardinal Cajetan, l'un des grands théologiens de son temps. Il n'y eut pas de débat ; les théologiens présents demandèrent à Luther de se rétracter. Celui-ci refusa. Il demandait qu'on lui prouve ses erreurs, à partir de l'Écriture sainte. C'était un *niet* sans nuance. Ce soir-là, Luther craignit d'être arrêté. Il s'enfuit de nuit et court se réfugier à Wittenberg, sous la protection de l'électeur de Saxe. Mais avant de quitter Augsbourg il fait appel (par acte notarié) « du pape mal informé au pape mieux renseigné ». En ce début d'hiver 1518, il n'a pas encore choisi la rupture radicale.

Elle aura pratiquement lieu en juillet 1519. Il faut dire que Rome prend son temps pour achever la bulle sur les indulgences, alors que les idées de Luther continuent à se répandre en Allemagne, et déjà au-delà. Un débat théologique est organisé à Leipzig. C'est Jean Eck, théologien respecté, qui a organisé la réunion, fixé l'ordre du jour avec l'accord du duc Georges de Saxe, prince fidèle à l'Église.

Luther déclare :
« Même un concile universel peut se tromper »

La rencontre Eck-Luther est décisive. Le premier est plus habile que le second. Il tente de prouver que Luther se place dans la logique de Wyclif et de Hus. Il veut l'embarrasser : les deux hommes appartiennent à une catégorie hérétique contre laquelle existe déjà tout un arsenal théologique et canonique. Luther nie et fait remarquer que toutes les propositions de Hus ne sont pas hérétiques. Eck saisit la balle au bond : « C'est le concile de Constance, dit-il, qui a condamné toutes les thèses de Hus, y compris les articles que Luther juge très chrétiens. Le concile se serait-il trompé ? » La réponse de Luther est sans nuance et l'isole d'un coup de l'Église institutionnelle : « Même un concile universel peut se tromper », dit le moine de Wittenberg. Aussitôt, Eck déclare que Luther est désormais hérétique : si le pape et le concile peuvent se tromper, il ne reste aucune autre autorité que l'Écriture, c'est-à-dire les deux Testaments, les Épîtres et les textes de certains Pères de l'Église. Le reste, tout le reste, n'est que du vent... Les fondements de ce qui va devenir le protestantisme sont cette fois clairs : il n'y a que la foi, la foi seule : *Sola fides.*

À noter que l'on fera souvent un procès non fondé à Luther. Il se garde de nier la valeur de « l'écrit ». Il a bien fallu avoir recours à ce moyen pour empêcher les déformations hérétiques. L'écrit, de plus, sert de contrepoids, de protection face aux prêches des imposteurs. Mais, en définitive, c'est le croyant qui, à travers la lecture de l'Écriture, pénètre le plan de Dieu. Il n'a besoin de personne pour en discerner le sens. Chaque baptisé est l'égal de l'autre en présence du mystère de la foi. Ce que, plus tard, Luther désignera du terme de « sacerdoce universel » est la conclusion logique de cette intuition première.

Affirmation comparable s'agissant du péché. Pour Luther, il ne s'agit pas d'un écart par rapport à la loi morale – par exemple, les Dix Commandements, les transgressions vis-à-vis des fautes étiquetées par l'Église ; le péché, pour lui, c'est l'obscure volonté de l'homme de fonder son autonomie face à Dieu, à la limite contre Lui. L'homme veut fonder sa propre justice ; c'est sur cette ambition inouïe qu'il ordonne sa vie, qu'il tente de distinguer le bien du mal. La scolastique n'a fait qu'aggraver cette dérive. Elle prétend que l'homme pécheur doit s'adresser à Dieu par l'intermédiaire de Jésus-Christ pour obtenir une aide surnaturelle : la grâce. Progressivement, celle-ci finirait par pénétrer l'âme du chrétien. Cette grâce deviendrait inhérente à l'âme. Luther utilise avec mépris une image saisissante : « La grâce serait à l'âme comme la blancheur au mur. »

Ce qui paraît dérisoire. Le péché est enfoui dans l'homme et ne le quittera jamais. Seules la prière et la pénitence peuvent faire jaillir le pardon divin, c'est-à-dire la justice de Dieu.

En 1518, lorsqu'il quitte Leipzig, Luther n'en est pas encore consciemment là. Il a simplement rompu avec le discours traditionnel de l'Église. Certains de ceux qui, ordinairement, le protègent – parce qu'il les a séduits par la force de ses convictions, sa véhémence intellectuelle, sa gravité angoissée, la part de vérité évidente qu'il exprime à haute voix –, ceux-là mêmes hésitent. Le prince-électeur, par exemple, estimait qu'il ne s'agissait que d'une querelle académique, comme il y en avait eu tant d'autres. Soudain, on découvre que cet espoir était vain. C'est une bataille de fond qui s'engage, et le prince-électeur s'en rend compte. Personne ne peut dire alors où cette crise entraînera l'Église, l'Allemagne et, par-delà, l'Europe dans son ensemble.

En tout cas, les conciliateurs de bonne volonté perdent leurs repères : ils avaient envisagé de faire arbitrer « la disputation » par d'éminents professeurs de la Sorbonne et de l'université d'Erfurt. Or, ces projets viennent de voler en éclats ; les passerelles sont en train de sauter. Du coup, les discours se radicalisent dans chaque camp ; on passe de la querelle théologique à la bataille populaire avec slogans, tracts et caricatures. La haine contre l'Église, ses fastes et ses pompes, bat son plein : voilà l'âne du pape devenu l'ange des ténèbres ; l'Église romaine est la prostituée de Babylone. Les cardinaux, les prêtres et les moines se prélassent dans ces lieux de perdition. Luther ne participe pas à cette polémique médiocre ; mais il ne fait, semble-t-il, rien pour l'atténuer.

Luther devient un réprouvé

Après tout, Luther est aussi un homme comme les autres. Il est sensible aux influences ; entouré de disciples et d'étudiants jeunes et acharnés, il est tenté de durcir ses positions. Souvent, il cède ; même si, en même temps, il voudrait écouter les conseils des humanistes : parmi eux, Melanchthon (1497-

1560), qui va jouer un rôle clé dans la suite des événements. Melanchthon était un esprit habile et brillant. Il était devenu maître de l'université de Tübingen à dix-sept ans ; c'est un très grand helléniste.

En face de ces modérés, il y avait les vrais radicaux. Par exemple, Thomas Müntzer (1489-1525), qui, deux ans plus tard, va prendre la tête de la révolte des paysans ; Ulrich von Hutten, qui va devenir le porte-parole de la noblesse allemande (on l'appelle d'ordinaire la chevalerie allemande) ralliée à Luther. La plupart de ceux-là ne craignent pas la guerre civile ; ils s'y jetteront d'ailleurs – contre l'avis de Luther – et y perdront la vie. Même silhouette en ce qui concerne Franz von Sickingen (1481-1523) ; parce qu'il disposait d'un superbe château, il ouvrit les portes de sa demeure à tous les exaltés de la noblesse allemande en révolte. Finalement, il les conduisit tous à ce qui devait être une grande bataille et qui fut un vrai désastre.

En tout cas, vers 1520, c'est-à-dire trois ans seulement après les thèses de Wittenberg, Luther est un réprouvé à demi clandestin et quelques-uns de ses disciples ont hâte de se lancer à l'assaut de l'ordre ancien, dont l'Église est le centre et le symbole.

En 1520, justement, Luther multiplie les textes décisifs. Avec une prodigieuse puissance créatrice, il achève *À la noblesse chrétienne de la nation allemande sur l'amendement de l'état chrétien, L'Église dans la captivité de Babylone, De la liberté du chrétien.* Si certains de ses disciples imaginent un avenir radieux, Luther, pour sa part, se contente de faire sauter les ponts. Le titre de l'ouvrage est tout un programme : c'est aux nobles que s'adresse d'abord Luther ; c'est de l'Allemagne qu'il s'agit ; enfin, c'est le christianisme qui sera le ciment de cette réformation. Et c'est dans ce texte que Luther lance l'idée prodigieuse du sacerdoce universel :

« Tous les chrétiens, écrit-il, appartiennent véritablement au sacerdoce et il n'y a entre eux aucune autre différence que celle de la fonction. Ceci parce que nous n'avons qu'un seul baptême, une seule foi, un seul Évangile et que nous sommes tous des chrétiens identiques. Qui a émergé du baptême peut se glorifier d'être déjà consacré prêtre, évêque et pape, même s'il ne convient pas que chacun exerce une pareille fonction. »

On peut faire remarquer que même dans certains de ses écrits ultérieurs Luther tente de garder une porte entrouverte ; il ménage l'avenir. Par exemple, dans la *Captivité de Babylone* qui condamne tous les liens attachant le chrétien et l'empêchant de se confronter lui-même avec l'Écriture, Luther met de côté le baptême des enfants, la communion et, dans une grande mesure, la confession. Simplement, il considère que les sacrements ne sont plus délivrés *ex opere operato* ; au contraire, la condition stricte est que le chrétien soit l'acteur principal de l'acte par la foi et la repentance.

La première partie de la réformation luthérienne s'achève. Par la bulle *Exsurge Domine* (1520), Rome condamne la doctrine du moine de Wittenberg. On attend sa rétractation. Il riposte par l'un de ses écrits les plus violents, *Contre la bulle de l'Antéchrist.* Il se passe sans doute quelque chose dans la tête de Luther. Il a attendu – sans savoir si son espérance avait une chance de passer du songe à la réalité – une confrontation solennelle, ou un concile, en tout cas une discussion publique, entre le pape et lui. Mais il n'a pas voulu croire que Rome oserait le condamner. Lorsque le couperet tombe, il est sans doute envahi par un sentiment de solitude atroce. Une chose est d'être un réformateur aux limites de l'orthodoxie, une autre d'être un exclu. Il éclate. D'où le contenu « un peu fort » de sa riposte : le pape est l'Antéchrist. Grâce aux pouvoirs que son baptême lui a donnés, Luther engage donc le combat contre le pape et les cardinaux. Il leur ordonne de faire pénitence. Au nom du Christ, il les menace de la damnation. Le 10 décembre 1520, il ordonne à ses étudiants d'allumer un bûcher devant son église et il jette aux flammes les multiples textes le condamnant, le réfutant ; il maudit ses adversaires. Staupitz le délie de ses engagements religieux. Voilà Luther libre mais juridiquement isolé. Que faire ? Il accepte de se rendre à la diète de Worms. On essaie de l'en empêcher ; il risque fort, lui dit-on, d'être arrêté. C'est l'aventure de Leipzig qui recommence. Luther n'écoute personne. Il part et constate qu'il est acclamé par les artisans, les ouvriers, les paysans, ville après ville. Le 17 avril, les représentants de la diète lui demandent s'il reconnaît être l'auteur des livres qu'il a signés, et s'il est prêt à se rétracter. Il répond simplement « oui » à la première question. Il réserve pendant vingt-quatre heures sa réponse à la seconde, puis répond « non ».

Luther traduit le Nouveau Testament, puis la Bible

Cette fois, Luther est en marge. Comme toujours, il travaille jour et nuit. Dans le château de Wartburg où on l'a recueilli, il traduit en dix semaines le Nouveau Testament en allemand, puis se lance dans une tâche analogue sur l'Ancien. Ce second travail lui prendra douze ans.

L'année passe. Luther, pour ses disciples, a presque disparu. Le mouvement qu'il a impulsé commence à partir à hue et à dia. Karlstadt, professeur à Wittenberg et partisan acharné de Luther, devient le chef reconnu des révoltés. Même le sage Melanchthon paraît disposé à le suivre. On entreprend la liquidation de la messe. À Noël 1521, Karlstadt célèbre, en habits civils, une prière collective où une communion symbolique est distribuée sous les deux espèces. Puis, le lendemain 26 décembre, il se marie. Enfin, il décide que les biens des couvents, des églises, des religieux deviendront une propriété collective permettant de rétribuer les prêtres et d'aider les pauvres. De très nombreux moines abandonnent leur couvent. Karlstadt et sa troupe envahissent les églises, détruisent les statues et brûlent les images. Les étudiants quittent l'université : tous veulent devenir prédicateurs, même s'ils ne savent rien. Est-ce si grave ? Les compagnons de François d'Assise en avaient fait tout autant. Mais Luther n'entend pas s'arrêter là.

C'est le moment que choisit Luther, malade d'inquiétude, pour réapparaître à Wittenberg ; tant pis pour sa sécurité. Il réussit à reprendre en main ces foules en révolte grâce à une série de sermons. C'est un tour de force : les révoltés s'inclinent devant sa foi et ses discours.

C'est probablement à cette date que Luther commence à craindre pour l'avenir de la Réforme. Il pressent que personne ne voudra vraiment se passer d'église ; le sacerdoce universel ne doit pas être une clé ouvrant sur le désordre. Luther impose, par son verbe, une organisation minimum : le latin réapparaît, les vêtements sacrés sont réhabilités, la messe dominicale reprend sa place et, en gros, sa forme. Chaque paroisse, néanmoins, peut juger le prêche du pasteur : une clause redoutable que Luther ne tardera pas à abandonner.

Personne ne cherche à l'arrêter ; il continuera donc à prêcher et à écrire. En 1524, il épouse Catherine von Bora, une ancienne religieuse cistercienne. Melanchthon désapprouve ce mariage. Mais déjà les routes des deux hommes commencent à se séparer.

En 1525, nouvelle étape dans l'évolution intellectuelle de Luther. La guerre des paysans est commencée depuis plusieurs mois. Luther a réussi à demeurer à peu près neutre dans la révolte des nobles. Mais avec les paysans c'est une autre histoire. La guerre des paysans n'est pas seulement une révolte sociale, mais aussi une révolte religieuse. La plupart se présentent comme des disciples de Luther. Ce sont les premiers « Illuminés » organisés. À leur tête, parmi d'autres, Thomas Müntzer qui, à Leipzig, était à côté de Luther. Depuis cette rencontre, il avait pris ses distances vis-à-vis du luthéranisme ; il soutient que les hommes peuvent faire appel à Dieu ; que, comme Marie, ils peuvent apprendre à s'approcher de Dieu. Celui-ci a parlé aux hommes depuis des siècles ; pourquoi se tairait-Il désormais ?

Luther se moque de Müntzer, qui se déchaîne contre son ancien maître. « Luther, écrit-il, est l'archichancelier du diable », « le pape de Wittenberg ». Étonnés par ces clameurs, les chevaliers s'éloignent de Müntzer. En 1525, les paysans révoltés jettent les bases d'une « constitution fédérale ». Cette fois, l'insurrection prend de l'ampleur : plus de mille couvents, affirme-t-on, sont pillés et brûlés. Même sort pour les châteaux. Du coup, les autorités s'en mêlent avec énergie. Le chef militaire de la Souabe, Georg Truchsess von Waldburg, intervient en force et liquide les paysans et autres révoltés. Müntzer est arrêté, torturé et, enfin, décapité. On crève les yeux des bourgeois qui s'étaient ralliés à la révolte.

Luther n'a pas levé le petit doigt en leur faveur. Il avait d'abord fait paraître un texte qui reconnaissait la justesse des arguments sociaux des paysans. Puis, très vite, il publie un second document plus terrifiant : il invite les princes à abattre les révoltés. « C'est pourquoi, écrit-il, quiconque en a la possibilité doit frapper, étrangler, poignarder en secret ou en pleine lumière les hommes séditieux, comme on abat un chien enragé. »

Voilà Luther coupé du petit peuple. Mais les princes et les nobles, qui pensent autant à l'Allemagne qu'à l'Église, observent désormais ce moine solitaire. Une alliance se dessine, qui va devenir le ciment social de ce qui sera le protestantisme. Le temps d'une organisation minimum permettant une politique de développement géographique – aussi bien par conversion que par ralliement de certains États – est tout proche. On peut estimer qu'aux environs de 1530, la première étape de ce qui est bel et bien une révolution religieuse, culturelle et nationale, est achevée. Elle a demandé moins de treize ans. Ce qui est assez foudroyant.

Un prêtre suissse, Zwingli, assiste à la bataille de Marignan

D'autant que des mouvements parallèles surgissent ici ou là. Le cheminement de Zwingli constitue un bon exemple qui démontre que le climat général, en Europe, est favorable à une telle secousse.

Zwingli (Huldrych) est suisse. Il est venu au monde en 1484 dans une bonne famille du canton de Saint-Gall. Chez lui, on parle politique, on discute des problèmes moraux, économiques et sociaux. Tout particulièrement les rapports avec l'Empire. On voudrait bien couper progressivement les liens qui attachent la future confédération avec son énorme voisin.

C'est un oncle prêtre qui lui sert de premier enseignant. Puis Zwingli court les universités de Vienne et de Bâle. En 1506, il reçoit le titre de maître ès arts. C'est un passeport pour entrer dans le cercle assez fermé des humanistes. Il fera la connaissance d'Érasme : rencontre d'un jeune homme inconnu et d'un sage prestigieux. Zwingli est fasciné, à ce moment-là, par le pape de l'humanisme modéré (et modérément réformateur).

Devenu prêtre, il est désigné comme curé en Suisse alémanique, à Glaris, pour dix ans. Il prêche dans certaines abbayes, il commence à être connu et apprécié. Courageusement, il s'engage comme aumônier des troupes suisses et pontificales.

Il assiste, horrifié, à la bataille de Marignan (qui, pour son camp, est une défaite). Aussitôt, il en tire une conclusion hâtive mais qui entraînera une série de conséquences durables : il s'affirme partisan de la neutralité. Ce qui l'oppose à la politique francophile de son canton. Il veut bien se battre pour la liberté. Mais la liberté, pour lui, consiste à se débarrasser de l'Empire et en même temps de la domination française. Sans en être conscient, Zwingli est en train de devenir un marginal.

Intellectuellement, il flotte quelque peu durant les années suivantes. Comme humaniste, il est disciple d'Aristote et de Thomas. Mais, en même temps, la lecture du Nouveau Testament (édité par Érasme) le pousse vers la Bible. C'est cette rencontre entre ces deux traditions, qui va donner à Zwingli sa spécificité, l'empêcher de se rapprocher de Luther, en faire un contestataire atypique.

« Manger du lard en carême »

Nommé prédicateur à Zurich en 1518, il suit de loin les agitations de Wittenberg, mais se garde de les rejoindre. Lui, pour sa part, met l'accent sur la prédication ; il dédaigne les pratiques sacramentelles. Il considère qu'au cœur du salut, il y a l'Esprit, éclairé par l'Écriture, pour chacun de ceux qui l'abordent. Mais, comme Luther, il prend ses distances avec l'Église établie et prêche sa propre vision religieuse. Grâce à la théorie du sacerdoce universel, il est maître de son discours et de sa foi.

C'est en 1522 qu'il rompt d'une manière visible. Il convie ses amis à « manger publiquement du lard en carême » ; il y a quelque chose d'étrange à constater que les déchirements publics se signalent d'abord par ce qui nous paraît être des enfantillages. On le traîne derrière l'autorité ecclésiastique ; il se retranche derrière les autorités civiles. Les magistrats, flattés, suivent Zwingli et imposent des arbitrages en sa faveur. Tout le monde est satisfait d'avoir pris en défaut le magistère ecclésial.

En 1524-1525, Zwingli publie ses *Commentaires sur la vraie et fausse religion.* Déjà, les villes de Bâle, Berne, Saint-

Gall, Mulhouse, Strasbourg ont basculé en sa faveur. En 1527, la tension s'accroît entre catholiques, luthériens et zwinglistes. En 1529, Zwingli rompt publiquement avec Luther. Chacun possède désormais sa communauté propre. Elles ne se ressemblent nullement. D'un côté, des magistrats qui régentent tout (mariage, séparation, nomination à la tête des paroisses). Zwingli devient un chef politique et spirituel (comme le sera Calvin, à Genève). De l'autre, la communauté luthérienne. Elle est grave, sacramentaire. Le prêche en constitue le cœur, accompagné par les lectures des textes sacrés et les chants des participants.

L'aventure de Zwingli s'achève brusquement. Il participe aux premières luttes armées qui se déroulent dans ce qui sera la Confédération ; et cela, pour des raisons religieuses. Il est tué à la bataille de Kapell, en 1531. Sa course n'aura duré que de 1518 à 1531. Son successeur organise le rapprochement avec Calvin.

La Réforme conquiert le nord

Dès 1525, Luther dispose d'un réseau d'amis impressionnant. D'abord ses disciples, anciens prêtres et anciennes religieuses ; anciens moines, surtout (augustins, franciscains, dominicains, bénédictins, brigittins, etc.). C'est presque une armée lancée avec passion derrière Luther. À l'inverse, beaucoup d'humanistes, alliés de la première heure, ont pris leurs distances.

Mais la partie décisive se joue maintenant du côté des princes. Beaucoup avouent qu'ils sont intéressés, souvent séduits. Mais ils se gardent de franchir le pas. Seuls le frère et le neveu du prince-électeur de Saxe se sont déclarés pour Luther. Plus décisif : depuis 1529, le grand maître de l'ordre teutonique, Albert de Brandebourg – il sécularise l'ordre des Moines-Soldats, qu'il dirige – est en liaison constante avec Luther. Lorsque le grand maître décide de changer les statuts de son ordre, Luther est consulté. Désormais, le territoire de l'ordre des Chevaliers teutoniques s'appellera le duché de Prusse. On peut dire que, ce jour-là, une cloche sonne pour la première fois dans l'immensité allemande : toute l'histoire future va s'inscrire en partie dans les deux actes fondateurs : celui de Luther et celui de la Prusse.

Cependant, l'effet produit parmi les populations n'est pas encore important. Mais, pour Luther, le moment est capital. De deux façons : d'abord, Albert de Brandebourg fait de la Prusse un État luthérien ; ensuite, le mariage du grand maître avec une fille de Frédéric, roi de Danemark, ouvre les pays du Nord au luthéranisme.

D'ailleurs, l'exemple d'Albert de Brandebourg intéresse de nombreux princes allemands. Philippe de Hesse – converti par Melanchthon – décide que c'est la doctrine luthérienne, et elle seule, qui sera prêchée dans les églises de sa principauté ; l'Allemagne bascule dans le camp de Luther. L'année suivante, Philippe de Hesse promulgue une nouvelle constitution ecclésiastique. Voilà l'Église nouvelle constituée ; prêtres et moines qui ne veulent pas se rallier aux règles luthériennes doivent s'exiler. Beaucoup acceptent l'exil.

Principautés après principautés basculent dans le camp de Luther. Dans les pays scandinaves, le ralliement du roi de Danemark, Norvège, Islande (c'est un seul pays) précipite le passage des pays du Nord au luthéranisme. La première guerre civile ouverte au Danemark pour la succession du roi aboutit au triomphe du duc luthérien, Christian III de Holstein. Du coup, les jeux sont faits. Les sept évêques catholiques danois sont arrêtés et emprisonnés. Les biens d'Église sont saisis. Le nouveau roi se fait couronner par un pasteur luthérien venu, tout exprès, de Wittenberg. Pendant ce temps, l'évêque de Roskilde, qui n'a pas voulu céder, meurt en prison en 1544.

D'ailleurs, en 1538, le Danemark s'était rattaché à la fédération de Smalkalde. Il contresigne, du même coup, la Confession d'Augsbourg (1530). Évolution comparable en Suède. Une guerre civile déchirant le pays, c'est Gustave Ier Vasa (1496-1560) qui l'emporte ; il est luthérien. Après quelques hésitations, il décide de saisir les biens de l'Église, de briser la puissance des évêques. Désormais, ce sont les doctrines de Luther qui seront exposées en chaire. Le dernier défenseur de l'Église catholique, Hans Brask de Linköping, s'enfuit en Pologne (qui échappe en partie au raz de marée). En 1529-1530, une révolte catholique est militairement écrasée. Très vite, la Finlande se range derrière la Suède, ainsi que le chapelet des villes de la Baltique.

On constate que les débats théologiques des années 1518-1525 ont perdu de leur importance. C'est de politique qu'il s'agit. On rompt avec Rome, on saisit les biens de l'Église, on désigne de nouveaux pasteurs, dépendant en fait du pouvoir civil. Nous venons de régresser d'un échelon : là, comme ailleurs, la politique succède à la mystique, la petite nation à l'universalité catholique.

Charles Quint s'en mêle

D'autant que Charles Quint (1500-1558) est bien décidé à imposer sa loi. Certes, en 1529, la décision qu'il prend peut paraître bien raisonnable : il demande qu'on évite désormais tout changement dans chaque région de l'Empire ; qu'on laisse les luthériens d'un côté, les catholiques de l'autre, pratiquer comme ils le souhaitent leur religion. Il va de soi que les multiples exactions doivent cesser : plus question d'envahir les couvents et de dépouiller les églises. Les princes allemands considèrent aussitôt que l'empereur se mêle de ce qui ne le regarde pas : la Saxe, la Hesse, le Brandebourg, le Luxembourg et l'Alsace protestent ensemble. Tous désignent les croyants de la nouvelle Église sous le terme de *viri boni* (« les hommes honorables » ; le terme de protestant apparaît à peu près à cette date). Sur le fond, les signataires demandent que soit désormais garantie la liberté religieuse pour les princes et les États. Le bon peuple n'était même pas mentionné ; ce qui prouve, une fois encore, l'orientation sociale de la Réforme luthérienne. Une foi exigeante d'un côté, et des princes pour administrer la cité et les temples.

Les signataires étaient conscients qu'ils risquaient un affrontement militaire avec les armées de Charles Quint. Philippe de Hesse, qui était l'homme fort de l'alliance, souhaite constituer au plus tôt une ligue anti-Habsbourg. Sans nul doute, les protestants allemands et suisses, les Danois et les Vénitiens seront derrière lui. Pourquoi pas la France ? La foi, pour elle, n'est plus le fond du problème ; il s'agit, en réalité, d'empêcher Charles Quint de refermer l'étau de l'Empire qui relierait de nouveau Madrid à Vienne et à l'Allemagne. Le point faible du dispositif impérial est toujours le même : les Alpes. C'est pourquoi Philippe de Hesse envisage sans angoisse une alliance, dans cette zone, entre protestants et catholiques.

Il commence par tenter une réconciliation Luther-Zwingli à Marbourg. La rencontre eut lieu, après bien des conciliabules, en octobre 1529. Sans succès : les deux hommes ne réussirent pas à s'accorder sur la communion. Pour Luther, la personne corporelle du Christ existe bel et bien ; pour Zwingli, il ne s'agit que d'une communion spirituelle. Ce fut l'échec.

Il faut trouver une issue : ce sera l'intelligence et le talent diplomatique de Melanchthon qui vont permettre de franchir l'obstacle. Il rédige, très vite, un résumé des points d'accord entre les réformés de toute obédience ; bien entendu, il glisse sur les nombreux points litigieux. Mais c'est grâce à cette prudence qu'il achève le document ; celui-ci sera connu sous le nom de Confession d'Augsbourg (1530). Sa lecture, aujourd'hui, est assez surprenante. Il n'y est, en effet, question ni de la doctrine, ni de la grâce, ni de la nature de l'Église, ni de la primauté pontificale ; pas davantage de l'enfer, des saints, et même des indulgences. Il nous semble clair que l'objectif de Melanchthon était sans équivoque : il voulait élaborer un texte minimum qui jouerait le rôle de charte. Luther, lorsqu'il prit connaissance du texte, haussa les épaules : c'était trop mou pour lui. Charles Quint, au contraire, se montra prudent. Il souhaitait éviter un affrontement armé. Le légat, qui exigeait condamnation et excommunication, ne fut pas entendu. La thèse de l'empereur – et sur ce point, Melanchthon partageait le même souci – était la réunion au plus tôt d'un concile destiné à reconstituer l'unité de l'Église. Ce qui prouve que peu de gens avaient compris à cette date que la rupture était (pour longtemps) définitive.

La ligue de Smalkalde (1531) – union militaire protestante, soutenue financièrement par la France – fut l'organisation militaire et diplomatique de la Réforme. Les uns après les autres, provinces et duchés allemands basculent du côté de Luther. On peut dire qu'en 1540 la Réforme a conquis l'Allemagne. Le nord de l'Europe s'étant rallié très vite, il ne restait que l'Angleterre et, enfin, la France. Cette dernière va devenir l'épicentre de l'affrontement.

L'Angleterre se rallie à la Réforme pour d'étranges raisons

Philippe de Hesse compte sur le ralliement de l'Angleterre lorsqu'il achève de mettre en place la ligue de Smalkalde. Hesse n'est pas un théologien ; simplement un politique habile. Il sent fort bien que Londres ne pourra résister longtemps à la vague d'indépendance antiromaine : la Réforme, ne l'oublions pas, est aussi le premier signe du nationalisme qui va progressivement balayer l'Europe et faire disparaître le concept et la réalité de la chrétienté, héritage du Moyen Âge. Certes, la plupart des fondateurs de la Réforme n'y songent même pas ; hormis Luther qui porte en lui une sensibilité nouvelle, dont il pense, à juste titre, qu'elle va être l'une des composantes de la Réforme et qu'en même temps elle correspond à ce qu'on désignera plus tard sous le terme vague d'*âme allemande*.

Pourtant, rien à première vue ne permet de voir venir la crise anglaise. L'île est convenablement protégée des exigences romaines : ses parlements n'ont pas hésité à dire « non » à la papauté lorsqu'il a été question de divers privilèges pontificaux.

Henri VIII [1509-1547] est considéré comme un prince de la Renaissance. Il souhaite une réforme évangélique de l'Église, pas une révolution. Du coup, il pousse Érasme à rompre avec Luther, il conseille à Charles Quint la fermeté. D'ailleurs, chez lui, il soutient publiquement le pape, reçoit le titre de « défenseur de la foi » décerné par Rome, poursuit les lollards (disciples de Wyclif). Et il n'y a pas de signe d'une révolte religieuse à cette époque, dans son pays.

Il faut se résigner : la Réforme anglaise – ou, plus exactement, la rupture entre le roi et le pape – est liée, comme chacun le sait, à la volonté du roi de changer d'épouse. Rappelons les faits.

Après son accession au trône (1509), Henri VIII avait épousé Catherine d'Aragon, l'une des tantes de Charles Quint. Il lui fait cinq enfants ; quatre meurent ; ne survit que la princesse Marie. Henri VIII veut un fils pour lui succéder sur le trône, pas une fille. L'Angleterre n'a pas encore découvert les mérites et les splendeurs des reines.

Ajoutons qu'Henri est amoureux fou d'Anne Boleyn, demoiselle d'honneur de la reine. Il demande à Rome d'annuler son mariage, puisque Catherine avait été, en premières noces, la femme de son frère aîné, mort à quinze ans. Rome aurait pu prendre en compte cette circonstance ; mais tout le monde savait qu'Anne Boleyn était la sœur d'une ancienne maîtresse d'Henri. Comme on le voit, le roi était insatiable.

Le cardinal Wolsey, qui considérait cette affaire comme une sottise, se chargea néanmoins de négocier avec Rome. Sans succès. Wolsey est donc éliminé et remplacé par Thomas More, humaniste respecté dans toute l'Europe. Il fait preuve d'une extrême prudence. Mais Henri est pressé. Un parlementaire habile, Thomas Cromwell, fait devant le roi l'éloge des princes allemands ; lui se moque de théologie, mais les autorités civiles allemandes ont réussi à se débarrasser de Rome ; pourquoi ne pas les imiter ?

Le roi accepte. Il réunit une assemblée générale du clergé et demande à être reconnu comme autorité suprême de l'Église anglaise, moyennant un ajout : « Pour autant que la loi du Christ le permette. » C'est un moyen de ménager l'avenir. En vérité, cette formule ne servira à rien. Saint Thomas More, sentant venir la rupture, démissionne et est remplacé par un simple ambitieux, Thomas Cranmer. Saint Thomas More sera martyrisé, puis exécuté pour sa fidélité à l'Église. En 1533, le mariage d'Henri et d'Anne est béni. Premier enfant : la petite Élisabeth [1558-1603], qui allait faire parler d'elle. En 1534, Henri est excommunié. C'est la rupture : tous les revenus pontificaux tombent dans les caisses du roi.

Quant au peuple, il paraît indifférent. Après tout, les offices religieux n'ont guère changé. Il n'y eut que peu d'opposants : saint Thomas More et le cardinal saint John Fisher. Ils furent arrêtés puis décapités. Dans les couvents, la résistance fut plus ferme. On arrêta et on tortura ; puis les récalcitrants furent exécutés. Enfin, le roi fit saisir les biens des couvents et les distribua à ses amis. Pour faire bon poids, on rouvrit, pour haute trahison, le procès de saint Thomas Becket, mort depuis près de quatre siècles ! On régla, sans trop de difficultés, les points litigieux : quelques protestants honnêtes, étonnés de voir l'Église anglaise récupérer la plupart des sacrements, eurent le front de s'y opposer. Ils furent arrêtés et exécutés. Ce fut en particulier le cas de Thomas Cromwell qui avait pourtant, jusque-là, bien servi son maître.

Ce basculement anglais renforça sur le papier le camp de la Réforme. Mais il n'y avait pas grand-chose de commun entre Wittenberg et Londres.

Jean Calvin s'enferme à Genève

Avec Calvin, nous découvrons le troisième homme fort de la Réforme. Après Luther et Zwingli, voilà le personnage qui va, en réalité, faire entrer le protestantisme en France. Sa dimension intellectuelle n'était sans doute pas celle de Luther, mais dépassait de loin celle de Zwingli – si tant est qu'un tel classement ait un sens.

Sa vie est bien connue. Il naît à Noyon en Picardie, en 1509. Son père est notaire ; il rêve pour son fils d'une carrière ecclésiastique. Calvin poursuit des études, à la Sorbonne ; il est reçu maître ès arts. On s'attendait à ce qu'il étudie la théologie, mais son père, à la réflexion, lui conseille de faire du droit. À tout hasard : ce père assez étrange est en conflit avec le chapitre de la cathédrale pour des raisons bêtement juridiques. Mais c'est un homme qui a mauvais caractère : il sera excommunié quelques années plus tard, et séparé de l'Église. Il est probable que cet événement, pourtant théologiquement marginal, a eu une influence indirecte sur le jeune Calvin.

Jean poursuit ses études aux facultés de droit d'Orléans, puis de Bourges. Pendant ces années, il apprend le grec. C'est en 1532 qu'il se manifeste pour la première fois, en publiant un commentaire des traités de philosophie de Sénèque (*De clementia*).

Il disparaît en 1533, avec l'un de ses amis, Nicolas Cop, recteur de l'université de Paris, qui venait de prononcer une leçon aux accents franchement évangéliques. Il est probable que les deux hommes sont, sans le reconnaître encore, déjà protestants. En tout cas, ils vont l'un et l'autre errer en France et en Italie. En 1534, Calvin abandonne les bénéfices ecclésiastiques qui lui avaient permis de vivre et de poursuivre ses études.

En 1535, il échoue à Bâle et termine la première édition de *Institutio religionis Christianae,* ouvrage dédicacé au roi François Ier. C'est une défense passionnée des protestants français persécutés en France. En 1536, le livre paraît ; c'est l'un des premiers monuments de la langue française. Calvin le reprend et le complète en 1541 ; cette fois, il est publié dans un français très remarquable. Calvin voyage dans l'est de la France quelques semaines ; il n'y reviendra plus jamais. Il hésite entre Strasbourg et Bâle, deux villes protestantes où il pourrait vivre et écrire. Il n'a pas encore choisi.

C'est lorsqu'il passe par Genève que se produit la rencontre qui va changer sa vie et décider de son avenir. Genève vient d'obtenir son indépendance ; elle a rompu ses liens avec le duché de Savoie. Un prédicateur, Guillaume Farel (1489-1565), est en train de faire basculer la ville vers la Réforme. Lorsqu'il apprend la présence de Calvin, il vient le trouver et lui demande son aide pour construire une église et fonder une communauté protestante. Calvin n'a pas la moindre envie de se jeter dans une telle aventure. Il veut vivre en paix, écrire, à la rigueur enseigner. Il le dit à Farel qui entre dans une violente colère : si Calvin se réfugie encore une fois dans ses « chères études, Dieu le damnera ». Aussitôt, Calvin se soumet. À partir de cette date, il va devenir le maître de cette belle ville, d'où il exercera une influence considérable sur la France.

En 1537, Calvin – qui n'est que simple lecteur à l'église Saint-Pierre – a établi son plan pour l'organisation de la communauté religieuse de Genève. Il a rédigé confession de foi et évangile. Mais la population voit d'un mauvais œil ce qu'elle considère comme une conquête de la cité par les Français. À Pâques 1538, Calvin s'enfuit à Strasbourg. Pendant deux à trois ans, il est le pasteur de la communauté française en exil. Mais, en 1541, la situation politique à Genève se modifie et Calvin peut y revenir. Il y restera jusqu'à sa mort, en 1564.

À Strasbourg, Calvin a rencontré quelques-uns des grands réformateurs allemands ; entre autres, Martin Bucer (1491-1551), dominicain de Sélestat, qui avait introduit le luthéranisme à Strasbourg. Longtemps, il avait tenté de rapprocher Luther de Zwingli. Sans succès. Les deux hommes ne prêchaient pas la même conception de la Réforme.

L'État théocratique

Calvin, d'ailleurs, avait, lui aussi, des idées profondément différentes. Par exemple, lors de son retour à Genève, il exige de la municipalité qu'elle cesse de contrôler l'Église de la ville (nominations et finances). Progressivement, d'ailleurs, c'est le contraire qui va se réaliser : Calvin va devenir, en s'appuyant sur les ordonnances ecclésiastiques qu'il rédige lui-même, le maître de la ville. Ce qu'il tente de créer, c'est une théocratie, inspirée de l'ancien État royal juif. Il va imposer une discipline redoutable ; à Genève, on condamne à mort pour raison religieuse. Jeux de cartes, théâtre et danse sont interdits. En 1545, Calvin doit faire face à une révolte armée, il en profite pour anéantir ses adversaires. Il y eut un début de terreur. Gruet – un théologien –, qui niait la divinité du Christ, est arrêté, puis décapité en 1547. Bolsec, un ancien carme qui refuse la doctrine de Calvin sur la prédestination, est brûlé en 1553. Mais le cas le plus spectaculaire (et le plus dramatique) est celui de Michel Servet. C'était un médecin espagnol qui résidait à Lyon et qui niait la Trinité et la divinité du Christ. Il est dénoncé, par l'intermédiaire de Calvin, à l'Inquisition catholique de Lyon. C'était un savant ; c'est sans doute lui qui découvrit le premier la circulation du sang. Servet – qui correspondait depuis des années avec Calvin – s'enfuit de Lyon et se réfugie à Genève. Reconnu, il est arrêté pendant qu'il écoute un sermon prononcé par Calvin. Ce dernier organise le procès de son ami, le fait condamner et brûler en 1553.

Or, cet État théocratique – aux antipodes du luthéranisme – eut un impact étonnant en France. Très vite, des groupes de calvinistes se forment un peu partout. Là où les thèses de Luther n'avaient rencontré qu'un faible écho, celles de Calvin fascinent des esprits froids et sévères. D'ailleurs, le maître de Genève s'était fait leur protecteur. En 1555, est fondée la première Église de Paris sur le modèle de celle de Genève. Les petites communautés luthériennes – il en existait un certain nombre – ne tardent pas à rallier les organisations calvinistes. De 1555 à 1562, Calvin expédie quelque quatre-vingt-huit pasteurs. Une partie des nobles bascule : Antoine de Bourbon, roi de Navarre ; son frère, Louis de Condé ; les Coligny (l'amiral, le général et le cardinal) ; des dames, en grand nombre.

Un milieu calviniste se constitue. En mai 1559, ils auront l'audace – au péril de leur vie – de tenir à Paris un synode national. Ils rédigent une confession gallicane. C'est, bien entendu, Calvin qui en a, pour l'essentiel, écrit le texte de base. C'est la naissance du mot « huguenot » (du mot allemand *Eidgenossen,* « confédérés »). Font partie de cette confédération les chrétiens de Genève, de Fribourg, de Berne…

Les huguenots, très vite, deviennent un parti politique, uni par sa foi. Nous verrons plus loin le rôle que ce parti et ses responsables vont jouer dans les huit guerres de religion qui vont secouer la France. Tous les efforts de Catherine de Médicis, qui voulait empêcher la fracture entre les deux France, échoueront. Il faudra attendre l'arrivée au pouvoir d'Henri de Navarre – Henri IV – pour que la guerre cesse, pour que l'Édit de Nantes (1598) fonde pour la première fois, sans le dire explicitement, le droit à l'exercice public du culte.

Presque partout, les conséquences politiques du protestantisme vont déboucher sur des guerres ; longues et meurtrières en France (XVIe siècle) ; terribles et sanglantes en Allemagne, à travers la guerre de Trente Ans (XVIIe siècle).

CHAPITRE 25

LE CONCILE DE TRENTE ET LA CONTRE-RÉFORME

Durant les années 1518 à 1560, les réactions de l'Église romaine sont juridiques (les bulles) et militaires (la guerre entre Charles Quint et la ligue de Smalkalde, que celle-ci va finalement perdre) ; deux ripostes sans grande portée. On ne s'oppose pas avec le droit et les armes à un mouvement profondément spirituel qui entraîne des populations entières.

C'est le pape Adrien VI [1522-1523] qui lance dans la bataille un texte assez prodigieux, contraire à toutes les traditions romaines de l'époque, et dont l'extrême modernité étonne encore aujourd'hui.

C'est une proclamation, rédigée pour l'essentiel par le pape, adressée au peuple allemand et qui sera lue par le légat à la diète de Nuremberg (la diète est le parlement impérial). Donc, très peu de temps après la révolte de Luther ; ce qui montre que Rome n'était pas totalement aveuglée.

« Tu devras dire aussi que nous reconnaissons en toute liberté que Dieu laisse s'accomplir cette persécution à cause des péchés des hommes, et en particulier des prêtres et des prélats [...] L'Écriture sainte proclame hautement que les péchés du peuple ont leur origine dans ceux des clercs [...] Nous savons aussi qu'en ce Saint-Siège lui-même, depuis bien des années, il y eut bien des abominations : abus dans les choses spirituelles, transgressions des commandements ; tout est devenu amertume. Aussi n'est-il pas étonnant que le mal se soit transmis de la tête aux membres, des papes aux prélats. Nous tous, prélats et clercs, nous nous sommes écartés du droit chemin et depuis bien longtemps personne ne faisait plus le bien [...] Chacun de nous doit se demander pourquoi il est tombé et se juger lui-même, plutôt que d'être jugé par Dieu au jour de sa colère. »

Cet aveu et cette contrition publics, aussi étonnant que cela puisse paraître, passèrent à peu près inaperçus ; c'est exactement à ce moment que Luther rédige sa satire identifiant le pape à un âne ; dans le même texte, il traite Adrien VI d'« homme stupide et ignorant », de « tyran hypocrite et Antéchrist ». On a le sentiment que, pour la première fois, le rapport des forces spirituelles commence à s'inverser. Malheureusement, Adrien VI ne peut réaliser ses intentions : en 1523, il meurt. Pourtant, sans le savoir, à Pâques 1523, il avait été écouté par un prêtre inconnu qui désirait être béni avant de partir pour Jérusalem. Il s'appelait Ignace de Loyola.

Le concile qui dura dix-huit ans

Avant de tenter de dresser un bilan de ce concile de Trente qui va énumérer l'ensemble des règles utilisées par l'Église et par les catholiques jusqu'à Vatican II, il faut rappeler la situation géopolitique de l'époque.

Le concile se déroule de 1545 à 1563. Soit dix-huit ans. Durant ces années, l'Europe n'en finit pas de bouger. Copernic est mort en 1543 ; Luther disparaît en 1546, soit un an après l'ouverture de ce concile qu'il a souhaité au début de son existence de réformateur. C'est cette même année que se déroule la guerre entre Charles Quint et la ligue de Smalkalde. En 1547, le concile se transporte à Bologne. Édouard VI devient roi d'Angleterre. En 1549, le concile suspend ses travaux. Il n'a encore rien fait de décisif.

À l'autre bout du monde, François-Xavier atteint le Japon et commence sa prédication. En 1550, Jules III devient pape ; il succède à Paul III. Il décide la reprise du concile en 1551. Nouvelle interruption en 1552. La pénétration des conquistadores se poursuit dans le Nouveau Monde : les dominicains fondent une université à Lima (les premières universités d'Amérique apparaissent à Lima en 1551, Mexico en 1553, Bogota en 1572). Paul IV est élu pape en 1555. L'année d'après, saint Ignace de Loyola meurt (1556). En 1559,

Pie IV, à son tour, est désigné au trône de Pierre. À Paris, protestants et catholiques tentent sans succès de rapprocher leurs convictions.

1562 : la troisième période du concile s'ouvre. Charles Quint a abdiqué en 1556, Philippe II lui succède. En 1560, Charles IX devient roi de France et les guerres de religion vont réellement commencer dans le vieux royaume.

En 1563, le concile s'achève. Durant les derniers dix-huit mois, il a imaginé, rassemblé, voté plus de réformes que durant les deux premières sessions : comme si les pères conciliaires avaient soudain eu le sentiment de l'urgence.

Pourtant, aucun d'entre eux n'a pensé réaliser une œuvre aussi durable. On aura noté que quatre papes, au moins, ont défilé durant cette réunion à éclipses. C'est dire à quel point le concile a taillé sa route, sans trop s'encombrer de précautions hiérarchiques.

On a compris. Durant cette vingtaine d'années, l'Europe a poursuivi ses éternelles convulsions pendant que le monde connu s'élargissait et découvrait qu'il constituait une planète ronde ; qu'il existait des hommes partout ; que leur silhouette, leur couleur, n'avaient aucune importance de fond : tous étaient des hommes. Ce fut le mérite de Las Casas – ce dominicain espagnol qui prit la défense des Indiens, et dénonça les abus et les crimes des premiers occupants – d'avoir, l'un des premiers, compris cette donnée fondamentale qui n'allait pourtant pas de soi à l'époque.

D'où la question centrale : comment ces pères conciliaires, enfermés dans la logique que leur imposait la Réforme, ont-ils pu légiférer pour l'ensemble d'un univers dont ils ne savaient à peu près rien. Disons qu'aussi bien chez Luther que chez les participants de Trente, le souffle de l'Esprit a secoué la tête de multiples acteurs.

Le concile introuvable

Pour comprendre le cheminement de cette aventure conciliaire, il faut se reporter à la période qui précède la réunion de Trente.

Il y a presque vingt ans que l'on parle de ce fameux concile.

Après tout, c'est Luther qui, le premier, avait souhaité sa convocation. Il s'est prononcé en ce sens une première fois en 1518 ; une seconde, en 1520. Son premier appel était sincère ; le second ressortait davantage de la propagande. Luther, en 1520, sait que les ponts sont coupés entre Rome et lui.

Néanmoins, l'idée du concile fait son chemin. Les débats de Constance et de Bâle ne sont pas tellement éloignés dans les têtes. En cas de crise grave, le concile peut être un moyen pour surmonter les obstacles et fortifier l'unité de l'Église.

Pourtant, les partisans du concile sont divisés. Pour la diète allemande, il faut y voir clair avec Luther. La bulle *Exsurge* n'a pas tout réglé ; avant de rendre un verdict définitif, il importe de relire avec soin les affirmations du moine de Wittenberg. D'où la méfiance du pape Clément VII. Il redoute une réunion qui pourrait se dresser contre lui. Encore une fois, Constance a laissé de mauvais souvenirs.

Charles Quint veut en finir avec le désordre dans l'Église

Chacun, finalement, tergiverse. C'est Charles Quint qui impose sa volonté : le désordre dans l'Église est, pour lui, inconcevable. Couronné à Bologne en 1530, il contraint le pape à s'engager : ou bien la diète réunie à Augsbourg trouve le chemin d'une réconciliation, et on en reste là ; ou bien le compromis s'avère irréalisable, et il faut accepter le concile. Clément VII se résigne. Encore faut-il que François Ier approuve ; or, le roi de France a pour objectif principal d'aider les princes allemands qui s'opposent à l'empereur.

En somme, la Réforme commence à s'effacer devant la politique. Lorsque Paul III [1534-1543] succède à Clément, les choses en sont au même point. Le nouveau pape décide de passer en force. Il expédie ses légats dans toute l'Europe pour annoncer le concile. On débat sur le lieu. Luther, consulté par le légat, déclare qu'il est prêt à venir si la réunion se tient à Mantoue ou à Vérone. Mais, parallèlement, les ligueurs de Smalkalde exigent le choix d'une ville allemande et précisent que le pape devra se soumettre aux décisions du concile. Pour compléter le tableau, la France prévient que ses prélats ne se rendront pas dans une ville d'Empire.

On marche à reculons. Paul III, avec une belle obstination, tente de prendre tout le monde de vitesse : il convoque le concile à Mantoue. Le roi de France refuse ; quant au duc de Mantoue, il demande qu'on lui fournisse une garde. Qu'à cela ne tienne : le concile se déroulera à Vicence ; il s'ouvrira le 1er mai 1538. Ce jour-là, ne sont présents que les trois légats et cinq évêques. C'est un désastre. On décide de remettre la réunion à plus tard. Charles Quint menace : après tout, il peut fort bien en revenir à l'idée d'une assemblée ecclésiastique chargée de négocier avec les protestants.

Paul III ne perd pas ses nerfs. En 1540 – il vient d'approuver les règles de la Compagnie de Jésus –, ses diplomates réussissent à mettre d'accord quelques fortes têtes sur la ville de Trente, à la fois éloignée du centre de l'Empire et de Rome. Il ne reste qu'un détail : que la France et l'empereur cessent de se faire la guerre.

Le concile s'ouvre. Dix évêques en tout et pour tout. Il faudra attendre la paix de Crépy (1544) pour que les participants se décident à arriver. La convocation expédiée par Paul III précise les objectifs de la réunion : mettre un terme à la division religieuse, réformer le peuple chrétien et libérer les chrétiens prisonniers des Turcs. Le 13 décembre 1545, le concile est officiellement ouvert. La participation demeure ridicule : outre les trois cardinaux légats et le cardinal de Trente (qui est là par fonction), ne sont présents que quatre archevêques, vingt et un évêques et cinq généraux d'ordres. Plus quelques théologiens et pas mal de princes. Il n'y a rien de prévu : ni ordre du jour, ni programme réel. Ce sont les légats qui, jusqu'en 1549, vont convaincre les participants de s'en tenir à des règles strictes. On décide de commencer par la réforme de l'Église ; les problèmes de doctrine viendront plus tard. En réalité, c'est Charles Quint qui impose ce choix : son souci principal demeure la reconstitution de l'unité des chrétiens et la discipline au sein de l'Église. Or, ce n'était manifestement pas l'essentiel. Les pères conciliaires, avec habileté, choisirent de traiter simultanément les problèmes de l'Église et les questions touchant à la nature de la foi.

Les trois périodes décisives

Pourquoi cette division en trois ? Simplement parce qu'elle correspond, à peu près, aux suspensions et aux reprises du concile. Sur le fond, les travaux de l'assemblée forment un bloc. Malgré la durée de la réunion, les pères surent maintenir le cap : donner à l'Église et aux chrétiens des principes théologiques et des règles morales susceptibles de résister aux événements et au temps.

Commençons par énumérer les dates et les contenus des sessions.

Première période (1545-1547). Depuis plusieurs dizaines d'années, évêques et universitaires réclamaient un concile. Cette fois, les travaux commencent. Le nombre des participants s'élève progressivement. Il n'y a que trente-quatre pères disposant du droit de vote lors de la séance d'ouverture. Il y aura, durant les deux premières années, huit sessions à Trente, et deux à Bologne. La décision de déplacer le siège du concile est la conséquence d'une double pression : d'une part, la crainte de la peste (qui réapparaît en Allemagne du Sud), de l'autre le souhait discret du pape d'éloigner le concile d'un empereur trop envahissant.

Deuxième période. C'est Jules III [1550-1555] qui reconvoque le concile. Deuxième séance d'ouverture, le 1er mai 1551, à Trente. Il y a encore moins de participants qu'en 1545. Henri II a interdit aux évêques français de se rendre à Trente. Pourtant, au fil des mois, une fois de plus, le concile s'étoffe. Il y eut même quelques délégations protestantes venues d'Allemagne, tout particulièrement de Wurtemberg ; elles présentèrent leur profession de foi et furent écoutées en silence. Il n'y eut pas de débat. On ne pouvait faire mieux comprendre à quel point la rupture était définitive.

Durant les deux premières années, il y eut six sessions. Nous verrons plus loin leur contenu. De nouveau, c'est une cause extérieure qui contraint les pères à interrompre leurs travaux : des armées protestantes, affirme-t-on, marchent sur Trente.

Il va s'écouler dix ans avant que cette deuxième période du

concile ne recommence. Et quelle période ! Mort de Jules III en 1555, élection d'un très éphémère Marcel II (un pontificat de vingt-deux jours), suivie de celle de son successeur, Paul IV [1555-1559], qui s'intéresse moins au concile qu'à la poursuite de « l'hérésie simoniaque ».

Autre événement de taille : l'extraordinaire et énigmatique abdication de Charles Quint (1556). Voilà l'homme le plus puissant d'Europe qui va prier et tourner comme un tigre dans le couvent où il a choisi de s'exiler. Il ne se préoccupe que de contrôler la bonne marche des multiples pendules et horloges qui l'entourent. Lorsqu'un moment de paix viendra reposer les Européens fatigués (paix de Cateaux-Cambrésis, avril 1559), la diplomatie vaticane reprend ses efforts.

La même année, Pie IV [1559-1565] – il appartient à la famille des Médicis – est élu au trône de Pierre. Le nouveau pape et saint Charles Borromée (ce cardinal était le neveu de Pie IV) retrouvent l'audace de convoquer, une fois de plus, le concile. Cette fois, l'empereur ne pèsera plus sur les travaux des pères : c'est la papauté elle-même qui va mener le jeu. D'où, peut-être, l'accélération des travaux.

Troisième période. C'est la plus courte et la plus riche. Neuf sessions (soit vingt-cinq sessions pour l'ensemble du concile). Les débats préliminaires se déroulent au niveau des experts. Les séances, la plupart du temps, sont publiques. De nombreux théologiens y participent. Les projets élaborés sont transmis à des groupes d'évêques réunis en « congrégation générale ». Sortent de ces sessions des documents pratiquement achevés. Ils sont soumis *in fine* aux « sessions solennelles » qui acceptent ou refusent les textes. Les votes s'effectuent par tête, et non par nation comme à Constance.

Les quatre décisions du concile de Trente

On peut ramener les décisions du concile de Trente à quatre chapitres. Il va de soi qu'il s'agit ici d'une simplification. En réalité, les travaux du concile se sont étendus dans bien d'autres directions. Mais, concernant « la révélation, le péché originel, la justification et les sacrements », Trente a fixé les idées.

1. La révélation. Elle est tout entière contenue dans les Livres saints qui sont énumérés avec précision. Point de départ, l'Évangile. Il nous a été annoncé par les promesses transmises par les prophètes ; il a été formulé de la bouche même du Christ ; il a été transmis par la prédication des apôtres. L'Évangile est « la source de toute vérité et de toute règle morale ». Dogmes et règles morales sont largement contenus dans l'ensemble des Écritures, ainsi que dans la tradition apostolique.

Il y aura discussion sur les rôles respectifs de l'Écriture et de la tradition. Le concile se défie de la seconde, mais il se garde de lui opposer un refus strict.

2. Le péché originel. Il est de bon ton, aujourd'hui, de chercher à mettre entre parenthèses le mystère du péché originel. C'est une très vieille hésitation qui court à travers toute l'histoire du christianisme. Or, le concile de Trente doit aborder une fois de plus ce problème, parce que la plupart des réformateurs lui ont dénié toute réalité.

Le concile de Trente maintient, au contraire, ses convictions. La transmission du péché originel – c'est-à-dire la transgression du premier homme – joue un rôle décisif dans l'histoire du salut. Le péché constitue, au cœur de chaque homme, un foyer qui subsiste malgré le baptême. Les pères évitent avec soin de trancher entre l'augustinisme et le thomisme. Ils se contentent de rappeler qu'aucune victoire contre la faute n'est possible sans la grâce ; mais que les actes du chrétien permettent, par les mérites du Christ, d'ouvrir la porte de la grâce divine. Le concile reprend à son compte une très ancienne formule : « Tous ont péché en Adam. »

Vision qui, aujourd'hui, nous semble mystérieuse, presque choquante. Comment pouvons-nous être tenus pour responsables des fautes d'un autre ? On ne peut répondre à ce mystère de foi que si l'on se souvient que, pour Dieu, l'humanité est un tout ; qu'il existe, parallèlement à la communion des saints qui unit les vivants et les morts, une coresponsabilité de la faute. Tout est lié ; personne n'est seul.

3. La justification. Sur ce problème central, controversé depuis les premiers siècles de l'Église, le concile devait tenter d'éclairer le débat. Il lui fallait dénoncer l'affirmation protestante qui soutient que le salut est entre les seules mains de

Dieu. Le chrétien ne peut que chercher à conforter sa foi (encore Dieu est-il à la racine de cette volonté de croire) ; les actes accomplis par la personne humaine sont dérisoires par rapport à l'immensité de Dieu. Notre participation au mystère du salut est infime, quels que soient nos actes. C'était aller au-delà de l'augustinisme.

En même temps, les pères conciliaires devaient tenter de préciser une ligne de compromis entre les deux intuitions centrales de la théologie : celle de saint Augustin, d'une part ; celle de saint Thomas d'Aquin, de l'autre. La première avait marqué les premiers siècles de l'Église, la seconde dominait la réflexion théologique depuis les XIIe-XIIIe siècles.

Or, le concile, sur cette question de la justification, a réalisé un travail de qualité. Même les débats d'aujourd'hui reprennent l'affrontement grâce-libre arbitre, et n'en modifient guère l'équilibre. À partir de Trente, la pensée augustinienne, avec de nombreuses nuances, revient en force. On peut même dire que le texte final de Trente est plus proche de la pensée luthérienne que de l'expression thomiste. Il semble bien que les véhémences des réformateurs aient, dans une certaine mesure, influencé les pères conciliaires. C'est, après tout, une règle très ancienne de l'Église ; depuis les IIe-Ve siècles, l'Église tente de préciser le contenu de la foi, en repoussant les erreurs des multiples inspirés ; mais, en même temps, elle cherche à récupérer la part de vérité contenue dans les affirmations successives. Enserré entre la poussée protestante, l'anarchie politique européenne, les deux traditions théologiques augustinienne et thomiste, enfin la nécessité absolue de définir des règles de vie pour les clercs et pour les chrétiens, le concile a glissé entre ces différents écueils. C'était une tâche redoutable.

4. Les sacrements. Même difficulté à propos des sacrements. S'il n'existait pas de vraie divergence à propos du baptême, la confusion commençait avec l'Eucharistie. Fallait-il permettre aux enfants de communier ? Fallait-il accepter le principe de la communion sous les deux espèces, etc. ?

C'était un problème difficile ; pourtant, ce n'étaient pas des questions insolubles. Il fallait simplement en débattre dans le calme. Or, le concile se déroulait souvent au milieu d'un désordre surréaliste. En veut-on un exemple ? Pendant la discussion des sacrements, une délégation de l'empereur interrompt les travaux et énumère les desiderata de Charles Quint. En voici quelques-uns : maintien de la communion sous les deux espèces ; mariage des prêtres. En réalité, l'empereur n'avait qu'un objectif : stopper les progrès de la Réforme en faisant quelques concessions pratiques. L'habileté des pères conciliaires permit que ces exigences – sans base théologique énoncée – se perdent dans les sables des commissions.

Autre thème de dispute : le devoir de résidence des évêques. Le principe était raisonnable et existait depuis des siècles : il fallait, une fois de plus, rappeler aux évêques qu'ils se devaient d'abord à leurs paroissiens. Encore ne fallait-il pas pousser à la limite ce rappel. Or, les évêques français, par exemple, conduits par Charles de Guise, cardinal de Lorraine, l'un des hommes les plus forts du royaume de France, étaient bien décidés à obtenir une décision sans nuance ; par gallicanisme, ils voulaient que les évêques restent en France et qu'on se souvienne que le concile demeurait supérieur au pape. On revenait en arrière. Pie IV et son collaborateur Borromée comprirent qu'il fallait négocier en même temps avec l'empereur, avec le roi de France et avec Philippe II d'Espagne. Ce fut une opération de haute diplomatie qui permit de calmer les princes. Pendant ce temps, les pères conciliaires poursuivaient leur œuvre méthodique. Le statut des prêtres ne changera plus, la communion sous les deux espèces ne fut pas retenue.

Même tendance en ce qui concerne le sacrement de l'ordre ou Ordination. C'était le prêtre, et lui seul, qui avait le pouvoir de dire la messe et de célébrer l'Eucharistie. Chaque diocèse – pour permettre de fournir un curé à chaque paroisse – devait créer au plus vite un séminaire pour assurer un bon niveau théologique aux futurs prêtres. Dans le même chapitre, les règles et les fondements du mariage furent précisés. On savait désormais à quoi les époux s'engageaient ; en vérité, le contenu de l'engagement des époux avait déjà été précisé par saint Clément d'Alexandrie.

C'est durant les dernières sessions que furent adoptés les décrets dogmatiques concernant le Purgatoire, le culte des saints et, par-dessus le marché, les indulgences, dont les conditions sont précisées. Un peu plus, et on négligeait ce scandale qui avait, en apparence, été à l'origine de la Réforme.

Les décisions sont votées par deux cent cinquante-cinq voix

C'est en décembre 1563 que s'achève le concile de Trente. Deux cent cinquante-cinq pères conciliaires sont présents ce jour-là. Difficile, aujourd'hui, d'imaginer ce qu'ils ressentent. Sans doute une espèce de soulagement. Ils ont porté sur leurs épaules cette aventure depuis des années. Pour beaucoup d'entre eux, elle se confond avec leur vie. De nombreux évêques et théologiens qui avaient assisté aux premières réunions étaient morts. Des têtes nouvelles avaient surgi. À l'heure de la séparation, les pères mesurent mal la portée de leurs travaux.

Autre constat pour tous : à l'origine, le concile voulait reconstituer l'unité de l'Église. Or, sur ce point, il a échoué. La Réforme ira son chemin ; l'Église catholique le sien. Pourtant, cet échec ne trouble sans doute pas ceux qui assistent à cette dernière séance. Tous connaissent la situation politique et religieuse de l'Europe. Ils savent que ce sont deux visions du christianisme qui s'opposent. Un jour, peut-être, les frères séparés se retrouveront. Mais il faudra laisser passer des siècles. L'avenir n'est écrit par personne.

Tout de même. Les deux cent cinquante-cinq pères présents mesurent l'importance de l'œuvre collective qu'ils viennent d'achever. Ils écoutent la relecture des textes qu'ils ont votés. Comme ce pensum aurait demandé plusieurs jours, ils se contentent, la plupart du temps, d'écouter l'introduction. On vote à l'unanimité (moins une voix). Il est entendu que les textes inachevés seront transmis au Saint-Siège. On lui délègue tout pouvoir pour relire, corriger et compléter les copies finales. Cette délégation met, par-dessus le marché, un point final à l'irritant problème des rapports du concile et du pape. L'autorité suprême appartient bien au second.

Tout est dit. Le cardinal de Lorraine déclenche une marée d'acclamations : pour les présents, pour les princes, pour le pape. Quelqu'un lance l'anathème contre les hérétiques. Ce n'était pas indispensable, mais c'était dans l'air du temps. Puis, celui qui préside cette séance historique lance : « Allez en paix. »

C'est le 26 janvier suivant – donc un mois plus tard – que

Pie IV confirme l'ensemble des décrets. L'Église a surmonté l'une des crises les plus redoutables de son histoire. Mais la géographie politique de l'Europe n'est plus tout à fait la même.

Ignace de Loyola, ancien officier espagnol, fonde la Compagnie de Jésus

L'histoire de l'Église est marquée, au fil des siècles, par la naissance, l'épanouissement et parfois la mort d'ordres religieux nouveaux. Quelques-uns jouèrent des rôles distincts suivant les siècles et les lieux ; entre autres, les franciscains, les dominicains, etc. Mais parmi eux ce sont sans doute les membres de la Compagnie de Jésus qui jouèrent le plus grand rôle. Ils furent respectés, combattus, parfois rejetés par les gouvernements des États eux-mêmes. Au XIXe siècle, ils sont à peu près aussi détestés – en France, tout au moins – que les juifs ; l'antisémitisme, alors, était très largement répandu. On prête aux jésuites d'immenses pouvoirs secrets et des ambitions essentiellement profanes. Souvent, on ne connaît d'eux que la célèbre formule « *Perinde ac cadaver* », ce qui veut dire au sens propre : « comme un cadavre », et en fait : « soumis aveuglément à leur supérieur ».

La réalité est autrement passionnante. Au point de départ, comme pour la plupart des ordres, un homme : Ignace de Loyola. Originellement, c'est un officier. Il s'est battu sous la bannière de l'Espagne ; il a été grièvement blessé au siège de Pampelune. Pendant des mois, il est demeuré immobile sur un lit ; peut-être s'ennuie-t-il. En tout cas, il lit tous les livres qu'il peut se procurer. Un jour, il met la main sur un ouvrage grand public qui fait partie de la bibliothèque du château où il regarde passer le temps : c'est la *Vita Christi,* livre pieux rédigé par Ludolphe le Chartreux. C'est à la fois une description simple et populaire des actes et des paraboles de Jésus. En même temps, c'est une compilation de nombreux thèmes de méditation et des schémas d'oraisons. L'ouvrage impressionnera vivement notre soldat convalescent. Sans doute n'imaginait-il pas l'existence d'un tel trésor mystique, accumulé au fil des ans par les chartreux. Il y avait là une manière de méditer et de prier dont Ignace n'avait jamais soupçonné la profondeur.

Dès qu'il est de nouveau capable de marcher, il décide de se rendre à Montserrat, monastère célèbre de Catalogne et école théologique universellement connue. Ignace se cherche encore : il considère, comme la plupart des maîtres spirituels de l'époque, que le temps du mysticisme classique est révolu (il reviendra) ; qu'il faut introduire, dans la pratique de la dévotion émotion et rigueur. Mais, lorsqu'il réside à Montserrat, tout cela reste pour lui encore vague. C'est une sensibilité marquée, à sa manière, par la mode intellectuelle de l'époque.

Ignace part pour Paris

Lorsqu'il vient à Paris pour achever ses études de théologie à la Sorbonne, il sait déjà qu'il sera prêtre ; plus précisément, moine. Mais l'ordre religieux qu'il imagine n'existe pas. Qu'à cela ne tienne : Ignace va le créer.

Tout en s'imprégnant des idées alors banales à Paris, il poursuit sa réflexion. Il découvre, entre autres, les mutations qui s'opèrent dans le domaine de l'enseignement : aussi bien profane que religieux. Voilà un autre élément qu'il utilisera, le moment venu, pour donner tâches et méthodes à ses disciples. Lorsqu'il en aura. Pour le moment, nous sommes en 1534.

Les premiers compagnons d'Ignace ne tardent pas à se grouper autour de cet homme étrange, qui prêche et enseigne à sa manière. La vague de ce qui est en train de devenir le protestantisme déferle sur l'Allemagne, les pays nordiques, la Suisse, la France elle-même. Ignace, en apparence, ne semble pas affecté par cette mutation. Il médite et imagine la nature de l'ordre qu'il est désormais décidé à créer. Ce sera le texte des *Constitutions,* armature théologique et disciplinaire de l'ordre de la Compagnie.

À première vue, tout paraît se mélanger : la connaissance des règles traditionnelles qui régissent la vie des moines ; la nouvelle sensibilité mystique qui va inspirer, plus tard, les *Exercices* ; la réforme de l'enseignement et de l'éducation ; la fidélité à Rome. Tout est là, en esquisse.

On connaît les règles de base qu'Ignace va proposer aux novices désireux de le suivre. D'abord, l'acceptation d'une formation longue : plus de dix ans, ce qui est, à l'époque, sans précédent. Tous les jésuites doivent savoir prier et enseigner. De plus, leur niveau intellectuel et leurs connaissances doivent être élevés, ce qui demande du temps.

Ensuite, chacun doit accepter de participer à un ordre religieux aussi discipliné qu'un régiment ; le supérieur porte le titre de « général » et sera surnommé « le pape noir ». Chaque jésuite doit être disponible pour toute forme d'apostolat, à tout moment et dans toute partie du monde.

Enfin, les jésuites devront apprendre à pratiquer les exercices spirituels qu'Ignace de Loyola va mettre au point lui-même. Il s'agit de règles et de méthodes de prière qui permettent à chaque jésuite de se mettre en présence de Dieu. Au bout du compte, les novices bénéficieront d'une maîtrise absolue d'eux-mêmes ; ils auront une immense disponibilité intérieure, une habitude de la prière et de la méditation ne nécessitant pas la participation à des cérémonies liturgiques traditionnelles. Les jésuites vivent le plus souvent en communauté ; mais il leur faut être capables de vivre seul au bout du monde, tout en continuant à prier et à méditer.

D'abord l'éducation

La Compagnie de Jésus sera dirigée par un général, élu à vie par l'ensemble des membres de l'ordre. Celui-ci disposera de pouvoirs exceptionnels. Il n'aura, sur cette terre, de comptes à rendre qu'au pape.

Voilà ce qu'imagine Ignace avant de se rendre à Rome, faute de pouvoir aller à Jérusalem accomplir son pèlerinage.

Dès la reconnaissance de l'ordre par Rome, les jésuites furent des éducateurs. En quelques dizaines d'années, ils créèrent dans toute l'Europe des collèges dont la réputation ne cessa de grandir. L'opinion publique affirma que les adolescents formés par les jésuites sortaient de leurs études avec une foi chevillée au corps, ou dégoûtés à jamais de Dieu, de l'Église et de ses œuvres. Mais chacun reconnaissait que la formation reçue dans les collèges était d'une très grande qualité. C'est sans doute en Allemagne que la Compagnie remportera, au départ, ses plus grands succès : elle empêchera le protestantisme de s'établir dans la majeure partie de l'Allemagne du Sud.

Autre percée assez impressionnante : l'Église, depuis plusieurs siècles, n'occupait plus une place de premier plan dans les domaines des sciences mathématiques, physiques et chimiques. Les jésuites, en quelques décennies, vont modifier du tout au tout cette image. Sous leur impulsion, Rome va devenir un centre scientifique presque unique au monde, qui sera en liaison avec les principaux savants de l'époque. N'oublions jamais qu'en ce domaine, comme dans les autres, Rome est la première organisation internationale créée par les hommes. Il fallut la désolante affaire Galilée pour que les jésuites soient contraints de battre en retraite, de garder pour eux certaines de leurs intuitions scientifiques. Mais, entre-temps, c'est cette culture mathématique et astronomique qui avait permis l'implantation de l'ordre en Chine.

La course vers l'Asie

Enfin, durant la même période, ce sont essentiellement des membres de l'ordre qui vont tenter l'évangélisation de l'Asie. En 1542, ils sont aux Indes ; en 1549, au Japon ; en 1563, en Chine ; en 1594, aux Philippines, etc. Bien entendu, leurs méthodes – nous allons y revenir – provoquèrent une levée de boucliers contre eux. Ce fut, en définitive, une bataille perdue pour les jésuites. Mais, dans ces domaines, il n'y a jamais de victoire ou de défaite indiscutables. Le courant chrétien qui existe encore aux Indes, au Japon et, secrètement, en Chine, c'est sûrement à l'action des premiers jésuites qu'on le doit.

Plus profondément : avant les autres, ils avaient compris que les civilisations non chrétiennes méritaient le respect, mais aussi l'attention et l'étude. Il y avait là des trésors culturels que le christianisme ne pouvait ignorer. Les jésuites cherchèrent à imaginer des relais, des synthèses. Ils n'y parvinrent pas souvent, mais l'Église, progressivement, découvrit qu'ils avaient raison. Aussi bien en matière scientifique que dans le domaine des civilisations comparées.

À partir du XVIIIe siècle, les jésuites durent céder du terrain un peu partout en Europe. Mais ceci est une autre histoire.

CHAPITRE 26

L'EXPLOSION DU MONDE CONNU

La comparaison des dates en dit davantage sur l'histoire de ce début des temps modernes que tous les ouvrages des spécialistes. Le début de la Réforme et la mise en place de la Contre-Réforme vont s'étendre sur un espace de temps relativement court : en 1517, Luther affiche ses Propositions ; en 1563, le concile de Trente clôt sa vingt-cinquième session.

Sortons d'Europe. Les dates principales sont connues : c'est en 1492 que Colomb aborde un rivage nouveau ; c'est en 1513 que les Portugais arrivent en Chine. En 1522, le navigateur basque Sebastian El Cano achève un tour du monde qui avait duré trois ans ; c'est durant ce voyage que Magellan avait péri. Exactement la même année, Cortés réalise la conquête du Mexique. Enfin, c'est en 1531 que Bartolomé de Las Casas, dans sa lettre au Conseil des Indes, affirme que la découverte du Nouveau Monde marque un moment décisif de l'histoire humaine. Pour lui, les terres nouvelles sont davantage peuplées et plus riches que celles de l'ancien continent : « Là-bas, écrit-il, vit la majeure partie de la famille humaine. »

Donc, pendant que la bataille Wittenberg-Rome ouvrait une faille en plein milieu de l'Europe (faille religieuse, mais bientôt géopolitique), conquérants et missionnaires reculent les limites des horizons, dessinent pour la première fois les formes approximatives des continents et des mers.

Difficile d'affirmer que ces deux révolutions sont les filles d'un même mouvement des esprits. Certes, l'invention de l'imprimerie (Gutenberg meurt en 1468), la diffusion des Livres sacrés, puis des livres tout court, celle des cartes et des premiers atlas, accélèrent les moyens de la connaissance, commencée lors de la création des universités. Certes, le progrès des technologies modifie les conditions de la navigation (voile carrée, gouvernail d'étambot). Certes, l'éveil d'un esprit critique nouveau, le goût du défi, le refus des anciennes manières de penser, tous ces éléments unifient en partie l'époque. Un frisson parcourt l'Europe ; mais il serait excessif de croire que réforme et extension du monde connu correspondent à une volonté unique.

On connaît les principaux épisodes de la découverte de la planète. Depuis plusieurs décennies, les navigateurs portugais progressent vers le sud le long de la côte africaine. Puis ils s'avancent au milieu de l'Atlantique, découvrent Madère, puis les Açores. Presque en même temps, Bartolomeu Dias franchit le cap de Bonne-Espérance (1487-1488) ; dix ans plus tard, Vasco de Gama (1497-1499) remonte la côte est de l'Afrique et atteint les rivages de Malabar. Cette fois, on comprend qu'il existe une route du sud pour joindre l'Europe à l'Asie.

Christophe Colomb trouve une terre

Mais la véritable aventure, celle qui va devenir mythique, c'est bien celle de Christophe Colomb. Le débat qui se déroule à Salamanque avant son départ n'est pas l'affrontement de l'audace et du conservatisme. On a dit et écrit que théologiens et cosmographes espagnols s'étaient opposés au projet de Colomb parce qu'ils étaient convaincus que la terre était plate. C'est évidemment faux. Les deux réunions, celle de Salamanque en 1486, puis celle de Santa Fé en 1491, l'une et l'autre présidées par un esprit ouvert et audacieux, Hernando de Talavera, ne commettent pas d'erreur : ce que l'assemblée reproche à Colomb, c'est son évaluation des distances. On connaît depuis le début du siècle la géographie de Ptolémée. Oubliée durant des siècles, elle était réapparue aux alentours des années 1400. Or, ce géographe génial du IIe siècle avait convenablement évalué le diamètre de la Terre. Si les calculs de Ptolémée étaient exacts – et, en gros, ils l'étaient –, Colomb affirmait qu'il trouverait la Chine là où l'on rencontre aujourd'hui Cuba. C'était une assez belle erreur.

Pourtant, c'était Colomb qui allait l'emporter. Pas plus que ses examinateurs, il ne soupçonnait l'existence d'un continent immense et inconnu à l'ouest de l'Europe, et à l'est de l'Asie. Sa découverte allait ébranler les anciennes certitudes juives et chrétiennes du Moyen Âge : la Terre, réellement, n'était pas plate, et Jérusalem n'en était pas le « nombril ». En fait, on savait depuis longtemps que l'expression « Jérusalem est le centre du monde » était symbolique, pas vraiment scientifique. Il fallait penser autrement.

Ce fut relativement long. Avec obstination, Colomb avait cru et répété qu'il était arrivé en Chine. Pour lui, Cuba était un promontoire du Cathay (la Chine des Mongols). C'est seulement au cours de son troisième voyage, c'est-à-dire en 1498, qu'il eut le sentiment d'avoir découvert un continent inconnu. C'est le contact avec ce qui va devenir le Venezuela qui provoque ce déclic. Encore faut-il se souvenir que cette terre inconnue, c'est l'Amérique du Sud : longtemps, on ignorera qu'au nord, aussi, existe une terre immense et presque vierge.

Pourtant la progression est rapide. C'est en 1513 que Vasco Nuñez de Balboa découvre le Pacifique, passé l'isthme de Panama. C'est de 1519 à 1522 que Cortés conquiert le Mexique, et Magellan franchit le détroit qui porte son nom en 1520. Donc, pendant que Luther embrase l'Allemagne, des navigateurs chrétiens découvrent le Nouveau Monde.

Sur l'attitude des conquistadores, tout a été écrit. Un point de départ que l'on néglige souvent : les marins, les soldats, les missionnaires venus d'Europe n'ont jamais imaginé que les Indiens n'étaient pas des hommes comme les autres. La singularité de Las Casas ne réside pas dans son affirmation que les indigènes ont une âme. Tous admettaient que ceux-ci étaient spirituellement nos semblables, que, comme nous, ils avaient été sauvés par le Christ. Sur ces points, Las Casas exprime une opinion relativement commune.

Mais là où il se sépare de ses contemporains, c'est lorsqu'il dénonce les conditions de vie faites aux Indiens. Il décrit avec force ce qu'il appelle la « destruction des Indes » ; il condamne les procédés utilisés par les conquérants. Il a évidemment raison, même si, outre-Atlantique, peu de gens l'écoutent. La conquête par l'Espagne de la plus grande partie de l'Amérique du Sud provoque pourtant la disparition massive des anciens habitants : les mauvais traitements, le travail forcé, les déplacements de population entraînent la mort d'Indiens dont personne ne peut aujourd'hui évaluer le nombre avec précision. D'autant que les maladies apportées par les Européens – l'unification microbienne du monde commence : en l'espèce, variole et rougeole – déclenchent des épidémies foudroyantes. Il faut ajouter tous ces éléments si l'on veut accepter le chiffre terrible : sur plusieurs dizaines de millions d'habitants, lorsque commence la conquête, il en disparut, en moins d'un siècle, bien plus de la moitié.

Le sermon de Montesinos : « Vous tuez les Indiens pour extraire de l'or »

Si l'on souhaite comprendre l'ambiguïté des envahisseurs, il faut admettre qu'ils ne distinguaient pas la conquête politique, la mise en place de réseaux économiques nouveaux et la christianisation. Pour eux, c'était tout un. Ils étaient les représentants, en partie inconscients, de l'impérialisme du Vieux Continent ; ils apportaient Dieu, le roi, le commerce et les technologies. On pourrait citer de nombreux exemples ; mais l'aventure de Cortés est sans doute la plus révélatrice de toutes.

Remontons quelques années en arrière. Nous sommes en 1511. Le 21 décembre de cette année-là, Antonio de Montesinos monte en chaire dans une église de Saint-Domingue. Sont venues l'écouter les principales autorités de l'île, en particulier le vice-roi, Diego Colomb (fils aîné de Christophe). Ce que Montesinos exprime publiquement, il a été autorisé par son ordre à le dire : les dominicains s'apprêtent à venir épauler les franciscains tout en leur reprochant leur manque d'indépendance vis-à-vis du roi d'Espagne.

« Je suis la voix du Christ qui crie dans le désert de cette île [...] Cette voix dit que vous êtes tous en état de péché mortel à cause de la cruauté et de la tyrannie dont vous usez vis-à-vis de ces peuples innocents. Dites-moi, en vertu de quel droit et de quelle justice maintenez-vous ces Indiens dans une servitude si cruelle et si horrible ? Qui vous a autorisés à faire des guerres aussi détestables à ces peuples qui vivaient paisiblement dans leur pays, et où ils ont péri en quantité infinie ? Pourquoi les maintenez-vous dans un tel état d'oppression et d'épuisement, sans leur donner à manger, ni les soigner dans les maladies dont ils souffrent et meurent, à cause du travail excessif que vous exigez d'eux en les tuant tout bonnement pour extraire de l'or, jour après jour ? [...] Ces Indiens, ne sont-ce pas des hommes ? N'ont-ils point une raison et une âme ? N'êtes-vous pas tenus de les aimer comme vous-mêmes ? »

Ce sermon de Montesinos va faire le tour des îles et déboucher en Espagne comme un boulet. Certains historiens considèrent que c'est à partir de ce cri que commence « la lutte espagnole pour la justice dans la conquête de l'Amérique ».

Cortés conquiert un Empire

Bien entendu, les dominicains sont aussitôt dénoncés par les multiples responsables militaires et économiques des îles. L'affaire remonte jusqu'aux oreilles de Ferdinand le Catholique. Ce dernier ordonne que le provincial de Castille écrive à ce dominicain prophétique : il devra répondre des doctrines scandaleuses et subversives qu'il professe. Pourtant, les choses n'en restent pas là. Une commission de juristes et de théologiens se penche sur le problème et donne en partie raison à Montesinos. L'entourage du roi tente de rogner les conclusions de la commission. N'empêche qu'en 1512-1513, une série de lois est promulguée par le roi d'Espagne. Pour la première fois, on prévoit une protection des indigènes, l'interdiction de les faire travailler plus de neuf mois et demi par an, etc. C'est apparemment peu de chose, mais c'est un geste sans équivalent comparé aux autres pays européens.

Donc, lorsque Hernan Cortés débarque près de Tabasco en avril 1519, il est parfaitement informé des débats qui agitent les nouveaux occupants des îles. Certes, il ignore l'importance du pays qu'il va découvrir : une population globale de quelque quinze millions d'habitants. Une capitale, Mexico (Tenochtitlan), qui est la plus grande ville de l'Amérique naissante et de l'Europe ; surtout, une civilisation très ancienne. Si les

Aztèques sont des conquérants récents, ils sont aussi les héritiers des Mayas et, plus loin dans le temps, des Olmèques. Il y a près de mille ans qui attendent Cortés derrière cette côte où ses bateaux, pour le moment, demeurent immobiles.

Il plante une croix, il renouvelle le geste de Colomb. L'un comme l'autre, ils pensent apporter le message du Christ. Ni l'un ni l'autre ne sont des mystiques, mais jamais ils n'oublient la finalité déclarée de leur voyage. Ensuite, l'histoire est connue. Accueilli par les envoyés de l'empereur Moctezuma qui le saluent avec crainte et tremblement, il comprend assez vite qu'il est une espèce de dieu pour les Aztèques. Il ne se rendra compte que bien plus tard de la chance extravagante qui l'accompagne. Pour Moctezuma, l'empereur en titre, son arrivée était attendue. Le cinquième soleil (c'est-à-dire la cinquième renaissance du monde) est sur le point de s'achever. Viendra alors la réincarnation de Quetzalcoatl, serpent à plumes, dieu civilisateur dont chacun attend le retour. Quetzalcoatl viendra du Levant, c'est la conviction religieuse de Moctezuma qui explique l'accueil qu'il fait à Cortés. Si l'on veut traduire en d'autres termes : Cortés est le représentant d'une religion conquérante, alors que Moctezuma est l'ultime prince d'une vision du monde qui s'éteint.

Cortés patauge quelque peu. Mais, en bon général, il considère que la route devant lui est ouverte. Il décide, avec ses deux cents hommes et ses quelques chevaux, de marcher vers l'ouest. Au fur et à mesure de sa progression, il prend ses précautions, se sert des ennemis de Moctezuma et dispose d'une armée lorsqu'il arrive devant la capitale. De loin, il aperçoit la prodigieuse ville de Tenochtitlan, capitale de l'Empire.

Soudain il contemple Tenochtitlan

Il n'est pas seul à contempler la ville. Se regroupent autour de lui les hommes des peuples encore indépendants : Tlaxcala lui fournit un premier contingent. D'autres se sont rassemblés au fur et à mesure de l'avancée de Cortés. Lorsque le conquérant débouche sur une colline qui domine la lagune, il s'arrête, stupéfait : même dans ses songes, il n'avait jamais imaginé une telle ville. Sur les canaux, des milliers d'embarcations, chargées d'objets ou d'aliments, se croisent, puis déchargent leurs provisions sur les plates-formes qui jouxtent les maisons. Plus de quatre cent mille habitants, dira-t-on plus tard. Qui le saura jamais ? En d'autres temps, Rome en eut un million. Mais c'était encore un autre monde.

Jusque-là, Cortés a donné la preuve de son audace, de sa prudence et de son habileté. Il n'a pas commis une seule faute. Moctezuma lui a offert un palais et le traite comme un fils ou comme un dieu. Pourtant, c'est Cortés qui va provoquer la crise : juché sur la plus haute pyramide, il comprend la nature des sacrifices qui se déroulent là : ce sont des hommes qui sont exécutés. Alors Cortés perd ses nerfs. Il néglige le conseil de ses amis et du chapelain qui l'accompagne, et brise les statues des temples, défie les symboles religieux aztèques. L'insurrection contre les Espagnols commence. Ceux-ci doivent abandonner la ville au milieu des flammes : c'est la *Noche Triste* (30 juin au 1er juillet 1520). La bataille ultime est engagée.

On le constate : c'est une colère religieuse qui a provoqué l'imprudence de Cortés. Le Christ ne veut pas de sacrifices humains. Cortés sait fort bien que c'est Dieu qui a arrêté la main d'Abraham sur la montagne de Moritja (ou Moria, ou Morya). Donc, il y a là, pour lui, un *non possumus*. Il prend le risque de tout perdre alors qu'il était en train de tout gagner pacifiquement.

Les théologiens qui se penchèrent plus tard sur la conquête du Mexique justifièrent l'expédition de Cortés grâce à des arguments surprenants : Cortés devait imposer la loi aux Aztèques pour délivrer les peuples que ceux-ci opprimaient. C'est ce qu'on appelle une justification *a posteriori*. Las Casas ne s'y est pas laissé prendre : pour lui, Cortés a emporté le Mexique parce qu'il était un conquérant.

Cortés s'agenouille devant les franciscains

N'empêche que les deux actions principales – la croix plantée au début de l'expédition et le refus des sacrifices humains – prouvent que Cortés gardait à l'esprit l'impératif de l'évangélisation. Dernière preuve : la plus incontestable et la plus spectaculaire, peut-être : l'arrivée des « douze apôtres » franciscains, en 1524, à Mexico. Cortés va à leur rencontre, entouré de ses officiers. Il est à cheval. Lorsqu'il voit les moines, il descend de sa monture, s'agenouille devant les franciscains et reçoit leur bénédiction sous les regards stupéfaits des Mexicains. C'est en 1526 que l'un des douze devient le premier évêque de Mexico.

Cette avancée régulière, des franciscains d'abord, des dominicains plus tard, des jésuites enfin, dans les différentes régions de l'Amérique du Sud, n'efface pas les méthodes et les mœurs des conquistadores. Comme on l'a dit mille fois, ils cherchaient de l'or, puis divers produits susceptibles d'être expédiés de l'autre côté de l'Atlantique. Ces arrivées régulières d'Espagnols d'un côté, de Portugais de l'autre, bousculaient les croyances, les usages, les hiérarchies des Amérindiens. Si les quatre bulles d'Alexandre VI [1492-1503] – rédigées à la demande du roi Ferdinand de Portugal – avaient réparti le monde en deux morceaux inégaux, l'Église ne s'était pas tout de suite occupée de l'évangélisation. La rectification géographique entre l'Espagne et le Portugal, décidée au traité de Tordesillas, le 7 juin 1494, ne change rien à l'attitude de l'Église.

Bientôt, cependant, une bulle va faire obligation aux Espagnols et aux Portugais d'envoyer là-bas des « hommes honnêtes, savants et craignant Dieu, afin d'évangéliser ces contrées ». Cette fois, les principes sont posés.

C'était la couronne d'Espagne qui, la première, avait considéré que la présence de religieux dans le Nouveau Monde était indispensable. Dix-sept franciscains expédiés par le roi d'Espagne accompagnèrent, dès 1502, le nouveau gouverneur d'Hispaniola (Haïti). Les premiers dominicains débarquent en 1509. En 1516, le cardinal Jimenez impose la présence de prêtres sur tous les bateaux partant vers le Nouveau Monde.

Mais ces décisions étaient insuffisantes. Les franciscains – pourtant très liés à la couronne espagnole – furent parmi les premiers à comprendre qu'ils ne devaient pas se fondre dans la vague des conquérants. Beaucoup choisirent de renouer avec l'esprit de leur ordre : ils décidèrent de s'habiller simplement et de vivre au milieu des Mexicains pauvres. Ceux-ci les désignèrent d'ailleurs du terme de *motolinia*, terme qui voulait dire « pauvre » en langue nahuatl.

En Espagne, les esprits commençaient à bouger. C'est en 1526 que paraît, à Grenade, l'un des premiers règlements votés par le tout nouveau Conseil des Indes : *Ordonnance sur le bon traitement des Indiens.*

En 1531, près d'un million d'Indiens du Mexique avaient été baptisés. Les moines choisirent alors de s'adresser à la noblesse et à l'ancien clergé aztèques. Ce fut le « colloque de Donzy ». Sahagun, missionnaire-ethnographe, mit en forme plus tard cette controverse étonnante. À côté des arguments de l'apologétique classique, les franciscains mirent en avant une idée – qui ne valait pas grand-chose, mais impressionna vivement les participants : les dieux païens ayant été vaincus par le Dieu chrétien, c'était évidemment ce dernier qui avait raison.

Vers 1535, en tout cas, le Mexique est à la fois hispanisé et christianisé. Les mouvements conjoints de conquête et d'évangélisation se sont déroulés entre 1519 et 1540. C'est une espèce de tour de force qui annonçait la christianisation globale du continent sud-américain.

Le basculement religieux de cette partie du monde témoigne, au lendemain de la rupture de l'Église en deux parties, de l'étonnant dynamisme d'une nouvelle génération de chrétiens. Durant près de deux siècles (au moins), des hommes vont accepter un exil définitif pour tenter la conversion de peuples entiers, ou de toutes petites minorités. La plupart moururent à la tâche. Il y eut plus d'échecs que de succès. On peut contester les pratiques et les discours de certains évangélisateurs ; pas leur désintéressement et leur courage. Parallèlement aux marins, aux soldats, puis aux marchands, ils furent des aventuriers mystiques qui allaient précipiter la prise de conscience de l'unité planétaire.

Les jésuites et les « réductions du Paraguay »

En Amérique du Sud, on pourrait choisir de raconter mille histoires admirables, dérisoires ou tragiques, du processus de christianisation. Mais sans doute faut-il extraire de cette épopée l'épisode des « réductions du Paraguay ». La tentative se déroule entre 1650 et 1720. En 1610, le roi Philippe III [1598-1621] d'Espagne décide d'affranchir les Indiens des travaux forcés au bénéfice de particuliers. Désormais, les Indiens dépendent directement de la couronne. Celle-ci déléguait à des franciscains, surtout à des jésuites, le soin d'administrer les Indiens dans les régions encore relativement ignorées par les Européens.

C'est la même année que les jésuites fondent la première « réduction ». Il s'agit en fait d'un village de mission, créé en pleine région éloignée. On commence par défricher un périmètre ; puis on implante au centre une petite église, convenablement décorée ; alentour, on construit des maisons basses, des jardins individuels, une école, une maison pour les vieux, un hôpital, une résidence pour les veuves, une autre pour les étrangers et les voyageurs. Le premier village jésuite fut baptisé « Réduction de Saint-Ignace ».

Entre 1610 et 1700, il en sortira de terre un peu plus de trente. Deux à trois mille habitants (en majorité des Guaranis) s'installèrent dans ces nouveaux villages. Contrairement à la légende, les jésuites n'imposèrent pas une espèce de « communisme des origines », comme l'affirme à tort la légende. Si l'église, l'école, les hôpitaux, les terres défrichées et les instruments aratoires appartenaient à ce qu'on peut appeler une municipalité embryonnaire, chaque chef de famille possédait sa maison, son jardin et disposait d'un morceau du domaine collectif. Il devait l'exploiter, garder pour lui environ la moitié de ses revenus, verser le reste à la commune. C'est cet argent qui permettait l'entretien et l'extension des villages, le paiement des impôts dus à la couronne.

Ces mini-États jésuites ne furent pas condamnés et détruits par des conspirations et des raids de colons horrifiés par cette abolition de fait du travail forcé ; mais tout simplement parce qu'au fil des années, l'expérience des « réductions » s'essoufflait. Il était impossible de constituer une espèce de royaume jésuite. D'autant qu'il existait des « réductions » à l'est de Bogota, le long de l'Amazone, non loin de La Paz et, enfin, au nord-est d'Asunción ; des lieux extrêmement éloignés les uns des autres. Sans doute aurait-il fallu imaginer une extension prudente du système, mais en déléguant les initiatives à d'autres ordres, voire à des groupes de laïcs. Après 1750, les « réductions » disparaissent progressivement, mais les jésuites avaient appris à des milliers d'Indiens ce qu'était le travail, et en même temps, en avaient fait des chrétiens.

Inde-Chine-Japon

Là encore, ce furent les jésuites qui firent preuve de courage, d'imagination et de culture. N'oublions pas que les membres de la Compagnie de Jésus étaient devenus de remarquables scientifiques. À Rome, ce sont eux qui fondèrent le Collège scientifique.

En tout cas, l'une des premières décisions prises par Ignace est d'expédier en Inde un jeune jésuite basque, François-Xavier. L'ambassadeur portugais avait – au nom de son roi – fait une demande officielle pour recevoir des prêtres ou des moines. C'est en avril 1541 que François-Xavier s'embarque à Lisbonne. Il lui faudra treize mois pour atteindre Goa, comptoir portugais en Inde. Voyage épuisant dont notre missionnaire sort exténué. Il n'a pas le temps de s'apitoyer sur son état. Il commence par se mettre au service des Européens présents : marins, soldats, administrateurs... Il se préoccupe des nouveaux chrétiens, fraîchement baptisés. Tout cela ne le passionne pas vraiment. Ce sont les habitants de l'Inde qui l'intéressent, cette masse énorme d'hommes et de femmes dont il commence à discerner les visages, les valeurs, les hiérarchies. Il s'installe chez les pêcheurs de perles de la côte sud-est du sous-continent. Sa prédication, sa patience, son exemple impressionnent ceux qui l'écoutent. Il aurait baptisé près de dix mille néophytes dans cette région. Puis il repart. On trouve sa trace à Ceylan (Sri Lanka), aux Moluques. Il expédie de longues lettres à Ignace ; il décrit les lieux, les hommes et ses expériences missionnaires. Tout de suite, ses missives sont lues dans les diverses maisons de l'ordre. François-Xavier devient un modèle. Tous les jeunes jésuites souhaitent partir au bout du monde. Ignace en expédie un certain nombre. Mais François-Xavier n'est plus là : il veut découvrir les îles du Japon, terre encore mystérieuse. En 1549, il y débarque avec une petite équipe de jésuites et de laïcs. Il comprend presque aussitôt l'extrême spécificité du Japon. Lui et ses amis réussissent pourtant à intéresser un prince que les mondes de l'Ouest intriguent. Des bonzes bouddhistes acceptent de rencontrer nos voyageurs chrétiens. Les débats sont longs, souvent confus. On fonde, au bout du compte, une communauté à laquelle participent des moines des deux religions. Est-il possible d'aller plus loin, c'est-à-dire de rencontrer l'empereur ? François-Xavier comprend qu'il s'agit d'un songe impossible.

D'ailleurs, il apprend qu'Ignace l'a nommé provincial des Indes. François-Xavier retourne à Goa. Nous sommes en 1552. Goa est devenu le centre d'une toile encore fragile que les jésuites tissent le long de la côte ouest de l'Inde. Prêtres et moines venus d'Europe ne manquent pas ; l'argent non plus. C'est le roi du Portugal qui finance. À Goa apparaît, pour la première fois, un clergé autochtone. C'est une étape.

Pourtant, François-Xavier n'est pas satisfait. Il veut entrer en Chine. Il s'embarque. Son bateau erre devant les côtes de l'immense Empire. On ne passe pas. François-Xavier est à bout de forces. Il attend une réponse à une demande de « visa ». Elle ne viendra jamais. Le 3 décembre 1552, François-Xavier meurt. Une fois encore, il est seul. On trouvera, dit-on, dans ses mains la chandelle que lui a confiée un cuisinier chinois qui l'accompagnait. François-Xavier a 46 ans.

La Chine et la querelle des rites

Lorsque Xavier meurt, Matteo Ricci naît en Italie. Il devient jésuite ; il a trente ans quand il débarque à Macao, tout près du lieu où Xavier a quitté ce monde. Dans un premier temps, Ricci se borne, avec les deux autres jésuites qui l'accompagnent, à créer de petits établissements. C'est plus tard qu'il imagine une méthode missionnaire inédite. Elle va provoquer des débats dans toute l'Europe. Rome commence par soutenir Ricci et ses successeurs contre leurs adversaires ; puis, en 1742, le pape Benoît XIV condamne l'expérience et oblige les missionnaires à ne plus utiliser ces méthodes. Les missionnaires jésuites doivent prêter serment sur ce point.

On a dit et écrit que ce jour-là Rome avait, par inconscience, stoppé un processus qui aurait pu conduire à la conversion de la Chine. Analyse un peu rapide : l'Empire du Milieu constituait une immensité humaine et culturelle plus ancienne que le christianisme lui-même. Disons simplement que la décision de Rome mettait un point final à une tentative d'adaptation des noms et des pratiques religieuses chrétiens à d'autres civilisations constituées. En ce sens, l'échec de la tentative de Ricci révèle la crainte vague de l'Église face à la cohérence des anciennes civilisations.

L'itinéraire spirituel et politique de Ricci et de ses successeurs est assez révélateur. C'est deux ans après son arrivée à Macao que Ricci se rend à Pékin. Il est reçu à la cour impériale. Vêtu comme un mandarin, il s'exprime parfaitement en chinois. Il se présente à ses interlocuteurs sous un nom chinois qu'il a choisi.

Pour lui, il s'agit moins d'un procédé – on dirait aujourd'hui un « entrisme » – que d'une volonté délibérée de comprendre. Il veut s'assimiler une culture qui lui est totalement étrangère. Il n'est pas, comme Cortés, en face d'une culture relativement jeune. Il affronte un univers qui a sa propre logique, ses propres valeurs, sa propre vision du monde. Après tout, la sagesse confucéenne nourrit depuis des siècles la vie quotidienne de millions d'hommes.

Ricci estime que sous la sagesse officielle – respect de la famille, culte des ancêtres, vénération de leurs effigies, etc. – se dissimule une intention religieuse cachée ou oubliée. Il y a un dieu (ou Dieu) derrière ces attitudes face à la vie et à la mort. Le père jésuite soupçonne l'existence d'un monothéisme à peine masqué sous les rites des familles chinoises. Par exemple, il estime que le terme chinois « Seigneur du ciel » constitue une indication précieuse. Le Seigneur du ciel ne serait-il pas, chez nous, le Seigneur tout court ?

Ricci est reçu par l'empereur de Chine

Ricci rédige ses premières hypothèses et suggère quelques conclusions provisoires. Il insiste sur le problème d'une théologie naturelle – basée d'une part sur la création et, d'autre part, sur les éléments constitutifs du monde sensible : la terre, le ciel, le feu, l'eau, etc. Selon lui, cette théologie permet de jeter des ponts entre les cultures ; la chinoise et la chrétienne, en l'espèce. Mais la méthode ne peut-elle s'étendre ? C'est l'époque des succès spectaculaires de la communauté jésuite en Chine. Reçu par l'empereur, Ricci obtient l'autorisation de créer un établissement et de fonder une église à Pékin. Plusieurs membres de la cour impériale reçoivent le baptême. À Rome, on suit la course des jésuites avec un début de passion : l'heure des objections n'a pas encore sonné. Malheureusement, Ricci meurt (1610). On estime à deux mille le nombre des convertis ; tous appartiennent à l'élite chinoise de Pékin. Pour embrouiller la situation, le successeur de Ricci n'entend pas admettre les conditions imposées par l'empereur. Celui-ci souhaitait que les chrétiens chinois respectent les anciens rites familiaux ; Ricci avait accepté à la condition que tout ce qui était superstition soit éliminé. C'est seulement en 1622 – soit douze ans après sa mort – qu'un autre jésuite, Adam Schall, arrive de Cologne. À Rome, il a acquis une connaissance scientifique ; l'homme qui l'a formé – c'était déjà le cas pour Ricci – s'appelle Clavius. C'est un savant jésuite de Bamberg qui enseignait les mathématiques, la physique et l'astronomie aux novices de la Compagnie. Clavius sera l'un des hommes qui introduiront le monde de la connaissance scientifique dans les préoccupations de l'Église.

Schall reprend la négociation avec la cour impériale à peu près là où Ricci l'avait laissée. Il commence par prouver sa culture, son érudition et, surtout, ses connaissances scientifiques. C'est à lui que l'on confie – sans doute pour le mettre à l'épreuve – la réforme du calendrier chinois. Schall réussit et en profite pour rédiger, en chinois, cent cinquante traités d'astronomie. L'empereur accepte son calendrier et l'impose à la totalité de l'Empire.

Schall devient mandarin de première classe et directeur de l'Institut astronomique impérial : simplement parce qu'il a annoncé avec exactitude une éclipse du soleil. Enfin, en 1657, un nouvel empereur décrète que les cultes sont libres dans toute l'étendue de l'Empire. Une victoire précaire : les ennemis de Schall réussissent à le faire arrêter et condamner à mort. Il eut la chance d'échapper à l'exécution et mourut simplement de sa belle mort, en 1666.

Le troisième des grands missionnaires jésuites en Chine sera le Flamand Ferdinand Verbiest. Scientifiquement, ce fut sans doute le plus grand. Il inventa de multiples instruments pour l'observatoire de Pékin. Il dessina les plans d'un aqueduc et accepta de fondre les canons. Tout cela, sans cesser de rédiger ; essentiellement des ouvrages d'apologétique, mais aussi de mathématiques et d'astronomie. Enfin, c'est lui qui fit traduire saint Thomas d'Aquin en chinois.

Depuis 1615, les missionnaires avaient été autorisés par Paul V à dire la messe en chinois. Verbiest ne cessait de réclamer à Rome (et aux diverses communautés jésuites en Europe) des renforts. Il estimait, à juste titre, que les jésuites en Chine n'étaient pas assez nombreux pour tenir en main tous les secteurs dont on les avait chargés. Enfin, il voulait former un clergé autochtone. Dans son esprit, lorsque cette étape serait franchie, les Européens pourraient passer la main. Une chrétienté chinoise pourrait naître.

C'était sans compter avec les adversaires des méthodes d'évangélisation de la Chine par les jésuites. Rome est assaillie de toute part. Le pape Innocent XI [1676-1689] ne veut écouter personne : par un bref, il félicite les jésuites d'avoir utilisé la science profane pour faire progresser la christianisation de la Chine. Malheureusement, ce pape meurt en 1689. Pendant quelques années, les choses suivent leur cours ; les communautés de jésuites s'étoffent. Les unes se spécialisent dans la connaissance du chinois, d'autres étudient la médecine. En 1692, ce sont d'ailleurs des jésuites qui réussissent à guérir l'empereur atteint d'une maladie extrêmement grave. Du coup, les jésuites obtiennent l'autorisation de prêcher l'évangile dans l'ensemble de l'Empire. Le nombre des convertis augmente sans cesse : on estime qu'il y eut à cette époque environ un million de croyants.

Rome et la Sorbonne torpillent l'expérience des jésuites

C'est un dominicain, G.B. Morales, qui, le premier, avait pris position contre les « rites chinois ». En 1643, il soulève le problème devant la Congrégation de la Foi. Cette évangélisation étrange ne constitue-t-elle pas une trahison par rapport au christianisme lui-même ? À l'époque, on ne l'écoute guère. Mais la question revient, en Sorbonne, quelques années plus tard. On décide l'ouverture d'un débat public. Un jésuite, le père Le Comte, défend l'expérience chinoise. Mais le nombre des adversaires augmente. Rome commence à tenir compte de leurs arguments. D'autant que les rapports expédiés par les dominicains et les franciscains installés en Chine confortent les arguments des adversaires. Ces nouveaux missionnaires ne sont pas installés à Pékin ; ils ne s'adressent pas aux milieux chinois cultivés, mais aux Chinois ordinaires. Ceux-là pratiquent une pseudo-religion confucéenne, qui constitue un ensemble de pratiques superstitieuses. Leur faire des concessions apparentes, c'est mettre le doigt dans un système de croyances vagues qui finira par gommer la foi chrétienne.

Rome est indécise. Les autorités sont tiraillées entre les résultats obtenus par les jésuites, et les arguments franchement conservateurs des opposants. Finalement, le 11 juillet 1742, Benoît XIV, par la bulle *Ex quo singulari*, condamne les rites chinois et exige que les missionnaires s'engagent, par serment, à ne plus tolérer les pratiques acceptées par les jésuites. Il faudra attendre la seconde moitié du XXe siècle pour que l'Église revienne sur sa décision ; c'est évidemment un peu tard : l'évangélisation commencée de la Chine s'est arrêtée d'un coup après la bulle de 1742.

La vraie question était la suivante : l'humanisme jésuite avait-il trop concédé aux us et coutumes chinois ? Y avait-il une place pour la grâce dans ce christianisme nouveau qui tentait d'absorber la sagesse confucéenne ? Pascal considérait que le pari des jésuites était insensé ; Leibniz pensait exactement le contraire. L'intransigeance européenne a sans doute stoppé l'une des tentatives les plus audacieuses du christianisme moderne. Après tout, seize siècles auparavant, les pères d'Alexandrie et d'Antioche n'avaient pas hésité à se plonger dans la culture grecque pour enraciner l'Église naissante.

L'échec de l'évangélisation japonaise

Tout au long de cette période qui s'étire de 1550 environ à 1700, il y eut bien d'autres missions un peu partout dans le monde. Quelques-unes allaient réussir, la plupart échouèrent. D'autres seront difficiles à classer.

Où faut-il ranger, par exemple, l'entreprise évangélisatrice du Congo ? Après un départ prometteur, le désordre s'empare de cet immense territoire situé au nord-ouest de l'Angola actuel. Très vite, le roi Nzinga-a-Nkuvu devient chrétien. Nous sommes en 1490. Les Portugais le sacrent solennellement : il y a remise d'une croix, cérémonie liturgique, etc. Malheureusement, quelques années plus tard, il apostasie. Son fils, Alfonso, qui lui succède en 1506, devient à son tour chrétien. D'ailleurs, ses héritiers, entre autres Dom Henrique, viennent faire leurs études à Lisbonne. Dom Henrique est nommé évêque *in partibus*. Le terme désigne un évêché dont le siège a été conservé uniquement en souvenir du passé. L'évêque *in partibus* ne dispose d'aucune juridiction effective. Mais les Portugais ne demandent pas à Rome la création d'un évêché au Congo. Peut-être craignent-ils que le service de la papauté ne prenne cette région sous sa protection. Or, Lisbonne veut garder son entrée en Afrique. Ce problème – l'opposition entre les missions voulues et conduites par les États européens et ce qui va devenir la Congrégation de la propagande – va se poser souvent. Rome ne perd jamais de vue qu'elle est le centre d'une religion universelle. Reste que cette zone africaine demeurera chrétienne.

Où faut-il classer la longue tragédie japonaise ? C'est saint François-Xavier qui crée là-bas la première communauté. Celle-ci réussit de manière spectaculaire. Quatre ans après la mort de l'apôtre (1552), quatre nouvelles églises sortent de terre à Kyoto. Selon le jésuite italien Valignano, il y a quelque cent cinquante mille fidèles en 1582. C'est hélas cette année-là que le prince japonais qui protégeait la mission est assassiné. C'est le commencement de la fin. Quelques années plus tard, les jésuites sont informés qu'ils doivent quitter le Japon en quelques jours. Beaucoup se cachent chez des Japonais amis, et cela sur toute la surface des îles. On estime qu'une stabilisation est possible. C'est sans compter avec l'arrivée des franciscains espagnols, fiers de leur spectaculaire succès aux Philippines. Du coup, les autorités japonaises commencent à craindre une conquête progressive du Japon par ces divers ordres chrétiens. Ne préparent-ils pas, tous ensemble, des opérations musclées contre les îles ?

Kyoto n'hésite pas. On arrête, sans discrimination d'origine, chrétiens européens et japonais. Vingt-six d'entre eux sont crucifiés à Nagasaki – dont trois jésuites japonais. Il y eut des interventions pour que cesse ce début de massacre. Les chrétiens, alors, étaient près de trois cent mille. La riposte japonaise fut foudroyante : la religion catholique doit disparaître. Ses représentants seront pardonnés s'ils apostasient ; exécutés dans le cas contraire. Il y eut environ un millier d'exécutions. Mais la chrétienté japonaise naissante avait disparu. Pas tout à fait, cependant : quelques groupes clandestins subsistèrent. Ils réapparurent bien plus tard, au XIXe siècle.

Succès aux Philippines et au Canada

L'échec de l'évangélisation japonaise rend plus spectaculaire encore le succès de l'évangélisation des Philippines. Les Espagnols avaient pris possession des îles en 1543. La colonisation fut menée bon train à partir de 1565. Créée en 1571, Manille devint un évêché moins d'un siècle plus tard. L'Église, très vite, devient puissante. Elle servit de base de départ aux nombreux missionnaires qui se rendirent en Indochine, en Chine et au Japon.

Où situer, dans cette énumération, le vigoureux effort missionnaire poursuivi par la France au Canada et en Amérique du Nord ? Au commencement – mais avec un siècle de retard sur l'Espagne et le Portugal –, l'évangélisation du Canada est voulue et justifiée par Richelieu (1585-1642). Au fil des années, on découvre le coût élevé – en hommes et en argent – de cette entreprise majestueuse. D'abord, le combat permanent contre les Anglais pèse lourdement sur la politique française. Pourtant, ce sont eux qui s'opposent à la pénétration française dans ce qui deviendra les États-Unis. Ensuite, la lutte incessante entre les Indiens eux-mêmes. D'un côté, les Hurons christianisés par les jésuites, de l'autre les Iroquois demeurés païens, alliés des Anglais. La Compagnie de Jésus perdit huit de ses membres dans ces aventures. Pour donner une idée du caractère assez atroce de cette lutte autour de l'évangélisation, il suffit de citer le cas d'Isaac Jogues. Attaché par les Iroquois à un poteau de torture, il attend la fin de ses souffrances, lorsque les Hollandais l'arrachent à la mort. De retour en France, le pape Urbain VIII l'autorise à célébrer la messe.

Pourtant, il n'a quasiment plus de mains. Deux ans plus tard, il retourne dans la Nouvelle-France. Pour peu de temps : les Indiens, cette fois, ne le manquent pas. Il meurt en 1646.

Le succès s'affirme. En 1674, un évêque est désigné à Québec. Depuis 1667, un séminaire puis une université sont créés par Mgr de Montmorency-Laval. Progressivement, la région devient une zone à demi séparée du Canada par la langue, puis par la religion. Donc l'évangélisation du Canada de l'Est fut, en partie, une réussite.

Citons, enfin, l'étonnante aventure du prêtre Jean. Les années 1500 à 1600 sont marquées, dans les têtes des responsables européens – aussi bien civils que religieux – par une obsession : comment prendre à revers l'épais barrage de l'islam ? L'Inde, la Chine – dont on connaît fort bien l'existence – sont coupées de l'Europe. On veut trouver un moyen pour passer. C'est dans ce but que Bartolomeu Dias est expédié en 1487 le long de la côte ouest de l'Afrique ; il cherche le fameux passage vers l'Asie au sud du continent africain.

Le prêtre Jean n'était pas un mythe

Ce qui ne supprimait pas le rêve de découvrir une route terrestre quelque part au milieu de l'Afrique. Or, un mythe rôdait depuis des dizaines d'années dans la tête des Européens : il existait, quelque part en Afrique, un royaume chrétien ignoré, dont le prince était un prêtre ; il avait un nom : le prêtre Jean.

Le personnage existait bel et bien. Son royaume – si l'on veut utiliser ce terme – était l'Éthiopie. C'est en 1520 que les premiers envoyés portugais atteignent ce territoire inconnu. Ils ont progressé depuis le Niger. On les conduit chez le souverain. Il leur faut attendre des heures, dans la nuit glaciale des hauts plateaux. Puis on leur fait franchir trois tentures sacrées qui protègent la personne du roi. Lorsque la dernière tenture se lève, le prince apparaît, assis sur un trône, entouré de mille bougies et de cinq cierges allumés. En réalité, ce négus se nommait Lebna Dengel. C'était un jeune homme de vingt-trois ans qui tentait de régner sur un mélange de savane et de désert. Il était entouré de deux pages, l'un portant une croix, l'autre un glaive. Ces deux objets sacrés avaient un sens. Le premier exprimait la tradition de la rencontre des Éthiopiens avec les chrétiens des premiers siècles ; le second, la filiation fabuleuse du roi d'Éthiopie, fils lointain des amours du roi Salomon et de la reine de Saba.

Donc ce royaume était chrétien, mais d'origine juive. Le négus fut tout de suite intéressé par la proposition d'aide contre l'islam. Il était bel et bien menacé par celui-ci. Les théologiens portugais ne s'offusquent guère du caractère monophysite des chrétiens éthiopiens : c'est de conquête et de commerce dont, cette fois, il s'agit.

Il y eut pourtant de très longues discussions entre le chapelain portugais, Francisco Alvares, et le prêtre Jean. Thèmes principaux : pourquoi un seul pape à Rome alors que les Éthiopiens considéraient qu'il devait exister quatre patriarches égaux pour Antioche, Constantinople, Alexandrie et Rome ? Alvares, sur ce point, réussit à ébranler la vieille conviction de son interlocuteur : le monde avait changé. Il rencontra davantage de difficultés avec le mariage des prêtres, le divorce à la carte, la polygamie, etc. Les Éthiopiens y tenaient. Il fallut toute l'habileté du chapelain pour faire bouger les mentalités.

Durant toute cette ambassade, Alvares tint une chronique : *A verdadeira informação da terra do Preste João das Indias* (« Informations vraies sur le pays du prêtre Jean et des Indiens »). C'est, sans nul doute, la meilleure description de ce pays pauvre et inconnu. Une capitale : Axum, des pistes difficilement utilisables, une population pauvre qui tenait tête, avec obstination, à un islam conquérant et omniprésent. Pas grand-chose à attendre du prêtre Jean pour « prendre l'islam à revers ».

Le mythe du royaume chrétien caché subsista pourtant. João de Barros, par exemple, homme fort savant, continua à affirmer qu'il existait, au cœur de l'Éthiopie (pour lui, ce mot recouvrait toute l'Afrique), un lieu béni – peut-être le paradis terrestre –, proche d'un lac immense, et d'où partaient tous les grands fleuves africains : le Nil, le Congo, le Zambèze, et quelques autres. C'étaient les « fleuves d'or », et Dieu avait fermé les issues qui y conduisaient : il ne fallait pas que les pécheurs retrouvent trop tôt les portes du paradis.

Rome reprend les choses en main

La décision importante ne se situe ni en Amérique, ni en Asie, ni en Afrique. Tout simplement à Rome. Au départ, le Saint-Siège avait assisté avec sympathie aux efforts d'évangélisation menés par les puissances européennes. Personne n'ignorait qu'il s'agissait en réalité d'une immense entreprise de colonisation. Mais l'essentiel, pour Rome, était que les prêtres suivent pas à pas les conquistadores.

Très vite, pourtant, Rome s'inquiète. Pas question de livrer des pouvoirs exorbitants – par exemple, celui de désigner les évêques – aux rois des nations conquérantes. L'Église crée discrètement la « Congrégation pour la propagande de la Foi ». Cette nouvelle organisation, dépendant de la curie, comprend qu'elle doit centraliser l'effort entrepris. Ce sont les successeurs de saint Pierre et de saint Paul qui doivent conduire cette extension imprévue de l'Église. Comme on peut le penser, les rois concernés protestent et se débattent : ce sont eux qui paient. C'est en 1622 seulement que Grégoire XV [1621-1623] crée une commission compétente : elle gère les finances des missions. Ce sera l'une des décisions les plus importantes d'un pontificat qui durera moins de deux ans. Il aura pourtant le temps de canoniser Thérèse d'Avila, Ignace de Loyola, François-Xavier, Philippe Néri.

Des modes de financement sont prévus ; la planète est coupée en treize régions. Il n'y aura qu'un cardinal par zone. C'est, pour l'Église, une deuxième Pentecôte. Précisons que, sur les treize régions à évangéliser, huit sont européennes. C'est d'ailleurs la priorité que se donne la nouvelle Congrégation : stopper les progrès du protestantisme en Europe, conforter les pays qui avaient résisté à la première vague. Les efforts hors d'Europe ne parurent pas les plus pressés, au départ. Quelques décennies plus tard, l'ordre des priorités allait se modifier.

Il y eut, comme on pouvait s'y attendre, quelques conflits entre les hiérarchies créées par les royaumes et les nouveaux missionnaires expédiés par Rome. Mais c'était une épreuve de force gagnée d'avance par le Saint-Siège : il n'existait qu'une

Eglise, elle devait demeurer une organisation universelle, indépendante de quelque nation que ce soit. Dans un univers que le nationalisme allait découper en mille morceaux, l'Église tenait dur comme fer à son statut international. Elle avait raison. Sans le savoir, elle préfigurait les organisations internationales de la fin du XXe siècle.

CHAPITRE 27

LES GUERRES DE RELIGION EN FRANCE ET EN ALLEMAGNE

Les crises religieuses, à cette époque, débouchent presque toujours sur des conflits politiques. L'affrontement du protestantisme naissant et du catholicisme menacé déclencha en France huit guerres successives. Il faudra l'avènement d'Henri IV et l'Édit de Nantes pour que s'achève cette période d'une extrême violence.

En Allemagne et en Europe du Nord, ce sera la terrible guerre de Trente Ans (1618-1648) qui va, en principe, opposer les deux confessions. On va voir qu'en fait, il s'agit bien davantage d'une lutte sans pitié pour la conquête des territoires de l'autre. La guerre de Trente Ans est l'une des plus sanglantes – sans doute l'une des plus absurdes – que l'Europe ait connues avant le XXe siècle.

Les guerres de religion en France

La succession des guerres de religion en France, et leur violence, demeurent en partie incompréhensibles. Certes, chacun des camps cherchait, en apparence, à prendre le pouvoir. Personne ne pouvait imaginer que la vieille règle : « Un roi, une religion », était en train de voler en éclats. Mais, sous l'engrenage de l'intolérance, il y avait une haine religieuse qu'il nous est difficile d'imaginer.

La pénétration des doctrines évangéliques (le terme regroupe la plupart des confessions issues de la Réforme), en France, commence aux alentours des années 1520. Les thèses de Wittenberg sont bien accueillies. François Ier contemple ce qu'il croit être une espèce de mode avec un aimable détachement. Sa sœur, Marguerite d'Angoulême, se déclare publiquement favorable aux changements dans l'Église.

Le 18 octobre 1534, premiers signes annonçant la rupture. Avec audace, imprudence ou naïveté, les protestants affichent sur les murs de quelques villes sensibles (Paris, Amboise...) un manifeste intitulé *Articles véritables sur les horribles abus de la messe royale*. C'est un défi : pour le roi, Amboise est l'une des cités qu'il préfère ; il y séjourne souvent. Ce qui sera baptisé « l'affaire des Placards » constitue une atteinte à l'ordre public. François Ier riposte d'une manière brutale (c'était en même temps pour lui un défi personnel. Un placard avait été affiché sur la porte de sa chambre) : il fait arrêter les suspects et les coupables. Les procès sont menés tambour battant, les hommes convaincus d'hérésie sont brûlés. Plus étonnant encore, le roi promulgue un édit interdisant l'imprimerie. Très vite, il se rend compte qu'il est en train de commettre une sottise. Il retire son édit et exige simplement que tous les livres à paraître soient visés par lui-même.

Ce climat nouveau était censé marginaliser cette hérésie venue d'Allemagne. Malheureusement pour le roi, son entourage et les principaux évêques, la répression fut non seulement inopérante, mais elle contribua à la diffusion des idées évangéliques. Une partie de la noblesse qui avait l'irrespect – on dira plus tard la « fronde » – dans le sang découvrit avec intérêt qu'on pouvait contester le régime tout entier en se servant des idées de la Réforme. Les classes moyennes observaient avec attention les mécanismes de sécularisation imaginés et réalisés par l'Allemagne ; elles considéraient que cette mutation rôdait dans l'air du temps et viendrait bientôt en France.

C'est à peu près à cette date – aux alentours de 1535 – que le protestantisme devient un parti autonome, installé en plein cœur de l'État. Apparaissent alors les champions de chacun des camps : côté protestant, les Coligny et les Condé vont désormais mener le bal ; côté catholique, ce sont les Guise qui vont prendre la tête de ce qui va progressivement devenir un autre parti. Les rois et leurs administrations vont flotter au fil des années entre les deux camps. Tous souhaitaient la pacification des esprits, la reconstitution de l'ancien climat religieux national. C'était évidemment impossible. Il faudra attendre la troisième guerre (1568-1570), les batailles de Jarnac et de Montcontour, pour que chacun prenne conscience du caractère définitif de la rupture.

On peut diviser en trois périodes – d'une manière approximative – les huit guerres de religion qui s'étendent en France sur plus de trente ans. D'abord, la recherche d'un compromis ; il court de 1562 à 1568. C'est-à-dire du début de la première guerre à l'achèvement de la seconde, par la paix de Longjumeau.

Ensuite, la lutte acharnée pour le pouvoir ; la religion est devenue un prétexte. Pourtant, c'est durant cette période que se déroule le massacre de la Saint-Barthélemy (24 août 1572). On peut considérer que de 1568 à 1577 (soit durant neuf ans), quatre guerres vont se succéder. Elles seront souvent interrompues par de courtes périodes de négociations politico-militaires.

Enfin, à partir de 1580 – et jusqu'à l'Édit de Nantes qui mettra un point final à cette troisième période en 1598 – commencent les guerres de succession. En 1580, Henri de Navarre s'empare de Cahors (la cité faisait théoriquement partie de la dot que la famille lui devait pour son mariage avec Marguerite de Valois). C'est l'annonce publique que cet homme, considéré comme hésitant et pleutre, est au contraire un chef décidé ; qu'il entend bien récupérer la couronne à la mort d'Henri III.

La carte du protestantisme en France

Quelles sont les raisons qui expliquent cette montée du protestantisme en France ? Notons, tout d'abord, qu'on peut établir une carte des régions qui penchent du côté réformé. Demeurent catholiques les très grandes villes : Paris (qui sera la capitale de la Ligue. La Ligue est un rassemblement voulu et manipulé par les princes lorrains, pour provoquer la chute d'Henri III) Lyon, Lille, etc. ; à côté, la plus grande partie de la paysannerie. La Réforme n'est donc pas une révolte sociale ; c'est une rupture religieuse, puis une lutte politique.

La carte du protestantisme recoupe, en partie, celle des anciennes provinces hérétiques : le Midi (Languedoc, Provence, vallée du Rhône) sera directement touché. Nîmes, Montpellier, Alès deviendront les centres vivants de la nouvelle Église. Mais d'autres régions basculent : La Rochelle et Nantes, à l'ouest. La Charité, Sancerre, Orléans, Montargis, dans le Centre. L'Est, au contraire (c'est-à-dire les anciennes terres d'Empire), restera à l'écart de la vague.

Il va de soi que ce constat purement géographique n'explique pas grand-chose : simplement qu'il existait des zones plus sensibles que d'autres. Mais sur le fond ? On note d'abord un réel mécontentement religieux. Ce n'est pas d'hier que les évêques ne sont plus aimés : ils sont trop riches, trop précieux, rarement présents chez eux. On fera remarquer que Rome a souvent essayé de combattre ces abus, mais sans réussir à stopper le phénomène.

Ensuite, une autre évidence : bon nombre de curés vivent maritalement, avec une bonne ou une gouvernante. C'est entré dans les mœurs depuis le Moyen Âge. Mais l'Église sur ce point ne cède pas d'un pouce.

Enfin, le sérieux, la gravité, l'autorité des responsables de la Réforme impressionnent beaucoup de chrétiens. On redécouvre la foi, l'humilité, à travers les hautes figures des princes protestants. D'autant que la dynastie des Valois paraît à bout de souffle. C'est Catherine de Médicis qui, avec courage, lucidité et entêtement, maintient tant bien que mal la barque à flot. Mais il faudra attendre Henri IV pour voir s'achever ces guerres qui furent bien plus meurtrières qu'on ne l'a dit.

Les tentatives de réconciliation

On veut croire, à la cour, qu'un accord est possible entre les deux partis. L'idée de deux confessions, au cœur du même royaume, est inimaginable. C'est le massacre des protestants par le duc de Guise à Wassy (1er mars 1561) qui rompt le climat d'hostilité retenue. Des pans entiers de la France s'enflamment. Les catholiques prennent Rouen en octobre 1562 ; ils battent les protestants à Dreux en décembre. Enfin, l'assassinat de François de Guise (février 1563) durant le siège d'Orléans donne le sentiment que les rapports entre les deux camps sont désormais impossibles. Pourtant, Catherine de Médicis réussit à conclure une trêve, à Amboise, le 19 mars 1563.

Quatre ans de paix relative. Puis les négociations de Catherine avec la cour d'Espagne provoquent une nouvelle colère des protestants. C'est la deuxième guerre qui commence. Les réformés tentent un coup de force : enlever le jeune Charles IX à Meaux (28 septembre 1567). Ils échouent, doivent résister à une contre-offensive catholique. Ils n'y parviennent pas et sont vaincus par Montmorency à Saint-Denis (10 novembre 1567). Ils signent, la mort dans l'âme, un nouveau traité de paix à Longjumeau (23 mars 1568).

La lutte pour le pouvoir

Elle commence quelques mois plus tard. Inquiète de la progression régulière du protestantisme, la reine renvoie brusquement Michel de L'Hospital – qui était l'un des principaux ministres de l'époque. En même temps, on lance un ordre d'arrestation contre Condé et Coligny.

Cette fois, il s'agit d'une vraie guerre. Les catholiques l'emportent, à Jarnac (13 mars 1569), puis à Montcontour (3 octobre 1569). Le 8 août 1570, un traité de paix, plus élaboré, met fin à l'affrontement. Les protestants sont amnistiés ; l'exercice du culte est autorisé dans deux villes par province, et on leur concède quatre places dites de « sécurité » : La Rochelle, Cognac, Montauban et La Charité.

La quatrième guerre est déclenchée par le massacre de la Saint-Barthélemy (24 août 1572). Or, cette tuerie succède à un rapprochement spectaculaire de Charles IX et des protestants : Coligny était en passe de devenir premier ministre, le mariage d'Henri de Navarre et de Marguerite, sœur du roi, permettait de penser que la paix s'affermissait.

On sait désormais que le déclenchement du massacre fut provoqué par un ordre signé du roi – c'était Catherine qui tenait la plume – décidant l'assassinat de Coligny et de plusieurs des chefs de la Réforme. Ce devait être un coup de force limité. Ce fut une « machine infernale » qui fit des milliers de morts dans toute la France, dont environ trois mille à Paris. Dans la foulée, les catholiques tentent de reconquérir La Rochelle. Ils échouent sans gloire.

La cinquième guerre s'ouvre presque aussitôt. Henri de Guise bat les protestants à Dormans. On bâcle une paix qui ressemble davantage à une trêve ; signature à Beaulieu, le 6 mai 1576. Le texte de l'accord est jugé, par les catholiques, trop favorable aux protestants. Ce qui provoque la fureur des premiers, et la naissance de la Ligue. Elle vise davantage à donner le pouvoir aux Guise qu'à repousser les protestants affaiblis. Il faut rappeler que ce sont en général de toutes petites armées, financées par les princes eux-mêmes ou par des subsides occultes en provenance de l'étranger.

Voilà la sixième guerre. Les catholiques l'emportent à La Charité et à Issoire. De nouveau, on signe un traité de paix à Bergerac (15 septembre 1577). On veut croire que la lutte pour le pouvoir s'achève ; les protestants n'ont pas réussi à s'imposer.

La conquête du pouvoir par Henri de Navarre

C'est la prise de Cahors qui déclenche les septième et huitième guerres de religion. Entre les deux guerres, une paix est signée à Feix, qui confirme simplement le traité de Bergerac. Elle ne tiendra pas.

Les hostilités reprennent cette fois, entre les trois Henri : Henri III, Henri de Navarre et Henri de Guise. La raison de la réouverture des hostilités est l'acceptation par Henri III des exigences de la Ligue : toutes les concessions faites aux protestants sont annulées.

En réalité, Henri III souhaite déjà la victoire de Navarre. La journée des Barricades (12 mai 1588) met fin à l'accord entre le roi et la Ligue. Henri III en profite pour réunir les États Généraux à Blois. Sans hésiter, il fait assassiner le duc de Guise. C'est le signal d'un soulèvement général des ligueurs, dirigés maintenant par Mayenne (Charles de Lorraine, duc de). Alors, le jeu des alliances bascule : Henri III s'allie avec Henri de Navarre et met le siège devant Paris. Mais l'assassinat du roi par Jacques Clément (1er août 1589) fait de Navarre le souverain de droit.

Il bat Mayenne à Arques et à Ivry ; un parti, celui des « politiques », le soutient : ce sont tous ceux qui en ont assez des guerres en permanence. Pourtant, le nouveau roi ne réussit pas à prendre Paris. S'il veut réconcilier les Français, il faut faire un pas de plus : en 1593, il abjure. Désormais, l'opinion française rallie son panache blanc : tout le monde veut la paix. Mayenne se soumet en 1595 ; la Ligue est dissoute. Les guerres de religion, en France, sont terminées. C'est l'Édit de Nantes (13 avril 1598) qui établit les règles d'une coexistence fragile entre les deux confessions.

Il fallut des années avant que chaque camp s'habitue à l'existence de l'autre. Mais la règle (Un roi, une religion) venait de tomber en désuétude ; ce fut, sans doute, un progrès ; il avait coûté, hélas, très cher.

La guerre de Trente Ans

Cette fois, les intérêts politiques sont primordiaux. On peut se demander si la guerre de Trente Ans est encore une vraie guerre de religion, ou si elle n'est pas tout simplement la première guerre de l'époque moderne. La Réforme est une occasion, un prétexte, un drapeau. Mais derrière elle se jouent la découpe de l'Europe du Nord et le nom des hommes qui vont, après la tourmente, la diriger.

Nous avons assisté à la naissance et à la métamorphose de la ligue de Smalkalde (1531). Au départ, il s'agit de fournir un bras armé aux signataires de la Confession d'Augsbourg (première déclaration religieuse et politique commune des luthériens). Mais bientôt la Ligue se voit contrainte d'imaginer et de mettre au point un système d'alliance. Elle mène, on s'en souvient, sa première guerre contre Charles Quint. Il va donc de soi que les ennemis de l'empereur sont ses amis. D'où les contacts pris avec la France, l'Angleterre et le Danemark. D'ailleurs, lorsque Maurice de Saxe entre en guerre, il s'agit pour lui de défendre la « liberté allemande » contre la « bestiale servitude espagnole ». L'alliance avec la France catholique – qui, chez elle, persécute les huguenots – constitue un bon exemple du primat de la politique. Exemple : le siège de La Rochelle, en 1623.

La guerre de Trente Ans se situe au carrefour de trois poussées historiques majeures : l'apparition et l'extension de la Réforme, d'abord ; ensuite, l'avènement de la monarchie absolue, en Espagne et en France, donc l'unité confessionnelle dans chaque royaume ; enfin, l'apparition de nouveaux États, tels que la Hollande et certains des pays de l'Europe du Nord.

Au départ de la guerre de Trente Ans, il y a le morcellement médiéval des principautés allemandes, surtout dans le sud-ouest du pays. L'événement, qui semble *a posteriori* un peu dérisoire, se déroule le jour de la Saint-Marc 1606, aux abords de la ville libre protestante de Donauwörth. Une procession catholique, animée sans doute par les moines de l'abbaye d'Heiligkreuz, et qui doit parcourir les villages proches – tous catholiques –, est quelque peu bousculée par les protestants. L'affaire fait grand bruit. L'empereur enjoint Maximilien de Bavière de protéger ses sujets catholiques. La ville est priée de faire réparation. Elle refuse. La voilà au ban de l'Empire. Le duc de Bavière riposte en occupant la cité. L'empereur la lui offre en gage.

Voilà. Les dés sont jetés. On débat de l'incident à la diète de Rastibonne, en 1608. Personne ne réussit à se mettre d'accord. Les luthériens ont le sentiment d'avoir été joués, et le disent. L'électeur calviniste du Palatinat les écoute. Il organise une riposte autrement sérieuse ; Frédéric V – c'est son nom – réunit autour de lui les princes de Würtenberg, Bade, Ansbach et Palatinat-Neubourg. Sort de cette réunion l'« Union évangélique ». Très vite, celle-ci s'étend. Ses dirigeants prennent contact avec l'Angleterre et la Hollande. Désormais, les protestants allemands sont organisés.

Les catholiques considèrent qu'ils doivent se doter d'une organisation au moins analogue. Comme il se doit, c'est à Munich qu'une alliance est conclue autour du duc de Bavière. C'est la « ligue pour la défense de la paix intérieure et pour la protection de la religion catholique ». Le duc de Bavière, au nom de cette ligue nouvelle, signe un pacte d'assistance militaire avec l'Espagne.

Jusqu'ici, la poudre n'a pas encore parlé. C'est en Bohême que les deux camps mesurent pour la première fois leurs forces respectives. L'empereur d'Autriche, Rodolphe II [1576-1612], souverain catholique et libéral, plus intéressé par les sciences que par les disputes religieuses – il avait lui-même reçu à Vienne deux astronomes célèbres de l'époque, l'un danois, Tycho Brahé, et l'autre allemand, Johannes Kepler –, avait jusque-là gouverné avec tolérance. Mais son frère Mathias jugeait cette attitude ridicule. En quelques années, il écarte son frère du pouvoir. En 1611, les États de Bohême prononcent la déchéance de Rodolphe.

Mathias [1612-1613] restreint les concessions accordées par son frère aux protestants. Il ordonne la fermeture d'un certain nombre de temples ; puis, plus spectaculairement, la destruction d'un temple connu : celui de Klostergrab. En 1618, l'insurrection éclate à Prague. Deux lieutenants de l'empereur et leur secrétaire sont jetés par les fenêtres du château. Un gouvernement national provisoire est créé, présidé par le comte de Thurn. Aussitôt, celui-ci décide de marcher sur Vienne, à la tête d'une armée constituée en Bohême et en Moravie, qui appartiennent à l'Empire autrichien. Mathias meurt avant d'avoir engagé le combat. L'archiduc Ferdinand de Styrie, élu empereur, bénéficie du soutien de la Bavière. Thurn ne veut rien entendre ; il refuse de reconnaître Ferdinand, et désigne pour roi le prince-électeur calviniste du Palatinat, Frédéric V.

La bataille de la Montagne Blanche

Les Habsbourg n'ont pas le choix. Si Prague et l'ensemble de la Bohême font sécession, c'est l'Empire lui-même qui se démembre. Ferdinand se bat à Vienne, mais il risque d'être submergé. Se regroupe, pour l'aider, une coalition disparate : l'Espagne, la Ligue allemande et, par-dessus le marché, le prince-électeur de Saxe, qui est pourtant un luthérien.

C'est la bataille de la Montagne Blanche, à côté de Prague, en 1620. La victoire de la Ligue mettait un terme à l'insurrection des protestants de Bohême.

La Montagne Blanche mettait-elle réellement un point final aux révoltes nationalistes et protestantes ? Pas tout à fait. Autour de Frédéric V, quelques troupes poursuivent la lutte. La Ligue les rattrape, les refoule, occupe Heidelberg. Maximilien Ier, duc de Bavière, offre au pape la bibliothèque palatine qu'il récupère là ; c'est l'une des plus riches d'Europe.

Cette cavalcade victorieuse ne fait pas l'affaire de Richelieu. S'il se félicite officiellement de la victoire des catholiques, il s'inquiète davantage de la montée en puissance des Habsbourg de Vienne ; ce cardinal-ministre est bien plus ministre que cardinal.

D'ailleurs il pousse le roi du Danemark à intervenir militairement. L'Angleterre et les Provinces-Unies soutiennent l'opération. Le général commandant les forces impériales de Ferdinand, Albert von Wallenstein, écrase le reste des troupes protestantes. Le Danemark, par la paix de Lübeck (1629), s'engage à ne plus jamais intervenir dans les affaires de l'Empire.

Pour le moment, l'Empire a résisté à la tempête. L'empereur Ferdinand, catholique convaincu mais politique peu clairvoyant, tente alors d'imposer une Contre-Réforme parfaitement illusoire. Rome se garde de soutenir le chapelet de décisions imposées par l'empereur. Il s'agit, pour l'essentiel, d'un droit de restitution aux anciens propriétaires des couvents et églises confisqués par les réformés. C'est beaucoup ; c'est irréalisable. Le front catholique s'effrite. Par exemple, les bénédictins veulent simplement chasser les jésuites qui étaient en train de négocier la vente de ces biens, autrefois religieux. La Saxe elle-même fait des réserves sur cette politique abrupte.

Le « Lion du nord » débarque

C'est à ce moment que Gustave-Adolphe, roi de Suède, qualifié de « Lion du Nord », débarque à l'embouchure de l'Oder avec douze mille hommes. À cette époque de sa vie, Gustave-Adolphe fait peur à toute l'Europe : il a déjà battu la Pologne et la Russie. Il ne dissimule pas les objectifs de ce débarquement : il se présente comme le défenseur du protestantisme ; il va sauver la Réforme en Allemagne et dans les pays du Nord. Les princes protestants allemands commencent par se méfier ; ils soupçonnent le roi de Suède de cacher, sous de bonnes paroles religieuses, de pures et simples ambitions territoriales. Pour eux, Gustave-Adolphe est avant tout un homme qui veut conquérir une tête de pont aussi vaste que possible en Allemagne. Pour lui, la Baltique est une prison ; il veut passer de l'autre côté, faire de la Baltique « un lac suédois ». En 1631, au traité de Bärwalde, le roi de Suède obtient le soutien de la France. Celle-ci s'engage à financer, pour une bonne part, la guerre qui commence. Du coup, les Provinces-Unies acceptent de verser leur quote-part.

Ce vacarme militaire n'effraie pas Tilly, principal général des forces autrichiennes et catholiques. Il poursuit imperturbablement la politique de restitution des biens religieux saisis par les réformés. Pour bien marquer sa résolution et son audace, il empêche les Suédois de voler au secours de Magdebourg encerclée. Il s'empare de la ville grâce à un assaut particulièrement sanglant et, pour remercier ses soldats, leur accorde le droit de piller et tuer et, enfin, incendier ce qu'il reste de la cité. C'est l'un des épisodes les plus tragiques de cette guerre qui n'en finit pas.

Au reste, c'est un coup d'épée dans l'eau. Les Suédois avancent irrésistiblement et annulent les restitutions. Tilly est battu à Breitenfeld (septembre 1631) et, quelques mois plus tard, en avril 1632, est mortellement blessé au combat, alors qu'il tente de barrer à Gustave-Adolphe le passage du Lech (Bavière). L'Allemagne du Sud est progressivement transformée en champ de ruines. Les Suédois s'emparent de Munich. Rome, qui avait désapprouvé la politique ultra de l'empereur Ferdinand, dénonce une fois encore l'alliance franco-suédoise, qui lui paraît contre nature. Inquiet, Ferdinand rappelle Wallenstein – qui, pour d'obscures raisons, avait été renvoyé dans ses foyers. Wallenstein reprend en main les troupes impériales, arrête la progression suédoise. Gustave-Adolphe est tué à la bataille de Lützen (novembre 1632). En février 1634, Wallenstein, que Ferdinand soupçonne de trahison, est assassiné. N'empêche : les Suédois seront définitivement écrasés par les Impériaux à Nördlingen (septembre 1634). Le prince-électeur de Saxe est le premier à jeter le gant. Il décide que la politique de restitution est gelée pendant quarante ans. La propriété des couvents, abbayes, églises, est ramenée à ce qu'elle était en 1627. C'est une solution médiane mais raisonnable. Progressivement, les deux camps se rallient. Mise à part la Bavière, qui renâcle ; pour la calmer, on lui octroie une voix dans le collège des Grands Électeurs. Ce qui revient à accepter l'existence d'une majorité catholique lors de la prochaine élection impériale.

C'est exactement le moment que choisit la France pour déclarer la guerre à l'Espagne (1635). Cette fois, les problèmes religieux ne sont même pas invoqués ; c'est de pouvoir et de territoires qu'il s'agit. Le conflit va durer treize ans. Partout, l'Empire est sur la défensive (c'est une des raisons de l'entrée en guerre de la France). L'Autriche, à bout de souffle, demande la paix. On négocie à Münster, à Osnabrück, en Westphalie. Le 16 octobre 1648, les puissances intéressées signent les traités de Westphalie. Traités décisifs : pour la première fois, une découpe de l'espace européen est acceptée par les nations en présence. Aucune d'entre elles n'a réalisé de gains substantiels. Seule la France obtient le droit de garder les trois évêchés : Metz, Toul et Verdun. Autre vainqueur moral, les Provinces-Unies, cette fois, sont indépendantes et acceptées comme telles.

Rome refuse de reconnaître les traités de Westphalie. Pour une raison simple : les deux camps (les protestants et les catholiques) sont épuisés et ruinés. Ils admettent enfin l'existence de l'autre. Dans les faits, sinon en droit, la division de l'Europe en deux confessions est acceptée. Les catholiques ont donc perdu l'espèce de monopole religieux dont ils disposaient, au moins en théorie. Le refus d'Innocent X, repris quelques années plus tard – lors du traité de Nimègue (1679) –, par Innocent XI, n'eut pas la moindre conséquence. La politique européenne ne se faisait plus à Rome.

La Pologne et la Hongrie échappent à la violence généralisée

C'est durant cette période de clameurs où des armées de reîtres labouraient l'Allemagne – tout particulièrement celle du Sud – que s'opèrent, presque en silence, deux reconquêtes catholiques imprévues : celle de la Pologne et celle de la Hongrie.

Tout commence en Pologne, au séminaire pontifical fondé par le cardinal Hosius des années auparavant. Les séminaristes sont nombreux ; les collèges jésuites forment une noblesse cultivée et spirituellement catholique. Un prédicateur jésuite, Pierre Skarga (1536-1612), réunit autour de lui des foules considérables. Le roi de Pologne tient compte de ce mouvement des esprits : les sectes – elles sont nombreuses là-bas – sont interdites. Ceux qui s'entêtent sont expulsés en 1658.

Sans fracas, la Pologne est redevenue un État catholique. Bien sûr, elle est enserrée entre des pays protestants ou orthodoxes, mis à part l'Autriche, qui demeure catholique.

En Hongrie – pays majoritairement calviniste –, c'est l'action de l'archevêque de Grass, le cardinal Pazmany, qui va inverser la tendance. Pazmany était un converti ; progressivement, il réussit à rallier au catholicisme les grandes familles hongroises protestantes. La Hongrie demeure divisée entre deux tendances religieuses. À l'ouest, les catholiques, à l'est, les calvinistes. Dans chaque partie du pays, deux noblesses s'affrontent. Mais d'une manière pacifique : les Turcs ne sont pas loin, et les nobles hongrois ne peuvent se payer le luxe d'une division face à la menace musulmane.

Reste qu'à l'époque des traités de Westphalie, il n'existe plus que quelques puissances catholiques en Europe centrale : l'Autriche, la Hongrie, la Pologne et la Bavière. Le reste est majoritairement rallié à la Réforme. Pourtant, les missionnaires catholiques sont partout, et ils vont ramener à l'Église des centaines de milliers de nouveaux croyants qui ignorent superbement les querelles religieuses européennes.

CHAPITRE 28

QUATRE PAPES POUR UNE RÉFORME

L'action de ces quatre papes va être dominée par une idée centrale : faire pénétrer la Réforme dans l'Église elle-même ; c'est-à-dire mettre en pratique le concile de Trente.

Le Saint-Siège reconquiert petit à petit son autorité à partir de Pie IV et de saint Charles Borromée. Pour éviter que les évêques cherchent à interpréter diversement les décisions du concile, Pie IV crée la Congrégation du concile. C'est elle qui met un point final aux décrets inachevés ; elle, surtout, qui fixe les règles générales permettant de trancher les futurs litiges. À la stupéfaction de tous, ce système, pourtant imparfait, fonctionnera pendant près de trois siècles.

Puis, Pie IV, conseillé par son secrétaire d'État, saint Charles Borromée, réduit le train de vie de sa maison. Il autorise d'ailleurs Borromée à rejoindre son évêché de Milan, comme l'avait exigé le concile pour chaque évêque. Borromée y demeurera dix-neuf ans. C'est là qu'il crée le premier séminaire tridentin (découlant du concile de Trente). Il visite chacune de ses paroisses, n'hésite pas à grimper dans les montagnes pour aller visiter et bénir ces oubliés du monde. Saint Charles Borromée fut dénigré, détesté et échappa de justesse à un attentat. Pourtant, il suscitait l'admiration : il fit face avec un incroyable courage à l'épidémie de peste qui ravagea Milan en 1576. Il mourut huit ans plus tard, aussi pauvre que Job : il avait distribué toutes ses richesses aux pauvres et aux malades.

Pie IV était mort deux ans après la fin du concile. Ce fut donc Pie V qui fit appliquer les décisions conciliaires. Ce pape, qui va marquer l'histoire du Saint-Siège, était un dominicain, donc un moine mendiant, austère et pieux. C'est lui qui introduisit le port de la robe blanche pour les membres de son ordre.

Pie V : « On ne prêche pas la religion dans le sang »

Il avait été inquisiteur général. Il détestait la richesse et l'opulence, et vivait depuis des années dans une extrême pauvreté. On l'avait baptisé « frère Sabot », parce qu'il ne portait pas souvent de souliers (affirmait-on). Un notable vénitien écrivit que Pie V avait transformé Rome en un cloître.

D'ailleurs, Pie V appliquait les principes auxquels il tenait avec vigueur : l'immoralité publique, cette habitude romaine, était désormais punie sévèrement. Pas question pourtant de police ou de soldats : Pie V voulait convaincre ; il fit rédiger des livres liturgiques qui furent distribués dans le monde entier. Il fut, du même coup, le père de la centralisation religieuse de l'Église. Le catéchisme romain, rédigé en latin, parut en 1566 ; il était destiné aux clercs, censés y trouver des thèmes d'homélies. Mais il atteignit le grand public ; on le traduisit très vite en quelques dizaines de langues. En 1568, les services de Pie V publiaient le bréviaire, textes de prières pour chaque jour de l'année à l'usage des prêtres ; enfin, le missel, textes de prières pour chaque semaine, et pour chaque cérémonie particulière, à l'usage des laïcs, en 1570.

Emporté par sa passion réformatrice, Pie V commit quelques actes contestables. Il lui arriva de présider le tribunal d'inquisition ; il participa à la condamnation à mort de Carnesecchi, ancien secrétaire privé de Clément VII. L'inculpé avait, disait-on, écrit des lettres et défendu des opinions hérétiques. On lui demande d'abjurer ; il refuse. Il est exécuté en 1567. D'une manière analogue, on peut lui reprocher sa condamnation d'Élisabeth Ire, reine d'Angleterre : il rendait la rupture avec l'Angleterre irréversible. On comprend que les intégristes d'aujourd'hui aient fait de Pie V leur héros emblématique. En tout cas, à sa mort, il devenait indispensable de réintroduire un peu de souplesse dans ce système trop rigide.

Grégoire XIII, qui lui succéda, avait soixante-dix ans.

C'était un juriste tranquille. Jamais il n'élevait la voix. Les témoignages de ses contemporains insistent sur sa courtoisie, son sens de l'amitié et, surtout, sa vertu. Il va demeurer pape de 1572 à 1585.

Pas de grand changement politique. Grégoire XIII a vécu longtemps au sein de la curie, et il souhaite prolonger l'action de son prédécesseur. En somme, il désire poursuivre l'œuvre réformatrice, en évitant les décisions brutales et les jugements péremptoires. On a fait remarquer que ses services d'information étaient médiocres : pas de meilleure preuve que la messe d'action de grâces qu'il fit dire en l'honneur de la Saint-Barthélemy. Sans doute ignorait-il l'importance du massacre ; mais peut-être approuvait-il la rigueur de la décision. Grégoire XIII appartient encore à un univers mental dominé par la lutte contre les réformés ; lutte qui permettait les guerres, parfois même les trahisons.

À noter que Pie V avait été auparavant plus mesuré ; il considérait que l'essentiel était de convaincre les hérétiques de leurs erreurs ; pas de les tuer. « On ne prêche pas la religion dans le sang », aurait-il déclaré. Il savait pourtant fort bien organiser une coalition. C'est sa diplomatie qui permit la victoire de Lépante en 1571.

Grégoire invente le calendrier grégorien

L'histoire a retenu en faveur de Grégoire XIII une décision spectaculaire qui, en quelques siècles, s'imposa dans le monde entier. Grégoire, qui avait du goût pour les sciences, supportait mal le désordre du calendrier. Le concile de Trente avait souhaité que ce système de datation soit revu. En effet, le nombre des jours de l'année était fixe, donc faux. L'écart entre la date et la réalité grandissait sans cesse : il était d'environ dix jours en 1570. Grégoire XIII installa une commission de scientifiques dont le fameux jésuite allemand Clavius – c'est lui, on s'en souvient, qui allait donner une formation mathématique, physique et astronomique aux jésuites en partance pour la Chine.

La commission interrogea de nombreux savants – dans tous les pays – et consulta, par-dessus le marché, les princes chrétiens. Le 24 février 1582, une bulle pontificale décida que le lendemain du 4 octobre 1582 serait le 15 octobre : les dix jours d'écart étaient gommés. Plus judicieusement, il était admis que trois jours intercalaires seraient supprimés tous les quatre cents ans. Le compte y était. Les États catholiques se rallièrent à ce nouveau calendrier, sans débat. Les protestants attendirent 1775, c'est-à-dire deux siècles, avant d'admettre cette réforme. Quant à la Russie, elle dut attendre l'Union soviétique pour s'aligner sur le reste du monde. Même les Églises d'Orient – avec un petit décalage pour la forme – acceptèrent le nouveau système en 1923, sauf les moines du mont Athos, qui conservent toujours le calendrier julien.

Autre événement de ce pontificat : la redécouverte des catacombes. Grégoire XIII comprit tout de suite l'importance de cette ville dissimulée sous la ville. Bien des problèmes historiques concernant les débuts de l'Église trouveraient peut-être leur solution dans ces galeries qui dormaient là depuis près de treize siècles.

Dernière réforme menée à bien par Grégoire XIII : la création de collèges et d'universités. Certes, ce furent les jésuites qui conduisirent le mouvement, mais c'est le budget du Saint-Siège qui permit la création de l'université grégorienne (appelée alors « collège romain ») ; du collège séminaire de Douai, de celui de Bavière enfin. Sans compter les collèges simples créés à Vienne, Graz, Olmütz, Prague, Braunsberg, Fulda, Dillingen et La Flèche (premier collège jésuite en France).

C'est sans doute son action persévérante qui a permis de consolider la reconquête d'une partie de l'Allemagne et aussi celle de la Pologne tout entière. Enfin, mentionnons un petit fait qui ne fut pas négligeable : c'est Grégoire XIII qui initia, avec prudence, les rapports avec la Russie orthodoxe, ce pays dont on ne savait à peu près rien. Nous sommes, ne l'oublions pas, à l'époque d'Ivan le Terrible [1533-1584]. En tout cas, il y eut pour la première fois des rencontres, au Kremlin. Sans succès, mais il fallait bien que quelqu'un commençât.

Sixte Quint impose une administration moderne

Le quatrième pape réformateur fut Sixte Quint. On peut dire qu'à sa manière, il marqua l'Église de son empreinte. Ce franciscain, surgi d'un milieu populaire, fut désigné pratiquement sans débat. Tous les électeurs s'accordaient sur son intelligence et sur sa fermeté. Ce qu'on ignorait, c'est à quel point il allait achever et consolider les décisions du concile de Trente.

Son effort primordial fut de doter l'Église d'une administration moderne. En 1588, il institue quinze congrégations. La plupart d'entre elles subsistent de nos jours. Du même coup, il divisait le rôle des uns et des autres, ce qui accélérait les processus de décision. Les congrégations sont, en quelque sorte, des ministères chargés de tel ou tel secteur.

Pour empêcher que l'administration de la curie ne devienne tentaculaire, il fixa le nombre des cardinaux à soixante-dix au maximum, précisa l'âge minimum de leur nomination et énuméra les qualités nécessaires. Plus question de désigner tel ou tel pour des raisons politiques ou familiales. Ce nombre de soixante-dix ne fut dépassé que sous Jean XXIII. Il faut dire que le nombre des Églises nationales, au XXe siècle, n'était plus du tout le même.

Autre tâche pratique : Sixte Quint estimait que le Saint-Siège ne devait pas dépendre des imprimeries profanes pour publier les textes qu'il promulguait. Il créa une Imprimerie vaticane. C'est elle qui fit paraître (plutôt mal que bien) la nouvelle édition de la Vulgate. Jugeant que la commission compétente travaillait trop lentement, ce pape impatient et autoritaire décida de relire et de corriger lui-même les traductions proposées. Le résultat fut, au moins, contestable ; la Vulgate de Sixte Quint disparut dès la mort de son auteur. Ce fut le jésuite Bellarmin qui fut chargé de remettre le texte à plat. Il y parvint, et la nouvelle Vulgate fut publiée en 1592. Sixte Quint était mort depuis plusieurs années.

Avec lui s'achève la période des papes réformateurs, dont l'ambition principale fut d'achever le concile de Trente. À la fin du siècle, l'Église semblait en état de supporter les difficultés à venir. Elles n'allaient pas manquer.

CHAPITRE 29

LE XVIIe SIÈCLE LES SIGNES ANNONCIATEURS DES LUMIÈRES

On situe d'ordinaire le début de la période dite des Lumières au milieu du XVIIIe siècle. Or, s'il est exact que le mouvement intellectuel – qui va devenir progressivement un parti, avec sa doctrine, ses idées fixes et ses objectifs – n'apparaît qu'à ce moment en France, puis en Europe, le XVIIe siècle est plein de signes prémonitoires. On les relève aussi bien dans la société française que dans les comportements religieux et les mouvements théologiques ; on mesure mieux, de cette manière, l'affaiblissement de Rome, que l'affaire Galilée va mettre en pleine lumière.

Bossuet prévoit l'athéisme

Le premier signe tient en une constatation banale : des hommes et des femmes affirment, sans gêne, qu'ils n'ont plus la foi, qu'ils ne croient ni à Dieu ni à diable, que l'homme est seul ici-bas avec sa raison, que le bonheur ou le plaisir justifient l'existence. Un cartésianisme déformé et poussé au-delà de ses limites servira de fondement à cette naissance du déisme, puis de l'athéisme.

René Descartes, philosophe français (1596-1650), élève des jésuites, se considérait comme un homme de foi. Mais dans la mesure où il place la raison au-dessus de tout, où il n'accepte que ce qu'il constate, il ouvre la voie, sans doute malgré lui, à un doute universel que les nouveaux athées vont utiliser.

Bien sûr, cette mutation demeure discrète. Pourtant, le

phénomène n'est pas ignoré. Pas de meilleures preuves que l'analyse qu'en donne Bossuet ; certes, le plus grand prédicateur du XVIIe n'est pas un Père de l'Église. Mais il sait fort bien observer les évolutions des attitudes et des mœurs de la cour et de ce qu'on peut appeler les élites de son temps.

Son propos le plus éclairant, à ce sujet, est contenu dans une lettre du 21 mai 1687 :

« Je vois, écrit-il, [...] un grand combat se préparer contre l'Église sous le nom de la philosophie cartésienne. Je vois naître de son sein et de ses principes, à mon avis mal entendus, plus d'une hérésie ; et je prévois que les conséquences qu'on en tire contre les dogmes que nos pères ont tenus la vont rendre odieuse, et feront perdre à l'Église tout le fruit qu'elle en pouvait espérer pour établir dans l'esprit des philosophes la divinité, et l'immortalité de l'âme.

« De ces mêmes principes mal entendus, un autre inconvénient terrible gagne sensiblement les esprits : car sous prétexte qu'il ne faut admettre que ce qu'on entend clairement, ce qui, réduit à certaines bornes, est très véritable, chacun se donne la liberté de dire : j'entends ceci et je n'entends pas cela, et sur ce seul fondement, on approuve et on rejette tout ce qu'on veut [...]

« En un mot, ou je me trompe bien fort, ou je vois un grand parti se former contre l'Église ; et il éclatera en son temps, si de bonne heure on ne cherche à s'entendre, avant qu'on s'engage tout à fait. »

Certes, cette analyse de Bossuet s'appuie sur des constatations sérieuses. Pourtant, le corps social, dans sa masse, demeure chrétien. Les Français vont à la messe et reçoivent les sacrements. Médecins et sages-femmes conseillent à leurs patients de faire baptiser leurs enfants, d'appeler le prêtre pour qu'il donne les derniers sacrements aux mourants.

Mais les marginaux existent bel et bien. Dans la plupart des cas, on les considère comme des inadaptés. Qualification un peu légère pour décrire des attitudes résolues et non dissimulées. Dans cette époque assez hypocrite, des centaines de nobles et de nombreux libres penseurs ne cachent plus leurs convictions. Ce sont, en général, des hommes lettrés, souvent érudits. Ils n'ont plus la foi. Parmi cette espèce nouvelle, de nombreux avocats, hommes de lettres, parfois même abbés.

Est-ce déjà une force ? Pas encore. Mais Bossuet – encore lui – les dépeint clairement au cours d'un sermon prononcé le jour de Pâques :

« Ne me dites rien des libertins, je les connais : tous les jours, je les entends discourir ; et je ne remarque dans tous leurs discours qu'une fausse capacité, une curiosité vague et superficielle, ou pour parler franchement, une vanité toute pure ; et pour fond, des passions indomptables, qui, de peur d'être réprimées par une trop grande autorité, attaquent l'autorité de la loi de Dieu, que, par une erreur naturelle à l'esprit humain, ils croient avoir renversée, à force de le désirer. »

Dernière citation qui prouve, là encore, que le courant de ce qui sera les Lumières est en marche. Encore Bossuet :

« D'où est née cette troupe de libertins que nous voyons s'élever si hautement au milieu du christianisme, contre les vérités du christianisme ? Ce n'est pas qu'ils soient irrités de ce qu'on leur propose à croire des mystères incroyables ; ils n'ont jamais pris la peine de les examiner sérieusement [...] [Ce qu'ils désirent, c'est que Dieu] les laisse sur la terre contenter leurs passions à leur aise. »

Ne nous faisons pas d'illusions : Bossuet s'exprime à l'intention de la cour. C'est l'entourage du roi, ce sont les notables du régime, qu'il vise. Parce qu'il sait fort bien que la crise qu'il décrit prendra sa source dans ce milieu riche et méprisant. C'est sur ce fond de tableau que vont se dérouler des événements, en apparence très différents les uns des autres, mais tous reliés à cet ébranlement de la société ancienne.

Une sainteté tournée vers les autres

À la même époque, en effet, un nouveau type de saints fait son apparition, ici et là, en Europe. Et d'abord en France. François de Sales (1567-1622) et Vincent de Paul (1576-1660), chacun à leur manière, ouvrent les voies d'un nouveau comportement chrétien. Mais l'un et l'autre ont bien vu que le monde était en train de changer, que désormais les chrétiens allaient devoir affronter une société qui n'est plus aussi chrétienne. François de Sales imagine une forme de spiritualité destinée aux hommes et aux femmes hantés par le problème du salut. On verra qu'il existe un lien subtil entre saint François et le jansénisme. Ce qui éclaire la cohérence, à demi voilée, de cette époque étrange et somptueuse. Vincent de Paul, au contraire, inventera une attitude délibérément ouverte sur les autres ; le salut par la charité et la présence au monde d'un côté, la rémission par la foi, de l'autre.

Voyons d'abord François de Sales. Né en 1567, il est l'aîné d'une famille de dix enfants ; ils vivent à Thorens. Nous sommes dans la vieille Savoie, orgueilleuse et aristocratique. François sera gentilhomme. Études à Annecy, puis au collège de Clermont, à Paris, tenu par les jésuites (actuel lycée Louis-le-Grand). À partir de ce moment, les liens établis entre la Compagnie de Jésus et François ne seront jamais rompus. Vers 1590, il est à Padoue, où il étudie le droit. C'est sans doute à ce moment qu'il décide, contre l'avis de son père, de devenir prêtre. En 1593, il est ordonné, et part prêcher en Savoie. En 1602, lors d'un séjour à Paris, il fait la connaissance de Pierre de Bérulle (cardinal français, 1575-1629, qui établit en France l'ordre des Carmélites). Pour lui, cette rencontre est un bouleversement : il découvre les doctrines de la prédestination. Pendant quelques mois, il estime qu'il est condamné à la damnation, qu'il n'y a pas d'issue pour lui. Il est tout proche de Calvin, d'un côté ; de Jansenius, de l'autre.

Soudain, il s'arrache à cette fascination un peu morbide. Il écrira que c'est en priant devant une statue de la Vierge qu'il a été délivré. Notons que ses principaux disciples pousseront son enseignement dans des directions différentes. Jeanne de Chantal (1572-1641) créera avec lui la fondation de la Visitation. Angélique Arnauld (1591-1661), au contraire, rejoindra Port-Royal.

C'est en 1618, à Paris, qu'il fait la connaissance de Vincent de Paul et de Richelieu. Il ne lui reste que peu de temps à vivre, puisqu'il meurt en 1622, à l'âge de cinquante-cinq ans. Son œuvre : *Introduction à la vie dévote*. À lui seul, ce titre suffit aujourd'hui à crisper les lecteurs. Pourtant, le livre connaîtra plus de mille éditions, en toutes langues. Sa nouveauté : exposer, pour une époque nouvelle, les règles d'une spiritualité nouvelle dans un monde qui s'est délivré (ou a renié) de l'ancien ordre chrétien.

Voilà pourquoi François de Sales, à sa manière, entrouvre l'une des portes des temps modernes. Il s'adresse à des lecteurs qui vont vivre dans un monde marqué par un athéisme grandissant. Humaniste – il cite souvent Montaigne –, il demande que l'on fasse confiance au cœur : c'est par l'amour que l'homme participe à la vie de Dieu. Il précise qu'il ne faut « rien demander et rien refuser ». Il suffit d'« avancer tout bellement, tout doucement ». Pour lui, l'esprit de douceur permet à la grâce de faire son chemin dans l'esprit de l'homme. Il est donc possible, pour François de Sales, d'être chrétien dans le monde qui vient et qui, peut-être, ne le sera plus tout à fait.

Voyons Vincent de Paul, maintenant. C'est une autre illustration de l'ébranlement souterrain de ce XVIIe siècle. La réponse qu'il va donner à la situation est radicalement différente de celle de François de Sales. À ceci près que les deux hommes reconnaissent qu'ils marchent vers un monde tout autre.

Vincent de Paul et la reine Margot

Vincent de Paul naît en 1576 et meurt en 1660. Au départ, c'est un simple prêtre, issu d'une famille de petits cultivateurs des Landes. Il commence par être gardien de troupeaux, et ce détail impressionnera curieusement ses biographes. Ce sont ses parents qui l'envoient faire ses études chez les cordeliers, à Dax – les cordeliers ou récollets sont jusqu'en 1792 les deux désignations françaises des franciscains. Il entre ensuite à l'université de Toulouse. En 1600, il est ordonné prêtre. Donc un parcours banal. Au début, c'est un desservant assez tiède, dit-on. En 1605, il s'embarque pour un voyage en Méditerranée. Fait prisonnier par les barbaresques, le voilà réduit à la captivité à Tunis. En 1607, il réussit à s'enfuir, et court à Rome. Il raconte son histoire, demande qu'on le charge d'une vraie fonction. On l'expédie alors auprès d'Henri IV [1589-1610] : il doit remettre un message du Saint-Père au roi de France. Le voilà à Paris : il découvre le petit monde de la capitale. Il fait la connaissance de Bérulle : il l'écoute, et songe. Pourtant, il n'est pas inactif. Sait-on qu'il fut l'aumônier de la reine Margot ? Vincent écoutant les confidences de la plus belle et de la plus cultivée des Valois, c'est un tableau qui ne manque pas de couleur.

Tout bascule pour lui au moment où Bérulle lui confie la charge d'éduquer les enfants d'Emmanuel de Gondi, amiral des galères. Vincent demeurera au service de cette famille illustre de 1613 à 1625. Mais, déjà, la double hantise qui va bouleverser sa vie – la pauvreté et l'ignorance de Dieu – le taraude. Il choisit d'aller évangéliser l'une des paroisses les plus pauvres de France : Châtillon-les-Dombes. Tout de suite, il fonde la Confrérie des missionnaires de la Charité. En 1619 il obtient d'être nommé aumônier général des galères. Vincent progresse, à coups d'isolement spirituel et de retraites. C'est en 1621 qu'il se retrouve seul pour la première fois ; en 1622, il retourne vers ce désert intérieur. Lorsqu'il revient, il fonde, grâce au soutien financier des Gondi, la « Société des prêtres de la Mission ». Quelle mission ? Tout simplement, évangéliser les campagnes françaises ; Vincent est convaincu que la foi, la très ancienne foi, commence à disparaître. On en revient à l'adoration des sources, des forêts ; on se réunit la nuit dans des clairières, pour adorer le feu et regarder la lune. Bref, pour Vincent de Paul, aux alentours de 1620, la France est devenue un pays de mission. Bientôt les prêtres de la nouvelle société seront regroupés au prieuré de Saint-Lazare : ce seront les lazaristes.

Puis, Vincent franchit une nouvelle étape. C'est à cette époque qu'il fait publiquement une analyse terrifiante : « Le peuple meurt de faim, et se damne », écrit-il. Il rencontre Louise de Marillac ; ensemble, ils fondent les « Filles de la Charité », puis les « Dames de la Charité ». Les secondes apporteront leur appui aux premières. Toutes se consacreront aux pauvres et aux malades.

Rien n'arrête Vincent. Il considère que le niveau intellectuel des prêtres français est en dessous du médiocre. Les « conférences ecclésiastiques du mardi » vont tenter de stopper cette dérive. Vincent y parviendra en partie.

Étrange Monsieur Vincent ! Il est toujours proche des pauvres et des humiliés d'un côté, des rois et des reines, de l'autre. C'est lui qui assiste Louis XIII mourant. Anne d'Autriche, régente, le nomme membre, puis président du « Conseil de conscience », chargé de régler les affaires ecclésiastiques. Voilà Monsieur Vincent investi de pouvoirs effectifs. Il s'en sert, et sans précautions : il épure l'épiscopat, expédie à la retraite les prélats mondains, et ceux dont les mœurs sont douteuses. Les cadres de l'Église de France s'améliorent ; mais saint Vincent découvre qu'il a désormais beaucoup d'ennemis.

Vincent de Paul et la Fronde

Éclate la Fronde. Vincent refuse de se lier avec l'un ou l'autre des deux camps. Du coup, le nombre de ses ennemis augmente encore. Intéressante, cette distance que prend Vincent de Paul vis-à-vis des adversaires. Il se garde d'en faire une théorie générale. Mais rien n'empêche de s'interroger ; saint Vincent, nous l'avons vu, est à la fois proche des pauvres et des gouvernants ; il tente d'ouvrir les yeux des puissants sur la situation des mendiants, des malades. Donc cet homme n'est pas un révolté. Or, la Fronde est typiquement une révolte politique. Vincent ne s'y intéresse pas. Les luttes politiques lui semblent dérisoires. Mais l'intransigeance des ministres l'étonne. Pour notre prédicateur, la Fronde est une perte de temps, un détournement du courage, de l'honneur et, bien sûr, de la charité. Vincent ne méprise ni les hommes politiques ni leurs convictions. Il estime que ce sont des jeux de princes et qu'il y a d'autres choses à faire pour que cette société soit moins injuste.

Durant ces années noires, il consacre l'essentiel de sa force à trouver de la nourriture, des vêtements, des objets de première nécessité. Il les fait parvenir, comme il peut, dans les provinces les plus abandonnées. Son attitude étonne et déplaît à la plupart des grands de ce monde. Il n'en a cure. Pour lui, ce ne sont pas eux qui le jugeront.

Il continue pourtant à intervenir dans la conduite des affaires religieuses. Son action s'exerce dans deux directions. D'une part, il se montre tolérant vis-à-vis des protestants ; comme s'il comprenait leur révolte spirituelle. D'autre part, il est rigide à l'égard des jansénistes. Pour lui, ce sont d'abord des mondains : on ne s'éloigne pas du monde pour des motifs qui lui semblent peu sérieux ; enfin, il se méfie de leur spiritualité exigeante. Il flaire une hypocrisie.

Lorsqu'il meurt en 1660, il a profondément marqué son siècle. Rome en est consciente. Vincent de Paul est canonisé en 1737. Ce qui prouve que l'Église a instruit son dossier tambour battant.

La révocation de l'Édit de Nantes

Louis XIV n'imagine pas que l'apparition des libertins, d'un côté, et, de l'autre, le surgissement de saints contestant, sans le dire, le christianisme d'apparence, constituent à long terme une menace pour la stabilité de l'État tout-puissant. Il entend, au contraire, tirer les conséquences logiques de la centralisation unitaire commencée avec Henri IV, et poursuivie par Louis XIII [1610-1643]. L'existence d'une Église séparée, disposant de tribunaux mixtes et de places de sûreté, ignorant superbement le pouvoir royal, était pour lui un non-sens.

D'autant que les huguenots étaient actifs. Ils ne dissimulaient pas leur ambition : le catholicisme n'allait pas tarder à disparaître. Une lettre, adressée au roi d'Angleterre par l'un des chefs protestants français, témoignant de leur fidélité à cette nation réformée, tomba entre les mains de Louis XIV. On imagine la réaction du roi. Ce dernier voulait en finir. Après tout, les huguenots – tout au moins, une partie d'entre eux – s'étaient soulevés dans le Béarn contre Louis XIII. Vaincue, cette insurrection tardive aboutit à une paix en 1622. Les places de sûreté occupées par les soldats du roi ne furent pas rendues aux protestants.

Il y eut une seconde révolte, quelques années plus tard. C'était le duc de Rohan qui dirigeait les armées protestantes. Nouvel échec. Mais cette fois c'est Richelieu, ce drôle de cardinal, qui gouverne. Lorsque l'intérêt de l'État l'exige, il ne craint pas de soutenir les protestants allemands. Ce n'est pas le cas en France. Le ministre engage donc une vraie guerre, qu'il conduira lui-même. Il veut la défaite des protestants français et des Anglais, qui marchent la main dans la main. Ce sera le siège de La Rochelle, puis la reddition de la ville. Urbain VIII, qui sent que la situation religieuse en France se modifie, fait chanter un *Te Deum* en l'honneur de la victoire sur les Rochelais et les Anglais. Les protestants gardent le droit de pratiquer leur religion ; mais toutes leurs places de sûreté sont remises à l'autorité du roi.

Celui-ci, en vérité, veut en revenir au vieux principe : Un roi, une loi, une foi. On profite de l'affaiblissement progressif des huguenots pour aider financièrement les convertis. Le système fonctionne fort bien ; il n'est glorieux ni pour l'État ni pour ceux qui acceptent de changer de confession. Pourtant, ce roi catholique, gallican et antiromain ne manque pas de prestige, même vis-à-vis d'une partie des protestants.

Pas tous : les dragonnades (obligation de loger les dragons chez les habitants) provoquent des mini-révoltes successives. Toutes échouent. Louis XIV considère que le moment d'en finir est venu, que son prestige mondial sera renforcé par une décision sans appel. En octobre 1685, le roi prononce la révocation de l'Édit de Nantes. Les prédicateurs protestants doivent quitter le royaume dans les deux semaines. On s'attend à un effondrement de cette religion réformée, qu'on dit à bout de souffle. Cette décision sera lourde de conséquences, à la fois pour la France et pour le catholicisme français lui-même.

Les Églises du désert

La preuve : une émigration rapide, qui eut des conséquences imprévues. D'abord, de nombreux responsables importants abandonnèrent leur fonction. Plus de cent mille huguenots (chiffre incertain) émigrèrent, essentiellement vers l'Allemagne. Une petite ville peu connue vit sa population croître en quelques mois : elle s'appelait Berlin. De nombreux émigrés étaient, il faut le rappeler, riches. Ils emportèrent leur fortune, qui alla irriguer des économies concurrentes.

En France même, apparurent dans le Sud des communautés protestantes clandestines. Ce fut le début de ce qu'on désigna du terme d'« Églises du désert ». Elles furent combattues et réprimées, souvent avec violence (guerre des « camisards » : 1702-1704).

Chacun s'accorde aujourd'hui pour reconnaître que la révocation fut une erreur grave. Petit à petit, les deux confessions s'habituaient à vivre ensemble ; chaque jour, l'État assurait mieux son autorité sur l'ensemble du territoire, sans utiliser les convictions religieuses des uns ou des autres. En vérité, le pas en avant qu'avait constitué l'Édit de Nantes était annulé, sans profit pour personne.

En imposant cette décision, Louis XIV prouvait – sans le vouloir – la fragilité de son pouvoir ; on découvrait en effet, à cette occasion, qu'aucun État n'était plus en mesure de sonder les reins et les cœurs.

Le gallicanisme et le jansénisme

Continuons à observer la France. D'abord parce qu'elle devient la puissance dominante en Europe (elle le restera jusqu'à la chute de Napoléon) ; ensuite, parce que le règne de Louis XIV éblouit nos voisins : ils sont fascinés par sa puissance, ils discernent mal ses faiblesses. Or, c'est durant cette longue période que deux mouvements viennent bousculer l'ordre chrétien traditionnel de la France.

Le gallicanisme n'est sans doute pas un mouvement essentiel. Il ne touche ni à la foi ni à la théologie. D'autant qu'en France, c'est une réaction caractérielle. Il prend une acuité particulière à cette époque-là. Il faut se souvenir que, lors des conciles de Constance et de Bâle, ce sont les Français qui ont tenté, à plusieurs reprises, d'imposer une idée centrale : le concile est au-dessus du pape. Échec. Les pères conciliaires ne suivent pas. Les Français prennent leur revanche au concile de Trente : ils ne veulent pas entendre parler de la thèse de l'infaillibilité pontificale en matière de foi. Dans les deux cas, la résistance vis-à-vis de Rome part de Paris.

Les rapports entre Rome et la France sont médiocres depuis fort longtemps. Le roi de France détient des droits importants : c'est lui qui distribue les bénéfices ; il dispose, de plus, d'une prééminence juridique dans tous les procès ecclésiastiques. On souhaite, cependant, aller au-delà. En 1594, Pierre Pithou, avocat au Parlement, venu du calvinisme, publie un livre qui fait du bruit, *La Liberté de l'Église gallicane* ; il énumère les quatre-vingt-trois points qui fondent l'autonomie du roi vis-à-vis du pape. C'est une attaque contre les règles définies avec prudence par le jésuite Robert Bellarmin (1542-

1621). Pithou, se faisant l'interprète de l'État et de l'Église de France, voulait restreindre au minimum les pouvoirs de Rome. Pendant quelques années, les choses en restent là.

L'équilibre pragmatique qui s'était établi – Paris n'écoutait guère Rome et, en échange, ne lui demandait rien – est emporté par la querelle du jansénisme. Le roi, excédé, eut recours au pape pour soumettre les disciples de Jansenius. Les conseillers du pape firent aussitôt remarquer que ce dernier devait bien disposer d'une autorité certaine, et dogmatique, puisqu'on se tournait vers lui en désespoir de cause. Ce qui déplut souverainement à Louis XIV ; mais, sur ce conflit, il n'était pas en position de force. En 1663, la faculté de théologie de Paris présente un document en six articles, définissant les thèses gallicanes. En 1682, au lendemain d'un synode, un résumé en quatre articles est rendu public : désormais, la doctrine gallicane est soutenue par le roi et par les évêques.

Les règles du gallicanisme

Voilà l'esprit de ces quatre principes.

1. Dans les choses temporelles, les rois et les souverains ne sont soumis à aucune puissance ecclésiastique. Celle-ci ne peut rien ordonner en arguant du « pouvoir des clés ».

2. Le siège apostolique dispose de la plénitude des pouvoirs sur les choses spirituelles. Néanmoins, les décrets pris par le concile de Constance « conservent toute leur force » (ce qui n'est pas clair. D'un côté, on reconnaît au pape son pouvoir en matière de foi ; de l'autre, on garde en réserve les décisions donnant au concile une prééminence sur le pape. C'est reprendre d'une main ce que l'on donne de l'autre).

3. L'usage de l'autorité apostolique doit se régler sur les mœurs et les constitutions reçues dans le royaume et dans l'Église gallicane. Pas question, pour Rome, de toucher aux usages de l'Église de France.

4. Le pape a « la principale part » en matière de foi. Ses décrets regardent toutes les Églises. Cependant, son jugement n'est pas irréformable ; tout dépend de l'accord ou du refus de l'Église (on ne précise pas qui représente cette dernière).

Avec habileté, Rome se garde de protester. Alexandre VII

[1655-1667] se borne à encourager discrètement une série d'ouvrages concernant ces curieuses règles. On fait remarquer qu'elles sont souvent confuses, que leur rédaction imparfaite traduit les relatifs désaccords des auteurs. Quelques années plus tard, le pape obtient des évêques français qu'ils désavouent cette déclaration au moment de leur nomination. Louis XIV s'engage à ce que ce texte ne soit plus enseigné. Bien entendu, il fait l'inverse. Moyennant quoi, le gallicanisme du XVIIIe alimentera les strates successives de la Révolution. Il faudra attendre Napoléon pour que l'Église gallicane disparaisse. Il faut dire qu'elle avait été, quelque temps auparavant, à peu près engloutie durant la tourmente des années terribles.

Le jansénisme

L'histoire du jansénisme est autrement importante. Le gallicanisme fut une attitude, pas une hérésie. Le jansénisme, au contraire, fut condamné explicitement à plusieurs reprises.

Les origines du jansénisme sont obscures. Disons que la publication à Bâle des œuvres complètes de saint Augustin constitue sans doute un déclic. L'affaire commence à Louvain, la grande université catholique. Les professeurs de cette institution respectée souhaitent présenter aux protestants qui les entourent des arguments sérieux. Ils plongent dans saint Augustin et tentent d'extraire de cette mine gigantesque une théorie convenable concernant les rapports de la grâce et du libre arbitre. Ils ne sont pas les premiers, depuis les premiers siècles de l'Église. Cependant, le problème soulevé par l'université de Louvain paraît relativement neuf. Comment s'opère le mariage entre ces deux éléments ?

Un éminent professeur de Louvain, Michel de Bay – dit Baïus –, après avoir lu neuf fois les œuvres complètes de l'évêque d'Hippone, publie plusieurs traités sur la question. Ses collègues en extraient vingt-huit propositions qu'ils expédient à des universités espagnoles pour qu'on les lise, qu'on les approuve ou qu'on les critique.

Les Espagnols n'hésitent guère. À Salamanque et à Alcala, les autorités religieuses et universitaires condamnent la plupart des propositions de Baïus. Louvain se tourne vers le pape saint Pie V [1566-1572] pour qu'il tranche. Il le fait avec habileté : il dit le plus grand bien de Baïus, et le plus grand mal de ses réflexions. Ce qui ne décourage pas nos auteurs de Louvain : puisque la nature est corrompue par le péché, seule la grâce peut arracher l'homme à son amour coupable pour les choses d'ici-bas. Nous retombons, une fois encore, sur la négation du libre arbitre ; on vient de reculer de plusieurs siècles, c'est-à-dire avant saint Thomas d'Aquin.

La dispute va se prolonger quelques années. Les jésuites défendent l'éminente dignité et l'efficacité du libre arbitre ; les dominicains souhaitent qu'on en reste à la grâce de Dieu. Saint Augustin (et même saint Thomas) deviennent des boulets de canon qu'on expédie dans les jambes de l'autre camp. Le pape, excédé, est conscient qu'il s'agit en même temps de modes de promotion au sein des universités. Il interdit aux uns et aux autres de s'accuser mutuellement d'hérésie. On est prié de ranger les armes.

De Jansen à Pascal

C'est un Flamand, Cornelius Jansen, dit Jansenius (1585-1638), qui reprend la controverse. Jansenius est professeur d'Écriture sainte à Louvain. Il est nommé ensuite évêque d'Ypres. Il déteste les jésuites qu'il soupçonne, comme toujours, de laxisme. Son ouvrage clé se nomme l'*Augustinus*.

Ces thèses sont reprises à Paris par Jean du Vergier de Hauranne, abbé de Saint-Cyran (1581-1643). Aidé par Antoine Arnauld, docteur en Sorbonne, et appuyé par l'ensemble du monastère de Port-Royal (au départ, ce sont des religieuses cisterciennes), les deux hommes engagent le débat au fond. Ils se considèrent comme les véritables fils spirituels d'Augustin, ils prêchent un catholicisme austère, ils suggèrent aux vrais croyants de s'éloigner du monde. La Sorbonne ne sait que répondre, ses docteurs étant divisés. Nous sommes aux alentours de 1640. Il faut se tourner vers le Saint-Siège. Pour le roi, c'est déjà une humiliation : il vient de mesurer les limites du gallicanisme.

Le 31 mai 1653, le jansénisme est résumé en cinq propositions, qui sont condamnées. Rome fait remarquer que les commandements de Dieu, tels qu'ils sont présentés par les jansénistes, sont tout simplement inapplicables. Sans la grâce, personne ne peut s'approcher à ce point de la sainteté. Or, dans l'état de « nature déchue » qui est celui des hommes, comment s'arracher au monde du péché ?

Très vite, la querelle rebondit. Les jansénistes acceptent les observations de Rome. Mais ils font remarquer que la plupart des reproches qu'on leur fait sont injustifiés : les thèses dénoncées ne figurent pas dans leurs écrits. Il s'ensuit une bataille de mots. Alexandre VII vole au secours du clergé français et affirme que les propositions visées sont bien contenues dans les textes des jansénistes.

Les débats reprennent. Peu de temps après la sentence de condamnation, Blaise Pascal s'en mêle. Nous sommes en 1656. La publication des *Provinciales* secoue le monde religieux et politique. Pascal n'est pas universellement connu, mais tous les grands esprits du temps connaissent la réputation de ce personnage étrange, probablement génial. Pour la cour, en tout cas, cette apologie du renoncement, ce refus du monde et de ses compromissions, constituent un véritable défi. Le coup de génie des *Provinciales* est clair : Pascal réussit à marier un texte polémique et une quasi-satire de la société qui l'entoure ; de plus, la qualité littéraire de son œuvre en fait un ouvrage qui résistera au temps.

Donc les thèses des jansénistes, soutenues par la plume de Pascal, sont une menace pour la cohérence du monde politique français. Les coupables, ce sont les jésuites, que Pascal vient de ridiculiser. Une fois encore, une bataille théologique se mue, progressivement, en une querelle politique.

Ce sera l'ultime bataille. Poussé par les jésuites, le pape exige que les jansénistes signent « le formulaire », qui contient la condamnation explicite des thèses de Jansenius et d'Arnauld. Progressivement, Port-Royal, ce bastion, s'affaisse. La communauté disparaît. Le couvent est rasé. Il faudra attendre la Révolution pour que le jansénisme s'éteigne vraiment. Mais la bataille de Port-Royal a joué un rôle, parmi d'autres, dans les prémices lointaines de cette Révolution.

Il s'agissait bel et bien d'une hérésie. Mais le roi, la Sorbonne et Rome ont fait preuve d'une sévérité excessive. Il y avait dans les propositions de Jansenius bien des choses exactes. Une fois encore, du sein même de l'Église, surgissaient des esprits rigoureux qui voulaient voir renaître un catholicisme plus strict.

La crise du jansénisme prouve que l'univers catholique en France n'est pas aussi stable qu'on feint de le croire. Rome n'en est pas consciente. Elle commet, durant cette période, une erreur d'une autre taille : l'abjuration de Galilée.

L'abjuration de Galilée

Résumons les faits. C'est le 22 juin 1633 que Galilée est contraint par l'Inquisition, à la demande expresse du pape Urbain VIII [1623-1644], de se présenter devant son tribunal.

Nous sommes au milieu de la révolution spirituelle qui s'amorce autour de Vincent de Paul. Les deux séries d'événements sont sans rapport apparent. Pourtant, l'une et l'autre traduisent la gêne de l'Église devant le monde qui surgit en dehors d'elle.

Pourquoi Rome s'engage-t-elle dans cette bataille qui, aujourd'hui, nous semble pitoyable et scandaleuse ? La question est importante. L'idée ordinaire, qu'il s'agit simplement d'une réaction de conservateurs obtus, est fausse. Même si elle est désormais bénie et acceptée par l'histoire polémique, la vérité est bien plus complexe.

Pour comprendre, il faut revenir en arrière. Rome n'a jamais été hostile aux savants. La plupart du temps, elle est demeurée indifférente. Mais depuis l'arrivée des jésuites le climat change. Grâce à deux jésuites importants, Robert Bellarmin, puis Claude Aquaviva, le centre de l'Église s'est doté d'une institution scientifique : le Collège romain. C'est, tout à la fois, une université, un centre de recherche et de débat, le cœur d'un réseau qui établit, pas à pas, des relations régulières avec les chercheurs répartis un peu partout en Europe. Le Collège romain est au centre d'une toile qui permet à Rome de suivre et de connaître l'évolution des principales sciences. C'est sans doute la première fois que l'Église, comme telle, s'intéresse aux travaux des savants. Il faut dire que cet intérêt est dans l'air du temps : Johannes Kepler, Tycho Brahé, Giordano Bruno, René Descartes, Blaise Pascal, Pierre Gassendi, sont les contemporains de Galilée.

Ce dernier fait partie des hommes que le Collège romain soutient publiquement. Il travaille. Ses multiples recherches ne débouchent pas sur des découvertes spectaculaires. En réalité, sa trouvaille principale est la cinématique. Il comprend que la force crée le mouvement. C'est l'histoire d'une bille lâchée d'une tour : sa vitesse s'accélère tout au long de sa chute. Mais comment mesurer cette accélération ? Galilée aura l'idée d'utiliser la mesure du temps ; ce qui ne va pas de soi, à l'époque. Il se servira d'un réservoir et d'un robinet qu'on ouvre au départ de la bille, et qu'on ferme lorsqu'elle touche terre ; sur le sol, s'il s'agit d'une chute perpendiculaire ; ou à l'extrémité d'un plan incliné, s'il s'agit d'une descente contrôlée. Au fond, ce qu'il invente (ou ce qu'il affirme), c'est l'une des règles fondamentales de la recherche scientifique : d'abord l'observation, puis l'expérience dont on tire la théorie. Et le cycle recommence à l'infini. Galilée ne philosophe pas, comme beaucoup de ses prédécesseurs ; il mesure, calcule et recommence ses expériences jusqu'au moment où il peut énoncer une loi. En somme, Galilée étend la méthode expérimentale, et se sert des mathématiques pour prouver des morceaux de vérités scientifiques.

Longtemps les jésuites soutiennent Galilée

Les jésuites du Collège romain apprécient cet esprit brillant. Le révérend père Clavius, l'une des autorités scientifiques de l'époque, le soutient sans hésitation. Or, Clavius est respecté : n'est-il pas l'un des hommes qui ont imaginé le système de mesure quantitative des phénomènes physiques ? Galilée lui semble être un de ses disciples.

Son autorité intellectuelle est parfaitement reconnue aux alentours de 1600. Pour les gens informés, il est clair qu'il partage l'opinion de Copernic (la Terre tourne sur elle-même, et autour du Soleil) ; mais il ne mentionne guère cette conviction. À cette époque, ce n'est pas son principal sujet d'étude. De plus, il souhaite demeurer prudent : sa réussite – il est professeur à Pise et à Padoue – suscite des jalousies. Mais on se garde de s'opposer à lui de front.

Ce n'est pas Galilée qui invente la lunette astronomique. Elle existait avant lui depuis près de vingt ans, tout particulièrement en Hollande. On vend d'ailleurs des lunettes très convenables à Paris, dès le début du siècle. Galilée apprend que les militaires s'intéressent à cet objet. Il estime qu'il est possible d'augmenter le grossissement de la visée ; il va y travailler, essentiellement pour gagner de l'argent. Les militaires sont de bons clients. En 1609, il réussit : sa lunette grossit sept fois. Grâce à elle, les marins pourront repérer les voiles ennemies avec plusieurs heures d'avance sur leurs adversaires.

Cette découverte passionne les Vénitiens ; ils demandent à Galilée s'il est possible de faire encore mieux. Il s'y emploie, et petit à petit réussit. Deux nuits de suite, il observe Jupiter, et découvre les quatre lunes qui brillent autour de cette grosse planète. Or, d'une nuit sur l'autre, les lunes changent de place : donc elles tournent autour de Jupiter.

Galilée est pris d'une frénésie d'observation. Il découvre d'abord que la surface de la Lune comprend des montagnes, des vallées, des déserts. Il veut tout voir : Vénus, puis Mars. En quelques années, ce chercheur qui n'est ni opticien ni astronome, obtient donc des résultats impressionnants. Il pourrait se borner à publier ses découvertes, mais cela ne lui suffit pas. Galilée est un provocateur, un homme qui veut être non seulement connu mais universellement respecté. Il souhaite que les gens de l'époque constatent, et admirent, ses découvertes. Il organise des « soirées astronomiques ». On s'y presse. À Bologne, à Florence, à Venise, au sommet du campanile de la basilique Saint-Marc, tout le petit monde universitaire se presse autour du maître. On ne sait trop s'il s'agit de « cocktails » mondains ou de réunions savantes. Les deux sans doute : l'ambiance est chaleureuse, personne ne songe à discuter les affirmations de Galilée. Le cardinal Bellarmin n'a-t-il pas participé lui-même à l'une de ces réunions ? Clavius n'a-t-il pas fait fabriquer une lunette copiée exactement sur celle de Galilée, pour l'usage du Collège romain ? Enfin, Kepler, qui, dans les premiers temps, avait écouté les sceptiques qui contestaient les précisions de la lunette, s'était publiquement rallié.

Galilée devient l'homme phare de l'Italie

Ces années-là, Galilée devient l'homme phare de l'Italie. Il est partout, il prend la parole lors de dîners organisés à son intention, il préside des conférences astronomiques. Faut-il préciser qu'il fait payer cher sa présence ? Il invente les comportements d'un universitaire de haut niveau américain. Il a besoin d'argent ; sa lunette est désormais en or massif.

Il ne lui reste qu'à conquérir Rome elle-même. Voilà Galilée devant les membres du Collège romain. Ceux-ci lui font un triomphe et lui décernent le titre de docteur *honoris causa*. S'il souhaite demeurer au sommet de la vague qui le porte, il lui faut se méfier de lui-même ; et aussi de ses ennemis, qui commencent à être nombreux.

Se méfier de lui-même, d'abord. Jusqu'à cette date, il s'est montré prudent. Il l'a d'ailleurs écrit à l'un de ses amis, quelques années auparavant. Mais le succès, semble-t-il, le grise. Lorsqu'on l'interroge publiquement sur les théories de Copernic, il n'hésite plus. Pour lui, Copernic a raison : les planètes tournent autour du Soleil, et la Terre en fait autant. En soi, ce n'est pas trop grave. Après tout, Copernic, en son temps, a expédié son ouvrage au pape, avec une dédicace élogieuse.

C'est une question de mesure. Or, pour beaucoup de cardinaux, Galilée en fait trop. Cette inquiétude n'est pas suffisante pour entraver son ascension intellectuelle. Mais, dans l'ombre, les dominicains s'en mêlent. On connaît les sentiments qu'ils portent aux jésuites : tout les oppose. Et surtout, la place que les uns et les autres occupent autour du Saint-Siège. D'un côté, le Collège romain, les écoles réparties dans toute l'Europe, et les missions du bout du monde ; de l'autre, une spiritualité ancienne, et l'Inquisition. Il faut que Galilée s'explique : pour les censeurs, ses propos sentent le soufre à cent pas.

Qu'importe : Galilée ne veut rien entendre. Il considère que Rome lui demeure favorable. D'ailleurs, le pape Paul V [1605-1621] ne lui accorde-t-il pas une audience pour le féliciter au nom de la chrétienté ? Et le grand-duc de Toscane ne vient-il pas de le nommer mathématicien à son service ? Un poste convenablement rémunéré, et sans la moindre obligation.

Galilée se fait théologien

C'est à peu près à ce moment que Galilée multiplie les maladresses et les petites bévues intellectuelles. C'est lui, crie-t-il sur les toits, qui a tout découvert. Délibérément, il ignore le nom de Kepler et des autres astronomes, qui pourtant le soutiennent. Il veut prouver lui-même que la Terre tourne sur son axe, et autour du Soleil. Il tire de son chapeau une preuve qu'il juge décisive : la théorie des marées. Il y a deux mouvements, déclare-t-il. L'un de jour, l'autre de nuit. D'où la certitude d'une marée positive et d'une marée négative. C'est absurde, et on ne tardera pas à le lui faire remarquer.

Il n'en a cure. Il se fait théologien – ce qu'il n'est pas – et prétend exposer une nouvelle interprétation de la Bible. Cette fois, les théologiens romains trouvent qu'il y va un peu fort. Un premier acte d'accusation est lancé contre lui, mais en secret. Les jésuites sentent le danger. Bellarmin intercède en sa faveur : les affirmations de Galilée, précise-t-il, ne sont que des hypothèses de travail. On veut bien l'écouter. En même temps, le célèbre jésuite conseille à Galilée de faire un peu moins de bruit.

Cette remarque déplaît à notre diva. La stratégie des jésuites – prudence et méthode – l'irrite. Il veut un procès retentissant qui lui permettra de pourfendre ses opposants. Il attendra. Avec habileté, les jésuites profitent de ce répit pour endiguer l'offensive : il y aura un petit procès en 1616. On condamne l'héliocentrisme de Copernic, on confisque certains de ses livres. Galilée n'est même pas mentionné. Les jésuites ont donc gagné ; ils ont dévié le torrent hostile. Mais Galilée ne l'entend pas de cette oreille. Il est vexé, honteux. On le fait recevoir, une fois encore, par le pape qui tente de le calmer. Sans succès. Galilée, désormais, veut régler ses comptes avec ses « amis » les jésuites qui l'ont, affirme-t-il, trahi. Il est en train de se brouiller avec ses seuls soutiens.

Galilée va demeurer à peu près silencieux pendant plusieurs années. Malheureusement, deux événements vont réveiller sa bile.

Galilée ne voit pas les comètes

D'abord, l'affaire des comètes. En 1618, trois comètes ont parcouru le ciel. Les jésuites ont suivi leur cheminement, et décrit avec précision et minutie leur comportement ; aujourd'hui encore, leurs observations sont exactes. Galilée n'a rien vu. Il tempête, déclare que les jésuites ont triché, qu'il s'agissait simplement de phénomènes atmosphériques. Cette fois, même ses défenseurs admettent qu'il est bien moins rigoureux qu'il ne l'affirme ; qu'en tout cas, il est souvent de mauvaise foi.

Deuxième secousse : le pape qui l'a soutenu meurt. Deux ans plus tard, après le bref pontificat de Grégoire XV [1621-1623], c'est Maffeo Barberini, grand admirateur de Galilée, qui est choisi. Il prend le nom d'Urbain VIII [1623-1644]. C'est un homme lucide ; il est convaincu qu'il faut réussir le rapprochement de l'Église et des scientifiques. Il compte sur Galilée pour mener à bien cette évolution dans les têtes. Il reçoit six fois de suite le grand homme, et le soutient ; il accepte la théorie des « hypothèses ». Selon lui, elle devrait permettre de calmer les esprits inquiets. Pour en finir, il commande à Galilée un ouvrage de récapitulation. Galilée accepte ; il est très fier. En 1629, sous le titre *Dialogue*, l'ouvrage commandé par Urbain VIII paraît. C'est ce livre qui va précipiter la chute de ce personnage génial et étrange. Plus question d'hypothèses : l'auteur affirme, d'une manière péremptoire : il sait. Et il est le seul à avoir compris le ciel et ses mouvements. Délibérément – sans doute pour se faire plaisir –, il se moque du pape ; il en fait un benêt.

Voilà Urbain VIII écœuré. Il a voulu soutenir Galilée contre vents et marées, or ce dernier, manifestement, le méprise. Qui ne méprise-t-il pas, d'ailleurs ? Il met dans un même sac conservateurs, jésuites, savants qui n'appartiennent pas à son cénacle. Or, le pape, son ami, ne peut laisser passer l'insulte qui fait la joie des adversaires de Galilée. Celui-ci avait promis de faire une chose, et il a fait l'inverse. L'Inquisition, cette fois, est requise, Galilée interné dans sa maison de Florence – ce n'est pas un cachot – pendant qu'on instruit son procès.

Que dire sur le fond ? Galilée avait intuitivement raison, mais ses convictions n'étaient pas encore fondées scientifiquement. Son ouvrage était empli d'erreurs spectaculaires : par exemple, il avait ressorti sa théorie des marées dont tout le monde savait qu'elle ne valait rien (Kepler, à cette date, avait déjà donné l'explication exacte) ; une fois encore, il avait nié l'existence des comètes. Etc. Pourtant, son ouvrage faisait publiquement sauter un barrage intellectuel : dans les domaines scientifiques, l'Église, affirmait-il, ne détenait aucune autorité particulière.

Galilée capitule

Il faut citer intégralement le texte que l'Inquisition fit signer à Galilée, le 22 juin 1633.

« Moi, Galileo Galilei, fils de Vincenzo Galilei de Florence, âgé de soixante-dix ans, comparaissant en personne devant ce tribunal, et agenouillé devant vous, Très Éminents et Révérends Cardinaux, Grands Inquisiteurs dans toute la Chrétienté contre la perversité hérétique, les yeux sur les Très Saints Évangiles que je touche de mes propres mains.

« Je jure que j'ai toujours cru, que je crois à présent et que, avec la grâce de Dieu, je continuerai à l'avenir de croire tout ce que la Sainte Église catholique, apostolique et romaine tient pour vrai, prêche et enseigne.

« Mais parce que après que le Saint-Office m'eut notifié l'ordre de ne plus croire à l'opinion fausse que le Soleil est le centre du monde et immobile et que la Terre n'est pas le centre du monde et qu'elle se meut, et de ne pas maintenir, défendre, ni enseigner, soit oralement, soit par écrit, cette fausse doctrine ; après qu'il m'eut été notifié que ladite doctrine était contraire à la Sainte Écriture ; parce que j'ai écrit et fait imprimer un livre dans lequel j'expose cette doctrine condamnée, en présentant en sa faveur une argumentation très convaincante, sans apporter aucune solution définitive ; j'ai été, de ce fait, soupçonné véhémentement d'hérésie, c'est-à-dire d'avoir maintenu et cru que le Soleil est au centre du monde et immobile, et que la Terre n'est pas au centre et se meut.

« Pour ce, voulant effacer dans l'esprit de Vos Éminences et de tout chrétien fidèle ce soupçon véhément à juste titre conçu contre moi, j'abjure et je maudis d'un cœur sincère et avec une foi non simulée les erreurs et les hérésies susdites, et en général toute autre erreur, hérésie et entreprise contraire à la Sainte Église ; je jure à l'avenir de ne plus rien dire ni affirmer de voix, et par écrit, qui permette d'avoir de moi un semblable soupçon, et s'il devait m'arriver de rencontrer un hérétique ou présumé tel, je le dénoncerais à ce Saint-Office, à l'inquisiteur ou à l'ordinaire de mon lieu de résidence.

« Je jure aussi et je promets d'accomplir et d'observer strictement les pénitences qui m'ont été ou me seront imposées par ce Saint-Office ; et si je contrevenais, ce qu'à Dieu ne veuille, à l'une de mes promesses et serments, je me soumets à toutes les peines et châtiments qui sont imposés et promulgués par les Sacrés Canons et les autres Constitutions générales et particulières contre de semblables délinquants. Avec l'aide de Dieu et de ses Saints Évangiles, que je touche de mes mains.

« Moi, Galileo Galilei soussigné, j'ai abjuré, juré, promis et engagé comme ci-dessus ; et, en foi de quoi, pour attester la vérité de ma propre main, j'ai signé la présente cédule de mon abjuration, et je l'ai récitée mot à mot à Rome, dans le couvent de la Minerve, le 22 juin 1633. »

Voilà le texte incroyable qui allait ridiculiser l'Église et faire de son signataire un héros et un martyr ; ce qui était un peu excessif. En tout cas, le rapprochement entre l'Église et la science est renvoyé dans la nuit des temps à venir. Il faudra attendre 1757 pour que le pape Benoît XIV reconnaisse comme licite l'interprétation symbolique de la Bible en ce qui concerne le soleil. C'est seulement en 1846 que l'Inquisition retire Copernic et Galilée de l'index. Enfin, c'est Jean-Paul II qui réhabilite publiquement Galilée au cours d'une séance de l'Académie pontificale des sciences. Le moins que l'on puisse dire, c'est que cette déclaration était tardive.

Voilà quelques-uns des malentendus qui constituent le XVIIe siècle. Tout est prêt pour le désastre du XVIIIe.

CHAPITRE 30

LES LUMIÈRES, LA RÉVOLUTION ET BONAPARTE

Trois fleuves vont alimenter, pour l'Église, le drame du XVIIIe siècle. D'abord, un certain affaissement de la foi : le phénomène atteint l'ensemble de l'Europe. Mais, plus particulièrement, la France. Le grand royaume chrétien respire, au lendemain de la mort de Louis XIV. L'austérité quasi janséniste imposée par Mme de Maintenon à la cour et à la France entière a été ressentie comme une camisole morale. D'un coup, une certaine sensation du bonheur de vivre fait surface. Beaucoup s'aperçoivent qu'ils ne croient plus guère à ces rites pompeux dont, pour la plupart, ils ignorent la signification. Sans doute, cette mode atteint-elle essentiellement les villes. Les campagnes demeurent à cent lieues des thèmes véhiculés par les philosophes des Lumières.

Ensuite, le mouvement intellectuel qui, parti de France, va se répandre dans toute l'Europe. C'est le deuxième fleuve. Les historiens des Lumières se sont divisés en deux tendances floues. Pour le plus grand nombre, les hommes qui vont jeter les bases d'une nouvelle vision du monde n'étaient guère préoccupés par l'Église et le christianisme. Les pères de l'*Encyclopédie* chantaient la toute-puissance de l'homme et voulaient prouver l'étendue de ses connaissances ; en soi, cette ambition gigantesque ne pouvait déboucher que sur une impasse ou une déification de l'individu. Mais les fondateurs des Lumières souhaitaient d'abord arracher leurs compatriotes à l'ignorance et aux superstitions.

C'est exactement à ce point du raisonnement qu'apparaît l'autre tendance ; celle des « philosophes » qui veulent en finir avec le christianisme. De peur de passer pour conservateur, voire réactionnaire, il est de bon ton d'ignorer les objectifs rarement masqués de cette poignée d'hommes. Pourtant, nous allons retrouver leur empreinte, aussi bien durant le XVIIIe que pendant la Révolution. La thèse habituelle d'un mouvement spontané qui aurait fécondé l'histoire est d'une jolie naïveté. Pour qu'une véritable révolution réussisse, il faut à la fois le consentement d'un vaste parti et l'intelligence stratégique de ceux qui le conduisent.

L'objectif final est parfaitement clair chez Voltaire : « Écrasons l'infâme ! » On fait observer que ce cri apparaît tardivement dans son œuvre. Mais l'intuition d'un remplacement progressif de Dieu par la science appartient d'abord à Diderot. Le cri du solitaire de Ferney était assez enfantin, et c'est pourquoi il a fait sourire des générations entières. Au contraire, l'intuition de Diderot était profonde. Aujourd'hui encore, elle constitue l'idéologie non exprimée de notre époque.

Troisième fleuve : la faiblesse et, souvent, la médiocrité du Saint-Siège. Il est vrai que celui-ci se trouvait face à une contestation d'un type nouveau. Or, dans la plupart des cas, il ne l'a pas compris. Il n'y a guère que Benoît XIV (on y reviendra) qui imagina une riposte convenable.

Pour se convaincre de cette indécision du Saint-Siège, il faut remonter jusqu'aux traités de Westphalie. Ils avaient, sans nul doute, de nombreux défauts. Mais leur plus grand mérite était d'exister : pour la première fois depuis des décennies, la paix revenait en Europe. Le Saint-Siège n'a pas compris, dès ce moment-là, ce qu'allait être la nouvelle organisation du continent. L'époque des royaumes chrétiens, et celle de la toute-puissance, vraie ou supposée, du pape, était révolue. Le fait était évident depuis longtemps pour les bons observateurs. Cela, Rome ne l'a pas accepté. La fin de tout principe supranational – dont Rome était l'exemple – était peut-être regrettable, mais c'était un fait. L'État-nation allait, durant des années, mener le jeu. Il fallait s'adapter à cette nouvelle donne, et définir de nouvelles attitudes diplomatiques pour le Saint-Siège. Ce que Rome fera, deux siècles plus tard : c'est-à-dire un peu tard.

Ajoutons que la situation de fait de l'État romain était détestable. Cette espèce d'écharpe de territoires qui s'enroulaient autour de la Péninsule, du sud de Rome à Ferrare, ne correspondait à rien. Ce n'était pas tout à fait un État, pas davantage un centre d'influence religieux et spirituel. Le pape était simplement un prince appartenant à une époque révolue ; ce maître d'un drôle de royaume tentait d'administrer – plutôt mal que bien – les terres qui entouraient sa capitale. L'État romain devenait chaque jour plus pauvre ; ce qui ne facilitait pas son activité diplomatique.

Logiquement, la rencontre de ces trois courants inégaux, dans une même période, ne pouvait être que catastrophique pour l'Église. À la fin du XVIIIe, beaucoup de bons esprits considéraient que l'Église et le christianisme allaient disparaître. On verra que ce sont une série de décisions souvent incohérentes qui vont permettre à l'Église de surmonter cet assaut formidable. Peut-on affirmer qu'aujourd'hui encore les traces de la crise sont effacées ? Probablement pas. Il faut noter, cependant, que cette résistance maladroite s'enracinera dans une foi populaire qui durera, malgré les secousses successives.

Les Lumières : de Bayle à Voltaire

Deux noms ouvrent la période. Celui de Pierre Bayle, d'abord. C'est un huguenot français réfugié à Rotterdam. Celui d'Anthony Collins, premier libre penseur anglais, ensuite.

L'œuvre principale de Pierre Bayle (1647-1706) est un dictionnaire. Au fond de lui-même, Bayle est un sceptique. Il estime s'inscrire dans la lignée de Descartes. Mais il pousse l'intuition cartésienne bien au-delà de son maître : pour Bayle, la raison doit se débarrasser des légendes portées par l'histoire. Il y a antinomie radicale entre le domaine de la raison et celui de la religion. La raison ne peut prendre la taille qui lui revient qu'à la condition de se libérer non seulement du poids du christianisme comme religion, mais aussi comme culture. Seule arme : le scepticisme.

Argument nouveau et spectaculaire : selon Bayle, l'athéisme ne conduit pas à l'affaiblissement des mœurs, mais, au contraire, à l'épanouissement de la vertu. La raison comme déesse, mère de la vertu, voilà deux des mots clés de la Révolution française. Bayle est bien un précurseur.

Son *Dictionnaire historique et critique*, qui paraît en quatre volumes de 1695 à 1697, récapitule avec compétence et clarté les acquis de la science de son époque. Plus tard, Bayle affirmera qu'il gardait au fond de sa tête la foi de son enfance. Mais il avait offert à tous ceux qui ne croyaient plus le cadre théorique dont ils avaient besoin : la raison et la science pourraient, selon lui, répondre à toutes les questions que les hommes se posaient depuis le début des temps. La connaissance allait permettre l'apparition d'un être libre, logique et vertueux.

Deuxième silhouette annonciatrice de l'*Encyclopédie* : Anthony Collins (1676-1729). Son livre, qui paraît en 1713, va servir de bible au déisme, cette invention anglaise. La proposition implicite de Collins est la suivante : un être suprême existe bel et bien, mais l'Église ne peut rien affirmer à son sujet : la raison est muette sur la nature de l'Être suprême.

Du coup, l'Église n'est plus qu'une simple institution comme une autre, chargée d'enseigner la morale élémentaire aux enfants. Tout le contenu de la foi chrétienne est abandonné. Collins veut en finir avec les « fables ». La connaissance repoussera le mal. Car, au fond de son être, l'homme est bon : les écoles chasseront les prisons. C'est l'une des premières fois que cette prophétie apparaît noir sur blanc.

En fait, le déisme annonce une société heureuse. C'est, aussi bien pour les catholiques que les protestants, un événement inouï : Dieu n'est plus triste. Dieu doit être arraché aux liens tissés autour de son image, par l'Église, ses dogmes et son étouffante hiérarchie. Le déisme, cette première marche vers l'athéisme, doit insensiblement étoffer les croyances vagues du peuple anglais. Il n'y aura pas, là-bas, de tension brutale, pas de rupture. Dans ce pays, le recul progressif de la foi et l'intérêt pour la science avancent du même pas. Rien de commun en France.

De ce côté de la Manche, en effet, Montesquieu (1689-1755) et Voltaire (1694-1778) deviennent les prophètes de cette foi nouvelle. Ils ne se ressemblent pas. Mais ils ont un point commun : tous les deux ont vécu longtemps en Angleterre ; l'un et l'autre ont été marqués par les œuvres de Locke (1632-1704).

Montesquieu – Charles de Secondat, baron de La Brède – s'intéresse peu à l'Église et ignore la théologie. Ce qui le fascine, c'est la mutation progressive des mentalités collectives. Il constate, avec une grande lucidité, que les opinions publiques ne cessent d'évoluer ; qu'elles cherchent à trouver, jour après jour, un nouvel équilibre. Lorsqu'il publie *De l'esprit des lois* (1748), il a la conviction d'établir une nomenclature des législations que les hommes se sont données au cours des temps, et sous divers régimes. Sa conviction est que le système anglais – qu'il admire – est le simple prolongement des règles du droit médiéval. Montesquieu est un conservateur ; pourtant, son œuvre va servir de référence à la Révolution ; du moins, pendant les premiers temps. Sa vraie singularité : réfléchir, raisonner, déduire sans tenir le moindre compte des références chrétiennes classiques. Sa forme de pensée, du coup, constitue en elle-même une véritable mutation. Montesquieu s'intéresse à l'homme, et surtout aux hommes. Mais leur destinée (spirituelle ?) le laisse parfaitement indifférent. Il n'en parle pas, et c'est en ce sens qu'il est un des annonciateurs des temps nouveaux.

Voltaire envahit l'Europe

C'est Voltaire qui marque réellement les esprits. Entre 1694 (date de sa naissance) et 1778 (date de sa mort), il va publier plus de cent ouvrages. On donnera son nom à son époque : « le siècle de Voltaire », dira-t-on pour riposter au terme « siècle de Louis XIV ».

Ce titre lui est attribué de son vivant. Pourtant, Voltaire n'invente pas de système ; il les déteste tous. Pas davantage de philosophie : sur la fin de sa vie, il confiera qu'il en est revenu, faute de mieux, à Locke.

D'où tire-t-il l'extraordinaire prestige qui va lui permettre de marquer son temps en France, et bien au-delà, dans toute l'Europe ? D'abord de la multiplicité de ses interventions sur à peu près tous les sujets. C'est un homme qui participe, dans le sens moderne du mot, à tous les événements de son temps. À elle seule, sa volumineuse correspondance constitue un ensemble de commentaires historiques sur son époque, les hommes qui y vivent, les princes qui font les lois, etc.

Aussi bien dans les lettres que dans son théâtre ou ses poèmes (de valeur très inégale), il y a une impertinence constante et un éloge de la tolérance. Ce sont peut-être les deux piliers des Lumières (avec l'indifférence pour la religion). Ne surnagent aujourd'hui de cette œuvre immense que *Candide*, *Zadig*, l'affaire Callas et des extraits de sa correspondance. C'est-à-dire des textes relativement courts et qu'il ne considérait pas comme essentiels pour la compréhension de sa pensée.

Quelle pensée, d'ailleurs ? Au vrai, l'héritage de Voltaire est à mille lieues d'une doctrine. Ce qui a marqué ses contemporains et même ses lecteurs d'aujourd'hui, c'est la nervosité de la phrase, son goût du sarcasme, sa générosité grinçante, la force de ses convictions. C'est en ce sens qu'il est réellement le premier auteur français moderne. Par nature, il s'adresse au grand public, parce qu'il éprouve un besoin physique et spirituel d'être aimé et admiré. Les Français se reconnaissent en lui parce qu'ils lui ressemblent : c'est un conservateur contestataire, un mélange plaisant pour le tempérament national. Son éloge de la tolérance, son goût pour les idées insolites, l'admiration qu'il provoque chez quelques-uns des souverains européens, tout cela séduit ses lecteurs.

Comment se situe-t-il dans la bataille religieuse qui s'annonce ? Mettons provisoirement de côté la formule qui lui colle à la peau : « Écrasons l'infâme ! » Elle est tardive, elle traduit une haine un peu sénile, elle n'a que la force d'un slogan. Auparavant, il avait écrit une formule autrement profonde : « Je ne suis pas chrétien, déclare-t-il à Dieu, mais c'est pour T'aimer mieux. »

En vérité, Voltaire traduit l'esprit de son siècle et exprime ses frustrations personnelles. Il se dresse contre l'Église catholique, parce que, selon lui, elle s'est mise au ban de la conscience universelle. Il hait le prêtre, « cet homme de sang ». Il s'affirme déiste. Mais son antichristianisme emporte tout sur son passage. Voltaire nie la divinité de Jésus-Christ, l'Incarnation et la Révélation. L'Être suprême ne peut s'abaisser à ces pitoyables gesticulations. Voltaire a donc abandonné totalement la foi des anciens jours.

Son influence est impressionnante. Moins par son combat contre la religion que par ses batailles contre la toute-puissance monarchique. C'est la lutte pour Callas qui en fait un héros populaire ; son ironie séduit ses lecteurs. On ne le considère pas comme un prophète ; plus simplement, comme un mauvais esprit proche des grands. Il se moque des autorités, mais les connaît fort bien. Il lutte contre les princes, mais joue aux petits papiers avec Frédéric II. C'est un ludion, pour qui la vie n'est pas tragique ; bouffonne, tout au plus. Les Français se reconnaissent dans ce petit bonhomme plein d'esprit, qui se moque des rois tout en feignant de respecter l'autorité.

La guerre de Sept Ans (1756-1763) : la Prusse provoque les hostilités

L'œuvre de Voltaire encadre – dans le temps – la guerre de Sept Ans. On connaît les raisons de cette guerre. Pour un problème de succession, Frédéric II de Prusse envahit la Silésie. L'Autriche ne veut pas accepter ce qui lui paraît un coup de force. La France, la Russie, la Saxe, la Suède et l'Espagne soutiennent la revendication autrichienne. Au contraire, l'Angleterre s'allie à la Prusse et aux Hanovre. Voilà deux coalitions face à face.

Il est difficile, aujourd'hui encore, d'affirmer que la victoire appartint à tel ou tel. Il est au contraire aisé de désigner le vaincu : c'est la France. La puissance hégémonique de Louis le Quatorzième est, d'une façon spectaculaire, humiliée. La preuve : par le traité de Paris du 10 février 1763, la France cède à l'Angleterre l'Acadie, le Canada, le golfe du Saint-Laurent, quelques-unes des Antilles, le Sénégal, et l'essentiel de ses possessions en Inde. Quant à la Louisiane, la France l'abandonne à l'Espagne en échange de la Floride, annexée par l'Angleterre. En un coup de dés, Paris a perdu ses possessions coloniales en Amérique et aux Indes.

En face, l'homme qui sut rafler la mise : Frédéric II de Prusse ; moins sur les champs de bataille – puisqu'il fut battu à Kolin (1757) et, surtout, à Kunersdorf (1759) – que sur le tapis vert de la diplomatie. C'est la mort de la tsarine Élisabeth, en 1762, qui lui permit d'obtenir de son successeur, Pierre III – fasciné par lui –, une paix honorable. Pourtant, Frédéric avait battu les Français à Rossbach (1757), les Autrichiens à Leuthen (1757) et les Russes à Zorndorf (1758). Il n'en fallait pas davantage pour que l'Europe reconnaisse l'existence d'une nouvelle puissance dangereuse : la Prusse.

En 1763, il est clair, pour toutes les chancelleries, que la Prusse va désormais jouer un rôle clé en Europe, et que la première puissance coloniale s'appelle à présent l'Angleterre. Les pays protestants du Nord commencent à dominer les nations catholiques du Sud. Pour la France, c'est un premier déclin.

Les encyclopédistes

Voilà dans quel climat apparaît l'*Encyclopédie*. On connaît mal l'histoire de sa genèse. L'hypothèse la moins controversée est celle d'une naissance peu concertée. L'inventeur serait un simple libraire-éditeur dont le nom était Le Breton. Il souhaitait faire traduire en français la *Cyclopaedia* parue à Londres en 1728. Il demande à Denis Diderot (1713-1784) d'assurer la réalisation de ce travail déjà considérable. L'entreprise séduit notre jeune philosophe. Mais il veut aller bien au-delà ; pour lui, la recension des sciences reste à faire. Il va donc s'y employer. Il embarque dans l'aventure d'Alembert (qui rédige le discours préliminaire), Montesquieu, Voltaire, Marmontel, Condillac, Buffon, Daubenton, d'Holbach, Turgot, Quesnay – et Rousseau, chargé des articles consacrés à la musique. Très vite, l'équipe s'impose. Comme l'a écrit Michelet, « l'*Encyclopédie* fut bien plus qu'un livre, ce fut une faction [...] L'Europe entière s'y mit ». Ajoutons que Diderot, qui avait inventé avec plus de deux siècles d'avance le marketing, avait enrôlé quelques alliés de poids : Mme du Deffand et Mme Geoffrin, pour les salons ; Mme de Pompadour et Malesherbes (1721-1794), directeur de la Librairie, à la cour.

Donc rien de contestataire au départ. En apparence, c'est une volonté nationale, voire européenne, qui porte à bout de bras le projet. Officiellement, aucune intention de s'en prendre à la foi et à l'Église. D'ailleurs, Barnabé Chiaramonti – qui deviendra le pape Pie VII [1800-1823] – soutient l'entreprise ; et des théologiens respectés participent à cette œuvre collective.

En est-il de même pour Diderot et son entourage propre ? Sans doute pas. Si, au départ, en 1751, l'équipe se montre prudente et obtient du coup la bénédiction de la Sorbonne, les choses évoluent aux alentours de 1759. Depuis le début, les savants catholiques hésitent : que faut-il penser des encyclopédistes ? Où veulent-ils en venir ? Personne n'en sait rien. Voilà les catholiques divisés ; certains font confiance, d'autres se méfient. Hésitation comparable chez les jésuites ; favorables durant les premiers temps, ils prennent leurs distances un peu plus tard.

Sur le fond, ils ne pouvaient être opposés à cet effort : leur intérêt pour les sciences est l'un de leurs thèmes favoris. C'est en 1759 que l'état d'esprit se modifie. Les jésuites réalisent que les encyclopédistes ne les aiment guère (c'est une litote) ; plus sérieusement, ils repèrent les attaques floues, mais constantes, contre le christianisme, son histoire, ses dogmes, etc. D'ailleurs, à cette même date, le pape Clément XIII [1758-1769] met l'*Encyclopédie* à l'index. Ce souverain pontife – qui succède à Benoît XIV [1740-1758], pape très libéral – est décidé à s'opposer au déferlement antichrétien en Europe.

Or, l'*Encyclopédie* se veut un hymne à la raison humaine, une apologie des sciences « dites de la nature », l'annonce d'une époque heureuse et universelle. Le prospectus inaugural est clair : « Le but d'une encyclopédie est de rassembler les connaissances éparses sur la surface de la terre, d'en exposer le système général aux hommes avec qui nous vivons. Afin que nos neveux, devenant plus instruits, deviennent en même temps plus vertueux et plus heureux. »

Tout y est : l'apologie de la raison, la volonté de rassembler et d'exposer l'état de la science, l'affirmation que la génération suivante atteindra le bonheur et la vertu grâce à la généralisation de la connaissance.

Les encyclopédistes deviennent très vite une école de pensée, puis une faction, enfin un réseau qui s'étendra bien au-delà des frontières françaises. Il y a, dans leur démarche, une espérance naïve, une illusion sympathique. Ils ignorent qu'ils sont les premiers prophètes d'une religion nouvelle qui débouchera d'abord sur les droits de l'individu, puis sur une idéologie, très vite totalitaire, de la science. Dans ces années 1750 à 1765 – date de la parution du dix-septième et dernier tome –, la croyance aux bienfaits de la modernité s'enracine dans les esprits. L'adversaire désormais a un nom : c'est l'obscurantisme. L'Église en est le bastion. Il faut l'abattre. L'humanité ne trouvera le bonheur que sur les décombres de cet univers mental et politique. La vérité, le bonheur et la vertu naîtront inévitablement à partir de ce qui sera véritablement un accouchement intellectuel.

La naissance du bonheur

Pour comprendre cette réaction, il faut se rappeler le climat qui règne en France durant les dernières années du règne de Louis XIV : défaite militaire, pénurie d'argent, austérité religieuse, tout est oppressant. Après la mort du roi, on respire. On retrouve le droit de s'amuser. Et soudain l'Église voit se dresser devant elle un adversaire d'un nouveau type. Jusque-là, elle était contestée de l'intérieur – Luther – ou de l'extérieur – Galilée – par des individus. Maintenant c'est une véritable armée. On les appelle – ils s'appellent eux-mêmes – des « philosophes ». Mais le mot a changé de sens. Ceux-ci ne réfléchissent pas sur la nature de l'âme, nos origines, le temps et l'éternité. Ils s'attachent à des questions beaucoup plus concrètes. Plus que des hommes de réflexion, ce sont des hommes d'action. Ils ont quelque chose à conquérir. Quoi ? Le bonheur. Nous y avons droit. Tout de suite. Ici-bas. Pas question d'attendre la félicité éternelle dans l'au-delà, au terme d'une vie de sacrifices. Le bonheur est à notre portée. Il est à prendre. « Le paradis terrestre est où je suis », dit le plus célèbre d'entre eux. Les philosophes sont donc des combattants. Ils ont un ennemi : c'est le Dieu des chrétiens, c'est la religion révélée. Un tissu de fables puériles, indignes d'une époque intelligente, issues d'une très ancienne peuplade barbare, avec des miracles qui n'en sont pas et des prophètes qui n'ont rien prophétisé. Oh, bien sûr, ils ne sont pas athées. Ils se disent « déistes ». Ils croient, enfin presque tous croient, que l'Esprit est différent de la Matière, et qu'il y a bien un « grand horloger ». Mais c'est pour mieux accabler Jéhovah, Jésus-Christ, les moines, les jésuites, les religieuses, tous porteurs d'intolérance et de fanatisme. Car leur maître mot, la suprême vertu, c'est la Tolérance. Comment ne pas être indigné quand on voit un jeune homme condamné à avoir la main tranchée parce qu'il ne s'est pas découvert au passage d'une procession ? Ou une famille condamnée sans preuve, simplement parce que, étant protestante, elle est suspecte ?

Et ce n'est pas seulement en France que souffle cet esprit nouveau. C'est en Angleterre, d'où tant d'idées sont venues, en politique, en science, en médecine, en justice, en religion. C'est en Allemagne, où la Raison, alliée au droit naturel, apparaît comme une véritable révolution, à laquelle d'ailleurs les Allemands ont donné un nom : l'*Aufklärung*. Les Lumières ! Les Lumières, qui vont dissiper les sombres nuées dans lesquelles la société était plongée jusqu'à maintenant, libéraient l'homme de ses chaînes, et de la première qui est l'ignorance.

Mais si tous les pays d'Europe adhèrent à ces idées, c'est en France qu'elles ont le plus de succès, qu'elles font le plus de bruit. Et c'est de France qu'elles se répandent partout. Fontenelle, Bayle, Montesquieu, d'Alembert, d'Holbach, Diderot sont tous de grands propagandistes, et le plus célèbre de tous, Voltaire. Le Roi Voltaire, dira-t-on, tant cet adversaire acharné des pouvoirs absolus exerce lui-même une sorte de suprématie dans son temps. Omniprésent, utilisant tous les genres : le théâtre, où il triomphe, l'Histoire, qu'il invente, l'essai, le conte, le dictionnaire, sans compter sa prodigieuse correspondance, des milliers de lettres, adressées chaque jour à tous ceux qui comptent en Europe. Voltaire et son arme absolue : l'irrévérence, la satire, l'ironie, en un mot, l'esprit. Toujours prêt à mettre les rieurs de son côté. Mais en même temps très intelligent, et sachant parfaitement où il faut porter ses coups. Dans une de ses *Lettres philosophiques*, il consacre tout un chapitre au plus grand des défenseurs de la Foi, Pascal. Mais pour nous dire qu'il faut choisir. Pascal ou Voltaire. La Raison ou la Foi. Le bonheur ou la souffrance. L'humanisme ou le christianisme.

Ce mouvement de pensée, qui plonge ses racines dans un humanisme essentiellement chrétien, va charrier le meilleur, puis le pire.

Comme la Révolution française, comme le socialisme bien plus tard, il connaîtra deux étapes fondamentales. D'abord, une intuition en partie exacte ; ensuite, une dérive qui le conduira tout droit aux multiples totalitarismes intellectuels et politiques. Les droits de l'homme, maître mot de notre fin de millénaire, sont les enfants des Lumières ; mais le communisme tout autant. Que les deux thèmes s'opposent radicalement ne constitue pas une contradiction ; l'athéisme des Lumières menait tout droit à l'exaltation de l'homme, donc au Goulag, nécessaire à la naissance de l'homme nouveau. Pour ses inventeurs, le Goulag était un point de passage obligé pour que l'homme s'arrache aux superstitions qui l'oppriment depuis le début des temps.

Rousseau

Jean-Jacques Rousseau partage les idées-forces des encyclopédistes. Pourtant, il est difficile à classer. D'abord, il est déiste et le demeurera toute sa vie ; il lui arrivera même de rêver à une réhabilitation de la religion. C'est un rationaliste, mais aussi un romantique. Il est même le premier d'entre eux. Cet écrivain génial dit souvent une chose, puis son contraire. On a fait gentiment remarquer que ce père du « bon sauvage », cet adversaire de toute éducation, deviendra le père de la pédagogie moderne. Est-ce un compliment ?

Autant Voltaire est froid, sec, autant Rousseau est chaud, touffu. S'il combat le péché originel, il s'incline devant la majesté de Dieu et estime que le sommet de la raison est de savoir s'anéantir devant le mystère de la création. Ce père du romantisme contribuera, à sa manière, au réveil de la foi dans la première moitié du XIXe siècle. Il faut donc éviter de le situer avec les autres, dans cette galerie des philosophes qui vont constituer le terreau de la Révolution française. Notons que Rousseau meurt en 1778 ; les États Généraux seront convoqués onze ans plus tard.

Les faiblesses du Saint-Siège

Quelle est la situation du Saint-Siège pendant cette veillée d'armes en France, puis en Angleterre et aux Pays-Bas ? Le moins qu'on puisse dire est que Rome est à quelques années-lumière de cette mutation intellectuelle et morale. Si l'on observe avec attention les huit papes qui se succédèrent de 1700 à 1800, on est frappé par leur médiocrité – mis à part le cas de Benoît XIV [1740-1758], sur lequel nous reviendrons.

À la source de ces désignations désastreuses, on trouve de nombreuses raisons. D'abord, la pression des grands États. Tous poursuivent, sans le dire ou en le proclamant haut et fort, le même objectif : réduire l'autorité de Rome. Personne ne souhaite revenir à la situation ancienne qui voyait le Saint-Siège influer sur l'ensemble de la politique européenne. Le gallicanisme, par exemple, va servir de fer de lance à cette volonté soutenue. On sait ce que c'est que le gallicanisme : un courant puissant, prônant l'autonomie de l'Église de France vis-à-vis de Rome. Comme le joséphisme en Autriche. Personne, pour dire vrai, ne s'inquiète de cet abaissement de l'Église : on la considère comme puissante, presque immortelle. On peut donc, sans grand risque, réduire son autorité.

Ensuite – et c'est la deuxième cause de cet affaissement du Saint-Siège –, la faiblesse de l'État romain. Il faut se souvenir qu'en 1750, l'une des préoccupations majeures des pontifes, c'est le maintien de leur souveraineté sur les divers morceaux de leurs petits royaumes. En même temps, ils gardent les yeux fixés sur les rentrées fiscales. L'Église vit, en grande partie, des revenus des États pontificaux qui chevauchent l'Italie, du royaume des Deux-Siciles (la frontière passe au nord de Pontecorvo) à Ferrare. Bologne, Ravenne, Ancône, Pérouse, Spolète sont les cités principales de cette bande de terre mal jointe. Se souvenir que les villes riches (Venise, Gênes, Milan, Parme, Modène, Florence, Sienne) n'appartiennent pas aux États de l'Église.

D'où le souci permanent des papes de maintenir la cohésion de cet ensemble, contre les incessantes pressions des puissants

États de cette Europe nouvelle. Ajoutons que l'économie des États de l'Église est peu développée ; les responsables du Saint-Siège l'ignorent, pour la plupart ; ils s'intéressent au droit et à la diplomatie, pour maintenir ensemble ce morceau d'Italie qu'ils possèdent. Tant pis si le développement économique se fait ailleurs. Tout cela ne formait pas un état d'esprit susceptible de mesurer l'importance de l'événement révolutionnaire dans les idées, puis dans les faits.

Enfin, les préoccupations des papes et de la curie n'avaient pas grand rapport avec celles des philosophes anglais et français. D'un côté, on poursuivait les entrelacs diplomatiques des XVIe et XVIIe siècles ; de l'autre, on se passionnait pour la destinée humaine, l'avenir de la société, les fondements de la loi et les sources de l'autorité. C'étaient donc deux univers qui ne parlaient pas la même langue. Or jamais, tout au long du XVIIIe siècle, les peuples n'eurent le sentiment que l'Église soutenait leur combat. Alors que les encyclopédistes d'abord, les révolutionnaires ensuite, allaient se faire entendre par les riches et les pauvres. D'ailleurs, les curés de paroisse envoyés aux États Généraux par leurs ouailles commencèrent par soutenir les réformes. Ils ne basculeront dans la « résistance aux idées nouvelles » que parce que les gouvernements révolutionnaires les y contraindront, par maladresse parfois, par haine souvent.

Voilà trois raisons – parmi d'autres – qui expliquent le mutisme de l'Église dans un siècle d'une telle importance. L'histoire, ivre de changements, se précipitait vers des ravins invisibles, galopait sans se préoccuper des « esprits attardés » ; l'Église, penchée sur sa mule, trottait dans le jardin enchanté d'un passé mort. Mais elle ignorait ce détail.

Elle allait le payer cher. Logiquement, l'Église, comme institution, pouvait fort bien disparaître à la fin du siècle. Lorsque le Directoire (1795-1799) ordonne à Bonaparte, installé à Milan, de marcher sur Rome et de se saisir de celui que le jeune général désigne du terme de « vieux renard », les jeux semblent faits. Les États de l'Église vont d'ailleurs disparaître bel et bien. Pourtant, un incident, un détail, ou un petit miracle, vont empêcher ce dénouement. Et, cahin-caha, l'histoire reprendra.

Le temps des papes médiocres

Sur les huit papes qui vont devoir mesurer et résister à la montée en puissance du rationalisme athée, sept proviennent de la noblesse. Surtout, ils étaient des cardinaux romains lorsqu'ils furent choisis, et représentaient donc l'esprit et les coutumes de la curie.

Clément XI (Gian Francesco Albani) [1700-1721]. Il avait été désigné, après six semaines de conclave, parce qu'il était bibliophile, diplomate et favorable à la France. Le cardinal Albani ne souhaitait pas devenir pape. Pendant quelques jours, il tenta de convaincre le conclave de ne pas le choisir. Mais les jeux étaient faits. Les *zelanti*, c'est-à-dire le groupe des cardinaux qui n'étaient inféodés ni à la France, ni à l'Espagne, ni à l'Allemagne, avaient estimé qu'Albani devait succéder à Innocent XII.

Clément XI fut entraîné dans la guerre de succession d'Espagne. Charles II [1665-1700], dernier Habsbourg d'Espagne, mourut en novembre 1700, sans descendance. Par testament, il désigna comme héritier Philippe, duc d'Anjou et petit-fils de Louis XIV. Le pape reconnut comme nouveau roi d'Espagne le duc d'Anjou – couronné à Madrid en 1700 sous le nom de Philippe V [1700-1746]. Il ne fut pas le seul : toutes les puissances de l'époque – mis à part l'empereur Léopold Ier d'Autriche qui défendait l'héritage des Habsbourg – avaient fait comme lui. Mais le pape avait probablement agi trop vite : bientôt, l'Angleterre et les Provinces-Unies s'opposent à l'ouverture de l'Empire colonial espagnol au commerce français. Londres réussit à constituer une « Grande Alliance » rassemblant les Provinces-Unies, l'Empire, la plupart des princes allemands, et, un peu plus tard, le Portugal et la Savoie. La guerre s'achèvera par les traités d'Utrecht (11 avril 1713) et d'Anvers (15 novembre 1715). Ce fut l'épopée de Marlborough : il conquit les « Pays-Bas espagnols » (qui deviendront la Belgique en 1830) pendant que les troupes de la marine anglaise s'installaient, pour peu de temps, à Minorque ; et pour longtemps, à Gibraltar. La Grande Alliance chasse Philippe V de Madrid, et proclame l'archiduc

Charles, second fils de l'empereur d'Autriche, nouveau roi d'Espagne sous le nom de Charles III.

La France et la Bavière, épuisées, furent sauvées par un accident banal : la mort de l'empereur Joseph Ier (qui avait succédé en 1705 à son père, Léopold), frère aîné de l'archiduc. C'était, du coup, Charles qui devait lui succéder. Nouvelle peur des États européens : Charles, roi d'Espagne et empereur d'Autriche, c'était la reconstitution de l'Empire de Charles Quint. Pour empêcher ce qui apparaissait comme un véritable désastre politique pour elle, l'Angleterre se retira de la coalition. C'était la fin de la guerre, faute de combattants sérieux. On négocia. Au bout du compte, Charles renonça explicitement au trône d'Espagne, pour devenir empereur sous le nom de Charles VI. En échange, il reçut les anciennes possessions espagnoles (Naples, la Sicile, le Milanais, les Pays-Bas) qui retombaient ainsi entre les mains de l'Empire. En tout cas, le rêve d'hégémonie européenne de Louis XIV était brisé.

Durant cette aventure, le pape accumula les maladresses ; toute l'Europe fut bientôt convaincue de sa naïveté et de son indécision.

Il avait successivement reconnu Philippe V, puis l'avait abandonné pour Charles III. Mais lorsque ce dernier était devenu empereur, c'est de nouveau Philippe qui régnait à Madrid. Clément XI avait réussi à se tromper trois fois de suite.

Plus préoccupant, pour un pape qui se voulait diplomate : les puissances qui négocièrent la paix à Utrecht et à Anvers n'acceptèrent même pas la présence d'un légat du pape.

Durant la deuxième moitié de son pontificat, Clément XI tenta de regrouper les puissances catholiques face à une nouvelle offensive des Turcs qui, en 1714, déclaraient la guerre à la République de Venise. L'empereur Charles VI accepta de soutenir Venise. Eugène de Savoie (1663-1736), désigné comme chef des armées chrétiennes, réussit à battre définitivement les Turcs en 1717 ; malgré les manœuvres des Français qui, comme d'habitude, soutenaient les assaillants.

Innocent XIII (Michelangelo dei Conti) [1721-1724]. Il y eut, pour la première fois, alliance durant le conclave entre les Français et les Espagnols contre l'empereur. Après six semaines de débat, ce fut le cardinal Conti qui fut désigné. Il avait soixante-six ans, était aimable et indécis. Son action fut insignifiante.

Benoît XIII (Pietro Francesco Orsini) [1724-1730]. Il fut élu après deux mois de conclave. Cette fois, l'empereur ne réussit pas à imposer son candidat cardinal. Mais Benoît XIII – qui venait d'une famille de la noblesse romaine – manquait de caractère. Celui qui allait devenir Benoît XIV le jugeait sévèrement : « Cet homme, disait-il, n'a pas la moindre idée de ce qu'est gouverner. »

Autour de lui, les conseilleurs se pressaient. Le plus connu d'entre eux fut Niccolo Coscia, un ami de la famille Orsini. Nommé cardinal en 1725, il consacra l'essentiel de son temps à amasser une jolie fortune. Sous son influence, la curie devint un foyer de corruption exceptionnel. Après la mort de Benoît XIII, il échappa de justesse au lynchage. Il commença par s'enfuir ; puis revint participer au conclave. En 1732, il fut arrêté et condamné par un tribunal d'exception à dix ans de forteresse. Benoît XIV le gracia après son élection. Coscia alla mourir à Naples ; il était toujours aussi riche et aussi méprisé. C'est à cause de lui que le pontificat de Benoît XIII fut l'un des plus médiocres de cette période.

Clément XII (Lorenzo Corsini) [1730-1740]. Il était à peu près aveugle, et avait soixante-dix-huit ans lorsqu'il fut élu après quatre mois de conclave. La corruption atteignit alors un niveau prodigieux : les Médicis souhaitaient un pape complaisant pour les aider à régler les problèmes politiques qui se posaient à Parme et à Plaisance. Ils achetèrent bon nombre de suffrages pour obtenir l'élection du cardinal Corsini. Ils y parvinrent. Mais le résultat de leur victoire fut décevant : d'abord parce que l'Autriche et l'Espagne poursuivaient leur guerre éternelle en plein cœur de l'Italie ; le pape n'avait aucun moyen de s'y opposer. Ensuite, parce qu'à partir de 1732, le Saint-Père devint totalement aveugle ; en 1736, il perdit la mémoire. La fin de son pontificat fut aussi insignifiante que le début.

Benoît XIV (Prospero Lambertini) [1740-1758]. Voilà la seule personnalité dominante de l'époque. Il fut élu après un conclave de six mois. Sa désignation fut une solution ultime : il fallait en finir, et dépasser les oppositions entre les différents clans. Né en 1675, Prospero Lambertini avait soixante-cinq ans lorsqu'il devint pape. C'était un savant, à la fois historien et canoniste. Grâce à la clarté de son esprit et à son énergie, il réussit une véritable performance ; c'est lui qui, le premier, prit acte de l'existence de la Réforme. Pour sortir des problèmes insolubles posés par l'existence des réformés, il décida que l'adaptation du droit était désormais de la compétence des autorités civiles. L'éternelle bataille entre le Saint-Siège et les gouvernements européens était donc achevée.

Le pape Benoît XIV reconnaît la Prusse

Conséquences : elles furent nombreuses, et certaines furent décisives. Le pape, par exemple, reconnut enfin le roi de Prusse ; ce qui permit aux « catholiques du Nord » de retrouver la liberté de culte qu'ils avaient perdue. Dans la foulée, Benoît XIV n'hésita pas à poursuivre une correspondance suivie avec Frédéric le Grand. Les deux hommes devinrent, petit à petit, des amis. Ce qui, là encore, permit aux catholiques de Silésie de sortir de l'ombre.

Si l'on devait schématiser les tendances lourdes de l'action de Benoît XIV, on pourrait en dégager deux. D'abord, il fut l'homme de la réconciliation avec les puissances européennes, grâce à la politique des concordats. Par de longues et difficiles négociations, il réussit à calmer l'éternelle mauvaise humeur des souverains espagnols : Philippe V, puis Ferdinand VI [1746-1759]. Certes, leurs exigences étaient déraisonnables. Pourtant, en 1753, Benoît XIV finit par céder. Ce premier concordat lui fut reproché par plusieurs cardinaux de la curie. Le pape passa outre, avec son humour habituel. Puis, les opposants s'aperçurent que cet étrange concordat servait, en définitive, les intérêts de Rome. Ce qu'avaient exigé les deux monarques, c'était le patronage royal sur tous les évêchés de l'Espagne et de ses colonies. En se résignant à ce qui était en réalité un état de fait, le Saint-Père calma Madrid et fut débarrassé d'un problème irritant.

Même démarche vis-à-vis du Portugal. Là encore, le concordat mit fin à mille conflits ; comme pour l'Espagne, cependant, les finances du Saint-Siège y laissèrent quelques plumes.

Deuxième attitude constante de Benoît XIV : il restera toute sa vie souple et compréhensif vis-à-vis des tendances intellectuelles de son temps. Par exemple, il n'hésita pas à créer une commission pour revoir la liste des ouvrages mis à l'index. Il réduisit le nombre des fêtes chômées. Il fut encore plus précis : il annonçait de grands changements dans les mentalités et les comportements. Selon lui, l'Église allait devoir s'adapter à ce nouveau monde. Il donna l'exemple : sous son impulsion, l'Église s'intéressa aux sciences de la nature. L'université pontificale fut dotée de chaires d'histoire, d'anatomie, d'archéologie. On créa un laboratoire de physique et de chimie. Enfin, c'est grâce à lui que la rénovation et la mise à jour de la Bibliothèque vaticane furent réalisées.

Cet effort délibéré fut immédiatement reconnu dans toute l'Europe. Benoît XIV fut l'un des premiers papes modernes à être « populaire ». Montesquieu lui donnait le qualificatif de « pape des savants » ; Voltaire – c'était avant « Écrasons l'infâme ! » – lui dédicaçait ses livres. Il faut admettre qu'il y eut un court moment, au milieu du XVIIIe siècle, durant lequel l'Église réussit à se rapprocher du mouvement des Lumières, sans rien céder d'essentiel. Hélas, sa mort, à quatre-vingt-trois ans, le 3 mai 1758, stoppa d'un coup cette évolution amorcée. Avec son successeur, la tendance conservatrice reprit le dessus. Nous étions à trente ans de la Révolution.

Clément XIII (Carlo Rezzonico) [1758-1769]. Ce Vénitien instruit (mais assez terne) était le favori de son prédécesseur. C'était sans doute une erreur. Clément XIII craignait pardessus tout l'innovation et la politique ; l'humour de Benoît XIV l'avait sans doute quelque peu scandalisé. En tout cas, il professait des opinions rigides, et méprisait la diplomatie.

Le pape avait pourtant un dossier épais et difficile sur les bras : que faire de la Compagnie de Jésus ? Le problème était décisif, à cette époque. Le cardinal Cavalchini, évêque d'Ostie, âgé de soixante-quatre ans, serait sans doute devenu pape, s'il n'avait laissé percer une certaine sympathie pour les jésuites. Aussitôt, les Français mirent un veto à sa désignation. Clément XIII avait donc été choisi, faute de mieux. Le cardinal Carlo Rezzonico n'avait, semble-t-il, pas d'opinion sur cette question.

En avait-il sur les autres problèmes ? Mise à part son intransigeance dogmatique, il se mêlait fort peu de politique. Il défendit maladroitement la Compagnie de Jésus. Puis il s'en prit à l'esprit de l'époque. Sans grand effet.

À soixante-seize ans, il semblait à bout de forces. D'autant que l'État romain était devenu économiquement misérable. Il y eut même quelques famines ici ou là. Le pape ne savait que faire. Il attendait, en priant. Il mourut en 1769, sans doute au moment où il s'apprêtait à supprimer la Compagnie de Jésus, sous la pression des Bourbons, français et espagnols.

Clément XIV, un pontificat désastreux

Clément XIV (Giovanni Vincenzo Antonio Ganganelli) [1769-1774]. Il fut élu à la fin d'un conclave de trois mois. Étrange conclave ! Ganganelli était considéré comme l'un des défenseurs modérés des jésuites. Mais, au fil des réunions, il assouplissait sa position.

C'est à ce moment qu'un événement incroyable vint brusquer le débat. L'empereur Joseph II arriva à Rome, accompagné de son frère, Léopold de Toscane. Pour l'empereur, le conclave décida de lever la clôture, ce qui était exorbitant. Pendant quinze jours, l'empereur assista aux réunions secrètes des cardinaux ; il les reçut, l'un après l'autre. Il ne cacha pas les raisons de son voyage : il voulait la suppression des jésuites. Ganganelli n'avait pas le choix. Ou bien il s'engageait à décider la disparition de la Compagnie de Jésus, ou bien il se retirait de la compétition. Le cardinal accepta ; théoriquement, le sort de la Compagnie était scellé. Il se passa cependant encore un an avant la décision officielle : les jésuites avaient des défenseurs, au sein même de la curie.

On considère que le pontificat de Clément XIV fut un désastre. Aucune décision importante, aucune impulsion nouvelle. Pourtant, l'homme n'était pas médiocre. C'était un bon théologien et il s'intéressait à la biologie, dont il fut l'un des premiers à discerner l'importance. Mais il s'était entouré d'hommes sans qualités, tel Bontempi, un franciscain qui affirma, par la suite, que le pape avait été empoisonné. C'était faux, et il le savait. Sans doute voulait-il devenir un homme de premier plan pour le conclave qui allait s'ouvrir. C'était un rêve idiot.

Pie VI (Gianangelo Braschi) [1775-1799]. Le cardinal Braschi fut élu après quatre mois de délibération. Il avait cinquante-sept ans, et avait été le secrétaire de Benoît XIV. C'était son principal titre de gloire. On s'accordait sur ses qualités : il était un remarquable orateur ; grâce à son habileté et à sa courtoisie, il réussissait souvent à convaincre ses interlocuteurs. Peut-être fut-il lui-même la victime de sa prestance. En 1782, par exemple, il accepta de se rendre à Vienne, convaincu que sa présence et sa dignité en imposeraient à l'empereur Joseph II. Ce dernier, hélas, détestait les manières de cour. L'attitude du pape lui déplut. Le rapprochement qui aurait dû suivre ce voyage fut manqué. Pour la première fois, les Romains commencèrent à s'interroger sur leur nouveau pape.

Bonaparte intervient

D'autant que Pie VI se laissait manœuvrer par d'étranges conseillers. Par exemple, le cardinal Boncompagni, devenu l'un des secrétaires d'État du pape en 1786, se révéla très vite pour ce qu'il était : mondain et intéressé. Sa conduite personnelle, de plus, était déplorable, et tout Rome le savait. Il fut remercié en 1789. L'effet produit, néanmoins, sur la population de Rome avait été détestable et laissa des traces.

S'ajoutent à ce malaise certaines décisions bizarres de Pïe VI. Il avait la manie de faire construire des palais (il n'était pas le premier des papes à avoir la maladie des grands travaux). Pourtant, les finances du Saint-Siège demeuraient préoccupantes. Quelques-uns de ces édifices somptueux furent livrés aux membres de la famille de sa sœur, Giulia Onesti-Braschi. L'un des fils de cette dame, Romoaldo, fut nommé cardinal en 1786, sans doute pour faire plaisir à sa mère. Par chance, celui-ci ne fit pas de vagues. Mais il avait un frère, Luigi, que l'on fit duc ; il s'enrichit d'une manière scandaleuse, il utilisait les fonds du Saint-Siège pour réaliser des affaires douteuses. Il achetait et vendait des morceaux des marais pontins (que le pape faisait assécher sur ses biens propres). Pie VI, finalement, lui fit un procès qui n'aboutit pas. D'ailleurs, Luigi avait changé de camp et s'était mis au service de la République romaine qui luttait contre le pape.

Tout cela était assez sinistre. Pourtant, la fin de Pie VI fut admirable. C'était déjà un vieil homme lorsque les troupes françaises entrèrent en Italie. Avignon et le Comtat Venaissin avaient été annexés par le gouvernement révolutionnaire, sans difficulté. Pie VI protesta, demanda aux autres princes de venir à sa rescousse. En 1792, il écrivait à la tsarine Catherine II : « Nous n'avons ni armée ni flotte. » C'était exact. Mais, à cette date, personne en Europe n'était encore décidé à bouger en sa faveur. Il y eut un premier accord avec Bonaparte en 1796. Il faut dire que ce dernier occupait déjà Milan et y avait installé une véritable cour.

On s'est interrogé sur les intentions cachées de Bonaparte à cette époque. Les ordres du Directoire étaient sans ambiguïté : le général Bonaparte devait marcher sur Rome, déposer le pape et constituer un État romain républicain. Or, Bonaparte n'obéit pas. Il cherchait à gagner du temps ; préparait-il déjà le futur concordat ? Ce n'est pas impossible, mais aucun document ne permet de l'affirmer.

En tout cas, le 20 juin 1796, Bonaparte signe un armistice avec le Saint-Siège. Mais l'accord ne dure pas longtemps. Les discussions entre Rome et le Directoire échouent, aussi bien à Paris qu'à Florence. La guerre allait donc reprendre. Voilà Bonaparte contraint de sortir de son immobilisme. Pourtant, il avait déclaré au cardinal Mattei qui le priait de ne pas marcher sur Rome : « Je préfère le titre de sauveur à celui de destructeur du Saint-Siège. » Ce qui n'est pas très clair. Reste que Bonaparte avançait à petits pas vers le centre de l'Italie et annonçait au Directoire qu'il allait « en finir avec le vieux renard ».

En 1797, Bonaparte est à Mantoue. Il expédie un ultimatum à Pie VI. Pas de réponse claire. Cette fois, Berthier reçoit l'ordre de prendre Rome, qui est d'ailleurs livrée à l'anarchie. Les Français y pénètrent le 10 février 1798, le pape est remis à l'armée qui « assurera sa garde ».

On l'installe à Sienne, où il reste quatre mois. Puis on le conduit à Florence ; puis à Parme ; puis à Turin. Enfin, on franchit les Alpes, et on s'arrête à Briançon, puis à Grenoble, le 6 juillet. Pie VI est à bout de forces. Il est à moitié paralysé. Le 14, on le conduit à Valence où il peut se reposer quelque peu. Le 29 août 1799, il meurt. Pour les révolutionnaires français, l'Église est morte et Voltaire a gagné.

C'est aller un peu vite. Pie VI, dès 1798, avait réglé les événements qui devaient suivre sa mort : les cardinaux devaient se réunir sous la présidence du plus vieux d'entre eux, dans une nation catholique, et désigner un nouveau pape. Ce qu'ils firent, à Venise. Mais nous étions déjà à l'aube du XIXe siècle.

*L'*Aufklärung *ou les Lumières en Allemagne*

Dans ce XVIIIe siècle bouillonnant, il faut faire une place à l'*Aufklärung*. C'est peut-être grâce à ce mouvement que l'Allemagne va éviter la dérive française de la Révolution. La Réforme, dans les esprits, a précédé, outre-Rhin, les proclamations et les manifestes.

Qu'est-ce que l'*Aufklärung* ? « L'illumination » ou « Les Lumières ». C'est une traduction approximative. En réalité il s'agit d'un mouvement intellectuel qui va toucher successivement protestants et catholiques allemands. Ses fondements théoriques sont relativement simples ; la position philosophique allemande est la fille de l'empirisme de Locke et du rationalisme cartésien. Pour surmonter l'opposition entre la foi et la raison qui, toutes deux, doivent coexister, il faut mettre face à face ces deux profils de la vérité. Lorsqu'il y a contradiction sur tel ou tel point, la raison doit l'emporter, le dogme doit s'effacer ; il ne peut appartenir au contenu de la Révélation. Ce sont Leibniz (1646-1716) et Wolf (son disciple, 1679-1754) qui jettent les bases de cette confrontation paisible.

Les conclusions de Wolf sont les suivantes : puisqu'il faut rejeter les actes inacceptables pour la raison humaine, les prodiges bibliques doivent être ramenés à ce qu'ils sont : des légendes, des contes, qui n'appartiennent pas à la Révélation. L'influence de Wolf fut importante. À sa manière, et avec quelque simplisme, il cherchait à ouvrir une voie entre l'athéisme montant et le raidissement des catholiques sur des discours en partie dépassés.

Après lui, il y eut Lessing (1729-1781). C'est un vulgarisateur de l'*Aufklärung*. Il choisit les épisodes de l'Évangile et de la Bible qui lui paraissent peu croyables : la résurrection du Christ, le passage de la mer Rouge, etc. Pour résumer ses thèmes, disons qu'il soutient l'égalité des trois religions du Livre. Elles doivent, selon lui, se tolérer. Quant aux chrétiens, ils doivent se souvenir que la morale est bien plus importante que le dogme.

L'*Aufklärung* atteignit, bien entendu, le catholicisme allemand. Pascal, Nicole, Fénelon, furent traduits et commentés. Conséquence indirecte : une réforme des études théologiques est entamée à Munich et à Vienne. Deux règles : combattre la scolastique, admettre des idées éclectiques.

Progressivement, l'*Aufklärung* catholique trouve sa tonalité propre. Sans remettre en question ni la Révélation, ni le mystère chrétien, ni l'origine divine de l'Église. Ce qui est combattu, ce sont les abus des observances inutiles, des pratiques superstitieuses. À quoi bon cette multiplication de pèlerinages et de confréries ? Il ne faut pas confondre la véritable pratique liturgique et la théâtralité de certaines coutumes.

Les conséquences à moyen et long termes de l'*Aufklärung* catholique furent, en apparence, modestes ; en réalité, très profondes. Évêques et théologiens allemands avaient découvert la nécessité, et le danger, de la critique historique. Il n'était plus possible d'ignorer les travaux poursuivis par de nombreux savants sur la Bible et les écrits des premiers siècles. Un usage attentif de la raison, l'étude des découvertes effectuées par les chercheurs (études bibliques, comparaisons des textes suivant les langues, etc.), rien ne devait être négligé. Grâce à l'*Aufklärung*, les catholiques allemands avaient un siècle d'avance sur les Français.

La Révolution

Le discours banal concernant les rapports entre la Révolution et l'Église met l'accent sur les intentions des députés de mai 1789 : ils ne souhaitaient s'opposer ni à la foi ni à l'Église.

La meilleure preuve : ils participent, tous ensemble, à la procession du Saint-Sacrement qui précède l'ouverture des États Généraux. Robespierre marche, à sa place, un cierge à la main. On en déduit que la rupture de 1791 fut un accident ou un malentendu ; tout juste si l'on admet l'existence de manipulateurs mal connus qui rêvaient d'en découdre avec les catholiques.

Or, nous savons désormais, grâce essentiellement à Augustin Cochin, et surtout à François Furet, que la réalité est autrement complexe. Bien sûr, les complots de type franc-maçon sont des mythes. Les francs-maçons existaient ; ils étaient relativement puissants. Mais ils étaient bien incapables de mettre en scène, et de faire jouer, un spectacle aussi gigantesque que celui de la Révolution. Donc ce n'est pas de ce côté qu'il faut chercher.

Il y a, évidemment, comme dans tous les événements historiques, un mélange de nécessité, de volonté et de hasard ; il y a les désirs et les caractères des acteurs ; il y a les réactions des opinions publiques. Tout cet enchevêtrement se noue et se dénoue au fil des années : 1789 n'est pas 1791 ; 1791 n'est pas 1793, etc. N'en déplaise à M. Clemenceau, la Révolution n'est pas un bloc.

Les députés aux États Généraux n'envisageaient pas de décapiter le roi ; pas davantage de casser en deux l'Église de France. Quant à l'idée d'en finir avec le Saint-Siège, on sait qu'elle est tardive puisqu'elle date du Directoire.

Quelques données doivent cependant rester à l'esprit. D'abord la situation réelle du clergé français en 1789. Le mouvement de sécularisation ne date pas de cette année-là ; il se poursuit très lentement depuis le début du siècle. Pourtant, évêques, curés, vicaires et moines représentent un groupe de quelque cent cinquante mille personnes. Cent trente-cinq évêques, soixante mille prêtres séculiers, trente mille religieux et quarante mille religieuses, voilà le décompte. Encore ces chiffres dissimulent-ils l'affaissement général des couvents : c'est l'assemblée générale du clergé et le gouvernement de l'époque qui, en 1770, décident la fermeture de quelque quatre cent cinquante couvents : ils étaient à peu près vides.

Dans les années qui précèdent directement la Révolution, le nombre des vocations s'accroît. Il est probable que, si la tempête révolutionnaire n'était pas tombée sur l'Église, elle aurait connu une phase de redressement. L'attitude des prêtres ordonnés entre 1780 et 1789 fournit d'ailleurs une indication intéressante : ces prêtres récents se comportèrent avec courage et dignité durant toute la période révolutionnaire.

Mis à part les évêques – qui, dans leur grande majorité, appartiennent à la noblesse et disposent d'un niveau de vie élevé –, les curés ne sont ni riches ni pauvres. Ils touchent un traitement médiocre qu'ils complètent avec le produit de la « dîme » (impôt prélevé sur les paroissiens destiné à l'entretien du culte). La Constituante se basera sur le chiffre moyen du revenu des prêtres pour fixer le montant de leur traitement annuel, au lendemain de la mise sous séquestre des biens de l'Église.

Ce clergé inégalitaire assume, ne l'oublions pas, la charge des soins pour les malades et les pauvres ; enfin, il est en charge de l'enseignement. Soit deux mille cinq cents hospices qui coûtent à l'Église quelque trente millions de francs de l'époque, chaque année. Le coût de l'enseignement primaire et secondaire est sensiblement le même. Le petit peuple, s'il méprise quelque peu les évêques de cour, est en fait très attaché à son clergé. La France, dans ses profondeurs, demeure catholique, et n'imagine pas une seconde la disparition du clergé. Si les intellectuels, marqués par la philosophie des Lumières, rêvent d'une France débarrassée des « superstitions religieuses », ils sont minoritaires et leur influence dans les campagnes est presque nulle.

Deuxième donnée : le rôle joué par les intellectuels. Ils sont très minoritaires, on l'a vu, mais ils vont conduire la Révolution. Si, en 1789, ils sont loin de mener le jeu, à partir de 1790-1791, ils inventent l'art de diriger les assemblées. Très vite, ils iront plus loin encore : ils imagineront, et feront fonctionner, le couple « comité révolutionnaire-gouvernement dit de salut public ». Ce sont eux qui soutiendront la Terreur, sans tenir compte d'une population domestiquée à coups de slogans. Ce mécanisme, qui permettra la révolution d'Octobre en Russie – un parti organisé comme une armée, une opinion manipulée, puis l'utilisation massive de la police –, constitue une invention française. L'Église va être prise dans ce rouleau compresseur. Elle éprouvera de grandes difficultés à comprendre les raisons et les rouages de ce bouleversement.

Deux étapes préliminaires vont ruiner l'Église de France : la première est l'abandon des privilèges durant la nuit du 4 août. Le mélange d'effroi qui suit les événements du 14 juillet et de générosité collective, explique les décisions étonnantes prises cette nuit-là. L'Église remet tous les droits qui lui appartiennent à la nation française, « juste et généreuse », comme le proclame l'archevêque de Paris.

Deuxième étape, moins grave, celle-là : le clergé décide de livrer à l'État tous les vases et ornements en or et en argent qui ne sont pas indispensables au culte. Il s'agit de venir en aide à ceux qu'on désignerait aujourd'hui sous le terme d'exclus.

La sécularisation des biens de l'Église

Le 10 octobre 1789, un pas de plus est accompli. Sur proposition de Talleyrand (1754-1838), l'assemblée envisage la sécularisation de l'ensemble des biens de l'Église. Cette fois, les membres du clergé qui sont encore là (la plupart sont retournés dans leur province et dans leur cure) s'élèvent contre ce coup de force. L'assemblée hésite. Mais les clubs – les voilà –, celui des Jacobins tout particulièrement, pèsent de tout leur poids sur les députés. Le 2 novembre, le projet de Talleyrand est adopté par cinq cent soixante-huit voix contre trois cent quatre-vingt-six. Désormais, tout appartient à l'État, à charge pour lui de veiller au culte et d'assurer le salaire des curés. C'est à ce moment qu'apparaît la notion de « salaire moyen », en l'espèce deux mille quatre cents francs garantis. Un chiffre relativement raisonnable pour l'époque.

On ne peut que s'étonner de la rapidité de cet ensemble de décisions. En quelques mois, la très riche Église de France se retrouve dépossédée de tous ses biens. C'est une gigantesque spoliation. La Révolution bénéficie du vieux gallicanisme : personne ne se demande ce que Rome va penser de ces coups de force successifs. Pour le moment, le pape se tait.

Cette nationalisation des biens du clergé représente, d'après la Constituante, environ trois milliards de francs. Le Trésor décide de mettre en vente sans tarder ces biens, meubles et immeubles. Pour gagner du temps, on émet un papier-monnaie qui sera remboursé lorsque l'État aura récupéré le produit de cette opération financière. Ce sont les « assignats » – ce mot indique que leur valeur est « assignée » sur la valeur estimée des biens du clergé. Bien entendu, ils ne seront jamais remboursés, et seront emportés par l'inflation. Néanmoins, la Révolution, jusqu'en 1801, vivra du produit des biens du clergé. C'est l'Église de France qui a financé, certes sans le vouloir, l'aventure révolutionnaire. Et c'est la bourgeoisie marchande qui récupère à bon prix les biens proposés : une nouvelle classe vient de voir le jour ; elle défendra avec fermeté l'ordre nouveau, parce qu'elle ne veut pas perdre demain ce qu'elle a conquis par un coup de poker.

On pourrait croire que cette série de décisions est purement économique et financière. C'est inexact. La sécularisation des ordres religieux dépasse de loin la transmission des monastères à l'État. D'ailleurs, les textes sont clairs : il est désormais interdit de prononcer des vœux engageant la vie entière ; tous les religieux qui le souhaitent peuvent retrouver la vie civile. C'était l'expression d'une volonté de liquidation des ordres monastiques.

Le rythme de la mise sous tutelle de l'Église s'accélère. L'attitude de bon nombre de moines (environ un tiers), qui acceptent sans débat leur retour à l'état laïque, donne aux constituants le sentiment que rien ne s'oppose à la révolution religieuse dont ils sont les auteurs. À Cluny, par exemple, sur quarante moines, trente-huit quittent leur ordre. Les députés, au demeurant, prennent soin d'affirmer haut et fort que l'Église catholique est « la religion du public » (Mirabeau). N'empêche que les premières tensions visibles entre les ecclésiastiques siégeant à l'assemblée et le reste des députés se font sentir à cette époque.

Louis XVI accepte la Constitution civile du clergé

Qu'importe. La Constituante va franchir un pas de plus. Ce sera un pas décisif : celui qui va entraîner la rupture entre l'Église et la Révolution. L'assemblée confie à un « comité ecclésiastique » le soin de rédiger un document redessinant la structure d'une Église adaptée aux temps nouveaux. Le projet est adopté par l'assemblée, le 12 juillet 1790. Il consacre la rupture du concordat de 1516. Le 10 juillet, Pie VI avait transmis à Louis XVI un message lui demandant de ne pas parapher ce document, qu'il jugeait inacceptable. Louis XVI hésite, cherche à gagner du temps ; puis il cède aux pressions de ceux qui l'entourent : le 24 août, il signe. Cette fois, les jeux sont faits.

Cette Constitution civile du clergé est divisée en quatre titres. Les uns sont purement administratifs : il n'y aura plus que quatre-vingt-cinq diocèses, en lieu et place des cent trente-cinq existants ; on regroupe les paroisses sans paroissiens avec d'autres, plus peuplées ; le traitement sera le même pour tous les prêtres ; enfin, les bénéfices, qui existent encore, sont supprimés. Rien de tout cela n'était absurde.

Mais l'essentiel est plus loin : il s'agit du mode de désignation des curés, des évêques et des archevêques. Tous doivent être élus. Sont électeurs tous les citoyens de la paroisse ou du diocèse, qu'ils soient protestants, voltairiens, libres penseurs, catholiques, ou rien du tout. Le pape n'a plus aucune responsabilité dans la nomination des évêques : on doit simplement l'en informer, après coup.

On retrouvera une partie de ces réformes dans le concordat de 1801. Mais l'élection des prêtres et des évêques consomme la rupture de fait avec Rome : le Saint-Siège adopte une position de résistance sans concessions. Le pape, pourtant, hésitera encore quelques mois avant de rendre sa décision publique ; il craignait les conséquences politiques, en France, de son refus catégorique.

Pourtant, la cassure s'opère d'elle-même. Sur les trente-deux évêques membres de la Constituante, trente signent, en octobre 1790, une *Exposition des principes sur la constitution civile du clergé.* Ne manquaient à l'appel que deux évêques : Talleyrand et Gobel. Très vite, quatre-vingt-treize autres évêques contresignent à leur tour le document des trente. En fait, les responsables de l'Église de France viennent de couper les ponts avec les dirigeants révolutionnaires. C'est le 10 mars 1791 que Pie VI condamnera à son tour la Constitution civile du clergé, par le bref *Quod aliquantum.*

L'assemblée poursuit sa marche au galop. En novembre 1790, les évêques, curés et vicaires apprennent qu'ils doivent prêter serment, devant la nation, au roi et, bien entendu, à la Constitution civile du clergé. Il va de soi que cet engagement vaudra pour la Constitution en son entier. Or, à l'époque, elle n'est pas encore achevée ! On demande donc à l'Église de signer un chèque en blanc.

Le serment divise le clergé

C'est sans doute la décision de prêter serment qui jette une partie du clergé dans une opposition radicale. Nous sommes, ne l'oublions pas, en novembre 1790. La Révolution a un peu plus d'un an. Au départ, le clergé, dans son écrasante majorité, était favorable à ce mouvement de réforme ; on se souvient que beaucoup de curés avaient rédigé, de leur propre main, les cahiers de doléances. Or, un peu plus d'un an plus tard, les dirigeants révolutionnaires exigent que le clergé plie les genoux devant eux. Personne ne pouvait se faire d'illusions : le refus de jurer entraînait la perte de l'emploi ; donc, la mise à pied des prêtres inciviques. Les résultats sont immédiats. Il n'y a que quatre évêques pour prêter serment ; plus de 50 % des prêtres acceptent de se soumettre. Depuis la Révolution, ce chiffre a été commenté avec obstination : pour beaucoup d'historiens, il prouve que le clergé demeurait, en majorité, favorable au nouveau gouvernement. On possède d'ailleurs la carte des régions françaises qui se soumirent et de celles qui refusèrent cette abdication. Quelques spécialistes – anglais, en particulier – estiment que l'étude socio-religieuse prouve que ce sont les régions relativement déchristianisées qui ont accepté le plus facilement la volonté des révolutionnaires. Ils ajoutent qu'on va retrouver ces zones, bien plus tard, dans la carte des mentalités politiques : ce sont elles qui auraient dérivé vers la gauche, tout au long du XIXe, puis du XXe siècle. Laissons de côté ces controverses tardives.

Ce qui compte, c'est que presque tous les sièges épiscopaux deviennent soudain vacants. Des milliers de paroisses perdent leur desservant. Ce fut l'époque des élections à répétition : on votait, chaque dimanche, dans des centaines de paroisses. De nombreux prêtres furent bombardés évêques par l'assemblée : la fidélité supposée à la Révolution tenait lieu de mérite. C'est Talleyrand, évêque d'Autun, qui bénit les nouveaux évêques. Fin mai 1791, le nouveau personnel de l'Église de France est en place.

On a vu dans cette foudroyante substitution la preuve que le gallicanisme avait déjà éliminé toute résistance potentielle des prêtres ; que l'hostilité envers l'ancien corps épiscopal avait poussé les curés signataires à coiffer, sans trop de scrupule, les mitres neuves ; qu'après tout, en 1801, le Saint-Siège a maintenu en lieu et place presque tous les évêques schismatiques.

Or, cela ne prouve pas grand-chose. La remarque concernant le concordat de 1801 ne vaut rien : dans de tels cas, l'Église cherche toujours les voies d'un compromis acceptable. Sur les autres points, il convient de tenir compte de la montée de la peur : les prêtres ont assisté à la liquidation de monastères et, souvent, à la destruction de bâtiments admirables. Ils savent qu'ils sont montrés du doigt par les nouveaux maîtres. Alors, beaucoup choisissent d'obéir. Ce n'est pas très courageux, mais c'est humain. Comment faire autrement, lorsque les fidèles vous supplient de reprendre la célébration de la messe et la distribution des sacrements ? N'oublions pas que de nombreux prêtres qui ont refusé le serment disparurent dans l'anonymat des croyants ordinaires ; on les logeait dans une soupente. Certains réapparurent après la tempête. Beaucoup seront pris et exécutés. La Terreur, pour les prêtres, commence avant celle des opposants, vrais ou supposés.

Quant aux prêtres assermentés, beaucoup réussirent à protéger leurs paroissiens ; la plupart se gardaient de juger les événements. Il y eut donc deux catholicismes : celui des prêtres réfractaires d'un côté, celui des prêtres assermentés de l'autre. Encore faut-il accepter l'idée que, parmi ces derniers, il existait d'un côté des opposants silencieux en grand nombre ; de l'autre, des prêtres qui souhaitaient glisser entre les gouttes.

Il y eut une espèce de pause dans l'affrontement entre l'Église et la Révolution. La Constituante avait laissé la place à la Législative. Celle-ci allait gouverner jusqu'en septembre 1792. Or, durant un premier temps, elle est dominée par un parti modéré : les Feuillants. Sans le dire, ceux-ci se rallient à l'idée d'une monarchie constitutionnelle ; après tout, ils se bornent à appliquer la nouvelle constitution. La plupart du temps, on se garde de pourchasser les prêtres réfractaires ; ils sont trop nombreux, et il est presque impossible de les remplacer. Les candidats assermentés ne se bousculent pas aux portes des paroisses. Quelques responsables songent d'ailleurs à un compromis (écrit ou pas) avec le Saint-Siège.

Cette période ne pouvait s'éterniser. Le roi faisait preuve de mauvaise volonté ; les impatients se manifestaient un peu partout : un craquement était inévitable.

La guerre civile contre le clergé

L'été 1791 – après l'échec de la fuite du roi, les 20 et 21 juin à Varennes – et l'automne de la même année voient le climat s'alourdir. On recommence à arrêter les prêtres réfractaires. On les accuse de prêcher la révolte contre l'assemblée. C'est, dans les trois quarts des cas, faux. Le nombre des curés réfractaires qui poussent à la désobéissance civile est négligeable. Beaucoup, en cette fin d'année, décident de passer les frontières, parce qu'ils craignent pour leur vie. À juste titre : les prêtres assermentés les traquent au fond de leur village. C'est une toute petite guerre civile de clochers larvée.

L'assemblée veut stopper cette agitation. Elle décrète que les prêtres réfractaires qui n'auraient pas prêté serment dans les huit jours perdraient leur traitement et seraient éloignés de leur résidence. Il s'agit de couper ces hommes de leurs paroissiens. Si ces prêtres illégaux résistent, ils seront incarcérés. Quant à l'émigration à l'étranger, elle est purement et simplement passible de la peine de mort. Le roi met son veto à ce décret qui annonce déjà l'esprit de la Terreur. Mais l'effet produit hors Paris est le même : les réfractaires doivent devenir des clandestins ou des émigrés potentiels. La période de tolérance est achevée.

1792 inaugure la phase dure de la Révolution. Les Girondins ont succédé aux Feuillants. Ils poussent Louis XVI à déclarer la guerre à l'Autriche. Le roi se garde de s'opposer à cette initiative dangereuse. Il sait que Pie VI multiplie les appels aux divers souverains d'Europe ; qu'il plaide en faveur d'une coalition capable de stopper la Révolution. De plus, il demande la restitution des territoires que Paris a illégalement occupés : en l'espèce, Avignon et le Comtat Venaissin. Louis XVI espère donc que les Autrichiens viendront à bout des troupes françaises. Les dirigeants de l'assemblée seront alors contraints de tenir compte du rapport des forces.

Analyse inexacte. Certes, l'armée française est battue. Par l'Autriche, d'abord ; par la Prusse, ensuite. C'est d'ailleurs le manifeste du duc de Brunswick, commandant en chef de l'armée prussienne, qui précipite les événements. Paris, effrayé, entre en insurrection. Les révolutionnaires donnent l'assaut aux Tuileries, par deux fois. L'assemblée suspend le roi, puis décrète son emprisonnement au Temple. À partir de cette date, c'est Danton qui tient la France. Il gouverne avec puissance, organise l'appel aux armes, lance contre les armées des monarchies européennes la masse formidable des citoyens français mobilisés : « De l'audace, encore de l'audace, toujours de l'audace ! » s'écrie-t-il. Il n'organise pas la répression, mais laisse faire. Après le 10 août, l'armée prussienne entre en France ; Longwy et Verdun tombent fin août. Paris commence à avoir réellement peur. Les chefs de la commune – un pouvoir insurrectionnel qui pèse de tout son poids sur l'assemblée – se sentent menacés ; d'autant que l'assemblée elle-même décide de prendre tout le monde de vitesse. Elle appelle les simples citoyens à faire justice eux-mêmes. Pour la première fois, on publie des listes de proscription, on engage des tueurs (six francs par jour, et le vin à discrétion). Et on tue : mille cent personnes sont massacrées dans les prisons où elles ont été jetées. Sur ce total, environ trois cents prêtres réfractaires. À ce chiffre, il faut ajouter les nombreux curés assassinés pendant les massacres qui déferlent dans la plupart des grandes villes françaises. Danton s'est bien gardé de lever le petit doigt ; c'eût été trop dangereux pour sa personne et son pouvoir. Il laisse passer la vague.

Entre septembre 1792 et juin 1793, la France bascule : l'exécution du roi, puis de la reine, la succession des violences, le gouvernement appuyé par les émeutes à répétition, mettent un terme à l'épisode de la monarchie constitutionnelle, puis de la démocratie parlementaire. Les révolutionnaires s'engagent dans une aventure autrement terrifiante : la dictature du

Comité de salut public, Danton éliminé par Robespierre, les Girondins exécutés les uns après les autres en l'espace de quelques jours. Les prêtres insermentés – déjà contraints, depuis des mois, à la clandestinité – n'ont plus guère le choix. Un décret d'août 1792 prévoit la déportation pour tous les récalcitrants. Il entre en application en octobre 1793 : tous les anciens prêtres doivent se présenter aux autorités pour être déportés. Ceux qui n'obéiront pas seront punis de mort ; même régime, deux mois plus tard, pour ceux qui les hébergent. On entasse les prisonniers dans des bateaux qui doivent les emporter vers Cayenne. La plupart ne quitteront pas le port, parce que les vaisseaux anglais bloquent les côtes. Presque tous les prêtres internés moururent dans les cales de ces gros navires ; par suite de mauvais traitements, de maladies, de fusillades sans raison, ou de noyades collectives.

La haine du christianisme

Autre signe de ce qu'il faut bien désigner du terme de haine du christianisme : la décision de remplacer le calendrier utilisé en Europe et aux Amériques par un nouveau décompte du temps. La Révolution a ouvert une ère radicalement nouvelle. On comptera donc à partir d'elle : désormais le temps commence le 22 septembre 1792, c'est-à-dire au lendemain de la proclamation de la République. Les termes imaginés (Germinal, Floréal, Thermidor, Fructidor, etc.) seront utilisés jusqu'à la proclamation de l'Empire.

Pour faire bon poids, on introduit le culte de la Raison en lieu et place de la foi. Apparition de l'Être suprême, qui a créé l'homme et en a fait le maître de la terre. Et ce n'est pas encore assez : Jean-Baptiste Gobel, archevêque constitutionnel de Paris, déclare que, depuis le succès de la Révolution, la foi catholique est devenue inutile. Il remet les insignes de sa fonction aux responsables de la Commune. Deux évêques suivent son exemple ; puis des curés. La grande majorité des prêtres assermentés abandonnent leur froc et se marient. À cette date, l'Église de France a vécu ; ne demeure qu'une poignée de prêtres, dont l'abbé Grégoire, révolutionnaire intransigeant mais qui refusera d'abjurer.

Dès lors la voie est libre pour ce qu'on peut appeler la Révolution délirante. On transforme les églises en temples de la déesse Raison. On organise des cérémonies bouffonnes ; on mutile la plupart des cathédrales. Ce vandalisme finit par émouvoir les autres pays européens ; Robespierre utilise l'émotion populaire pour en finir avec la commune de Paris ; il va, d'un coup, régler leur compte à ses adversaires. Les têtes de Danton et de Gobel dégringolent pour des raisons totalement différentes. Il y a un mélange de lutte pour le pouvoir et d'antichristianisme. Le 7 mai 1794, la Convention vote le culte national de l'Être suprême : l'âme est déclarée immortelle. Robespierre y tenait ; d'ailleurs, il fait transporter la dépouille de Rousseau au Panthéon. Le 8 juin 1794, la déesse Raison est célébrée aux Tuileries ; c'est Robespierre qui en est le grand-prêtre.

Le 9 Thermidor (c'est-à-dire le 27 juillet 1794), cette farce sanglante s'achève. Robespierre et ses fidèles sont, à leur tour, exécutés : la peur venait de vaincre le monstre révolutionnaire qui dévorait inexorablement ses enfants.

Progressivement, les prêtres clandestins réapparaissent ; quelques églises s'ouvrent de nouveau au culte. Aussitôt, les paroissiens sont nombreux. On vient prier avec les mots d'autrefois, pour s'arracher à ce climat de soupçon et d'horreur. Reste le problème lancinant des deux Églises face à face. Il faudra attendre le Concordat (1801) pour que cette lutte tragique s'achève.

L'Église clandestine

Notons que, durant cette étrange période, l'Église est devenue, en grande partie, clandestine. Elle retrouve des gestes oubliés depuis les premiers siècles chrétiens. Des prêtres ambulants apparaissent, la nuit, dans des granges ou des clairières, non loin des villages ; le bouche à oreille alerte les paroissiens ; on vient d'un peu partout pour participer à ces cérémonies menacées. Parfois, des soldats surgissent et arrêtent, pêle-mêle, officiant et fidèles. Là où il n'y a pas de prêtre, des laïcs réorganisent tant bien que mal de petites communautés chrétiennes. On se réunit chez l'un ou chez l'autre, généralement la nuit. On récite des prières et on chante. Cette fidélité obstinée a sans doute joué un rôle important dans l'étonnante renaissance de l'Église après les années terribles.

Il faut rappeler les étapes de la guerre de Vendée. Elles sont plus révélatrices que tous les autres éléments sur la bataille entre l'Église et l'État.

Bien accueillie en 1789, par les paysans vendéens (le terme de Vendée recouvre à l'époque la Vendée elle-même, le Maine-et-Loire, les confins du Poitou et l'Anjou), le climat se détériore au moment de la Constitution civile du clergé. Pourtant il ne se passe encore rien. Mais en février 1793 les difficultés économiques, la levée, décidée par la Convention, de trois cent mille hommes et surtout l'ensemble de la politique religieuse révolutionnaire font basculer la région. Dès le mois de mars 1793, apparaît une armée catholique et royale. La Grande Armée vendéenne compta jusqu'à quarante mille hommes. Dans un premier temps, les Vendéens gagnent toutes les batailles sauf une : ils ne réussissent pas à entrer dans Nantes (29 juin 1793). Les premières troupes républicaines sont au début écrasées (juillet 1793). La Convention, pour riposter, décide la création de « l'Armée de l'Ouest ». Les « Bleus » reprennent Cholet, Angers, Le Mans, à la fin de cette même année 1793. Enfin à Savenay, les insurgés sont battus. Il y aura encore de nombreuses batailles, mais le gouvernement l'emporte. À un prix élevé : les « colonnes infernales » qui traversent les territoires en révolte brûlent tout et tuent la plupart des habitants. Inutile d'employer le terme de génocide ; celui de succession de massacres est autrement précis. Ce sera Bonaparte qui mettra un terme à l'agitation des pays de l'Ouest en leur rendant leurs curés.

Les événements de Vendée prouvent la solidité du christianisme au sein du peuple français. Elle annonce le réveil d'après la Restauration.

Pie VII, l'homme qui dit non à l'empereur

Lorsque Pie VI meurt à Valence le 29 août 1799, les institutions romaines sont en miettes. Des morceaux de curie subsistent qui gèrent, comme on dit, les affaires courantes. La Ville éternelle, dans les rues de laquelle on se bat, est occupée par les Français en février 1798. En septembre de la même année, Berthier et ses troupes abandonnent la ville : l'armée de Ferdinand IV, roi de Naples et de Sicile, marche vers Rome et y entre. Personne ne se préoccupe du pape. L'objectif de Ferdinand est de chasser les Français de toute l'Italie. Il échoue, et doit abandonner son trône. Cette fois, la Révolution s'est emparée de la Péninsule dans son ensemble ; pour très peu de temps. Au printemps 1799, l'Angleterre, la Russie et l'Autriche ont formé une coalition contre la France.

Ce n'est pas le problème principal de l'Église. Il lui faut désigner un pape. Les conditions traditionnelles pour la réunion ne peuvent être remplies. C'est sans importance. On l'a dit : Pie VI, par une constitution du 11 février 1797, complétée par les dispositions du 30 décembre 1797 et du 13 novembre 1798, avait décidé qu'un conclave extraordinaire devrait se réunir après sa mort. Pie VI n'avait posé que deux conditions : que la convocation soit faite par le cardinal le plus ancien ; que l'assemblée se tienne sur le territoire d'un souverain catholique.

François II, empereur d'Autriche, fait aménager à Venise le couvent de l'île Saint-Georges. Le conclave est convoqué pour décembre 1799. À l'ouverture de la réunion, trente-quatre cardinaux sont présents sur les quarante-six encore en vie. Le 12 décembre, le cardinal autrichien Herzan arrive à Venise, porteur des conditions expresses de l'empereur : le nouveau pape ne sera pas choisi parmi les cardinaux français et espagnols, ni parmi ceux des villes comme Gênes ou Naples. François II veut un pape à sa main. D'ailleurs, l'empereur précise que le choix du cardinal Mattei aurait sa préférence.

Le conclave, en apparence, courbe la tête. En réalité, il gagne du temps. Les multiples manœuvres des uns et des autres échouent. En mars 1800, c'est-à-dire quatre mois après l'ouverture de la réunion, le conclave désigne à l'unanimité Barnabé Chiaramonti. C'est un bénédictin de cinquante-sept ans. Il choisit le nom de Pie VII [1800-1823]. Le 3 juillet 1800, il entre à Rome et entreprend de réorganiser l'Église.

On connaît aujourd'hui convenablement la vie de ce personnage dont l'existence sera dramatique. Il est né en Romagne ;

à quatorze ans, il est accepté dans une abbaye bénédictine, Sainte-Marie de Cesena. Il achève ses études et devient très vite professeur de théologie. Pie VI le découvre (ils sont nés, l'un et l'autre, dans la même ville de Cesena). En décembre 1782, il est nommé évêque de Tivoli ; un évêché grand comme un mouchoir de poche. En février 1785, on lui confie le diocèse d'Imola et on le nomme cardinal.

Lorsque les troupes françaises occupent Imola, le cardinal s'oppose avec fermeté aux ambitions des conquérants. Il souhaite que les habitants ne se révoltent pas contre les nouvelles institutions ; il prend note qu'Imola a été rattachée à la « République cisalpine ». Mais il défend avec énergie les droits de l'Église. Il va plus loin : dans un sermon qui deviendra célèbre, à Noël 1797, il précise que la forme démocratique du gouvernement est parfaitement acceptée par l'Église ; qu'elle suppose simplement plus de vertus chrétiennes de la part des citoyens. On affirme que Bonaparte lut cette homélie et qu'avec sa prodigieuse mémoire, il enregistra le nom de cet évêque dans un coin de sa tête.

Le nouveau pape est un homme maigre ; son visage, dira-t-on, est ascétique. Mais son regard est intelligent et bon. Il ne se met jamais en colère ; il est toujours respectueux de ses interlocuteurs et demeure, dans la plupart des cas, ironique.

Son entêtement deviendra proverbial. Il commence d'ailleurs par dire « non » à l'empereur d'Autriche qui souhaite sa visite à Vienne. Or, Pie VII n'entend pas se laisser manipuler par l'un des chefs de file de la coalition antifrançaise. Il se borne, dès son arrivée sur le Siège de Pierre, à désigner Mgr Ercole Consalvi comme pro-secrétaire. Puis, en août 1800, il le nomme secrétaire d'État, pour assurer l'autorité de l'homme qui va le soutenir tout au long de sa vie. Enfin, il le nomme cardinal.

Bonaparte cherche un compromis

Les problèmes prioritaires qui se posent à Pie VII sont simples : que faire face au nouveau gouvernement français ? Bonaparte est-il sincère lorsqu'il entame un renversement de la politique religieuse des gouvernements révolutionnaires, dont il est pourtant l'héritier ?

Car le Premier consul avance avec détermination. En réalité, il y a longtemps qu'il songe à une autre politique vis-à-vis de l'Église, aussi bien en France qu'à Rome. Était-il demeuré attaché aux valeurs, et même aux rites, du christianisme ? Par ses racines traditionnelles ou familiales ? Personne n'a pu répondre avec précision à cette question.

Le problème réel n'était pas là. Bonaparte savait que la Révolution, après l'avoir porté au sommet, pouvait le jeter au cachot, si tel était son caprice. Il lui fallait ou bien poursuivre une lutte quotidienne contre tous les ennemis, passés, présents et à venir ; ou bien stabiliser son pouvoir. S'il choisissait la deuxième voie, il devait obtenir le soutien d'une opinion publique excédée par les coups d'État permanents. Or les Français, dans leur masse, étaient demeurés chrétiens et fidèles à l'Église. À quoi bon s'encombrer de cette éternelle croisade antireligieuse ? Il suffisait d'opérer un ralliement prudent pour être délivré de cette épine. D'autant que Bonaparte se méfiait des athées militants : « Les hommes qui ne croient pas à Dieu, on ne les gouverne pas, on les mitraille. »

Pour toutes ces raisons, le Premier consul regardait vers Rome. Mieux valait traiter avec le général qu'avec ses lieutenants. En somme, Bonaparte souhaitait parler avec Pie VII.

Le 5 juin 1800, Bonaparte adresse au clergé de Milan une lettre annonçant sa volonté de « réconciliation religieuse ». Dès son retour en France, il reçoit les autorités religieuses et les informe de son souhait : le moment, pense-t-il, est venu de négocier avec Rome. Pour sa part, il y est prêt.

Les pourparlers commencent. Deux envoyés pontificaux arrivent à Paris le 5 novembre de la même année, Mgr Spina, membre de la curie, et le père Caselli, un diplomate reconnu. Du côté du Premier consul, c'est l'abbé Étienne Bernier, homme habile et rusé, qui entame les négociations. Bernier avait joué un rôle non négligeable dans la fin de la deuxième guerre de Vendée.

Dans une première étape, on échange des propositions ; rien de plus. Bonaparte s'impatiente : en février 1801, il prend les choses en main et adresse à Rome un projet, rédigé de sa main. Un diplomate du nom de Cacault, habilité à signer pour la France, porte le document à Rome. Là-bas, on n'est pas pressé ; les parlotes commencent. Cette fois, Bonaparte n'y tient plus. Pie VII a reçu le document en février ; nous sommes en avril, et rien ne se passe. Le 28 avril, Cacault reçoit notification d'un ultimatum : le Saint-Siège dispose de cinq jours pour signer. Sinon, les pourparlers seront rompus, et les troupes françaises recevront l'autorisation d'occuper une nouvelle fois Rome.

Cacault agit avec habileté. Il revient à Paris, accompagné de Mgr Consalvi – qui, lui, est évidemment habilité à signer pour le Saint-Siège. C'est d'ailleurs ce dernier qui prend les opérations en main. Il a compris que Bonaparte devait faire face aux multiples adversaires d'un accord avec l'Église. Il va donc faciliter les choses. Paris et Rome décident d'accélérer le mouvement. Le 14 juillet, s'ouvre l'ultime débat. Il faudra douze heures de discussion non-stop pour aboutir à un texte définitif. Nous sommes le 15 juillet 1801 ; la guerre religieuse s'achève.

Le contenu de ce document est concis. Il comprend un préambule et dix-sept articles. Il s'articule autour de deux idées-forces. D'une part, le gouvernement de la République reconnaît que la religion catholique est « celle de la grande majorité des Français ». Du coup, elle pourra pratiquer librement et publiquement. La nouvelle géographie des diocèses sera dessinée par le gouvernement, avec l'accord de Rome. Enfin, le Premier consul désignera les archevêques et les évêques ; mais c'est le pape qui conférera à chacun d'eux l'institution canonique.

D'autre part, le Saint-Siège accepte le gouvernement de la République. Il tentera de retrouver des diocèses pour les évêques d'Ancien Régime, dépossédés par la Révolution. Le Saint-Siège, enfin, s'engage à ne pas contester la vente des biens ecclésiastiques qui a été effectuée depuis 1789.

Autrement dit : Paris reconnaît l'importance et la liberté de l'Église. Rome prend acte de la plupart des décisions administratives arrêtées par les gouvernements révolutionnaires.

Il faut noter qu'aussi bien à Paris qu'à Rome, des voix s'élèvent contre ce compromis. Ratifié le 8 septembre par le Premier consul, le texte de l'accord ne réussit pas à passer le barrage du corps législatif, dans lequel les anciens révolutionnaires étaient nombreux. Bonaparte ne s'obstina pas : il profita du temps qu'on lui offrait pour mettre en place cette nouvelle

Église de France. L'opération est conduite avec énergie par un conseiller d'État, Jean-Étienne Portalis, à qui l'on a donné le titre de directeur des cultes. Les opposants comprennent ce qui se joue : Bonaparte, chuchotent-ils, est en train de devenir intouchable.

À Rome, bien sûr, les choses vont moins vite. Mais Pie VII accélère le mouvement. Le 15 août 1801, par le bref *Tam multa*, le pape demande aux évêques légitimes d'accepter de faire le sacrifice de leur ancienne charge. Sur les quatre-vingts survivants de l'Ancien Régime, trente-six refusent de donner leur démission. Le 29 novembre de la même année, le pape supprime, purement et simplement, les anciens diocèses : il veut tout régler avant la mise en place de la nouvelle organisation ecclésiale. Deux évêques seulement refusent la décision ; ils furent suivis par quelques prêtres. Ce fut un tout petit schisme, qualifié de « petite Église ».

Rétablissement à Paris du culte catholique

Le 18 avril 1802, c'est-à-dire le jour de Pâques, dans la cathédrale Notre-Dame, une célébration exceptionnelle fête le rétablissement du culte catholique en France. Tout le corps diplomatique assiste à la cérémonie. C'est-à-dire que les États européens reconnaissent le nouvel état de choses. Beaucoup de participants, militaires et notables, qui avaient conquis rang et fortune grâce à la Révolution, auraient bien voulu se dispenser de cette célébration qui, pour eux, était un reniement. Bonaparte ne leur demande pas leur avis : ils sont priés de se rendre à Notre-Dame, sinon il leur en coûtera.

D'ailleurs, cette bouderie est sans importance. La foule, en effet, se presse autour de la cathédrale. Les Parisiens, ces éternels frondeurs, approuvent la réconciliation de l'Église et du gouvernement en place. Presque en même temps, le 27 mai 1802, Pie VII, dans une allocution, rappelle qu'il appliquera à la lettre le traité ; mais rien de plus.

Bonaparte n'en a pas fini avec Pie VII. Il faut rappeler l'étonnante comédie qui se joue entre les deux hommes. Le 18 mai 1804, la dictature de Bonaparte devient héréditaire. Ce n'est pas suffisant pour notre général, devenu chef d'État. Il veut légitimer son ascension ; il sera empereur, puisqu'il le souhaite. Et il entend recevoir la bénédiction du pape. À cet instant, l'Europe devra bien commencer à respecter le Corse impatient.

Celui-ci fait part de son désir à Rome. Pie VII et son remarquable ministre, Consalvi, savent qu'ils ne sont pas en mesure de refuser : Bonaparte est, en fait, le maître de l'Europe. L'Italie fait partie de sa zone d'influence. Mais Pie VII ne donne pas sa réponse tout de suite. Il va monnayer son voyage en France. Bonaparte ne lésine pas : on crée les dix grands séminaires, qui avaient été prévus par le traité ; on les dote largement, ce qui est un ajout non négligeable. On crée enfin la Grande Aumônerie de la cour impériale. Titulaire : le cardinal Fesch, oncle de l'empereur, et déjà ambassadeur à Rome. C'est lui qui négocie les conditions du voyage de Pie VII, et règle toute une série d'affaires épineuses. Le pape ne fut pas trop exigeant : l'Église, grâce à lui, était en train de reprendre son rang.

Si l'on songe, en effet, au parcours politique et diplomatique accompli par Pie VII, depuis les premières velléités de rapprochement de Bonaparte, on constate qu'en deux ans, le pape a réussi au-delà de tout ce qui était imaginable. C'est la preuve que Bonaparte voulait réellement la fin de la guerre sourde entre l'Église et la nation française.

Pie VII quitte Rome pour Paris

Le 2 novembre 1804, Pie VII quitte Rome. Il est inquiet ; il a tort. Tout le long du parcours, il est acclamé par des Français venus l'accueillir. C'est trop pour Bonaparte, toujours parfaitement informé ; il ne veut pas de triomphe pour le pape, à Paris : d'où la rencontre surprise dans la forêt de Fontainebleau. Puis, Pie VII est introduit dans la capitale en pleine nuit. Il a donc accepté l'une des premières conditions posées – sans le dire – par Bonaparte.

La discussion entre les deux hommes devient aigre. Si Pie VII accepte que l'empereur se couronne lui-même, il refuse la plupart des autres exigences : la cérémonie prévue du serment ne se déroulera pas devant lui. Il n'entend pas participer à un acte de soumission des évêques au pouvoir civil.

Première vexation pour Napoléon. Deuxième soufflet : Joséphine ayant révélé au pape que Bonaparte et elle n'étaient pas mariés à l'Église, Pie VII refuse de bénir cette union inachevée. Il faut bricoler une cérémonie secrète, devant le Grand Aumônier, corvéable à merci. Ce drôle de contrat se déroula la nuit précédant le sacre.

C'est durant l'un de ces entretiens entre les deux hommes que Pie VII aurait laissé tomber devant Napoléon deux qualificatifs qui allaient entrer dans l'histoire : *Commediante, Tragediante*. Personne ne peut assurer que ces mots du pape aient bien été prononcés. Mais l'histoire s'est chargée de leur donner la consistance voulue. Et, d'ailleurs, ces termes reflètent bien le climat des rapports entre les deux hommes.

La bataille ne s'arrête pas là. Elle va devenir progressivement tragique pour le pape. Cette deuxième partie de l'affrontement est, en général, oubliée par les historiens.

À la fin de 1805, en effet, Napoléon, inquiet de l'agitation militaire anglaise en Adriatique, ordonne à ses troupes d'occuper Ancône. Pie VII proteste avec énergie. Le ton de sa lettre déplaît à l'empereur. Ce dernier exige aussitôt que le pape expulse de ses États « tous les agents des puissances étrangères ». Le pape refuse. Après tout, il est chez lui. C'en est trop pour Napoléon. Il rappelle son ambassadeur, le cardinal Fesch, et désigne à sa place Alquier, conventionnel et régicide. Ce dernier se montre attentif et modéré vis-à-vis du pape : les hommes sont toujours imprévisibles. Suivent deux ans de négociations inutiles. Napoléon, excédé, donne l'ordre au général Miollis d'occuper la Ville éternelle, et d'isoler progressivement Pie VII. Échec ; ce dernier, avec une obstination surprenante, ne lâche rien et nomme le cardinal Pacca en lieu et place de Consalvi que Napoléon a contraint à la démission.

Le 17 mai 1809, Napoléon signe à Vienne le décret qui réunit les États pontificaux à l'Empire français. Dans la nuit, Pie VII fait afficher, par quelques hommes fidèles, le texte de la bulle d'excommunication des occupants sur les murs de Rome. Napoléon écrit à Murat : « J'apprends que le pape m'a excommunié ; c'est un fou furieux qu'il faut enfermer. »

Aussitôt dit, aussitôt fait. Il est probable que l'empereur ne s'attendait pas à être pris au pied de la lettre. Cependant, durant la nuit du 5 juillet, les hommes du général de gendarmerie Radet défoncent à la hache les portes des appartements du pape. Celui-ci les attend, debout derrière une table ; autour de lui, les cardinaux Pacca et Despuig. Radet, intimidé, récite son tract : le pape doit renoncer à sa souveraineté temporelle ; s'il ne le fait pas, il sera emmené hors de Rome.

Pie VII : « Nous ne céderons pas ce qui ne nous appartient pas »

La réponse de Pie VII est surprenante de force et de laconisme : « Nous ne pouvons renoncer à ce qui ne nous appartient pas. Le domaine temporel appartient à l'Église romaine, et nous n'en sommes que les administrateurs. L'empereur pourra nous mettre en pièces, mais il n'obtiendra jamais de nous ce qu'il demande. »

Puis, armé de son bréviaire, il monte en voiture. On le conduit à Florence, puis à Gênes, à Grenoble. Enfin, à Savone, c'est-à-dire à quarante kilomètres de Gênes. Pie VII y restera en résidence surveillée environ trois ans. Pour faire obstacle aux exigences de l'empereur et faire comprendre à toute l'Église qu'il est bel et bien prisonnier, il décide de refuser de bénir les nouveaux évêques désignés par Napoléon. Très vite, dix-sept sièges n'ont plus de titulaire. L'Église est, en partie, en panne.

L'empereur riposte en nommant le cardinal Maury – considéré par tous comme un homme corrompu et médiocre – à l'archidiocèse de Paris, devenu vacant après la mort du cardinal de Belloy. Informé, Pie VII refuse et fait tenir au vicaire général d'Astros une lettre déniant tout pouvoir à Maury. Cette correspondance, ayant été interceptée, aboutit à l'arrestation du vicaire général. Terrorisés, les prêtres de Paris cèdent, et Maury peut prendre les décisions souhaitées par Napoléon.

Le concile de l'empereur à Notre-Dame

Finalement, l'empereur décide de frapper un coup décisif : le 27 juin 1811, il réunit un concile à Notre-Dame. Quatre-vingt-quinze cardinaux, archevêques et évêques, français et italiens, acceptent d'y participer. Mais, tout de suite, l'assemblée se cabre : elle exige la libération de Pie VII avant d'ouvrir ses travaux. Fou de rage, Napoléon fait suspendre la réunion et jette en prison les trois évêques qui ont osé s'opposer à lui. L'histoire a oublié leur nom ; citons-les : Hirn, de Tournai ; Broglie, de Gand ; Boulogne, de Troyes. Les uns après les autres, les évêques se soumettent. Par quatre-vingts voix contre treize, lors de la réouverture du concile, ils adoptent le décret permettant à Napoléon de désigner les évêques. Encore faut-il obtenir une signature globale de Pie VII. Après des démêlés confus, le pape ne change pas de position : il refuse.

Napoléon veut en finir. Il ordonne qu'on ramène Pie VII à Fontainebleau. On est au début de juin 1812. L'attaque contre la Russie est imminente. Le pape arrive en France, couché et souffrant mille morts ; il aurait une espèce de blocage des reins. Pas de rencontre avec Napoléon. Pie VII, au fil des jours, retrouve une santé fragile. Cette fois, il rencontre l'empereur. Après cinq jours de discussion, il signe un compromis qui doit demeurer secret. Bien entendu, Napoléon ne tient pas parole, rend public le document, et ordonne qu'on chante un *Te Deum* à Notre-Dame. En Allemagne, les troupes françaises piétinent. Après la campagne de Russie, les armées alliées pénètrent en France. Napoléon donne l'ordre de reconduire le pape à Savone ; puis à Rome, pour embêter Murat, roi de Naples, qui vient de trahir l'empereur.

La carrière de Napoléon s'achevait tragiquement, il meurt en 1821. Celle de Pie VII allait se prolonger jusqu'en 1823. Mais il n'est plus que l'ombre de lui-même. Il meurt en août de cette année-là.

Le pape et l'empereur avaient, cette fois, quitté la scène. Le XVIIIe siècle était bel et bien achevé.

CHAPITRE 31

LE XIXe SIÈCLE L'ÉGLISE CONTRE LES LIBÉRAUX

L'Italie et la révolution romaine

Faute de mieux, on a baptisé les périodes qui suivent 1815 du terme de « Restauration » (c'est un mot imprécis). Or, ce mouvement imposé a été plus apparent que réel. En France, par exemple, il est vrai que le retour des émigrés, la volonté de ceux qui avaient passé des années à Londres ou à Coblence, pèsent d'un grand poids sur les discours publics et les comportements des nouveaux responsables. Beaucoup, en effet, souhaiteraient gommer les trente années terribles. C'est évidemment impossible. Voilà l'un des drames intellectuels qui vont miner le XIXe siècle : que faire avec la Révolution ?

On dira que ce problème ne se pose qu'aux Français. Ce serait une erreur. La Révolution a ébranlé toute l'Europe, dans ses fondements. Deux exemples parmi d'autres. La monarchie a été abattue en France, et ce ne sont pas les trois rois branlants – Louis XVIII [1814-1824], Charles X [1824-1830], Louis-Philippe [1830-1848] – qui vont renverser la tendance. La monarchie est bel et bien morte, mais personne ne sait par quoi la remplacer. On verra plus loin que cette incertitude angoissante va s'exprimer à travers une question lancinante : « Comment se débarrasser de la Révolution ? En l'idéalisant ou en la réduisant à ce qu'elle fut dans les faits ? »

Deuxième preuve. Si les autres royaumes subsistent en Europe, le principe monarchique est littéralement déraciné. Depuis quinze cents ans, chacun admettait que Dieu était la source de tout pouvoir. Or, cet axiome vient de disparaître : le pouvoir se fonde sur la volonté populaire (la notion de majorité mettra quelques décennies à s'imposer). Du coup, ce sont tous les trônes qui perdent leurs assises ; on va se « raccrocher aux branches ». En l'espèce, ce sera le nationalisme – autre invention révolutionnaire – qui va constituer le ciment de l'Europe nouvelle, et par-dessus le marché, la fissure qui, à long terme, va entraîner le démantèlement des Empires.

Voilà le fond de tableau qui se dresse sous les yeux d'une Église incertaine d'elle-même. Elle découvre assez vite qu'elle possède encore des réserves importantes : elle s'étend désormais sur toute la planète. Quant aux Européens, si beaucoup ont oublié la religion de leur enfance, d'autres – encore les plus nombreux – ont gardé intacte leur foi en Jésus-Christ. En somme, l'Église, défaite, va assister à sa propre résurrection ; mais elle ne saura pas vraiment ce qu'elle peut faire, ce qu'elle doit faire, dans ce nouveau monde. Quels rapports doit-elle établir avec ces nouveaux pouvoirs ? Que doit-elle dire aux hommes ? Doit-elle mettre les poings devant ses yeux et ignorer la cavalcade scientifique qui commence tout juste ? Les sciences, qui progressent à marche forcée, ne vont-elles pas ébranler le socle même du christianisme ? Comment distinguer la science du scientisme ?

Toutes ces questions vont déferler en vrac sur le Saint-Siège, qui n'est pas intellectuellement équipé pour y faire face.

Quel est le premier problème qui se pose aux dirigeants romains en 1814 ? Reconstituer les États de l'Église ; leur rendre la place qu'ils occupaient parmi les puissances, depuis des siècles.

Or, deux obstacles de taille allaient se dresser en face de Rome. D'abord, les souhaits, exprimés ou inexprimés, des grands États occupés à redessiner la carte de l'Europe. Tous avaient un solide appétit.

Ensuite, l'agitation (souvent sanglante) des multiples ligues italiennes. Les carbonari formaient une société secrète puissante, constituée sur le modèle de la franc-maçonnerie et qui voulait l'unité italienne contre l'Autriche et la démocratie en lieu et place de la monarchie. Ils regroupaient la plupart des déçus de l'épopée napoléonienne. Ils souhaitaient l'établissement d'une démocratie à Rome, et quelques-uns commençaient à lever le drapeau d'une future nation italienne. Ces désordres permanents faisaient le jeu de l'Autriche, qui souhaitait intervenir, rétablir l'ordre et installer son protectorat sur l'Italie. Ce dont le pape ne voulait à aucun prix.

Le rétablissement de l'autorité internationale du Saint-Siège fut l'œuvre du cardinal Consalvi – Pie VII, fatigué, laissait à son brillant secrétaire d'État le soin de régler les problèmes immédiats. Consalvi fut partout. Le 2 juin 1814, il arrive à Paris. Trop tard : le 30 mai, le traité de Paris a été signé, qui laisse à la France Avignon et le Comtat Venaissin. Ce n'est pas trop grave. Plus préoccupante, l'attitude des Alliés. Ils veulent bien reconnaître les droits des États de l'Église, mais ce n'est qu'une pétition de principe. Chacun s'apprête à rogner les zones limitrophes du petit État ; l'Autriche, tout particulièrement.

Consalvi, avant l'ouverture du congrès de Vienne, court à Londres et constate que seule l'Angleterre protestante est prête à le soutenir ; ne fût-ce que pour empêcher l'Autriche de se tailler la part du lion. En septembre 1814, Consalvi arrive à Vienne. Il joue habilement des appétits antagonistes des uns et des autres. Lorsque Napoléon réapparaît, Murat commet la faute gravissime de chercher à soulever l'Italie. Bien entendu, il échoue. Pie VII, réfugié à Gênes, ne se fait pas la moindre illusion : « C'est une affaire de trois mois », confie-t-il à l'ambassadeur de France. Ce qui prouve que le vieil homme a gardé toute sa lucidité.

Le pape revient à Rome

Murat disparu, on remet les Bourbons sur le trône de Naples. Ceux-ci reconnaissent immédiatement au pape les droits que Murat avait usurpés. Quant aux territoires du Nord, on se résigne à un compromis : l'Autriche les « remet » au pape, mais en conserve la propriété théorique.

Résultat : en juin 1815, le pape est de retour à Rome, et Consalvi a remarquablement manœuvré. Sans aucun moyen – si ce n'est l'étonnant prestige de la papauté romaine –, il a rendu à Pie VII tous les territoires perdus depuis l'entrée des troupes françaises en Italie.

Durant toute cette période, le désordre à Rome ne cesse pas. D'abord, par la faute de quelques esprits légers. Par exemple, le cardinal Pacca, qui occupe la place de Consalvi pendant que celui-ci est à Paris, à Londres ou à Vienne. Or, Pacca et son entourage veulent extirper les lois et coutumes imposées par la Révolution française. En 1814, un décret rend nulles et non avenues toutes les lois des périodes révolutionnaire et napoléonienne. On en revient au code de 1808. Résultat : une vaste pagaille. Pendant ce temps, le Saint-Office, reconstitué, ouvre quelque huit cents procès en hérésie ; bien entendu, il n'y a pas d'hérésie, et les procès ne seront jamais instruits. Pour faire bon poids, on décide de supprimer l'éclairage des rues (création napoléonienne, donc impure).

Pie VII comprend tout de suite l'absurdité de ces gesticulations. Le 27 juillet 1814, il fait paraître un décret d'amnistie générale. La tempête s'apaise. De retour de Vienne, Consalvi entreprend de rédiger et de promulguer un décret unifiant les lois et les règlements administratifs, financiers et judiciaires pour l'ensemble des États de l'Église. Il en résulta quelques années relativement tranquilles. Seuls les attentats organisés par les carbonari interrompent ce calme précaire. En 1820, justement, ces derniers réussissent à constituer, à Naples, un gouvernement révolutionnaire. Les grandes puissances donnent mandat à l'Autriche de rétablir l'ordre. Les troupes impériales doivent évidemment franchir les États de l'Église. Consalvi donne son accord, mais rappelle que le Saint-Siège entend rester neutre. Dans les mois qui suivent, il réussit à empêcher la création d'une autorité policière chargée de contrôler l'ensemble des États italiens.

Lorsque Pie VII meurt en 1823, il a quatre-vingts ans. Il s'est brisé le col du fémur quelques jours auparavant. Le conclave qui s'ouvre au Quirinal le 2 septembre de la même année est dominé par l'Autriche. Celle-ci ne réussit pas à imposer ses prétentions. C'est le cardinal Della Genga qui est élu.

C'est déjà un vieil homme. Né en 1760, près de Spolète, il a poursuivi une carrière de diplomate dans de nombreuses cours allemandes. Remarqué par Pie VII, il est expédié à Paris en

1814 – avant l'arrivée de Consalvi ; il manque sa mission. C'est sans doute pour le consoler que le pape le nomme cardinal en 1820. À soixante-trois ans, il paraît à bout de forces. On prétend qu'il fut choisi en partie pour cette raison : « Il ne restera pas longtemps en fonction », chuchotait-on. Il prend le nom de Léon XII [1823-1829] et commence, comme la plupart de ses prédécesseurs, à renverser la politique précédente. Il avait d'ailleurs remercié Consalvi sans trop de délicatesse. Très vite, il comprend qu'il fait fausse route. Il rappelle Consalvi, lui rend sa confiance. Mais c'est trop tard : le grand cardinal meurt le 24 janvier 1824. Lui aussi était au terme de sa vie.

Demeuré seul, Léon XII tente d'entraver la vague réactionnaire qui s'empare de la curie. Il échoue la plupart du temps.

Sa seule réussite fut la décision d'organiser un jubilé en 1825. Son entourage y est opposé. Il tient bon. Ce fut un succès imprévu : des centaines de milliers de pèlerins envahissent la Ville sainte. Le pape lui-même participe, pieds nus, à certaines processions. Pendant quelques jours, il devient populaire. Les carbonari se chargent de dissiper ce moment d'allégresse. Ils assassinent le secrétaire du pape, le cardinal Rivarola, qui avait fait arrêter quelques centaines de conjurés italiens. Cet assassinat provoque une nouvelle vague d'arrestations. Dans les rues de Rome, la foule gronde. Léon XII meurt le 20 février 1829. Il ne fut pas regretté.

Pie VIII mécontente Chateaubriand

Nouveau conclave. C'est François-Xavier Castiglioni qui est désigné le 31 mars 1829, et qui prend le nom de Pie VIII [1829-1830]. C'est un homme brillant. Mais lui aussi est usé par la maladie. C'est son secrétaire d'État, le cardinal Albani, qui gouverne, dans la ligne de Consalvi. Il s'appuie sur l'Autriche avec prudence : ce qui mécontente l'ambassadeur de France qui s'appelle Chateaubriand. Mais ce nouveau pape n'eut pas le temps d'imprimer sa marque à la direction de l'Église. Il meurt le 30 novembre 1830 ; il n'a été pape que durant vingt mois.

Une fois de plus, le conclave se réunit. Cette fois, il est convenu qu'on va désigner un pape relativement jeune. Pourtant, il faut cinquante jours de délibération et quelque cent scrutins pour aboutir à l'élection de Bartolomeo Alberto. Il prend le nom de Grégoire XVI [1831-1846]. Né en 1765 à Belluno, à côté de Venise, il est devenu bénédictin très jeune. Durant des années, il demeure un simple moine.

Lui aussi est appelé à Rome par Pie VII, qui le désigne comme préfet de la Congrégation de la propagande. S'il est parfaitement informé de la situation de l'Église dans le monde, il n'est jamais sorti d'Italie et ne parle aucune langue étrangère. On a écrit qu'il était assez laid, et souvent d'une humeur massacrante. Ceci étant, il travaille vingt heures par jour, dort sur une paillasse et épuise ses collaborateurs. On dira de lui que c'est un vieil homme terrible.

Il comprend très vite qu'il doit, avant tout, faire face aux secousses politiques qui vont progressivement ébranler la Péninsule. Il choisit une attitude de fermeté ; il se défie des « libéraux », terme qui englobe alors les rescapés des aventures napoléoniennes, les premiers partisans de l'unité italienne et les habitants de la Péninsule qui souhaitent l'avènement d'un gouvernement démocratique. La tendance antilibérale de l'Église, au XIXe siècle, naît, en partie, sous son pontificat.

Sa première décision importante fut le renvoi de son secrétaire d'État, Bernetti. Cet ancien collaborateur de Pie VII était souple, diplomate, et cherchait à calmer les diverses humeurs des gouvernements européens. Il n'en faut pas davantage pour que les mauvais esprits, à Rome, l'accusent de libéralisme. Vrai ou faux ? Difficile de répondre avec précision. En tout cas, Metternich fait part, lui aussi, de son inquiétude. Du coup, Bernetti est remercié, et remplacé par le cardinal Lambruschini.

Cette fois, le couple Grégoire XVI - Lambruschini peut travailler sans la moindre gêne. Le pape a d'ailleurs quelques raisons de se méfier des libéraux. Les émeutes se poursuivent à Bologne, puis dans les Marches, en Romagne, et jusqu'en Ombrie. Grégoire XVI commence par prêcher l'apaisement. Sans résultat. Il fait alors appel aux troupes autrichiennes. Le gouvernement français, présidé par Casimir-Perier, envoie un corps expéditionnaire qui occupe le port d'Ancône. Tintamarre européen ; on se réunit et on décide que les Français devront se retirer d'Ancône lorsque les Autrichiens abandonneront Bologne. Prise en 1831, cette décision ne sera appliquée qu'en 1838. Les deux pays, alors, se retireront sur la pointe des pieds.

C'est bien insuffisant pour calmer réellement le jeu. Le pape lutte pour maintenir l'indépendance de son petit État ; il se préoccupe des pauvres en créant des institutions d'assistance (ce qui est une nouveauté), et entreprend une série de travaux publics destinés à moderniser l'Italie centrale.

Ce sont des mesures intelligentes ; mais ce n'étaient pas celles qu'attendaient les sujets du pape. La jeunesse, à Rome et dans l'ensemble de l'Italie, commence à exiger l'unité italienne. En fait, le *Risorgimento* (l'unité italienne) prend réellement naissance vers 1840. Il y a, d'un côté, les carbonari, toujours actifs ; de l'autre, plus modéré, plus politique, le mouvement néo-guelfe. Celui-ci souligne son respect pour l'Église, mais souhaite, comme les autres, la naissance d'une Italie nouvelle.

Grégoire XVI incarne pour tous une Italie réactionnaire. On ne le regrette pas davantage que son prédécesseur lorsqu'il meurt, épuisé, le 1er juin 1846. Pourtant, les historiens ont, en partie, réhabilité la silhouette de ce pape, entraîné par les débuts de la tempête romaine. Dans le domaine international, et en ce qui concernait la vie de l'Église, il prit une série de mesures intelligentes. Mais les Romains ne s'intéressaient pas à cet aspect du problème.

Pie IX : le temps des malentendus

Le conclave qui s'ouvre, en juin 1846, est plus politique que religieux. On ne parle que de la situation de l'Italie. Les modérés, partisans de l'unité italienne, sont en train de prendre le pas sur les gauchistes de l'époque, dont le mouvement se nomme « Jeune Italie ».

Le moment est-il propice pour une tentative de rapprochement avec les hommes politiques libéraux considérés comme fréquentables ? Les cardinaux, en réalité, sont pressés ; comme presque toute l'Europe, ils veulent en finir avec ce bouillonnement permanent. Du coup, on décide de ne pas attendre l'arrivée des cardinaux étrangers qui traînent sur les longues routes de l'Europe.

Premier scrutin : quinze voix pour Lambruschini, secrétaire d'État de Grégoire XVI ; il est considéré comme réactionnaire, et soutenu par l'Autriche. Treize voix seulement pour le cardinal Mastai. La crainte de voir Lambruschini l'emporter gonfle la barque de Mastai : il rafle dix-sept voix au deuxième tour, et vingt-sept au troisième. Son adversaire n'en a plus que treize. Les jeux sont faits : le 16 juin, Mastai atteint la majorité des deux tiers. Il est élu. Le conclave n'a pas duré quarante-huit heures. Les cardinaux étrangers approchent de Rome : ils ne peuvent qu'approuver la décision prise.

Pour la population de Rome, ce nouveau pape est un inconnu. Il n'a pas fait partie du petit monde de la curie. Né le 13 mai 1792 à Sinigaglia, dans une famille noble mais pauvre, il a grandi dans un univers profondément religieux. C'est Pie VII – lui encore – qui l'aide à achever ses études à Rome. Il est ordonné le 10 avril 1819. Ce sont les jésuites qui l'entourent et lui enseignent une spiritualité ignacienne. Il songe d'ailleurs à entrer dans la Compagnie de Jésus. On l'en dissuade. Expédié au Chili, dans la suite d'un délégué pontifical, il découvre un autre monde et en restera marqué. De retour à Rome, on lui confie l'administration d'un hospice ; il gère avec autorité, réussit fort bien, se fait aimer par les malades et les vieux. En 1827, Léon XII le nomme archevêque de Spolète. En 1831, on lui confie le diocèse d'Imola, plus important, plus agité. C'est là que, pour la première fois, il réussit à apaiser les libéraux. La rumeur se répand qu'un prélat réformateur est caché dans cette petite ville.

En vérité, Mastai n'appartient à aucun parti. Il a lu, bien sûr, les ouvrages des leaders nationalistes (*Speranze d'Italia*, de César Balbo, le *Primato* de Gioberti, etc.) ; il confie à l'un de ses proches qu'au milieu de contre-vérités évidentes, il trouve dans ces ouvrages quelques idées intéressantes. Pourtant, lorsqu'il est élu pape, la rumeur fait de lui un pape « libéral » : le premier dans l'histoire. Et cette réputation va jouer un gros rôle dans les deux années qui vont suivre.

Il choisit le nom de Pie IX [1846-1878], et commence par décréter une amnistie générale (tempérée par des recommandations précises). Le peuple de Rome crie sa joie. Voilà Pie IX transformé, en quelques jours, en héros de l'indépendance italienne. Il gouverne, d'ailleurs : il décide que Rome sera éclairée au gaz et que le chemin de fer arrivera au centre de la ville. C'est une révolution. Du coup, la curie se met à murmurer. Le pape est pris en tenailles entre une population exaltée et une administration pontificale réticente.

Mais c'est la foule qui, alors, a le dessus. Elle acclame son nouveau pape. Il apprécie cette popularité et se laisse aimablement manipuler. Les Italiens sont désormais convaincus que le statu quo de 1815 va s'écrouler. Ajoutons que, dans toute l'Europe, les petits groupes catholiques favorables à la liberté dressent l'oreille : et si Rome s'apprêtait à les appuyer publiquement ? Ce rêve un peu fou atteint la France. Les rapports des libéraux français affluent à Rome. On délègue Mgr Dupanloup, évêque d'Orléans, chez Pie IX. Il est écouté avec attention. Le pape fait l'éloge de Montalembert (1810-1870), journaliste et écrivain, qui fut d'abord un disciple de Lamennais, puis directeur du *Correspondant*, journal du catholicisme libéral. En apparence, la tendance semble irréversible.

« Ce pontife qui va à pied dans les rues »

Le monde entier suit avec attention ce qui se passe à Rome. L'historien Ozanam (1813-1853), l'un des fondateurs de la Société de Saint-Vincent de Paul, collaborateur de *L'Ère nouvelle*, journal de Lacordaire, écrit : « Ce pontife qu'on rencontre à pied dans les rues, qui cette semaine s'en allait visiter une pauvre veuve et la secourir, sans se faire connaître [...] semble vraiment envoyé de Dieu pour conclure la grande affaire du XIXe siècle, l'alliance de la religion et de la liberté. » En Angleterre, on déclare que Pie IX est « le prince le plus éclairé du siècle ». Aux États-Unis, les participants d'un meeting lui expédient un télégramme chaleureux : « [...] non point comme catholique, mais comme ami de la liberté ». Le gouvernement anglais oublie qu'il n'entretient pas de rapports diplomatiques avec le Saint-Siège et lui envoie lord Minto « pour aider Pie IX à se libérer de l'influence autrichienne et soutenir les tendances réformistes ».

Massimo d'Azeglio, l'un des ministres importants du gouvernement Cavour, aux alentours des années 1850, récapitule ce concert de louanges en trois lignes : « Voilà Pie IX le promoteur de tout le mouvement libéral, et la papauté à la tête du siècle. Qui l'eût dit, il y a dix-huit mois [...] ? »

Ce moment d'illusion collective allait s'achever brusquement en 1848. On découvre alors que, si le pape sait très précisément ce qu'il désire dans le domaine religieux, ses convictions politiques sont vagues, flottantes. Progressivement, la vérité apparaît : Pie IX veut garder le soutien des libéraux, mais il ne souhaite pas leur donner raison.

En fait, il considère comme chimérique l'idée d'une République unitaire italienne ; c'est d'ailleurs aussi, curieusement, la thèse de Mazzini, socialiste révolutionnaire, mais hostile à l'idée de l'unité italienne. Pie IX accepte, à la rigueur, le programme des modérés, c'est-à-dire le rapprochement entre tous les États italiens ; mais ce qu'il en attend, c'est le relâchement des liens avec l'Autriche. Une politique habile et nuancée, mais qui ne peut que décevoir ses amis et ses adversaires.

La suite des événements prouve que la politique de Pie IX est effectivement dépassée. Au sud, les Siciliens se révoltent contre les Bourbons ; au nord, il est clair qu'une insurrection anti-autrichienne est imminente. Espérant calmer les esprits – qui s'agitent à Rome même –, le pape prononce, le 10 février 1848, un discours qu'il veut apaisant. Mais il mesure mal le poids exact de ses paroles. Lorsqu'il demande « à Dieu de bénir l'Italie et de lui conserver la foi », il provoque un impressionnant malentendu.

Les Italiens lisent le message à l'envers. L'exemple de Farini, un patriote écouté, est révélateur. Il écrit : « Cette bénédiction donnée à l'Italie équivaut à une malédiction pour l'Autriche, à un début de croisade. » Fin mars, l'explosion devient effective ; les archevêques de Florence et de Milan autorisent les séminaristes à s'engager dans les bataillons de volontaires étudiants ; pour le plus grand nombre, l'Église s'engage dans la grande aventure de la libération de l'Italie. On se bat partout en criant : « Vive Pie IX ! »

Le pape fait volte-face

C'est, pour le pape, une situation dramatique. On veut qu'il s'engage publiquement en faveur de l'unité italienne et qu'il déclare la guerre à l'Autriche. C'est évidemment impossible : une telle décision provoquerait un véritable traumatisme parmi les catholiques allemands, anglais, polonais. Le 29 avril 1848, le pape précise que, pasteur suprême, il ne peut déclarer la guerre à une nation dont les ressortissants sont ses fils spirituels. Il ajoute : « Fidèle aux obligations de Notre suprême apostolat, nous embrassons tous les pays, tous les peuples, toutes les nations dans un égal sentiment de paternel amour. »

C'est, sur le fond, incontestable. Mais cette prise de position interrompt deux ans d'illusions politico-diplomatiques. Tout de suite, on parle à Rome de la « trahison de Pie IX ». Le Quirinal est pratiquement encerclé par les éléments les plus radicaux. Pour tenter de desserrer l'étau et de relancer le jeu, Pie IX demande à Pellegrino Rossi, libéral modéré, hostile à la politique révolutionnaire du Piémont, de reprendre des contacts avec les uns et les autres. Mais, le 15 novembre, Rossi est assassiné à la porte du parlement où il s'apprêtait à venir exposer son plan de réforme.

Le pape, cette fois, se sent perdu. Son entourage lui conseille de fuir. Après quatre jours d'hésitation, Pie IX prend sa décision : vêtu comme un simple ecclésiastique, une paire de lunettes noires sur le nez, il sort de Rome à la barbe des insurgés. Il se fait conduire à Gaète. Là, les débats reprennent. Pie IX commence par accepter la proposition française : un bateau doit le conduire dans le sud de la France. Le cardinal Antonelli, tête de file des réactionnaires, s'y oppose : pour lui, la France sent le soufre. Que vont dire les cours allemandes ? Le cardinal Rosmini, au contraire, appuie le projet français : pour lui, le pape ne doit pas demeurer à Gaète, qui appartient au roi de Naples, c'est-à-dire un homme détesté par les patriotes. Voilà une fois de plus le pape indécis. Finalement, il se laisse convaincre par Antonelli. Pie IX finit (presque) toujours par céder aux arguments de son aile droite. Rosmini comprend très vite qu'il lui faut quitter Gaète, et même le royaume de Naples ; sans doute craint-il pour sa vie.

Le pape est déchu

Cette fois, les jeux sont faits. Une Constituante fugitive, installée à Rome, décrète que « le pape est déchu » ; c'est un coup d'épée dans l'eau, parce que l'Europe n'accepte pas ce coup de force. Les Autrichiens obtiennent une nouvelle fois le droit d'intervenir. Seuls les Français font la moue, et expédient un jeune diplomate (Ferdinand de Lesseps) pour tenter de négocier un compromis avec les Autrichiens. Sans grand succès. Les troupes françaises sont chargées de rétablir le pape dans sa ville, les Autrichiens demeurant cantonnés au nord. Ce qui est fait. Mais Paris est floué : les Autrichiens et les réactionnaires de la curie imposent leurs vues à Pie IX. La création d'une revue officieuse, la *Civilta cattolica*, va leur permettre de préciser la position de Rome. L'Église, désormais, a choisi son camp. Les conséquences vont être durables dans toute l'Europe.

La France et la révolution de 1848

La situation des catholiques français à la veille de février 1848 est relativement nouvelle. Si le clergé ancien demeure légitimiste, les nouveaux prêtres s'orientent dans une voie nouvelle. L'attitude libérale de Pie IX – personne ne prévoit ce qui sera considéré à Paris comme un revirement –, le comportement de Mgr Affre, archevêque de Paris, qui s'oppose quotidiennement à la mentalité concordataire – pour lui, les évêques ne sont pas des fonctionnaires du gouvernement –, l'influence intellectuelle de Montalembert et des laïcs regroupés autour de *L'Univers*, journal qui fait campagne contre les partis au pouvoir en faveur de la liberté d'enseignement, tout cet ensemble crée une atmosphère sans précédent.

Bien sûr, l'ensemble des catholiques est inquiet lorsqu'il apprend la chute de la monarchie. La proclamation de la République fait courir un frisson dans les échines : 1793 n'est pas si loin. On se souvient et on craint le retour de la Terreur.

L'attitude des insurgés de 1848 rassure cependant les

responsables de l'Église : pas de protestations hostiles à la religion sur les barricades et dans les clubs. Les révolutionnaires demandent souvent aux prêtres des paroisses de venir bénir les mourants. Ici et là, on crie : « Vive le Christ, vive la liberté, vive Pie IX ! » Dans les villages, on invite les curés à honorer de leur présence la plantation des « arbres de la liberté ». Parfois, les prêtres sont priés de bénir ces arbres de l'avenir.

Pourquoi ce changement d'attitude des républicains vis-à-vis des chrétiens ? Pour diverses raisons. Là encore, l'attitude du pape a modifié l'opinion de la « gauche » ; puis le romantisme qui flotte dans les esprits a contribué à la renaissance d'une religiosité vague mais universelle ; quelques catholiques, groupés autour de *L'Avenir*, rappellent ce que fut l'existence des premiers chrétiens et affirment que Jésus fut le « premier des socialistes ».

Tout cela est confus, brouillon, un peu à l'image de cette étrange révolution de 1848. Du coup, les choses vont vite : le père Lacordaire (1802-1861), qui est ordonné prêtre à vingt-cinq ans, dominicain à trente-sept ans, et sera député des Bouches-du-Rhône, prêche à Notre-Dame ; le 27 février, il dit sa confiance dans l'avenir ; c'est presque la bénédiction d'une République qui n'est même pas encore née. Quelques jours auparavant, l'archevêque de Paris avait assuré le gouvernement provisoire de son « loyal concours ». Il faut ajouter la prise de conscience de la situation ouvrière dans les milieux chrétiens. Certes, l'industrialisation française est en retard par rapport à celle de la Grande-Bretagne. Mais, en 1848, des usines existent en France, et les ouvriers aussi ; ce n'est pas encore tout à fait une classe, ce sont des milieux groupés autour des premiers centres industriels. Chez les chrétiens, on trouve, d'un côté, un certain nombre d'hommes qui ont rejoint la « société d'économie charitable », dominée par la figure du vicomte de Melun, de l'autre, des fouriéristes, des saint-simoniens, ralliés à Lamennais. Faut-il rappeler l'existence de l'abbé Ledreuille, « prêtre des ouvriers », qui réunit autour de lui près de quinze mille travailleurs parisiens ?

Ce catholicisme social, qui commence tout juste à apparaître, ne va-t-il pas se fondre dans le flot du socialisme naissant ? L'évolution s'accélère : en avril 1848, Lacordaire, avec l'appui de Frédéric Ozanam et de Montalembert, fonde *L'Ère nouvelle*. On sait que Mgr Affre soutient l'initiative. Or, le journal ne mâche pas ses mots : il défend les principes de 1789, il soutient le régime républicain, plaide pour des réformes sociales révolutionnaires, comme la participation des ouvriers à la direction et au profit des entreprises, l'organisation de l'arbitrage en cas de conflit, l'assistance aux chômeurs. Six mille abonnés à la fin du premier trimestre ; vingt mille lecteurs en juin. Ce qui s'ébauche sans le savoir, c'est une esquisse de démocratie chrétienne. Elle n'aura pas le temps de naître : les secousses du nouveau régime allaient emporter la cohésion de cette petite équipe.

La mort de Mgr Affre

Rappelons que, le 15 mai 1848, la chambre est envahie par une foule en colère ; qu'en juin, ce sont les grandes émeutes prérévolutionnaires qui tournent mal. Mgr Affre est tué alors qu'il tente d'intervenir pour calmer certains insurgés. La peur du socialisme surgit dans toute la France. Montalembert quitte *L'Ère nouvelle*, et accepte de collaborer avec Louis Veuillot (1813-1833), journaliste et écrivain, rédacteur en chef de *L'Univers*, l'un des journaux les plus puissants de l'époque. Les deux hommes estiment que, désormais, l'Église est à son tour menacée. Comme Pie IX, et presque au même moment, mais sans connaître le revirement du pape, les catholiques rejoignent les modérés. Mgr Gousset, archevêque de Reims, lance : « La démocratie est l'hérésie de notre temps. Elle sera aussi dangereuse et aussi difficile à extirper que le jansénisme. » Jugement aventureux.

Il faut dire qu'en quelques mois, les esprits ont basculé ; on souhaite la naissance d'un parti de l'ordre. Ce phénomène de bascule, typique de la société française, fonctionne pour la première fois (on met de côté le 9 Thermidor, c'est-à-dire la chute de Robespierre). Ozanam, qui lutte contre ce courant de droite, déclare : « Il n'y a voltairien affligé de quelque mille livres de rente qui ne veuille envoyer tout le monde à la messe à condition de n'y pas mettre les pieds. » C'est l'accord implicite entre les catholiques effrayés et la bourgeoisie voltairienne ; c'est surtout la réaction d'une classe moyenne en formation, qui veut bien des réformes sociales, mais qui déteste le désordre. D'ailleurs, Louis-Napoléon a été élu président de la République le 10 décembre 1848. Beaucoup de catholiques, comme les autres Français, ont contribué à sa victoire. Montalembert, pourtant, ne cesse de négocier la liberté d'enseignement et la restauration de l'autorité temporelle du pape, alors en exil.

Le 2 décembre 1851, les catholiques, dans leur masse, acceptent le coup d'État. Seuls s'élèvent contre cette prise de pouvoir illégale : Lacordaire, Ozanam, Mgr Dupanloup, et les anciens lecteurs de *L'Ère nouvelle*. De nombreux évêques, au contraire, célèbrent « l'alliance de l'Église et de l'Empire ». De cet accord non écrit, l'Église va tirer de nombreux bénéfices : une plus grande indépendance, des facilités matérielles, et surtout le vote de la loi Falloux. Désormais, les deux enseignements public et privé sont régis par un même texte législatif. Les catholiques durent longuement argumenter contre les universitaires de gauche, pour obtenir la liberté de l'enseignement privé ; en tout cas, l'Église, désormais, a son mot à dire à l'intérieur de l'enseignement public. En 1850, est donc conclue cette loi que Lacordaire allait désigner d'un terme révélateur : « L'Édit de Nantes du XIXe siècle ».

L'évolution fut, dans les grandes lignes, comparable en Allemagne et aux Pays-Bas. La vague libérale s'éloignait partout. Un parti de l'ordre, soutenu par les catholiques, reprenait la situation en main. 1848 était bien achevé.

Le Syllabus

Au cours des années qui suivent cette révolution avortée, les catholiques, à Rome et dans toute l'Europe, constatent qu'ils ont eu peur. L'ombre de 1793 a hanté les esprits. Décidément, le libéralisme politique est dangereux ; il faut tenter de le supprimer ou, tout au moins, de le canaliser.

L'idée de rédiger et de rendre public un document répertoriant et dénonçant « les erreurs modernes » naît un peu partout. Sont considérés comme des exemples d'« erreurs modernes » : *La Vie de Jésus* de Strauss, 1836, *L'Essence du christianisme* de Feuerbach, 1844, *Le Catéchisme positiviste* d'Auguste Comte, 1852, *L'Origine des espèces* de Darwin, 1859, *La Vie de Jésus* de Renan, 1863. Aussi bien en Belgique – certains des évêques de ce pays, et en particulier les théologiens de Louvain, détestent ce libéralisme flou – qu'en Autriche ou en Allemagne. Bien sûr, tous les auteurs de ce document sentent qu'ils doivent peser leurs mots : l'Église, à peu près partout, bénéficie du nouvel ordre qui vient de s'établir. Il ne faudrait pas venir troubler ce fragile équilibre.

À Rome, cependant, on fait un constat : partout où les libéraux arrivent au pouvoir, on voit apparaître une législation défavorable, voire franchement hostile, à l'Église ; surtout dans les domaines de l'enseignement et des ordres religieux tout juste reconstitués. Il faut donc élever la voix, quitte à s'en tenir, dans toute la mesure du possible, à des positions de principe ; elles permettent bien des évolutions.

C'est en 1864 que paraît une encyclique qui va jouer un rôle important durant toute la fin du siècle : *Quanta cura*. Accompagnée d'un document énonçant les quatre-vingts propositions jugées inacceptables par le magistère. Cette annexe, intitulée *Syllabus errorum*, deviendra, pour le grand public, le *Syllabus*. Les conséquences de ce document se firent sentir jusqu'à l'ouverture de Vatican II (1962-1965). Il faut donc s'arrêter un instant sur l'histoire de sa rédaction.

Quels furent les principaux acteurs de ce débat mi-public, mi-caché ? Comment et pourquoi en est-on arrivé à ce qui va être ressenti – sans doute à tort – comme une véritable rupture entre les libéraux et les catholiques ? Pourquoi, en 1864, une telle prise de position, à contre-courant de l'évolution institutionnelle des États européens ?

Personnage central : Pie IX. Il vieillit. Il a toujours été hésitant. Il l'est plus que jamais. Secrètement, il regrette les années de feu où son nom était en passe de devenir l'étendard de la liberté italienne. Il subit d'incroyables pressions contradictoires et finit par se ranger du côté des voix qui prêchent la fermeté contre la dérive intellectuelle du monde dans lequel il vit. Ce sont ses doutes, ses faiblesses, ses convictions tout autant, qui vont entraîner la publication du *Syllabus*.

Deuxième groupe responsable : celui des catholiques libéraux. Ils sont très minoritaires. Mais ils regroupent, autour de quelques hommes, quelques revues et quelques universités, les catholiques les plus actifs de cette deuxième moitié du siècle. Sur bien des points, ils ont raison ; mais ils sont maladroits. Ils ne sont donc pas innocents des événements qui vont se dérouler.

Eux aussi sont inquiets. Ils savent que Rome envisage de dénoncer les erreurs et les naïvetés du monde moderne ; ils ont été informés qu'un texte, rédigé par Mgr Gerbet, évêque de Perpignan, a été adressé à Rome. Sous le titre *Instruction sur les erreurs du temps présent*, l'auteur énumère quatre-vingt-cinq propositions qu'il estime « erronées ». Pie IX aurait eu connaissance de ce mémoire. Une commission, désignée par le pape lui-même, aurait été chargée, affirmait-on, de faire un choix théologique sur les suggestions de l'évêque de Perpignan. Tout cela est vrai. Soixante et une propositions seront soumises à l'attention de Pie IX, à ce stade du projet.

Les catholiques libéraux jugent qu'ils doivent réagir au plus vite. Ils sont dispersés entre la France, l'Allemagne, la Belgique, etc. Mais c'est la France qui est en flèche. Mgr Dupanloup part à Rome ; il y demeurera près d'un an. Le pape a confiance en lui et l'écoute. L'évêque d'Orléans prédit à Pie IX un « orage dans toute l'Europe » si le *Syllabus* voit le jour. On décide d'attendre. Néanmoins, des fuites ont lieu (nous sommes bel et bien dans le monde actuel). Un hebdomadaire de Turin publie *in extenso* le projet ; la presse italienne anticléricale se déchaîne. Le pape charge une nouvelle commission de relire et de corriger le brouillon.

Montalembert défend les catholiques libéraux

Troisième acteur important : Montalembert. Le congrès des catholiques belges doit se tenir à Malines. Les responsables demandent à Montalembert de prendre la parole devant cet « auditoire composé [...] de cardinaux, d'évêques, de prêtres, de religieux ». « Cette tribune, lui écrit-il, il faut vous en emparer, cet auditoire, il faut vous en servir au profit de notre commune cause. »

Les 20 et 21 août 1863, Montalembert prend la parole devant plusieurs milliers d'auditeurs. Il fait l'éloge de la

Belgique catholique et libérale, il reproche à de nombreux catholiques européens de rester figés sur les idées et les comportements de l'Ancien Régime. Il prophétise : « Dans une moitié de l'Europe, la démocratie est déjà souveraine ; elle le sera demain dans l'autre. » Enfin, il tonne : « L'Italie, l'Espagne, le Portugal sont là pour prouver l'impuissance radicale du système oppressif de l'ancienne alliance de l'autel et du trône pour la défense du catholicisme... » Il ajoute : « L'inquisiteur espagnol disant à l'hérétique : *La vérité ou la mort !* m'est aussi odieux que le terroriste français disant à mon grand-père : *La liberté, la fraternité ou la mort !* La conscience humaine a le droit d'exiger qu'on ne lui pose plus jamais ces hideuses alternatives. »

L'assistance se lève pour acclamer Montalembert. Les intégristes présents expédient le soir même un compte rendu à Rome. Curieusement, le pape évite de riposter.

Pourtant, le climat devient détestable pour les catholiques libéraux. Mgr Pie vient de condamner *La Vie de Jésus* de Renan. À l'époque, Renan est professeur au Collège de France. Il va perdre sa chaire après la parution de *La Vie de Jésus*. Vers la fin de sa vie, devenu homme célèbre, il s'intéressera essentiellement à la Grèce, et laissera percer un certain scepticisme vis-à-vis de la démocratie.

De plus la curie vient d'être informée que de nombreux théologiens allemands, réunis autour de Doellinger, approuvaient à mi-voix l'indépendance intellectuelle du congrès de Malines vis-à-vis de Rome.

Pour gagner du temps, tout en lançant un premier signal, le cardinal Antonelli expédie deux lettres, l'une à l'archevêque de Malines pour l'informer du déplaisir de Rome, l'autre à Montalembert lui-même. Ni l'une ni l'autre ne sont publiées. Mais chacun comprend que désormais la décision n'allait plus tarder.

Il s'écoule pourtant encore plusieurs mois avant que Rome ne bouge. Le cardinal Sterckx était intervenu : il avait fait remarquer que la parution du *Syllabus* risquait de faire le jeu politique du parti libéral qui affirmait que le ralliement des catholiques à la nouvelle constitution n'était qu'un leurre. Le roi Léopold Ier avait, lui aussi, adressé une lettre au pape. L'ambassadeur de France à Rome avait fait part de la gêne éprouvée à Paris.

Du coup, les évêques ultramontains de France, de Belgique et d'Allemagne multiplient les interventions : selon eux, Rome doit au plus tôt sortir de sa réserve. Pie IX, poussé par Mgr de Mérode, prend enfin sa décision.

« L'Église ne comprend-elle rien à son siècle ? »

Le *Syllabus* est l'un des textes qui ont été portés au pinacle par quelques-uns, montrés du doigt avec horreur par beaucoup d'autres. Il est probable qu'il n'a pas été réellement lu. Les encycliques provoquent souvent des tempêtes alors que très peu de gens en prennent vraiment connaissance.

Le *Syllabus* n'échappe pas à la règle. Pendant près d'un siècle, il sera un signe de contradiction ; on y verra la preuve que l'Église ne comprend rien à son siècle, qu'elle est bel et bien la dernière citadelle d'un monde définitivement mort à la Révolution française.

Or, contrairement à la rumeur, le *Syllabus* comportait bon nombre de vérités. Étaient dénoncés, tout à la fois, le rationalisme, parce qu'il allait jusqu'à nier la divinité du Christ ; le gallicanisme, dans la mesure où il donnait au pouvoir civil le droit de mettre en question les autorités religieuses ; l'étatisme, parce qu'il exigeait le monopole de l'enseignement à son profit et l'abolition des ordres religieux ; le socialisme, parce qu'il veut tout soumettre à l'État (la famille, la propriété, les libertés d'opinion) ; l'économisme, qui estime que l'acquisition des richesses est le but de l'organisation sociale. Plus grave encore, aux yeux des rédacteurs : le naturalisme, qui prétend que la société humaine doit être gouvernée sans tenir compte de la religion ; ce qui suppose la laïcisation des institutions, la séparation de l'Église et de l'État, la liberté de la presse, l'égalité des cultes devant la loi, l'équivalence des religions.

Si les derniers points que nous venons d'énumérer comportent bon nombre de contre-vérités – la séparation de l'Église et de l'État existe déjà aux États-Unis, elle sera établie en France dans moins d'un demi-siècle et les catholiques y gagneront une indépendance qu'ils n'ont jamais connue –, les autres considérants contiennent des intuitions qui se révélèrent profondes cent cinquante ans plus tard (l'économisme réducteur ; le socialisme et le communisme, sources possibles d'une soumission de l'individu à l'État, etc.).

Peu de gens comprendront les ambiguïtés du *Syllabus*. Encore une fois, parce qu'ils ne le lurent pas. Ensuite, parce que les mots utilisés, le style du document, exhalaient un parfum d'autrefois. On avait le sentiment qu'un siècle de rancœurs, fondées ou pas, s'exprimait dans cet étrange manifeste. Et cette analyse, elle aussi, était en partie exacte.

Conséquence du *Syllabus* : un vacarme européen qui contribue à obscurcir le débat. Ultramontains et intégristes clament leur satisfaction ; leurs cris de victoire enveniment le climat. Quant aux éternels anticléricaux, ils en appellent au bon peuple, affirment que le *Syllabus* démontre une fois pour toutes que l'Église est opposée au progrès. Un journal piémontais – n'oublions pas que le Piémont mène, depuis dix ans, la guerre contre les idées et les institutions romaines – soutient que le pape va supprimer dans ses États les trains, les machines à vapeur, le télégraphe et l'éclairage au gaz. À Paris, Napoléon III estime (à juste titre) que le *Syllabus* est, en partie, une machine de guerre contre lui. Sans façon, il interdit aux évêques la publication du document. Quant aux catholiques libéraux, les grands vaincus, on les considère désormais comme des hérétiques.

C'est, encore une fois, Mgr Dupanloup qui évite la catastrophe. Il publie fin janvier un petit livre d'interprétation à propos de l'encyclique et du *Syllabus*. En quinze jours, il s'en vend cent mille exemplaires en France. On traduit l'ouvrage en dix langues. Six cent trente évêques lui écrivent du monde entier pour le féliciter d'avoir si bien exprimé leur pensée. Enfin, le pape lui-même déclare à ses amis : « Il a expliqué et fait comprendre l'encyclique comme il faut qu'on la comprenne. »

Comment Mgr Dupanloup a-t-il réussi cette métamorphose ? En utilisant un vieux procédé, cent fois utilisé durant l'histoire de l'Église : il a simplement distingué la thèse et l'hypothèse. D'après lui, le pape n'avait pas à se réconcilier avec la civilisation moderne, puisqu'il n'a jamais cessé de l'encourager. Il devait simplement indiquer ce qui lui semblait dangereux dans son évolution. Voilà le *Syllabus* transformé en un document dont on a limé les principales aspérités. Mais les ponts étaient coupés entre le Saint-Siège et les catholiques libéraux.

Vatican I

C'est en 1864 que Pie IX annonce discrètement à ses proches collaborateurs qu'il envisage de convoquer un concile. Il souhaite pousser plus avant le travail de réflexion théologique concernant la société moderne. Sans doute a-t-il compris que la formulation du *Syllabus* était trop abrupte, donc contestable. Il estime possible de réaliser, en cette fin du XIXe siècle, un effort intellectuel important. Il s'agit, en quelque sorte, de faire, face au rationalisme, ce que le concile de Trente avait réussi vis-à-vis de la Réforme.

L'idée peut sembler audacieuse. Aucun concile n'a été réuni depuis la naissance du protestantisme. Personne ne sait comment faire fonctionner une telle assemblée. Faut-il inviter les chefs d'État qui, depuis la nuit des temps, ont toujours participé à ces rencontres ? Aujourd'hui, cependant, beaucoup ne sont plus chrétiens ; certains États sont séparés de l'Église. En Amérique du Sud, bon nombre de Présidents sont officiellement francs-maçons.

Comment s'y prendre ?

Comme il est d'usage dans de telles situations, on désigne une commission de cardinaux chargée de proposer une méthode. Habilement, elle suggère d'interroger quarante évêques appartenant à différentes nations ; ils devront donner leur avis sur le projet de concile. Presque tous se déclarent favorables. Mais souvent pour des raisons opposées : les uns espèrent que cette réunion démontrera enfin que Rome n'appartient pas aux Italiens, mais à l'ensemble des catholiques ; ceux-là ne souhaitent pas que la question de l'infaillibilité du pape en matière de foi soit abordée.

Les autres, au contraire, désirent que l'ensemble des problèmes posés par les rapports Église-État depuis la Révolution française soit mis à plat. Presque tous souhaitent que l'Église se prononce avec précision et nuance sur le rationalisme, le panthéisme, l'indifférentisme, etc. Ceux-là, en général, considèrent que l'encyclique *Quanta cura*, fondement du *Syllabus*, doit servir de référence.

À Rome enfin, il existe une opposition déclarée contre l'idée même de concile : « À quoi bon une telle assemblée ? Le pape n'a-t-il pas le pouvoir de prendre les décisions nécessaires ? » Le cardinal Pitra, porte-voix des conservateurs ultramontains, déclare : « Mais les théologiens français et allemands viendraient bouleverser nos congrégations ? » Étrangement, on retrouvera cette méfiance vis-à-vis de la France et de l'Allemagne à l'ouverture de Vatican II.

Ce débat préliminaire va durer un an. Le camp des partisans va changer de drapeau : au départ, ce sont les libéraux qui se déclarent favorables au concile ; un an plus tard, ce sont les ultramontains (rassurés) qui plaident pour l'ouverture des rencontres.

Le 29 juin 1868, Pie IX, par la bulle *Aeterni Patris*, convoque le concile pour le 8 décembre, à la basilique vaticane. Ce sera le jour du quinzième anniversaire de l'Immaculée Conception. On choisit les participants laïques ; ils sont peu nombreux. Louis Veuillot écrit dans une formule lapidaire : « L'ordre sur lequel a vécu la société durant plus de dix siècles a cessé d'exister [...] Une autre ère commence. L'Église et l'État sont séparés, de fait, et tous deux le reconnaissent. C'est un fait, ce n'est pas un bien. L'État l'a voulu, non l'Église. »

Il a raison dans la première partie de sa réflexion, tort dans la seconde. Que la séparation entre l'Église et l'État ait été désirée, voire imposée par les États, c'est indéniable – mis à part, encore une fois, le cas des États-Unis où le problème fut résolu avant même d'avoir été posé. Que l'Église y ait perdu reste à démontrer. On peut raisonnablement estimer, au contraire, que l'apparition d'une Église catholique enfin indépendante des États permet à celle-ci d'atteindre une autonomie spirituelle, intellectuelle, voire politique, qu'elle n'a jamais possédée depuis l'époque de Constantin.

Le concile interrompu par une guerre

Raconter l'histoire de Vatican I est une gageure. Pour toute une série de raisons qu'il n'est pas inutile d'énumérer.

– D'abord parce que ce concile n'a pas eu le temps d'avoir lieu. Il s'est réuni, il s'est ouvert et a commencé ses travaux. Il a pris quelques décisions, dont l'infaillibilité en matière de foi ; puis a choisi d'interrompre ses travaux : la guerre franco-allemande de 1870 éclate. Une fois de plus, la carte de l'Europe va être bouleversée. Les questions considérées par les pères comme fondamentales seront, disait-on, reprises plus tard. C'est un vœu pieux. La modification du paysage allait transformer les problèmes eux-mêmes.

– Ensuite, parce que cette réunion à demi avortée fut cependant la première des temps véritablement modernes. Le concile de Trente était, une fois encore, une rencontre européenne. Vatican I constitue l'esquisse d'une réunion mondiale. Des évêques du monde entier (Amériques du Sud et du Nord, Afrique, Asie, Australie, etc.) firent le voyage. Ce n'était plus tout à fait une aventure que de faire le tour du monde, mais c'était un très long déplacement. Lorsque Vatican II s'ouvrira, les gros avions mettront Sydney à une vingtaine d'heures de Rome ; la Ville sainte ne sera plus seulement la cité historique d'une religion deux fois millénaire, ce sera le centre d'une organisation internationale qui est la plus ancienne de l'univers. Comme si Rome et l'évangélisation progressive avaient établi un réseau qui attendait les avions, les radios et les fax.

– Enfin, les problèmes qui agitent l'Église de 1870 à 1914 paraissent aujourd'hui en partie dépassés. La dénonciation du modernisme, la condamnation du Sillon, puis de l'Action française, la méfiance durable vis-à-vis des démocrates-chrétiens (considérés, à juste titre, comme les héritiers des catholiques libéraux, l'une des cibles du *Syllabus*), tout cela va être emporté par la double tempête de 1914-1918 et de 1939-1945. Lorsqu'on prend connaissance des documents, on a aujourd'hui le sentiment que ces débats appartiennent, pour la plupart, à une autre époque.

On peut dire que l'avant-concile s'ouvre sur une maladresse. Les ultramontains, ceux qui souhaitent qu'on aille au-delà du *Syllabus*, croient qu'ils peuvent révéler leurs intentions : le climat, pensent-ils, leur est favorable. En février 1869, paraît, dans la *Civilta cattolica*, revue officieuse du Saint-Siège, un article qui permet de croire que le concile va proclamer, par acclamation, l'infaillibilité pontificale et réaffirmer les condamnations portées par le *Syllabus*. Tout de suite, les théologiens allemands, derrière Doellinger, ripostent ; cinq articles, regroupés dans un livre intitulé *Le Pape et le concile*, contestent le document de *Civilta cattolica*. C'est une prise de position sans nuance. Doellinger ne s'en cache pas : il veut « créer un mouvement d'opinion parmi les hommes professant une foi positive ». Une majorité d'évêques rédige et signe une lettre au pape, insistant pour qu'il se démarque de la *Civilta cattolica*.

Même tumulte, même division en France. Cette fois, c'est l'infaillibilité qui est en question. Montalembert donne le ton : « Ce n'est pas l'infaillibilité du pape en matière de foi qui me répugne, à moi, ce n'est que son omnipotence sur les questions d'un autre genre : politique, scientifique, etc. » C'est à ce moment que Mgr Dupanloup intervient de nouveau. Sans nuance. Il expédie à tous les évêques un texte estimant que la décision concernant l'infaillibilité est inopportune. Stupéfaction à Rome. Cette fois, Mgr Dupanloup ne pourra plus être un intermédiaire accepté par les deux camps.

De nouveaux pères conciliaires, venus des États-Unis et d'Amérique latine

C'est dans ce climat que le concile s'ouvre le 8 décembre 1869, devant sept cents pères.

Le décompte, par nationalité, est révélateur : deux cents Italiens, soixante-dix Français, quarante Autrichiens-Hongrois, trente-sept Espagnols, dix-neuf Irlandais, dix-huit Allemands, douze Anglais et dix-neuf évêques venus de pays moins importants. À ces chiffres, il faut ajouter cinquante prélats de rite oriental, quarante évêques en provenance des États-Unis, neuf du Canada et trente d'Amérique latine. Enfin, près de cent évêques missionnaires sont présents. L'appel des noms fut saisissant : pour la première fois dans l'histoire de l'Église, on voyait surgir des villes nouvelles : New York, San Francisco, Toronto, Manille, Buenos Aires, Melbourne, etc. C'est réellement un nouveau monde qui se révèle.

Le spectacle avait quelque chose d'ahurissant. Les évêques autrichiens étaient précédés par des hussards en grand uniforme, qui avaient beaucoup de succès dans les rues de

Rome ; les Américains parlaient haut et riaient fort. Il y avait un côté grande foire internationale dans cette réunion sans précédent. Tout de suite, cette assemblée gigantesque se divise en tendances idéologiques : pour le vote en faveur de l'infaillibilité, et pour le vote contre. Entre les deux camps, existe un groupe majoritaire qu'on appelle les modérés. On ne sait pas exactement combien ils sont au début.

Voyons les camps.

Il y a une majorité, dirigée, bien sûr, par des esprits pondérés : par exemple, Mgr Deschamps, archevêque de Malines, qui est un libéral. Mais il est prêt à des concessions : il souhaite l'infaillibilité, mais entourée de conditions précises.

La minorité, pour sa part, est dominée par les évêques allemands. Son porte-parole est l'archevêque de Prague, le cardinal Schwarzenberg, et son théologien respecté est Rauscher, cardinal-archevêque de Vienne.

Minorités germanique et française craignent essentiellement qu'une décision concernant l'autorité du pape en matière de foi ne déplaise aux autorités civiles des deux pays : « Au fond, le débat, quelle que soit la forme qu'il pourra prendre, revient à cette question : l'absolutisme triomphera-t-il à Rome ? » C'est une traduction politique assez inexacte de ce qui est en jeu.

Durant les premières séances, la tension devient palpable. La majorité commence par imposer un vote bloqué sur le nom des membres de la commission chargée de présenter l'ordre du jour. Le mode d'élection de cette commission *De Postulatis* constitue un bon moyen pour mettre les opposants de côté. Beaucoup de pères, peu habitués aux charmes et délices de la vie parlementaire, votent en confiance ; voilà les théologiens représentants de la minorité mis sur la touche.

Il faut trois semaines de bataille sourde pour qu'on en vienne au fond, dans des conditions de délibération à peu près acceptables. Le schéma proposé fut renforcé : « Il est impossible de le retoucher », déclare le cardinal Connoly, archevêque canadien. Il ne reste qu'à « l'enterrer avec l'honneur ».

Ce qui est fait. Du coup, les pères conciliaires ont le sentiment d'être délivrés d'un poids : ils estiment qu'ils vont pouvoir s'exprimer. C'est le moment des manifestes. Le premier, en faveur de l'infaillibilité, reçut trois cent quatre-vingts signatures. C'était un beau résultat. Le second (en fait, il y eut plusieurs brouillons), cent trente-six signatures. Les auteurs sont très satisfaits de ce résultat : rarement, dans l'Église, une opposition aussi résolue n'est apparue. Dans les couloirs du concile, on espère que Pie IX va battre en retraite et renvoyer l'infaillibilité à des jours meilleurs.

Il n'en est rien. Un débat houleux et assez confus se déroule autour du règlement, comme c'est souvent le cas dans les assemblées. Le texte proposé est vigoureusement contesté : deux cent quatre-vingt-un amendements déposés. Le 24 avril, la première constitution du concile est votée par les six cent soixante-sept membres présents. Ce texte, *Dei filius*, est un excellent exposé de ce qu'est la doctrine catholique sur Dieu, la Révélation et la foi. Paradoxalement, en apparence, le document défend avec force la raison humaine ; ce qui n'empêche pas la dénonciation du rationalisme. Au fond, le vote de ce premier texte prouve que les pères conciliaires peuvent s'entendre malgré leurs désaccords annoncés.

L'infaillibilité

On en vient à l'infaillibilité. Ceux qui soutiennent le principe mais demandent des règles claires sont en fait les plus nombreux. Ceux qui sont décidés à ne rien accepter constituent un petit groupe. Les deux camps s'affrontent rudement. Dans la commission, mais aussi dans « les rues et les salons », écrit Moriarty. C'est l'époque des brochures contradictoires qu'on distribue à tous les participants.

Pendant que les disputes se poursuivent, il devient évident qu'il faudra des mois, voire des années, pour aboutir au vote d'un texte acceptable. Discrètement, une poignée de théologiens respectés commence à mettre au point un texte qu'elle juge recevable par le plus grand nombre. Un théologien éminent, Guidi, fait progresser le débat en suggérant que l'infaillibilité ne pourra jouer que dans les définitions doctrinales. Ce n'est pas, précise-t-il, la personne du pape qui devient infaillible, ce sont ses actes. On avance à petits pas. Le 11 juillet, Mgr Gasser expose à l'assemblée – son discours dura quatre heures – les idées centrales proposées par les théologiens.

Finalement, au cours d'un vote ultime, le 18 juillet, la situation se dénoue. Ce jour-là, un orage épouvantable tombe sur Rome. Le nouveau texte est accepté à l'unanimité par cinq cent trente-cinq pères. Donc il subsiste des opposants ; ils n'ont pas participé au scrutin. Deux évêques se rallient quelques minutes plus tard. On entonne rapidement un *Te Deum.*

Entre l'Allemagne et la France, la guerre commence. Les évêques retournent le plus vite possible dans leur ville. La plupart d'entre eux publient des lettres destinées à expliquer et à rassurer les fidèles, en France aussi bien qu'en Allemagne. Doellinger refuse, bien entendu, de se rallier « à la nouvelle Église », déclare-t-il. Il sera peu suivi, et sa décision n'entraînera pas un véritable schisme. On qualifia les évêques opposés à l'infaillibilité de « vieux catholiques ». Ils se réunissent à Nuremberg les 25 et 26 août. Mais Doellinger ne souhaite pas voir surgir des communautés de chrétiens schismatiques. Il calme l'assemblée. Certains groupes émergent ici ou là, cependant. Mais ils n'ont guère d'importance. Partout les évêques et les théologiens se rallient à la décision du concile. D'ailleurs celui-ci s'achève dans le fracas des canons.

CHAPITRE 32

ÉTAT DES ÉGLISES NATIONALES À LA FIN DU XIXe SIÈCLE

Durant tout le XIXe siècle, le christianisme ne cesse de s'étendre géographiquement ; aussi bien du côté catholique que du côté protestant. D'un catholicisme européen, on passe progressivement à une esquisse de communauté catholique. Interviennent pour la première fois dans l'histoire de l'Église les catholiques américains, canadiens, australiens, ceux d'Amérique du Sud, ceux de l'Asie, enfin ceux d'Afrique. Les débats qui se déroulent à Rome et en Europe ne touchent que superficiellement les Églises d'outre-mer. Parti de Rome, l'élan missionnaire ne cesse pas. Une nouvelle carte de l'Église est en train de se dessiner. Il faut la survoler rapidement.

En France l'Église se redresse

Celle-ci bénéficie largement de son attitude durant les événements de 1848, puis de son alliance de fait avec le régime de Napoléon III. Les violences anticléricales traditionnelles provoquent une réaction modérée : on approuve le gouvernement de « l'ordre moral ». Mgr Dupanloup arrache, en 1875, la liberté de l'enseignement supérieur. Les universités catholiques, à Paris et à Lille, datent de cette époque.

Durant toute la seconde moitié du siècle, les vocations religieuses furent nombreuses ; des personnalités chrétiennes de premier plan surgissent. Quelques grands écrivains catholiques font leur apparition. La fin du siècle et le début du XXe verront se succéder Barbey d'Aurevilly (1808-1889), Léon Bloy

(1846-1917), Paul Claudel (1868-1955), Charles Péguy (1873-1914), Jacques Maritain (1882-1973), François Mauriac (1885-1970), Georges Bernanos (1888-1948), etc.

L'évolution de la pratique religieuse est moins spectaculaire. Si l'Ouest, le Massif central et le Jura demeurent globalement catholiques, il n'en est pas de même pour les petites villes. Une partie de la bourgeoisie marchande ignore les préoccupations religieuses. Même situation dans la France rurale. La déchristianisation se poursuit. L'expression « France, pays de mission » apparaît pour la première fois en 1900. D'autant que la constitution d'une classe ouvrière accélère le mouvement de repli. Durant les premières années du XXe siècle, il est clair que, philosophiquement et intellectuellement, le christianisme a repris une place importante face à la mode du scientisme. Mais la déchristianisation progresse au sein du peuple français.

Publiquement, la crise s'ouvre à l'époque de Jules Ferry. Cette fois, l'État républicain se dresse contre l'Église. Il faut dire que bon nombre de catholiques français se sont compromis dans les aventures de restauration monarchique qui, toutes, échouent. Pour les responsables de la IIIe République naissante, l'Église, ses évêques, ses couvents, ses enseignants, constituent un bloc hostile.

La séparation de l'Église et de l'État

La bataille va durer près d'un siècle. Mais les moments clés se situent à l'époque de Jules Ferry (1880), puis d'Émile Combes (1905).

L'Assemblée, dominée par Jules Ferry, ferme deux cent soixante et un couvents d'hommes, décide que l'instruction religieuse n'est plus obligatoire, entreprend l'exclusion des frères et des sœurs travaillant dans les écoles publiques. L'objectif est clair : séculariser l'école, étape indispensable d'une sécularisation progressive de la société. On enlève les emblèmes religieux dans les casernes, les hôpitaux et les tribunaux. L'Assistance publique devient un service d'État.

Tout cela se déroule dans une atmosphère détestable. On jette par terre des crucifix, on saccage quelques couvents. Il aurait fallu garder son calme. L'opinion catholique, au contraire, chauffée à blanc par *La Croix*, journal des assomptionnistes, veut en découdre. L'Action française, lorsqu'elle naîtra, jouera à fond sur cette humiliation et cette rancœur catholiques.

Léon XIII va pourtant tenter, à partir de 1892, une politique dite de « ralliement » (publication à Rome et en français – ce qui est exceptionnel – d'une encyclique recommandant la paix civile). Elle commencera par échouer. Les catholiques français n'y sont pas prêts. Il faudra attendre les lois décrétant la séparation de l'Église et de l'État pour qu'une partie de l'opinion chrétienne comprenne qu'il lui faut s'adapter à cette situation nouvelle.

En novembre 1904, en effet, le président du Conseil, Émile Combes, dénonce le Concordat et présente aux chambres un projet de loi entraînant la séparation de l'Église et de l'État. Il y eut des discussions passionnées. Ce sont Aristide Briand et son principal conseiller, le protestant libéral Louis Méjean, qui réussiront à rendre les textes à peu près acceptables. Certes, une fois de plus, le patrimoine de l'Église – à peu près reconstitué en un siècle – était saisi par l'État (quatre cent onze millions de francs or, d'après Joseph Caillaux).

Pie X [1903-1914] condamna aussitôt, sans nuance, la séparation. Les évêques français, habitués aux manières aimables de Léon XIII, ne comprennent pas cette attitude. Ils imaginent un comportement plus prudent ; on crée, un peu partout, des associations conformes aux exigences légales et à celles du droit canon. Fatigués, Pie X et les autorités françaises se résignent à laisser les églises aux curés. Ceux-ci deviennent des « occupants sans titre juridique » ; on leur accorde le droit de célébrer le culte.

Une fois encore, le camp laïque va être déçu. Il considère que l'Église ne se relèvera pas de cette tempête. Or, très vite, on s'aperçoit qu'un nouveau clergé se trouve à l'aise dans une Église indépendante de l'État : finies les tracasseries des ministres et les interventions des préfets. Il n'y a guère que les maires qui gardent de bons contacts avec les curés, dans la plupart des cas. Résultat : on construit davantage d'églises à Paris entre 1906 et 1914 que durant tout le XIXe siècle. De nombreux intellectuels, beaucoup de professeurs de haut niveau, sont chrétiens et ne s'en cachent plus. Quelque chose commence à bouger dans cette vieille Église française.

L'Italie marche vers l'unité

C'est le Piémont et Cavour qui, en 1860, réalisent enfin l'unité italienne. Rome et de nombreux évêques ne croient guère à cette métamorphose. Sans le dire, ils parient sur l'échec de la tentative. Ils se trompent

Nous avons vu que, durant les deux tiers du XIXe siècle, Rome est empêtrée dans ce qu'il est convenu de désigner du terme de « révolution romaine ». Mais les conséquences de cette bataille difficile furent dommageables pour le Saint-Siège. D'abord, les catholiques se trouvèrent repoussés vers la droite politique, et les francs-maçons s'installèrent en force dans le paysage politique de la Péninsule. Erreur d'autant plus préoccupante que la sécularisation de la société et des institutions italiennes était désormais inéluctable : ce sont les catholiques modérés piémontais qui, contre l'avis de Rome, ont favorisé délibérément le mouvement vers l'unité italienne. Ils en recueilleront les bénéfices plus tard.

Ensuite, l'apparition de ce qui deviendra ultérieurement la démocratie chrétienne. Regroupés dans la *Lega democratica nazionale*, les catholiques tentent de prendre une autorité politique ; ils échouent. On sait que le Vatican les désavoue chaque jour davantage. Ce sera l'avocat milanais F. Meda qui préparera l'organisation d'une vraie force politique regroupant de nombreux catholiques. Elle commencera par être connue sous le titre de *clerico-moderatismo*.

Pour l'Église italienne, ce XIXe siècle est franchement médiocre ; entre 1811 et 1901, la baisse des vocations est d'environ 25 %. Mais, dans les séminaires, des prêtres nouveaux, là aussi, commencent à apparaître. On ne percevra les bénéfices de leur action que dans les années précédant la Première Guerre mondiale.

L'Allemagne, elle aussi, veut être un État

Comme en Italie, le mouvement vers l'unité nationale domine la situation de l'Allemagne. C'est Bismarck qui mène le jeu. À la fois contre l'Autriche et, avec une certaine prudence, contre l'Église. Celle-ci organise méthodiquement sa défense. Les évêques prennent l'habitude de se rencontrer, et surtout de se concerter. La rencontre annuelle de Fulda date de 1867. À peu près en même temps, apparaît le *Katholikentag*, une espèce de ligue, ou de parti, sans le nom ; enfin, création de divers organismes d'action sociale pour « stopper la déchristianisation des classes populaires ».

Ce réveil eut des conséquences positives. D'autant que les catholiques prussiens, inquiets pour leurs libertés, se décident à créer un vrai parti, le *Zentrum*, soutenu par un journal de qualité, la *Germania*. Bismarck réagit en dénonçant les organisations de « masses fanatisées par l'Église ». Ce qui était franchement excessif.

C'est en 1873 – donc après la victoire sur la France, et deux ans après l'unification politique de l'Allemagne – qu'apparut la notion de *Kulturkampf* (« combat pour la civilisation »). Mgr von Ketteler, figure dominante de l'époque, réussit à convaincre les autres évêques de refuser la domination du nouvel État allemand. Le conflit dura dix ans. Finalement, Bismarck, lassé, fit voter une loi de normalisation, puis celle de « pacification », en 1886 et 1887. Les catholiques sortaient, dans l'ensemble, victorieux de cette lutte opiniâtre entre les deux pouvoirs. L'Église obtenait son indépendance. Du coup, les catholiques se sentirent à l'aise dans l'Allemagne riche et prospère de Guillaume II.

Malheureusement, le niveau intellectuel et religieux des catholiques allemands se dégrade durant toute cette période. Il faudra attendre le carrefour de 1910 pour qu'un réveil s'amorce avec la revue *Hochland*. Mais la guerre vient interrompre ce début de renaissance.

Le désordre espagnol

Là encore, la situation de l'Église est équivoque. La monarchie espagnole survit par miracle. En 1839, Isabelle II dut accepter le gouvernement du général progressiste Espartero. C'était une espèce de dictature anticléricale. Après la chute d'Espartero, en 1843, Isabelle régna au milieu des intrigues et des scandales financiers. Elle était déconsidérée par ses mœurs. Néanmoins, elle contribua à la reconnaissance du catholicisme comme religion dominante ; en même temps, elle aida les structures ecclésiastiques à se reconstituer. Le nombre des prêtres était élevé – un prêtre pour trois cent quatre-vingts habitants, c'est-à-dire le double de celui de la France.

Mais c'est une religion de rites, d'usages. La hiérarchie, influencée par la lutte de Pie IX contre les libéraux, tend à s'aligner sur l'Italie et l'Autriche. La situation, en Espagne, est révélatrice de la naissance, partout sur le continent, d'un catholicisme conservateur relativement organisé. Les catholiques libéraux sont une minorité ; certes, leur influence intellectuelle n'est pas négligeable. Entre 1890 et 1910, une série de revues scientifiques chrétiennes font leur apparition à Madrid. C'est le premier signe d'un réveil possible.

Car les esprits dans les universités et dans les grandes villes s'éloignent de l'Église. Son conservatisme suranné écœure les jeunes intellectuels. L'homme phare en Espagne à cette époque, c'est Miguel de Unamuno. Un esprit brillant et un grand écrivain-philosophe. Mais il a pris ses distances avec l'Église. L'indigence intellectuelle des milieux catholiques – divisés entre carlistes et modérés – est étouffante. La génération dite de 1898 (Unamuno) prépare, sans en être tout à fait consciente, les secousses du XXe siècle commençant.

La Grande-Bretagne redécouvre les catholiques

Si l'évolution des mentalités catholiques dans les divers pays de l'Europe occidentale demeure confuse, souvent médiocre, si la poussée antilibérale de Pie IX et de ses successeurs donne le sentiment d'une stagnation intellectuelle au sein d'un univers qui évolue désormais vite, les événements sont très différents en Grande-Bretagne.

Chacun connaît la situation de ce qu'on peut à peine désigner du terme de communauté catholique en Grande-Bretagne : une petite minorité de croyants, divisée géographiquement entre l'Irlande, d'une part, le reste du pays, de l'autre. En Irlande, les catholiques demeurent nombreux. En Angleterre, ils sont dispersés dans les campagnes. Les prêtres sont peu nombreux ; certains d'entre eux vivent dans des châteaux qui les hébergent, par amour de la tradition. On peut dire que le catholicisme (mis à part en Irlande) est désormais une religion marginale.

Deux surprises attendent le petit noyau des catholiques résiduels, aux alentours des années 1840-1850. D'abord, l'apparition d'un mouvement surprenant, qu'on va désigner sous le terme de « mouvement d'Oxford ». Des intellectuels de haut niveau issus de l'université d'Oxford se convertissent. Ils seront très vite plusieurs centaines. Leurs raisons sont diverses : tous refusent le naturalisme et le scientisme qui baignent les universités d'alors. Beaucoup se sont détachés de l'anglicanisme, qu'ils jugent suranné et théâtral.

Ensuite, les conséquences directes de la révolution industrielle. En 1845, l'Irlande connaît pourtant une véritable famine. Des milliers de familles irlandaises descendent vers les villes du Sud. Cette apparition soudaine de prolétaires catholiques dans les banlieues des villes bouleverse la géographie hiérarchique. Auparavant, il n'y avait rien ; il fallait donc créer de toutes pièces une Église.

C'est en 1850 que Pie IX crée un archevêché et douze évêchés suffragants, en remplacement des huit vicariats apostoliques existants. Mgr Wiseman est nommé archevêque de Westminster ; le Saint-Père l'élève aussitôt au rang de cardinal. C'est lui, et ceux qui l'entourent, qui réussissent en trente ans (en commettant de nombreuses erreurs) à reconstituer une Église. Il y eut quatre synodes successifs : en juillet 1852, à Oscott, puis en 1853, 1859, 1873. À cette date, il existait une hiérarchie, des paroisses, des curés et des fidèles. Signalons que, durant ce très court laps de temps, certains bâtiments religieux (églises ou couvents) sont sortis de terre, financés seulement par des paroissiens proches.

Pour donner une idée de la rapidité de l'évolution, notons le chiffre de trois cent mille Irlandais débarqués à Liverpool entre 1850 et 1853. Ces communautés catholiques irlandaises, pauvres, tiraient vers la gauche l'Église d'Angleterre. Ce qui faisait grogner les vieux lords au fond de leurs *castles*. Wiseman se débrouille sur ces points, du mieux qu'il peut. Les autorités politiques observent le phénomène sans lever le petit doigt.

La conversion de Newman

Il faut néanmoins signaler les maladresses commises par Wiseman, notamment vis-à-vis de John Henry Newman. Qui était-il, ce converti surprenant ? Il naît à Londres le 21 février 1801. À partir de 1817, il étudie à Oxford où il continuera de résider. Anglican, il est vicaire de St. Clement's (1824), puis curé de St. Mary's (1828), à Oxford. Sa conversion au catholicisme fut soudaine. Il la rend publique le 9 octobre 1845. Il est ordonné prêtre deux ans plus tard. Très vite, le cardinal Wiseman le charge d'implanter en Grande-Bretagne l'Oratoire de saint Philippe Néri. Il établit sa communauté religieuse à Birmingham. En 1879, Léon XIII le nomme cardinal. C'est à Birmingham, dans la banlieue ouvrière, qu'il meurt le 11 août 1890.

Il laissait derrière lui une œuvre importante. Difficile de résumer ses travaux en quelques lignes. Disons simplement que son parcours personnel a accompagné, tout au long de sa vie, son cheminement spirituel. Dans un premier temps, il analyse les rapports entre la connaissance naturelle et la connaissance révélée. Pour lui, la seconde complète la première, toujours un peu incertaine, souvent approximative. La conjonction des deux modes de connaissance abolit la vieille antinomie entre la raison et la foi.

Seconde réflexion. L'étude de l'Écriture sainte conforte sa foi. Selon lui, il existe un lien historique et rationnel entre les textes sacrés et le *Credo*. C'est la fidélité littérale à cet énoncé, directement issu des traditions apostoliques et patristiques, qui a permis à l'Église de l'emporter sur l'arianisme. L'Écriture, en définitive, donne un fondement aux preuves. C'est l'Écriture qui a donné naissance à des branches distinctes : la romaine, la grecque, et l'anglicane. Toutes se rejoignent dans ce qu'il nomme « la tradition prophétique ». Celle qui, finalement, conforte « la tradition épiscopale ».

Dernier point sur lequel Newman insiste. Ce sont les rôles respectifs de la foi des origines (l'Écriture, le *Credo*) et des ajouts romains. Il a longtemps hésité à se convertir à cause de ces fameux « ajouts romains ». Pour lui, il s'agissait de corruption du donné révélé. C'est après 1842 qu'il constate son erreur : la naissance et la formation progressive des dogmes catholiques ressemblent au mûrissement d'idées qui, peu à peu, grandissent. Au fond, les dogmes sont simplement l'illumination de vérités à demi dissimulées dans les textes, les prières et les usages des chrétiens. Cette apparition lente des dogmes, c'est la preuve que la Révélation divine se poursuit sous nos yeux.

On comprend l'étonnement que ce philosophe-théologien provoque en Grande-Bretagne et dans toute l'Europe. D'autant que de nombreux disciples se groupent autour de lui : le mouvement d'Oxford, c'est déjà lui qui en fut l'animateur. Malheureusement, le cardinal Wiseman – toujours actif, toujours optimiste – utilisait Newman avec une certaine légèreté. C'est ainsi que le groupe des catholiques libéraux disposait d'une excellente revue, *The Rambler*. En 1848, ses fondateurs sont décidés à passer au crible de la méthode scientifique les problèmes posés par la critique moderne, dans le domaine de l'Écriture sainte en particulier. Ils souhaitent que les savants catholiques soient désormais pris au sérieux par les spécialistes. Mais, au fil des années, *The Rambler* étend le champ de ses études. Il plaît, au moins autant par son contenu que par son écriture, en général mordante, incisive. Les rédacteurs n'hésitent pas à s'en prendre aux catholiques conservateurs. Comme ceux-ci sont nombreux et puissants, Rome commence à froncer les sourcils. Wiseman, pour éviter une crise, demande à Newman de reprendre la revue en main. Ce geste devrait calmer la curie. En 1859, Newman obéit. Malheureusement, il est trop tard ; les rédacteurs ne l'écoutent guère et, au bout de quelques mois, Newman doit abandonner. Cet échec diminue sensiblement son autorité. Il en souffre, mais se tait. Puis, en 1864, il publie *Apologia pro vita sua*. C'est sans doute son livre le plus important et le plus achevé. Aujourd'hui encore, on le tient pour un chef-d'œuvre, à la fois littéraire et psychologique. L'ombre qui s'était étendue sur Newman est, du coup, dissipée. Sa pensée est strictement orthodoxe. Mais l'auteur demeure, par la suite, en marge des courants qui agitent cette nouvelle Église. Il ne souhaite sans doute pas se retrouver dans ces tourbillons.

À la mort de Wiseman (1865), c'est Mgr Henry Edward Manning qui est désigné comme archevêque de Westminster.

C'est, lui aussi, un anglican converti ; ce qui choque un certain nombre de catholiques. Un homme actif et précis, qui ne fut guère aimé. Mais c'est lui qui a plaidé avec le plus de fermeté pour que les catholiques anglais se tournent vers les couches populaires ; lui aussi qui négocie au nom des ouvriers lors de la grande grève des dockers de Londres (1889). Véritable porte-parole du peuple face à la bourgeoisie capitaliste. Nommé cardinal en 1875, il fut désigné par le gouvernement dans toutes les commissions royales chargées d'étudier les conditions de vie du prolétariat anglais, ville par ville. On note, au passage, qu'il n'existe pratiquement aucun conflit entre le gouvernement anglais et cette nouvelle Église catholique ; ce qui constitue une différence appréciable avec la situation sur le Continent.

C'est aussi Mgr Manning qui provoque les premières rencontres entre catholiques et anglicans. Mal préparés, ces rendez-vous échouent sur le problème de l'autorité du pape. L'homme qui dirigeait les efforts du côté catholique, l'abbé Portal, réussit cependant à intéresser le pape Léon XIII. Du coup, lord Halifax, représentant des anglicans, est reçu par le pape en 1895.

La tentative de rapprochement s'arrête quelques années plus tard : le nombre des opposants, des deux côtés, est trop élevé. En 1896, une bulle, rédigée par Mgr Merry del Val, l'homme fort du Vatican, refuse aux anglicans toute chance d'être reconnus par étapes. Ce refus est ressenti à Londres comme une gifle ; ce sera l'une des causes de la rupture.

Nous sommes à la fin du XIXe siècle. Les catholiques anglais sont désormais plus d'un million (ils seront trois millions en 1911). Une Église vivante est apparue en un demi-siècle, dans un pays réputé hostile. Les Églises écossaise, galloise, irlandaise (qui ne sont pas comptabilisées dans ce chiffre) se rapprocheront progressivement de celle d'Angleterre. C'est un redressement que personne n'avait imaginé.

Naissance d'un catholicisme américain

Rien de plus surprenant, pour un Européen de cette fin du XIXe, que la situation de l'Église catholique des États-Unis. Là-bas, aucun conflit, aucune tension avec l'État. En réalité, c'est un autre type d'Église qui apparaît en moins d'un siècle, le long de la côte Est, tout d'abord.

Quel est le climat général ? Il est favorable à l'exercice des cultes. Il n'y a pas d'anticléricalisme réel de l'autre côté de l'Atlantique. L'existence de Dieu fait partie du credo institutionnel américain. Certes, les États qui ont fondé la nouvelle nation sont marqués par l'anglicanisme ; on se défie des « papistes ». Telle quelle, la population américaine, au lendemain de la guerre de Sécession, ignore dans son ensemble le catholicisme.

Pourtant, ce dernier ne tombe pas du ciel. Déjà, en 1840, sur six cent mille catholiques recensés, trois cent soixante-dix étaient des immigrés récents. Ce flot va se gonfler : les minorités irlandaise, allemande, puis polonaise et italienne, vont accroître la population des villes de l'Est. La plupart d'entre elles – mise à part la minorité irlandaise – ignorent l'anglais. Les premières Églises catholiques américaines vont surgir dans de véritables ghettos, concentrés dans les ports du Nord-Est. C'est un mini-prolétariat qui se trouve de plain-pied avec la démocratie. Il va sans dire que les premiers évêques sont souvent contestés par leurs ouailles, et que Rome est splendidement ignorée.

La Ville sainte le leur rend bien : lorsqu'en 1819 on envisage, à Rome, de créer un nouveau diocèse en Virginie, le cardinal-préfet de la Propagande propose de l'installer à Hartford… dans le Connecticut, c'est-à-dire à plus de quatre cents miles de là. À l'époque, à peu près aucun membre de la curie n'a jamais mis les pieds de l'autre côté de l'Atlantique.

Curieusement, l'ancienne implantation catholique n'a joué presque aucun rôle. Pourtant, au Mexique et au sud des États-Unis, les franciscains espagnols avaient tissé une toile qui allait du golfe du Mexique à la Californie. Même échec à partir du Canada où, pourtant, jésuites, capucins, avaient implanté des communautés. Aussi bien celles du Sud que celles de la frontière canadienne furent absorbées par le nouveau catholicisme américain.

Le père fondateur fut sans doute Mgr John Carroll, premier évêque de Baltimore. Il avait été envoyé en France, très précisément à Saint-Omer, pour y faire ses études. Ce furent les jésuites de cette ville qui le formèrent et l'ordonnèrent prêtre. En 1773, après la dissolution de l'ordre, il retourna en

Amérique et constitua un embryon d'Église dans le Maryland. En 1789, chacun s'accordait sur la nécessité de nommer un évêque. Rome souhaitait que le Congrès des États-Unis lui propose un nom ; celui-ci refusa. Ce n'était pas son rôle. Démonté, le Saint-Siège eut recours à une procédure qui remontait aux premiers siècles de l'Église : les catholiques désignèrent, par élection, l'homme qu'ils souhaitaient pour évêque : ce fut John Carroll. Il dut aller se faire sacrer en Angleterre, la même année.

C'était un Américain respecté – seul signataire catholique de la Déclaration d'indépendance, ce qui constituait une bonne carte de visite. John Carroll était carré, pragmatique, drôle. Il avait déjà les traits qui allaient être ceux de l'Église américaine.

Dix ans après sa nomination, il obtenait de Rome la création de nouveaux sièges apostoliques : Boston, Bardstown, New York et Philadelphie, plus celui de la Louisiane. Si, en 1785, il n'y avait guère plus de vingt-cinq mille catholiques dans les États du Nord-Est, ils étaient plus d'un million en 1850. Mais les prêtres manquaient. On en forma, à Baltimore, puis en Europe. Cahin-caha, la nouvelle Église commença à grandir. En 1820, on assista au réveil d'un courant anticatholique. Il prit de l'ampleur. En 1843, il s'organisa dans un parti : l'American Republic Party, dont l'un des buts était de permettre d'« adorer le Dieu de nos pères [...] sans les contraintes d'un prêtre romain ou les menaces d'une Inquisition diabolique ». Le premier congrès de ce parti se réunit à Baltimore en 1852. On comptait alors près de deux millions de catholiques, mille quatre cent vingt et un prêtres, mille quatre cent onze églises, trente et un diocèses, etc., auxquels il faut ajouter cinquante communautés d'hommes et cent soixante communautés de femmes.

Certes, dans leur écrasante majorité, les États-Unis demeurent protestants. C'est, comme on le sait, un protestantisme éclaté : épiscopalien, luthérien, presbytérien, méthodiste, baptiste, plus les nouvelles Églises : adventiste, mormon, amish, etc. Elles constituaient, toutes ensemble, les ferments d'un christianisme rude qui allait permettre des mutations imprévues au XXe siècle. En particulier, l'augmentation considérable de l'Église catholique.

Le Canada

En 1763, date de la signature du traité de Paris qui abandonne le Canada à l'Angleterre, les Canadiens catholiques et français sont environ soixante-cinq mille En face d'eux, deux millions d'anglo-protestants. Logiquement, ils auraient dû être engloutis dans cette masse. Mais le mariage de l'attachement national et linguistique d'une part, religieux de l'autre, allait leur permettre de survivre.

Deux séminaires subsistaient : celui de Québec et celui de Montréal, rouverts, l'un et l'autre, en 1791. Des prêtres français, chassés par la Révolution, furent admis dans la communauté, et la renforcèrent. En 1812, date de la deuxième guerre entre l'Angleterre et ses anciennes colonies, le Canada fit des concessions aux catholiques pour empêcher leur ralliement aux États-Unis en création. Mgr Plessis fut nommé évêque catholique de Québec. Rome, mal informée, laissait faire.

Durant les premières années du XIXe siècle, le nombre des catholiques s'élève rapidement grâce au taux de natalité le plus important du monde jusqu'à 1850 : dix à quinze enfants par famille. Ajoutons le rythme de l'immigration irlandaise. En 1850, les catholiques canadiens étaient sept cent cinquante mille avec six cents prêtres et onze collèges. En même temps, le Québec avait conquis son originalité. Il va demeurer une zone chrétienne privilégiée jusqu'au lendemain de la Seconde Guerre mondiale.

*

Dans le reste du monde, tout particulièrement en Afrique et en Asie, le christianisme va continuer sa progression régulière. Catholiques et protestants marchant souvent en parallèle (cas de l'Afrique du Sud, par exemple). En Afrique, l'avancée du christianisme bute depuis fort longtemps sur l'islam. La troisième religion du Livre descend d'ailleurs progressivement sur une ligne est-ouest, vers l'Afrique tropicale qui s'étend le long de l'Océan.

Mais des communautés chrétiennes importantes s'organisent. Il y a, aujourd'hui, de nombreux évêques noirs, et la perspective d'un pape de couleur ne provoque aucun émoi parmi les cardinaux. Mais nous n'en sommes pas encore là.

CHAPITRE 33

PROTESTANTISME ET ORTHODOXIE AUX XIXe ET XXe SIÈCLES

Églises protestante et orthodoxe vont être confrontées, tout au long des deux derniers siècles, à une série de problèmes redoutables : la révolution industrielle, la tourmente des idéologies, l'indifférentisme, le socialisme et les totalitarismes rouge et brun. On ne s'étonnera pas que les deux confessions aient donné des réponses différentes à cette crise multiforme : la situation géographique des Églises protestantes, celle des Églises orthodoxes expliquent, en partie, ces évolutions distinctes.

Les Églises protestantes sont puissantes

Il faut partir d'un constat. Les États protestants sont, par habitant, les plus riches d'Europe et d'Amérique. Mis à part la Belgique et la France, qui font à peu près jeu égal. Il faudra attendre le dernier tiers du XXe siècle pour voir le développement de l'Italie, puis celui de l'Espagne gommer en partie ce déséquilibre, qui remontait loin dans le temps.

Première série de décisions. Elles se placent entre la fin du XIXe et le début du XXe. C'est l'Allemagne qui invente le système de protection sociale généralisée. La plupart des États protestants s'alignent sur Berlin. Au lendemain de la Seconde Guerre mondiale, l'État-providence devient un modèle presque universel (mis à part le cas des États-Unis qui suivent une voie différente).

Le socialisme démocratique, qui s'installe à partir de l'État-providence, puis survit à son déclin, favorise la montée de l'indifférentisme. Il n'est pas hostile aux Églises, mais dans l'ensemble les ignore. La quête de la richesse individuelle modifie les comportements. Quelques années avant 1914, il n'y a plus guère que 5 % des Allemands qui participent à la vie des Églises.

Cette vague d'indifférentisme religieux est liée, dans l'ensemble des Églises issues de la Réforme, à la montée des théologiens libéraux. Karl Barth, l'un des plus grands théologiens protestants de cette époque, a montré qu'à partir des Lumières le rationalisme efface progressivement les modes de pensée d'autrefois. La religion d'hommes comme Lessing ou Kant tient à jeter les fondements d'une théologie adogmatique. Cette sécularisation touchera à peu près un cinquième des pasteurs allemands, anglais ou scandinaves.

On comprend mieux ainsi l'évolution vers le catholicisme d'hommes comme Newman ou Manning. L'un et l'autre supportaient mal le climat intellectuel des protestants anglais.

Le modernisme allemand

Deux hommes vont jouer un rôle important dans cette dérive religieuse : David Strauss, auteur de la première *Vie de Jésus* (1835), qui secoue la théologie allemande du XXe siècle, et sert de modèle à Renan. Karl Barth tentera de freiner cette évolution, sans vraiment y parvenir.

Deuxième prophète de ce modernisme à l'allemande : Paul de Lagarde. C'est un universitaire de Göttingen, dont la culture biblique est étendue. Il prône une « déjudaïsation de l'Ancien Testament » et une « aryanisation de Jésus-Christ ». Ces propositions auront une influence considérable sur la pensée religieuse en Allemagne et sur son avenir politique.

D'autant que la pensée d'un homme comme Harnack va précipiter le mouvement. Durant les années 1887 à 1930, il enseigne l'histoire de l'Église à l'université de Berlin – où il fut nommé sous la pression de l'empereur, et contre l'avis du Consistoire général des Églises évangéliques. Pour Harnack, le christianisme est une rupture absolue avec le judaïsme. S'appuyant sur saint Paul, il affirme que « se rallier au Christ, c'est rompre avec la loi ». Cette position antijudaïque – mais absolument pas antisémite – constitue une véritable mutation et a une influence directe dans les têtes : Jésus-Christ commence à s'effacer devant le *Volk*, c'est-à-dire le peuple allemand. On notera que ces théologiens antijudaïques favorisent, sans le vouloir, la montée progressive d'un antisémitisme qui va aboutir au racisme. Un important mouvement d'Église, les *Deutsche Christen*, se ralliera très logiquement au national-socialisme.

Ce sont des dérives redoutables. Il faut garder à l'esprit un fait dominant : 65,5 % des Allemands se disent « protestants » ; un protestantisme anticatholique, convaincu de sa supériorité sur les « romains ».

Après la révolution de 1848, les Allemands avaient eu le choix entre trois types d'État. D'abord la « petite Allemagne » ou « Allemagne du *Zollverein* » (union douanière). Elle aurait été dominée par les protestants.

Ensuite, l'Allemagne de la Confédération germanique intégrant Autriche et Bohême. Dans cette hypothèse, catholiques et protestants auraient fait jeu égal.

Enfin la « grande Allemagne » regroupant la Confédération germanique et les débris de l'Empire autrichien (la Galicie, la Hongrie, la Slovaquie, la Croatie) ; en ce cas, les catholiques auraient été majoritaires.

C'est ce rêve (minoritaire à l'époque) qui fut porté par les pangermanistes avant 1914. Il fut repris par Hitler. En 1942, après l'annexion de l'Autriche et des Sudètes, la « grande Allemagne » voyait le jour. On comprend que la majorité des protestants, profondément nationalistes, se soient ralliés au national-socialisme. La plupart d'entre eux ne soupçonnaient même pas dans quel gouffre ils se précipitaient.

Il y eut bien sûr des exceptions héroïques. Celle de certains calvinistes regroupés derrière Karl Barth, de certains luthériens qui suivirent Bonhoeffer ou Niemöller, qui, les uns et les autres, refusèrent Hitler. Beaucoup choisirent l'exil. Une partie des protestants se réunirent dans la « Confession de Barmen » (1934) ; elle récusait totalitarisme et racisme. Ses principaux responsables furent internés, puis exécutés par les nazis (parmi les clercs, il y eut davantage d'exécutions chez les catholiques que chez les protestants ; pourtant, les premiers étaient bien moins nombreux que les seconds).

En 1945 cependant, le synode général de l'Église évangélique fit publiquement pénitence ; il avouait que de nombreux fidèles avaient accepté le nazisme. Cet acte courageux n'eut pas que de bonnes conséquences : la mauvaise conscience fit son apparition. Elle allait souvent justifier – par la suite – les rapprochements bizarres avec les communistes. La meilleure preuve : lors de l'affaire des SS 20, le manifeste communiste pour la paix à tout prix fut repris largement par de nombreux pasteurs. Il fallut le discours de F. Mitterrand au Bundestag (janvier 1983) pour stopper ce mouvement.

Création du Conseil œcuménique des Églises

Dans ces deux erreurs successives, le Conseil œcuménique des Églises (COE) a sa part de responsabilité. Le COE est né en 1910 de la volonté des Églises et des missions évangéliques. Il s'agissait de coordonner l'action de ces multiples groupes. L'animateur principal fut l'archevêque d'Upsal, Söderblom ; le COE, réuni à Stockholm en 1925, puis à Lausanne en 1927, définit ses ambitions et ses limites. Il ne s'agissait pas de fonder toutes les Églises réformées en une seule, mais de mettre un peu d'ordre dans leurs multiples initiatives.

Dès le départ une tendance – celle du mouvement « Vie et action » – oriente réflexion et actes vers les problèmes concrets : questions économiques, éducation, problèmes moraux et internationaux. On développe une « vision chrétienne sociale du christianisme ». On y fait « pénitence » des « erreurs et des fautes des Églises », qui ont « éloigné le Messie », l'« âme des classes laborieuses ». Personne ne s'avise que cette description de l'athéisme ouvrier ne correspond à rien aux États-Unis.

Deuxième tendance : « Foi et constitution ». Le mouvement naît officiellement à Lausanne en 1927. En vérité, le désir de réunification date des années 1910. « Tous les disciples du Christ » doivent se réunir, écrivait-on. Les rapprochements théoriques seront importants. Ils buteront cependant sur la tradition – dont on ne reconnaît pas l'autorité –, la succession apostolique, et l'importance de l'Eucharistie.

Quels que soient les échecs de « Foi et constitution », c'est elle qui va permettre la création du Conseil œcuménique des Églises à Oxford, en 1937.

Tout de suite on perçoit les limites de ce rapprochement : à Oxford, les orthodoxes refusent de participer à un office anglican. Ils s'en retournent dans leur Église pour se retrouver chez eux. Malgré tout, un conseil provisoire sort de terre : le pasteur Boegner préside le comité administratif. Il faudra attendre 1948 pour que la première assemblée générale soit réunie.

Les relations avec le Vatican, lentes au début, se réchauffent au fil des ans. Le comité exécutif est composé de treize membres : trois luthériens, trois épiscopaliens, deux réformés, deux orthodoxes, un baptiste, un congrégationiste, un indépendant, dispersés à la surface de la planète. Il a donc peu d'influence. C'est le secrétaire général, en l'espèce Visser t'Hooft, diplomate hollandais énergique qui, dans les premières années, mène avec discernement cette barque d'un type nouveau. Mais ses successeurs n'auront pas son autorité. On accusera le COE soit de philocommunisme, soit d'être à la solde des États-Unis. En 1961, les orthodoxes des États soviétiques intègrent le COE et l'organisation se marxise ouvertement (de 1965 à 1989). C'est manifeste dans les quatre volumes d'*Église et société* (publiés en 1967-1968).

Commence une course éperdue derrière la « modernité ». Un certain nombre d'Églises tentent de copier le discours ordinaire des médias : soutien du planning familial, appui aux luttes des femmes, aide sociale, etc. On accélère en même temps l'ouverture du ministère aux femmes ; elles deviennent pasteurs, il y aura même des femmes évêques (États-Unis, Scandinavie, Allemagne). Enfin on accepte l'avortement et les mariages homosexuels.

Un théologien américain montrera clairement que cette course derrière les modes ne sert à rien. Aucun incroyant ne se rapproche des Églises à cause de leurs positions. Au contraire, la résistance tranquille des communautés traditionnelles séduit le plus grand nombre. Les instituts américains de sondage évaluent à trente ou quarante millions de fidèles, le nombre des participants à ces petites Églises, à demi séparées les unes des autres.

En France, il y a environ un million de protestants théoriques : cinq cent mille réformés, trois cent mille luthériens, cent à cent cinquante mille membres des Églises libres (apostolique, baptiste, pentecôtiste et autres). L'influence du COE est importante. En 1971, la Fédération protestante de France publie un texte, *Église et pouvoirs*, qui suggère comme modèle de société la RDA. En même temps, la Fédération s'engage dans un pacifisme unilatéral. C'est l'époque durant laquelle des théologiens allemands lancent le slogan : « Plutôt rouge que mort ! » Nous sommes en 1981.

Bien sûr, à partir de 1989, ces mêmes hommes cesseront de chanter ce refrain. En France, comme ailleurs, le climat change du tout au tout.

Les pays scandinaves, maintenant. L'Église luthérienne est unie aux États, qui la protègent « contre le blasphème et la propagande antireligieuse » ; les États assurent donc le financement des pasteurs et des paroisses. Tout ceci entraîne une refonctionnarisation du système ecclésial et pousse, dans le milieu des années 50, vers l'instauration d'une liberté religieuse contrôlée. Pourtant très vite le climat va changer et les Églises vont entreprendre une reconquête de leur liberté.

Rappelons que ces Églises se veulent les héritières directes de l'Église catholique et en ont gardé la liturgie romaine, conforme d'ailleurs à l'enseignement de Luther.

Les Églises se sont peu à peu démocratisées. Jusque vers 1890, l'évêque – nommé par le souverain – est seul maître en son diocèse : peu à peu apparemment des conseils diocésains associant pasteurs et laïcs viennent le relayer. Mais il n'y a pas d'organes centraux proprement ecclésiaux. Ce sont en effet des organes d'État qui se chargent du regroupement.

Pourtant les Églises scandinaves ont connu, tout au long du XIXe siècle, d'importants mouvements de « réveil », souvent liés à l'action de pasteurs ou de prédicateurs en milieux ruraux. Mais cette action populaire, efficace et authentiquement religieuse perd de son pouvoir avec l'accélération de l'urbanisation. Témoin : le père Grundtvig, dont l'autorité dans la paysannerie sera considérable, et qui verra son prestige diminuer régulièrement à partir de 1940.

Notons que l'action de ces mouvements de « réveil » fut constamment freinée par la pression des théologiens libéraux. C'est une constatation bien révélatrice : les libéraux, au cours du siècle précédent, avaient entraîné et provoqué l'évolution vers une refonte des Églises. Mais, au fur et à mesure que les années passent, ces théologiens libéraux commencent à jouer un rôle contestable dans l'évolution des Églises. Ils prêchent, sans en être totalement conscients, une telle libéralisation des mœurs qu'ils entraînent une sécularisation progressive de l'Église. On assistera, au cours des dernières années, à une réaction contre ce qu'il faut bien appeler une déchristianisation accélérée des pays scandinaves. Ce sont des théologiens liés à la « Haute Église » qui protestent contre les théologiens libéraux. Ils estiment qu'il faut revenir à la foi dans un certain nombre de sacrements ; ils acceptent l'intercommunion avec l'Église anglicane, et ils seront très largement à l'origine de l'accord luthéro-catholique d'Augsbourg, signé le 31 octobre 1999, sur le problème de la « Justification ».

La diversité des réformes

On pourrait trouver des problèmes et des évolutions comparables dans l'ensemble des îles Britanniques. Au contraire de ce que l'on croit souvent, coexistent ici plusieurs Églises ou communautés issues de la Réforme :

– les anglicans, Église épiscopale anglaise, qui s'intitule officiellement « Église catholique anglicane »,
– les presbytériens, réformés écossais,
– les méthodistes,
– les Églises libres, aux multiples dénominations.

Au sein du Royaume-Uni, où domine théoriquement le protestantisme, l'Église catholique est infiniment plus vivante et compte à peu près autant de pratiquants que l'anglicane. Certains théologiens britanniques, d'ailleurs, estiment qu'aujourd'hui l'Angleterre est devenue *subchristian* (infrachrétienne). Pourtant moins de 10 % des Britanniques se disent athées ou agnostiques, contre 19 % en France, selon les derniers sondages. Il y a donc une masse d'hommes ayant une vague approche du christianisme, ce que les théologiens anglicans appellent bien pudiquement la « diffusion chrétienne » ou « chrétienté diffuse ». Mais la Grande-Bretagne vit dans une atmosphère profondément marquée par le christianisme : enseignement religieux et prières à l'école, aumônerie dans les hôpitaux (à la charge de l'État depuis la décision du gouvernement travailliste de 1948), christianisme « étatique » par le poids du religieux sur les actes publics de la Couronne (sacres, funérailles et mariages princiers) ; tout ceci fait que le christianisme demeure un élément essentiel de l'identité nationale britannique.

Notons cependant que l'une des causes non négligeables de la sécularisation des Églises anglaises est la forme particulière de l'urbanisation là-bas ; plutôt que de grands ensembles, on trouve en Grande-Bretagne des quartiers pavillonnaires, loin des centres urbains ; c'est là que se concentre la classe moyenne longtemps « noyau dur » de l'anglicanisme ou du méthodisme. Cela entraîne la réorganisation des paroisses, la construction d'églises, mais surtout un éclatement de la vie communautaire, une accentuation de l'individualisme traditionnel au Royaume-Uni, favorisé par le cinéma, la télévision, et la voiture.

Là aussi le libéralisme a eu son impact. Traditionnellement on distingue dans l'Église anglicane des tendances très diverses. D'abord la *Low Church*, à tendance réformée, souvent ultra-libérale ; la *High Church* avec ses multiples traditions qui s'étalent entre les paroisses évangéliques conservatrices et les anglo-catholiques comportant bon nombre d'étudiants et d'intellectuels.

À cela s'ajoutent les méthodistes, souvent libéraux et conservateurs, et l'Église presbytérienne d'Écosse, dont le calvinisme n'empêche pas la coexistence entre un libéralisme exacerbé et des courants piétistes qui influenceront d'ailleurs certains milieux anglicans ou méthodistes.

Tout ceci se retrouve, sous des formes à peine différentes, dans le protestantisme américain. Toutefois, face à la poussée libérale et adogmatique, existent aux États-Unis une série de communautés fondamentalistes, qui – à la limite – tiennent le haut du pavé. Le protestantisme américain est multiple et divers. Il ne faut jamais oublier que la plupart des treize colonies sont – en dehors du Maryland – des colonies peuplées d'émigrants anglais ou néerlandais, mais tous protestants dont la majorité est « non conformiste », c'est-à-dire calviniste. Le poids du religieux est donc considérable dans la mentalité américaine. Dans cette République laïque, le Président nouvellement élu prête serment – faut-il le rappeler ? – à la constitution, sur la Bible, en présence d'un révérend, et il y a au Congrès un « clergyman » à plein temps. Au reste, ce fondement religieux est présent quotidiennement dans la vie américaine, puisque les dollars portent tous la devise *« In God we trust »*.

La baisse de la pratique religieuse

Qu'en est-il de cette religiosité américaine ? Il y a aux États-Unis près de deux cent cinquante types de protestantisme, et l'ensemble des protestants ne représentent plus aujourd'hui qu'environ 60 % de la population, contre 70 % en 1900, en raison de l'importance de l'immigration hispano-américaine.

Les communautés les plus importantes, en nombre, sont les baptistes (40 % environ des protestants), les méthodistes (20 %) et les luthériens (10 %), mais les plus influents sont les épiscopaliens et les presbytériens, constitués essentiellement des descendants des premiers colons. Ces Églises sont presque toutes divisées en congrégations : il y a trois grandes dénominations luthériennes, trois anglicanes, onze presbytériennes, onze méthodistes et vingt-trois baptistes. À cela s'ajoutent vingt-cinq Églises pentecôtistes, onze mennonites, sans compter les membres des sectes du type des Témoins de Jéhovah (un million de fidèles) et Scientistes (environ cinq à six cent mille fidèles). Rappelons aussi que, du fait de l'histoire américaine, nombre de ces Églises sont liées à l'origine nationale de leurs fidèles. Enfin ajoutons que la ségrégation demeure plus vive qu'on ne le croit, non seulement dans le Sud où la majorité des paroisses sont « monocolores », mais aussi dans le Nord, en raison de ce qu'on appelle pudiquement la « ségrégation résidentielle ».

Enfin ce qui caractérise depuis plusieurs décennies la vie religieuse aux États-Unis, c'est le renouveau animé par les fondamentalistes.

Entre 1910 et 1970, on assiste à un lent déclin de la pratique religieuse. En 1942, dans ce pays où la Bible est en apparence le fondement de la société, 41 % des Américains ne « l'avaient pas ouverte depuis un an ». Comme le fait remarquer un théologien, « une majorité se comporte envers la Bible comme le fait leur Président le jour de son investiture : ils la touchent, mais ne la lisent pas ! ».

Mais au début des années 70 on assiste à un véritable retournement : l'apparition de la télé-évangélisation entraîne un mouvement de « renaissance » (*born again*), qui touche une part non négligeable de la population. Selon un sondage Gallup de 1982, 35 % des Américains déclarent avoir connu cette renaissance, 45 % ont encouragé un membre de leur entourage à « accepter Jésus-Christ ». De surcroît 37 % parmi les sondés « considèrent que la Bible est la parole même de Dieu et doit être acceptée littéralement ».

Il est évident que ces fidèles n'appartiennent nullement à la même Église ; les différences demeurent considérables entre « le synode luthérien du Missouri » et les Églises unitariennes.

Si le fondamentalisme est un élément essentiel de la vie religieuse aux États-Unis, il ne faut pas oublier qu'il ne touche qu'un gros tiers de la population protestante : la plupart des fidèles américains récusent les dogmes et « les normes théologiques précises ».

Ceci explique l'importance du débat théologique aux États-Unis entre les néo-orthodoxes (le luthérien Reinhold Niebuhr) et les libéraux. L'influence européenne a été longtemps dominante, favorisée après 1933 par la venue outre-Atlantique de théologiens fuyant le régime nazi, tel Tillich. Pourtant on assiste depuis une vingtaine d'années à un repli de la théologie libérale. Pendant longtemps elle avait dominé aux États-Unis au point qu'un « manifeste libéral » proclamait vers 1930 : « Les humanistes religieux regardent l'univers comme non créé, mais existant par lui-même. » Pourtant, dans ce pays profondément religieux, ces positions théologiques n'entraînèrent pas la dissolution des Églises. Mais cette conscience libérale vida les communautés de toute position dogmatique, dans la lignée d'un Albert Schweitzer très populaire aux États-Unis comme théologien.

Tout cela, bien sûr, se retrouve dans les pays de mission. En

Afrique, les communautés protestantes dominent dans les régions anglophones ou dans les anciennes colonies allemandes, telles que le Cameroun et le Togo. En zone francophone, les communautés réformées et luthériennes de Madagascar ont évangélisé une part importante de l'élite malgache.

Mais c'est en Amérique latine que l'on assiste, ces dernières décennies, à une montée des communautés protestantes, qui profitent des conflits dans l'Église catholique entre théologie traditionnelle et théologie de la Libération. À côté des Églises implantées par les émigrants allemands en Argentine, en Bolivie, au Chili et dans le Brésil du Sud, apparaissent des congrégations pentecôtistes et Témoins de Jéhovah. Leur croissance est rapide et l'on verra, à la fin des années 90, le Guatemala élire un Président de confession protestante.

Pour conclure, il faut noter que l'influence des libéraux, après avoir été dominante dans l'ensemble des confessions protestantes, a tendance désormais à s'affaisser, année après année. La dilution des communautés chrétiennes finit par faire peur aux croyants. Aux États-Unis, bon nombre de protestants rallient l'Église catholique simplement pour retrouver un ordre, des cérémonies et une espèce de discipline dont ils étaient complètement coupés. Le renouveau du protestantisme américain peut susciter, dans les années qui viennent, des surprises.

Le monde orthodoxe

Si le XIXe siècle fut une grande période pour l'orthodoxie, le XXe fut pour les Églises orthodoxes une succession d'événements plus terribles les uns que les autres.

Le monde orthodoxe, c'est la chrétienté au-delà de la Save, des Carpates ; elle s'étend de cette zone de l'Europe centrale jusqu'au Pacifique, au nord du désert de Gobi. Soit une immensité. Au début du XIXe siècle, l'Église est particulièrement vivante dans l'Empire russe, et plus ou moins opprimée dans l'Empire ottoman, qui, en 1820, possède des territoires où vivent Slaves (Serbes et Bulgares), Grecs et Roumains.

L'orthodoxie russe est liée à l'Empire et à son destin.

Depuis Pierre le Grand, le patriarcat a été supprimé au profit du Saint Synode entièrement entre les mains du tsar. Au XIXe apparaît l'idée d'un « Dieu russe » qui crée des liens incontestables entre l'orthodoxie traditionnelle et le panslavisme. Avec Nicolas Ier, au nom de la prophétie d'Isaïe : « Je fais de toi la lumière des Nations », l'orthodoxie est mise au service de la Sainte Alliance. Certes contre les Hongrois, contre la Valachie orthodoxe, soumise encore au sultan. Les principes de la politique russe sont alors « Autocratie, Orthodoxie, Nation ». Administrée en fait par l'État et ses fonctionnaires, l'Église orthodoxe devient une véritable administration, et le système est renforcé par le procureur du Saint Synode nommé par le tsar ; en 1836, ce fut le comte Protasov. Les évêques sont alors étroitement surveillés et tenus de contrôler les activités des paroisses et de leurs diocèses. Naturellement l'enseignement théologique est placé sous haute surveillance. Cette situation dure jusqu'à l'arrivée d'Alexandre II au pouvoir. Celui-ci, qui fut le libérateur des serfs, fut pour les Églises plus libéral. Il laissa s'exprimer un certain nombre de prélats et de théologiens. Mais le successeur de Protasov, le comte Tolstoï, fut en apparence aussi conservateur que son prédécesseur. Toutefois il réduisit le nombre des paroisses, réforma l'enseignement en le décléricalisant. L'assassinat d'Alexandre II fit renaître la réaction et la revendication, en particulier en Ukraine et en Biélorussie, de russifier les Églises. Le pouvoir religieux est entre les mains du procureur qui préside le Haut Synode de 1880 à 1905. Le Haut Synode est hostile à la démocratie et à l'Église catholique. Il favorise la russification, en Ukraine en particulier, et le mouvement slavophile. L'Église russe compte, en 1900, quatre-vingts millions de fidèles, quarante-huit mille paroisses, quarante-cinq mille prêtres, sans compter plus de quatre-vingt mille diacres et « desservants d'église ordonnés ». Ce bas-clergé séculier, dit *clergé blanc*, vit généralement pauvre, au milieu de fidèles qui le sont tout autant. Ses prêtres sont mariés, à la différence du *clergé noir*, moines et prélats, ces derniers recrutés parmi les moines, à l'exception de quelques popes veufs et instruits. Les évêques, du fait de leur statut de célibataires, de leur place dans l'État, constituent un haut-clergé coupé de ses ouailles. Ceux-ci les respectent car ils célèbrent admirablement la magnifique liturgie orthodoxe.

Comme l'ont bien montré Hans Kohn et Alain Besançon, la vie intellectuelle russe est alors dominée par le conflit entre slavophiles et occidentalistes. Les slavophiles se fondent sur la mission de l'orthodoxie russe destinée à régénérer l'Occident déclinant et infidèle. En fait les slavophiles par leurs excès vont falsifier la religion et la slavophilie. Ils intègrent dans leur monde les Slaves orthodoxes, et quoique Occidentaux, les Tchèques, mais ils récusent Polonais et Croates trop marqués par leur catholicisme. Ensemble les Slaves orthodoxes combattront toute conception rationnelle de l'homme, et tisseront autour du tsar des liens sociaux fondés sur l'harmonie, la communauté de foi, l'amour.

L'influence du romantisme allemand

Il y a falsification parce que pour « naturaliser en Russie le piétisme » on le fonde sur une fausse tradition orthodoxe ; en réalité à la base de toutes ces idées, on trouve tout simplement le romantisme allemand.

En tout cas, même si on imite l'Occident, il faut lutter contre l'*européisme* fondé sur les Lumières. Cette Europe sans morale, il faut lui inculquer les vertus simples de l'orthodoxie. On trouvera ces thèmes aussi bien dans les romans de Dostoïevski qu'un siècle plus tard chez Soljenitsyne.

Ces thèmes deviennent le fondement de la diplomatie russe, après la défaite de la guerre de Crimée. Cela se retrouve avec la guerre balkanique de 1877-1878 ; il y eut des collectes dans les églises pour aider les frères orthodoxes bulgares et serbes.

Même si Tolstoï, qui prêchait un « christianisme sans église », n'est pas éloigné des slavophiles, il se garde de les appuyer jusqu'au bout. Le mouvement panslave, étroitement lié à l'Église orthodoxe, permet de mieux comprendre l'évolution de l'orthodoxie face au stalino-léninisme, comme à l'ère postsoviétique.

La Grande Guerre va porter un coup terrible à l'orthodoxie. La révolution d'Octobre est le début d'une longue période de persécutions horribles entraînant la mort ou la déportation de plusieurs milliers de prêtres. La destruction de très nombreuses églises ou leur transformation en musée de l'athéisme va suivre. Les fidèles seront persécutés et pourtant la foi va survivre, grâce, il est vrai, aux *babouchka.* Théoriquement l'Église subsiste ; on a même rétabli le patriarcat de Moscou. Il est – comme tous les clercs survivants – sous le contrôle strict de la commission des affaires religieuses du Comité central.

Les orthodoxes – essentiellement grecs – qui subsistent en Turquie sont emportés par la guerre turco-grecque de 1922. Le traité de Lausanne oblige les deux millions de Grecs répartis en Ionie et à Smyrne à quitter la Turquie, et cette épuration ethnique se fait avec la bénédiction des Grandes Puissances, toutes démocratiques. Exemple : la France et le Royaume-Uni. Auparavant les Arméniens de l'Empire turc avaient été obligés de quitter leurs foyers. Des dizaines de milliers d'entre eux furent massacrés au cours du transfert.

Il ne reste presque plus rien de la brillante civilisation orthodoxe, encore importante et relativement puissante de la fin du XVIIIe siècle.

Autour du patriarche de Constantinople, il n'y a plus guère de fidèles et les communautés de l'ancien Empire ottoman proclament leur autonomie dans le cadre des nouveaux États. Si, en Grèce et en Bulgarie, la vie des Églises peut se réorganiser sans grand problème, il n'en est pas de même en Roumanie ou en Serbie. De 1920 à 1940, les deux patriarcats de Belgrade et Bucarest cherchent à limiter au maximum les libertés des communautés romaines. Les Croates et les Slovènes doivent subir la pression de cette Église orthodoxe.

Certes on participe aux réunions œcuméniques qui se déroulent alors, mais sans grande conviction et du bout des lèvres. Ou alors pour critiquer véhémentement la vision essentiellement scripturaire des Églises russes et de la Réforme. On insiste sur « les voies mystiques et sacramentelles » de la prédication de l'Évangile, comme le proclame à Lausanne le délégué de l'Église réfugié à Sofia.

La Seconde Guerre mondiale aura des conséquences encore plus dramatiques. Certes, en raison de l'invasion de l'URSS, une certaine liberté est restituée par Staline à l'Église russe, mais elle est limitée et provisoire. Il y aura encore des persécutions. Elles seront plus hypocrites, et Staline interdit à l'Église de participer au conseil œcuménique. Khrouchtchev souhaitera cette participation car elle va permettre aux autorités soviétiques de déstabiliser le conseil et les Églises occidentales qui y participent. Il faudra attendre la *perestroïka* et la *glasnost* pour que l'Église russe retrouve sa liberté. Mais les difficultés sont énormes : le peuple semble redevenu croyant, mais c'est une apparence plus qu'une réalité ; on manque de prêtres et nombre d'entre eux ont été profondément marqués par le marxisme. Au reste, on accuse certains d'avoir été très ou trop proches du régime et du parti. La reconstruction de l'Église depuis dix ans progresse cependant, mais les conflits sont fréquents.

L'indépendance de l'Ukraine a fait resurgir une nouvelle série de conflits. D'abord entre orthodoxes et uniates, qui, après un demi-siècle de persécutions, veulent retrouver leur liberté perdue. La création d'un patriarcat autocéphale à Kiev, qui récuse la suprématie de celui de Moscou auquel la plupart des paroisses de l'Ukraine orientale (autour de Kharkov) demeurent d'ailleurs rattachées, crée un conflit supplémentaire. Bien plus, pour protester contre la politique russe, les orthodoxes d'Estonie ont décidé de se rattacher directement à Kiev.

À la fin de la guerre, l'armée soviétique occupant leur territoire, les États libérés, Pologne ou Tchécoslovaquie, ou occupés, Hongrie et Roumanie, durent accepter de devenir des satellites de l'URSS. Leurs Églises – catholique, orthodoxe, protestante – furent placées sous le contrôle de l'État et subirent les mêmes persécutions qu'en URSS, à l'exception toutefois de la Pologne, où la résistance héroïque des catholiques au nazisme permit à l'Église romaine de subsister tant bien que mal et d'être souvent un véritable contre-pouvoir, avant de donner un pape au peuple catholique.

La chute du rideau de fer rendit leur liberté à l'ensemble des Églises. Cela se fit souvent avec difficulté, car les fidèles et les prêtres persécutés acceptaient mal le maintien en place de patriarches qui avaient collaboré. L'exaltation nationaliste qui s'empara de certains de ces peuples libérés conduisit parfois à des drames auxquels l'Église orthodoxe fut mêlée ; en particulier en Serbie, car les panserbes auraient voulu récupérer la partie serbe de la Bosnie et sans doute la Macédoine. Celle-ci fut en effet une province serbe de 1912 à 1945, puis fut enlevée à la Serbie par Tito désireux de diminuer le poids serbe dans la nouvelle Yougoslavie.

Au bout du compte, les Églises protestantes ont perdu progressivement de leur vitalité ; les Églises orthodoxes, soumises à plusieurs terreurs successives, ont résisté, mais se retrouvent dans une situation extrêmement préoccupante, parce qu'elles ne possèdent plus ni prêtres, ni évêques.

CHAPITRE 34

LE XXe SIÈCLE : LES TRAGÉDIES, LA PEUR ET LE CONCILE

Les années qui précèdent 1914 gardent, aujourd'hui encore, un parfum d'irréalité. Un nouveau bonheur de vivre fait danser l'Europe et les États-Unis. Les habitants du Vieux Continent découvrent, sans la nommer, la croissance économique. La technologie va plus vite que la science, sa matrice. Voilà le téléphone, les automobiles, les métros dans les grandes villes ; voilà les avions qui commencent à bourdonner dans le ciel. Le sport accélère sa montée en puissance. On parle parfois de guerres, mais leur ombre demeure floue. Les grandes puissances n'en finissent pas de se quereller pour le Maroc, la Namibie ou le Soudan, c'est-à-dire des pays exotiques. Les diplomates réussissent toujours à bricoler des compromis. La vie continue. En France, les gouvernements se succèdent, les affaires ébranlent les institutions. Mais c'est l'écume des jours.

L'Église va son bonhomme de chemin. Elle se laisse entraîner, souvent, dans les querelles de l'époque. Et choisit mal son camp. Quelques papes se succèdent. Voilà Léon XIII [1878-1903] qui annonce une politique de détente et d'ouverture. En 1903, Pie X [1903-1914] le remplace et durcit le ton. On se croit revenu à l'époque du *Syllabus*. Mais, pas davantage à Rome qu'à Paris, Londres et Berlin, on n'imagine le drame qui va fondre sur l'Europe en août 1914.

Entre cette date et la fin du second millénaire, il s'est écoulé quatre-vingt-six ans. Pourtant, ce laps de temps sépare deux mondes. Les quatre époques qui vont se suivre n'auront pas grand-chose de commun. Mais elles auront changé pour toujours la face du monde, et fait disparaître un ordre ancien.

Première séquence : 1914-1918. Européens, Américains, Russes, Africains et Australiens vont être précipités dans le chaudron de la Première Guerre mondiale. Au commencement, les acteurs se croient les héritiers directs du XIXe siècle. Dans la chaleur d'août 14, Français et Allemands vont au combat la fleur au fusil. C'est une promenade, un songe, qui débouche sur un cauchemar. En 1916, du côté de Verdun, trois cent soixante mille Français et trois cent trente-cinq mille Allemands meurent. Les survivants comprennent qu'ils ne vivent plus tout à fait dans les dernières années du XIXe. Les batailles sont atroces, et personne ne sait qui l'emportera.

Deuxième secousse : 1917, en Russie. Un Empire s'effondre. Les bolcheviks imposent leur loi. Mais l'événement réel est autrement grave : une religion séculière, fondée sur un rationalisme totalitaire, le fanatisme et la terreur, se répand dans toute l'Europe, puis bien au-delà. Des millions d'hommes vont désormais se prosterner et donner leur vie pour les maîtres du communisme. Entre soixante et cent millions de morts à travers le monde de 1917 à 1989. Sortis de la guerre épuisés, de nombreux Européens feignent de croire, de nouveau, au bonheur de vivre. En France, ce sera, par exemple, le Front populaire (1936-1938). Entre le souvenir des enfants assassinés, la tendresse des saisons, les crises économiques incompréhensibles et la crainte d'une nouvelle guerre, les démocraties rêvent.

C'est un ancien combattant allemand qui, en 1933-1934, rétablit l'ordre dans son pays. Élu le plus légalement du monde, à la majorité relative cependant, Hitler entame sa chanson : il proclame la grandeur du Reich, annonce la disparition de ses ennemis – les juifs, les francs-maçons, les communistes, les socialistes et les chrétiens –, ressuscite un paganisme enfoui dans les humiliations allemandes. Des foules se lèvent sur son passage ; ses discours, retransmis par les radios du monde entier, assourdissent la planète entière. Chacun comprend qu'il tient entre ses mains la guerre et le meurtre.

Voilà la troisième période. En septembre 1939, les armées d'Hitler envahissent la Pologne. Aussitôt, la Grande-Bretagne et la France entrent en guerre. En mai 1940, l'armée française est écrasée en un peu plus d'un mois. L'Angleterre reste seule ; pas longtemps : Hitler, en 1941, entre en Russie. Voilà le nazisme et le communisme dressés l'un contre l'autre. En décembre de la même année, les Japonais attaquent Pearl Harbour sans avoir déclaré la guerre aux États-Unis. Du coup, l'économie la plus puissante de la planète jette ses armées et ses usines dans l'un des plateaux de la balance. Hitler va perdre la guerre.

En 1945, on peut faire un bilan provisoire. L'Allemagne a été rasée ; la Russie et l'Europe sont détruites. Dix-sept millions de morts pour l'Union soviétique, dix millions pour l'Allemagne, six millions de juifs exterminés, trois cent mille Français, cinq cent mille Anglais, deux cent cinquante mille Américains, deux millions de Japonais et plusieurs millions de Chinois, etc., tués au cours des combats ou des bombardements. Jamais aucune guerre n'a fait autant de victimes. Enfin, pour achever le tableau, le monde, à Hiroshima, pénètre dans l'ère atomique : cinquante mille morts pour une seule bombe. Autant à Nagasaki. Mais à Dresde une nuit de bombardements fait plus de morts qu'à Hiroshima.

En 1947-1948, la quatrième époque s'amorce. Ce sera le temps de la Guerre froide. Coupé en deux, le monde se livre à une bataille de technologie : surarmement prodigieux, et arrivée du premier homme sur la Lune en 1969. En bout de course, ce sont les États-Unis et les démocraties qui l'emportent, après une épreuve de force qui aura duré près de quarante ans.

1989. Voilà le début, imprévu, de la cinquième période : celle dans laquelle nous sommes. L'Empire soviétique se craquelle, le glas sonne partout – sauf en Chine, en Corée du Nord et à Cuba – pour le communisme. C'est, de nouveau, une première dans l'histoire mondiale : un Empire gigantesque et puissant s'effondre sans guerre, sans révolution intérieure. Rien. La décomposition commence aux marges du bloc soviétique : ce sont les Polonais, les Hongrois, les Tchèques qui déverrouillent l'univers concentrationnaire qu'on leur a imposé par la force. Cette période va se poursuivre jusqu'à la fin du siècle, et personne ne peut dire aujourd'hui si le monde a retrouvé un nouvel équilibre.

Les années légères : 1900-1914

La démesure entre ces catastrophes en série, ces illusions collectives, l'ampleur des moyens mis en œuvre et le tout petit État du Vatican saute aux yeux. Les paroles des papes étaient, dans la plupart des cas, couvertes par la violence des discours politiques et le fracas des armes.

Quelle est la situation des États du Vatican durant les dernières années du XIXe siècle ? C'est Léon XIII qui succède à Pie IX en février 1878. Celui-ci avait régné trente-deux ans. Le nouveau pape trouve une situation tendue entre les divers États européens et le Saint-Siège ; les conséquences du *Syllabus* sont encore présentes dans les esprits, et l'ultramontanisme agace les gouvernements.

Or, le nouveau pape – qu'on qualifiera, à tort, de « libéral » – est à la fois un diplomate et un homme de son temps. Il a compris que le changement qui s'opère depuis un demi-siècle est irréversible, que la sécularisation de la société est loin d'être achevée, qu'il faut s'adapter sans rien renier.

On peut dire qu'il s'emploie à liquider les tensions mineures existant entre les gouvernements et le Vatican. Il y réussit fort bien et relativement vite. On note, à ce propos, que le Saint-Siège redevient facilement populaire – comme ce fut le cas durant les deux premières années de Pie IX – s'il tient compte de la sensibilité de son époque.

Débarrassé de ces soucis qui avaient empoisonné la vie de son prédécesseur, Léon XIII marque son pontificat de plusieurs efforts soutenus. Il amorce d'abord un rapprochement entre l'Église catholique, les anglicans et les orthodoxes. Aucun résultat visible, mais un changement de climat qui ne sera pas sans conséquences.

Ensuite, il prêche le ralliement des catholiques français à la République. Ce souhait appuyé soulève quelques tempêtes ; la frange monarchique estime qu'elle est trahie. Mais le basculement est déjà commencé ; là aussi, il est impossible de marcher à reculons.

Enfin, c'est Léon XIII qui publie l'encyclique *Rerum novarum*. Tout le mouvement social-chrétien va prendre son élan à partir de cette réflexion sur la situation de la classe ouvrière. Le document est publié le 15 mai 1891. L'effet produit est considérable. Si la presse de gauche se tait – elle est prise entre son anticléricalisme et ses fidélités de classe –, la droite se raidit. Une partie du patronat n'hésite pas à dénoncer ce pape qui « pense mal ». Quant aux catholiques eux-mêmes, ils demeurent divisés en deux camps : d'une part, les héritiers des monarchistes, de l'autre les partisans d'une démocratie chrétienne.

Condamnation du Sillon, puis de l'Action française

Léon XIII meurt en 1903. Le conclave élit, pour lui succéder, Giuseppe Sarto. Sous le nom de Pie X, il amorce une réaction déterminée contre les tendances de son prédécesseur. Avec son secrétaire d'État, Merry del Val, il condamne le Sillon et les « modernistes ». C'est lui qui doit faire face au vote, par le Parlement français, des lois de séparation de l'Église et de l'État. En réalité, Pie X déteste le libéralisme. Pour lui, religion, politique et social forment un bloc. Il faut défendre celui-ci sans faire la moindre concession. La condamnation du Sillon est, à ce titre, exemplaire. Le Sillon est un petit mouvement, fondé par de jeunes étudiants catholiques qui se sont donné pour objectif le rapprochement des principes de 1789 et la religion catholique. C'est un polytechnicien, nommé Marc Sangnier, fondateur des « Auberges de jeunesse », qui dirige, avec autorité, ce mouvement. Il fonde un journal, *Le Sillon*, puis des instituts de formation qui veulent rivaliser avec les universités populaires socialistes.

Le mouvement, d'ailleurs, se politise d'année en année. Dès 1907, un certain nombre d'évêques alerte le Vatican. Pie X est parfaitement informé. La presse de droite montre du doigt les sillonnistes. Le 25 août 1910, une lettre de Pie X à l'épiscopat français condamne *Le Sillon*. *L'Action française*, journal et mouvement de Charles Maurras, porte le pape au pinacle : « Jamais, depuis le *Syllabus*, les doctrines révolutionnaires n'ont été condamnées avec une telle précision. » Quant à la gauche, elle souligne qu'une fois de plus le Vatican vient de prouver l'incompatibilité entre le catholicisme et la République.

Faut-il insister sur la condamnation du modernisme ? Il s'agit, en principe, d'arrêter la dérive des études concernant les débuts du christianisme. L'homme visé est un esprit remarquable, Alfred Loisy, qui se remettra très mal de cette excommunication. Si l'on pouvait alors contester (scientifiquement) certaines de ses affirmations, la direction de sa réflexion était simplement en avance sur son temps. Là encore, Pie X fut, au moins, maladroit.

Il s'éteint au tout début de la guerre, le 20 août 1914.

L'action du Vatican pendant et au lendemain de la Première Guerre

Lorsque le conclave s'ouvre, l'Allemagne, la France, la Grande-Bretagne sont en guerre. Les cardinaux sont conscients qu'ils doivent aller vite : dans la tempête qui commence, et dont personne n'imagine l'ampleur future, l'Église a besoin d'un pape énergique et diplomate.

Les responsables du Vatican savent qu'ils doivent tenir compte de deux données incontournables. D'abord, la guerre elle-même : n'existe-t-il aucun moyen de l'arrêter ou, tout au moins, de suggérer aux deux camps un compromis acceptable ? Seul un pape diplomate peut s'engager dans cette voie.

Ensuite, l'intégrisme. Cette maladie pernicieuse avait affaibli l'Église depuis le début du siècle. À Rome même, il existe un réseau d'informations et de dénonciations connu sous le nom de « La Sapinière », qui fait peser sa menace sur les esprits un tant soit peu non conformistes. La plupart des cardinaux pensent qu'il est temps de mettre un point final aux activités de cette étrange organisation.

Résultat de ces préoccupations, ce sont deux cardinaux modérés qui arrivent en tête dès le premier tour. Les archevêques de Pise et de Bologne : les cardinaux Maffi et Della Chiesa. C'est le second qui commence à regrouper sur son nom la plupart des suffrages libéraux. Lorsqu'il atteint 21 voix, on considère sa désignation comme probable.

Ce ne fut pas tout de suite le cas. Ceux que l'autorité de Della Chiesa inquiétait décidèrent de soutenir un bénédictin, le cardinal Serafini. Il n'avait que des amis. Mais il n'était pas très connu. Il trouve très vite 24 suffrages pour l'encourager. Les partisans de Della Chiesa se reprennent ; au dixième tour de scrutin, l'archevêque de Bologne est élu par trente-huit voix contre dix-huit seulement à Serafini. L'orientation était claire : on en revenait à l'esprit de Léon XIII.

Della Chiesa est un Génois, né en 1854. Des années durant, il a été le secrétaire du cardinal Rampolla, désigné comme secrétaire d'État en 1887. À l'époque de Pie X, Della Chiesa est relégué à Bologne. Nous sommes en 1907. Ce n'est qu'en mars 1914 qu'il reçoit le chapeau de cardinal. Le jour de son élection, seulement quelques mois plus tard, au siège de Pierre, il choisit le nom de Benoît XV [1914-1922], en souvenir de Benoît XIV.

Surprenant pontificat, qui, à première vue, laisse peu de trace. Autant l'action de Pie XII provoquera des polémiques après la Seconde Guerre, autant celle de Benoît XV laissa le grand public indifférent. Pourtant, le pape ne demeure pas inactif. Bien plus que d'autres, il est conscient de l'absurdité de cette guerre, voulue ou acceptée par quelque quatre-vingts diplomates de diverses nations européennes, en juin et juillet 1914. Il considère que cette guerre ne se justifie à peu près par rien : pas d'opposition idéologique, pas de revendication territoriale impérative. Certes, la France veut retrouver l'Alsace et la Lorraine, et l'Allemagne agrandir ses possessions coloniales ; mais cela ne justifie pas une guerre. Ce qui déclenche le conflit, c'est la mécanique implacable d'un système d'alliances archaïque. Donc Benoît XV multiplie ses efforts pour se faire entendre par les gouvernements. Les 8 septembre et 6 décembre 1914, il s'adresse aux peuples et à leurs gouvernants pour tenter de les convaincre que la paix demeure possible. Pas de réponse. Au printemps, il hausse le ton : les 25 mai et 28 juillet, il lance une exhortation. Toujours sans succès. Il revient à la charge le 6 décembre 1915. Mais, cette fois, les terribles affrontements de l'été et de l'automne 14 ont changé radicalement l'état d'esprit des chancelleries. Auparavant, les chancelleries lisent les dépêches du Vatican et y répondent, souvent avec des mots sans signification. À partir de décembre 1915, on n'accuse même pas réception. Le Vatican n'a plus la moindre importance. D'ailleurs, catholiques français et allemands se massacrent sans complexe.

Les 4 mars et 30 juillet 1916, les 10 janvier et 5 mai 1917, Benoît XV se rappelle à l'attention des gouvernants. Cette fois, sa démarche les irrite. Chaque camp le soupçonne d'entretenir des relations coupables avec son adversaire. De part et d'autre, on se souvient que le pape a multiplié les efforts en 1915 pour empêcher l'Italie de se joindre au conflit. Donc, une succession d'échecs. Le pape ressent son inutilité, et surtout son impuissance. Par-dessus tout, il pressent et il craint le risque d'effondrement de l'Autriche-Hongrie. Or, c'est un Empire catholique, planté aux portes du monde orthodoxe. Que deviendra l'Europe centrale si la vieille puissance groupée autour de Vienne éclate en morceaux ?

Cette crainte, plusieurs fois exprimée par le pape, prouve que cet homme, déjà âgé, garde une lucidité assez exceptionnelle à l'époque.

La mini-crise qui s'ouvre après l'offre de médiation du pape à tous les belligérants démontre que non seulement le Vatican n'a plus d'influence, mais que les deux parties se méfient de ses manœuvres. Pourtant, la démarche de Benoît XV suscite quelque intérêt en Allemagne. Eugenio Pacelli est expédié l'hiver précédent comme nonce à Munich. Pendant trois mois, il négocie avec habileté. Ses efforts débouchent sur un message en sept points, que Rome adresse aux belligérants en août 1917. Le document propose le retrait de toutes les troupes allemandes du nord de la France et de la Belgique – celle-ci rétablie dans sa pleine souveraineté. Les anciennes colonies allemandes, occupées au début des hostilités par la France et l'Angleterre, devront être restituées à Berlin. Le problème de l'Alsace-Lorraine n'est, bien sûr, pas résolu, mais le mémorandum suggère un processus de négociation. Même chose pour l'Italie et l'Autriche.

Le projet n'était pas absurde : après tout, les deux camps paraissent à bout de souffle. Mais l'éclatement de la Révolution russe, la paix bâclée entre Berlin et Moscou, modifient brutalement la situation : une énorme armée allemande peut se retourner vers le front franco-anglais. Parallèlement, les Alliés considèrent que le débarquement des premières troupes américaines va modifier le rapport des forces.

Ce mémorandum provoqua un concert de protestations dans les deux camps. Mais surtout à Paris, où les journaux dénoncèrent « le pape boche ». En réalité, le raz de marée nationaliste emportait tout, les évêques tout autant que les gouvernants.

Cette fois, le pape est, désormais, hors jeu. Aristide Briand allait qualifier le traité de Versailles de « paix protestante dirigée contre Rome ». C'était, au moins, excessif. Mais ce cri reflète un sentiment assez général. Le pape est demeuré non seulement neutre durant toute la guerre, mais ses sympathies pour les Empires centraux étaient, disait-on, connues. Donc il doit rester en dehors des compromis qui s'élaborent.

Ce mutisme contraint du Vatican est, cependant, bref. Après tout, les catholiques, dans chaque camp, se sont bien battus (en France, vingt-six mille prêtres et religieux avaient été mobilisés ; six mille ont été tués). La bataille larvée qui oppose, depuis 1890, cléricaux et anticléricaux, commence à s'effacer. Le régime concordataire est maintenu en Alsace-Lorraine. Le problème du rôle des gouvernements dans la désignation des évêques est, lui aussi, résolu. Dans un autre domaine, Benoît XV reconnaît le syndicalisme et accepte qu'une laïcité de fait entoure les actes du gouvernement républicain. C'est une série de pas en avant importante. Malheureusement, la mort soudaine de Benoît XV ne lui permet pas de poursuivre ses efforts en ce sens.

Pie XI et les accords du Latran

Nouveau conclave. Il s'ouvre le 3 février 1922 et met aux prises, comme ceux qui l'ont précédé, les partisans d'un retour à la ligne dure de Pie X et les partisans de la politique d'ouverture de Léon XIII. D'entrée de jeu, les premiers votes se prononcent en faveur du cardinal Merry del Val qui a, dans une large mesure, gouverné le Vatican à l'époque de Pie X. Pourtant, il ne regroupe que dix-sept voix. C'est insuffisant. On tente de se serrer les coudes autour du patriarche de Venise, La Fontaine. Nouvel échec : ce dernier semble incapable de dépasser les vingt-deux voix. Nouveaux conciliabules dans les couloirs. On s'accorde sur le nom du cardinal Ratti. Le 6 février, il est élu par quarante-deux voix sur cinquante-quatre. Ce chiffre élevé constitue la preuve que les deux camps se sont désormais rapprochés. Le nouveau pape choisit le nom de Pie XI [1922-1939] en souvenir de Pie IX et de Pie X. C'est donner une couleur au pontificat qui commence : Pie XI sera plus conservateur que Léon XIII et Benoît XV.

Pie XI n'est pas un inconnu pour les milieux catholiques. Né en Lombardie le 30 mai 1857, c'est, curieusement, un bibliothécaire et, durant ses vacances, un alpiniste. Il a passé sa vie avec des livres. En réalité, c'est un savant. Mais c'est aussi un diplomate : il fut nonce en Pologne de novembre 1918 à mai 1921. Il réussit à dénouer les conflits entre les Églises polonaise et allemande en Silésie. L'homme était actif et autoritaire ; il dédaignait souvent les conseils et les rappels à la prudence. Il se dota de deux secrétaires d'État. D'abord le cardinal Gasparri, durant huit ans, puis le cardinal Pacelli.

L'action de ce nouveau pape s'exerça dans plusieurs directions. En ce qui concerne l'Église elle-même, il est le pape qui donne sa force à l'Action catholique. Imaginée au départ par les jésuites, elle a pour objectif premier la rechristianisation des jeunes. Les supérieurs des collèges jésuites sont, pour la plupart, conscients qu'ils ne forment que des cadres souvent inadaptés. Chaque milieu social génère ses propres dirigeants ; ce sont eux que l'Église doit soutenir, ce sont leurs problèmes qu'il faut comprendre sans délai.

Les nouvelles organisations, dites d'Action catholique, existaient depuis plusieurs années déjà. Mise à part la Jeunesse agricole chrétienne – qui ne dépend pas des jésuites –, les autres groupes sont directement liés à l'Action catholique de la jeunesse française (ce mode d'organisation sera, à peu de chose près, repris dans de nombreux pays européens). Les plus importants sont la JOC (Jeunesse ouvrière chrétienne), la JEC (Jeunesse étudiante chrétienne), la JIC (Jeunesse indépendante chrétienne), etc. Seul problème difficile : où se situe la frontière entre religion et politique ? Personne ne se fait d'illusions : les cadres de la JOC, passés dix-huit ans, deviennent des leaders syndicaux ; puis, s'ils le souhaitent, on les retrouve dans les partis politiques. À la longue, cette dérive risque de compromettre l'Église. C'est, du moins, l'une des thèses qui s'expriment en France. Pie XI choisit de subordonner les mouvements aux autorités ecclésiastiques. Ce n'est pas une bonne solution. Mais, à l'époque, personne n'en imagine d'autre.

D'autant que Pie XI doit ferrailler avec l'Action française. Elle semble puissante, elle est largement majoritaire chez les évêques français. Pie XI décide d'en finir. L'une des affirmations qu'il ne supporte pas, c'est le fameux « politique d'abord ». En 1926, la condamnation tombe. C'est à ce moment-là que Charles Maurras répond par le : « *Non possumus* », ce qui constitue un refus sans nuance. Il y eut de nombreuses ruptures publiques avec l'Église. Mais, à l'inverse, les cardinaux Dubois et Verdier peuvent accélérer le ralliement. Durant les années qui suivent, le nombre des ordinations sacerdotales se redresse sensiblement.

Internationalement, deux actions dominent le pontificat de Pie XI. D'une part, la multiplication des concordats ; d'autre part, les négociations pour la signature des accords du Latran entre la papauté et Victor-Emmanuel III : à cet instant, le Vatican prenait sa forme actuelle ; la question romaine n'existait plus. Le Vatican avait abandonné l'époque des États romains. Il devenait clairement une puissance spirituelle sans analogue dans le monde. Pourtant, le pape allait rester chef d'État : mais d'un État de quarante-quatre hectares.

La politique des concordats

La politique des concordats ne fut pas une invention de Pie XI. Les premiers concordats avaient été conclus au XIIe siècle, après la querelle des Investitures. Comme, par exemple, le concordat avec Henri Ier d'Angleterre (1101), et surtout le concordat de Worms avec Henri V, empereur d'Allemagne (1122) ; enfin, le concordat de Bologne, en 1516, avait réglé les rapports entre Léon X et François Ier. C'est ce document qui permit d'annuler la *Pragmatique Sanction* de Bourges. Faut-il mentionner le Concordat conclu en 1801 entre Bonaparte et Pie VII ? Il y eut, en tout cas, beaucoup de concordats tout au long de l'histoire de l'Église.

Mais, s'il n'innove pas, Pie XI fait du concordat un nouvel usage. La pratique du concordat devient l'une des armes diplomatiques principales du Vatican. C'est logique : la plupart des États sont désormais soit laïques soit en passe de le devenir. L'Église doit définir ses relations avec chacun d'entre eux. Durant les dix-sept années du pontificat de Pie XI, quinze concordats furent signés : Lettonie, Lituanie, Roumanie, Tchécoslovaquie, Autriche, enfin l'Allemagne (en 1933).

Les accords du Latran ne furent qu'un concordat parmi

d'autres. Mais, compte tenu de l'enjeu, ils bénéficièrent, dès leur signature, d'un prestige international. Et pour cause : le Vatican sortait enfin de l'ambiguïté qui était la sienne depuis le compromis qui mit un terme (pour la France) à la querelle des Investitures : la rencontre, à Saint-Denis, entre le pape Pascal et Philippe Ier ; c'était la première tentative de répartition des rôles entre les princes et l'Église.

Le Vatican n'était plus un État comme les autres, puisque son autorité politique ne s'exerçait désormais que sur un minuscule territoire, regroupé au centre de Rome. Le prestige spirituel du Vatican devenait immense : il disposait désormais d'une autorité religieuse, intellectuelle et morale, il dirigeait un réseau diplomatique mondial, enfin il possédait un journal et des chaînes de radio émettant dans des dizaines de pays.

Que contiennent les accords du Latran ? Par qui furent-ils élaborés et négociés ?

Les premiers contacts se déroulèrent en 1926, à la demande du gouvernement fasciste italien. Ce sont Gasparri et Pacelli qui jettent sur le papier les grandes lignes de l'accord. Il y eut, par la suite, deux années incertaines : chaque partie s'opposait sur un problème central : qui éduquerait la jeunesse ? Les autorités italiennes entendaient en garder le monopole ; Pie XI ne voulait pas en entendre parler. Finalement, un compromis boiteux fut trouvé : les scouts catholiques adhéraient au mouvement de jeunesse de Mussolini (étant entendu que celui-ci disposait d'aumôniers) ; au contraire, les organisations d'Action catholique demeuraient indépendantes. Le roi Victor-Emmanuel III émit une protestation contre le principe de l'abandon d'une parcelle de territoire italien. Mais c'était une déclaration de pure forme. Finalement, le 11 février 1929, l'accord était signé. Le pape reconnaît le royaume d'Italie, avec Rome comme capitale. Celui-ci admet la souveraineté du pape romain sur l'État de la cité du Vatican ; cet État est désormais indépendant. Le gouvernement italien s'engage enfin à verser une indemnité pécuniaire importante. Elle sera fort bien gérée, et ce jusqu'à nos jours. C'est elle qui permettra à Pie XI de doter son petit pays de moyens techniques modernes, et en particulier la mise en place de la station de radio.

Pie XI et l'Allemagne

Avec l'Allemagne, les conversations furent autrement difficiles. Commencées à l'époque de la République de Weimar, elles ne furent achevées que lors de l'arrivée d'Hitler au pouvoir. On imagine que les deux négociations successives furent assez différentes.

La recherche d'un concordat avec le régime politique qui succédait à la défaite fut relativement aisé. Le seul problème difficile était, là encore, celui de l'enseignement. Protestants et catholiques bénéficièrent simultanément de la relative séparation entre les Églises et l'État. Associations catholiques, groupements de savants, mouvements de jeunesse prirent alors leur essor. On affirmait à Rome que le mouvement de déchristianisation était, du coup, en train de s'inverser. Politiquement, le *Zentrum,* catholique, disposait d'une représentation importante. En même temps, une série de concordats fut signée avec la Bavière (1924), la Prusse (1929) et Bade (1932), les trois ex-royaumes à l'intérieur du Reich.

Lorsqu'en janvier 1933 Hitler arrive au pouvoir, le climat change. De nombreux évêques ont dénoncé publiquement le national-socialisme et son paganisme ; certains d'entre eux ont interdit aux fidèles d'adhérer au parti. Cet effort n'a pas été sans résultat, puisqu'aux élections de juillet 1932 les dix régions les plus hostiles à Hitler sont toutes catholiques. Hitler est conscient de cette hostilité déclarée. Mais il dispose d'une carte maîtresse : les catholiques désirent-ils être de mauvais Allemands ? Sont-ils résolus à s'opposer au seul homme susceptible de débarrasser l'Allemagne du « diktat de Versailles » ? L'argument portait. D'autant que de nombreux catholiques approuvaient le programme économique et social d'Hitler ; enfin, une partie d'entre eux était sensible au discours antisémite du nouvel homme fort de l'Allemagne. Si l'on ajoute à toutes ces raisons la peur du communisme, on comprendra que la grande majorité des catholiques se soit tue. N'oublions pas qu'à l'époque de nombreux mouvements révolutionnaires parcouraient la jeune République de Weimar. Progressivement, la masse des catholiques allemands, fascinée par la personnalité du dictateur, se ralliait à l'Ordre nouveau. Il y eut deux moments clés : d'abord, la décision de Mgr Kaas, président du *Zentrum* depuis 1928, d'apporter à Hitler les voix lui permettant d'avoir la majorité des deux tiers dont il avait besoin pour obtenir le pouvoir absolu. Ensuite, la conférence des évêques de Fulda. En termes flous et un peu lâches, elle leva les censures portées auparavant contre le parti hitlérien. Avec une naïveté consternante, les uns et les autres espéraient que la présence de catholiques dans le futur gouvernement empêcherait les débordements que tout le monde craignait.

Rome suivait les événements avec angoisse. Mais Pie XI, comme le cardinal Pacelli, estimait que mieux valait laisser faire. La véhémence d'Hitler diminuerait, espérait-on, lorsqu'il détiendrait effectivement le pouvoir. En somme, à cette époque – nous sommes en 1933 –, Pie XI, le cardinal Pacelli et la plupart des catholiques allemands n'ont pas mesuré qui était Hitler ni ce qu'allait être le national-socialisme.

On reprochera, plusieurs années après la guerre, au cardinal Pacelli, devenu pape, d'avoir joué un rôle essentiel dans ce silence du Vatican. Il est vrai que ce diplomate connaissait bien l'Allemagne, qu'il aimait sa langue, sa culture ; qu'il avait été nonce à Munich, puis à Berlin, entre 1917 et 1929 ; qu'il admirait les catholiques allemands dont le sens de l'organisation l'impressionnait. Comme eux, d'ailleurs, le devenir allemand le préoccupe. Il a assisté aux formidables manifestations ouvrières qui se sont déroulées dans les principales villes de la République. Il sait qu'à Munich, trois gouvernements communistes successifs ont tenu la ville pendant des mois. Enfin, il connaît, comme tout le monde, les intentions des révolutionnaires russes : seule la révolution en Allemagne peut conforter le pouvoir bolchevique à Moscou.

Lorsqu'on énumère les raisons de l'accession au pouvoir du Führer, on parle de la dévaluation accélérée du mark, des millions de chômeurs et de la pauvreté généralisée. On oublie le mélange explosif constitué par l'humiliation nationale – après tout, l'armée allemande était demeurée à peu près intacte lorsqu'elle était rentrée dans son pays, ce pays qui n'avait jamais connu la guerre sur son territoire – et par l'incapacité des hommes politiques face à la montée des mouvements révolutionnaires d'extrême gauche et d'extrême droite. Hitler, à sa manière, était considéré comme un ancien combattant, honnête et énergique.

Cette erreur d'analyse est, faut-il le rappeler ? partagée par la plupart des dirigeants et des peuples européens. Si l'Angleterre et la France acceptent, à Munich, le dépeçage de la Tchécoslovaquie, c'est qu'elles espèrent stupidement que le temps limera les dents de l'ogre. Peut-être le désir éperdu de paix est-il à la source de ce terrifiant malentendu.

La preuve de cette confusion : l'ouverture en avril 1933 de négociations entre von Papen et Mgr Kaas côté allemand, et l'archevêque de Fribourg, Mgr Gröber, sur l'éventualité d'un concordat général, remplaçant tous les concordats locaux. Le document est achevé et signé le 20 juillet. C'est, en apparence, une victoire pour l'Église ; en réalité, c'est Hitler qui empoche le bénéfice diplomatique. Catholiques allemands et catholiques européens se rassurent. Hitler est un homme avec qui l'on peut discuter puisque l'Église n'a pas hésité à le faire.

On a suggéré que Pie XI avait signé parce que Hitler constituait, à ses yeux, un barrage contre l'Union soviétique. Rien ne permet de confirmer cette hypothèse. Elle peut fort bien se comprendre dans le climat de l'époque. Pie XI n'avait pas de sympathie pour les différentes espèces de démocrates-chrétiens ; le catholicisme socialisant l'agaçait. Pour lui, c'était une alliance de pacotille : seuls les socialistes en bénéficiaient. Disons simplement que l'évolution vers la droite, dans toute l'Europe, le tranquillisait.

Les encycliques contre le nazisme et le communisme

Il fallut attendre les années 1935-1936 pour que l'état d'esprit à Rome se modifie du tout au tout. Pie XI constate que les régimes fascistes dénoncent sans complexe les chrétiens et leur « veulerie » ; que le culte du chef tourne à l'idolâtrie. Cardinaux et diplomates de la curie sont chargés de mettre au point, au plus vite, deux documents destinés à fixer les idées.

C'est en mars 1937 que paraissent, presque simultanément, deux encycliques. La première, contre le nazisme ; la seconde, contre le communisme. Cette fois, la ligne est fixée et le Vatican n'en changera plus. Le petit État se dresse contre les deux monstres surarmés. Il ne dispose d'aucun moyen et il sait fort bien qu'il risque, une fois de plus, d'être emporté par la tourmente qui approche.

C'est le 14 mars 1937 qu'est publiée l'encyclique *Mit Brennender Sorge*. Elle se compose de deux grandes parties. D'abord, la confrontation, thème par thème, du national-socialisme et du catholicisme. C'est le conflit d'un nouveau paganisme face à la foi en Jésus-Christ. Nous sommes revenus plus de quinze cents ans en arrière. La condamnation est sans nuance : l'hitlérisme doit être rejeté. La seconde partie concerne les violations du concordat signé quatre ans auparavant avec l'Allemagne. Pour le cardinal Pacelli, qui a rédigé lui-même cette partie du document, il s'agit de démontrer *de facto* les objectifs d'Hitler vis-à-vis des chrétiens. On a reproché à cette énumération d'avoir affaibli la condamnation de fond du national-socialisme. Reproche non fondé : il était de bonne pédagogie d'éclairer les catholiques allemands sur les actions menées quotidiennement par les ministres du Reich. Mais cette critique, comme d'autres dont nous allons parler, est postérieure à l'effondrement de l'Allemagne, c'est-à-dire à un moment où il était facile de se refaire une bonne conscience sur le dos des chrétiens.

Qui a rédigé *Mit Brennender Sorge* ? Essentiellement le cardinal Faulhaber, écrivant à la demande expresse du cardinal Pacelli. La décision de rédiger, puis de publier une telle encyclique – au risque d'aggraver la situation des catholiques allemands – a été prise lors d'une rencontre entre les principaux cardinaux allemands et les évêques von Galen et von Preysing. Tous étaient tombés d'accord sur la nécessité de l'encyclique, malgré les risques évidents. Pie XI et le cardinal Pacelli mettront la dernière main au document final.

Le 19 mars de la même année – c'est-à-dire cinq jours plus tard –, le Vatican publie *Divini Redemptoris*, condamnation formelle du communisme théorique. On a fait remarquer qu'il ne s'agissait pas d'une nouveauté : depuis un siècle, le Vatican combat le communisme. On a cru bon de signaler que l'analyse de la pensée de Marx demeurait, dans l'encyclique, assez rudimentaire. C'est typiquement une réaction d'intellectuel européen au lendemain de la guerre, c'est-à-dire à une époque où tout le monde est à gauche. Relu après l'effondrement de l'Empire soviétique, ces critiques laissent pantois : le texte du Vatican allait au fond du problème, sans craindre de se répéter. De ce texte prémonitoire, on ne retint qu'une phrase : « Le communisme est intrinsèquement pervers et on ne peut admettre sur aucun terrain la collaboration avec lui de la part de quiconque veut sauver la civilisation chrétienne. »

Depuis un an, Pie XI est malade. Chacun sait que son pontificat s'achève. Il n'a pas manqué de préciser, à plusieurs reprises, qu'il souhaitait voir le cardinal Pacelli lui succéder. Lorsqu'il s'éteint début 1939, les jeux sont pratiquement faits.

Pie XII et la guerre

Contrairement à la légende, le cardinal Pacelli ne fut pas élu au premier tour. Le souhait de Pie XI, l'appui des principaux cardinaux de la curie, n'emportèrent pas tout de suite la décision. Beaucoup de cardinaux désiraient un pape apolitique, susceptible de détendre les rapports avec les gouvernements italien et allemand. On aurait pu s'attendre à une succession de scrutins ; le cardinal représentant cette tendance apolitique était Della Costa, archevêque de Florence.

Ce furent les cardinaux étrangers qui firent basculer le conclave. Dès le troisième tour, le cardinal Pacelli était choisi (le 2 mars 1939). La rapidité de cette décision prouve que les cardinaux du monde entier étaient conscients de la gravité de la situation mondiale ; tous les pays se doutaient qu'ils seraient, à plus ou moins longue échéance, entraînés dans la guerre, si celle-ci éclatait.

Singularité de cette élection : tous les cardinaux en fonction étaient là et prirent part au scrutin. Pacelli rassembla quarante-huit voix sur soixante-trois.

Qui était Pacelli, ce pape qui allait conduire le petit État du Vatican dans la tempête européenne, et l'Église tout entière, bousculée par la plus grande guerre de tous les temps ?

Il était né à Rome, le 2 mars 1876. Sa famille est composée de hauts fonctionnaires pontificaux. Dès son enfance, il baigne dans cet univers étrange qui entoure les papes. Il fait ses études au lycée Visconti, puis au collège Capranica. Il est ordonné prêtre en 1899. Il est attaché à la secrétairerie d'État. C'est le cardinal Merry del Val qui lui permet de franchir très vite les échelons diplomatiques. En 1914, il accède au poste de secrétaire des Affaires ecclésiastiques extraordinaires. Il occupe cette fonction jusqu'en 1917. C'est à cette date qu'il est envoyé en Allemagne pour la première fois. Il a le titre de nonce, et son rôle est de préparer la tentative de médiation qu'envisage Benoît XV et qui, on l'a vu, va échouer d'une manière relativement piteuse. La Première Guerre achevée, on le retrouve à Munich où il met au point un concordat avec le gouvernement bavarois. Puis il se retrouve à Berlin où il réussit à se faire apprécier par la plupart des responsables de la République de Weimar.

C'est en 1929 qu'il est nommé cardinal et succède au cardinal Gasparri. Voilà Eugenio Pacelli à la secrétairerie d'État. Pendant dix ans, il aide Pie XI à naviguer dans les orages qui déjà emplissent l'horizon. C'est lui qui négocie, en 1933, le concordat général avec l'Allemagne ; on le lui reprochera bien plus tard.

Pie XI l'encourage à sortir de Rome, à se faire connaître hors frontières. De 1934 à 1938, il parcourt les États-Unis et le Canada. En 1937, il passe à Paris. Il n'est sans doute pas étonné de sa désignation comme remplaçant de Pie XI. Son portrait physique est bien connu : il est assez grand, maigre, il pose sur les hommes et les choses un regard froid. Il sourit rarement. Mais son aspect physique intéresse moins que l'autorité immédiate qui se dégage de sa personne. S'il fut critiqué d'une manière excessive après la guerre, il fut admiré avec une pointe de naïveté durant les premiers mois de son pontificat. On louait son intelligence, rapide et précise ; on s'étonnait de sa prodigieuse mémoire (il n'oubliait ni un visage, ni un incident, ni un document qui lui était simplement passé sous les yeux). Enfin, on admirait ses dons de polyglotte et la qualité de ses homélies.

C'était à la fois un mystique et un bourreau de travail. Chaque jour, il s'abîmait dans la prière durant plusieurs heures – pas question alors de l'interrompre –, puis, installé devant sa table de travail, il commençait à engloutir les dossiers en attente. Combien de temps travaillait-il ? Difficile de répondre, mais les témoignages concordent : levé vers 6 heures, il refermait le dernier dossier étudié vers 1 ou 2 heures du matin. Ses collaborateurs n'arrivaient pas à le suivre. Ce fut sans grande importance à partir de 1944. Le décès du secrétaire d'État Maglione changea les habitudes de Pie XII [1939-1958] : à partir de cette date, il gouverna pratiquement seul. Il s'adjoignit seulement deux sous-secrétaires d'État, Mgr Tardini et Mgr Montini. Ceux-ci se bornaient à mettre en forme les orientations décidées par Pie XII.

La rumeur lui attribua plusieurs défauts principaux : il connaissait mal les milieux non cléricaux ; il avait du goût pour les attitudes théâtrales, et sa silhouette droite et un peu évanescente multipliait les aspects spectaculaires de ses gestes ; il donnait parfois sa confiance à des espèces de favoris qui tiraient quelque avantage de la situation. Bref, cet angoissé autoritaire, admiré par les diverses opinions publiques qui n'étaient pas loin de le considérer comme un saint, était un personnage entêté et hésitant. On va s'en rendre compte au cours des années 1940-1945.

Pourtant, il avait hérité d'une papauté qui avait retrouvé une partie de son prestige spirituel et politique ; avec leurs faiblesses et souvent leurs échecs, les pontificats de Benoît XV et de Pie XI avaient impressionné les opinions. D'autant que la multiplication des moyens d'information – agences de presse, journaux et radios – permettait aux chrétiens, et à ceux qui ne l'étaient pas, d'être tenus au courant des décisions du pape.

Or, dès l'ouverture des hostilités, Pie XII choisit publiquement une position de neutralité. Il reprenait à son compte la stratégie de Benoît XV. Il y avait une raison évidente à ce qui semblait à beaucoup une forme de lâcheté : Benoît XV et Pie XI savaient que de nombreux catholiques appartenaient aux deux camps. Toute prise de position catégorique risquait, pensaient-ils, de provoquer des ripostes dramatiques. Surtout en Allemagne, que Pacelli connaissait bien ; sans parler de la Pologne dont personne n'imaginait, en 1939, qu'elle allait être massivement détruite.

On a ajouté à cette évidence (apparente) que Pie XII, fasciné par le danger communiste, préférait à l'extrême rigueur Hitler à Staline. Mais cet argument – sans cesse repris par les procureurs laïques – est pratiquement sans valeur avant l'invasion de l'Union soviétique par l'Allemagne. Il faut se souvenir qu'entre l'été 1939 et juin 1941, il s'écoule un an et demi durant lequel les deux totalitarismes sont alliés. Avant et après l'offensive de la Wehrmacht – opération Barberousse (juin 1941) –, l'attitude du pape ne change pas d'un iota. En mai 1939, il avait tenté d'organiser une conférence à cinq pour conjurer la guerre ; vue avec le recul du temps, cette tentative paraît un peu dérisoire. À ceci près qu'à cette date, Hitler ne croit pas encore à la guerre : Ribbentrop, son ministre des Affaires étrangères, ne cesse de lui répéter que ni la France ni l'Angleterre n'oseront riposter à une attaque de la Pologne par l'Allemagne. À l'époque, Hitler tient encore compte de l'opinion de Ribbentrop. Enfin, le Führer dissimule au fond de sa poche une carte maîtresse : le pacte germano-soviétique, préparé de longue date. La lenteur des démocraties, leur hésitation à répondre favorablement aux sourires de Moscou, ne furent qu'un prétexte. Déjà, la trêve était conclue entre les deux puissances totalitaires. Staline, on le sait maintenant, considérait que cette trêve était bel et bien une paix ; en 1941, il ne voulut pas croire à l'attaque allemande.

Le deuxième effort de Pie XII en faveur de la paix se concentra sur l'Italie. Le pape utilisa tous les contacts dont il disposait pour essayer de convaincre Mussolini de ne pas rejoindre Hitler. Il aurait même eu des contacts avec un certain nombre de responsables allemands qui, dès cette époque, songeaient à déposer Hitler. Bien entendu, toutes ces tentatives échouèrent.

Le procès contre Pie XII

Que penser du procès engagé *a posteriori* contre Pie XII ? Il commence avec une simple pièce de théâtre, *Le Vicaire*, de Hochhuth (1961). Pourquoi le pape, qui ne pouvait ignorer l'existence des camps de concentration et l'assassinat massif des juifs, est-il demeuré silencieux ? Cette thèse sera reprise dans un ouvrage paru en 1999. Le chemin est à peu près le même dans les deux ouvrages : Eugenio Pacelli demeurait au fond de lui-même un ami des Allemands. ; il préférait voir Hitler, plutôt que Staline, gagner la guerre ; il ne voulait rien faire qui puisse gêner les efforts de guerre du Reich.

Ces raisons ne valent rien. Si Pie XII avait connu et admiré l'Allemagne – sa langue, son énergie, sa compétence et ses philosophes –, il méprisait profondément Hitler. Qu'il ait soupçonné, peut-être même connu, le sort des juifs, c'est probable. La meilleure preuve en est l'effort fait par lui pour en sauver des centaines de milliers. Par de multiples interventions directes et indirectes, il permit à des dizaines de milliers de juifs, en Italie et en France, d'échapper à l'arrestation. En Roumanie et en Slovaquie, les nonces intervinrent publiquement et empêchèrent la multiplication des massacres.

Ce n'est pas là le vrai problème. En fait, Pie XII craignait qu'une intervention publique de sa part déclenche des représailles massives contre les chrétiens ; et surtout les catholiques allemands et autrichiens. La crainte était fondée. Mais, là encore, cette prudence n'est pas tout à fait convaincante. Des millions de déportés – juifs, Polonais, Allemands, Français – mouraient dans des conditions atroces. La plus haute voix spirituelle est demeurée silencieuse. Voilà le fait inacceptable. Personne ne peut juger Pie XII. Les responsabilités qui pesaient sur ses épaules étaient écrasantes, et il est vrai qu'il n'existait pas de bonne solution. Ce n'est ni la sincérité ni le courage du pape qui sont en question. On regrette simplement que sa parole ne se soit pas élevée publiquement durant ces années terribles ; quelles que soient les conséquences d'une telle prise de position.

À la fin des hostilités, en tout cas, personne ne fit le moindre procès à Pie XII. Au cours des années qui suivirent la guerre, ce dernier poursuivit ses efforts en vue de reconstituer les épiscopats nationaux, de panser les blessures psychologiques et politiques, d'accroître le rôle et l'autorité des laïcs, de relancer partout l'action missionnaire.

Cependant, durant les deux dernières années de son pontificat, Pie XII opéra une espèce de virage. Inquiet des adaptations décidées dans tel ou tel pays, agacé par certaines compromissions irresponsables, il tenta de freiner ce bouillonnement qui allait dans tous les sens. Ce fut le rôle de l'encyclique *Humani generis*, parue en 1950, et qui provoqua un mini-scandale dans la plupart des avant-gardes de l'Église. En France, des théologiens de premier rang – les pères de Lubac, Congar et Chenu – furent rappelés à l'ordre.

Cet étrange après-guerre de l'Église suppose, pour être compréhensible, un rappel des faits. Ce sont eux qui vont permettre de comprendre la décision de réunir le concile Vatican II.

Jean XXIII et la décision de réunir Vatican II

Peut-être entrons-nous, avec l'élection de Jean XXIII, dans l'une des périodes les plus surprenantes de l'histoire de l'Église. Affaiblie, conservatrice, souvent considérée comme moribonde par certains des bons esprits du XIXe siècle, divisée contre elle-même, elle entame une espèce de résurrection dont beaucoup de chrétiens ne mesurèrent ni l'importance, ni la portée.

Est-ce à dire que le catholicisme – et, au-delà, le christianisme – est en passe de franchir les multiples obstacles qui encombrent son avenir prévisible ? Bien malin qui oserait, en ces domaines, prophétiser. Constatons simplement que le pronostic du déclin perd de sa force devant la succession d'événements qui se sont produits.

Le premier signe de ce qui va devenir une espèce de tremblement de terre est, évidemment, la convocation de Vatican II. Non pas qu'il ait tenu toutes ses promesses ; on pourrait même prétendre le contraire. Mais l'ébranlement provoqué à l'intérieur de l'immense machine ecclésiale a modifié les règles du jeu. L'Église n'a plus été tout à fait la même. Et les gouvernements ont cherché à s'adapter, comme ils l'ont pu, à cette puissance désormais inclassable.

Il faut partir de la mort de Pie XII (9 octobre 1958). Comme toujours, le conclave est convoqué. Mais le pape, ayant depuis quelques années omis de choisir de nombreux cardinaux en lieu et place des défunts, la réunion risque d'être brève. La plupart des présents se sont ralliés à l'idée d'une désignation de Mgr Montini, ancien substitut à la secrétairerie d'État. C'est un homme qui connaît son Vatican par cœur, qui jouit de l'estime du plus grand nombre et qui passe pour un esprit ouvert. Mgr Montini est, alors, archevêque de Milan.

Il y a, toutefois, d'autres *papabili*. Mgr Roncalli, patriarche de Venise, est de ceux-là. Si Montini ne se détache pas nettement au cours des premiers scrutins, on admet que Roncalli peut avoir ses chances : il est doux, tranquille, plein d'humour. On affirme que la politique l'ennuie quelque peu. Or, de nombreux cardinaux souhaitent, une fois de plus, la désignation d'un pape moins politique, pour équilibrer la tendance des deux prédécesseurs. Dès le départ, il apparaît que les jeux ne sont pas faits. Montini se heurte à des oppositions que personne n'avait prévues. Roncalli lentement se détache. Pourtant, il a soixante-dix-sept ans. Il dira, quelques années plus tard, qu'il a été choisi essentiellement à cause de son grand âge : on souhaitait un pape de transition qui ne dure pas longtemps.

Il est élu, le 28 octobre 1958, au onzième tour. On estime généralement qu'un « brave homme » vient d'être désigné ; avec lui, il ne se passera pas grand-chose ; l'Église peut souffler un moment.

Qui est ce « brave homme » qui va bouleverser toutes les prévisions ? Il est né le 25 novembre 1881, dans une famille de petits paysans de Bergame. Pendant quelques années, il est secrétaire de Mgr Radini Tedeschi, chargé des affaires sociales. Après la Première Guerre, on demande à Roncalli de réorganiser l'œuvre de la Propagation de la Foi. En 1925, Pie XI, qui l'apprécie, l'envoie comme visiteur apostolique en Bulgarie ; en réalité, il le charge de renouer les contacts avec les orthodoxes orientaux. Grâce à sa bonhomie, il réussit fort bien et poursuit ses efforts en Turquie et en Grèce.

En 1944, à la surprise générale, il est nommé nonce à Paris. Le voilà plongé dans le Paris de l'après-guerre ; il n'est pas trop étonné par le bouillonnement des idées, les guéguerres entre les écoles théologico-politiques. Roncalli n'a rien d'un progressiste, mais il écoute et, à sa manière, comprend. Nommé à Venise, il passe cinq ans et demi dans cette ville dont le maire est communiste.

Dès sa nomination, Jean XXIII [1958-1963] étonne son public. Si l'homélie qu'il prononce le jour de son couronnement enchante les novateurs, il perd tout de suite le bénéfice de ses propos. Certes, il a insisté sur son rôle d'évêque de Rome et souligné qu'il était « le frère de tous les évêques du monde ». Propos qui rompaient avec la centralisation romaine précédente. Mais tout de suite il nomme Mgr Tardini – un conservateur connu – au poste de secrétaire d'État. Du coup, personne ne sait plus que penser de ce singulier « bonhomme ».

C'est trois mois seulement après cette désignation qu'il révèle son intention de convoquer un concile œcuménique. C'est une véritable bombe, non seulement pour les épiscopats et les chrétiens, mais même pour l'ensemble des gouvernements. Qu'a-t-on besoin d'un concile ? Que souhaite ce pape imprévisible ? À l'époque, personne ne peut répondre.

Très vite, pourtant, évêques et théologiens, associés d'une manière ou d'une autre aux travaux préparatoires, commencent à sortir du brouillard. On peut résumer les objectifs de Jean XXIII, à ce tout premier stade de la réflexion, en trois points principaux.

– Les épiscopats du monde entier devaient désormais être associés à la conduite de l'Église. Les moyens nécessaires, les types d'organisations à mettre au point pour réaliser cet objectif demeurent flous. Ce sera au concile lui-même de les imaginer.

– L'Église doit s'engager dans une ligne réformiste, essentiellement sur le plan pastoral. Les prières, la liturgie, doivent être adaptées aux mentalités des hommes de cette seconde moitié du XXe siècle.

– Ces deux efforts doivent, dans toute la mesure du possible, permettre le rapprochement avec les autres Églises chrétiennes. Les divisions qui s'étaient produites tout au long de l'histoire constituent un scandale pour la plupart des chrétiens, et sont incompréhensibles pour les non-croyants. La route de l'œcuménisme sera longue et difficile ; mais il faut désormais s'y engager.

Les quelques années qui suivent prouvent que les intentions de Jean XXIII ne varient pas. De nombreux responsables des Églises séparées sont reçus au Vatican ; ils sont invités comme observateurs au concile. Au fur et à mesure que la date de la rencontre approche, la résistance de la curie et des multiples intégrismes – il en existe à l'intérieur même des Églises séparées – multiplie les obstacles. Le pape, avec ce mélange de rouerie et d'entêtement caractéristique de son comportement ordinaire, donne parfois l'impression de reculer d'un pas ; puis il progresse de deux.

L'ouverture du concile Vatican II

Bon an mal an, le concile s'ouvre le 11 octobre 1962 devant deux mille cinq cents pères. C'est une réunion comme l'Église n'en a jamais connu. L'Europe occidentale ne représente plus que 33 % des participants ; les États-Unis et le Canada, 13 % ; l'Amérique latine, 22 % ; l'Asie, 10 % ; l'Afrique noire, 10 % ; le monde arabe, 3,5 % ; l'Océanie, 2,5 %. Est cependant sous-représenté le monde communiste qui compte pourtant cent cinquante évêques catholiques. Or, le jour de l'ouverture du concile, ne sont présents que quatorze évêques yougoslaves sur vingt-sept, vingt Polonais sur soixante-cinq, quatre Allemands de l'Est sur huit, deux Hongrois sur seize, trois Tchèques sur quinze. Aucun évêque russe, roumain, chinois ou nord-vietnamien n'est là.

Avant de résumer les conclusions des cinq sessions de Vatican II, peut-être faut-il rappeler quelle est la situation réelle de l'Église au lendemain de la Seconde Guerre mondiale.

État de l'Église avant le concile

En apparence, la vieille institution a convenablement résisté à la guerre : les séminaires sont nombreux, même si la baisse du nombre des vocations est préoccupante. Les évêques sont à leur place, informés et efficaces. Si, dans plusieurs pays européens, quelques responsables civils réprouvent publiquement l'attitude des épiscopats durant l'Occupation, les chrétiens ne participent pas à ces récriminations.

De Gaulle a interdit au cardinal Suhard, archevêque de Paris, de participer à la cérémonie de la victoire, à Notre-Dame, le 25 août 1944 ; mais la tendance dominante est d'oublier le passé. En France, pourtant, il n'y eut que six évêques qui s'opposèrent publiquement à la législation contre les juifs et à la politique de collaboration avec l'Allemagne

(Mgr Salliège, évêque de Toulouse, le cardinal Liénart de Lille, Mgr Garrone, Mgr Téhas, Mgr Rémond, Mgr Moussaron, évêque d'Albi). En réalité, tout le monde fait confiance au temps pour effacer progressivement les cicatrices.

La crise à l'intérieur de l'Église commence dès la fin des hostilités. On pourrait même la faire remonter au-delà. C'est pourtant au carrefour des années 1945-1950 que Rome prend conscience de l'importance de la secousse. Nous allons voir qu'elle fut triple et que les différents problèmes n'ont pas de rapport direct entre eux.

Premier constat. La foi, dans sa formulation traditionnelle, s'affaiblit. C'est un ouvrage – paru d'ailleurs en 1943 – qui révèle le problème : *France, pays de mission ?* Rédigé par deux aumôniers appartenant à la Jeunesse ouvrière chrétienne, il décrit les manières de vivre des Français ordinaires, il montre la progression régulière d'une indifférence religieuse qui n'a plus rien à voir avec l'anticléricalisme. Le retentissement de l'ouvrage est considérable dans l'Église ; mais il ne surprend pas vraiment. Après tout, sa parution a été précédée par des témoignages convergents publiés entre les deux guerres.

En 1947, c'est le cardinal Suhard, archevêque de Paris, qui prend la plume. Son petit livre, *Essor ou déclin de l'Église*, fait l'effet d'une encyclique majeure. Il est presque immédiatement traduit dans les principales langues de la planète. Partout, évêques et prêtres se reconnaissent à peu près dans l'analyse du cardinal-archevêque de Paris. Cette fois, la crise des vocations est reconnue, l'indifférence religieuse et la naissance d'une culture étrangère, au sein particulièrement de la classe ouvrière, sont décrites : tout cela exige des remèdes.

Les chiffres, d'ailleurs, commencent à être connus. Prenons quelques exemples : en France, le nombre d'élèves dans les grands séminaires passe de sept cent trente-deux en 1963 à soixante-dix-sept en 1971. Soit une baisse de 89 %. Les ordinations sont passées, entre ces deux dates, de cinq cent soixante-treize à deux cent trente-sept (baisse de 58 %). On découvrira simultanément l'abandon, par de nombreux prêtres, de leur état sacerdotal ; on parlera de « réduction à l'état laïque ».

On n'en est pas encore là en 1950. Mais la perception de la crise en France joue un rôle phare pour l'ensemble de l'Église.

Ce qui se passe dans ce vieux pays chrétien annonce sans doute ce qui va se dérouler au-delà des frontières ou des mers. D'où, une fois de plus, l'importance de la France comme modèle, ou contre-modèle, dans l'histoire moderne de l'Église.

Les évêques réagissent. On crée la Mission de France : ce sont des prêtres détachés des paroisses, au départ tout au moins, qui vont intervenir dans les zones les plus déchristianisées. Quelques années plus tard, c'est la naissance des prêtres-ouvriers. Ceux-là s'immergent totalement dans le monde ouvrier. Ils vivent comme de simples laïcs, travaillent à l'usine, logent dans les banlieues ; leur seul objectif au départ : se faire reconnaître pour ce qu'ils sont par leurs compagnons de travail.

Il y aura, durant ces années 1950-1970, bien d'autres initiatives un peu partout. Par exemple : « Pour un monde meilleur », créé en Italie par le père Lombardi. En cinq ans, plus de soixante évêques et plus de six mille prêtres s'inspirent de ses méthodes. On retrouvera le mouvement en Amérique latine (théologie de la Libération).

Deuxième prise de conscience. Il flotte sur l'Église un vague parfum d'ouvriérisme. Le phénomène n'est pas récent. Après tout, depuis Benoît XV, l'Église sait qu'une partie du monde nouveau se construit en dehors d'elle. Pie XI, en réorganisant l'Action catholique ouvrière, indiquait que les chrétiens ne pouvaient se satisfaire de la situation présente. Il faut d'ailleurs se souvenir que les origines de la JOC sont bien plus lointaines ; c'est l'abbé Cardijn, en Belgique, qui en a l'intuition dès 1913. C'est encore lui, puis l'abbé Guérin en France, qui crée effectivement le mouvement en 1925. Les autres mouvements d'Action catholique seront en partie copiés sur le modèle de la JOC.

La marxisation lente

La formule qui, au lendemain de la guerre, court les couloirs des séminaires est révélatrice d'un état d'esprit : « Le péché de l'Église au XIXe siècle est d'avoir abandonné la classe ouvrière. » On notera que le terme de « classe sociale » est entré dans le vocabulaire chrétien ordinaire. On ne tardera pas à admettre qu'il n'existe en réalité qu'une « classe » digne de ce titre : c'est justement la classe ouvrière. À lui seul, ce passage d'un terme utilisé par les sociologues à une espèce de titre d'honneur est révélateur : il existe désormais une classe privilégiée dont c'est le rôle de porter l'histoire future.

La dérive du langage précède, on s'en doute, la dérive des actes. Au départ, les prêtres en soutane et grosse ceinture défendent les ouvriers, les syndicalistes, et prêchent la charité. Leur succèdent les prêtres en civil qui souhaitent se tenir aux marges de la paroisse : celle-ci, en effet, est désignée comme l'une des expressions de la bourgeoisie, etc.

Rome prend assez vite conscience des risques de ce langage mixte. Les intentions, dans la plupart des cas, demeurent chrétiennes ; le langage révèle l'imprégnation de la vulgate marxiste.

C'est la Mission de France qui est montrée du doigt par le Saint-Siège. Mais aucune sanction n'est prise à son endroit. Au contraire, le Saint-Siège invente pour elle un statut canonique original. À partir de cette décision, le problème semble résolu. C'est, bien entendu, une illusion.

Il réapparaît, avec une tout autre force, à l'intérieur des mouvements progressistes, puis, sur un plan très différent, chez les prêtres ouvriers. Les petits journaux et revues, rédigés par des chrétiens « de gauche » n'avaient qu'une influence marginale. Mais Rome savait fort bien que des connexions existaient entre ces feuilles hebdomadaires ou mensuelles (type *Jeunesse de l'Église* et *La Quinzaine*) et quelques théologiens, dominicains de haut rang, etc. Le Saint-Siège souhaitait donner un signal fort pour stopper cette dérive théologico-politique.

Dans une large mesure, les décisions du Vatican – par exemple, l'interruption de l'expérience des prêtres-ouvriers en 1954 – furent davantage suivies d'effet. Mais le prix à payer fut élevé : près des deux tiers des prêtres ouvriers demandèrent leur réduction à l'état laïque. Quelques-uns – qui étaient déjà des permanents syndicaux à la CGT – poursuivirent leur carrière comme compagnons de route du Parti. Très peu d'entre eux réussirent : ils avaient beau tenir le langage du Parti, être de très bons responsables syndicaux, ils n'appartenaient pas à l'univers très fermé du PC. La plupart disparurent dans la bataille ; quelques-uns trouvèrent un point de chute du côté du CNRS (Centre national de la recherche scientifique).

Nous retrouverons un schéma analogue à l'époque de Jean-Paul II lorsque nous aborderons le problème des « théologies dites de la Libération ». Les Français, avec générosité et maladresse, avaient montré la voie ou signalé le danger : au choix.

Troisième difficulté. Elle est d'ordre théologique, et provient essentiellement d'Allemagne. Au départ des recherches intellectuelles qui vont secouer l'univers catholique allemand, il y eut l'œuvre de Karl Barth, ce remarquable théologien protestant (1886-1968). Il naît à Bâle, au sein d'une famille de théologiens. Il écrit, devient pasteur ; donc une existence qui paraît ordinaire. C'est la guerre 14-18 qui fait sauter ce qu'il considère comme un « conformisme spirituel ». À partir de 1919, il enseigne dans les plus grandes universités allemandes.

En 1934, violemment opposé à la montée du nazisme, il rédige avec d'autres la *Déclaration de foi de Barmen*. Pour lui, seul existe le service du Christ qui s'oppose aux idéologies et aux puissances séculières. On lui supprime sa chaire à Bonn et il doit se réfugier à Bâle, où il enseignera jusqu'en 1962.

Quel est le noyau de sa réflexion ? La nature de Dieu. Il est le « Tout Autre » ; Il échappe à toute spéculation humaine. C'est à travers Jésus que s'opère la « révolution de Dieu », qui brise tous les liens de dépendance au monde, de quelque nature qu'ils soient.

D'où la nécessité d'une théologie dialectique. La réflexion part de Dieu, dont elle tente de rendre compte. Bien sûr, elle échoue en partie, et doit retourner vers Dieu. Toute la théologie devient, dès lors, un simple commentaire de la parole de Dieu. Il faut relier la prédication de l'Église et les paroles de Jésus, seules expressions de Dieu qui règlent les interprétations de l'Écriture.

L'influence de Barth fut considérable, non seulement chez les protestants, mais aussi chez les catholiques. Une réflexion austère et transcendante, peu soucieuse des dogmes et de la réflexion historique de l'Église, prenait le pas sur la théologie traditionnelle.

Une nouvelle fois, le Saint-Siège tente de discerner dans cette œuvre immense ce qui est incontestable et ce qui ne l'est pas.

On a compris que Jean XXIII, en convoquant Vatican II, espérait régler quelques-unes de ces questions. Il n'y réussit qu'en partie. Pourtant, l'impact du concile fut important : l'Église n'était plus tout à fait la même lorsque le pape s'éteignit en 1963.

Qu'avait réalisé le concile ?

Le basculement de Vatican II (11 octobre 1962 - 8 décembre 1965)

L'essentiel s'est joué dans les premières séances du concile. Soudain, le pouvoir s'est déplacé. L'ultracentralisme romain a dû laisser la place aux épiscopats. L'Église a changé ; mais pas tout à fait dans le sens souhaité par Jean XXIII.

En réalité, les travaux préliminaires qui avaient été confiés à des commissions désignées par le Saint-Office s'étaient déroulés pendant plusieurs mois. Mais en 1959 il fallut constater l'importance des désaccords, en apparence infranchissables. Pourtant, des textes avaient été élaborés : sur les périls doctrinaux, la définition de l'Assomption, le communisme, la guerre, la réforme du droit canon, celui de la curie, les missions, l'Action catholique, la culture, etc. Mais la plupart de ces documents étaient inachevés. Les commissions s'étaient bornées à récapituler les points sur lesquels tout le monde était d'accord. Le reste, c'est-à-dire l'essentiel, était demeuré en suspens.

Le pape, tranquille et obstiné, demande à une commission exceptionnelle, présidée par le secrétaire d'État, le cardinal Tardini, de préparer l'ordre du jour et d'élaborer un projet de règlement. De nouvelles commissions auxquelles participaient toutes les tendances théologiques – les pères de Lubac et Congar, par exemple, qui avaient été rappelés à l'ordre quelques années auparavant par Rome – faisaient des propositions. Mgr Felici avait été désigné par le pape comme secrétaire général du concile. Les hommes de la curie avaient cependant le sentiment qu'ils allaient contrôler convenablement l'assemblée.

Lorsque, le 11 octobre 1962, les deux mille cinq cents pères entrent solennellement au Vatican, le spectacle est impressionnant pour les observateurs. Personne n'a jamais assisté à une telle réunion. Le discours inaugural de Jean XXIII est extrêmement clair : il dénonce, d'entrée de jeu, les « tentations intégristes », et rappelle que cette réunion doit préparer le rapprochement avec les Églises séparées. Puis l'assemblée se disperse.

Les premières réunions importantes ont lieu le surlendemain. On doit élire les membres des commissions conciliaires à partir des listes préparées par la curie. Le cardinal Liénart, soutenu par les cardinaux Frings et Alfrink, demande l'ajournement du vote afin de permettre aux évêques de se concerter. C'était un désaveu public de la curie, et en même temps la remise en question du règlement préparé. En somme, le concile prend le pouvoir contre la curie. L'ajournement est accepté ; la séance a duré moins de deux heures.

À partir de ce jour-là, l'assemblée se divise entre majorité et minorité. La première, qui se sait soutenue par le pape, réussit à demeurer à peu près unie durant les cinq sessions successives. La minorité, qui regroupe les principales personnalités de la curie romaine, va faire front. Elle est dominée par le souci de ne pas laisser le contenu de la foi voler en éclats, sous prétexte de mise au goût du jour ; en même temps, elle craint pour les prérogatives qui sont les siennes depuis plusieurs siècles, et qui pourraient bien, cette fois, lui échapper.

Le premier schéma, concernant la liturgie, fut approuvé le 14 novembre par deux mille cent soixante-deux voix contre quarante-six. C'était presque l'unanimité. Le second, destiné à définir « les sources de la Révélation », est strictement traditionnel et ne peut qu'irriter protestants et orthodoxes. Après huit jours de débats acharnés, mille trois cent soixante-huit voix, hostiles au projet (contre huit cent vingt-deux favorables), rejettent celui-ci. La majorité demande que le texte soit revu de bout en bout. Les minoritaires n'ont pas la majorité des deux tiers ; le pape peut donc passer outre et confier à une commission de théologiens, composée d'hommes de deux tendances, la mission de rédiger un nouveau texte.

Une troisième passe d'armes se déroule à propos du schéma sur l'Église. Plusieurs cardinaux de premier plan demandent à revoir, avant d'aller plus loin, tout le plan du concile luimême. Cette réunion, font-ils remarquer, doit être « ouverte sur le monde ». Les travaux, d'après eux, n'en prennent pas le chemin. Il est temps de revoir les principales lignes de réflexion. L'assemblée approuve cette suggestion. Ce jour-là, les hommes de la curie comprennent qu'ils ont perdu la maîtrise de Vatican II.

Toute la suite des travaux est marquée par cette succession de ruptures initiales. Les pères prennent l'habitude de se regrouper ; d'abord par nation ; puis par tendance théologique ; par affinité culturelle, enfin. Les réunions se tiennent, bien sûr, au concile ; mais d'autres se déroulent à l'extérieur du Vatican, dans des réfectoires appartenant à des couvents ; parfois même, dans de petits restaurants disposant de salles privées. Partout, on discute, on remet en question, on suggère. Quelques observateurs, partageant la sensibilité de tel ou tel, se retrouvent à côté d'eux et prennent la parole. Des siècles de barrières théoriques sont en train de s'effriter sous les yeux stupéfaits de nombreux évêques. Des formules qui semblaient importantes il y a dix siècles se dissolvent d'un coup. D'une certaine manière, elles étaient déjà tombées en poussière.

Du coup, le socle apparaît en pleine lumière. Les décisions des premiers conciles retrouvent leur puissance. Étrangement, cet effort des commissions et des sous-commissions ne sera pas interrompu par le décès de Jean XXIII. Tout se passe comme si, ayant lancé l'immense machine, il pouvait se retirer sur la pointe des pieds.

C'est avant l'ouverture de la deuxième session que Paul VI – qui avait décidé, le 22 juin 1962, que le concile devait se poursuivre – crée une structure nouvelle : un collège de « modérateurs » est institué. Son rôle sera de diriger les débats. Ses quatre membres joueront donc un rôle décisif. Il s'agit du cardinal Agagianian (représentant la curie), puis des cardinaux Lercaro (Bologne), Doepfner (Munich) et Suenens (Malines-Bruxelles). Seul le premier d'entre eux représente la tendance conservatrice. Les trois autres désirent, comme Jean XXIII et Paul VI, « jeter un pont entre l'Église et le monde contemporain ».

Après la réforme liturgique et la mise au point du schéma concernant les « sources de la Révélation », la seconde session fut consacrée à l'Église (rôle du pape, des évêques, place de ces derniers dans l'organisation du corps ecclésial ; restauration du diaconat permanent ; caractère sacramentel de la consécration épiscopale, etc.). À noter enfin le débat sur la mise en forme de la déclaration concernant les juifs. Elle fut longue et difficile par suite des réticences en provenance du monde arabe.

Les dernières sessions ne soulevèrent pas trop de difficultés (mis à part le schéma 13 qui portait sur la régulation des naissances, les limites du droit de propriété, le devoir des pays riches vis-à-vis du Tiers-Monde et l'emploi de la bombe atomique ; à la réflexion, il apparut que le document était confus, et il fut réexpédié en commission).

*

Vatican II avait soulevé beaucoup d'espérance. On s'aperçut, dans les années qui suivirent, qu'il avait laissé de côté de nombreux problèmes. Si l'organisation interne de l'Église avait fait d'immenses progrès, son attitude vis-à-vis des non-chrétiens demeurait floue. Désirait-on les évangéliser comme on l'avait fait durant les premiers siècles ? Si oui, comment ? Sinon, quel était l'essentiel du message que les chrétiens devaient désormais transmettre ? Le concile avait touché à ces questions mais n'y avait pas répondu clairement. C'est Jean-Paul II qui, à sa manière, va fournir un certain nombre de solutions. Mais ce sera quelques années plus tard.

CHAPITRE 35

L'ÉGLISE SURVIT AUX DEUX PLUS GRANDES PERSÉCUTIONS DE L'HISTOIRE

Les événements qui vont se dérouler de la mort de Jean XXIII à la fin du siècle sont exceptionnels. Aucun précédent aussi spectaculaire depuis les débuts de l'Église. Tout se passe comme s'il avait fallu attendre l'affaissement généralisé de la foi, la perte d'influence mondiale des Églises, pour assister à un retournement que personne n'avait prévu. C'est Jean-Paul II qui va imaginer, organiser, puis précipiter le mouvement d'ensemble ; lui qui va trouver les mots qui vont faire sortir de l'ombre un peuple chrétien dont on ne soupçonnait même pas l'importance. Bien sûr, Jean-Paul II va bénéficier des techniques modernes ; il utilisera sans complexes les jets et les télévisions. Encore fallait-il savoir se servir de ces outils boomerangs.

Surtout, il fallait croire, avec une naïveté ou une intelligence de saint, que le monde attendait un langage à la fois très ancien et totalement nouveau. Personne ne peut prévoir vers quoi nous conduira cette mutation de l'Église catholique. L'élan retombera-t-il aussi vite qu'il est apparu ? Le mouvement œcuménique va-t-il s'éteindre ou, au contraire, emporter tout sur son passage ? Nos enfants assisteront-ils à la réunification du christianisme ? Et l'ensemble des hommes du nouveau millénaire constateront-ils que leur volonté de confiance dans l'homme n'a pas grand sens si elle ne s'enracine pas dans le très ancien prophétisme judéo-chrétien ?

Beaucoup de choses sont en fait devenues possibles, beaucoup d'éventualités qui ne l'étaient pas il y a un demi-siècle. Certaines peuvent se présenter dans dix ans, dans vingt ans.

Une formidable machine est en marche. Pour les hommes du XIXe siècle (chrétiens ou athées), l'évolution spirituelle actuelle est aussi étrange que le voyage dans la Lune ou la conquête de l'atome.

L'avenir reste totalement imprévisible. Mais le présent permet d'entrevoir déjà de nouveaux horizons. Nous cheminons tous ensemble d'un mystère à l'autre.

Paul VI : le précurseur

On s'étonne que les trois noms de Paul VI, Jean-Paul Ier et Jean-Paul II soient rassemblés dans un seul chapitre. Les hommes ne se ressemblent pas ; leur destinée est différente. Mais le mouvement qu'ils ont conduit et accompagné est unique. Comme s'ils n'avaient pas maîtrisé vraiment la cavale qui les emportait. Bien entendu, c'est la figure de Jean-Paul II qui domine l'époque. Pas question de la comparer à celle de ses prédécesseurs. Constatons simplement que Paul VI a joué le rôle de brise-glace. C'est une évidence. Ou, si l'on préfère, les conséquences imprévues du concile ont enclenché des phénomènes que personne ne pouvait arrêter.

Qui est Paul VI [1963-1978] ? Giovanni Batista Montini appartient au milieu démocrate-chrétien. Son père était avocat et journaliste. Donc le jeune Montini poursuit ses études dans un milieu chrétien. Très vite, il veut devenir prêtre. Né en 1897, il est ordonné en 1920. Il n'a donc que vingt-trois ans. Spécialiste du droit canon, il part à Varsovie comme attaché à la nonciature. C'est son premier poste à l'étranger ; il poursuit méthodiquement son apprentissage des langues et des mentalités. D'ailleurs, à Rome, il est chargé de la section universitaire de l'Action catholique ; un poste qu'il occupera dix ans. Il entre à la secrétairerie d'État en 1933. En 1936, il devient sous-secrétaire, puis en 1952, responsable des affaires ordinaires. Il est l'un des plus proches collaborateurs de Pie XI, puis de Pie XII. En 1954, il devient archevêque de Milan, puis cardinal en 1958.

En juin 1963, il succède à Jean XXIII. Sans grande difficulté. Il est élu au cinquième tour de scrutin, et au deuxième jour du conclave. On retiendra de son action quatre décisions importantes.

– La poursuite et l'achèvement du concile. Beaucoup de cardinaux supportaient de plus en plus mal leur présence à Rome ; ils voulaient retrouver leur diocèse. On avait besoin d'eux, là-bas. Pour le pape, cet après-concile n'est pas exactement un cadeau. De nombreux textes sont inachevés. Il faut donc mettre au propre l'œuvre conciliaire, sans trahir la pensée des pères. Paul VI accomplit ce travail en quelques années, à la satisfaction générale.

– La reconstitution de la la curie. Décision raisonnable : le fonctionnement pratique du Vatican suppose une administration et des ministres compétents. Paul VI reconstitue un organisme dont la composition et les tendances sont bien différentes de celles d'avant le concile.

L'invention des grands voyages

– La politique des grands voyages. Le pape se rend, par exemple, aux Philippines, en Ouganda, en Inde, en Palestine et obtient l'autorisation de passer la ligne de démarcation qui sépare la Jérusalem jordanienne de la Jérusalem israélienne. Il était le premier à franchir cette espèce de « mur » de Jérusalem.

Ce fut un moment surprenant. Les deux gouvernements avaient autorisé le pape et ceux qui l'accompagnaient à traverser le *no man's land*. Le mur de barbelés et de miradors, couvert de mitrailleuses, avait été provisoirement démonté. Paul VI, accompagné de nombreux évêques et de quelques centaines de journalistes, franchit le barrage. Juchés au sommet des murs, soldats israéliens et jordaniens s'observaient du coin de l'œil et assistaient à cette procession étrange, mitraillette au poing.

Autre voyage qui constitue un moment fort de son pontificat : le pape se rend à New York et présente son discours devant l'assemblée générale des Nations unies. La présence d'un pape dans la grande ville américaine est déjà un événement rare. Mais la décision de l'ONU de le recevoir comme chef d'État et de l'écouter manifeste pour le monde entier la nouvelle importance du chef de l'Église catholique.

Signalons aussi que Paul VI se rend à Bombay, à Fatima,

etc. Chacun de ses voyages provoque des rassemblements importants et est « couvert » par de nombreux journalistes. Le pape vient d'ouvrir largement une porte que Jean-Paul II franchira sans complexes : l'époque des papes enfermés dans Rome, ou ne se déplaçant que contraints et forcés, est révolue. Les conséquences de ces changements furent considérables. Plus question de revenir en arrière.

– Enfin, Paul VI multiplie les rencontres œcuméniques au sommet. Dans deux directions prioritaires. Il entame, d'un côté, des relations suivies avec Athénagoras, patriarche de Constantinople. C'est un premier pas pour commencer à effacer la rupture entre l'Orient et l'Occident chrétiens.

D'un autre côté, il établit des rapports réguliers avec le docteur Ramsay, archevêque de Canterbury. Il s'agit, on le voit, de préparer les esprits à l'établissement de liens nouveaux avec les orthodoxes et les anglicans.

Pourtant, le bilan de son pontificat ne fut pas satisfaisant. L'ébranlement du concile avait provoqué des conséquences imprévues. Une contestation de la hiérarchie, par exemple ; quelques évêques entendaient mener leurs affaires sans trop se préoccuper de Rome. Autre souci pour le Vatican : l'abandon du sacerdoce par de nombreux prêtres (et cela, dans des pays comme la France). Début visible de la crise provoquée par l'influence croissante du marxisme : vingt mille défroqués, dont cinq mille pour la seule France. Ajoutons des théologiens, des prêtres et de nombreux laïcs qui tentent de jeter les bases d'un rapprochement entre catholiques et communistes.

Sur l'ensemble de ces problèmes, Rome ne sut pas imaginer les réponses constructives qu'exigeaient ces crises multiformes. Les deux encycliques publiées à cette époque, *Ecclesiam suam* (1964) et *Popularum progressio* (1967), n'eurent qu'un retentissement limité.

En somme, l'Église était redevenue une puissance spirituelle respectée, mais les problèmes internes qu'elle devait affronter demeuraient sans réponse.

La succession préparée

La succession de Paul VI est soigneusement préparée. On sait le pape fatigué et malade. Personne ne souhaite un conclave quelque peu anarchique. D'autant que l'opinion catholique désire la venue d'un pape simple, davantage pasteur qu'homme politique. Évêques, théologiens, sociologues ont dessiné la silhouette du pape que la plupart d'entre eux appellent de leurs vœux ; il faut que le nouvel évêque de Rome soit un homme tranquille et doux ; qu'il s'attache à résoudre les problèmes intérieurs urgents. Par exemple, le schisme larvé de Mgr Lefebvre, les outrances liturgiques de certaines Églises nationales (hollandaise et française), le problème des prêtres progressistes, la baisse du nombre des vocations, et enfin la réforme des finances de l'Église.

Paul VI meurt le 6 août 1978. Le conclave s'ouvre deux semaines plus tard, et le 26 août, Mgr Albino Luciani est élu. Les conditions de son élection sont intéressantes. En 1922, le conclave comptait cinquante-trois cardinaux ; en 1939, soixante-deux ; en 1958, cinquante et un ; en 1963, soixante-dix-neuf. On se souvient que depuis le décret de Sixte Quint, en 1586, le nombre des cardinaux ne doit pas dépasser soixante-dix. C'est Jean XXIII qui fit sauter la règle et augmenta sensiblement ce chiffre ; c'est Paul VI qui fixe le plénum à cent vingt.

Cette fois, Albino Luciani bénéficie d'un conclave de cent onze membres. Or, il est élu, dès le premier jour, au quatrième tour de scrutin. Preuve que l'élection a été convenablement préparée. Voilà Jean-Paul Ier pape [1978].

L'histoire de ce pontificat de trente-trois jours est connue. Elle a donné lieu à de multiples rumeurs, de prétendues révélations, de romans et même de films. Tout cela ne tient guère.

Les faits. Dès son élection, Jean-Paul Ier réussit à devenir populaire. À la fois par sa bonhomie, voire sa maladresse ; son humilité réelle joue un rôle. Les mots qu'on lui prête courent la Ville éternelle : « Je suis, dit-il, un apprenti pape. » Lors de sa première allocution, il déclare qu'il « embrasse tous les curés du monde » et désigne les hommes comme « ses frères ». Il n'en faut pas davantage à la population romaine, relayée par les médias, pour se convaincre que le pape restera proche de ses contemporains, qu'il est indifférent aux ors et aux cérémonies un peu trop solennelles. D'ailleurs il abandonne la tiare lors de son sacre et ne revêt que le *pallium* de l'évêque de Rome. On murmure qu'il aime bien se moquer. Un petit livre, qu'il a rédigé des années auparavant, *Illustrissimi*, est republié en catastrophe et s'arrache dans les librairies de Rome. Il s'agit de lettres imaginaires expédiées par l'auteur à Dickens, Péguy, Goethe, Pinocchio et Jésus. Chacun sent qu'il y a de la réserve et du rire dans cet homme, hier encore inconnu.

Il se met au travail. Le cardinal Villot, secrétaire d'État de son prédécesseur et que le nouveau pape a confirmé, lui apporte chaque jour son poids de dossiers. Les rapports entre l'ancien cardinal de Venise et l'ancien évêque de Lyon sont excellents. Le dimanche 3 septembre, Jean-Paul Ier célèbre sur le parvis de Saint-Pierre sa messe d'investiture. À la stupéfaction de la foule, il ne coiffe pas la tiare, symbole de l'autorité pontificale depuis la nuit des temps. Le 6 septembre, recevant quinze mille pèlerins lors de sa première audience, il les invite à prier pour la rencontre entre Sadate, Begin et Carter qui se déroule à Camp David. Il reçoit encore trois fois les fidèles en audience générale. Rien ne permet de présager la suite.

La mort subite

Le jeudi 28 septembre, il reçoit plusieurs visiteurs. Il se couche tôt, comme il en a l'habitude. À 5 heures 30, il n'est pas levé. Son deuxième secrétaire privé, le père John Magee, frappe puis entre : Jean-Paul Ier est mort, dans son lit. Sa lumière est restée allumée. Le médecin, appelé tout de suite, déclare qu'il s'agit d'un infarctus du myocarde soudain. Dans les vingt-quatre heures, le corps du pape est embaumé, comme le prévoit le cérémonial traditionnel. Donc pas d'autopsie, parce qu'à ce moment-là personne ne songe à déclencher une enquête.

Dans la journée, un communiqué annonce la mort du souverain pontife, communiqué médical signé par le docteur Renato Buzzonetti, directeur des services sanitaires du Vatican. L'effet produit, à Rome et dans le monde, est immense. Comment cet homme, désigné par les cardinaux un peu plus d'un mois auparavant, a-t-il pu s'éteindre aussi brusquement ? Les médecins qui l'ont suivi n'ont pas détecté le moindre signe visible de cette faiblesse cardiaque. Les rumeurs courent la ville, transpirent dans les communiqués des agences de presse. C'est un journaliste intégriste connu, Franco Antico, qui sonne le tocsin : à 8 heures du matin, il téléphone à l'agence Ansa, puis à une série de journalistes qu'il connaît, pour leur révéler ce qu'un correspondant anonyme vient de lui confier : le corps de Jean-Paul Ier n'a pas été découvert par John Magee, mais par sœur Vincenza, gouvernante du pape. Le Saint-Père n'était pas en train de lire l'*Imitation de Jésus-Christ*, comme on l'a dit, mais un dossier explosif, bien entendu introuvable. Antico refuse de livrer le nom de sa source. Le scandale éclate. Le cardinal Villot comprend l'importance de cette dénonciation sans auteur. Seule une autopsie aurait permis de réfuter la thèse de l'empoisonnement. Mais il est trop tard : l'embaumement exclut les recherches chimiques sur le corps – c'est du moins l'opinion de presque tous les spécialistes. Par prudence, et pour éviter la multiplication des ragots, le cardinal Villot expédie le père Magee et les religieuses dans des retraites qu'il est seul à connaître.

Placé devant l'autel de la Confession, la dépouille de Jean-Paul Ier demeure là plusieurs jours. Entre six cent mille et un million de visiteurs viennent prier devant son corps. Pour ce pape qui n'avait régné qu'un mois, c'était une preuve spectaculaire de la confiance qu'il avait suscitée.

Le vacarme médiatique, pendant ce temps, s'amplifie. Mais la mise en accusation de l'entourage du pape ne durera pas très longtemps. Le décès du cardinal Villot – il était épuisé –, cinq mois après celui de Jean-Paul Ier, a mis un terme à cette avalanche d'affirmations sans fondement. Toutefois, dans les années 80, un livre publié par Daniel Yallop, *Au nom de Dieu*, affirmera que le pape a été assassiné par le cardinal Villot, Mgr Marcinkus et, bien entendu, les responsables de la Loge P2. Raison de ce meurtre : les assassins savaient que le pape s'apprêtait à les renvoyer à leurs chères études. Ils étaient décidés à s'y opposer. D'où le crime. Les meurtriers, d'ailleurs, ont pu facilement parvenir jusqu'aux appartements du pape : chacun sait que le Vatican est truffé de passages secrets. Décidément, cet auteur anglais ne manque pas d'imagination.

Il faut se faire une raison : il y a des gens qui savent se faire une réputation en utilisant de faux scandales. Puis, le temps recouvre ces déchets de l'histoire.

De nouveau un conclave

Tout était à refaire. Il fallait de nouveau réunir le conclave, de nouveau désigner un pape. Les cardinaux devaient se remettre à l'ouvrage, sous le regard désabusé des journalistes, des commentateurs et des multiples caméras.

En réalité, les observateurs étaient bien moins nombreux, et peut-être même moins intéressés. Ils avaient assisté au spectacle précédent ; le second les passionnait moins. L'exotisme ne jouait plus.

Pourtant, cent onze cardinaux encore une fois étaient présents lorsque le conclave s'ouvre, le samedi 14 octobre, au milieu de l'après-midi. Un peu serrés, les cent onze cardinaux s'entassent dans la Chapelle Sixtine. Il y a là tous les *papabili*, dont les caméras cadrent, avec gourmandise, les visages : Felici, Benelli, Bertoli, Gantin, et surtout, le cardinal Siri. Les spécialistes le donnent gagnant ; n'avait-il pas failli être élu le 25 août précédent ?

Les choses se passent différemment. Beaucoup de cardinaux ne veulent pas entendre parler de Siri ; il est trop conservateur pour eux. On lui préfère Benelli, dont chacun loue l'ouverture d'esprit. Malheureusement, les deux camps sont de force égale. Il faut imaginer une solution différente. On affirme que deux réunions préliminaires et discrètes déblaient le chemin. L'une se serait tenue, le mercredi 11 octobre, au 408, Via Aurelia Antica ; ce serait le cardinal Koenig, archevêque de Vienne, qui aurait convoqué quelques amis : Arambura (Argentine), Arns (Brésil), enfin des cardinaux français, néerlandais et allemands. Sans compter africains et polynésiens. La deuxième réunion aurait eu lieu au séminaire français. Ce seraient les cardinaux Marty et Gouyon qui en auraient pris l'initiative. Seul objectif clair : barrer la route au cardinal Siri.

Qui, le premier, songe au cardinal Wojtyla ? Personne n'en

sait rien. Tout le monde est resté discret sur ce point essentiel. Le cardinal Pignedoli a révélé – bien plus tard – que le nom lui avait été suggéré quarante-huit heures avant l'ouverture du conclave. Il aurait précisé que ce serait le cardinal Colombo et l'archevêque de Philadelphie, John Krol (d'origine polonaise), qui lui avaient soufflé ce nom. En fait, ce seraient les cardinaux sud-américains, africains et du Tiers-Monde qui se seraient ralliés les premiers à l'idée de Karol Wojtyla : on souhaitait, sans trop le dire, élire un pape non italien.

C'est le dimanche matin que les opérations commencent. On désigne par vote trois scrutateurs (pour dépouiller les bulletins), trois réviseurs (pour surveiller les opérations), trois cardinaux infirmiers (pour aller chercher les bulletins des cardinaux malades). Tous les bulletins, après avoir été dépouillés, doivent être piqués par une aiguille et assemblés sur un fil jusqu'à leur destruction dans le poêle de la Sixtine. Le vote est secret et anonyme. Jusqu'au XIXe siècle, il n'était pas anonyme. C'est en 1975 que des règles strictes ont été édictées.

Comme prévu, Siri et Benelli arrivent en tête, et à un niveau comparable. Derrière eux, les cardinaux Felici et Ursi. Loin derrière eux, Wojtyla recueille quelques voix. Au cours des deuxième et troisième tours, Siri, Benelli et – ô surprise – Wojtyla améliorent leur score. Le cardinal Marty commente l'événement d'une phrase lapidaire : « On a perdu une journée pour savoir si on allait en Italie ou pas. »

Dans la soirée (et peut-être même la nuit), on tente de rapprocher (sans grand succès) les deux Italiens. Plus révélateur : le cardinal Koenig, l'un des hommes forts de l'assemblée, se fait le défenseur adroit de Wojtyla. Au huitième tour, Benelli n'avait plus que trente-huit voix alors que Wojtyla regroupait soixante-treize suffrages. Lorsqu'il obtient quatre-vingt-dix-sept voix sur cent onze, les cardinaux applaudissent, ce qui est exceptionnel. Quelques-uns poussent des cris. Tous ont le sentiment d'avoir franchi une frontière qu'ils ne soupçonnaient même pas quelques jours auparavant. Ils ont, tous ensemble, trouvé un nouveau pape. Et surtout, ils ont quitté l'Italie (ce n'est pas une première dans l'histoire de l'Église, mais il faut remonter loin en arrière pour trouver un choix comparable. Très précisément à l'élection du Hollandais Adrien VI, en 1522, dernier pape non italien de l'histoire de l'Église). En tout cas, Jean-Paul II est le premier pape polonais de l'histoire.

Jean Paul II, l'inconnu, apparaît au balcon

Le 16 octobre, à 19 heures 35, Jean-Paul II apparaît au balcon. Il est salué par une ovation impressionnante. La foule écoute sa voix de baryton. Il s'exprime en un italien parfait. Lorsqu'il achève sa première intervention publique, il est de nouveau acclamé. Les Romains (qui n'avaient pas tous compris que le nouveau pape était polonais) ratifient ce choix sans murmure ; au contraire, ils ont l'air satisfait de voir le flambeau sortir enfin d'Italie. Le soir, les cardinaux et leurs collaborateurs sablent le champagne. « En reste-t-il ? » a demandé le nouveau pape au cardinal Villot. « Il en reste, en effet », a répondu celui-ci. « Alors, il faut en servir à tous ceux qui sont là. » C'est le lendemain, durant la messe, que les cardinaux, en l'écoutant, réalisent que Karol Wojtyla ne sera pas un pape mou. Toute son allocution permet de comprendre qu'il prendra ses responsabilités et qu'il entend être obéi.

On sait désormais tout de sa vie. Il est né le 18 mai 1920 à Wadowice, en Galicie, une petite ville située à quelque cinquante kilomètres de Cracovie, à côté de la frontière tchèque. Son père était un ancien officier. Karol perd sa mère lorsqu'il a neuf ans. Une petite sœur est morte avant qu'il ne vienne au monde. Son frère aîné, Edmond, qui est médecin, meurt à vingt-sept ans, en 1933. Le père et le fils vivent à peu près seuls. Karol est appelé par ses amis Lolek. Études ordinaires ; mais d'excellents résultats littéraires au lycée. Il commence à parler allemand ; il comprend le latin et le grec.

En même temps, c'est un sportif. Il skie sur les collines proches de Wadowice ; il patine, il marche durant des heures ; enfin, il nage dans la Skava. Au football, il est gardien de but. Il conservera toute sa vie une espèce de nostalgie de l'époque où il pouvait courir, sauter, marcher dans les montagnes. Lorsqu'il réside à Rome comme étudiant, il ne cesse d'arpenter la Ville éternelle et la campagne romaine. Lorsqu'il y vient comme pape, il n'est pas dépaysé.

Le drame, pour son père et lui, se noue avec l'arrivée des troupes d'Hitler. Wojtyla et son camarade Kydrynski s'engagent comme ouvriers dans une carrière, à Zakrzowek, près de Cracovie. C'est l'hiver 1940. Karol casse des blocs de pierre à coups de masse, par -30°. Puis il les ramasse à la pelle et les entasse dans un wagonnet qui les conduit à l'usine. Cet emploi n'a qu'un objectif : lui éviter la déportation en Allemagne qui frappe les étudiants. Le 18 février 1941, son père meurt. Karol reste seul. Il survit comme ouvrier. Le 29 février 1944, il est renversé par un camion allemand. Il fait un froid polaire. On le conduit dans un hôpital, les médecins diagnostiquent une commotion cérébrale. Il reste douze jours dans un état grave. Puis il se retrouve debout. N'empêche : ce premier choc physique le marque. Il y en aura, hélas, d'autres.

C'est en 1941 que Karol décide de devenir prêtre. Il y a eu l'influence de sa famille, son goût personnel pour la prière et la méditation. Aussi, l'influence d'un tailleur, Jan Tyranowski, qui lui fait découvrir la spiritualité de saint Jean de la Croix. Durant les années 1941-1945, il continue à travailler, le jour, pour l'usine Solvay. Mais, le soir, il se rend aux cours du séminaire clandestin de Cracovie. C'est encore à cette époque qu'il crée, avec des amis, une équipe théâtrale. Il joue le soir dans des appartements privés. Il est interdit d'applaudir, pour ne pas éveiller l'attention des Allemands. En même temps, il participe à un groupe de résistants, fabrique de faux papiers et aide à cacher des juifs polonais. Les autorités allemandes le repèrent et le prennent en chasse. Le 6 avril 1944, les Allemands arrêtent tous les hommes dans les rues de Cracovie. Karol échappe à la rafle, parce que, ce jour-là, il est resté chez lui pour prier. Les jours suivants, l'archevêque de Cracovie, Mgr Sapieha, regroupe tous les séminaristes dans son palais ; il est convaincu, à juste titre, que les Allemands n'oseront pas envahir ce lieu.

Ordonné prêtre en 1946, Karol Wojtyla est expédié à Rome par le cardinal Sapieha pour achever ses études. Deux années heureuses : il perfectionne son italien, pratique le français. En même temps, il achève sa recherche sur Jean de la Croix. Le 18 juin 1948, il soutient sa thèse de théologie. Fin de l'épisode romain. Il retourne en Pologne. Le voilà nommé curé d'une petite paroisse rurale toute proche de Cracovie. La Pologne est gelée par la Terreur stalinienne. Le jeune prêtre tente de s'adapter à cette nouvelle dictature.

Pendant une dizaine d'années, il va tout faire : curé, professeur, journaliste, animateur de cercles, etc. C'est en juillet 1958 qu'il est informé de sa nomination : le voilà évêque – c'est à ce titre qu'il participera au concile de Vatican II. On lui apprend la nouvelle pendant qu'il fait une excursion en kayak avec des amis.

Cette fois, il devient l'homme fort de Cracovie. Il a très vite compris qu'il y a d'abord les autorités communistes, ensuite lui. Il obtient le titre d'archevêque en décembre 1963, puis Paul VI le nomme cardinal en 1967. Désormais, Wojtyla court de Rome à Cracovie, de Cracovie à Varsovie. Il travaille vingt heures par jour ; même en voiture.

C'est au concile que les autres évêques découvrent sa présence, sa culture et son autorité ; on se souvient de huit interventions de lui, en commissions, et d'une en assemblée générale : objet de cette dernière : la liberté religieuse. Un sujet qu'il connaissait bien.

En 1978, Edward Gierek, Premier secrétaire du Parti communiste, commence à surveiller de près le cardinal-archevêque de Cracovie. Il le juge trop actif, trop habile. Karol le sait et n'en a cure. En 1976, il avait prêché le carême à Rome, devant la curie, à la demande de Paul VI. Sa réputation d'orateur dépasse désormais Rome et Cracovie. Il est invité à faire des conférences en Australie, puis à Philadelphie. Invité à Harvard, il donne trois conférences en anglais.

Autre rôle : le rapprochement entre l'Allemagne et la Pologne. Compte tenu du passé récent, c'est une tâche impossible. Il réussit, en partie, à réduire les différends existant entre les deux pays.

C'est le 29 septembre 1978, à Cracovie, qu'il apprend la mort soudaine de Jean-Paul Ier. Il est bouleversé, s'enferme chez lui pendant trois jours ; il sait, en effet, que si les cardinaux italiens ne réussissent pas à s'accorder, le conclave peut se retourner vers lui, et il craint cette issue : « La papauté, c'est une haute dignité, mais c'est aussi une lourde croix », avait-il écrit.

Lorsqu'il part de nouveau pour Rome, il espère encore que la tiare ne se posera pas sur sa tête. Il a tort. Quelques jours plus tard, les jeux sont faits. Il a cinquante-huit ans, mesure

1 mètre 74, pèse 80 kilos. Il est accueilli, dans le monde entier, avec une pointe d'étonnement et de sympathie ; pourquoi ne pas dire la vérité : on l'accueille avec scepticisme. Qu'est-ce qu'un Polonais va trouver à dire au milieu de cette époque de fer et de miradors ?

Les nouveaux commencements

Seuls les historiens pourront exposer avec une certaine objectivité la nature et l'importance de la révolution que va vouloir, et diriger, Jean-Paul II. Personne n'avait prévu ni les moyens qu'il utiliserait, ni les objectifs qu'il poursuivrait. Ce qui demeure à peu près sûr, c'est que les chrétiens, dans leur masse, l'ont approuvé, suivi, acclamé, comme ils ne l'avaient jamais fait pour aucun personnage religieux. Pour comprendre les raisons de cette mutation dans les têtes, il faut suivre le cheminement de Jean-Paul II.

Et, tout d'abord, les voyages. En dix ans de pontificat, il parcourt six cent mille kilomètres ; il visite la population de soixante-quatorze pays. Partout il est applaudi. Pourquoi ? Quelle est, pour le pape, la signification religieuse des voyages ?

Elle est triple. D'abord, le pape veut arracher les croyants à la sensation de faiblesse et de déclin qui les mine. Il faut dire que les médias, dans l'ensemble, participent et confortent cette analyse impressionniste. Pour eux, la modernité (seul vrai dieu de cette époque) ignore le christianisme. Tout juste s'ils respectent le judaïsme (la Shoah et l'État d'Israël) et l'islam (l'exaltation et le terrorisme des pauvres). En réalité, les seules religions respectées par les télévisions et les radios sont celles de l'Orient. Le zen, ou l'idée qu'on s'en fait, marche avec l'écologie et les reliquats d'une mode hippie déjà oubliée. Or le pape sait que cette vision des choses est fausse et absurde. Il va donc faire éclater la vérité aux yeux des ignorants et des éternels sceptiques.

Ensuite, Jean-Paul II souhaite faire sentir à ses auditeurs l'unité de l'Église. Il veut les convaincre, avec les mots de tous les jours, qu'elle dit l'essentiel, négligeant les rumeurs des modes. S'il rappelle à temps et à contretemps le contenu du message chrétien, c'est parce qu'il a la conviction qu'il peut réveiller l'espérance endormie, c'est-à-dire le monde à venir.

Enfin, il a le sentiment que les gouvernements et les pouvoirs publics, découvrant avec une pointe d'étonnement l'importance réelle de l'Église, tiendront compte des souhaits du Vatican. C'est, une fois de plus, la boutade méprisante de Staline : « Le pape ? De combien de divisions dispose-t-il ? » Jean-Paul II va révéler aux machiavéliens qui gouvernent le monde qu'il existe d'autres forces que les divisions blindées.

Le pape a-t-il une vision aussi claire lorsqu'il se lance dans l'aventure mexicaine, c'est-à-dire sa première visite hors frontières ? Personne ne peut répondre avec certitude. Tout au plus peut-on s'interroger et présenter une suggestion.

Jean-Paul n'est pas un homme tout à fait comme les autres. Depuis sa jeunesse, il consacre chaque jour des heures à la prière et à la méditation. Une part de lui vit en communion avec les apôtres des premiers temps. Pour lui, ce ne sont pas vraiment des exemples ; plus précisément, des compagnons d'éternité. On peut presque dire que Jean-Paul II les connaît de l'intérieur.

Or, les voyages et le mépris de la mort d'une part, la certitude de la victoire ultime de l'amour d'autre part, ne sont pas des attitudes et des prédications nouvelles. Il y a deux ombres très anciennes derrière la silhouette de Jean-Paul II. Impossible de ne pas penser à Paul et à Jean. Le premier part à la découverte de l'univers connu ; partout, il rassemble les communautés de croyants ; toutes, fragiles, incertaines, immergées dans un océan d'incroyance et de paganisme. Ses apparitions fugitives sont ressenties comme un mystérieux écho de la prédication de Jésus.

Quant au second, prophète ou écrivain génial, il choisit de dire l'amour sans limites. Pour Jean, il n'y a rien au-delà de la passion intérieure pour Dieu ; Jean-Paul II, faut-il le rappeler ? est un fils spirituel de Jean de la Croix.

Pourquoi, dès lors, ne pas avancer une hypothèse ? Jean-Paul II ne va pouvoir illuminer son siècle que parce qu'il rassemble en lui-même le double mystère de Paul et de Jean ; parce qu'il exprime, avec ses mots, leurs messages parallèles ; parce qu'en l'écoutant, et sans très bien savoir pourquoi, ses auditeurs entendent des paroles échappées de l'abîme du temps ; comme si ces deux millénaires n'avaient été qu'un instant. André Frossard avait tout compris en faisant remarquer que « ce pape venu de Cracovie était directement passé par la Palestine ».

C'est le treizième apôtre. Paul et Jean, voilà les deux hommes qu'il faut garder à l'esprit si l'on veut s'approcher, un tant soit peu, de ce qui ressemble à un miracle.

Tout débute au Mexique

Il faut s'arrêter un instant sur le voyage au Mexique. Il se déroule entre le 25 janvier et le 1er février 1979. La raison officielle est un pèlerinage à Notre-Dame de Guadalupe, lieu sacré pour l'ensemble du peuple mexicain.

La joie pour les uns, la tension pour les autres, sont manifestes dès que Jean-Paul II descend la passerelle de l'avion. Cet homme en blanc qui s'agenouille, embrasse la terre, déclenche une espèce de stupeur chez la plupart des témoins. Les quelques chaînes de télévision qui retransmettent l'arrivée du pape décident de ne pas interrompre leur émission : le pape va traverser la gigantesque ville, les caméras vont le suivre. Ce sont elles qui, les premières, prennent la mesure de l'événement. Car une foule est là, innombrable, étirée le long du parcours. D'où sort-elle ? Les moyens de propagande officielle dont dispose le régime mexicain se sont bien gardés d'insister sur la visite du pape ; il faut se rendre à la raison : ce sont les informations données par les curés en chaire, puis le bouche à oreille, qui ont arraché ces gens à leur torpeur.

Le soir même, le gouvernement – qui appartient, comme on le sait, au Parti révolutionnaire institutionnel (PRI), une invention typiquement mexicaine – décide en quelques heures de modifier du tout au tout son attitude. Désormais, toutes les chaînes de radio et de télévision couvriront ce qui est en train de devenir la première marche triomphale de Jean-Paul II. Les spécialistes ne réussissent pas à chiffrer avec exactitude l'importance des foules : cinq cent mille ici, un million lors de la célébration de la messe devant la statue de la Vierge, qui peut savoir ? Une seule évidence : le Mexique n'a jamais connu de rassemblement de cette importance ; des hommes et des femmes ont parcouru des centaines de kilomètres pour voir le pape.

Que dit-il, ce personnage venu d'un pays de neige et de glace ? Des choses simples. À cette foule pauvre, qui n'a jamais entendu que des discours politiciens vendant des rêves, il s'adresse en mexicain. Les gens, étonnés, écoutent quelqu'un qui semble tout connaître de leur vie et de leurs problèmes. Ce ne sont pas les mots, les phrases, les conseils qui réveillent la vieille espérance enfouie sous le soleil et la poussière. C'est la personne et la voix de l'homme en blanc. Ce sont les certitudes, qui sont évidemment les siennes, et qu'il transmet comme s'il s'agissait de secrets.

Le sol, lentement, commence à bouger. Dans chaque ville que traverse le pape, il est accueilli par les représentants du gouvernement et les autorités locales ; le nombre des caméras et celui des journalistes grossissent de jour en jour. Venues du Nord, les chaînes de télévision américaines diffusent le spectacle avec stupéfaction, et beaucoup de dédain.

Lorsque le pape se tait et prie, la foule l'imite. Le silence descend sur la multitude. Il est impossible de se tromper : ces hommes, ces femmes, ces enfants, prient tous ensemble. Ils n'avaient donc pas oublié tout à fait le mystère de l'invocation, malgré la propagande néomarxiste du PRI. Jean-Paul II fait simplement réapparaître la dignité de l'homme et sa vocation spirituelle : des évidences vieilles de quelques millénaires et qu'on croyait passées de mode.

Tout se noue en Pologne

Bien sûr, les deux actes décisifs sont les deux premiers voyages en Pologne. Ils se succèdent à quelques années d'intervalle (juin 1979 ; juin 1983). C'est le second qui va précipiter l'affaissement du régime ; simplement parce que, cette fois-là, Jean-Paul II intervient directement dans le conflit politique qui ébranle la Pologne. Publiquement, il apporte son soutien au syndicat Solidarité. Les responsables du PC comprennent qu'ils n'ont plus le choix : il leur faut négocier avec ceux qu'ils ont jetés en prison quelques mois auparavant. Le gouvernement enverra des négociateurs à Gdansk, comme en d'autres temps les bourgeois s'en vinrent à Calais. Lech Walesa, chef de Solidarité, deviendra président de la République en 1990.

Mais c'est peut-être le premier voyage du pape dans son pays qui est le plus stupéfiant. Pour Jean-Paul II une seule question : jusqu'où peut-il aller ? Ou, si l'on préfère, comment vont réagir d'une part les masses polonaises, de l'autre le Parti communiste ? Impossible de répondre à l'avance. Ce que Jean-Paul II va tenter, c'est la mise en question d'un Empire tout-puissant par un homme qui avance mains nues.

Avec le recul du temps, tout le monde, aujourd'hui, feint de croire que le régime ne pouvait rien contre le pape. C'est une affirmation sans fondement. Toute l'histoire de l'Église est emplie de papes arrêtés, jetés en prison, etc. Le dernier chef d'État qui n'a pas hésité à utiliser la méthode se nommait, faut-il le rappeler, Napoléon. Il a gardé le pape prisonnier pendant plusieurs années. Pie VII est sorti de l'aventure à bout de forces ; c'était il y a moins de deux siècles.

Certes, aujourd'hui, il existe des télévisions, des agences de presse, des journalistes, etc. Mais toute cette panoplie existait déjà lorsque le général Jaruzelski décréta « l'état de guerre » (décembre 1981). La nuit est tombée sur la Pologne ; les prisons se sont remplies, les pas des soldats ont martelé le sol des rues. L'Occident a gémi quelques semaines. Et puis, l'histoire, fleuve glacial, a continué à couler. Pourquoi l'événement ne pouvait-il pas se renouveler ? Le pape arrêté, reconduit à la frontière, les foules catholiques dispersées, les prêtres en prison, était-ce invraisemblable ? Et combien de temps les télévisions de l'Ouest auraient-elles protesté ?

Il est probable que Jean-Paul II a imaginé ce scénario catastrophe. Mais, tout de suite, il a compris qui pouvait lier les bras du régime : la foule. Tout allait dépendre du nombre et de la confiance des participants aux cérémonies. Si le peuple polonais se dressait en silence, le gouvernement communiste serait condamné à se taire.

Les événements se sont déroulés comme le pape l'avait souhaité et prévu. On sait aujourd'hui que les membres du gouvernement se tenaient informés, heure par heure ; ils demandaient à leurs services qu'on évalue sans cesse l'importance des foules qui se pressaient autour de la voiture du pape.

Et, jour après jour, il fallait se rendre à l'évidence : toute la Pologne acclamait Jean-Paul II.

C'est le soir du troisième jour que le gouvernement, comme celui du Mexique, décida de sauver la face. Un pays tout entier était en train de se soulever, sans un cri, sans un slogan. Nulle part la violence n'était au rendez-vous. C'était la prière collective qui s'exprimait dans cet immense cortège ; la liberté était tapie derrière ces foules. L'appareil d'État, ses fonctionnaires, ses informateurs, partout présents, étaient, d'un coup, relégués dans un autre monde. Comme si les rouages ordinaires avaient cessé de tourner. Les gouvernements étaient, cette fois, contraints de tenir compte d'un phénomène que Marx n'avait pas prévu : une insurrection religieuse.

D'autant que les télévisions mondiales étaient là ; qu'elles expédiaient leurs images dans le monde entier. C'était lui, ce spectateur abstrait, qui contemplait, fasciné, cette preuve éclatante de l'échec absolu du communisme.

Question capitale : que disait Jean-Paul II ? Quel était le contenu de ses messages ? Rien d'autre que la prédication ordinaire de l'Évangile. Il répétait les mots entendus des millions de fois depuis les débuts du christianisme. Pas d'allusions politiques, pas d'attaques contre les dirigeants du Parti. Simplement ce rappel qui va être répété lors de chacun des voyages du pape : « N'ayez pas peur. »

« N'ayez pas peur »

C'est un conseil apparemment banal. Une expression que les parents disent, le soir, à leurs enfants effrayés par la nuit. À première vue, « N'ayez pas peur » n'a ni consonance politique, ni consonance religieuse.

Or, il est clair que cette interprétation ne vaut rien. Un mot, une expression, tirent leur signification non seulement de leur contexte littéral mais aussi de l'état d'esprit de ceux qui l'entendent. En cette fin du XXe siècle, aussi bien à Paris (mai 1980, c'est là qu'il a utilisé pour la première fois l'expression) qu'en Pologne, la suggestion, la confidence secrète du pape, s'adresse aux hommes et aux femmes d'aujourd'hui. Les rescapés de la guerre, des camps, ceux qu'empoisonnent les éternels hivers et la pauvreté, ceux qui survivent dans le monde communiste, cet immense système concentrationnaire, c'est à tous que Jean-Paul II suggère de se délivrer de la peur.

Soudain, cette exhortation réveille une certitude enfouie dans l'esprit de chaque auditeur. Notre destinée réelle, c'est le salut ; le nôtre et, à la fin des temps, celui de l'espèce humaine. « N'ayez pas peur » constitue la conséquence logique du défi paulinien « Mort, où est ta victoire ? »

Il faut bien le reconnaître, l'effet de ces trois mots s'apparente à une espèce d'illumination collective ; comme si ces paroles banales, tombées de la bouche de ce pape éphémère, balayaient l'horreur de l'univers dans lequel nous vivons. Les éternels sceptiques expliqueront le phénomène en faisant intervenir la psychologie des foules, le besoin collectif de s'arracher à la crainte obsidionale, la fascination produite par ce prêtre en blanc qu'on distingue à peine à l'extrémité de la foule. Pourquoi pas ? Il y a toujours un reflet rationnel dans les secousses spirituelles en apparence inexplicables.

En tout cas, la conclusion saute aux yeux : avec trois mots, et ce bref pèlerinage, Jean-Paul II jette le peuple polonais hors de chez lui ; il ne reste au communisme qu'à s'effacer avec une discrétion étonnante.

Inutile d'énumérer le nom des pays visités par le pape. Mieux vaut se pencher un instant sur ceux qui ont, pour le moment, refusé d'abaisser les ponts-levis qui protègent leur donjon. Essentiellement, la Russie et la Chine. Pour des raisons différentes.

En ce qui concerne la Russie, c'est le problème de l'orthodoxie qui, une fois de plus, fait question. Le rapprochement entre Rome et Constantinople, entre Rome et les Églises d'Orient, ne suffit pas à rassurer les autorités religieuses de Moscou. Il faudra encore du temps pour apaiser les esprits. Mais l'entreprise est commencée : lorsque Gorbatchev et Raïssa ont été reçus par Jean-Paul II, chacun a compris que la barrière idéologique avait commencé à s'effriter.

Ce n'est pas le cas pour la Chine. Le Parti communiste tient, là-bas, à sa toute-puissance. Il se méfie des quelques millions de catholiques cachés qui survivent çà et là dans l'Empire. Il sait fort bien que des prêtres clandestins visitent parfois telle ou telle région, que des familles entières parcourent des kilomètres pour recevoir les sacrements, entendre une messe nocturne. Pas de quoi inquiéter l'énorme appareil administratif et policier de la Chine. Pourtant, Pékin demeure attentif. La porte reste close. Le pape attendra, s'il en a la patience. Un défi absurde : le pape dispose d'une manière d'éternité.

L'attentat

C'est le 13 mars 1981 qu'un inconnu, Ali Agça, assisté d'un complice, tire plusieurs coups de feu sur le pape. Affolement, ambulance, opération à demi désespérée. Le monde attend. Ce pape, qu'on sait déjà exceptionnel, va-t-il disparaître parce que quelques services, ou quelques hommes, l'ont condamné ? Ou parce qu'un jeune homme en colère a décidé de le tuer ?

L'explication de cet étrange attentat, nous ne la connaissons toujours pas. Il a déjà paru vingt livres-enquêtes sur l'événement. Chacun connaît des morceaux de vérité : qu'Ali Agça venait de Bulgarie, qu'il avait eu des contacts avec les services secrets de cet État. C'est intéressant, mais insuffisant pour fonder une certitude. Aujourd'hui, il n'y a guère que le pape qui sait – ou qui pressent – la vérité. Le monde entier a contemplé avec surprise les photos du pape et de son assassin en train de se parler, d'homme à homme. La rencontre de la victime et du bourreau. Nous sommes presque dans Dostoïevski.

Pour mieux comprendre la nature de l'action du pape, peut-être suffit-il de s'interroger sur les raisons de la communauté chrétienne qui ne l'a jamais aimé. Il faut ici parler net, même si l'analyse qui va suivre déplaît fortement à certains lecteurs. Le pays qui a, pendant des années, à demi boudé Jean-Paul II, c'est la France. Inutile de chercher dans les déclarations de tel ou tel, de relire les articles évidemment ambigus de certains journaux, pour trouver la preuve de cette opposition larvée. Opposition cachée, dissimulée, parce qu'il va de soi que les opposants ne peuvent s'avancer à visage découvert : les risques sont trop grands, la popularité du pape trop massive, pour qu'on ose dénigrer sa personne. On peut néanmoins suggérer quelques explications à ce phénomène bizarre.

Motif officiel des rancœurs de l'intelligentsia catholique française (il va sans dire que ni les évêques, ni les catholiques de bonne foi n'ont participé à ce travail de sape qui n'a d'ailleurs débouché nulle part) : le refus par Jean-Paul II de modifier ses propos sur la contraception, l'avortement, la sexualité en général. On pourrait ajouter l'obstination du Vatican à demeurer ferme sur l'indissolubilité du mariage ou le célibat des prêtres.

Cette mauvaise humeur d'une partie de l'intelligentsia catholique française n'a d'ailleurs pas une réelle importance. Lors de son premier voyage à Paris, le pape a été reçu, ne l'oublions pas, par une foule impressionnante. Et lors de la cérémonie finale des JMJ à Longchamp, le scepticisme délibéré des médias – « Cela ne sera pas un succès ; ne sont venus que les étrangers ; les Français ne seront pas présents » – fut brusquement démenti par les faits : les évêques français eux-mêmes n'en croyaient pas leurs yeux. Des milliers d'inconnus, de dix-sept à trente ans, surgissaient à travers les arbres ; pour la plupart ils étaient venus seuls, et à pied. Comme s'ils n'avaient pas entendu les appels des organisations, des mouvements, des paroisses. Simplement une exigence intérieure, ou l'espoir d'entendre des paroles neuves, venues pourtant du fond des âges.

L'homme qui écoute

Comment Jean-Paul II s'y prend-il pour convaincre ses interlocuteurs récalcitrants ? Pas de meilleur exemple que celui de ce qu'on désignait du terme de théologie de la Libération. Elle était apparue très progressivement en Amérique du Sud ; on pourrait découvrir ses racines lointaines dans les expériences françaises des années 50-60. Mais au Brésil, au Mexique, au Venezuela (au Chili à un autre moment), la situation était toute différente. Évêques et prêtres étaient confrontés quotidiennement à une gigantesque pauvreté. Bien sûr une classe moyenne commençait à émerger un peu partout ; mais elle ne représentait qu'une petite partie de la population globale.

De nombreux prêtres considéraient que leur attitude, leurs

prières et leurs rites étaient devenus totalement incompréhensibles pour ces foules de marginaux concentrés dans les banlieues des villes, ou dans les zones agricoles ravagées par l'appauvrissement des terres, les prix de revient des productions, etc. Ces masses avaient été chrétiennes. Elles ne l'étaient plus guère. Pour s'adresser à elles, pour les réveiller, il fallait utiliser un nouveau langage. Les messages confus des révolutionnaires – il y en avait de toutes sortes – étaient souvent écoutés par ces véritables exclus. L'Église devait, désormais, parler en partie leur langage. Voilà en gros ce qu'était la théologie de la Libération.

C'est à partir de ce constat indiscutable que prêtres et laïcs avaient entrepris d'élaborer une nouvelle théologie ; on rêvait de greffer le message évangélique sur l'arbuste de la révolution. Pour Jean-Paul II, cette nouvelle dérive était dangereuse. Elle ne pouvait déboucher sur rien, d'autant que le message évangélique n'est pas un vague discours humaniste que l'on peut marier avec les idées aussi généreuses qu'elles soient.

Jean-Paul II n'a ni condamné, ni béni. Il a pris son bâton et il s'est rendu là-bas. Il ne s'est pas contenté d'un seul voyage, il en a accompli plusieurs, à quelques années d'intervalle. Il a répondu aux lettres des évêques, tenu compte des rapports que lui présentaient les uns et les autres. Mieux encore : il a été parler dans les petites villes, dans les villages, dans les bourgades de campagne.

Petit à petit les désaccords se sont estompés. La position du Saint-Père a évolué. En prenant une meilleure connaissance de l'état des lieux et des esprits, il a reconnu que, sur de nombreux points, ses interlocuteurs n'avaient pas tort. Mais, simultanément, il les a convaincus qu'il ne sortirait rien de bon de cette prétendue nouvelle théologie. Les esprits, semble-t-il, se sont calmés. Pour réussir ce retournement, le pape a payé de sa personne, c'est-à-dire qu'il a été présent partout, qu'il a écouté les uns et les autres, et enfin qu'il a parlé. C'est une attitude traditionnelle des apôtres.

On pourrait multiplier les exemples. La sourde hostilité qui entoure aujourd'hui encore Jean-Paul II ne s'effacera pas avec sa mort. Ce qu'il va bien falloir désigner du terme d'opinion mondiale tranchera. Ce pape polonais non seulement a su parler aux catholiques, mais il s'est adressé à tous les chrétiens. C'est-à-dire aux hommes qui demeurent fidèles aux paroles du Christ. Jean-Paul II n'a pas cherché à faire surgir de vagues syncrétismes. Non, il a dépassé les discours ordinaires de la suspicion et de la méfiance ; il s'est adressé à tous, et quelques-uns l'ont entendu.

Plus simplement encore. Sans abandonner une seule lettre de l'Évangile, il a inventé un langage accessible à l'immense majorité des vivants. Désormais, on écoute ses propos. Comme si la plupart des autorités politiques et religieuses avaient accepté, sans le dire, que ce pape exprime les espérances communes et des hommes et des femmes de ce temps. Sans distinction de foi, de patrie, ou de race.

Comme s'il formulait la pensée des vivants ; comme s'il exprimait les prières des millions de chrétiens disparus au cours de ce voyage dans le temps, de deux mille ans déjà. Deux mille ans seulement.

CARTES

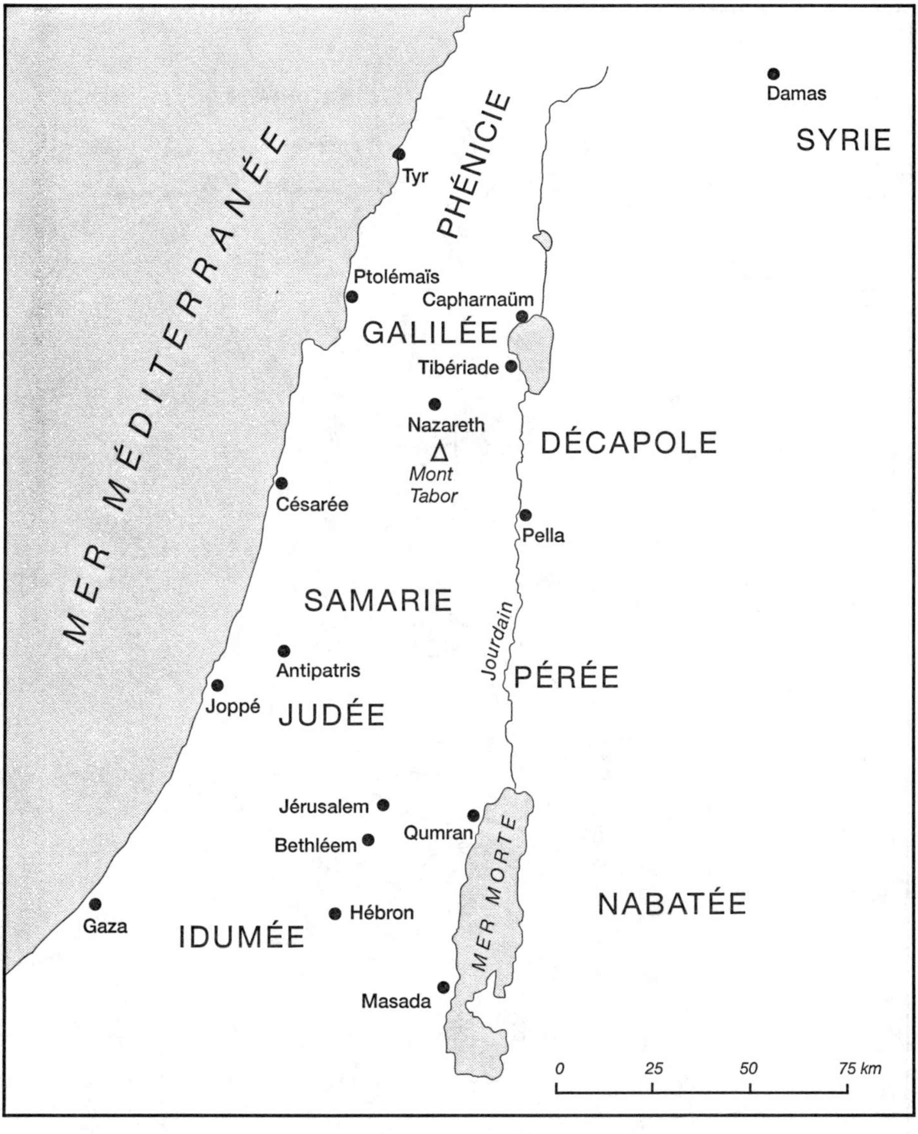

La Palestine au temps du Christ

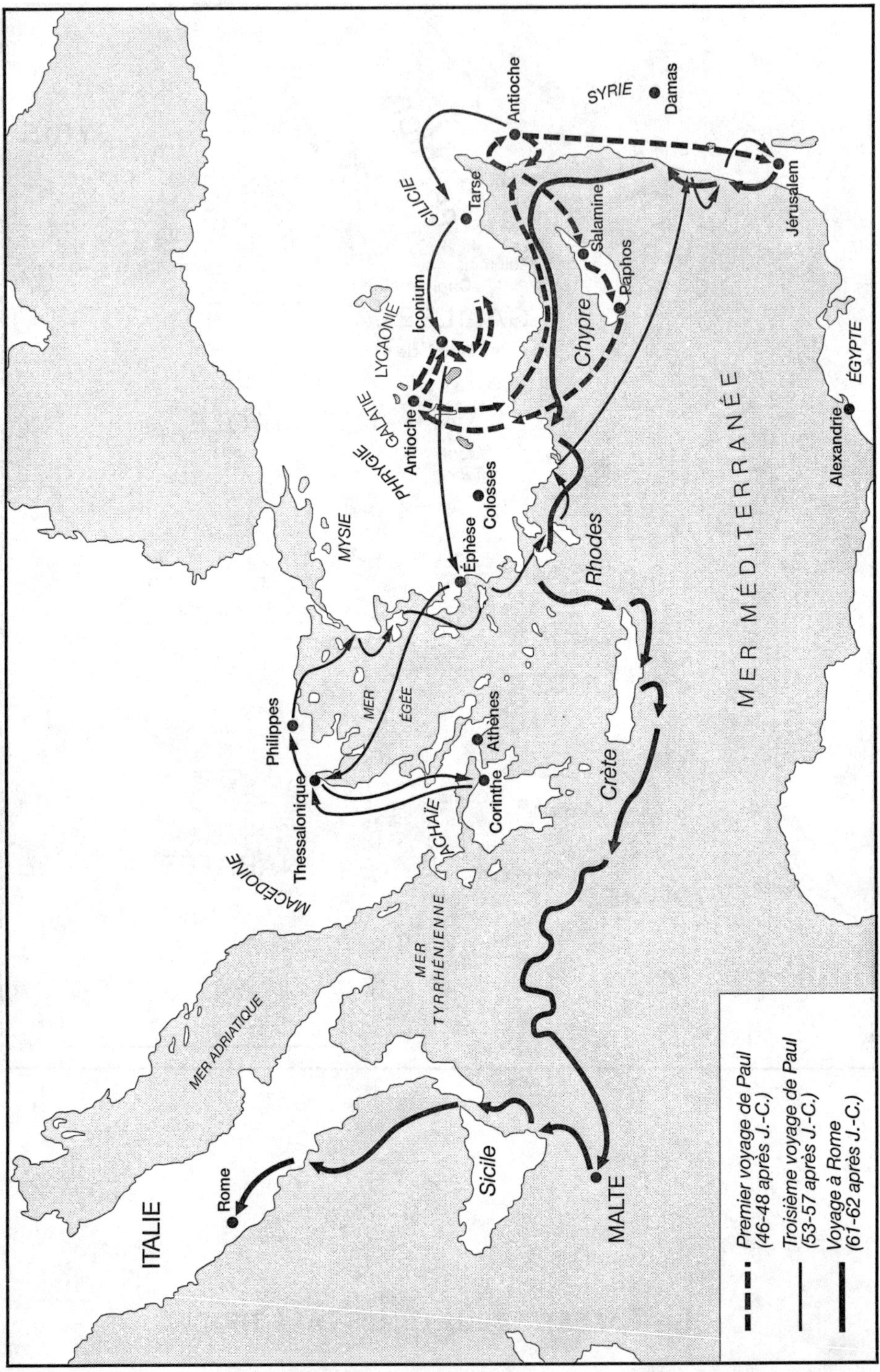

Les voyages de Paul au Ier siècle

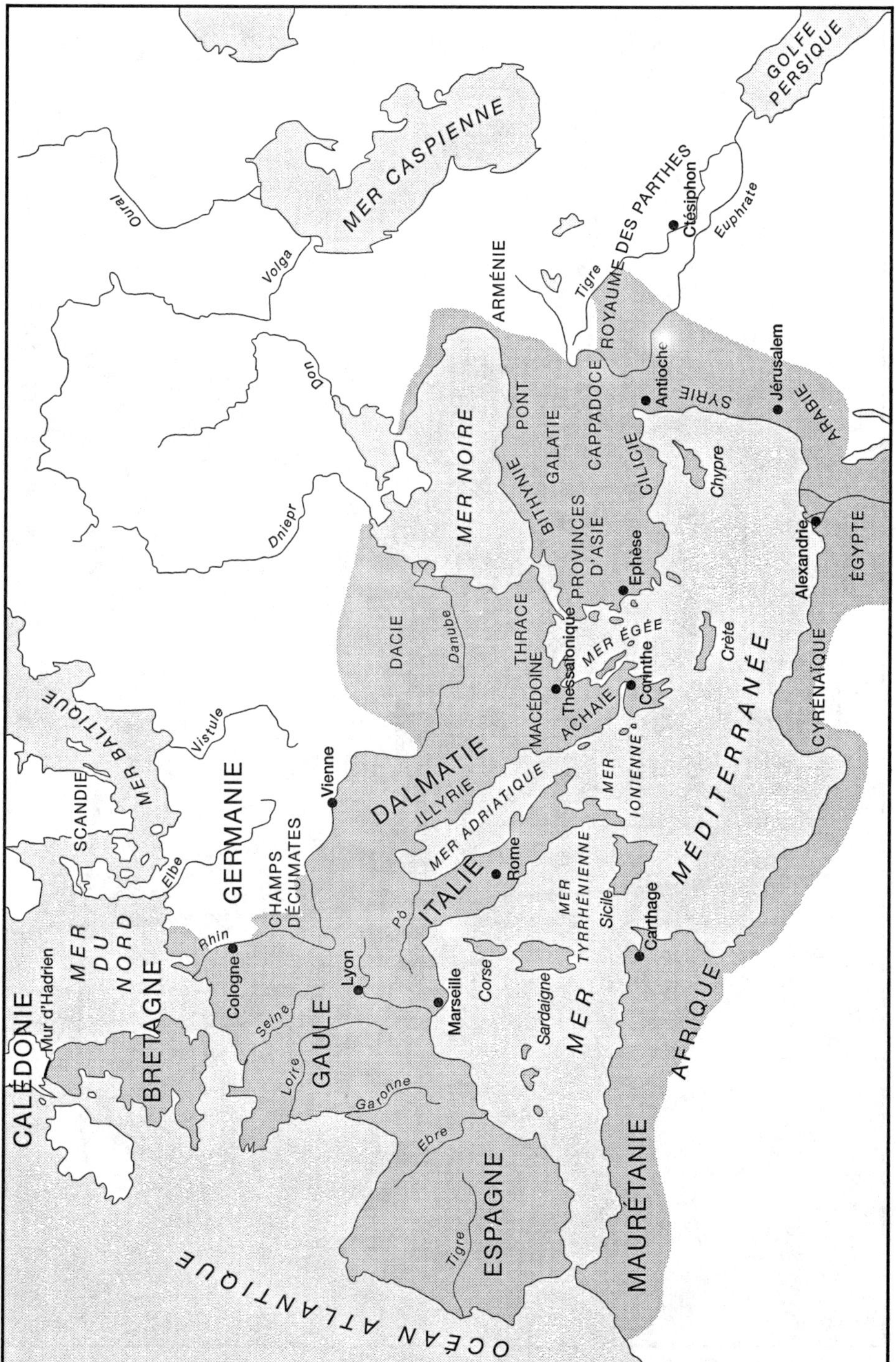

L'EMPIRE ROMAIN À LA FIN DU IIe SIÈCLE

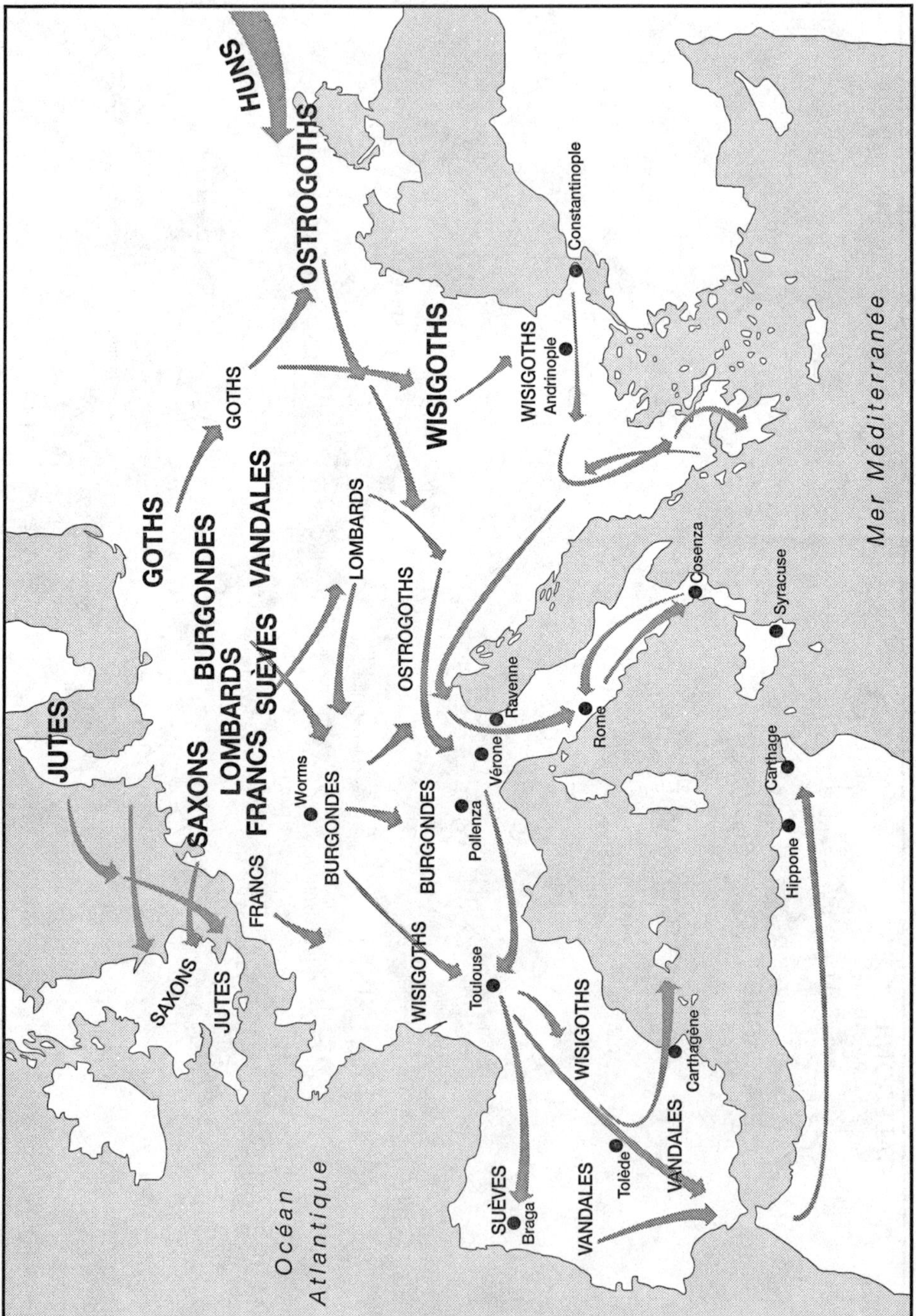

LES INVASIONS BARBARES DU IIIe AU VIe SIÈCLE

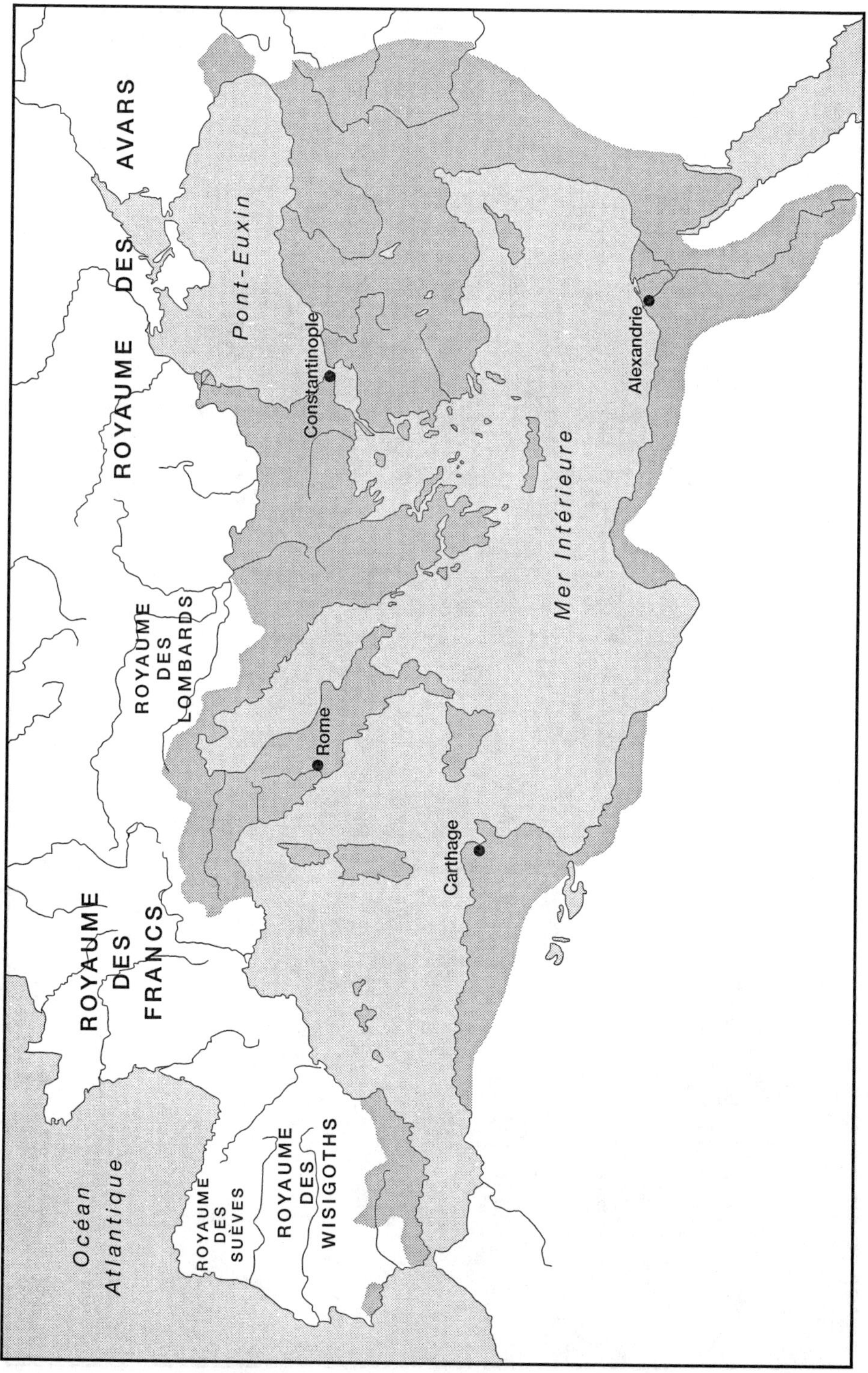

L'EMPIRE DE JUSTINIEN AU VIe SIÈCLE

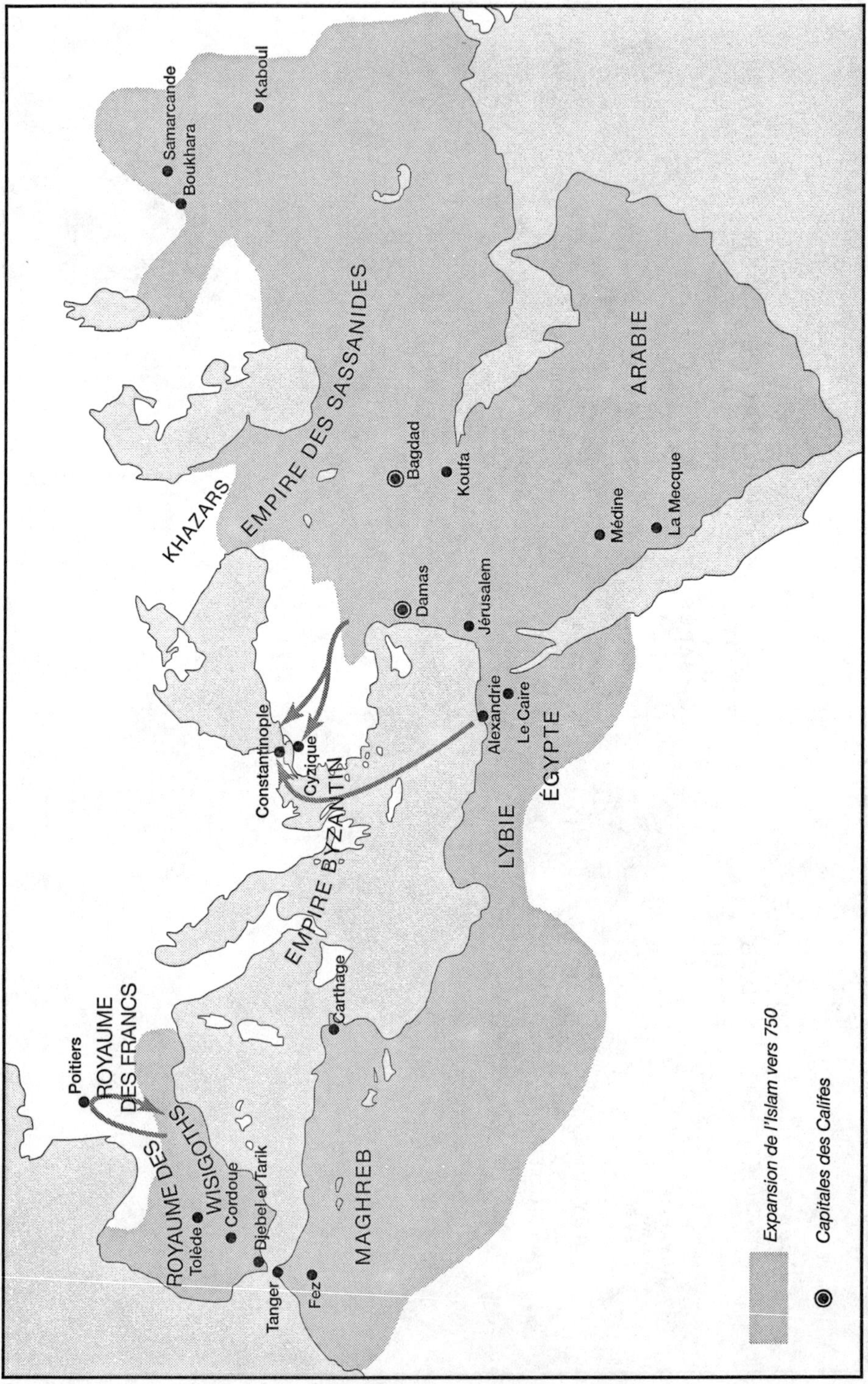

L'Islam vers 750

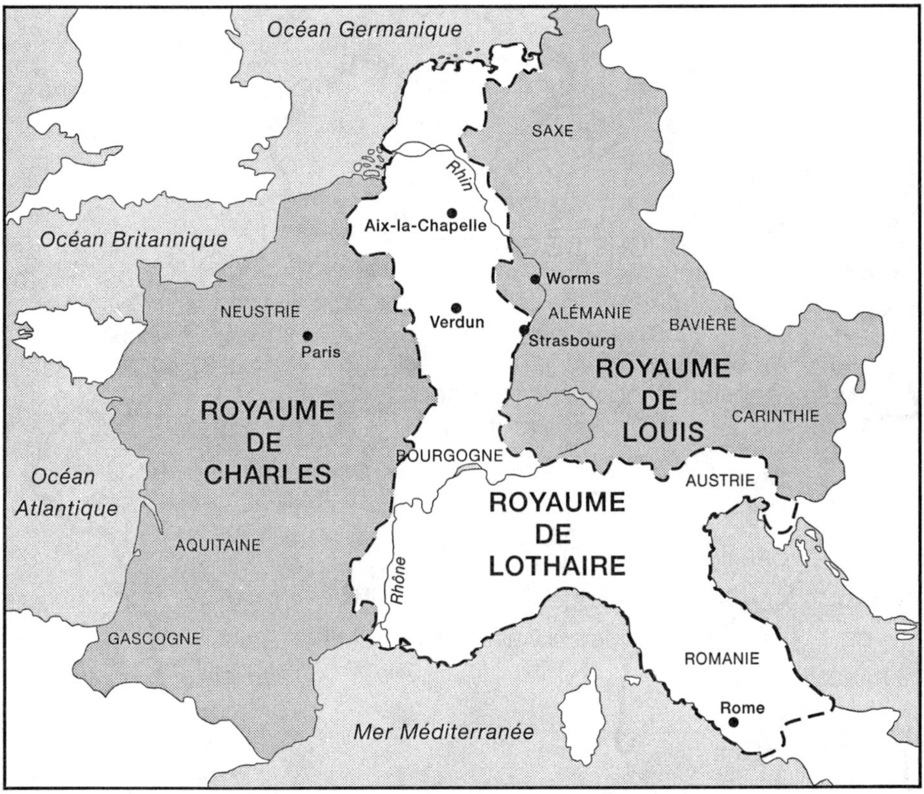

Le partage de l'Empire de Charlemagne
au traité de Verdun en 843

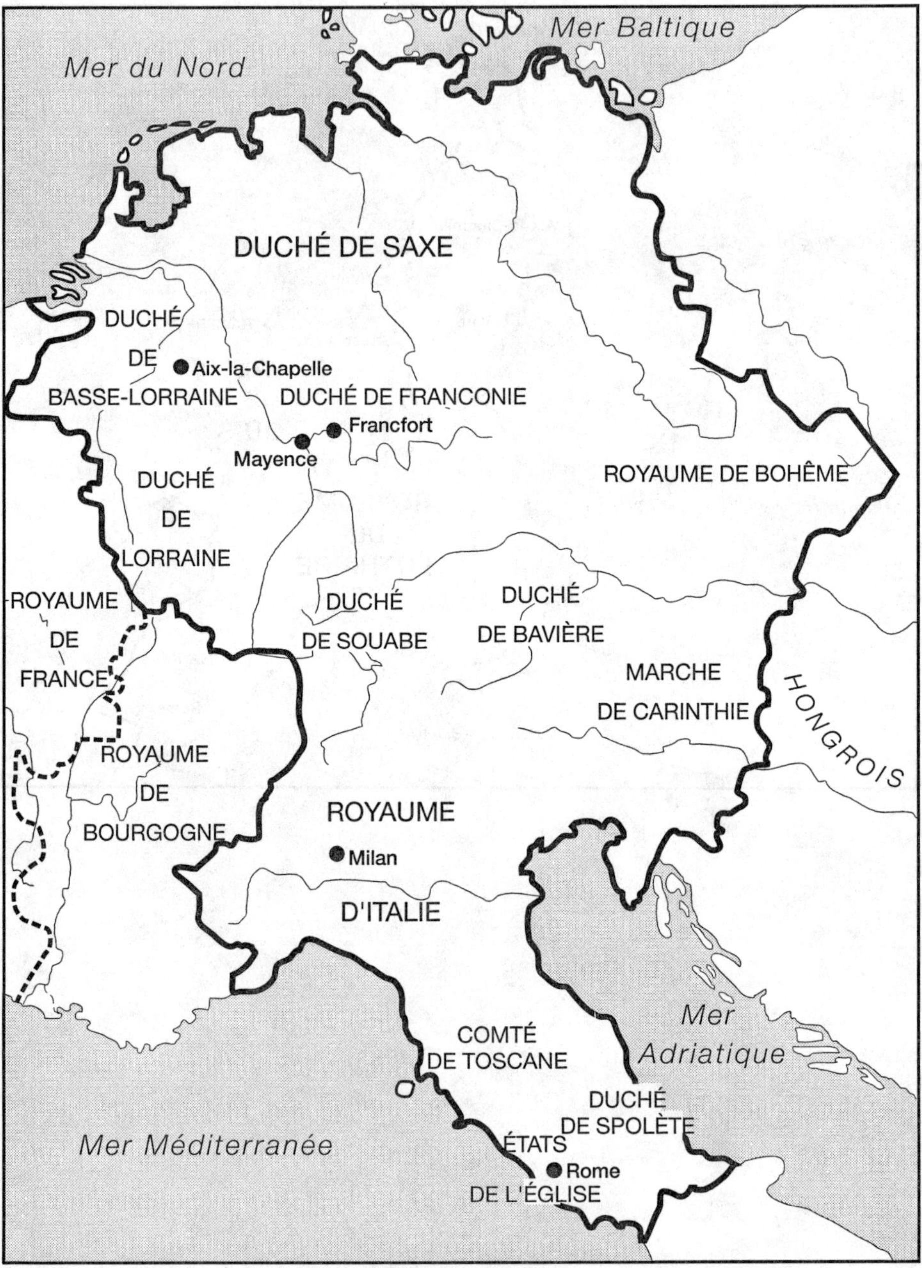

LE SAINT EMPIRE ROMAIN GERMANIQUE AU Xe SIÈCLE

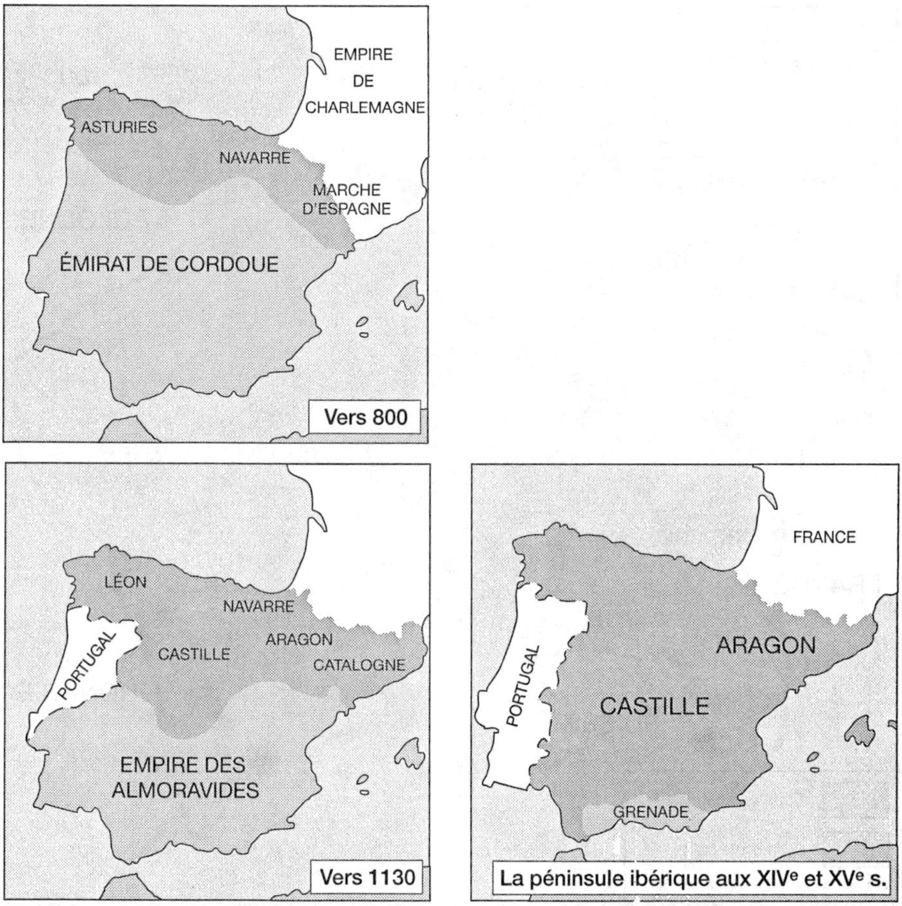

LES ÉTAPES DE LA *RECONQUISTA*
DU IXe AU XVe SIÈCLE

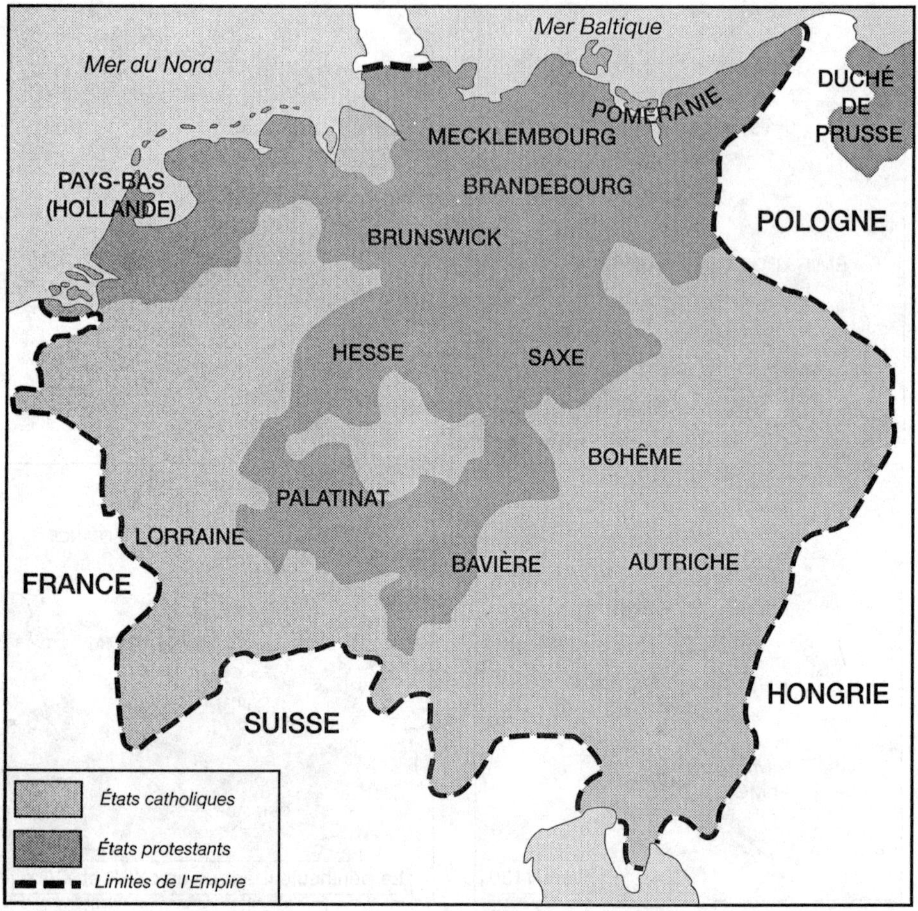

PROTESTANTS ET CATHOLIQUES EN ALLEMAGNE
SOUS CHARLES QUINT

Le Grand Schisme au XVIe siècle

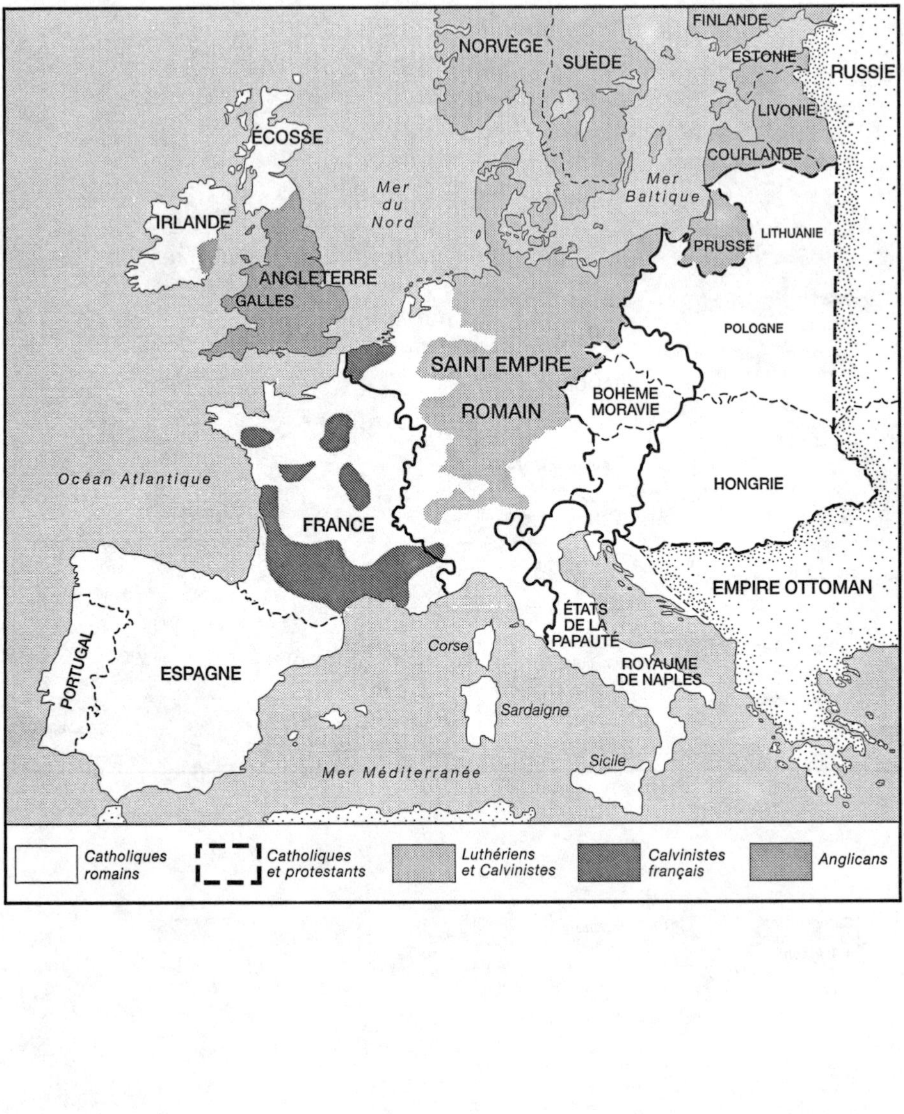

LA RÉFORME AU XVIe SIÈCLE

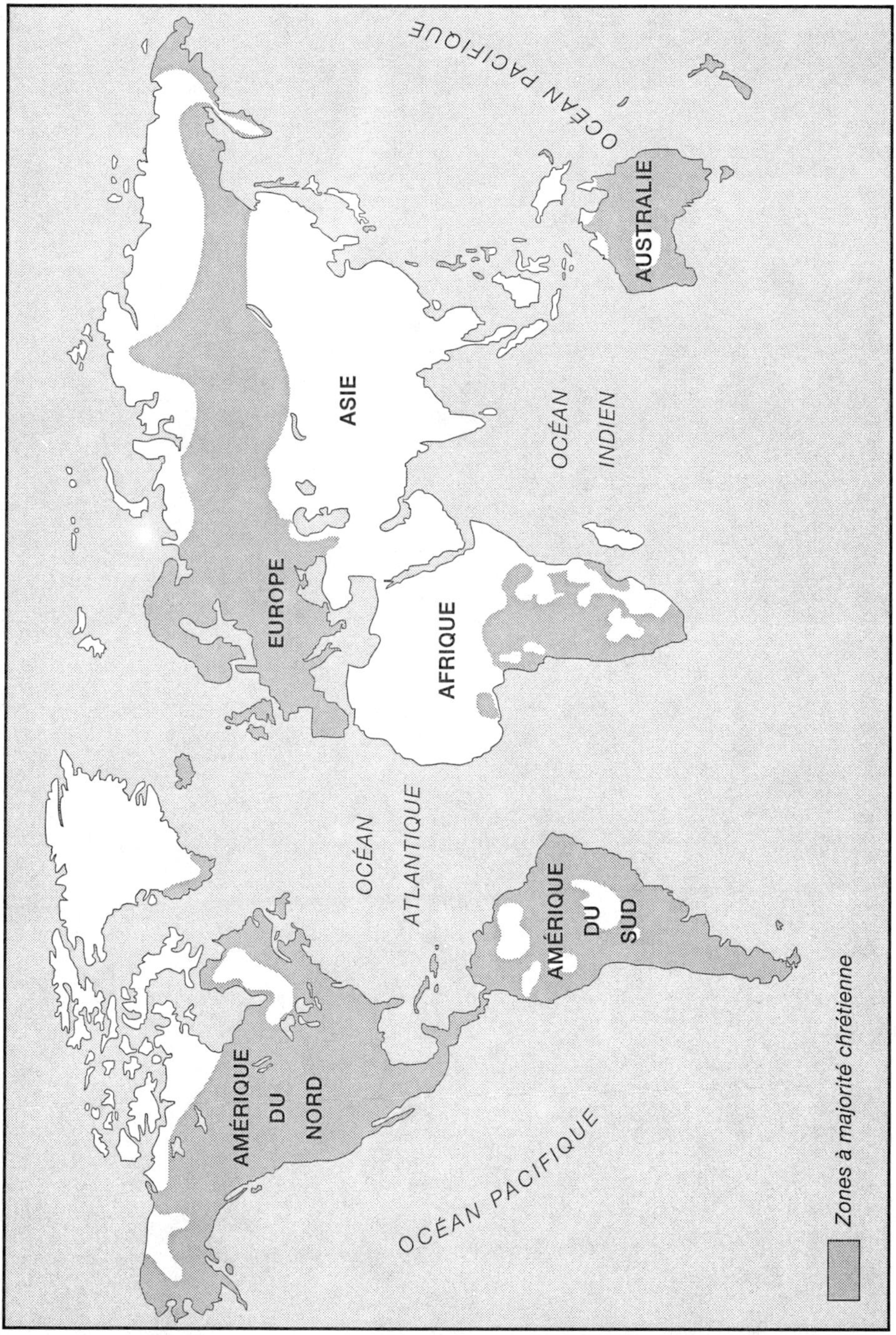

LE MONDE CHRÉTIEN À LA FIN DU XXe SIÈCLE

BIBLIOGRAPHIE

Fliche et Martin. *Histoire générale de l'Église*. 22 tomes parus en français. Bloud et Gay.

Histoire de l'Église. Éditions du Seuil (5 volumes).

Histoire du christianisme. Desclée-Fayard (14 volumes, en cours de publication).

Georges Minois. *Histoire de l'athéisme*. Fayard.

Claude Allègre. *Dieu et la science*. Fayard.

Dictionnaire critique de théologie. Sous la direction du Père Jean-Yves Lacoste. PUF.

Mgr Duchesne. *L'Église au VIe siècle*.

Gérard Leclerc. *Jean-Paul II le Résistant*. Bartillat.

Gérard Leclerc. *Pourquoi veut-on tuer l'Église*. Fayard.

Les Pères de l'Église. Coll. Bibliothèque de l'Histoire du Christianisme. Tome I, Jacques Liébart. Tome II, Michel Spannent.

Les Conciles œcuméniques. Desclée.

INDEX

REMERCIEMENTS

À Bernard de Fallois, sans lequel ce livre n'aurait pas vu le jour.

À mon épouse Anne, qui a saisi le manuscrit.

Au père Jean-Robert Armogathe, qui a fait de multiples suggestions.

À Grégoire Marion, qui a relu l'ensemble, précisé de nombreuses dates, distribué généreusement bonnes et mauvaises notes, pourfendu les dérives journalistiques.

À François-Georges Dreyfus, qui a relu et corrigé l'histoire des protestantismes et de l'orthodoxie aux XIXe et XXe siècles.

TABLE

Achevé d'imprimer sur presse Cameron
dans les ateliers de **Bussière Camedan Imprimeries**
à Saint-Amand-Montrond (Cher)
en février 2000

N° d'édition : 368. N° d'impression : 595/4.
Dépôt légal : février 2000.

Imprimé en France